浦东新史

何建明／著

人民文学出版社

图书在版编目（CIP）数据

浦东新史 ／ 何建明著．-- 北京 ：人民文学出版社，2025．-- ISBN 978-7-02-019198-7

Ⅰ．I25

中国国家版本馆CIP数据核字第2025RU2639号

责任编辑 **陈 悦**
装帧设计 **李思安**
责任印制 **王重艺**

出版发行 **人民文学出版社**
社 址 **北京市朝内大街166号**
邮政编码 **100705**

印 刷 **三河市中晟雅豪印务有限公司**
经 销 **全国新华书店等**

字 数 **504千字**
开 本 **710毫米×1000毫米 1/16**
印 张 **35 插页9**
版 次 **2025年6月北京第1版**
印 次 **2025年6月第1次印刷**

书 号 978-7-02-019198-7
定 价 129.00元

· 陆家嘴远景

· 上海数据交易所

· 特斯拉整车下线

· 新松协作机器人

· 金桥经济技术开发区

· 2017 年 5 月 5 日，C919 大型客机首架机在浦东国际机场成功首飞

· 上海自贸试验区国别（地区）中心

· 张江药谷

· 上海光源

· 中芯国际集成电路制造有限公司

· 科学之门

· 东方体育中心

· 世博地区，现已成为全国央企集聚密度最高、
数量最多的区域之一

· 2017 年 12 月 10 日，全球最大的单体全自动化码头——
洋山深水港四期自动化码头正式开港

· 临港滴水湖全景

· 临港新片区行政服务中心

目　录

序言

1. 摇曳着春风的浦江东边

如果以相处的天数来衡量，我可能比绝大多数的上海人更亲近浦东……

自2018年3月18日，我踏上浦东这片土地进入《浦东史诗》的采访与调研至今，已经有八个年头，其中有百分之九十的时间是与浦东相伴。我在浦东——日出时，静候杨浦大桥那一头的朝霞映辉，生气蓬勃；午光时，抬头仰望插入天际的“上海中心大厦”与飞云共舞相拥的情景，催发万千感叹；落日间，随江而行吟尽百舸争流的美丽夜曲……即使在三年疫情肆虐的日子或是“贝碧嘉”等台风掀翻黄浦江的那些瞬间，我依然与浦东日拥晚枕，风雨同泣，从未离开过！

与一个城市的感情，是需要通过岁月风霜的点点滴滴嵌入肢体与思维之中的。

观一个城市的成长与发展，则更需要倾听其跳动的心，长久感受那涌动的热血和跳动的脉搏……

我想，这八个年头的“浦东日子”，可能是一份最美好、最亲近和最有说服力的馈赠。北京的朋友们，还有许多文友们早就说我是“上海人”或“浦东人”——我乐意这样的“身份移居”。因为上海浦东是我何氏三代先祖生活与创业过的地方，因而也该是我生命中的重要栖居地。

或许兼有“长期居住者”和“旁观者”的双重身份，所以在浦东的漫长日子里，我常以两种视角去感受和认识这座现代化的东方新城——如今的它，足以同老上海比肩，其外观之美甚至早已超越，实力（GDP）也占了大上海的三分之一。若放在全国34个省级行政区中，它浦东也可名列中间。其人口也有580多万……足够大！足够强！也足够美！

过去人们到上海，必定到外滩，是因为外滩代表了上海最繁华和最美丽的地方。现在到外滩的人，主要为了看黄浦江对岸的浦东那些美丽绝伦的摩天大厦，还有黄浦江上那些川流不息的船舶和两岸变幻无穷的灯光秀……

而我则有些独特，总喜欢站在黄浦江的东西两岸交换着观察另一面，思索着上海这座城市的老城与新城、昨天与今天、明天与未来的不同和共同。时间一长，我的驻足之地慢慢地固定在两个点上：

伫立于外滩陈毅市长的那个铜像前，我观赏和品味略带青涩、渐渐成熟了的浦东……

蹲坐在陆家嘴滨江的水泥地上，我透过江滩前的那一片片芦苇，去遥望对岸金光闪耀的外滩夜景……

这个时候，我的脑海里会浮现出很多东西，它们通常很波澜壮阔，也有惊涛骇浪。久而久之，也就有了写这部《浦东新史》的想法。

新旧历史并没有一个明晰的界限。然而，在浦东新区的历史年表上则刻着几道抹不去的痕迹，与那些亲历巨大变化的人的心头紧紧相系。这个痕迹如黄浦江上的波浪一样，外人看着它并不起眼，但浦东人自己对其则有着刻骨铭心的印象和记忆。

比如，在游人们最喜欢逛的黄浦江边的滨江大道旁那片鲜花簇拥、浮翠流丹的滩涂地上，你可以时不时地看到一片片非常自然状的芦苇，它们与人们身边华贵绚丽的街景和摩天大厦有着巨大的差异，然而它们独成篇章，每天旁若无人地笑傲江湖。这样的景致你越看越会觉得意味深长，令你浮想联翩。

正是沉浸在这样的浮想联翩中，我发现：细腻精致的上海人在建设现代化城市过程中，特别讲究现实和历史的衔接 …… 这种看似是生态绿化或环境美化的问题，其实隐喻了一种对历史的深刻认知和对现实与未来的深沉思考。

我无数次坐在黄浦江边静观那些在风中摇曳的芦苇，它们紧贴黄浦江水面，长得很茂盛，即使是寒冬的三九天，虽只剩坚韧的苇秆，却依然相互耳鬓厮磨、情意绵绵地像在嬉戏私语，旁若无人地倾诉着自己的欢畅。与汽笛声声的江景和魔幻般的繁华街景相比，在寒风中飘荡摇曳、舞姿翩跹的成片芦苇引来了一群群白鹭在江面和楼宇间不断地穿梭飞翔，显出几分散漫与随意，这是属于上海的另一种叫人安定与陶醉的美：它让我们在长久观望与感受了流光溢彩、车水马龙的现代化“潮”生活之后，既能回归到享受微波荡漾的恬静之境，也能兴趣盎然地去聆听历史时空涌起的那些惊涛拍岸的精彩回声 ……

我知道，浦东人在黄浦江的滨江“金腰带”上嵌入这样的几片芦苇，绝非为了简单地美化环境，也并非让游人多添几分盎然玩兴。它的真实深意或可通过几本书、几段诗篇去释解。

而我是这样理解的：当今世界的那些伟大城市包括伦敦、纽约、东京等，曾经几乎都是最荒凉和最贫瘠的地方，而且都是从遍布芦苇的滩地上“长”起来的 —— 海洋文明催生了工业革命和城市化。现代意义上的城市，其实就是沿着大海波涛所冲击的方向滋生而出的。那些原本任凭狂野之性生长着的芦苇，为这样的城市在滩涂地上早早地铺设了牢固的根基，才有了未来美好远景的可能。

上海也不例外。

也因为这，引起了我的特别注意，在这到处充斥着现代文明元素建筑的城市中不起眼的江边一隅，竟然生长傲立着一丛丛芦苇，这瞬间让我不禁联想到不同地区的芦苇间那种跨越时空与岁月、跨越民族与制度的美……

它能穿透人的心，让你流泪，并泛起无限的温暖和遐想。

上海更是如此。

是的，聪明且精细的上海人在繁花似锦的黄浦江边留下芦苇的真实隐喻，是因为芦苇曾经是“上海”成因的关键之物，没有芦苇扎根的沙地，不可以形成滩，而上海是一寸寸“滩”聚集而成的城市。且芦苇比人更早地来到了“上海”，事实上，“上海”还没有出生时，芦苇早已在这片沙滩上繁衍了数百、数千年。

城市人通常会比较浅显地把从地上“长”出的街道和楼房说成是历史，而不太注意那些根植于大地里的存在，比如史书往往忽略了芦苇的存在。可芦苇一直以随风摇曳的姿态，默默地倾听着人世间翻天覆地、潮起潮落的阵阵回声。

一百年前，事实上用不着一百年，三五十年前，人们站在外滩上往对岸看时，就能见到一片片芦苇……那个时候，外滩的对岸是尚未开发的浦东，是一块尽显农村风貌的“处女地”。芦苇丛生也就很自然地成为那块土地上极其“正常”的乡村原貌。

今天的浦东人，在最繁华的陆家嘴金融城的滨江区域植下几片芦苇，深意远过上述所述的方面。

它还有更深、更深的方面——

这需要把时间拉远到一百八十多年前的十九世纪三四十年代：那些远渡重洋的洋人们第一次抵达上海时，他们不仅可以看到外滩对岸接连成片的芦苇，而且就在炮舰停靠的外滩，他们的船头旁也是大片芦苇。刚开埠的上海其实很破落。老县城外的地方被叫作“外滩”，它是相对于本地人生活的“里滩”而言，与西方列强的城市相比，它只能算是一个内陆贸易城镇，尽管上海的名字里有个“海”字，然而此时的它与真正的海还有一段距离，而衔接这座内陆贸易城镇与大海的是黄浦江，这条江河在拥抱大海之前与长江于吴淞口汇合后入海。所以“上海”这个地名最早是生活在这块土地上的我的祖先们从日常劳作中传递的一个口头语而已——“上——海的地方去看看……”

“好的呀，我们一起上——海的地方去看看，那里有好大好大的水面，看不到边的水面，那就是大海……”

“快快，上——海的地方去看看，那里又露出一块地面了，上面还有芦苇，说不定也能种稻谷呢！”

上——海的地方去看看……

上——海去看看……

上海……

后来，人们不再把“上——海的地方去看看”这句话说全了，干脆只说“上海”二字，因为只要说“上海”二字，就知道到什么地方、干什么事去了，就像现在我们说“上街”二字一样，不用解释“上街”是什么意思。

最初的“上海”就是一个动词，后来说多了，把一个具有方向性的动词变成了名词，而这个动词的特定性也非常清楚——到那个离海很近的地方，而离海很近的地方，后来就成了“上海”的地名。

“上海”实际上是一个动词，这是我在写《浦东史诗》一书时就考究与发现了的。上海学者没有几个对此反驳，因为请他们解说“上海”地名的缘由，也基本上拿不出比“我祖先用劳动创造出这个地名”更准确、更贴近实际的证明了。

其实现在许多居住在上海的人的祖上移居此地才不到一百年，而我的祖先在这里已经有千年以上。古代周王朝时，泰伯、仲雍两兄弟为了让自己的弟弟继承父业而演绎了一出历史上著名的“让国南来”的典故，他们“文身断发”，施仁布德，开立了勾吴国，并且兴修河道，开拓海域，建一方江南富饶之地。后来那些想着“上海的地方去看看”的人就是泰伯、仲雍的后代。

泰伯、仲雍和他们的后代是上海滩的探险者和开拓者，一直以来用自己的行为方式赋予了这座伟大城市一个极其动感和可以无限畅想的美妙名字。

然而他们用双脚踩出的这片江河泥滩，在漫长的历史里一直处于平稳而缺乏激情的农耕状态，即使到了世界各地已经桅樯林立的十九世纪三四十年代，它与外界仍然是分隔的。

上海滩的芦苇如此悲凉，麻漠地摇曳了无数个世纪，一直到二十世纪初才看到勃发生机的曙光。

> ……故今日之责任，不在他人，而全在我少年。少年智则国智，少年富则国富，少年强则国强，少年独立则国独立，少年自由则国自由，少年进步则国进步，少年胜于欧洲则国胜于欧洲，少年雄于地球则国雄于地球。红日初升，其道大光。河出伏流，一泻汪洋。潜龙腾渊，鳞爪飞扬。乳虎啸谷，百兽震惶。鹰隼试翼，风尘翕张。奇花初胎，矞矞皇皇。干将发硎，有作其芒。天戴其苍，地履其黄。纵有千古，横有八荒。前途似海，来日方长。美哉我少年中国，与天不老！壮哉我中国少年，与国无疆！

一篇《少年中国说》，让历史的回声响彻黄浦江两岸，回荡于神州大地……

一直到1949年10月1日的北京天安门广场上的一个伟大回声——

“中华人民共和国中央人民政府今天成立了！”

中国人民从此站起来了！

站在二十世纪中叶的中国共产党和中国人民的伟大领袖毛泽东在宣布由中国共产党领导的28年新民主主义革命全面胜利之后，又向全世界声明:“我们不但善于破坏一个旧世界，我们还将善于建设一个新世界。”

事实上，这一天以“中华人民共和国万岁”为题的《人民日报》社论第一段就已经代表中国共产党人向全世界发出庄严宣告:“前程无限光辉的中华人民共和国已经诞生，四万万七千五百万中国人民开始自己当权管理国家，我们这个古老的东方民族揭开了历史的新的巨册。”

这句话用现在的话语来解释就是:中华民族必将复兴，亿万人民要过上好日子，共产主义伟业将在中国实现……

在奋斗的道路上，新中国的第一代领导人呕心沥血，把探索与体验一起留在了中华大地上，尤其是在中国共产党的诞生地——上海，留下更深的印痕。

1979年3月21日，访问美国回国不久的邓小平在人民大会堂会见英中文化协会执委会代表团。当有人问他中国改革开放的目标是什么时，他说:我们就是要在本世纪末实现“中国式的四个现代化”。

“中国式的四个现代化? 小平先生，请您给我们解释一下。”在场的英国友人这样讨教道。

邓小平轻轻地点上一支烟，然后说:“我们定的目标是在本世纪末实现四个现代化。我们的概念与西方不同，我姑且用个新说法，叫作中国式的四个现代化。现在我们的技术水平还是你们五十年代的水平。如果本世纪末能达到你们七十年代的水平，那就很了不起。就是达到这个水平，也还要做许多努力。”

实事求是始终是中国改革开放总设计师的作风与精神。然而作为中国宏伟蓝图总设计师的邓小平，他的目光不仅是希望中国百姓能够吃饱饭，更希望他的国家不再因为落后而挨打。在南方深圳“画了一个圈”后，随后几年，邓小平都在上海度过冬天的日子，他在那里静静地观察和思考……那看似平静的神态中有着深深的凝重——他希望在有生之年实现埋在他心头的一些事儿。

于是，我们也在后来知道了下面这些事：

1990年，邓小平提出：中国要在激烈的国际竞争中立于不败之地，必须寻找足以带动全国经济的新的发展极。“上海是我们的王牌，把上海搞起来是一条捷径。”

随之而进，邓小平又亲自部署了浦东开发开放，而且坚信，浦东开发开放这张“王牌”打好了，上海新发展的整盘棋就彻底活了！

1994年，是邓小平最后一次在上海过春节和视察上海。这一年他90岁整。小平同志见到当时的上海市委、市政府负责人，总要说一些意味深长的话，而每次到黄浦江边视察时，又总会长久地凝视着滚滚向前的江流而不语……

他是在回想 74 年前第一次到上海，与80多位四川乡友一起登上开往法国的“鸯特莱蓬”号邮船的那番情景？ 还是耳边又响起那首为寻找真理而出征的战歌——

呵，前面出现灯塔光，
照着她前行。
原来在这黑茫茫孽海里，
那些有险的地方，始有光明……

是的，就是这首战歌，就是那番情景，支撑他为了中华民族不再受人欺凌的目标而远涉重洋去寻找黑暗里的光明。“把国家建设好”，“让老百姓过上好日子”，这是他一生的信仰与愿望。

几十年过去了，如今在他暮年之时，这份民族复兴之心更加强烈，于是这一次他在离开上海时，拉着上海市委负责人的手严肃而郑重地说了这样的话：“你们要抓住二十世纪的尾巴，这是上海的最后一次机遇。”

每一个伟大政治家都有自己的伟大抱负。而中国共产党的伟大政治家，他们则有一个共同的伟大抱负，那就是中华民族的振兴与复兴。

1991年2月18日上午，邓小平第一次站在正在建设的南浦大桥旁的浮码头现场，大桥建设指挥部总指挥朱志豪向邓小平介绍南浦大桥是完全依靠中国人自己的力量设计建造时，邓小平微笑着没有说话。

一年之后的1992年2月7日，南浦大桥已经全面通车近70天，那天邓小平兴致很高地走到大桥上，听朱志豪介绍道“您现在站在桥上，离水面有60米……”时，邓小平便问：“这座桥是不是世界第一？”朱志豪忙回答：“这座不是，但我们马上要建的另一座通往浦东的大桥会是世界第一。”邓小平随后微微一笑，也没有说话，只是将目光转向前面的浦东……

第三次是1993年12月13日下午，那一天风特别大，气温也低，但89岁高龄的邓小平兴致格外高。他站在巍峨的杨浦大桥上，问朱志豪：“这座桥是世界第一了吗？”当得到肯定的回答后，邓小平欣然朝大桥中央走了十几米，然而回头走时难以压抑心头激动，喃喃道：“喜看今日路，胜读百年书……”女儿邓榕好奇地问父亲：“爸爸从来不作诗，今日怎么诗兴大发？”只听经历了近一个世纪人生惊涛骇浪的邓小平这样回答道：“这不是诗，是我内心的话。”

“这不是诗，是我内心的话。”

这是诗，这是一位伟人从心底涌出的诗一般的话。

……

弹指一挥30年。

2023年12月13日的下午，我特意来到杨浦大桥，独自静坐在黄浦江东岸的滨江绿地处，起身透过一片舞动的芦苇秆，凝望着江上车水马龙的杨浦大桥，想一听伟人吟咏诗句的历史回声……

奔流东去的黄浦江水，似乎特别有情。它翻滚、汹涌，一直到后来似乎在欢腾起来……渐渐的，我的耳边似乎由远而近地出现一个清脆而洪亮的回声。那回声就是这么说的：“喜看今日路，胜读百年书！”

会是他吗？邓小平的在天之灵又回到浦东来了？！

是吗，就是他，他和他的声音回来了——

我激动得有些神魂颠倒：这是梦境还是现实？

答案呢？

无人回答。唯有黄浦江依然在奔流、在欢腾……

这时，我耳边又听到另一个声音——一个更加清晰而洪亮的声音："装点此关山，今朝更好看！"

这是谁在说？

浦东开发开放，"走的是一条解放思想、深化改革之路，是一条面向世界、扩大开放之路，是一条打破常规、创新突破之路"。

"……浦东已经从过去以农业为主的区域，变成了一座功能集聚、要素齐全、设施先进的现代化新城，可谓是沧桑巨变。"

浦东发展"为中国特色社会主义制度优势提供了最鲜活的现实明证，为改革开放和社会主义现代化建设提供了最生动的实践写照！"①

呵，这是习近平总书记的话。这话是在浦东开发开放30周年庆祝大会上说的。

它早已在浦东大地上一次次响彻与激荡。

那一天，这样的话，这样的声音，不时地在我脑海中回荡，眼前又不时地浮现小平同志对浦东开发开放的殷殷教诲和习近平总书记对浦东发展的一次次由衷赞许……

也正在这样的时候，我真的看到了"今朝更好看"的浦东。

是的，这就是浦东。

浦东的今天。

而浦东的今天，就是从昨天的浦东模样走过来的——

---

① 习近平：《论中国共产党历史》，中央文献出版社，2021年版，第307页。

2. 何谓"先行"？

在黄浦江上看景，最拨动心弦的是站在岸头观望江上一艘艘来来往往的巨轮，或逆水而上，或顺势东去…… 你会发现，在这些船只中最出彩且最有力量的，当属行驶在最前面的那一艘。它迎风破浪，披波斩涛，自掀潮流，独领风采于天地之间。而所有在它之后的船只，皆如飘逸的彩带，随势而为，气壮山河。

这就是"先行"的风采与风骨：最先迎接潮头与风浪，最先相拥朝霞或旭日，也可能最先遭遇触礁或沉没，即使真的牺牲，也是悲壮和值得的，因为它以自己的生命换得后来者的安全与更远的航程。而通常，先行者则会最早拥抱太阳、接受温暖，最先吐故纳新、摘得仙人果……

先行者的存在，皆是为后来者的路走得更顺畅。关于先行者，古话有云"朝闻道，夕死可矣"，意思是：早上明白了真理，晚上死去也心甘情愿。

为光明和未来而不断追求真理，死不足惜，是一切先行者的崇高精神。

浦东开发开放的定位就是中国式现代化的"先行"者。它与深圳在某种意义上有相同之处，不同的是它构建了中国式现代化发展的路径指引与职能协同体系。

赵启正是浦东新区首任党工委书记和管委会主任，他离开浦东工作岗位是1998年。从1992年到1998年的6年间，浦东从连片的稻田里，崛起了一栋栋摩天大厦，而除了东方明珠塔外，大多数更高的楼还在打基之中…… 管委会的食堂的饭菜依然非常简易，当年与赵启正一起来到浦东的"八百壮士"基本还都在各自的工作岗位上挥汗如雨，或忙碌于工地，或在谈项目、谈招商。胡炜等党工委管委会领导和十个部门的工作人员还挤在一个小食堂内吃饭。食堂的走道上贴着一张很醒目的纸，上面写着这样一句话：站在地球仪旁思考浦东开发。

“这句话是启正的诸多‘浦东名言’之一，它的意思是：我们在搞浦东建设时，一定要站在世界和全球的视野的高度上，突出高标准、高水平的要求。在当时建设开发的实际工作中，在启正为班长的党工委、管委会领导班子，团结一心，众志成城，按照中央和上海市委、市政府确定的方针来做工作。”胡炜说。

2003年，胡炜同志卸任区长和区委副书记一职，接任浦东新区区委书记的是任上海市副市长兼市政府秘书长的姜斯宪。

姜斯宪是区委书记、区长“一肩挑”，肩负重任。不过他在浦东的工作时间只有15个月。在他之前的浦东已经开发建设了10年，新区的城市模样基本成形，功能性布局也迈入进一步完善的阶段：陆家嘴金融区、金桥出口加工区、外高桥保税区和张江高新区等开始发力……至2007年，此时浦东的经济规模已经相当于1990年全上海规模的1.7倍。

此时，与外滩隔岸呼应的浦东陆家嘴摩天大厦群已醒目、妖娆地耸立在人们的眼前，面对昔日荣光的外滩“万国博物建筑群”，大有力压群芳之势。一向看不上浦东的浦西老上海人，开始纷纷掏钱到浦东买房置业……

被称为“东方门户”的浦东机场此时已建成。从陆家嘴出发连通几个功能开发区的宽阔大道也全部衔接并形成四通八达的态势。曾经的一片蛙声的金桥开发区的腹地上，世界闻名的通用汽车公司在此落地，“上海汽车城”的概念也仿佛在一夜间奋然崛起。就在通用汽车公司的近邻，一个面积达4平方公里的国际高端社区——碧云国际社区紧随其后，全面落成开园，一时，2000余户共6000人左右的外籍人士绽开一张张笑脸，欢天喜地地拖着行李入住……这是新世纪之初的浦东景象：宛若少年，英姿勃发，处处洋溢着朝气。

这个阶段的浦东，不仅在精神状态上，犹如青春少年，其面积体量也在不断“发育”……到2009年5月底，原本的浦东与南汇区合并为新的浦东版图，总面积达到1210平方公里。以往的“大上海”下又有了“大浦东”的概念。

浦东大了……中央赋予浦东的使命和责任也随之在不断加码，浦东人深感责任和使命重大。2007年，时任上海市委书记习近平视察浦东时，强调浦东要按照中央确定的上海发展的战略目标，努力推进“四个率先”（率先转变经济增长方式，把经济社会发展切实转入科学发展轨道；率先提高自主创新能力，为全面建设小康社会提供强有力的科技支撑；率先推进改革开放，继续当好全国改革开放的排头兵；率先构建社会主义和谐社会，切实保证社会主义现代化建设顺利进行），加快实现经济社会又好又快发展的指示精神，大刀阔斧地展开了浦东发展史上如火如荼、从未间断的一系列改革……[①] 正是这些改革，让浦东的发展从以往的美轮美奂的高楼大厦城景，向四通八达、里外光艳、丰富多彩、力鼎天下的中国式现代化城市目标飞速迈进，其势其景，惊天动地，五彩缤纷！

那个时候的浦东，已受世人瞩目。区委书记、区长“一肩挑”的姜斯宪说他在浦东的工作虽然只干了15个月，却经历了浦东成为“中国改革开放重要窗口”的时期，这期间他先后出席过各类涉外活动达400余次，接待国家元首级要员就有20位。“来自全球和港澳台的企业家、投资人更是不计其数……”有一件事让姜斯宪感叹不止：“2003年2月28日，也是我刚到浦东上任之初，时任党中央总书记的江泽民那天陪同古巴国务委员会主席菲德尔·卡斯特罗来到浦东新区。当时我的开场白有这样一句话：今天是卡斯特罗主席第二次访问浦东新区，也是江泽民同志担任总书记之后的第15次来浦东视察……你可以设想一下：一个外国元首，在短短的时间里来到浦东两次，而我们的国家最高领导人在浦东开发开放之后的10年中亲临15次，这说明浦东在中国的改革开放中处在那么重要的位置！”

---

① 参见《当好改革开放的排头兵：习近平上海足迹》，上海人民出版社，2022年版。

如此荣耀，浦东之外，不会有第二个。

毋庸置疑，浦东开发开放从动土的第一天起，便在中国和世界范围内引起广泛的注目。进入二十一世纪之后的浦东，它的功能性越发显现。这个时候的浦东，一方面，继续像前10年一样保持艰苦创业，快速和更加完善城市建设；另一方面，各区块的功能性作用在飞速加码。在姜斯宪任后的五六年间，浦东新区的领导层也连续换了两位要员，他们分别是：2004年4月上任浦东新区区委书记的杜家亳，2008年2月底，接替杜家亳出任区委书记的徐麟，这两位后来都在其他地方任省委书记。

杜家亳与徐麟的浦东10年，正是浦东处在从快速建城到各区块全面发挥功能性作用的时期，而当时的浦东还在经历三件重中之重的大事，它们分别是中央赋予的综合配套改革，浦东与南汇合并，以及举办“世博会”。三件大事既是浦东的，也是上海的，甚至是国家的大事。如何干，怎么干？

“我去的时候，浦东已经有了许多有利条件，四大国家级开发区已经形成规模。浦东的经济整体实力单从数据上看，也在全市比重中占有重要位置，外贸出口占全市的二分之一，财政收入占全市的三分之一，GDP总值占了全上海的四分之一。如何在这么高的起点上继续前进，这是摆在我们面前的一个重大课题。”杜家亳从市政府秘书长的岗位来到浦东新区后，第一件事就是请教胡炜等浦东的老领导，走访各路“神仙”。

“杜书记啊，你实话实说，我们浦东现在美不美？”

“美！我看不比浦西差，尤其是陆家嘴，甚至超过外滩！”

“对啊，老上海用了多少年！我们浦东才10年……10年干成今天这个样，你说我们上海人是不是也不比谁差？”

“这个是绝对的。过去有人嘲讽我们上海人只有嘴上功夫，不如深圳、不如周边的江浙人能干、实干！现在全中国甚至全世界的人都在赞扬我们上海人也是干活的好把式嘛！”

调研和座谈期间，浦东干部和新来的书记杜家亳时常有这样爽朗愉快的互动。

“对嘛，书记啊，十年干成眼前这样让全世界都惊艳赞叹的浦东，你说我们是不是干得太累了，累得真有点干不动了呀！”

“我嘛，感觉累是累一点，但值得，也很自豪，因为新上海是在我们手上建起的…… 仅凭这一点，我做个新上海人足够资格了吧！”

杜家毫看着眼前这些有的已经弓了腰、白了发、脸上布满疲倦感的浦东创业者和开拓者，心头平添几分怜悯与崇敬，同时内心也多了几许忧虑：同事们说的是实话，浦东的前十年是靠着拼劲硬干出来的！ 它超常的建城速度堪称经典…… 然而中央对浦东则有更高的期待与希望。刚刚召开不久的党的第十六次全国代表大会上，对浦东给出了“十六字”的新要求：浦东要在“制度创新和扩大开放等方面走在前列”。

“前列”就是“率先”，两者意思相近。上任初始的杜家毫，脑海中每每泛出中央赋予浦东的“十六个字”，就感到双肩压力重重。

“制度创新”“扩大开放”，是浦东的两大课题，更是中国和新时代面临的“必答题”。中国的“制度创新”和“扩大开放”之路到底如何走？ 现在中央把前行的试验任务给了浦东，我们浦东不可能也绝不应该因为前10年干得好、干“疯”了、干累了，现在就可以歇歇劲、喘喘气了。适当的喘气当然是可以的，但要说自满和躺平，那是绝对不行，搞不好还会前功尽弃。

“浦东的发展和开放，不能开慢车，更不能开倒车！ 只能加油门，而且还必须调挡位……”杜家毫在区党委和新区干部会上再三强调。

“我看要找到真正解决工作方向的问题，还需要去趟北京……”在松江、杨浦区委书记和市政府秘书长岗位上工作过的杜家毫清楚：浦东发展的根本，一靠政策，二靠自己闯，也就是要自己给自己“找活”。

“活找到了，我们浦东就活起来了！”这是他常说的话。

北京去。杜家毫不费力气地找到了在中央工作的从上海走出去的领导。

汇报之后，杜家毫请“老领导”指明方向。

“小杜啊，中央对党的十六大确定的全面深化改革的事，还在国家发改委层面进行研究制定方案之中，据说发改委有个初步的方案：准备在深圳搞一个国家综合配套改革试验区。不过呢，深圳也有它的问题，主要是受到地域限制。进进出出深圳，还要‘边防证’。”

“我们浦东可以接这个综合配套改革试验！”秘书长出身的杜家毫脑子反应快，马上接话道。

“哈，这个你得找发改委，我说了不算。”“老领导”笑道。

“得令”后的杜家毫立即转头来到国家发改委。

“马凯同志是当时的国家发改委主任。我向他汇报了浦东的情况，并且主动提出，如果综合配套改革试验区给我们浦东，我们一不要国家项目，二不要国家资金，三也不要国家特殊政策…… 马凯同志一听我这‘三不要’，便笑了，说：‘你上海浦东‘三不要’，就只要允许你们搞综合配套改革试验区？ 那么你们考虑改革主要在哪些方面呢？’我就把准备好的想法，回答说：‘一是进一步转变经济增长方式，深化企业改革，发展多种形式的股份制经济；二是进一步改变城乡二元结构，把浦东新区的城区、郊区、农村有机地联系起来，推进城乡一体化发展；三是大力推进自主创新，找到产学研进一步整合的体制和机制；四是进一步深化社会管理和公共事务的改革，发挥好政府和社会组织在社会管理中的作用；五是推进行政体制改革。浦东新区建立以来，一直实行小政府、大社会 ……’”如此这般，杜家毫向马凯同志汇报了约40分钟。马凯认真听后，又将重点一一记下来。随后当即表态：“我个人支持你们成为综合配套改革的试验区，但这个事要提交发改委党组讨论，由发改委党组决定。”

有戏！ 杜家毫等从国家发改委出来后，立即飞回上海。回到浦东的第一件事，就是向市委、市政府领导汇报，并马上把几位原先已经在为试验区“整材料”的笔杆子找到办公室，要求他们进一步完善方案，准备国家发改委前来考察验收相关报告，同时向市委、市政府报备方案。

这一任务具体落在新区发改委负责人蒋慧工头上。“老蒋，你熟悉这事，再找几个人把方案整得更细致点，争取一举成功！”杜家毫对浦东发改委负责人蒋慧工交代任务。

杜家毫找蒋慧工可是有十万个理由，因为在杜家毫来浦东任职之前，前任浦东区委书记姜斯宪按照上海市委的要求，也一直在思考和谋划“十一五”规划中的浦东中近期的景象，而且浦东还特意委托世界著名的咨询公司——美国盖洛普公司调研浦东在金融、贸易、高科技领域有哪些不符合国际惯例的地方。结果这家公司在调研后给出了100多项“浦东问题”。

“我们后来又向日本野村综合研究所咨询东京发展对浦东发展战略的借鉴作用。也就是在这些基础上，结合我们浦东发展的瓶颈问题，提出了浦东发展相关的几个方面的改革措施。这些意见，就是后来杜家毫书记向马凯同志汇报的五个方面。”蒋慧工后来回忆道。

蒋慧工比杜家毫年龄大三四岁，所以杜书记等人都称呼他为“老经贸”。蒋慧工是浦东开发最早的一批从市级机关调来的“八百壮士”之一，开始在浦东开发办担任项目处负责人，后来任经贸局副局长，是浦东“老开发”了。

“我们其实比杜家毫书记早一些日子去北京见国家发改委的司局领导，并且探到了一些‘内部消息’，知道中央正在谋划改革与创新方面的大棋。但到底怎么干，还处在酝酿阶段。我去见发改委体改司司长时，与他谈了浦东的情况，特别介绍了浦东一开始就按照中央要求，在国际化、现代化和多功能化方面已经取得了许多经验，而且还在制度改革和创新方面正在借鉴国际惯例深入探讨新的改革与创新思路。一位姓范的司长听后非常欣赏，对我说：‘建议你们把成熟的想法报上海市政府，再派浦东新区负责同志或上海市领导与国家发改委领导进行沟通。’正是有了这层事先的沟通，也就有了杜家毫向马凯汇报的后续……”蒋慧工回忆道。

“今年中央要召开经济工作会议，我有机会与马凯主任在会议期间讨论你们浦东综合配套改革试点的事，你们尽快抓紧完善给国家发改委的报告。”一天，市政府领导催促杜家毫。

“我们开足马力立即行动！”杜家毫回头迅速安排蒋慧工等新区政府部门的相关人员行动起来，又直接恳请市发改委共同起草给中央的报告。

“后来，杜家毫书记直接让我将这份报告呈送到马凯同志的秘书手中。可是过了一段时间，北京方面没有一点信息，我们申请综合配套改革试点一事，如石沉大海一样。我和几位同事急得直跺脚，可又打听不到一点儿消息。”蒋慧工说，“就在这当口，杜书记把我叫到他的办公室，告诉我：‘申报报告送到国务院领导手中后，有领导认为改革无须批准，所以并不同意用国务院名义给浦东方面出批复文件。’”

“没有批复文件，我们的试点成啥嘛？”蒋慧工听后当时就喊出了声。

“是这么回事。”杜书记点点头并做了个手势示意他别着急，“我们还要请求同国家发改委形成一致意见，请他们帮助在国务院那里进行沟通，争取理想的结果。”

“那好吧，我们再去趟北京！”就这样，蒋慧工又接过半生不熟的“申请”事宜，开始了他与同事们一起争取综合配套改革“试点”的艰难跋涉……

他甚至为此找到了老市长汪道涵。病榻之上的老市长是浦东开发开放的倡导者，一听这事，马上安排秘书和助手帮蒋慧工去找北京的各种“关系”。

于是在那段日子里，蒋慧工成了浦东常驻北京的“申报大使”，整天与中央有关部门及能够搭得上“关系”的人打交道，天天忙于串门私访。

“有一天，国家发改委召开体制改革工作会议，我在上海发改委的帮助下，‘混’进了会场。见了马凯主任就跟他握手。在握手之际，我冒昧地问他浦东那个申请试点的报告还有没有希望。马凯主任不愧是见过大世面的国家部委领导，对我的询问既不摇头，也不点头，甚至没有任何表情变化。但我能感觉到他对改革试点一事非常坚定，他的眼神告诉我……”

蒋慧工说。

一般人并不知道，马凯也是上海人，而且他对古体诗研究很深，也写得一手好诗。在他任国务院秘书长和副总理时，我经常因文学和出版问题向他汇报工作。在写此书时，我向他询问过浦东试点这事。他笑笑，说有这回事，还说当时国家发改委已经正式向国务院递交了浦东试点的报告，但因为还没开会，所以不好将情况透露给上海方面。

蒋慧工虽与马凯同志握了手，但没有得到丝毫信息，这让浦东人在苦苦等待中煎熬着……

"不批复，就证明我们的方案还有不完备之处，另一方面可能中央对我们的试点有些其他方面的担忧。这样，我们就更应全力做好两方面工作：一方面，要继续把申请报告修改好，一直改到国家发改委、国务院满意为止；另一方面，还要去北京多跑跑，争取多向国务院领导汇报和陈述清楚我们的决心和想法！"北京方面没给出消息，并不等于浦东方面甩袖歇活。杜家毫书记继续不懈地向蒋慧工等具体负责这事的人布置任务，而且抓住每每到北京开会之机"跑部"——到相关部委和国务院汇报。

时任国务院秘书长的是上海来的华建敏。杜家毫在上海市政府工作时，华建敏是副市长，他们算是老上下级关系。一日，久等未果的杜家毫，到国务院后推门就进了老领导的办公室。

"家毫同志你找我有什么事？"华建敏便问。

"我们上海给国家发改委申请试点的报告已经有日子了，但还是没有答复。我着急死了！只好来向老领导来汇报……"杜家毫气喘吁吁地说着。

华建敏笑了，听完他的话后，抄起电话就找起了人，并说："这是好事，你们三不要：不要钱，不要项目，不要政策。你们自我改革，自费改革，应该支持！"

后来关于浦东申请"试点"一事，据说在国务院的几位领导之间有过一阵拉锯式的反复……好事总是多磨。

2005年6月21日，温家宝总理主持召开国务院常务会议。在此次会议上，浦东新区综合配套改革试点的方案被正式批准，总理和国务院还着重就浦东的试点一事提出了明确要求，即后来浦东同志都知道的“三个着力”“四个结合”：着力转变经济运行方式，着力改变城乡经济社会二元结构，着力转变政府职能；要把改革和发展有机地结合起来，把解决本地实际问题与攻克面上共性难题结合起来，把实现重点突破与整体创新结合起来，把经济体制改革与其他改革结合起来，率先建立起完善的社会主义市场经济体制。

“这回我们的活可就多了去啦！肩上的担子真的是‘压力山大’！”杜家毫在区委常委会议上，一边读着国务院的批复和要求，一边连连感叹。随后他满腔激情地告诉同事：“活多了，浦东的希望也就更大了！同志们哪，啥话都不用多说，还是要像启正、胡炜他们几任浦东新区开拓者、创业者那样，使出全部干劲，往实地干！往改革的深度干——！”

“干，往实地干！”

“干，往改革的深度干——！”

3. 小浦东、大浦东，皆为序章……

赵启正、胡炜和沙麟，还有陆家嘴开发公司首任总经理王安德等人，都跟我说过，浦东开发开放最早的一步，就是现在的“东方明珠”塔底下那一块巴掌大的地方。“当时的意思也很简单：过去上海出名，成为全国最大的工业城市，起初不就是因为有外滩这么一块出了大名、赚了大钱的地方嘛！那浦东也来搞一块‘东外滩’……但大家认为‘东外滩’的叫法不怎么好听，而‘东方明珠’那里属于陆家嘴，陆家嘴因陆深居住于此，且地貌形状似鱼嘴而得名。其实也有人提出过建议，觉得陆家嘴这个地名不够响亮，现在搞浦东开发开放，对标的是国际水平，是不是也得弄个像‘金桥’一样金光闪耀的名字？最后大家讨论决定，既然是新时代的上海，还是保留些上海的人文气息吧，反而显得更有味道。陆家嘴就这样被保留了下来，而且现在看来不失为一种很智慧、很‘上海’的做法。老地名有老味道呀！”王安德意味深长道。

事实上，现在的浦东陆家嘴的名声已经可以比肩外滩。要说哪个更美的话，前者绝对远超于后者了。

但浦东一开始确实是小规划，即使在上海，浦东建设最初的若干年里，也一直自称“小浦东”。

只是“小浦东”发威很快，尤其是在陆家嘴的那些摩天大厦如雨后春笋般出现后，那个“小”字就被人从口语中慢慢地去掉了。然而剩下的“浦东”二字也并没有大到哪儿去。最突出的是通过前十年奋战之后，到姜斯宪、杜家毫任书记时，在已经扩大了的浦东的560平方公里面积上，约300平方公里已经被新城铺得差不多了，剩下的200多平方公里面积是乡村，浦东如何再发展，遇上了相当大的瓶颈：浦东开发的前面十年、十五年干得相当漂亮，正可谓“一年一个样，十年变大样”，而现在你们浦东还能拿出啥新鲜花头吗？

“浦东还有什么新鲜花头？”姜斯宪、杜家毫上任后，到市政府开会，市领导们经常会问起这样的问题，因为他们到北京开会，也经常被中央领导提出这个问题……南边的深圳一日千里，而邓小平亲自决策的浦东作为“中国王牌”，若是干不过人家，上海人还有没有面子了呀？

上海人啥都不怕，就怕丢了面子！面子是啥？城市的面子跟一个人的脸面是一回事。讲究外在印象的上海人最闹心的就是外人觉得他们上海哪个地方不行。这种丢人现眼的事，不能有，绝对不能有。宁可自己吃苦果，也要让人感觉你嘴里在咬甜糖；宁可冻得瑟瑟发抖，也要美丽动人——这就是上海人的性格。

浦东发展不能输给深圳，假如落后于深圳，那是上海人感觉最没有面子的事！当然，上海人一直在向深圳学习取经，同时也把自己治理城市的丰富经验毫无保留地送给前来学习的深圳人。毕竟，上海是全国城市中的“老大”，才不会那么小气嘛！

浦东发展到底如何走、如何搞？欲要建设一个新区，一个现代化的新区，一个对标国际水准的新区，浦东人着实需要动足脑筋。因为这既是自身发展和建设的要求，更是上海市和中央对浦东的要求：你的建立与存在，就是要服务上海，为全国改革开放、走中国式现代化道路探索经验……

姜斯宪到浦东新区上任区委书记时，有一个特别重要的任务是：召开中共上海市浦东新区第一次代表大会，这也预示着浦东不再是一个仅仅承担经济开发任务的“开发区”性质的区域地块，而是上海乃至中国重要的改革开放前沿阵地和试验田。

“我们交任时的浦东其实已经足够大了，城市建设这一块，已经从过去的稻田，变成了世界瞩目的现代化新城。企业资源这一块也是非常丰厚，仅在浦东注册的外资企业，到2003年就多达1万家。这一年，浦东新区为了庆贺首届党代会和浦东开发开放的巨大成果，搞了一次‘嘉年华’，虽然当时因遇上了‘非典’疫情推迟了两个月，但‘嘉年华’仍然出乎预期的成功。整个活动为期一个月，130万人参加，收入达到1.3亿元，各种税收达4000多万元。在当时，‘非典’疫情刚过，能有这样的收获实属不易。证明浦东的吸引力在当时已经非常大。”那年，胡炜结束了作为浦东开发开放“见证者”“实践者”的长达11年的难忘经历，被上海市人大代表们选举为市人大常委会副主任。

“浦东发展与建设是时代的骄傲，当时我们浦东干部中有个比喻：邓小平为浦东开发开放谱了曲，党中央几代领导是总指挥，我们这些在浦东参与工作的人则是演奏者。整个浦东发展是一首时代交响曲，很雄壮，也需要好几代演奏者才能把这部交响曲完成好……”胡炜说。

在国务院对浦东的综合配套改革试点的批复下来之前，姜斯宪、杜家毫等这些浦东的“演奏者”其实希望把邓小平开创的浦东事业的交响曲奏得更好、更完整。

“把楼盖起来、把路筑好、把草坪修好……其实这只能算‘小浦东’建设。把人特别是有用的人、高科技人才和全球经营人才集聚起来，将经济、科技搞起来，搞到中央和全国人民所期待的国际一流水平，才是真正的‘大浦东’建设的使命和责任。”一位浦东“老开发”这样说。

姜斯宪在浦东任职时间不长，但他依然要在工作上寻求突破。有一点是他比较满意的，那就是“在更大程度上促进产业结构转型升级”，使浦东在发展过程中为上海和国家打造出具有普遍意义、其他地方可借鉴的“时代标杆”。

我国第一个保税物流园区——上海外高桥保税物流园区的成功建立，使其成为外高桥保税区功能的延伸和国际港口物流联动发展示范区，是姜斯宪离任浦东前的精彩一笔：原来的外高桥保税区仅有10平方公里面积，且其中水系和绿地占了很大一块，这是因为老高桥港口有海关和物流仓储等区块，归国家海关总署管理。浦东经过与海关、商务部的协调和争取，一下让浦东外高桥保税区的实际使用面积扩大不少，同时由于打通了与港口的接壤区域，共建的物流园区也一下让外高桥保税区的功能获得巨大释放。

“这一突破，从功能和地理上解决了当时困扰上海的集成电路芯片出口复进口的税收抵扣问题，并培育了一批新型物流公司，较好提升了浦东的国际竞争力。”姜斯宪说。

国务院同意浦东“综合配套改革试点”的批复文件，是杜家毫接到手的。改革是大家都希望的，寻求政策突破更是做具体工作的基层干部们梦想中的事，然而真正到了“你可以干”时，杜家毫他们发现：原来事情完全不是那么简单。

“浦东当时的区域是560平方公里，而在这么一块区域里，有金融创新的功能，有高科技集聚和自主创新的功能，有外向经济集聚的功能，有外高桥综合保税以及航运中心和浦东大型国际机场的空港功能，还有当时已经在规划的世博会会展的功能，也还有迪士尼等大型旅游休闲的功能，等等。到底这些功能布局是不是真正到位和具备科学性了，其实这在当时的浦东规划部门、决策者和实施者的心中，并不是特别清晰。心中不清晰就有可能犯大错、触大忌，浦东的事毕竟影响的不仅是浦东本身，还有身后的上海的大目标和中央赋予浦东的‘全国一盘大棋’先行者的改革试验进程。所以我当时感到压力不小。”杜家毫后来到任湖南省省长后，这样回忆说。

2004年7月，时任中共中央总书记胡锦涛同志来上海视察，指出了上海在现代服务业上的“短腿”。

“家毫啊，看来上海这条‘短腿’要从你们浦东的实践上补上它的长度呀！”上海市领导对浦东和杜家毫寄予很大希望。

杜家毫和浦东的同志们毫不含糊，立即着手在加速浦东“现代服务业”发展上四处寻找资源。

效果果然明显。为何？杜家毫在市政府秘书长的岗位上任职的时间不短，所以跟各个国家部委也比较熟悉。他记得浦东陆家嘴刚“开张露脸”时，赵启正和胡炜他们做了一件让他深受启发的大事，那就是把虽然成立时间还不长却深受全国人民瞩目的上海证券交易所引入浦东。

“找银行！现代服务业来得最快的当数银行、证券部门，他们要是来浦东扎根，那开出的‘花’自然就灿烂了呗！”杜家毫对下属们说。

一番苦功后，果不其然。

很快，中国人民银行第二总部落户浦东。这个金融界的“龙头”一来，其他一批金融单位如银监会、保监会、证监会也陆续跟进来到浦东置地落户。随着这些在金融界呼风唤雨的“爷叔”“娘舅”们一到浦东，他们系统内外的千军万马跟着跨过黄浦江，落地到了陆家嘴……

哈，“钱包开始有些鼓了”！到2006年底，杜家毫与浦东的干部们开心了好一阵子。金融行业的衍生品一出场，浦东的服务业顿时呈现扶摇直上之势。

然而杜家毫他们的手笔也不是那么简单，他们及时开展了探索，启动了全国首个由地方政府设立的政策性扶持资金——上海浦东新区创业风险投资引导基金。原因是：“当时，我们每年区财政有10到20亿元的科技基金，后来把这个科技基金变成风险投资的引导资金，不像以前那样用行政的办法把资金分配给一些科技企业，而是跟知名的风险投资公司结合起来，共同选项目。一旦共同商议定下项目后，区政府科技创新基金会跟你配投，配投以后，如果项目成功了，就意味着政府的投资也有了保障。以后企业上市成功，我们不要求高额回报，只是把风险投资加上利息收回就行。如果风险投资失败了，我们与风投公司一起承担损失……”杜家毫说。

如此一招，浦东新区的政府威信仿佛一下在经济界和企业界“疯长”了起来。许多来浦东投资的科技企业获得了发展信心，用他们的话说，那就是“其他任何地方所没有的好处，浦东全给了我们！”

可不，你企业的项目成功了，上市了，获大利了，而一起投资的浦东政府并没有参与你的分红，而仅仅是把当初投资的钱加上利息收回去！这样的生意，谁不高兴。

“浦东政府是真心让我们企业在浦东活下来、做成大事！”企业家说。

风险投资公司也高兴呀，说：“赚了钱，政府并不想着获大利。相反，投资失败了，他们则一起与我们承担损失，这样的政府你还有什么不为他们去奋斗、去努力呢？”

杜家毫在任的第三招也可谓一记高招：大力发展“总部经济”。

如今，“总部经济”这四个字大家都比较熟悉。而在二十一世纪之初，只有浦东人真实地了解它的含义：无论多大的城市，它的地盘都是有限度的。更何况上海的浦东，它怎么可能永远不停地扩大？！

当年赵启正一到浦东工作，就请胡炜的父亲、书法家胡问遂写下“惜土如金”四个大字，挂在自己的办公室，以示在工作中要时时刻刻地珍惜浦东每一寸土地的开发与利用。杜家毫上任时就请教过赵启正、胡炜等，并深得两位老领导的教益，知道“惜土如金”对浦东的意义。

“因为浦东的区域很小，你不可能有大量的土地资源去建很多工厂。我们就必须想另一种办法既让企业来浦东投资，又不受土地的节制，确保浦东通过有限的土地获得最大的效益。于是我们注意吸引更多大企业、跨国公司在浦东设立总部或国际事业部。我印象比较深的，像美国通用电气，它在全球就搞了三个研发中心，一个在印度，一个在我们浦东，一个在它本国。另有一大批跨国公司也先后在浦东建立了研发中心和地区总部。到后来，像印度最有名的几大服务外包的企业，也都在浦东建立了软件园……”杜家毫对这一步棋很满意，因为由此也拉开了浦东在产业转型方面的大幕。

这个时候，浦东的城乡之间出现如“高地”与“洼地”一般的巨大落差，发展失衡、产业差异等诸多问题，自然而然地成为浦东发展急需解决的问题。

怎么办？如果不把城乡落差拉平，你陆家嘴的楼再高、滨江大道再绚丽，外人到浦东一转，留下的话，一定会是“浦东其实也不咋样，看看他们的乡村，跟贫民窟似的……”

浦东人丢不起，也绝对不能丢这个脸面！再说，浦东开发开放，浦东的农村和百姓必须跟着经济发展、产业进步一起繁荣昌盛才是根本嘛！

这一点中央有要求。上海市委、市政府的领导，几乎在每年召开的各种大小会议上，都会对此向浦东提出和提醒相关话题。

浦东怎敢懈怠此事！

但，浦东新区的发展与规划，每一时节的任一出招，每一事件的任一迈步，都牵动着上海和北京那些敏感的神经，因为中央早已赋予浦东许多改革先行的权利。更何况，国家和上海全市的许多改革举措也正在等待浦东“试验田”长出的成果来参照呢！你浦东不认准方向、不走对路子、不拿出些新名堂，又怎样“过关”？

然而，浦东依然是上海的浦东、依然是中国的浦东，所遇到的问题，内地城市有，改革最前沿的深圳有，上海本地也有，而且有些同样是长久难以破解的共性难题，比如产业结构，比如城乡差异，比如外贸进出口等事情上的政策与机制，还有制度上不可轻易逾越的问题。“比如在功能性的设立问题上，其难度远超我们的预期，它既涉及已经划定的那些开发区的利益，又涉及原来城区的利益。浦东发展的过程中，农民并不愿意到城区当市民，觉得自己没有了宅基地，就等于没有了家园。他们对自己的宅基地和家园充满了不舍，你想动他的土地，并不能简单地用钱来解决。怎么办？浦东发展总不能停留在几个开发区已经盖上楼的地方吧！”

“后来经过多次调研和反复论证，最后还是选择了打破条线管理的框框，把开发区的领导、相关乡镇和街道的领导组合到功能区的管委会中，由区领导兼任这个管委会主任，统一协调功能区中的城乡关系。本来还以为是个好办法，但实践的结果是：由于这个管委会成员原本的经历不同，坐在一起也谈不拢事，而且矛盾反比以前复杂得多了。这事真的让我们头痛了好一阵子……”

“也有你杜家毫头痛的事啊！”一日，杜家毫到市里汇报工作，市领导一边端过茶杯，一边冲杜家毫笑道。最后，还是领导高瞻远瞩，给他出了个金点子：用产业来整合城乡差异，带动农民对浦东城市发展的热忱并积极参与。

“这招真的是英明！”当杜家毫把这一指示带回浦东，并迅速推出措施之后，很快获得成效。这也有了浦东干部们的上述感叹。

“2007年我离开浦东时，心里还留着很多遗憾。但我们当时对浦东的规划可以说是相当不错。一个功能板块里有一个以产业为功能的园区，同时里面包含一个新市镇。其实这一点是向香港学习的，当时就根据功能区的地区内的乡镇情况，重新组合了四个新市镇，它们分别是外高桥新市镇、曹路新市镇、川沙新市镇及唐镇新市镇。然后我们再把农民们规划到这样的新市镇内，将他们的土地，有些保留下来继续搞农业，有些则去搞园区。最终实现由现代化的城市社区模式去管理和协调乡镇这一块……”杜家毫任上的这份宝贵探索经验，至今仍在浦东发展中起着作用。

“以产业带动乡村建设，让浦东的农民、乡村与功能性的城区的高速发展同步前行，使浦东的每一块土地美丽且富有生机，这条道路是走对了。”我与区农业农村委员会主任苏锦山有着长达半天的交流，在这岗位上任职超7个年头的他的这句话令我印象深刻。他希望我到一个叫“连民村”的村子去看看。

在看过连民村后，我获得了一种满足：上海人要么就不搞事情，一旦搞起来就是讲究味道、讲究品质。这个连民村，现在是上海远近闻名的“玫瑰之乡”。在一家民营企业支持下，全村种植了几百亩的玫瑰花，又通过打造玫瑰园带动了文化旅游产业，把整个村庄建设成花海一般的风景区，成为婚庆打卡点、青少年学习基地和实习工坊等，农民不用出村，生活水平就真的如芝麻开花节节高。

幸福的花儿 心中开放
爱情的歌儿 随风飘荡
我们的心儿 飞向远方
憧憬那美好 革命理想
……

这歌是我们青春年代所唱的，也是浦东快速发展时期的干部们经常咏唱的。

浦东的“幸福花儿”如何开放、如何飞向远方？解决这个问题是一个时代和历史使命。

“综合配套改革试点”这一棋落子之时，就是浦东“第二次创业”的发令枪声——徐麟接替杜家毫上任浦东新区区委书记后，就提出了这样一个概念。

“第二次创业”即意味着在原有发展的基础上，要进入一个质的历史性飞跃的过程。

杜家毫与徐麟的交接是在2007年末到2008年2月的这段时间进行的，可以说，浦东在国家和上海的大形势下，虽然面临快速发展过程中暴露出的一些自身问题，但总体上依然是顺风顺水、一路高歌。2007年，习近平同志从浙江调任上海市委书记，而基层调研的第一站就专门选择到浦东新区。在视察调研了浦东新区展览馆、通用电气（中国）研发中心、展讯通信有限公司、中国银联上海总部信息中心、中国工商银行数据处理中心、外高桥港区和外高桥保税区物流园区后，习近平指出：上海正站在一个新的发展起点上，要按照中央确定的上海发展战略目标，抓住举办世博会和浦东综合配套改革试点的契机，齐心协力加快推进各项工作又好又快地发展。[①]

之后习近平同志又在短时间内多次来到浦东，更在市级会议上为浦东建设提出方向性的意见。

杜家毫把浦东建设的接力棒交给徐麟后，自己受命飞到了黑龙江省履新。此时，已是上海市委常委的徐麟虽然深知浦东的担子不轻，但无论如何也没有想到“暴风雨”比预想中要猛烈得多——

2008年，一场由美国次贷危机引发的金融危机席卷全球。谁也没想到这场起初与中国包括上海毫无关联的金融风暴，却成为浦东开发开放之后

① 参见中央党校：《习近平在上海》，中共中央党校出版社，2022年版。

所遇到的第二次暴风雨般的外部经济冲击，第一次是1997年、1998年的亚洲金融危机。这场金融危机对浦东的影响最大的是其对亚洲的投资者的巨大冲击，比如大家都熟悉的汤臣集团，老板汤君年是台湾的著名企业家，他对浦东发自内心地热爱，从1992年起就把在香港、台湾的资产卖掉后投资浦东，一门心思为浦东发展做贡献。开始几年顺风顺水，一连在浦东办了十多个公司，人称“浦东汤”。哪知亚洲金融危机风暴席卷过来，让“浦东汤”在海外市场的钱接连打水漂。汤先生一病不起。紧要关头，浦东新区的领导专程到香港帮助其处理官司，完善其浦东开发项目的建议方案，同时又妥善处理了他公司在浦东的几宗土地买卖，最终让汤臣集团渡过了难关。后来才有了如今“汤臣一品”等超豪华住宅楼盘独傲于陆家嘴房地产市场的景象。著名的浦东“三件套”之一的“环球国际金融中心”大厦是日本森集团公司建的，这家公司同样因为受到亚洲金融危机的冲击，几度风雨飘摇，危机四伏，厄运连连，原本的合作者纷纷逃离，雪上加霜的是，日本的银行不给其贷款。森公司不得不把正在建造中的“环球国际金融中心”大厦的工期，一次又一次地往后拖延，甚至出现了“三次开工”的奇事。最后还是浦东政府出面帮助解决了资金问题……上面这两个例子，在《浦东史诗》中有详尽记载。

当年亚洲金融危机对我国的影响不算很大，部分原因在于我国包括上海在内的证券市场和国际金融流通体系还没有建好，刚起步的浦东在亚洲金融危机中安然度过。

然而，浦东在2008年、2009年由美国房地产泡沫破裂引发的金融风暴之中，却未能获得像亚洲金融危机时的幸运。用上海人的话说，那是“水推沙子——挡不住”！

开放是件好事，在全球化经济形态下，要想发展、要想快速发展，跟上世界经济大潮，无疑开放才有出路。然而闸门既然打开了，也不全然是好事。尤其是作为世界金融“龙头”的美国一出事，已经开放的东方大国不可能独善其身，浦东更是在“金融海啸”中首当其冲。据官方后来的统计：2008年，浦东金融业的增加值增幅从上一年的39%下降到15%，集装箱吞吐量历史上首次出现负增长，商品房预售面积同比下降48.7%，全年注销企业逾千户，对外贸易大幅下滑……

“豁边！豁边了！这不是要死掉的样子嘛！”已经习惯坐在统计表前看经济形势的火箭头扶摇直上的上海人、浦东人那个时间里真的“急出毛病来了”！

徐麟到浦东上任时，就是这样的形势和环境。然而，浦东在党中央指导和上海市委、市政府的领导下，坚定地高举改革开放的旗帜，迎难而上。用徐麟的话说：浦东是靠改革开放成长起来的，浦东要想活得更好，还得靠改革开放，靠更大胆子的改革与开放。

正是在这样的思想和观念的引领下，浦东在2008年先后密集出台了包括聚集陆家嘴金融核心功能区的《支持金融机构发展的意见》《集聚金融人才实施办法》《促进股权投资企业和股权投资管理企业实施办法》等一系列政策措施。其中浦东当时出台的一个财政政策奖励补贴办法，可谓在全球金融界引起热议，那就是他们把金融企业高管的个人所得税从45%下降到实际的25%，基本与中国香港、新加坡持平。

“去！浦东去！”这一激励机制，让全球金融界的“大佬”们纷纷看好浦东，甚至一些国际银行业的“大佬”们还带着他们的“总部”一起搬到了浦东陆家嘴……

“人才是根本。为了夯实区域经济抗风险能力，我们深知浦东要发展、要实现国际水平，就要建立人才高地，吸引全球一流人才。为此，我们在这一年陆续出台了《支持、鼓励人才若干意见》，提出在今后三年内规划建设4万套人才公寓，设立20亿元的人才发展专项资金，重点支持对金融人才、创新人才和博士后人才的激励机制。最高的人才激励，一个人可以拿到一个亿元的扶植资金。这在当时绝对是很大胆的举措，也的确吸引眼球，但我们确实是把鼓励人才到浦东创业、做事当作重中之重的事做实、做好。”与徐麟一起搭班的区长李逸平说。

“那一段时间，浦东新区经历的风风雨雨，可以说是少有的，每天都有大大小小的事需要处理。大到影响世界产业格局与那些全球著名大企业的谈判、签约，小到涉及百姓的衣食住行的事……”李逸平回忆道，“徐麟书记和我都是浦东的‘新官’上任，为了摸准浦东发展的脉搏，我们花了好几个月时间搞调研，把方方面面都跑了一遍。调研中我们还希望大家有事可以直接向徐书记和我反映，以求快速处理企业和百姓所需要解决的问题。我还对秘书说，所有来信只要是收信人是我，都直接交我自己拆。那时我坚持每周花两三个小时处理各方来信，一年下来累计阅读和处理了2300多封信件，徐书记接到和处理的各方来信不会比我少。经过区委、区政府和各个功能区的努力奋斗。金融危机最严重的2008年，虽然国内外的经济形势都十分严峻，但我们浦东新区在徐书记的领导下，自我加压，毅然宣布上调当年度计划11%的全年经济增长目标，主动为全上海市的稳增长分忧解难。2008年浦东新区首次突破了3000亿元的地区生产总值，财政收入也突破了千亿大关，同比增长了22%。这份成绩单，在当时的全国范围内，也是少有的。尤其在以往上海和浦东被视为软档的服务业即第三产业的增速第一次在全区GDP中占比达到了54.4%，在全上海各区县中排第一位……”李逸平是细胞生物学专家，在浦东担任区长仅有1年零3个月，后出任市人民政府办公厅主任、市政协副主席，现在是宋庆龄基金会理事长。受命于危难之际的他，回忆起“金融危机中的浦东”时，颇有几分骄傲。

波涛汹涌中的危机难渡，已在高峰上的跋涉更难。徐麟或许是浦东进入新世纪后所有扛鼎分量最重的“一把手”了！可不，三件大事要在他的任上完成，而且绝对不能马虎。

第一件大事：国务院已经给予的“综合配套改革试点”任务。这是关系浦东向何处走、怎么走，上海乃至国家都等着拿试点经验的“国家大事”。

第二件大事：浦东新区与南汇区合并。这可不是一般的“二合一”那么简单，而是南汇无条件地并入浦东新区之中，也就是说：南汇从此在上海行政区划的概念上消失。南汇是谁？上海的南汇，像我这样从小在南方长大的人都知道：曾经的南汇可是江南地区的农业大县，是名声响亮、名副其实的全国十大富县之一。其面积也足够大：688平方公里，比合并之前的浦东的总面积还大不少。南汇的棉花、油菜及西瓜，享誉全国，纺织业也在江南之地名列前茅。改革开放初期，南汇的乡镇企业更不输江阴、昆山等地。加上南汇坐拥地处杭州湾的极好“风水”，过去一直是上海的“粮仓”和“衣被天下”之地。现在中央一纸批复，一夜间要被并入浦东，谁服？谁甘？

第三件大事：代表中国政府举办世博会。

“徐麟啊，你到浦东，还真的要使出三头六臂之力！”市领导找徐麟任职谈话时，这么说。

徐麟左右看了看自己的肩膀，耸耸肩道：“还真得想想怎么个长出‘三头六臂’来！”

“依靠群众，依靠身边的广大干部和群众。依靠中央给浦东指明的政策与方向。”市领导明示道。

徐麟立即重重地点点头：“明白。”

浦东发展的历史过程，许多重要事件都来得突然，对当事人而言，有些连多想一下、迟钝一会都不太可能。

上海市委副秘书长姜樑就是这样被委派到浦东的。徐麟比他早到浦东几个月任区委书记。但徐麟到任一年两个月后，经国务院和民政部批准，上海就为浦东布了一盘大棋：将南汇区行政区域并入浦东新区。

书记依然是徐麟。而在南汇合并到浦东时，刚在区长岗位上干了才一年多一点的李逸平被调回市机关，姜樑就是在这当口被派到浦东的。

2009年5月13日这一天，上海市委、市政府在上海展览中心召开浦东、南汇“合并工作会议”，并宣读了新的浦东新区领导班子成员名单。徐麟回忆说:“我记得当天的会议，浦东的领导是一起乘面包车到会场的，会上宣布班子成员，明确姜樑调任浦东，李逸平调离浦东。会议结束后，我们拉上姜樑同志立即回浦东召开联合工作党委碰头会。这里面有个小故事:当时姜樑同志还是市委副秘书长。会前市委书记俞正声还交代说:‘姜樑，你会后到我办公室来一下。’估计是交代到浦东任职的事。姜樑则说:‘俞书记，对不起，徐麟已经通知我会议结束后去浦东开党委会议了。’俞书记就说:‘那好吧，你先去开会，回头我找你。’所以当天会议一结束，姜樑就跟着我们的车到了浦东，立马上任……”

这事说明有时在浦东，连区长、区委书记自己都可能没有想到的大事，瞬间就搁在头顶了。

上面讲过的三件大事，就是这样落到徐麟和姜樑两位主要负责人的头上。那一段时间的经历，对浦东而言，确实是前所未有的。

如果说往前十年、十五年，浦东以开发、建城、填产业为大事，那么相比于杜家毫、徐麟等任区委领导的阶段，从体量、到内容、到实质，浦东还不能说“大浦东”，相对而言只能算是“小浦东”，因为体量与体积、内容和质量，是有着很多差异的。这完全可以理解，更何况创业的艰辛谁会不知？赵启正、胡炜他们的那种干劲和效率、智慧与勇气、魄力与意志，谁人可比?!

然而到了徐麟任书记的阶段，浦东的事别的不说，就说头顶上的“三件大事”，就足够徐麟整天想着自己怎么就不长出“三头六臂”来呢。

大浦东的概念，当然首先是它变大了，南汇一合过来，足有1210.44平方公里。什么概念？就是比传统中的老上海的城区面积，大出4倍多！以前的“大上海”概念，就是指上海老城区的300来平方公里的面积。如今浦东的面积一下达到1210.44平方公里！大不大？那才叫真正的大浦东！

与南汇区合并之后的浦东新区干部们似乎脸面上一下真的升腾起“大

浦东”的那般骄傲劲儿，因为他们脚踩的那块大地，后靠繁华著称的老上海，前临风于大东海，中间就是他们蒸蒸日上、日新月异的大浦东！

任谁都会有这样的骄傲之情。

但徐麟、姜樑等作为合并后的浦东新区党政“一把手”却遇上了大浦东后的第一个难题：如何摆平与安抚好合并过来的那些南汇干部……

浦东是大了，但如果不把比原来的浦东新区还要多的南汇干部们的心安定下来，并将其干劲与心思用在共同建设新浦东的伟大事业上，那浦东的体量、面积等等自然的、政策的乃至所有先前的优势，将丧失殆尽。

格局、胸怀、志向之远大，才是真正的大浦东人！以徐麟为首的区委班子，意识到必须首先处理好“两区合并”之人心稳定、人心向上、人心向好这一根本性的大事。

南汇与浦东合并，所遇到的问题的症结在于干部和公务员的如何安置上。突出的问题是：原南汇区各个委办局级别比浦东的要低，而且南汇干部的职位数量又多于浦东。合并之前南汇委办局有28个，浦东新区成立之初就是“小政府大部门”，合并后，政府工作部门一共才有19个委办局。这样在合并后的干部配备上，浦东委办局一把手按配备是副厅级，原来的南汇委办局的一把手只是正处级。而且浦东新区各委办局配的只有一个一把手，但南汇一个委办局是党政两名“一把手”。合并对接之后，问题就大了：拿一个环保局为例，浦东新区只有一个局，但它要对应南汇区的市容环境局、环保局、绿化局、水务局四个局，这样四个单位并入浦东新区的一个局，一下进了8个“一把手”且职务又要降低，如何安排为好？

意见和矛盾随之而生。不满的不仅是南汇的干部，浦东的干部也很不满意，因为原来在委办局工作的副局长或局内的骨干，有可能在一定时候升任局长、副局长，这回南汇一下来了七八个正处级，谁能高兴得起来？

中国的许多事，不是怕没有人能干好，最怕的是人与人之间内耗。内耗是发展、效率、事业和前景等等最大的敌人。

浦东当时面临的正是这般比招商、比造楼、比建城更复杂、更难弄的事……

“你们的想法我们知道，而且非常理解。但我们还是要明白最重要的一件事：我们这些人是什么人？是浦东的干部吗？我们因为什么走到了一起工作？是浦东建设、浦东发展对不？所以想一想：如果浦东发展不起来，那么我们这些人所想的、所闹的、所追求的还会有什么呢？”第一次干部大会上，徐麟说得恳切、说得真情。随后他提高了嗓门，说，“我们这些人今天走到一起，很不容易。既然走到了一起，所有个人的大事小事，都要化为一个共同的目标，就是怎么建设好浦东。这叫什么？大局所在、事业所在、责任所在！是共产党员的要充分认识和明白这一点，不是共产党的你也要认识和明白这一点：因为你现在至少是个浦东人！是浦东人，就该为自己的家园、为自己的子孙后代，做出点事业、做出点名堂来！”

“徐麟书记当时说这些话时的样子，至今仍在我脑海里印着……”当年的一位南汇干部说，“后来我们根据区委的安排，一边工作，一边进行了‘三个研读’，即：研读中央和国务院关于建设浦东、调整浦东部分行政区划的批复等文件精神；研读市委、市政府领导关于‘两区合并’工作的讲话内容；研读大浦东地图，看浦东未来的发展。这三个研读之后，使我们这些干部解开了自己心结，也淡化了原来心存的那点‘小九九’。尤其是徐麟书记、姜樑区长等领导，他们几乎与每位干部都一对一地进行了谈心、谈话。”

徐麟曾这样回忆：“2009年合并，我找干部谈心、谈话至少有300人次……谈和不谈大不一样。”合并后的广大干部很快丢掉个人的内心的“小疙瘩”，振作精神，投入浦东大发展、大建设之中。

南汇，南汇，
汇聚来的是盎然生机的春潮；
合并，合并，

聚合成的是创新创造的伟大洪流……

干部中有位业余诗人这样抒情，并感叹：人心齐后，浦东才是真大了！

浦东确定真是大了。所以上海举办世博会的任务交给了浦东。这是一次对浦东新区成立之后“是马是驴，牵出来试试”的最大考验。

世博会，全称叫“世界博览会”，是由一个国家的政府主办，有多个国家或国际组织参加，以展示人类社会、经济、文化和科技领域所取得成就的国际性大型展示会，它的特点是举办时间长、展出规模大、参展国家多，其影响深远。

1851年，作为工业革命发源地之一的老牌资本主义国家的英国，在伦敦举办首届世博会后，这个国际性展览会从此成为全球各国公认的有影响力的展览，被誉为“经济、科技、文化领域内的奥林匹克盛会”。

上海作为中国的第一大城市，在全球的城市发展进程中，代表着中国人的一种心愿与向往。早在1902年，梁启超在《新中国未来记》一文中发表了对未来的预见：“在上海地方开设大博览会。这博览会却不同寻常，不特设商务、工艺诸物品而已，乃至各种学问、宗教皆以此时开联合大会。处处有论说坛，日日开讲论会，竟把偌大一个上海，连江北，连吴淞口，连崇明县，都变作博览会场了。”

而在1910年，上海的一位名叫陆士谔的小说家曾在小说《新中国》中虚构了一百年后将在上海浦东举办世界博览会的情形。陆先生浪漫地在小说中记叙着他的梦境：洋人们统治的租界已经收回，昔日趾高气扬的外国人见了中国人开始彬彬有礼，而上海街头的新鲜事层出不穷。更让陆先生惊讶的是“一座很大的铁桥，跨过黄浦，直筑到浦东”“把地中掘空，筑成了隧道，安放了铁轨，日夜点着电灯，电车就在里头飞行不绝”。

谁能想象得到，一位旧时的上海小说家的心愿，竟然在一百年后，真的实现了。

2010年5月1日至10月31日，长达6个月的世博会成功地在上海举办，而举办地绝大多数是在浦东。我《浦东史诗》的开头，讲述的就是世博会盛况，因为它实在令我和国人记忆太深刻：当年曾参加2008年的北京奥运会开幕式的我，其激情的余波尚未消淡，那天突然在电视上看到上海的这场世博会开幕式，即被那一晚的黄浦江两岸的风致与盛况感动不已，所以第一次写浦东时，就用上了这段记忆。

上海世博会对浦东来说，其实是一件超级大事，因为它要求高、时间紧，而且是代表国家举办。当时的浦东新区成立才十几年，即使陆家嘴这样的超级繁华区域的城市建设，仍在完善之中。这时的浦东要承接国家首次举办的世博会，浦东人压力空前。

1999年12月，中国政府在国际展览局的第126次全体会议上，提交了申请。

三年之后的2002年底，中国正式获得举办权。

从申办到获得举办权的三年中，浦东确定了作为中国政府选定的世博会举办地。而浦东开始真正规划与实施行动，自然是在取得举办权之后……

世博会的主场和主要活动展示地都在浦东，其在浦东范围内的世博场馆占地达3.97平方公里。

浦东是世博会的主角。其责任重大、使命艰巨，关乎国家形象，自然更关乎上海的形象，必须办好，办成功，而且中国人做事的原则是：要么不干，要干则干到最好。

北京奥运会证明了这一点。上海人更讲究自己的面子与水准。浦东的“国际性”“全球一流”建设标准从成立之初就一直挂在嘴边……现在举办世博会，不用国际展览局提要求，浦东自己就早已把标准和压力搁在自己肩上：不把世博会搞好，全体歇菜！这虽然是干部们私下里说的话，但足见浦东人对办好世博会早已豪情满怀。

没有比举办这样一次博览会更能展示形象的。这一点浦东人心里十分清楚。

世博会因此也成为浦东形象在世界面前第一次全面亮相……

就像一位演员扛鼎了一台大戏，演出的成败将决定这位演员的艺术生涯，或许影响其一生。浦东举办世博会成败的评判也类似于此。

承办世博会的一大显著标志，就是场馆建设。这既是一项巨量的建筑工程，更是一场艺术竞技，历届世博会除了举办内容之外，各种场馆建筑与造型本身，就是彰显一个国家的经济、文化、科技等实力的比拼。中国的上海自然不可能做得比别人差，那么好到什么程度，则“名堂”多得是了！我们现在到浦东世博公园，你还能看到的标志性建筑，是后来留下的部分精美场馆，比如像“上海世博展览馆”“上海世博中心”，以及“世博轴”，还有那座大名鼎鼎的中国红的“中国馆”，即使在十几年后的今天，它依然在浦东大地上熠熠生辉，成为游人们常光顾的地方，而我每周在滨江大道上散步时，都去那里点个餐、观个景，也喜欢带上电脑找个咖啡店的旮旯，静坐在那里，边敲打电脑上的文字，边享受“世博遗产”的美妙景物……这般惬意，上海人早已习以为常。

然而，有多少人知道上海和浦东曾为此付出多么巨大的努力！

“就说时间吧，按照当时浦东的发展势头，那么多场馆，早5年建相比迟5年建，政府所花的钱可能就相差一倍！你知道一倍是多少吗？近四五百亿呢！”一位“老浦东”给我算过这样一笔账：他在任时，浦东新区列入世博会的配套的政府投资资金约400亿元，大部分用于基础设施建设。“浦东的地价，在那会儿，早5年和晚5年相比就是翻个个，2005年、2006年可能是400亿元，到2009年、2010年，绝对就是800亿元、900亿元呀！这叫作土地级差，浦东沿黄浦江边的土地级差，在最热闹时就是两三年翻一番！”

原来如此。

政府资金的投资项目原来也要抢时间啊！投资要抢时间，就遇上了另一大难题：场馆用地上的居民拆迁必须同样提前。

办世博会是好事，大家高兴。但要居民从自己的家园搬走，感情就发生了变化。“我们好端端地住在这儿，为啥非要搬不可？”涉及10600名居民、142家企业，可不是件容易的事。家家都有一本难念的经，你想象不到的事，在搬迁中竟然显现，即使那些觉悟比较高的居民，真要轮到自己拆迁搬家时，其“觉悟”有时还真抵不住具体问题。比如，我愿意搬，但新的居住地离原本上班工作的单位太远，还有孩子上学、老人看病等等冒出来的一连串事儿。“哎呀呀，我要烦死了！”心情再好、觉悟再高的人，那个时候，心境也会变得特别不畅。

“我们的任务，就是要让每户居民搬得心情舒畅，拥抱新的生活，解决居住环境、孩子上学、老人看病等等问题，搬迁户各种正常的需求皆能得到满足……”徐麟、姜樑他们这些区领导偏偏还这样要求负责搬迁的干部们，嘱咐他们务必做到这一点。

“难啊，不是用一句话、两句话说得清的……”还是那位“老浦东”，他讲着讲着，热泪都快要淌出眼眶。

了解内情的人知道，浦东人为举办世博会所做的努力与奋斗何止是搬迁的事！420亿的基础设施投资项目，1412万平方米的旧居民区综合整治，惠及1.69万户居民、面积达633万平方米的二次供水改造，等等。摆放在政府工作报告层面的这些事，都不敢想象到底有多少活儿，任谁都会有百个感叹涌至嘴边……

“小事已经记不清了。大一点的事儿，比如像中环线浦东南段建设、世博周边道路的架空入地工程，普通百姓甚至根本看不到的那些事，其实是最花我们心思和脑筋的。由于工期紧、任务重，不得不采取特殊的施工方法，比如原本五公里一个工程段，后来改为一公里一个工程段，五支施工队伍一起上。紧张到什么程度？你想都想不出来……就是希望一天24小时能不能变成30小时、48小时！”参与世博会建设的一位工程负责人这样说。

万事俱备，东风将至。真正让浦东人感到紧张、忙碌、连喘气都不敢放松的是世博会开园之后的那184天。

184天呵，如此展期超长的博览会，也就只有世博会。这也是世博会的与众不同之处和它的魅力所在。

184天的火爆场景，许多人记忆犹新。浦东人更是难忘。

“人山人海……望不到边际的长队！”

“比上潮的黄浦江水还汹涌……有些场馆里面，人贴着人，只能跟着感觉走！”

“主要是因为景象太美，踏入的每一步都仿佛走进一个五彩缤纷的梦境……”

“世博园内，花香四溢，色彩缤纷，就是一个童话般的大自然仙境！”

“去一趟世博园，就等于周游了世界各国……所有奇观胜景尽收眼底。我感觉，到浦东，就是到世界！”

“这里既能在徜徉中感受美浪的冲击，也能在观赏中与万物私语……”

“总之，世博让我心醉，魂失……希望一辈子生活在其中！”

……

游人们留下的世博情话可以变成一本厚厚的书，这既是对国家，也是对上海和浦东的认可与赞美。其情是由心而发。

世博园区人如山，世界搬来上海滩。
世博园中人如海，神游全球心潮宽。
五湖四海齐拍手，六十亿人舞翩跹。
城市生活更美好，我们又上一层天。

这位上海的“打油诗人”是参与浦东世博会工作的，身边的朋友说他这首写得比平时写的要好不少。因为其心由衷。

然而这样的诗句、文字过于表面化，无论如何也表达不完整当时参与世博会工作的浦东干部们、成千上万的志愿者和普通浦东市民的情感。

我读过徐麟书记在一篇回忆文章中有关举办世博会的一段文字：

当时几乎每个休息日我都要坐镇三林指挥部，平时忙手头的工作，休息日就去指挥部。记得时任浦东新区环境保护和市容卫生管理局局长的吴福康同志有两件事让我印象深刻：一件事是试运营的前一天晚上12点，他接到上海世博局局长洪浩的电话，请他帮助清理园区内的垃圾。因为第二天要试运行，当天所有的场馆都在进行最后的清理。下午五六点时，所有场馆都把垃圾清理出来，堆在路边，整个世博园区道路上都是垃圾。接到通知后，他自己带队工作，一共出动了五十多台垃圾车，清理了几百个来回，清理出垃圾总量五千多吨，一直忙到凌晨五点结束，终于全部清理完毕。另一件事是正式开幕的前一晚，园区靠近旗林广场那边近40米的围栏突然向内撤了5米，出现了一个原来属于园区内的200平方米的区域，现在划到园区外了。因为处在园区的边缘地带，不但路面不平整，而且民工在这里扔垃圾，随地大小便，环境非常之差。根据要求，世博园外的地带属于哪个区就由哪个区进行管理，而我们事先又没有接到通知，完全不知情。正好吴福康同志晚上带了班子成员在外围巡路，发现了这个问题。第二天要正式开馆、世博场地要开放，而且这块区域靠近旗林，岂不大煞风景啊！他马上带队主动处理此事。因为这块区域两边有树木，车子开不进，最后只能用小推车把垃圾一车车推出去，然后再用以前铺马路工人用的大石球，把沥青压实铺平，一直弄到凌晨4点多……

“实际上世博的成功背后，还有很多无名英雄在默默付出，浦东的干部群众确实非常投入。他们的无私奉献，让世博会办得精彩圆满，浦东因此也办出了‘大浦东’的形象来！”发出如此感慨的不止徐麟。

世博会确实让浦东变大了。这里面既有浦东在全国和世界面前的形象大了，更重要的一点是：浦东人的胸怀和精神世界比以往大了——这就是人们常说的“格局”。格局大了，所做的事和做事的方式，也就大了。

徐麟和姜樑在任浦东的五年多时间里，综合配套改革的试点工作一直不遗余力地推进，并且在许多方面取得相当的成绩。然而，浦东在现代化发展征程上需要做的事也越来越多，改革的深度与广度同样呈现出虽千头万绪却越发波澜壮阔之势，自然越加精彩。

2012年10月，中国共产党第十八次全国代表大会召开，开启了习近平新时代中国特色社会主义现代化的历史进程。浦东在之后的历史进程中，坚定和坚决地按照习近平总书记对浦东发展所作的一系列重要指示精神，更加明确方向和奋斗目标，为探索改革与发展积累了诸多经验，开启了世人瞩目的新篇章。

所有今天人们所看到的浦东辉煌，都是昨天的历史演绎出的最动人的诗篇——

第一章

陆家嘴：中国的黄金天际线

说浦东，首先要说的一定是陆家嘴，这与游客来上海看浦东一样：如果不看陆家嘴，你还算到过上海？到过浦东？肯定得看！大家都会心一笑。

陆家嘴代表了今天上海国际化、现代化和时尚化的水准与水平，客观地讲，它早已在这三个维度上远超于外滩。而陆家嘴，在浦东。

所以说，无论是浦东新区的早期奋斗史，还是当下的现代化进程史，都必须从陆家嘴说起。

关于陆家嘴的美自然不用说，全上海第一，即使是外滩或者苏州河，从整体上看都无法与之相提并论。当然外滩和苏州河自然也有不可替代的独特之美。但陆家嘴是崭新的、国际化标准的，它一开始就是集中了世界顶级设计大师们的智慧，与现代人的审美融合，最终呈现如今的样子……

它自然是最美的。

因为它是艺术的，每一栋楼宇，都有自己的故事，都有自己不朽的开端与过程；每一条这里的街道，也用心用意地进行了科学的设计规划，仅一条“世纪大道”之上，至少有几十处精致的艺术建筑，如珍珠般串联而成，形成了现在的气势与气度——它代表和象征着浦东勇往世界的中心和神奇的远方的信心与意志，以及势不可当的力量。

当然，我和游人们都比较喜欢沿黄浦江的滨江大道，那里可以说是浦东所拥有的环抱着绿意鲜花又灿若繁星的艺术景观串成的一条宝石项链……它能从早到晚，让路过这里的人，都享受到清新的空气。在绿意盎然中镶嵌着令人惬意的步道上，你奔跑起来或慢慢踱步，皆由心意；那里更有与江面一起融为美景的各式各样的驿站，让你可以优雅小憩；黄浦江上川流不息的货轮与游艇，更增添了律动与活泛，使得整个陆家嘴成为一幅动感十足的天然画景。

但陆家嘴最引人入胜的还是那些如群山起伏、高耸云端的摩天大厦，尤其那令游客无不称道的“三件套”：金茂大厦、环球金融中心大厦和上海中心大厦……远不止这些，还有东方明珠塔、正大广场、震旦国际大厦、花旗银行大厦等等。

白天从外滩往对岸的陆家嘴看，似起伏的群山叠嶂；傍晚更是陆家嘴大放异彩的黄金时间，东方明珠塔与上海中心大厦宛若两位时尚而妩媚的上海少女在扭动着小蛮腰，整个身姿婀娜多彩，迷得你如痴如醉；再看它们身边，是灵动多样、五光十色的楼群，它们如梦如幻，就像迪士尼神话里跳动着的精灵，争先恐后地要告诉你浦东和陆家嘴的无数传奇与秘密……

问题的关键是：浦东之美何止是陆家嘴的那几幢摩天大厦。浦东今天的百米以上的大厦，有上千座！而浦东之美又何止是这些摩天大厦，它有更多的繁花似锦的公园、体育场馆、街头雕塑、江岸景观；有各式各样的博物馆、图书馆、艺术馆、剧院；有别致多样、荟萃全球风格的校园；有一个比一个更高端、更现代的住宅区、别墅区、商业区；还有各领风骚的科技园、工业城、智慧谷……可谓遍地是美景！

即使在陆家嘴，如果你想看个够、玩过瘾，没有三两天也很难实现。走一趟滨江大道，从杨浦大桥到堪称“第二外滩”的前滩新城区，起码也得大半天；如果游楼而行，单单登上一次632米高的上海中心大厦，估计连最没有玩心的人也得花上五六个小时，至于头一回来的年轻人，多数会在各栋大楼里面恋恋不舍而迷失时间……陆家嘴可去、可玩、可购物和观景的地方至少有上百处！

浦东的陆家嘴，它就这么美。美得令你垂涎。它的丰富内容，只有在你认真、细致和深入地去拥抱它时，才会知道它的神奇与深奥。

其实我知道，真正喜欢浦东陆家嘴和羡慕陆家嘴的人，多数是金融巨商们，因为这里可以让他们拥抱流金般的时光，可以让他们永远保持与黄金同枕共梦的理想，也可以让他们的人生变得金光灿烂……其实，真正懂得金融的人或者说在金融界高处操盘的人，他们对财富的理解远比普通人丰富与深刻，而且其自身的见识渊博无比。

金融不是资本主义的产物和专利，它是人类对于追求财富过程中利用金融工具将资金从资金盈余方流向资金稀缺方的经济活动，作为现代经济的血脉，承担着资金融通、市场定价、资源配置、信息提供、结构调整等重要功能，是推动高质量发展、建设强大国家体系和企业核心竞争力重要组成部分。

从某种意义上讲：金融代表了大到一个国家，小至一个企业甚至一个人强大与否。

在我小时候的课堂学习中，并没有太多与“金融”相关的知识，这与国家在新中国初期的社会背景、经济结构有关……改革开放之后，“金融”二字才慢慢进入我们普通人的知识库里。自然，那都是“金融”最浅显的知识，与陆家嘴国际金融城的内核与丰富性，差距就大了去了！

浦东了不起的地方，或者说最有财富的宝库，应该是陆家嘴这块区域——这是浦东美得最坚定之处。

我一直认为：陆家嘴是浦东最美之处，也是最有内容的地方。它源于“金融”二字——

1. 超级奇迹——“赤脚老板”上岸

上海是怎么形成的？就是原来在此打鱼的人，赤着脚从苏州河、黄浦江边的滩地上岸之后，逐渐聚集而成。

爷爷在我小时候经常给我讲他爷爷的故事：太平天国之前，做贩树生意的何氏三兄弟，已经有了些积攒。其财产的积累与小渔村“上海”的船业发达有关，因为造船就得用木料。在洋人没有到达黄浦江之前，上海最吃香的生意就是造船。他们通过苏州河运来无数树木，供货给造船主，因此发了不大不小的财。正在这时，真正有钱的人，就开始上岸了。上岸之时他们大多数是赤脚的，因此上海滩上流行一句“赤脚老板上岸”的话，后面一句是“吃香喝辣来劲道”…… 这是一百六七十年前的上海景致。

后来洋人来了，洋人喝的是“中国人的血”，因为他们获取财富的方法跟我高祖辈们完全不同，他们靠造洋房、开银行来吸金纳银，这才有“外滩”上被后人称为“万国博物馆”的建筑群。

起初，中国人并不晓得开银行竟如挖开财富源泉，一门心思地认为典当生意才是最好的。哪知后来的上海滩上的中国人越来越穷，坐在洋房里的外国人则越来越富 —— 原来他们通过银行将中国人的血源源不断地抽到自己的体内、抽到遥远的欧洲与美洲 ……

我爷爷的爷爷他们不懂其中的奥秘，只是愤怒地在没人注意的时候用弹弓砸碎洋房的玻璃窗，其他无可奈何。

我爷爷的爷爷他们一手在浦东陆家嘴一带创下的码头，后来也被洋人的铁船厂所霸占。之后又过了几十年，日本人“上岸”，我们何家彻底地告别了上海滩，打道回府到了苏州老家 …… 这段历史我在《浦东史诗》的序言中有叙。

现在的陆家嘴是一片全新的天地。而这个天地建设得如此之美，就是为了与对岸的外滩比高低？

“是。又不全是。”浦东新区的第一代创业者、设计者向我透露：陆家嘴一开始的规划和建设，就是在邓小平的“金融”思想指导下进行的。到后来，历届中央领导都对陆家嘴的建设和功能定位，给予了一次次明确的“金融”定义 ——

“抓紧浦东开发，不要动摇，一直到建成！”1991年时，邓小平就发出了这样一句振聋发聩的指令。同一时间，他在听取当时的上海市领导汇报关于浦东开发情况后，针对浦东新区的“金融先行”说了一段精辟的话：“金融很重要，是现代经济的核心，金融搞好了，一着棋活，全盘皆活。上海过去是金融中心，是货币自由兑换的地方，今后也要这样搞。中国在金融方面取得国际地位，首先要靠上海。”

邓小平的这些话，其实就已经给浦东和最先起步的陆家嘴绘制出了蓝图——

那么，搞金融是不是一定要建最好最美的房子和城市景象呢？还是因为其他什么原因陆家嘴建得如此之美？

对这个问题，我曾经请教了当年第一批跨过黄浦江、成为最早来到浦东开发开放一线的13位“浦东开发办”负责人之一的上海市老领导沙麟先生。年近90岁高龄的沙老当时非常明确而又动情地告诉我：“浦东建设之初规划了陆家嘴、金桥和外高桥三个功能区，后来又加了个张江。把陆家嘴地区规划为金融区其实并不难理解，因为与它一江之隔的外滩原先就是金融集中地。所以陆家嘴发展金融的布局，就是为了与老城区连成一片，组成一个中国的金融中心。这也是邓小平和党中央当时确定的大方向……”

“金融搞上去了，整个城市就活了，资金也有了，因此陆家嘴金融区功能就这样定下。”沙老说。

“如何建设浦东的新金融区，要考虑外在的城市建筑风貌和规划，更要考虑其承担的中国金融中心的内在责任。后来中央和上海市委、市政府给出了新的要求，即浦东陆家嘴要建成国际金融中心。这要求就与原先同外滩连成一体在形式、内容和实质上都有所不同，也就是说陆家嘴的金融中心，无论是在建筑外形，还是整体规模上，都要远超外滩的水平。所以也就有了后来全球招标、国际一流的建设概念……”胡炜先生进而解释，“既然要建成世界一流水平的金融中心，自然要盖超过洋人在外滩建的那些‘万国博物馆’的好楼宇，不只是为了上海浦东的‘门面’，更是要为上海和我们国家做最了不起的‘夹里’！”

“夹里”是什么？“夹里”就是内容，就是货真价实，就是黄金万两！胡炜先生是我写《浦东史诗》时认识的，他和第一任浦东新区管委会主任赵启正先生为我完成《浦东史诗》作出了最有力的支持与保障。胡炜先生这样告诉我：陆家嘴的定位就是“国际金融中心”。“比如像香港、伦敦和纽约一样……”

后来就有了今天的陆家嘴——它美得令人窒息，它为上海乃至中国年年赚得“黄金万万两”。

它因此让世界惊叹。也实实在在成为上海乃至中国的“钱袋子”。

这个“钱袋子”到底怎么形成的和规模多少，便是本章的内容。跟钱相关的秘密，一定是人类所有活动中最为直接和激动心潮的事，莎士比亚说过这样的话。

“浦东新史”蔚为壮观，浦东人撬动发展巨轮滚滚向前的篇章——

或许普通的老百姓并不太清楚浦东建设中的第一个漂亮的“直拳”会是陆家嘴金融城的建设。

何谓“金融城”？几幢大楼？几幢摩天大楼？非也。

金融城的意义，只有你融入了当今世界的“金融大戏”之后，你才会明白，才会知晓浦东建设“国际金融中心”的意义……

新中国成立75周年之际，中国股民几乎兴奋得睡不着觉，因为国庆节前三天的中国股票市场突然连续“疯”了起来，好几年“死”在3000点的A股，一下涨了几百点！究其原因是：连连加息了几年的美联储突然在9月18日降息，而且稍稍懂得一点经济周期的人都知道，这是美国降息周期的开始。美国降息，则意味着中国金融市场和经济市场挺过了一个漫长而艰苦的“扛鼎”时期——谁都明白，当今世界两大战争最可怕：一是战场上拼杀的战争，二是金融市场上的搏杀。看起来两者形式大不一样，实质上都是你死我活的残酷搏杀。说白了，美国在这之前一而再，再而三地加息，就是将中国的经济往死里整，想要把中国人民已经过上的好日子彻底整垮，彻底逼死中国。尽管现在说谁胜谁负还尚早，但这场经济搏杀似乎又一次将以美国的失败告终，因为征兆已经出现，如今就是一幅“西方的太阳落山快，东方的太阳升起来”的景象。

近几十年来，世界的格局并不单是以传统的战争手段来定夺胜负的，而通常是以经济特别是金融手段决断的。当今世界仍是以美元为主导的国际货币金融体系，“顺之者昌，逆之者亡”，话虽如此，但实际上顺之、逆之，都难逃被美元金融掌控的困局——长久以来，世界就是这样。美元主宰了整个世界的金融市场，这就是美国为什么能成为霸权国家，且其霸主地位难以被撼动的原因。

也可以用这样的话来解释当今的世界：谁建立了自己的金融体系，谁立足了国际金融市场，谁就可能从中争取一定的获胜空间与相对稳健的经济发展，谁的日子或许就好过一些……

把浦东建设成“国际金融中心”的意义就在于此。

于是，浦东新区的历史发展中，建设具有国际水平的与世界金融接轨的“黄金天际线”的任务，便摆在了最重要的位置，成了最先被建设者着手行动的一件大事。由此所遇到的种种问题，也是浦东和中国特色社会主义现代化建设中最紧迫、最陌生又急需解决的改革与实践难题。

我们稍稍把话题往前拉一下：前面所说的“赤脚老板”的概念。如前所言，这些“赤脚老板”是我爷爷辈以上的老上海人。老苏州人都知道——上海真正独立成为“市”是在1927年，而上海现在的版图是在二十世纪五六十年代才基本确立的。事实是清楚的：“赤脚老板”就是那些原先在船上干活和从商，后来上岸开设店铺经营生意的人。从这个意义讲，那时上海大大小小的有钱人都属于“赤脚老板”。另一种对“赤脚老板”的称谓，是特指那些没有多少本钱来上海做生意的人，他们通常被归为小商小贩。

综上所述，由于上海滩先为小渔港起家，后来才有了市集商行，再后来才有了码头和城市，因此所有在此立足的生意人，或是其他有头有脸的达官显贵都被统称为“赤脚老板”。

在我老家苏州一带，岸上（指在陆地上谋生）的人，对起初在船上谋生、后来上岸成为有一定身份地位的人，也都称为“赤脚老板”。由此我们看出，那些外来成功的或白手起家的人都被老上海人称为“赤脚老板”，所以老上海人口中的“赤脚老板”并无褒贬之别。

上海从一个小渔村发展成今天的国际化大都市，尤其是新时代的上海更是快速发展，迅速跃居为可以同纽约、伦敦、巴黎、东京等世界名城平起平坐的现代化国际大都市，其过程可谓“举世无双”，因为上海能够走到这一步，其所花的时间之短、发展质量之高和后劲之大，前面所提及的那些城市没有一个可与之相比。上海的腾飞，表现出中国人的智慧、勤奋和富有创造性的民族优秀品质，这让世人为之赞叹。

我们当然也很骄傲。

“上海也要成为国际金融中心。”这是邓小平和中共中央在九十年代初就确立的一项国策。然而为了实现这一目标，上海人所付出的艰辛与努力甚至无法想象。

下面这件事绝不是传说，而是真实的一幕：

当时的上海市领导为了对标“国际化金融”，率领代表团来到了英国的“伦敦金融城”之后，几乎全都默言——因为“腐朽没落”的英国，不仅没有没落，反而一直繁荣至今，且这种繁荣已经长达200多年，伦敦金融城至今仍然是“全球经济动力之都”。

当年上海代表团访问伦敦金融城的意图非常清楚：

按照邓小平对上海发展的定位，在1985年时，中央领导在向汪道涵交代任务时就提出：上海要建成太平洋西岸最大的经济、贸易中心，使上海在对内对外开放两个辐射扇面起作用。1990年中共中央确定浦东开发开放之后，对上海和浦东的要求就更多了些“国际意义”，比如党的第十四届全国代表大会上正式确定，要“以上海浦东开发开放为龙头，进一步开放长江沿岸城市，尽快把上海建成国际经济、金融、贸易中心之一”。这三个“中心”其实就是对标当时的伦敦、纽约和中国香港世界三大经贸金融中心。

在这三大世界经贸中心中，香港不用说，它过几年（1997年）回归，纽约比起伦敦的金融城还是有很大的差距，只能算是“儿子辈”。

毫无疑问，美国人现在很牛，但有两点我们必须明白和清楚：其一是在人种意义上，美国人跟英国人之间的血缘是无法摆脱和撕裂的；其二是在金融方面，尽管现在的华尔街很牛，然而比起伦敦金融城，华尔街也只能算“徒弟”。

伦敦金融城就是这么牛！

第678任伦敦金融城的市长白乐威（David Brewer）爵士（英国内阁部长级）的一篇文章这样介绍他的“城中城”——伦敦人总是这样说他们的金融城：

> 我的专业分析师在我准备就任金融城市长之时告诉我这样一串数字：我们的伦敦金融城拥有全球44%的资产，每天有价值7530亿美元的外资交易。（注意，单位是美元呵，相当于每天有4.5万多亿元人民币的外资交易量——笔者注）同时，伦敦金融城是全世界最大的国际保险市场，世界500强企业中有75%在这里设立它们的分公司。金融城中有287家外国银行——比其他任何欧洲的金融中心，甚至纽约、东京都要多……

从媒体上可以看到这样一个现象：中国最高领导人访问英国伦敦时，一般情况下除了去唐宁街10号与首相进行国事会面外，还要去参观伦敦金融城。

在伦敦金融城，英国女王想到这里来，还必须获得金融城市长的批准，当然这在显示出君主对金融城的特殊看重之外，也确实反映出金融城在英国和伦敦“至高无上”的地位。

金融城的市长与英国内阁部长级别一样，但不是首相任命的，而是金融城各路大亨用一套完整的选举办法选出来的，第一任伦敦金融城市长是1189年就职的，至今已有许多任金融城市长了。事实上，伦敦金融城的市长有多少任，也并不代表金融城建城的时间有多长，金融城的真正历史远比多少任市长还要长，因为在公元1世纪时，罗马人就来到此地——金融城的所在地伦迪尼乌姆，并在著名的泰晤士河上架起了各式各样的桥梁，由此越来越多的商贾来此地并形成贸易市场，伦敦由此也开始了它的成长与繁荣期，虽然这里的金融城后来仅是伦敦33个行政区中最小的一个，但它对伦敦的贡献及对英国国家地位的实力提升，是任何行政区都无法替代的。从某种意义上讲，英国能够被称为“日不落帝国”，过去靠的是海盗式的殖民侵略，“二战”以后的英国仍然能够维系经济强国的名分，靠的就是金融城。

其实今天的美国之所以霸道横蛮于世，其中重要的一招就是依靠纽约华尔街的“金融机器”，不断通过各种手段，操纵美元汇率来向全世界进行不劳而获的“剪羊毛”式的经济掠夺。尤其是今天的国际贸易结算以美元为主，贪婪无度的美国政府通过华尔街金融财团和银行的国际交易领域，时不时地运用金融手段从世界其他国家的口袋里“拿”到他们想要的财富，无节制地印钱就是其中的狠招之一。有人说过，和平时期，最残酷的就是看不见流血的榨取，金融产业其实比坦克、导弹要厉害几十倍。

除非你是一个全封闭的国家，倘若有开放或者想在开放中获得发展，那么你无法避免像美国这样的强盗般的金融掠夺。唯一的接招，就是发展你自己的国际金融体系，建立自己的国际金融中心。

邓小平等老一辈中国领导人早已看透资本主义的本质，也明白国际游戏规则并不是一朝一夕就可以改变的。国家要发展，要强大，就必须把本国的经济融入世界发展的大潮流之中，金融开放在此不可避免。而唯一招式就是以强对强，方能不被或少被他人“薅羊毛”。

上海人当然懂得如何坚定地按照中央精神建设好自己的城市。

浦东开发开放给了这样千载难逢的机会。于是也有了市长亲自带队到英伦走一趟。

走出国门，才知天下如此大，中国与外面的世界差距不是一般的大……

可谓天壤之别也！

当时的上海代表团第一次到了伦敦金融城为什么目瞪口呆？是因为他们不曾想到管理全球近一半资产的这个金融城，实际面积仅有2.6平方公里（约1平方英里）！

2.6平方公里面积有多大？

还可以把2.6平方公里的面积与故宫作一下比较：故宫面积是0.7平方公里，也就是说，伦敦金融城只有还不到4个故宫那么大。然而全球44%的资产每天在它那里流动，有几百家全世界最著名的银行在那里……这就是资本的力量。资本似乎不需要太多地盘，一个很小的地盘就可以拥有地球上广袤无比的土地上所没有的资源。“资本就是人类发展的魔术师，它能把死人变活人，同样也能把活人变死人。它还能把整个世界从死变成活、把活变成死……”有位当代经济学家这么说。

他们来到了伦敦金融城，看到了这里的一切，那个“金钱魔盒”般的金融城——千万别以为金融城除了银行就是银行，尽管1平方英里面积上的伦敦金融城有2000多家银行与金融机构、30万名金融从业人员，但你进入金融城感受到的绝不仅是除了银行就是金库，而是到处保留了令人入迷的古典建筑，你更多感受的是艺术的、商业的、财富的、高雅的气氛向你迎面扑来……

“乔安·凯瑟琳·罗琳以她的非凡想象力造就《哈利·波特》的辉煌。梦想的摇篮是谁在摇动？梦想的翅膀是为谁人插上？梦想的天堂是谁在追逐？只要你走进伦敦金融城，你就会感受到《哈利·波特》里的很多场景活生生地就在你面前。这也就是伦敦‘神奇’的地方，最繁华的都市商业中心——伦敦金融城，保留着大量的古典艺术建筑。”经济学者李俊辰在《伦敦金融城》中这样描述。

为什么浦东建设的决策者在陆家嘴最黄金地段断然留下一片当时可以卖出百亿元的绿地作为公园，还有那个看上去与周边摩天大厦“格格不入”的徽式建筑“吴昌硕纪念馆”？原来上海人内心是有份用中国古老建筑来衬托新的浦东金融城的意思在里面。当然后来在陆家嘴最好的地段又建了许多艺术馆和博物馆，还有由上海著名艺术家在街头、广场和公园留下的无数珍贵的艺术品。这是后来的浦东。

我们的镜头继续拉到二十世纪九十年代初的伦敦金融街的大街上——

此时，懂经济的上海市领导一行刚刚听完伦敦金融城的主管介绍一连串数据，一贯严肃的市长的脸上看上去没有任何表情，其实他内心早已在翻滚和起伏：十亿中国人民不能再吃这个亏了，必须在自己的土地上建立世界金融中心！

刚与伦敦金融城的主管们握手道别后，上海市长就悄悄地问随行的浦东管委会负责人：“我们的浦东规划面积是多少？”

“31.78平方公里。”得到的回答是这样。

“第一期建设的陆家嘴核心区是多大？”市长又问。

“大约7平方公里。”浦东管委会负责人答。

“最最核心的‘小陆家嘴’有多大？”上海市长问。

“1.7平方公里。”

“好，比伦敦这个金融城还大。有没有决心用二十年时间建个差不多的上海国际金融城？”市长这回把眼珠子瞪得大大的，问浦东管委会负责人和随行的上海代表团成员……

没有人敢回答。大家朝他笑笑，心里在想：领导你这个要求太……太那个了！

“怎么啦？上海人不是眼界一直挺高的嘛！一直要向世界一流看齐嘛！真要看齐时，咋就没底气了呀？”市长的眼珠子瞪得更大了。

代表团成员们一个个不敢直视他的目光……

“躲啥嘛你们？连放个空炮都没勇气啊？”他说完自己先放松了神态，笑了，“我说二十年是让你们弄出个差不多的模样嘛，又不是说比过他嘛！人家是老牌资本主义国家，几百年了，我们连资本主义初级阶段都没经历，怎么可能在资本市场上一下子超越人家嘛！”

“是嘛，人家伦敦金融城太呱呱叫了！简直就是搞金融和资本的天花板，我们不知要翻几个跟斗才能撞得着嘛！”

“是的是的，得有孙悟空的本领才可能撞得着呀！”

代表团成员开始相互调侃起来，笑语阵阵。

是的，看来我们要建设国际金融中心就得拿出孙悟空的本领！

“你们呀都给我听好了！这回到伦敦，可不只是到金融城来转转就完事了，我们还要放眼整个伦敦，因为我们上海俗称‘大上海’，它确实也大，人口2000多万，面积6340多平方公里，人家伦敦1577平方公里，人口大约900万，可你们知道吗？我们上海的经济总量和人均水平都是人家的零头！惭愧不惭愧？有没有脸面？惭愧啊！脸面就更不用说了！当然惭愧和没有脸面是我这个当上海市的领导嘛！但我又感觉不怎么惭愧和丢脸面，因为人家是靠工业革命和后来掠夺他国发家的，我们不一样，我们中国人走的路子跟他们相反，我们是依靠自己的力量，自力更生为主，但也必须开放。”市长接着又像背书似的向代表团成员中那几个管经济的同志说，“你们呀，要给我好好把伦敦的历史、伦敦的经济现状好好记在心里，然后回去对着他们的指标去干！直到赶上或超过他们……”

“那个时候我再带着大家来伦敦时，面子和夹里都有了。”市领导是个幽默的人，时而严肃有余，时而挥刀舞步。

当然更心潮澎湃的肯定是与他一起出访伦敦的上海市有关方面的负责人。现在，他们的心头，除了伦敦金融街外，对整个伦敦市也有了一本明晰的“大账”——这都是为了未来大上海建设的对标所用。

一直以来，伦敦都是全球最具实力的金融城市，即使美国纽约、日本东京也只能紧随其后，法国巴黎、新加坡、荷兰阿姆斯特丹、德国柏林和韩国首尔更在后面。到了2021年，这个排名仍然没有什么大的变化，当然我们的上海进入了前十位。

英国伦敦从2012年开始，便直接取代美国的纽约，成了金融领域“全球第一城”，这个纪录一直保持到疫情前的2019年。

GDP是衡量一个城市的重要指标。二十世纪九十年代初，浦东开发开放之际，伦敦的经济总量在全球各地的著名城市之前，更不用说与上海相比，两者有没法比的差距。我们现在看2018年，伦敦的地区生产总值是6532亿美元（当时汇率折合人民币约为4.58万亿元，2021年上海的生产总值刚刚达到4万亿元人民币）；而在人均GDP上，2018年伦敦达到4.65万美元（折合人民币约为32.54万元），上海这一年的人均GDP是14.9万元人民币。这个数据，可以说已经非常了得。而30年前的上海人均GDP水平，实在有点不好意思拿出来说了。

面积和人口规模都比上海小很多的伦敦为什么这么强？除了历史的积淀，还因为它的金融城拥有全世界最大的黄金交易中心、全世界最大的期货与现货交易中心、全世界最大的能源交易中心、全世界第一大外汇交易中心、全世界最大的离岸金融中心，以及全球最大的金融衍生品市场……

我们要是也有它这样的“1平方英里”该多好啊！访问伦敦和伦敦金融城之后的上海代表团感慨最多的是这个。

“感慨肯定是有的，但大家不用受挫，我们就是来学习的，学习的目的就是回去自己好好干，争取用他三五十年，赶上他一半水平也行呀！”在离开伦敦时，上海市长对代表团成员们这样说。

“三五十年太长！三五十年后，我们中可能有些人见不着了。二三十年吧！用二三十年把浦东干出个伦敦金融城的模样来！”代表团中有人说。

“对对，我们用二三十年……”

“这个我爱听。”市领导笑了，说，“二三十年的话我还能看得见。那么‘阿拉上海人’就这样讲定了？”

“讲定了！”一帮“阿拉上海人”离开伦敦时已经完全充满了精气神儿，个个都在摩拳擦掌。

然而，真正要在一张“白纸”上“垒”出金山，而且还要让这金山越“垒”越大越坚固，绝非是件简单的事儿。这里所说的“垒”其实就是中国人想要自己建伦敦式的“金融城”，也就是官方话语所讲的建设“国际金融中心”。

改革开放后，中国的“造城”运动世界瞩目，确实令人佩服，我们在短短三四十年里，建起的百万人口的城市有近百座，千万人口的也有十几座，这是任何一个国家所不能比拟的。“造城”成功有两个重要原因：一是中国的快速发展，城市化进程所形成的“造城”历史潮流汹涌而进；二是我国的人口基数大，随便哪个地方一松动政策，加上经济好一些的话，马上会形成一个几百万人口的大城市，这是其他国家难以想象的事。但“国际金融中心”可不只是简单的“造城”，人口就是再多也只算是“大城市”而不会是“国际金融中心”。可以称得上“国际金融中心”的，大概必须是世界上大量的资金货币在这儿“转动”“经过”或者“流动”，即进进出出，并且影响到整个世界经济与资产营运，这才似乎可以说是“国际金融中心”。

能成吗，上海？

现在看来，上海建设国际金融中心不仅能成，且超越预想地成了！这就是“赤脚老板上岸”的含义所在。

现在的陆家嘴金融城这一片，在浦东开发开放之初，它的经营与管理单位是浦东管委会下面的三大公司之一的陆家嘴开发公司。负责人叫王安德，此人看上去文质彬彬，但内心充满激情，且极有能力。

我在采写浦东时，王安德就对当年“赤脚上岸”建金融城的往事有过精彩的描述：

有一天，王安德他们从市里获得一个好消息，朱镕基在访问法国巴黎时，与法国政府谈定了一项协议：由法方帮助上海浦东陆家嘴“金融区”规划设计国际招标。该协议的条款中有一项“各负其责”的内容：境外方面所需要费用由法方负责，为200万元法郎；中国境界的费用由中方负责，200万人民币。

中方的钱谁出？副市长倪天增对王安德说了句很无情的话：干陆家嘴的事，你们不出谁出？

“我们的200万元‘工办费’就这样出去了。”王安德抹抹嘴说道。

“没钱还得干事吧！”王安德说，“浦东开发中我们陆家嘴的定位是非常清晰的，那就是搞金融交易区，所以我就想到了怎么样把银行拉过来。银行中你就得先拉人民银行这个‘领头羊’，它要是来了，其他的银行金融机构就会跟过来。”

“想是这么想，但我们没有钱呀！账上趴着的3000万元不是现金，动不了，只能在土地项目启动时才能动。怎么办？你想动员‘银行巨头’们到浦东来，你就得去请啊！没有钱你怎么请得动这些财神爷呀！”王安德笑着说，“当时与比别人相比，我有一点个人优势，是因为在浦东开发前期，我一直在做政策研究方面的事，跟各个单位都有些来往，关系熟，所以这个关键时刻用上了……”

这是个异常火热的夏季，那天，身无分文的陆家嘴开发公司总经理的王安德，穿着一条短裤衩，问副手汪雅谷：“老兄，咱们请几位‘财神爷’谈事，得找个有点派头的地方，可公司又没钱，你看是不是借你老单位友谊商店的宝地用一下？”

“没问题，一句话的事！”汪雅谷爽快地答应，并且立即安排妥当。

“我不知道友谊商店里面有空调啊，冻得我差点感冒！”王安德窘迫地说，“中午请几位财神爷吃顿饭的钱我们还是‘挂账’的……”

凭着王安德他们的“老交情”，更靠着市委、市政府对浦东开发的推进力度，几家银行的头头都表示愿意在陆家嘴“落户”，但盖房动迁这一块的钱不好出，总行不会批准。“财神爷”们谈到最后，露出为难表情。

这个……王安德他们的陆家嘴开发公司顿时又慌了神。转眼工夫，那些“财神爷”抹抹嘴，说了声“谢谢”便抽身离开了友谊商店。

“不行，还得找他们！”王安德跺着脚，心有不甘地说。

他厚着脸皮，再度登门人民银行上海分行行长办公室。如此这般又一番恳切请求。龚行长态度非常明确：我们肯定非常支持浦东开发，也愿意在浦东那边建立“大本营”。

王安德感恩不尽：有行长这句话，我们陆家嘴金融区就有希望！

龚行长笑笑说：但上面现在也确实对我们建新行选址有些硬性规定，比如像搬到浦东的用地搬迁费用，一般是不会批准的……

这一块我们想法解决。只要人行能到浦东落户，我们愿意砸锅卖铁尽点绵薄之力！王安德不等对方说完，就立即站起身来，穷汉冲着胖子表态道。

龚行长颇为感动地握住王安德的手道：那我们就一言为定。

一言为定！其实真正激动的是王安德。

他回到浦东后的第一件事，就是立即启动人民银行准备搬迁过来的那块地上的居民拆迁和土地平整事宜。这两项一做，正好账面上通过“空手道”换来的3000万注册资金全用上了。

什么？上回贴了200万元，这回又把账面上的3000万元全贴给人家？这个样子，你不是“憨徒”就是疯子！开发公司的人嚷嚷起来了，并且明对明地公开评说他们的总经理王安德。

“当时我的压力很大。大家的议论也不是没有一点道理，但浦东开发，尤其是我们陆家嘴金融区的发展，如果墨守成规、等着各种条件成熟后再行动，肯定会失去很多机遇，也不可能出现后来快速发展的局面。”王安德说，“我就跟大家讲童话‘种钱’的一则故事，来解释为什么连续两次贴老本来启动陆家嘴开发的道理。我说，第一次贴出去200万元，是为了陆家嘴能够有个国际高标准的规划设计，没有高端的规划设计，陆家嘴甚至整个浦东就不可能成为国际金融贸易中心，这样的钱投下去、贴进去，就是‘种钱’的过程，最后换来的就是金山银山；现在为了动员和促成人民银行上海分行搬到浦东，这是整个陆家嘴金融区建设的关键一招，设想一下：如果没有金融机构进驻，陆家嘴何谈国际金融中心？要想让金融机构进驻，没有人民银行这领头羊来浦东、来陆家嘴，成吗？”

王安德的这番道理总算平息了一阵风波。最根本的是，他决策舍本“套”来的“第一桶金”后来果真见了奇效：

1991年6月8日，陆家嘴开发区域上的第一个项目草签。次年5月15日，人民银行上海分行大厦动工。

1995年6月28日，人民银行上海分行正式搬迁到浦东，成为入驻陆家嘴金融区第一家“国”字头金融机构。

浦东新区管委会主任赵启正，跟副主任胡炜商量：“财神爷”来浦东了，咱得像像样样给人家送个礼物。

这事交我来办吧！胡炜在赵启正耳边悄声说了一句，便转身去“办事”了。身后的赵启正大笑：好主意！

人民银行上海分行的乔迁之喜，是浦东开发的一件大事，尤其对陆家嘴金融贸易中心来说更是如此。浦东新区为其举行了隆重的开业仪式。

“毛行长啊，今天我要代表浦东新区管委会和浦东人民好好感谢你，感谢你们人民银行为支援我们陆家嘴金融区建设，做了一个领头羊的表率，所以呢——我们准备了一份特殊礼物……”赵启正满脸笑容地一边说，一边示意站在一旁的胡炜将手中抱着的一件用红绸布裹着的“礼物”递向毛应梁。

“哎哟——！”毛应梁行长在见赵启正揭开红绸的那一瞬，不由惊叫一声，然后又忍俊不禁地“哈哈”大笑。

原来，赵启正和胡炜送给他的是一只洁白干净，还穿着“鞋”的活白羊！

赵启正、胡炜给人民银行“送活羊”的故事，在浦东开发史上早有记载。

“这是启正和胡炜两位主任交代我们办的事。当时我们花了200块钱到老百姓那里买来的羊，是公司的几个工作人员忙乎了一个晚上，把那头羊洗得干干净净。虽然礼物不算贵重，但寓意很深，表达了我们对人民银行为支持陆家嘴金融区建设所做的示范举动的敬意和谢意。因为有了人民银行的领头示范，所以后来各大银行、保险公司等金融机构纷纷跟着迁驻到了浦东，这才形成了现在我们所看到的陆家嘴‘金山银山’式的国际金融中心！”王安德骄傲地说。

黄奇帆等人玩的“空手道”，为浦东开发初期解决资金紧缺等窘境起到了重要作用，积累了宝贵的经验，可谓是“弥足珍贵”“受用无穷”。而且，从某种意义上讲，它撬动了整个浦东开发飞速发展的车轮。1991年2月，邓小平再度来到上海过春节时，朱镕基向他汇报浦东开发过程中走“金融贸易先行”之路后，邓小平说：“金融很重要，是现代经济的核心，金融搞好了，一着棋活，全盘皆活……”这等于间接肯定了浦东开发初期的"土地空转"这一经验。

"金融的本质，其实就是三句话：一是为有钱人理财，为缺钱人融资；二是信用、信用、信用，杠杆、杠杆、杠杆，风险、风险、风险，实际上就三个词'信用''杠杆''风险'；三是金融不是单纯的卡拉OK、自拉自唱的行业，它是为实体经济服务的，金融如果不为实体经济服务，就没有灵魂，就是毫无意义的泡沫。在这个意义上，金融业就是服务业。"黄奇帆的这段话是他已经离开浦东新区十余年之后在重庆当市长时说的，而且那个时候他已经将浦东"土地空转"的经验，更加潇洒而出彩地挥就在了山城重庆的建设上。当有人问起已任了国务院新闻办主任的赵启正，如何评价"老搭档"黄奇帆玩的这套"空手道"时，他用了这样一段话："他是一个非常有激情和创造性的人，但他的激情和创造性发挥的时候是有底线的，他绝不会被周围的掌声冲过边界。"

其实，包括黄奇帆在内的所有浦东开发者，他们在创业相当困难的初始阶段，所采用的这种方式方法，尽管在今天看起来有些"豁边"与特别，但那毕竟符合当时当地的"特殊性"，因而也就形成了后来被称成浦东开发主线条的"十二字"经验，即：金融先行、贸易兴市、基础铺路。

在与许多"老上海"谈起浦东的变化时，他们无不如此感叹：谁也想不到，当时我们所看到的浦东是稻田、烂泥路和棚户区，转眼却成了比巴黎、曼哈顿还繁华、还现代化的大都市！

"所有流出的汗水可以不计，但当年起步时的艰难无法忘怀！"

——引自《浦东史诗》

难怪习近平总书记在离开上海到中央工作后，在一次聊起对上海干部的评价时说：上海的干部"不黏人"。

所谓"不黏人"就是不会去谄媚地"贴近"领导，是具有独立性的埋头苦干实干精神，有思想，有智慧，也有正确的智谋之人。经常遇到一些相对落后地区的干部和领导，他们非常羡慕上海，常在比较时会说上海条件等等，其实以我观察，上海真正有实力的地方是上海人和上海干部的素质与能力。这是决定上海走在别人前面的关键所在，甚至是根本的因素。

在建党百年之时，我在参加浦东的一次活动时，正好又与王安德先生一起坐在一辆大巴上“重游”陆家嘴。他看着自己和战友们一起用几十年汗水与智慧建起的陆家嘴金融城，眼里几次透着热泪，我便问了他两个问题：一是是否想过在自己手里就看到了今天规模的上海国际金融城？另一个问题是：当初为什么不惜代价先把中国人民银行上海分行从浦西“拉”到了浦东陆家嘴？

他回答得十分明朗：事情虽然是我们手上一件件经历的，但想起来仍然感觉像是做梦一样，实在想不到曾经那么惊叹和羡慕别国的国际金融城，我们竟然也搞成了，而且用的时间远远短于他们，并且我们的金融城形成过程与老牌资本主义国家的金融城在本质上不一样的地方是：他们在相当程度上是依靠掠夺和强行把别人的财富“弄”到了自己手里，而我们上海的国际金融中心地位和形成过程，一靠我们国家的发展魅力，二靠我们学习先进经验和独创的办法。

说到为何不惜代价“拉”人民银行到浦东来一事，王安德笑了：其实现在再看陆家嘴乃至整个浦东发展，真正占上大便宜的是陆家嘴和浦东，甚至是整个上海。因为人民银行搬迁到了浦东，看起来好像就是过了一条黄浦江，其实是实现了我们国家人民币走向世界、我们的金融体系融入世界的目标。这让我们的国家经济发展像黄浦江潮流一样，开始与大海连通在一起……这就是我们这些“赤脚老板”当时打的“大算盘”！

这个“大算盘”打得太妙、太精、太美！它让整个“大上海”的意义彻底地产生了无数个飞跃。如果单纯从资金量讲，可以是几倍、几十倍；如果从“门道”讲，过去上海的资金无非是两个口袋：一是国家财政上的上缴与下拨；二是上海自己财政上的调动。然而金融城建立之后，落定上海和过路上海以及法定交给上海的资金，用上海人自己的话说，就是“豁边”了！

“豁边”是什么？又是什么概念？那你看看今天的上海陆家嘴景象，再看看大上海的变化，没有超高超大的“金山银山”，怎可能如此美丽无比、魅力无限嘛！

上海的房价确实很高，中心城区平均价格每平方米超过10万，也可以看出人们比以前富裕了。

经常听百姓这样讲：上海人平均寿命全国第一，是因为生活水平高了，能够称心如意地享受好生活，没有强大的财富支撑又怎么可能呢？

不错，这真的是叫“赤脚老板上岸”了。

负责管理陆家嘴金融城的浦东新区陆家嘴金融城发展局的办公地在滨江边，这是一栋六层小楼，竟看不出它执掌管理着上海最有钱的地盘！它对外另一块招牌是“中国(上海)自由贸易试验区管理委员会陆家嘴管理局”。

负责人带我到“金融城”的展览厅参观，我已经来过这里至少三次，但每一次的数据一直在变化，恰恰说明了陆家嘴国际金融城的魅力所在——不断变化着的黄金潮流……

在这间几百平方米的展厅内，你能感受到陆家嘴为什么是“金嘴”，更能深刻地理解这张“金嘴”对浦东、对上海乃至对国家的意义：

第一个板块上的四个字：“国家战略”，便决定和说明了陆家嘴的“金嘴”地位，它闪耀着一串金光灿烂的数据：

面积占浦东新区的四十分之一；

商品销售总额约占全区的五分之二；

持牌金融机构约占全区五分之四……

另一个板块上的一大串长长的“第一”，令我内心比黄浦江水还要奔腾汹涌——

1990年，中国第一家证券交易所上海上证交易所在陆家嘴注册；

1992年，第一家外资保险公司美国友邦公司驻扎陆家嘴；

1995年，第一家外国银行日本富士银行上海分行在陆家嘴开设；

1999年，上海期货交易所在陆家嘴开张；

2000年，上海钻石交易所于此成立；

2001年，第一家中外合资基金管理公司国联安基金管理有限公司和第一家中外合资合营展览中心上海新国际博览中心开设；

2002年，交通银行总部在陆家嘴注册设立；

2004年，汽车金融公司上汽通用汽车金融有限责任公司在陆家嘴注册；平安电子支付有限公司同年成立于此；

2005年，第一家货币经纪公司上海国利货币经纪有限公司注册；

2006年，第一家金融期货交易所中国金融期货交易所在此成立；

2010年，中银消费金融有限公司在陆家嘴成立；

2015年，第一家外商资产管理机构安本投资管理（上海）有限公司在陆家嘴成立；第一家以“先照后证”方式设立的持牌金融机构再保险经纪公司江泰再保险经纪有限公司成立于此；第一家中外律师事务所联营试点奋迅·贝克麦坚时联营办公室设立在陆家嘴；

2016年，第一家申港证券股份有限公司成立于此；第一只自贸试验区债券——上海市财政局面向自贸试验区和境外机构成功发行30亿元地方政府债券；

2017年，第一家航运自保公司成立；

2018年，第一家国际化期货品种在此交易。第一家金融法院上海金融法院成立；

2019年，第一家外资保险控股公司安联（中国）保险控股有限公司成立于陆家嘴；

2020年，第一家外商独资公募基金公司在陆家嘴成立……

“至少到目前为止在我们陆家嘴金融贸易区成立和注册的‘中国第一家’金融机构有数十个……”发展局负责人自豪地告诉我，“而第一个机构其实就是浦东在中央和上海市的支持帮助下完成的一件重要的改革任务，它的意义也完全超越了一家金融机构落户在陆家嘴、给我们浦东多纳点税的意义。比如说像‘先照后证’方式设立的持牌金融机构再保险经纪公司的江泰再保险经纪公司，它的业务性质是通过发挥保险中介在保险供应链、产业链和价值链中的独特优势，服务好客户的风险管理。这样的机构在今天客户的业务非常之多而广，但能不能在陆家嘴金融区开展再保险业务，以前的政策上没有过的，这就需要我们深刻准确地理解中央赋予浦东国际金融中心的职能与政策，进行研究决策。最后通过一系列政策和业务上的评估和完善相关制度，及时批复了这家再保险公司的营业手续，使其在浦东及全国的业务迅速而广泛地获得巨量增速。比如江泰再保险经纪根据我国卫生健康保险日益增长的情况，及时建立了‘医责险＋纠纷调解＋医疗意外险＋医疗第三方见证’的四位一体的生态服务模式，深受中国医疗机构和病患者的欢迎，业务量成几十倍地增长。2024年初，该机构已经在全国200多家大型医院完成了7.63万场医疗第三方见证，实现手术意外险保费3485.8万元。不仅满足了病患者的需求，也大大扩大了医疗领域的意外险市场。为下一步在全国万亿级的医疗保险市场的开拓创造了可以预见的广阔天地。”

飞速发展的江泰再保险经纪公司是陆家嘴金融城在金融改革征程上探索的成功实践中不胜枚举的事例之一。而也正是因为这样的数不胜数的改革举措，让陆家嘴这片与当年外滩一样长满芦苇的滩地上，为当代中国创造了一大批“赤脚老板”走向金色岸头的机会，并且让我们很快看到了他们运用自己的智慧与能力，迅速在国际金融大潮中获得锻炼与成长，开创了超越外滩，追赶伦敦、纽约等国际金融中心的勃勃生机的局面——

2.那张吐金纳银的“嘴”……

如前所言，我从2018年初到上海之后，随后的日子我基本“扎根”在浦东陆家嘴，如今已整7年。这期间，除了少许的回京开会和赴外地采访之外，其余时间都住在陆家嘴滨江一带……之所以这样，有两个目的：一是我喜欢这块充满生机和活力又代表了中国水平的最美滨江之地；其二就是想更加亲近上海，书写浦东。我觉得当今中国的文学家太缺少现代化城市的书写了，即使在上海也一样。为此我愿意用相当一部分时间来实现一下自己的这一夙愿。

当然，还有另一个原因：我的祖先——爷爷、爷爷的父亲和爷爷的爷爷他们三代人在这片土地上生活与劳作了近百年，而且有过两处很不错的码头。最初的一处码头在现在的前滩那里，因为那里地价便宜，所以初涉上海滩上的何氏家族，只能先落根再说，码头不大，但足够用，所以起名“何氏码头”；经营一段时间后，生意兴隆，又遇外滩造船业的蓬勃发展，所以何氏家业部分转至如今上海世界会客厅对面的陆家嘴核心地带的新码头，这个码头是我曾祖们与苏州一贺姓富商合资而建的，用了“和氏”为名，在浦东的老地图上也能找到。如果不是洋人的铁船野蛮掠夺，也许我就是今天陆家嘴金融摩天楼宇群中的某一富豪或金融家什么的。

但我现在只是一介书生。

或许正是这种身份，加上两年多的疫情，使我有机会可能比任何一位上海人、任何一位在陆家嘴工作的银行家、投资家、金融业人士更全神贯注地感受中国上海金融中心的春夏秋冬、日夜轮转，以及它的冷暖交叠……

对一个“游子”而言，我喜欢陆家嘴的现实心态是因为这里的环境好、风景好、感觉好，除了房子贵、酒店住宿贵和消费贵外，其他的都是出奇地好：五光十色、千秋各异的摩天大楼；紧贴黄浦水的滨江绿道、渡轮码头；遍地开花的艺术馆、博物馆、体验馆、养生馆……琳琅满目、千姿百态，关键都异常“潮”和“酷”。到了傍晚，整个陆家嘴就是灯光秀的大比拼赛场，街头的绿荫、公园和摩天大楼间的连廊，每座大楼都像一位国际明星在各自的舞台上尽情卖弄风情、展现娇姿，诱你入迷，叫你陶醉。一句话：走遍世界上那么多都邑之后，发现身边的陆家嘴才是世界上最美好和适宜于我和你留下的地方……

浦东陆家嘴很美，看不到旧上海弄堂内的嘈杂，听不到小商小贩接二连三的叫卖，每一栋摩天大楼基本都是一尊很有特色的伸向天际的艺术品，城市与楼宇、马路及人所共同拥有的高端品质，除了让人赏心悦目、流连忘返外，还能闹中取静、心有所悦。如果有兴趣，穿梭在大楼之间会有一种如涉丛林之感，它们确实是钢筋和混凝土垒起的建筑，但不会有那种冷冰冰、硬邦邦的感觉，反倒是柔软的、多姿的，甚至像遇见一位健壮的汉子，或像一位又一位风情万般的美女迎你而来……这些高入云霄的大楼，夏日里为你挡风遮雨，冬天可以为你把寒气赶到远远的海里，夜间它们就是你忠实的陪伴者。如果你在飞机上俯视陆家嘴，则是另一种意想不到的景致，它仿佛就像一架巨型的钢琴，那些大楼就是这架巨型钢琴的块块琴键，它们在中国新时代旋律下每时每刻都在弹奏气壮山河、扣人心弦的壮丽乐章……

你不可能不陶醉，不可能不心系星辰大海。这就是我为什么常驻浦东陆家嘴。

这块滨江之地，无论待上多长时间，都不会寂寞与无聊，因为这里每一天都在变化着、赶着潮，甚至引领着全球的未来。即使你并不是它的一分子，也会深受影响，活力四射……而且还有无限的生活空间：花2元钱、用5分钟时间就可以搭上豪华的渡轮抵达黄浦江的彼岸——外滩或北外滩。

是的，这次豪华的渡轮很快将我送到陆家嘴的对岸，如今上海的又一处热土——虹口“北外滩”。

坐在这片高楼迭起、花园式滨江边的“玉兰广场”上的一方咖啡厅，掠过宽阔的黄浦江面，再看贴在江面上的陆家嘴耸天楼宇，你就会不由自主地热血沸腾起来。浦东陆家嘴之美、之壮观、之现代可以同任何一个最现代化的地方相媲美，是因为这里的每一幢建筑和整体的形象都足以让人震撼和赞叹。

自然你首先想到的是为什么那些高大的宏伟建筑竟然“贴”着江岸而建？难道不怕沉下去吗？这个自然不用我们操心，因为30年前的那些陆家嘴设计者和建设者早已把你所担心的这些问题一一化解并确保整个陆家嘴“千年不沉”。像最庞大的632米高的上海中心大厦，它的基座是建在由几万根粗大的钢筋与水泥混筑在一起的“大墩”上，那“大墩”下面的支撑地基是深达280米多的绝对坚固的地层，其硬度和坚固程度甚至超过花岗岩，物理学和地质学知识的深入运用远超出我们普通人的想象。当然也不用担心耸入云霄的一栋栋摩天大厦会受台风和地震的侵袭而发生倒塌或扭折，上海中心大厦的工程师告诉我：他们的楼可以抵御15级以上的台风，因为设计的楼体是有旋转功能的，在大风呼啸而来时，其楼体本身可以有一米多的“顺势摇摆”之奇功……你能想及如此奇妙的建筑学吗？这是中国建筑工程师们完成的世界杰作，这里的每一栋摩天大楼的建筑本身就是一本书——一本中国现代建筑的精美奇书。

掠过江面再仔细观察如森林一般的陆家嘴“摩天楼林”，就会发现这是一个中国大地上从未有过的“金融城”——以前上海外滩之所以名噪百年，就因为它有十几栋外国人建的各类银行建筑，所以让上海有了“东方巴黎”和“亚洲金滩”之称。

殖民主义者曾据此向中国和世界自大地声称上海外滩是他们的“杰作”，无非是因为这十几栋“洋行”的建筑耸在那里而已。

现在我知道，仅陆家嘴第二高摩天大楼的上海环球金融中心，其耸立起的总建筑面积就超过整个外滩的那些“万国建筑博览群”的面积。而胜于和接近于上海环球金融中心的楼宇，在陆家嘴可以找出十来幢，如果再加上千幢三五十层以上的高楼，那么今天的陆家嘴楼宇建筑就是100个上海的老外滩。仅这个数，你能不震撼与激动吗？

它是完全由我们中国人自己建的自己的金融城！

从虹口向江的另一岸北头往南环视，除了那尊像江南美女一样灵动妩媚的上海标志性建筑——“东方明珠”以及嵌在某一群楼之中的如“汤臣一品”“香格里拉”外，你会发现，整个陆家嘴就是一座真正意义上的金融城。那些或高入云霄或金光闪闪或令你叫绝不已的建筑，几乎无一不是“金融楼”，我们可随意地把它们罗列一下：

兴业银行、安盛保险、中国建设银行、中国工商银行、中国民生银行、海银财富、招商银行、中国平安保险、上海金茂大厦、上海环球金融中心、上海中心大厦、上海银行、汇亚中心、中国人民银行、中国银行、花旗银行……

它们组成的江岸前的“第一方阵”足有排山倒海之势，骇震黄浦江两岸。然而这仅仅是陆家嘴“金融城”给予人们所能观赏到的一片江边风景，若顺着世纪大道前行，随意指点一下街头两侧那些“掩”在头顶的摩天大厦，你会更加惊叹与感慨，是因为可以见到与纽约华尔街、伦敦金融城中不相上下的那些国际金融界的巨头竟然也在此聚集——

摩根士丹利、贝莱德、仁济、海航、汇丰、法兴、安永、重阳、大成、富邦华一银行、大华银行、渣打银行、恒生银行、南洋商业银行、华瑞银行、苏黎世保险、华宝基金、华安基金、嘉实基金、中欧基金、国泰基金、上海外服、宏益公益、金浦投资、交银租赁、平安租赁、自贸区基金、中银金科、交通银行、淡水泉投资、中国银联、支付宝、远东国际租赁，以及上海证券交易所、上海保交所、上海钻石交易所、长江联合金融租赁、中国金融期货交易所……

总而言之，那些在国内外闻名的或并不太被知晓的银行、基金、投资、交易等与金融相关的机构，它们竟然不知何时已悄悄地驻扎在浦东陆家嘴。

我问陆家嘴自贸区相关人员："现在这块地盘上每天有多少资金或货币量在'流动'？"

他笑笑，没有正面回答我，只谦虚地说了一句话："我们还在向伦敦金融城和纽约华尔街等世界金融高地靠近呢！"

"靠近？靠近是什么意思？"

"这个你懂的。"他又笑了。

"这个……我真的不太懂。"这回轮到我笑了。

"哈哈……"

紧接着我们一起大笑起来。

"好吧，可以向你透露一组数字：现在我们陆家嘴已经成为融资租赁这一块的全国高地，共有220家机构，以上海十分之一的企业数量，贡献了全市一半的税收，其融资租赁企业的资产规模已达1.6万亿元，占全国约五分之一。"他自豪地说。

对金融概念我是一窍不通，但负责人说的"占全国约五分之一"的数据概念让我大致感受到陆家嘴的分量。想想也是，巴掌大的一块地方，能与全国巨量的融资规模比较，本身就可见其实力。

金融商务是生意场上的"秘密之秘密"，也有人称它是"财富密室里的密室"，即它是核心之核心，全世界最有钱的机构和有钱的老板，其实自己并不去管钱或数钱，一般都是委托银行和会计事务所去管理。看我明白这个道理后，陆家嘴金融城的工作人员似乎才有点儿兴趣跟我"聊"上一两句"真话"。

那天我有点装傻地问了一句："你们金融城那么多摩天大楼，他们到底在干吗？都是赚大钱的？会比开酒店、饭店更能赚钱？"

其实我的这个问题确实够傻，人家建如此美丽壮观的摩天大厦，才不是为了开酒店或搞餐饮"大食堂"呢！那干吗呢？

"租出去！租给世界上最赚钱的银行、金融机构呀！"工作人员朝我笑笑，没有嘲笑我的意思，是真的给我普及金融租赁知识。

"能透露一下哪栋楼最赚钱吗？"我又冒傻地问。

这回他们又笑了，没有直接回答我。好像真是个秘密之秘密。

看我有些不甘心和失望的样儿，他们努努嘴，冲那座日本人森先生盖的环球金融中心，说："你不是跟这楼的老板很熟悉嘛，这栋大楼中的企业可是一年能够向我们国家上交几十亿元呢！"

一幢大厦一年能上交几十亿元，不用多说，它赚得一定更多！面对金融业，我是真的傻愣了。

陆家嘴的第二高楼上海环球金融中心于2008年竣工，高492米，地上101层，地下3层。当时这座大厦曾傲立于浦东之岸，被冠名"中国第一楼"，并保持数载纪录。作为外国人在浦东建设的第一栋摩天大厦，森所经历的不凡过程令人感动与感叹。

森的全名叫森稔，1934年出生于日本京都府。森读大学时还是个梦想当作家的"文学青年"。他在东京大学就读时，患了一场病。在家休养期间，仍然立志当小说家，并为此一直在悄悄收集生活素材。可惜，"我从未写出任何让我感到满意的作品"，因此"在烦闷中度过一天又一天"，森后来这样回忆道。于是森的父亲就让儿子跟着他开始做房地产，那是很小的规模，小说写不好的森便硬着头皮做起了地产生意。哪知他的"文学畅想"在地产生涯中却获得了巨大成功，可以说，后来的森，真的成了日本地产界的"诺贝尔奖"获得者。

这位在日本地产界数一数二的人物，对浦东开发始终抱有信心并且给中国和世界留下了一座可以称之为伟大的建筑——上海环球金融中心，以及同样了不起的恒生银行大厦等建筑。然而森除了在浦东大地上留下了伟大建筑，更重要的是他给中国和世界新城市建设带来了一个特别具有未来意义的理念——垂直花园城市，即“Hills”。

森在投资浦东这座伟大建筑时，经历了几次亚洲和世界性的金融危机。当他最重要的美国合作伙伴离他而去时，他依然选择留在浦东，他说在日本本土建的“森大厦”就足够他的几世子孙吃喝了，他根本不是为了钱而来浦东造大厦。他是以一个理想主义的城市建设者身份，来完成他生命中的又一个“垂直花园城市”。

浦东的创业者们一直对森先生怀有敬意，除了他本身的人格魅力外，还有他建起环球金融中心，更重要的是他奉献给上海和浦东的“垂直花园城市”的理念。

生前，森在赞美自己的上海环球金融中心大厦时，这样说：“2008年，上海环球金融中心竣工时，有人说，一条飞向天空的‘上海之龙’终于被点睛了。在中国，龙被视为‘祥瑞’‘吉祥’之物。”

进了楼里，通过挂在墙上的LED显示屏的“楼层指示牌”一眼可见那些入驻在大楼内的世界级大财团、大银行、大金融机构——

谷歌、瑞穗证券、中信证券、开源证券、华宝证券、三井物产、住友商事、富国银行、瑞穗银行、荷兰ING银行、韩国产业银行、德国商业银行、三井住友银行、苏黎世保险、安永会计师事务所、安德森·毛利·友常律师事务所、欧华律师事务所、摩根士丹利亚洲、安佰深（上海）……

在森的这幢摩天大厦内，我随意地挑了几个金融机构作为“探视”世界金融窗口的风景驿站——

第一扇世界金融“窗口”是法国巴黎银行（BNP Paribas）。以前我对它一无所知。可稍稍在网络上查一下它近几年在世界上的财富排名，便知其实力了：

2018年12月，巴黎银行入围2018世界品牌500强，位列第119。2019年7月，《财富》世界500强排行榜发布，法国巴黎银行列第104位。2020年1月，2020年全球最具价值500大品牌榜发布，法国巴黎银行排名第138位。2020年5月13日，法国巴黎银行名列2020福布斯全球企业2000强榜第42位。2020年8月10日，法国巴黎银行名列2020年《财富》世界500强排行榜第99位。

法国巴黎银行是欧洲首屈一指的全球银行及金融服务机构，集团业务遍及全球逾64个国家和地区，拥有700多个办事处，20.5万名雇员中有2.8万名从事国际银行业务，为100家国际大型企业中的80多家提供服务。它在全球范围从事出口信贷方面的业务。法国巴黎银行的优势是它拥有庞大的国际网络，包括7个主要金融中心。由于它在金融创新和新技术及销售渠道方面具有丰富经验，因此在企业及机构银行、财富管理、资产管理等业务方面成绩卓越。特别是在法国，其向公司及私人客户提供服务方面的优势无可比拟，尤其是在资产管理、消费信贷、租赁等业务领域。

许多上海人并不知道，其实法国巴黎银行在上海的“生意”，可以追溯到1860年，是最早一批“看好中国”的洋行之一，与上海有着很深的渊源。从当初1860年，法国巴黎银行在上海开设中国境内第一家办事处至今，已有160多年历史。1993年，法国巴黎银行恢复在上海设立机构，成为新中国成立之后在上海的首家合资银行（中国工商银行占一半股份）。1997年经批准，它在上海地区可以经营人民币业务。2003年11月26日，法国巴黎银行（中国）有限公司在上海宣布正式成立并开业，成为中国首家从合资转为外商独资并在当地注册的银行。同日，法国巴黎银行集团和长江证券有限公司合资成立的“长江巴黎百富勤证券有限公司”也在上海宣布开业，这是首家获得主承销商资格的合资证券公司。至此，这家新型“洋行”，可以说在世界“通吃”，而它在上海的存在，也为浦东和上海乃至中国的发展作出了积极贡献。在改革开放早期，法国巴黎银行就参与了三峡工程涡轮机和上海地铁3号线全部车辆、信号系统等重大建设工程的融资项目。

2008年，森的环球金融中心开业，法国巴黎银行（中国）有限公司总部是第一批入驻的外国银行之一。

第二扇世界金融“窗口”是声名显赫的“大摩”，即摩根士丹利（Morgan Stanley）。它在世界财经界有“大摩”之称，是纽约华尔街的一家金融巨头。其业务包括了证券、资产管理、企业合并重组和信用卡等多种几乎全覆盖的金融服务，在全球42个国家的1300多个城市有代表处，雇员总数达6万多人。

“大摩”确实很“牛”。2017年《财富》美国500强排行榜发布，它排名第76位。2018年《财富》世界500强排行榜发布，它位列第249位。2018年12月18日，世界品牌实验室编制的《2018世界品牌500强》揭晓，摩根士丹利排名第55位。2019年7月《财富》世界500强排行榜位列第218位。2019年10月，在英图博略（Interbrand）发布的全球品牌百强榜排名第69位。

与法国巴黎银行的老牌资本主义银行相比，摩根士丹利算是后起之秀。1935年9月16日，摩根士丹利于美国纽约华尔街2号正式开始营业。时光移至二十世纪七十年代，“大摩”的运气来了，雇员也从250多人迅速增长到超过1700人，并开始在全球范围内发展业务。1986年摩根士丹利在纽约证券交易所挂牌交易。进入九十年代，摩根士丹利不断扩张和兼并。特别是在二十一世纪以来，华尔街上的传奇人物裴熙亮出任摩根士丹利主席兼全球首席执行官，在他的带领下，“大摩”真正成为世界金融界的“超级魔王”。摩根士丹利国际银行（中国）有限公司是摩根士丹利集团的子公司，总部就在森的上海环球金融中心大厦内，该公司在亚太区有雇员2000余人，其中有约1500人在大中华区，在香港、北京、上海和台北设办事处。“大摩”通过在中国的合资银行，得以为许多中国公司提供在海外上市的服务，包括中国联通、中国石化和中国电信等，筹得的总资金超过100亿美元。目前，摩根士丹利国际银行（中国）有限公司的注册资本为人民币10亿元。

其银行的业务有：存款，短期、中期与长期贷款，票据承兑与贴现，政府债券，金融债券和其他除股票之外的外币证券，信用证服务及担保。国内外结算业务有：外汇交易、代理交易、外币兑换、银行同业拆借、银行卡服务、保险箱服务、信用调查与咨询服务、保险代理服务、其他经中国银行业监督管理委员会批准的业务。

摩根士丹利的一大绝招是同中国金融公司合作取利，比如1997年10月，中国电信（香港）首次公开招股（IPO），同时在香港和纽约两地上市，筹得资金42亿美元。

2000年6月，中国联通首次公开招股，同时在纽约和香港两地上市，筹得资金56.5亿美元。

2000年10月，中国石化全球首次公开招股，同时在纽约、伦敦和香港三地挂牌上市，筹得资金34.6亿美元。

2001年12月，中国铝业股份有限公司首次公开招股，同时在纽约和香港挂牌上市，筹得资金4.86亿美元。

2002年11月，中国电信首次公开招股，同时在香港和纽约两地上市，筹得资金15.2亿美元；这中间"大摩"的那只"无形之手"起了很大作用。

2003年初，摩根士丹利又成为中国首批合格境外机构投资者（QFII）之一。获准参与投资境内A股和债券市场，经审批投资额度为3亿美元。

2003年11月，中国人民财产保险股份有限公司首次公开招股并在香港挂牌上市，筹得资金8亿美元。

2004年5月，中国电信股份有限公司后续H股/美国预托证发行，筹得资金17.25亿美元。

2005年6月，在中国建设银行计划首次公开招股之前，引入美国银行作为策略性投资股东。

2013年5月29日，双汇国际控股有限公司和史密斯菲尔德联合公告：双方已经达成一份最终并购协议，价值约为71亿美元（按当前汇率约合人民币437亿元）。双汇国际的财务顾问由摩根士丹利担任，法律顾问是普衡律师事务所。

“大摩”可以说在中国和大中华地区业务广泛，又随中国经济大发展机遇而赚得盆满钵满。当然，它赚了大钱，自然森收取的“房租”也不会便宜它，会做大生意的普遍遵循一个原则：有钱大家一起赚。

“知道吗，世界上最赚钱的并不一定是银行，是那些帮着大财团、大老板管理财富或打官司的事务所！”我听了一位权威人士这么说，才恍然大悟！

森的大厦里驻扎了那么多金融机构，我一查它们租用的楼宇面积，发现果真法律事务所和会计事务所的用楼面积最大。一家叫“安永”的会计师事务所租了环球金融中心的八个楼层，它是全球四大会计师事务所之一，因其广泛的业务而成为世界第三大专业服务公司。它主要为著名财团、跨国公司，甚至是相当多的国家和世界级大亨们提供审计、税务及财务交易咨询等服务。

安永的前身源于英国十九世纪三十年代的亚瑟家族。后来的安永创始人亚瑟·扬，1863年生于英国苏格兰的格拉斯哥，是七兄弟中的老三。其父亲当过公司股东和轮船公司经纪人，在格拉斯哥商界小有名气。1881年，亚瑟·扬进入格拉斯哥大学，他也曾是一个文艺青年，并获得文学硕士学位。后来转攻法律，又获法律学士学位。然而亚瑟·扬又对算账很感兴趣，所以大学毕业后直接进了当地一家银行从事审计工作，结果成绩平平。1890年，亚瑟·扬随家人移民到美国，受聘于纽约的一家银行。该银行是由苏格兰迁来的，自英国募集资金，投资了美国许多工商业。当时，该银行正投资建造大陆北部一条大铁路。四年之后，该银行由合伙人宣布结束营业。此时的亚瑟·扬有了创办会计师事务所的念头。不久，他遇到了查理斯·斯塔特，此时的斯塔特在一家铜矿公司任主计长多年，早想出来自己单干。于是与亚瑟·扬一拍即合，相见恨晚。1894年两人开办了斯塔特·扬会计师事务所。当时，除他俩外，只有一位速记员、一间办公室。

一年后，亚瑟·扬的弟弟加入事务所，原来的合伙人斯塔特则退了出来。从此事务所由亚瑟·扬兄弟俩经营，事务所名字也正式确定为亚瑟·扬会计师事务所。从此业务稳定发展，事务所分机构接连设立。1907年设立纽约分事务所，1908年设立威斯康星州分事务所，1920年设立洛杉矶分事务所，1921年设立匹兹堡分事务所。在1921年以前，各分事务所的合伙契约各自独立。为加强内部团结，以“集团军”的力量向海外扩展，1921年起，合伙组织改为全国性的单一契约。当时事务所的8位合伙人一起签了约。两年后，亚瑟·扬事务所在巴黎设立了第一家海外事务所。同年，为了给美国标准石油公司、埃索石油公司、英国皇家航空公司等多国籍企业提供更满意的服务，安永与英国的布罗兹、帕特森会计师事务所合作，在伦敦设立了分事务所，取名为亚瑟·扬、布罗兹、帕特森会计师事务所。1944年，随着美国在加拿大投资的增加，安永又与加拿大的克拉克森、哥登会计师事务所合作，设立加拿大分事务所，取名为亚瑟·扬、克拉克森、哥登会计师事务所，其主要的营业事务所设在多伦多和蒙特利尔。从二十世纪五十年代开始，安永致力于海外事务所的发展，努力谋求国际化经营，并迅速成为全球几大最有影响的会计师事务所之一。

从一间简陋的办公室，兄弟俩人搭伙，经历百年奋斗，安永目前已在全球140个国家建立了办事机构700多家，员工总数达167000名，已知它在2011年的年收入为229亿美元。安永中国区现在的总部就在浦东的环球金融中心，除了上海外，还在北京、成都、武汉、深圳、广州、大连、苏州、青岛、杭州、天津、厦门、南京和香港、澳门等城市分设办事处，中国区的员工达几千人。

现在我终于明白安永会计师事务所为什么需要比法国巴黎银行等大金融机构面积更大的办公地，实在是因为其业务需要。

众多大金融机构日日吞金纳银，如黄浦江水潮起潮涌，怎会不给“地主”陆家嘴铸成容下万千财富的大“金嘴”呢！

从陆家嘴金融城发展局出来，我迈步到百米之远的黄浦江边，看了一眼潮起潮落的黄浦江，又转身环顾了身后的陆家嘴…… 白天的它没有多少灯光，只有阳光下那一个个魁梧雄伟的“身材”，起伏有致地耸立在那里，似乎像休息状。到了夜晚这片摩天大厦“森林”可就很不一样了：灯火阑珊，映亮天幕！为什么是这样？原来，国际金融业的资金流动与我们有时差，我们的夜，正是生活在另一半地球的人们的忙碌之时！

呵，这个世界就是有许多常人所不知的秘密。

你说，陆家嘴的这张“嘴”是不是吐纳黄金之嘴！一张一弛，如黄浦江流水般的真金白银在它嘴边进进出出…… 而从这张“嘴”里进进出出的真金白银，不仅满足了金融机构的赚钱欲望，同时也为中国经济打开了阀门，为中国特色的社会主义事业提供了有益的金融经验，而这才是陆家嘴的“嘴”功能、“嘴”作用、“嘴”意义……

3. 一楼一世界，群楼大世界

这是金融业的特征，也是所有发达国家抢着、争着和拼命要建立自己的“国际金融业”的秘密所在。

现代化国际大都市的发展与崛起告诉我们：支撑这样的一个城市，并不是看马路修得多么宽阔和漂亮，也不是看商店开了多少、戏剧院里有多少观众，而是看谁抢先建了什么样的银行，开了多少个交易所。因为所有的马路、商店和戏剧院的兴建，都需要资金。因此，金融市场的兴旺程度决定了这个城市的实力，能繁荣到什么程度，以及能延续多少辉煌的历史。同样的道理，看一个城市是否有潜力，不是看它拥有多少人口、多少公园和多少文物，而是要看有哪些金融和投资机构对它感兴趣。一个全世界的银行和金融机构聚集的地方一定是最有潜力或有繁荣历史的城市。

最壮观的城市景观往往是由金融和财富堆砌并装点而成的金碧辉煌。伦敦是如此，巴黎是如此，纽约和东京亦是如此，上海也不例外。

在上海，开埠之后最具标志性的建筑，就是外滩的“万国建筑博物馆”，而这些建筑几乎无一例外都是银行——当时基本上是外国的银行。如今，上海最具标志性的建筑都位于浦东陆家嘴。除了具备电视塔功能的“东方明珠”外，其他几十幢最引人注目的摩天大厦，几乎无一例外的都是银行或其他金融机构的大楼。

财富和资本是中性的。在马克思的著作中，他通过分析资本主义社会的本质，得出关于财富与资本的结论：它们将加速资本主义社会的衰亡，从而最终成为无产阶级推翻资产阶级政权的根本因素。马克思认为，在资本主义社会中，对于资本家而言，“资本”就是剩余价值，而剩余价值是资本家剥削工人的根本手段。资本越大，对无产阶级的剥削和压迫就越残酷，因此工人的革命意志就越坚定，直到推翻并消灭资产阶级的统治，终结资本主义社会。

在社会主义社会，无产阶级的领袖们清楚地告诉我们：社会的资本是全体劳动人民在党和政府领导下所创造的共同财富，这些财富将服务于广大人民，为建设和推动全社会的发展与创造更多的幸福服务。

不同的社会制度与条件下的资本与财富，具有不同的价值取向和本质。社会主义社会的核心价值告诉我们，广大劳动人民翻身做主人的制度下的社会，同样需要强大的资本与财富。而获得财富和资本的经营手段自然适用于社会主义国家制度下的金融行业。

二十世纪九十年代初，领导人就指出，上海发展的道路不能走广东依靠外资的“三来一补”道路，指出上海是长三角劳动生产力和人才、科技密集地，要利用这一优势，走有自己特色的发展模式。尤其指出，在经济发展中金融很重要，是现代经济的核心。也正是基于这个道理，领导人对上海建设国际金融中心特别关注和关心。

邓小平的这一构思，与中央决定浦东开发开放具有同一方向和目标，那就是上海应尽快朝着建设国际金融中心的方向发展。自然，上海对邓小平的谈话精神理解到位，落实迅速。朱镕基接任上海市一把手后，便开始了全面谋划和实施。

然而由于新中国成立以来，我国实行的都是国家“一本账”的金融管理制度，对如何搞好与世界接轨的国际金融其实是没有经验的。在这过程中，许多事别说在国际上叫人难以相信，就是中国人自己对上海所呈现的现象，特别是新发展、新变化也都会感到不可想象和惊叹。

自然如此。作为一个局外人，你站在银行大楼的外面，怎么可能知道里面的人在做什么？你或许只知道他们在点钞和数票。然而，如果银行的人仅仅是做这些工作，迟早会破产。银行真正的工作是将我们存入的钱“流通”起来，一旦资金“流通”起来，就会形成一股强大的资金流，这才是银行最赚钱的业务！金融城的所有金融机构都在充分利用各自的行业特性，努力推动资金流动，流动得越快越好。

这就是金融。就像一个人一样，如果血液不流动，人就如同僵尸。社会也是如此，没有金钱的流动，就等于没有经济活力，社会就如同僵尸一般。

金融的流动性如此重要，它决定了一个城市、一个社会，乃至一个国家的活力与能力。

上海是一个开放较早的城市，商业头脑特别精明，因此国家将国际金融城的建设与发展的重任放在浦东，这使其具有得天独厚的优势。

与外滩隔岸相望的浦东香格里拉大酒店，我常去，喜欢在那里观赏黄浦江，眺望浦西的外滩与老上海。当然，酒店进进出出的外国人也特别多。这里曾经是浦东开发开放初期最热闹的地方。金融城的建设和发展过程，与这家酒店有着密切的关系。

2008年5月9日，首届陆家嘴论坛在此举办，之后“陆家嘴论坛”成为中国金融界与世界金融业联系的一个平台。每年，来自世界各地的金融精英们都会会聚一堂，共同探讨国际金融和浦东金融建设的相关问题。这个论坛在某种意义上来说，是中国金融业的风向标。不少金融大鳄在此成就伟业，也有人在此栽倒……

并不奇怪，在历史的洪流中，总有一些泥沙和小鱼小虾上下沉浮。

陆家嘴论坛因当时的美国次贷危机爆发和浦东金融城自身建设需求而拉开帷幕。首届论坛的主题是《世界格局中的中国金融》。2009年，第二届陆家嘴论坛召开时，恰逢国务院19号文件出台，而这一文件的核心是要求和指导上海建设“国际金融中心”。浦东，尤其是陆家嘴的金融城建设，迎来了又一个千载难逢的春天。时任浦东新区区委书记徐麟在论坛上发表演说，他围绕陆家嘴金融城建设向与会代表提出了三点：拓展陆家嘴金融城的发展空间；营造金融城发展的环境；搭建好金融城创新平台。他在这次论坛上同时“晒”了一下当时1.7平方公里面积上的陆家嘴金融城建设以来的成绩单，引起与会者的极大兴趣和热议。外电对此纷纷报道。简而言之，陆家嘴金融城的飞速发展引起了世人的关注。

时任中国银行行长的周小川在会议上作了长篇发言。他回顾了随同胡锦涛主席出席伦敦G20峰会时的感受，激动地说道：“中国作为新兴市场国家，我们的代表性、声音以及意见，已经开始逐步在世界金融舞台上提高了分量。过去，中国的金融建设方向一直存在争议，现在中央已经非常明确，我们的目标是将上海建设成为国际金融中心。而我们现在开会的这块地——浦东陆家嘴，就是这个中心的核心地。这是国家层面的统一意志。也就是说，我们必须而且完全有可能实现这一建设目标。”

5年以后的“2013年陆家嘴论坛”如期召开，时任上海市市长的杨雄发表了讲话，介绍了“上海国际金融中心”的发展情况，并向与会者亮出了一份成绩单：截至2012年，全市生产总值达到2万亿元，第三产业在全市GDP中的比重达到60%。杨雄市长亮出的上述一串金融数据，其实大半是浦东的，或者说多半是陆家嘴金融城这一块所取得的成绩。

周小川行长在任时几乎每年必参加“陆家嘴论坛”。这一年，他参会听完杨市长的“成绩单”后，微笑着说：“上海具备条件和潜力建设成为国际金融中心。”他还转头对浦东区委、区政府的领导指了指，说：“你们这里的希望最大。”

这是自然的事：2013年之后的陆家嘴金融城，更加受中央和上海市委、市政府的重视。尤其是习近平总书记，几乎隔三岔五会来上海视察。而每每到上海，常会来浦东、来陆家嘴……“我与上海人民同甘共苦，同舟共济，对上海产生了难以割舍的感情。”① 他如此深情地说过。对陆家嘴金融城建设和浦东的金融工作更是作过一次次的重要指示，为建设上海金融中心和陆家嘴金融城的发展指明了方向。

2020年11月，在浦东开发开放30周年之际，习近平总书记再次来到浦东。在参观“浦东开发开放30周年主题展”时，展厅内有一处反映浦东烂泥渡路今昔变化的景观，吸引了习近平总书记的目光。现场讲解员指着照片介绍道：“浦东人曾经有句戏言：‘走过烂泥渡路，行人没有好衣裤。’如今这里已成为寸土寸金的陆家嘴金融城核心区。”习近平总书记感慨道：“看上去完全不一样了，没有对比就不会知道，真是沧桑巨变啊！”②

确实是沧桑巨变！陆家嘴的变化是世纪性的、颠覆性的、天翻地覆的。在这种变化中，有一个独特的现象，那就是：身处陆家嘴金融城中，倘若你是个有心人，只需悄悄注意一下身边的摩天大厦，就会发现每一幢大厦都是一个五彩缤纷的世界，而每一个这样的世界都足以让人对每天所发生的事情感到惊叹。

我就在这片“金山银山”的世界中多次被“惊”到过——

---

① 《本市召开党政负责干部大会宣布中央决定》，《解放日报》，2007年10月27日。

② 《对这座城市，总书记一直牵挂着》，《湖南日报》，2023年12月3日。

在陆家嘴核心区那条世纪大道左右林立的高楼大厦中，位于1701号有一座“H”形楼，事实上像这样的楼，如果不是因为楼顶上一排醒目的“中国钻石交易中心”字样的话，怎么也配不上“大厦”二字，只能说是一栋还“马马虎虎”的楼而已。

但这楼虽不高，却真的像钻石一样“恒久远”，又亮闪闪。一看内质，便知是真正的钻石品质的好楼。

它确实不起眼，在2009年前还一直在旁边的大厦内租了人家5000多平方米的楼层做交易和办公场所。之后才建了这栋独立的楼。楼虽然是钻石交易所，但整座大楼被简称“上钻所”，用的也就四五层楼面，万余平方米。

一个万余平方米地盘的单位能干什么惊天动地的事儿？

确实，如此“巴掌大”的地方就是干出了让全世界同行们震惊的大事儿。

这个“上钻所”之所以设立并取得瞩目成就，就是当年一批浦东创业者在国家和上海市领导的直接关怀支持下闯出来的，这一举动让中国人在世界金融交易领域有了“定规则”的话语权，这意义远超于赚多少钱的问题。

这里虽然是一座不起眼的大厦，但它一年能上缴近10亿元税收呢！最主要的是，它的存在，也让我们上海成为世界五大钻石交易中心之一，而且是全球交易量最大的交易中心，这令人对这座看起来不怎么起眼的大厦产生敬畏感。

参观过“钻石交易中心大厦”并听完里面的故事后，我再次真切地感受到习近平总书记说上海干部“不黏人”的深意了。原来，上海干部埋头实干的劲头与智慧确实令人敬佩。一般人连做梦都想不到的事情，他们做到了；那些看起来遥不可及的事情，他们实现了；那些在别人看来难以完美完成的事情，他们做得超乎想象的完美。

“我们只有34人。”2018年我第一次去时，“上钻所”的负责人这样介绍说。我知道直到现在，他们的正式工作人员也不到一百人。

“管着全中国的钻石交易？”

“是。而且一半以上还都是专业人士，比如海关、银行人员等。”

“一年向国家上缴近10亿元税收，就凭你们这些人？”

“是的，就是这些人。钻石不同于其他奢侈品，不在于大小和数量，而在于品质和高贵性……”专业人士口中的话总是经典之语。

“在‘上钻所’成立之前，国家在这方面的进口税收是多少？”

“1990年前，我们整个国家在钻石进口方面获得的税收大约为500万元。”

“那时全国的钻石交易量有多少？”

“没有交易，只有‘逮’住的走私货……”

“为什么？”

“因为国家在这方面没有相关政策。另外，钻石非常特殊，它体积小，小到可以随身携带而不被察觉，即使在海关的安检设备上也无法检测到——目前世界上还没有一种仪器能够检测出它……因此，过去我国的钻石主要是通过走私渠道进入的。”

“用什么办法来遏制走私呢？”

“海关和关税。”

“国家用过吗？”

“以前主要依靠这两种手段。”

“那为什么交易量就那么少？”

“关税太高。各种税项加起来，高达40%。”

“税率这么高，为什么国家每年只能收到几百万的税收？”

“钻石本身就是一种价值非常高的物品，它主要依靠不断的交易来产生利润。如果税收过高，就等于扼杀了这个行业的发展。钻石行业里有句俗话：‘你征收的税越高，它死得越快。’剩下的只有一条路：走私。”

“噢——”

上面是我与“上钻所”负责人在边走边参观他们的交易中心时的对话。这次简短的交流让我对中国的钻石行业有了最直接的了解。

令人难以想象的是，在新冠病毒肆虐的这两年中，上海钻交所给出的一个数字令人意外和震惊。据海关监管统计，2021年上半年，上海钻交所的进口钻石货值高达105亿多元，比2020年同期增长3倍，比疫情前的2019年同期增长45.3%。据我所知，2021年下半年的增长速度甚至超过了上半年，全年进口钻石货值达到333亿多元，同比增加76%，其总量之大和增长速度之快，为新冠疫情下的全世界中独一无二，并且这种趋势仍在继续，势不可当。

“得益于三个原因：一是我们国家的疫情控制得最好；二是我国的经济与消费市场没有因疫情而改变，继续呈现快速发展态势；三是我们的进出口管理制度和交易所为世界钻石交易秩序带来了规范与通畅……”这个总结精确而到位，每一条都显示了我们国家的强大和值得骄傲的时代风貌，它真的就是像钻石品质一样“值得拥有”。

第一次参观“钻石交易中心”时，我的感受与想象中的情景完全相反。在电影中，我多次看到非洲和以色列的“滴血钻石”交易，那种场面是何等壮观与紧张：人山人海，有人带着枪，有人带着保镖，还有“大佬”直接拎着一袋袋黄金，场面宛如赌场。当然，世界上最大、最正规的以色列特拉维夫钻石交易中心，虽然也是人山人海，却井然有序，交易规则严格而精细。所有在那里出现的人都显得高贵，与钻石相匹配的交易形式展现得淋漓尽致。然而，无论何处，钻石这样的高贵宝石的交易，绝对不会像如今几乎可以称为“世界第一”的中国上海交易中心那样清冷——那天我去的“交易大厅”里，竟然一个人都没见到！

这是为什么？我很惊讶地问“上钻所”的人。

美丽的女交易员笑了：这一点让外国人感到有些不可思议。因为我们中国人交易像钻石这样高贵的东西时，都是“悄悄的”，大家都在各自预定的房间里进行，很少在这个地方进行交易。

是这样啊！我们会心地笑了。原来我们中国人真的太内向了，或许其中还包含着一种对高贵与财富的敬畏之意。

“不过，我可以告诉你一个基本事实……”“上钻所”的负责人接过话，说，“以前，世界上购买最昂贵钻石的买主肯定是欧美国家，或者是以色列的富豪。但现在情况变了，现在最大的买主通常是我们中国人。”

“确切？”这是我十分感兴趣的事，并回头认真地重复询问道。

“确切。”那位美丽的交易员认真地点头说，“前些日子，香港的一位钻石商跟我讲了一件事。这位钻石商之前得到了一颗价值连城的好钻石，首先想到的是打电话给美国，因为那里的买家最多。前不久，他手头又有一颗价值五亿元人民币的完美钻石。当他再次打电话给美国的钻石买家时，对方竟然说：‘你现在还往我这边打电话呀？’他就问为什么这样说。美国那边的人告诉他：‘现在能买得起世界上最昂贵钻石的人都在你们中国了！’这位香港人感到不可思议，经过几个朋友的辗转，把咨询电话打到了我这里，问是不是这种情况。我实事求是地告诉他：确实，现在购买世界奢侈品的最大市场和最大的买家可能都在中国……”

不知为什么，女交易员的话让我这个从来没有拥有过钻石的人立刻也产生了一种跃跃欲试的感觉：是不是该花个几十万、几百万，买块“小玩意儿”！

钻石在奢侈品中属于特殊商品，且价格昂贵。“上钻所”负责人回忆说，有一年他陪同我国领导人出访，那位领导就说了这样一句话：“世界上的强国一定拥有最好的钻石。”当时我对领导说：“中国如今也强大了，我们也已拥有非常不一般的钻石！”

“中国人手中真的也有好钻石了？”这个问题引人好奇。

“不仅有，而且还不少呢！”女交易员说，经她手就有好几块。“因为是私人藏品，所以我们必须为客户保密。”她补充道。

有一句行话这样说：“拥有钻石比拥有金山银山更重要。”

交易中心的大厅虽然冷清，但这里的钻石故事却如此惊心动魄地：几个玻璃柜中，陈列着“世界名钻”的仿制品，每一枚钻石背后几乎都与一个国家和人类文明史紧密相连。美丽的交易员逐一向我介绍这些“世界名钻”的故事，如数家珍。

由于时间的限制，否则仅仅沉醉于聆听“钻石故事”就可以几天几夜不挪步。每一个关于钻石的故事都那么惊心动魄，那么传奇又意外。然而，奇怪的是，尽管钻石在世界文明史中占有独特的地位，但在东方古国中国的情况就很不一样，虽然我们的古人研究珠宝器玩早已达到出神入化的境界，然而似乎对“宝石之王”的钻石竟然有点“有眼不识泰山”的意味。甚至连被誉为“贵族生活百科全书”的《红楼梦》对它也是不屑一提。这是何故？我问。

大概是钻石既神秘莫测，又常常带着某些血腥，因此它与中国传统的儒家思想有一定的不相符。我知道“上钻所”的负责人被誉为“中国钻石之王”，他能解释许多我所不解的问题。于是，听他话锋一转，说道：钻石的高贵品质，尤其是它晶莹剔透、晶光闪闪的光芒与其简约清丽、高雅大方的形状，以及历久弥新的坚固质地，与东方人所追求的爱情精神十分吻合。因此，现代中国人对钻石的崇尚绝不亚于西方人。

“钻石恒久远，一颗永流传！”几乎是异口同声地，我们几个人在钻石交易大厅里脱口而出这句流行的广告语。

早在古希腊时代，人们就把钻石称为“adamant”，这个词的意思是坚硬不可侵犯的物质。由于钻石极其坚硬，人们将其视为非凡能力的象征。它坚强无比，既坚不可摧，又无往不胜。因此，在传统的欧洲历史中，只有那些战无不胜的君主才能佩戴钻石，以此象征权势、威严和勇敢。直到“战神”拿破仑和恋人约瑟芬之间以钻石为信物的爱情佳话出现后，钻石的象征意义更多地倾向于美满幸福的爱情和婚姻，充满了浪漫色彩，成为全人类经典与不朽的象征。

你的爱情时刻激励着我
它已经让我失去了理智，使我寝食难安
我的心里再也没有朋友，也没有荣耀
我之所以重视胜利
只是因为它能让你开心
如果它不能让你欢喜
我会立即离开军队，返回巴黎
回到你身边……

这般缠绵而炽热的言语，相信会令任何一个女人心跳加速，脸色绯红。谁能想象，这些充满蜜糖味道的文字是在硝烟滚滚的战场上写下的。写下如此激情文字的男子便是欧洲历史上最著名的“战神”拿破仑，而那位让他愿意“立刻离开军队，返回巴黎”的女人，就是约瑟芬。

没有什么比战争的代价更大了！然而，拿破仑却愿意放弃战争的胜利，以换取一位女子的爱情。这般旷世而璀璨的爱情，由一枚18毫米的纯金戒指作为定情信物。这枚戒指上并排镶嵌着同为一克拉重的梨形钻石和蓝宝石，后来它被命名为“你和我”钻戒。此钻戒的设计中蕴含着拿破仑对妻子一生守候的承诺，更是“战神”爱情誓言的开端……数个世纪过去了，钻石的主人早已逝去，但象征爱情的钻戒仍在，尤其是镌刻在钻石上的故事，成为人类文明史中的一段经典，代代流传。2013年3月24日，在巴黎郊区枫丹白露宫的奥塞纳拍卖行，这枚拿破仑在1796年赠送给妻子约瑟芬的订婚钻戒以66万英镑的价格拍出，高于实际估价50倍左右。

钻石有价，情无价。世界上所有名贵的钻石几乎无一例外地因为其背后的“故事”而使得其价值翻了十倍、百倍，甚至成为无价之宝。

也许我们不像富豪那样拥有一颗精美的巨钻，但每个人心中都渴望一份真挚的爱情和美满的婚姻。随着生活水平的提高，一向崇尚稳定婚姻和真爱的中国人对钻石的喜爱在近几十年里不断高涨。由于“知识经济”和“知性社会”已成为当代主流，今天的中国人心中其实都蕴藏着一块“蓝钻”。这种物质与精神兼备的“蓝钻”在我们每个人的心灵深处闪烁着高雅洁净的光辉，默默关注着我们的一言一行，并时刻提醒我们要谦和友善、沉稳内敛，既要热情投入生活，又需淡然面对人生。这就是中国人追求“钻石”的精神境界。

后来者居上。这也是在中国新发展理念下，中国人，尤其是上海人，所秉持的一种理念：要做就做到世界上最好。在上海生活久了，你会被那些有点“秀气”和“腔调”的上海男人所打动，他们其实在干事方面有比北方人更强悍的坚定的意志，一旦认定目标，就会追而不舍，坚持到底，直至成功。

“上钻所”的诞生过程和成功经历，充分体现了上海人干事的精神和陆家嘴金融城的职能特点。

在中国共产党成立一百周年的时候，经常有人问，为什么这样一个伟大的政党是在上海成立，而不是在北京或广州等其他地方呢？这个问题有多个答案。我自己在完成《革命者》一书之后，也在上海开设了十几堂“党课”，其中有一课是“为什么中国共产党在上海成立”。虽然讲得头头是道、有理有据，但现在回想起来，还有一个原因没有讲到，那就是上海人“识时务”“拎得清”，并且注重实干。因此，中国共产党这样一个伟大的政党才可能不在其他地方，而必然是在上海成立。正如毛泽东所说，世界一切事物中，人是最重要的，是决定因素。上海人能够成事、成大事，能够完成别人难以完成的伟大事业，这已经成为一张令中国人为之骄傲的“国家名片”。然而在过去，这样的结论就是在国内提出，也会马上有人提出不同意见。但是，上海有优于他人和其他地方之处，我在上海的亲身体会是：上海的强大之处，在于人的能力和实干精神。

过去我们很少关注实现国家战略、建设国际金融中心这些方面，只知道上海很富裕，GDP达到了五万多亿元……如今，当我们以虔诚之心走进陆家嘴金融城后，才能真正理解“为什么是上海”这句话的实际意义。

二十世纪九十年代初的上海，在邓小平的直接关心和支持下，迈出了大上海全面改革开放的战略步伐。1990年，中央宣布浦东开发开放的号角吹响后，迅速采取了将“会做生意的上海”与国际接轨的金融要素市场结合起来的具体行动。

1990年12月，上海证券交易所成立并开业。中国人在这个时候知道了“A股”，并积极参与其中，直到今日仍有世界上数一数二的庞大的“股民”队伍。

1992年5月，上海金属交易所——中国第一个国家级期货市场开业。以往国家专属的物资也可以进行“买卖”了。

1994年4月，中国外汇交易中心在上海宣布成立。从此，外币买卖和交易成为可能和现实。

上海金融市场的开放，让这座滨海城市真正纳得阵阵清爽的“海风”——一个与世界接轨并学习、吸收的平台。

做交易市场希望价格有波动，这样才能“做多”“做空”。但钻石这一商品很特殊，因为它是极为稀缺的资源，很少见，价格一直在上涨。所以最初，我们并没有关注它。1991年，浦东开发开放刚刚起步，上海钻石交易所也在这个时候迎来了它的创业元年。当时，上海市委的主要领导带领上海市友好城市代表团出访欧洲，重点了解西方各国的证券交易所及其他金融机构，考察金融要素市场，并且敏锐地抓住了钻石交易这一特殊的金融产品，最终在陆家嘴建立了我国第一个钻石交易所。即使在今天看来，这个钻石交易所的成立，也是浦东和陆家嘴金融城建设中一着十分出彩的妙棋。

当年上海计划在浦东陆家嘴设立钻石交易所的消息一经传出，立即引起了国际钻石界和金融界的高度关注。从那一年开始的几年内，世界钻石行业的巨头们陆续来到上海，例如以色列艾森贝克集团总裁索尔·艾森贝克、意大利第一钻石集团常务经理莫梯·威斯伯特、纽约世界钻石交易所联合会主席埃利·伊扎科夫等。他们的到来不仅增强了上海人创办钻石交易所的信心，也让大家学到了许多普通人不了解的钻石交易方式。

“钻石太小了，又太昂贵，所以与其他大宗商品交易有所区别，而且买卖双方都不太愿意公开自己的身份，所以钻石交易有点‘偷偷摸摸’……”

“偷偷摸摸？”我听美丽的交易员这么说，很是惊讶。

她抿起嘴，微笑着介绍道：因为钻石交易是一个小众行业，主要在较小的专业人士圈子中进行，在国际上以犹太商人为主，不像证券交易所那样，任何人都可以随意买卖股票。钻石交易所要求参与交易的人必须是会员，并且信誉良好，也就是说，这个人在谈好价钱后会对交易负责。比如安特卫普钻石交易所已有上百年历史，那里交易商戴着小黑帽，手里拿着黑布袋，进入交易时用手触摸黑布袋，一颗颗地进行交易。房间很小，光线也很讲究，不能太亮，也不能太暗。此外，交易对象之间相互要分开的，我谈什么价钱别人不会知道，不像股票买卖是公开竞价，而且一颗钻石，一天可能要交易无数次……

这不是有点像“地下工作”的味道吗？

我的话让年轻而美丽的交易员愣了一下，随后她红着脸说：“何作家，您说的是解放前我们上海地下党的革命工作呀！”

大家都乐了。这可能也是上海的一大地域特色吧！

在决策和筹备钻石交易所的过程中，有一位让上海人至今难忘的国际友人，他就是以色列艾森贝克集团总裁索尔·艾森贝克先生。虽然艾森贝克并非钻石交易商出身，但他是以色列最大投资集团的总裁，他的家庭曾在上海犹太避难区生活过。正因如此，当他得知上海有意成立钻石交易所时，表现得非常热情。同时，作为商人，他敏锐地意识到中国这个大市场将对他本人和整个以色列钻石业产生重大影响。

“如果需要，我可以成为你们的搭桥人。”艾森贝克当年对上海市长这样说道。

“太好了！ 由您出面，我们可以省去很多绕弯路的过程。”上海市长后来与艾森贝克先生成了老朋友。

“中国未来一定是钻石消费大国，你们应当在世界钻石业占有一席之地，建立自己的钻石交易中心……”这位一向不苟言笑的以色列朋友的一句话，让当时的上海人心旌摇荡。参与组建钻石交易所的一位“老浦东”心中的“钻石梦”逐渐成真。“老浦东”回忆起当时的过程，特别激动，说：“以色列人不太讲过头的话，但从他们口中说出的这样一个务实而又浪漫的提议，确实激荡了当时我们的心。”

是的，钻石，你像情人的眼睛般炯炯有神地注视着我们。

仿佛在心灵深处独自闪烁着雅洁的光辉，关注着我们每一个人的一言一行……

“现在回过头来看钻石交易所的整个发展过程，可以说是浦东陆家嘴金融城建设的一个缩影。它每一步发展的跨越，都体现了浦东人的开放创新和实干精神，以及中央对上海、浦东建设国际金融中心的全力支持。如果没有这两个方面，即使钻石再珍贵，也不会让我们这栋小楼闪闪发光！”钻石交易所的负责人深情地说道。

我听着他的介绍了解到：钻石作为一种特殊商品，其交易过程和市场的兴衰与其他商品完全不同。对其监管，必须将海关、商检、税务、银行和外汇管理等部门统一起来进行封闭式管理。这样才能既符合钻石交易的特性，又能在监管方面行之有效，从而实现商品本身的活跃与繁荣发展，同时也能让国家获得更多的税收。而这一点也离不开国家的支持。“因为从事钻石交易，不仅我们上海和浦东没有经验，国家在钻石交易特性方面的政策支持以前也是空白的。这几乎需要我们上海所有相关部门都行动起来，中央和国家相关部委都得行动起来，经过各种协调后才能给予相关政策与法规。其复杂和繁琐的程度难以想象。比如钻石的税收问题，最初进出口钻石的关税是40%。如此高的关税，怎么能吸引全球的钻石商家来中国交易呢？于是我们就想方设法一步步争取将这个税率降下来，最终通过不懈努力，将其降到了4%……”

“快等于没税了！”我轻叹一声。

“是的，要将税率降到如此低的水平，如果没有国家的支持，我们在上海怎么可能实现钻石交易这件事呢！”交易所负责人表示。他解释道：“这里需要说明一个辩证的问题：上海浦东建立钻石交易中心，其最终目的是繁荣我国的钻石产业，为国家和地方增加财税收入。请求国家降低进口关税，其目的也是为国家增加更多的税收和财富。因为钻石是一种特殊商品，就像公园的门票一样，你的门票价格越高，进去的人就越少；一旦门票降价，进入公园的人自然会增多。进入公园的人多了，园内的各种消费肯定会大幅增加，这些消费产生的税收可以补偿低价门票，甚至远远超过原来的门票收入。钻石商品的交易原理也是如此。进口关税高，本身就扼杀了该商品的交易可能性，也会导致走私日益严重，国家的税收大量流失。在我们的政策没有改变之前，即海关进口税率为40%时，全国的钻石关税收入最高也只有500万元人民币。后来，我们的交易中心建成后，关税第一次降到17%，第一个月的关税收入就达到了1000万元！2007年第二次降税到位后，关税收入大幅增加，到2017年时，正好十年，我们为国家上缴了30多亿元。如果不是税率改变，那么按原来一年500万元关税收入计算，十年也就只能为国家收取约5000万元的税收。30亿元与5000万元的对比，极好地说明了政策改变所带来的国家收入和行业繁荣的变化。这还没有算上由此带来的钻石交易后的整个产业链的税收，如果加起来，可能还不止500

亿元吧！”

我这个外行人也明白了一个基本事实：上海人在浦东开发开放的过程中，不仅实现了自己的“钻石梦”，为上海在国际上赢得了“世界钻石交易中心”的地位，而且为整个国家的钻石产业繁荣发展和增加国家财富开辟了一条途径。

“可以这么说：整个浦东陆家嘴金融城的建设过程中，我们始终遵循一个原则，那就是与世界金融界对话，努力接近甚至超越国际发展的水平。而这种对话所产生的效应是：我们学到了本领，增加了财富。更重要的是，通过金融杠杆，我们促进了国家经济结构的调整和科技实力的增强。反过来，国家经济发展了，我们从事金融业的队伍也随之壮大。正如习近平总书记所言：‘金融活，经济活；金融稳，经济稳；经济兴，金融兴；经济强，金融强。经济是肌体，金融是血脉，两者共生共荣。’陆家嘴的金融发展与经济发展证明了习近平总书记的这一论断。”陆家嘴金融城发展局的负责人说。

从“上海钻石交易所”大楼里走出来，置身于陆家嘴摩天大厦的“森林”中，那一刻，我心头有些恍惚：陆家嘴、浦东有如此多的摩天大厦，是不是每一栋里都蕴藏着与“钻石交易所”一样多的传奇故事和财富神话？

于是，我决心迈开双腿，沿着车水马龙的大道，开始“清点”与钻石交易所相近的“某某交易所”……

确实是：在世纪大道上，出现了“上海国际黄金交易中心”。

呵，真的是黄金交易中心！这肯定不会比钻石交易所的财富少，而且黄金的故事一定丰富多彩。

“先生是做什么工作的？”突然，一位神情严肃的安保人员挡住了我的去路。

“我？我只是看看……”我急忙回答。

“这里不能停留，请离开。”安保人员说道。

“这里面谁能进去？不能参观吗？”

“不行。只有交易员可以进去。现在交易也都是通过网上进行的……”他的意思是让我这个外行人赶紧走远一点。

我曾想公开我的身份，但考虑再三，还是决定暂时不这样做。有机会的话，我请浦东的同事协助联系后再去采访吧。后来我了解到，这家位于浦东陆家嘴世纪大道的“上海国际黄金交易中心”实际上是上海黄金交易所的全资子公司。它的业务主要依托上海自由贸易区的自由贸易账户体系，为境外机构和个人参与中国黄金市场提供直接渠道。简称“上金国际”的这个交易中心，也是中国首个允许境外投资者直接进场交易的金融要素市场。这里的交易以人民币计价，全球投资者可以通过开立FT账户，使用离岸人民币参与“上金所”交易，联动境外黄金市场，实现全球对接，这是真正意义上的黄金全球买卖。

后来，我了解到更多信息：国际黄金交易有一个复杂的体系。例如，你需要有“保证金”存管银行，中国工商银行、中国银行、建设银行等十家中国大型银行可以作为存管银行。交易完成后，有两个国际版的“交割仓储服务地”，即上海和深圳。这意味着，当你的黄金交易成功后，你可以到上海或深圳这两个固定的黄金仓储地取出所买卖的黄金。

我想了想：这买卖恐怕不是一般人能做得了的。于是决定省省心——“上金国际”的采访就免了吧！不过，可以在网上查到上海黄金交易所去年和今年第一季度的交易报表数据。

2023年，上海黄金交易所的单边交易量为2.08万吨，单边交易金额9.28万亿元，双边交易量为4.15万吨，双边交易金额为18.57万亿元。

至2024年9月底，上海黄金品种累计双边成交量已经达到4.15万吨，相当于2023年全年的双边交易量。这两年，黄金及其衍生品的交易市场十分活跃，因此交易量一直在扩大。我们浦东国际黄金交易中心的涨幅自然也不小……上海国际黄金交易中心总经理黄亭亭在9月召开的上海黄金交易国际化十周年座谈会上向外界透露。

“上金国际”成立于2014年，并在浦东正式营业。短短十年内，它已将中国这把“黄金之剑”磨得闪闪发亮。这无疑也得益于浦东陆家嘴金融城的环境和政策支持。

令我没想到的是，就在我以为自己已经对上海黄金交易市场有所了解之后的8月19日，我被浦东的朋友带到了距滨江路不远的一片崭新的商务楼群。朋友指着一座看上去并不那么金碧辉煌的办公楼，对我说：“中国黄金集团公司就在这里。”

哈哈，这“大家伙”原来在上海呀！我有些喜出望外，找到了中国黄金集团还怕不了解上海乃至整个中国的黄金交易市场情况吗！

我后来了解到关于“黄金市场的历史”——

中国的黄金市场过去并不存在，只有民间的地下交易，俗称“黑市”。1986年以后，才允许民间交易正式合法化，但仍然实行统销统购。陈小竹提到，这个过程很快就出现了问题：在二十世纪九十年代的一段时间里，国际市场上每克黄金的价格为48元，而我国国内市场的均价则高达90多元。于是，民间的地下交易市场变得越来越活跃。在这个背景下，辽宁感王镇诞生了一个民间黄金市场。这对当时我国实行的“统收专营”黄金管理制度产生了不小的冲击。这是1992年的事情。

感王民间黄金市场的形成，有其历史原因：在黑水白山的东北吉林，有一个夹皮沟金矿，日本侵华时曾大规模开采。我抗联部队曾解放了夹皮沟金矿，并恢复生产，当年黄金年产量达到1万两，为东北解放作出了贡献。当时夹皮沟流传着这样一句话：“一两黄金养一个兵。”在山东胶东一带也有采金活动，抗战时期，当地百姓和地下党开展了武装斗争与经济斗争相结合的“黄金抗日”，秘密向延安输送了13万两黄金，为我党领导全国人民进行抗战和解放战争作出了卓越贡献。新中国成立后，我国的黄金生产在国家的领导下一直没有放松。从最初的年产百吨，到双百吨，再到300吨，直到突破400吨大关，成为世界上最大的黄金生产国。然而，由于体制和机制问题，尽管是黄金生产大国，却在世界上没有话语权。主要原因是我们自己没有开放黄金市场，也没有建立必要的与世界黄金市场接轨的机制。感王镇的民间黄金交易市场正是在这种并不正常的“黑白”市场体系下自发形成的一个半官半民的市场，类似于最初的乡镇企业。它有合理的部分，但又是不健全的市场形态。无论如何，感王镇黄金市场的出现，也推动了国家向黄金市场开放和健全的方向迈进。

1999年，中国人民银行提出每周调整一次黄金价格。然而，这仍然无法平衡黄金交易市场与广大黄金消费者之间的需求。因为黄金市场与股票市场一样，在国际上随时都在剧烈变化。每周一次的调价，消费者实在难以忍受。

2001年，中国人民银行宣布取消黄金“统购统配”计划管理体制，这为开放黄金交易的正式市场提供了空间和准备。国家开始在北京和上海物色可以承担中国黄金交易中心角色的机构。

“当时浦东的发展，特别是陆家嘴的金融城建设，已经引起全球的瞩目。结果是，上海和浦东陆家嘴赢得了创办黄金交易所的机会。上海黄金交易所和上海国际黄金期货交易所正式成立。”陈先生回顾这一过程时说道，“黄金是金融的重要元素。将黄金交易所和黄金期货交易所设在上海和浦东，既是一个机遇，也是上海和浦东发展的必然。今天回过头来看，中央的决策以及我们行业对上海和浦东的选择是非常正确和令人满意的。”

从他口中以及从黄金交易所公开的年度“成绩单”中得知，黄金交易的年交易量达到了万亿元级。这一金融平台为浦东的经济带来了巨大的收益。

后来我发现：在陆家嘴，像钻石交易所、黄金交易中心这样的金融机构，如果你站在大街上，环顾四周，几乎随处可见，可谓“遍地开花”。它们的存在和成长，让陆家嘴的摩天大楼森林中“长”出了无数璀璨夺目、光芒耀眼的“钻石山”（钻石交易所）、“黄金山”（黄金国际交易中心）、“期货山”

（上海期货交易所）、“结算山”（中央结算公司）等令人目不暇接的“金山银山”！

可不是，陆家嘴金融城到底“长”了多少座这样的金山银山呢？ 十座？百座？ 肯定有。

而这些“山”在浦东这片只有江水、河水与海水的地方，竟然也能“长”出“石油山”—— 上海石油交易所。

生活在北京，并且写过关于中国“三桶油”的文章的我，感到十分惊讶：竟然是浦东陆家嘴金融城将中国的中石油、中石化、中海油这三大石油生产企业的生意“抢”到了上海。经过了解，原来上海石油交易所是于2001年在商务部的协调下，由中国石油国际事业有限公司、中国石化销售有限公司、中海石油化工进出口有限公司和中化国际石油公司联合上海久联集团有限公司共同出资组建的一个石油交易金融机构。

这也是一栋楼，位于陆家嘴世纪大道1200号的中国石油上海大厦。与周边其他摩天大厦相比，这座石油大厦并不起眼，而且石油交易所仅占据了这栋楼的第19层，看上去很“普通”。然而，当你了解它的交易量时，仍会暗自惊叹：2023年，上海石油期货的交易量达到了1.6万亿元。

又是一个“万亿元级”的交易量！

这就是陆家嘴金融城的魅力。你现在或许明白了，为什么陆家嘴要建造这么多摩天大厦，为什么它被称为金融城。它是浦东，是上海，甚至是国家经济的命脉。通过这片热土的繁荣，中国经济的命脉也随之跳动。

这就是陆家嘴金融城的意义所在，其价值所在，也是未来所在。

陆家楼总共有多少座这样的金融大厦？

“一下子确实很难告诉你具体的数值，因为这方面的数据每个月可能都会有所变化。”金融城发展局负责人坦言，“如果你需要，我们展览厅的墙上有一份以前统计的旧数据，供参考。”

于是我赶紧去“抄录”下来：

银行类机构有248家。

证券类机构共计447家。

保险类机构共计258家。

三个主要金融机构在陆家嘴的分支机构总数接近1000家。

另有公募基金、证券公司、期货公司等中外金融机构，总数达8000余家。

这就是陆家嘴金融城的模样。无论如何，你在中国的其他地方都无法找到如此多的金融机构，而且它只用了二三十年的时间便聚集成“城”……在全世界也是独一无二的。

这才叫：一楼一世界，群楼大世界！

4.与云拥抱的是金色天际线

一个城市的实力以什么衡量？有人说是可以吸引游客的如诗般美丽，也有人说是古老的历史和未来的潜力。我想这都有道理。其实按照现代社会的标准来看，它应该是这个城市的经济天际线。

中国的城市经济实力天际线自然是在上海。而上海现在的经济天际线是什么？在何处？

1840年英国人用大炮轰开了东方古国的国门……这一年有一个宁波镇海的农家婴儿出生，取名为“叶澄衷”。之所以提到叶澄衷这人，是因为他代表了典型的宁波人乃至浙江人在上海与这座城市所建立起的“血缘”……

苦孩子出身的叶澄衷15岁时应“上海的召唤”，在上海滩上做学徒、接船活——外国人的大船当时不能靠岸，但又必须完成交易。这中间的“跳板”便是由那些胆子较大的人划着小舟每天来回于铁船和岸头之间，从中获得几分苦力钱。但叶澄衷这样的宁波人不一样，他们聪明、好学，懂得在这条“跳板”上不仅可以赚苦力钱，还可以赚更多的“差价”—— 船上货物的下船价和上岸价之间可是有大大的油水！

叶澄衷很聪明地看到了这一点。为了赚到这一差价，他利用业余时间学外语。当年来上海打工的宁波人大多住在洋泾浜，宁波人用自己的语调学出来的英语，有一股浓浓的“洋泾浜”味道。今天的上海人说一个人英语说得不太好，还会用“洋泾浜外语”来调侃一下。

然而当年叶澄衷的“洋泾浜外语”可是帮了他大忙。这让他可以自如地划着小船在黄浦江的潮起潮落中维系生存、开阔眼界，并有了与外国人打交道的机会。在上海城市的发迹过程中，有一个“拾钱包”故事一直被这座城市传扬——

某一天，庆昌五金店的英籍老板到外轮上收取货款，待要回岸时发现自己雇用的小船断了缆绳后不知漂到何处去了，他无法登岸了。这时正好叶澄衷的小舢板在旁边的大船上交货完毕。于是那个庆昌五金店的英籍老板问能不能搭一下叶澄衷的船回去。“OK！”叶澄衷的“洋泾浜外语”让老外感动不已。那一晚，黄浦江上风雨交加，叶澄衷将小舢板划到虹口顺泰码头时，已经很晚了。英籍老板匆匆忙忙道了一声“谢”后便消失在街头的雨中……叶澄衷这时发现船上有洋人老板遗落的一只小皮包。叶澄衷想，这肯定有重要东西。于是便跟自家的兄弟商量，说等在这儿吧，要不船划走了，那英籍老板就无法找到我们了，这小皮包也无法交还失主。就这样，叶澄衷兄弟俩在风雨中的码头原地苦苦等了一夜。果不其然，第二天一早，那英籍老板赶来了。见叶澄衷在等着他来寻回小皮包，顿时大喜，当场拿出钱作为酬谢给叶澄衷，但叶澄衷坚拒不受。这更让英籍老板感动，连声夸叶是“规矩诚实的人”，以后有机会在上海做更大的事业时一定请叶澄衷来合伙经营。果不其然，若干年后，这位英国人重返上海，叶澄衷这才知道对方已经是位金融大亨了。“你，来当我银行的总经理。”叶澄衷从此开始了上海滩上的伟业……后来他在上海开银行、办工厂。他还在上海开办了由中国人自己创建的第一所中学，即澄衷中学，后任北京大学校长的蔡元培曾是这个中学的代理校长，胡适、竺可桢等都曾就读于此。叶澄衷在家乡镇海也办了一所私立学堂——叶氏义庄，后来成为世界船王的包玉刚、在中华大地留下无数善举的邵逸夫及赵安中等闻名天下的“宁波帮”巨头，都是从叶澄衷创办的这所学堂出来的学生。

“像弗像，要看叶澄衷样。”这是宁波人流传下来的一句话。在上海的浙江籍市民中也有一句“学人要学叶澄衷”的话。可见叶澄衷在上海的创业与其做人之道为这座城市留下的精神遗产毫无疑问已深深地根植于此。

1899年底，叶澄衷去世。离开人世前，叶氏财富在上海已经难有人敌。然而，他却把钱用来办学办慈善。有人问他这是为什么。叶澄衷说：“我立校做善事，大半是出于自己内心的伤感。因为来到上海后，虽然自己富有了，但多数人没有富，反而大多数人家破人亡，所以我想一个人富没用。”

之所以提到这位出身平民、颇具传奇色彩的上海滩富豪，是因为他有非凡的努力和开放的姿态，更重要的是，他拥有一颗诚实与善良的心。在成为富豪的过程中，他从未将所赚得的钱视为个人财产以供享乐。尤其是在临终前的几年里，他一直怀念上海滩的景象，那些情景让这位曾经“穷得穿不上裤子的小赤佬”感到悲痛——他的兄弟姐妹和他所生活的城市依然贫穷，依然缺乏尊严。善良的他想尽自己的一点力量来拯救他们，这份渴望和夙愿也成就了叶澄衷在上海的名声。

在上海，每个时代都有这样的“叶澄衷”，他们尽己所能，以博大的胸怀为破碎的山河和身边饥荒中的人们施以爱与力量。

然而，这些善举始终未能从根本上解决上海的问题。1921年，中国共产党在这里正式诞生，马克思所发出的“全世界无产者联合起来”的呐喊在黄浦江两岸回荡。经过几十年的浴血奋斗，终于实现了包括叶澄衷在内的先人们的夙愿。

“十里洋场”和“东方巴黎”其实在这个时候才真正开始展现出它们的

光芒。

新中国成立之后的上海，根本和最重要的工作，就是让这座城市美丽起来，让生活在这座城市里的人能够很好地生活起来。因为这不仅关联到上海本身，上海的生活水平和城市水平与共和国休戚相关——全国人民皆是按照上海的水平来向往自己未来的理想生活远景的：上海好成啥样，就是中国人明天的样子；上海美成啥样，就是中国其他地方明天的样子……这是中国老百姓的心声。

上海承载了中国共产党人响应革命导师马克思、恩格斯号召的历史使命，完成了“无产者联合起来”的任务，同时也为建立一个无产阶级领导、以工农联盟为基础、各革命阶级联合专政的新民主主义共和国奠定了基础。

人民翻身做主人之后的新中国将是什么样，人民的美好生活又将是什么样？其实就连推翻旧世界的无产阶级和当时的中国共产党人都不太清楚。更何况，中国是个人口大国，是穷苦人占绝大多数的农业大国，于是在新中国的第一代中国共产党领导人的心目中，人民的美好生活首先是要有饭吃。即使如此，能让一个有几亿人口的穷国做到人人有饭吃本身就不是件轻松的事。而人民对美好生活的追求与向往从来都是无止境的。

这就是现在我们常说的“中国梦”——中国人民对自己美好未来的一种憧憬和追求。中国共产党走到今天，成为百年大党，领导了世界上一个人口众多的贫穷国家发展成为实现了全面小康的社会主义国家，它有一个特别之处，就是它的激情与充满信仰的力量，这种激情和充满信仰的力量有时让人感觉不可思议，然而它在中国共产党这里竟然实现了！

二万五千里长征，它实现了。

将一个半殖民地、半封建社会的旧中国带到了全新的社会主义社会。

通过短短的10年、20年、30年、50年时间，走完了西方世界和其他国家用100年、200年甚至更漫长的时间累积财富与实力的历程，将一个落后贫穷的国家建成世界第二大经济体，让14亿多人民过上了全面小康的幸福生活……

这就是中国共产党人所做的事，所做的不可思议的事！

今日的中国之所以让世界上最强大的资本主义国家都不敢轻视，就是因为中国共产党能，它能到让他人、他国、他阶级无法想象。

在上海也是如此。下面这篇“奇文”是在1958年7月下旬于上海召开的一个知识分子座谈会上，新华社社长询问时任上海市委书记陈丕显，希望他“展望”一下四十多年后的2000年时的上海……

“那时的上海会是什么样子呢？”

“新中国未来的上海是什么样的呢？”

百姓对此兴致勃勃，其实中国共产党领导者们也怀着十分浓厚的兴趣开始了“展望”……这也就是为什么有了下面这篇当时刊登在党报上的“奇文”。我之所以称它为“奇文”，是因为用现在的上海发展程度来看，当时中国共产党领导者眼中的“上海”展望与现实差别实在太大，以至于看到老革命家充满激情的“展望”，令人忍俊不禁。

这是陈丕显于1958年7月25日在上海新华分社座谈会上与新华社社长穆青共同“规划”的2000年完全实现社会主义后的上海的面貌：

1.吃的方面，凡是重要的路口，原来设立饭店、点心店、茶水点的地方，早上自动有人把饭烧好，放在保温桶里，谁路过的就可以进来吃，看到吃得差不多了，就从旁边的预留的小仓库里拿出一些原料来烧好，给后面的人吃。郊外的土地里的菜和猪，都自动有人杀好、切好、摘好，自动就近送来。

2.穿的方面，玲珑五色，男女服饰的差异大大缩小，基本上都是涤纶面料。

3.用的方面，原来的工厂解散后，留下几个万能机器，你要点什么东西，去看看有没有；没有的当场又造不出来的，写一张大字报贴在门口，请会做的人来做；要是看到机器需要的原料短少了，就近的人自动带一些矿石、再生利用能源放在万能机器的仓库里。

4.住的方面，原有的石库门及以上等级的房子，凿去一些封建和资本主义内容的装饰后，继续可以用；新造的工人新村到了一定时候有了多余，加上家庭的取消，今天住到这里，明天住到那里，住个几天，用的东西自动消毒好。

5.行的方面，脚踏车给小孩用，大人一律用三轮机动车；老人因为吃了长生药，寿命不断延长，开车100岁也没有问题，火车自动化无人化，好像流水线一样在全国来回走，也不要钱，长距离旅行就靠火车。

马克思和恩格斯在《共产党宣言》中对“共产主义社会”的描述很“理论”，只提及了它是一个人人“享有自由”和“高度物质财富”的社会，然而对物质需求很强的人对于什么样的生活才算是“共产主义”社会，这一直是社会主义国家或信仰马克思主义者们热衷探讨的话题。就像中国人对“天堂”的向往，或许正是因为这种想象的生活过于美好，大家才不断地去“设计”它的美好。

陈丕显作为中华人民共和国开国的无产阶级领导者之一，从他在1958年对未来“2000年”的上海的畅想来看，印证了我们现在经常说的“贫穷限制了想象”。

其实，并非我们的第一代领导人缺乏想象力，而是他们确实无法预见到在中国共产党的正确领导下，亿万人民群众会展现出如此无限的创造力和创新力。例如，能够保持饭菜温度的保温箱和冰箱，在二十世纪七八十年代就基本普及了；至于男女都穿涤纶面料的现象，我记得是在二十世纪七十年代就实现了。除了住在家里，人们还可以通过出差、度假、旅游等方式，到宾馆和酒店留宿，这在二十世纪末已成为“家常便饭”。至于“火车自动化无人化”的时代，看看今天飞驰的高铁，这似乎就是一个活生生的现实版“共产主义”！

我为陈丕显同志畅想的“2000年的上海”进行了一个“预算”。为了实现他所设想的目标，整个上海所需的经费大约还不到100亿元人民币。

100亿元就能实现其憧憬的“现代化”上海，这在现在听起来似乎让人发笑。然而在60多年前的上海，这句话从市委书记口中说出，经由新华社社长之笔向全中国、全世界庄严宣告后，上海——社会主义中国的第一大城市的现代化生活就是这般“画卷”，它曾让黄浦江两岸、苏州河畔雷声隆隆、锣鼓喧天，人们在梦中都在想象着这般的幸福生活……

这是一个从一穷二白走过来的国家和民族对低水平幸福的期待。

革命导师和亿万人民都未曾想到，中国的发展，尤其是上海的发展，后来远远超越了大家的想象，达到了如箭般的速度和高度。

走在陆家嘴金融城和黄浦江两岸，映入眼帘的是如同森林般的高楼大厦。到底有多少栋，连主管城市建设的负责人也只能笑着摇头说：“准确的数字真说不上来，因为新楼几乎每天都有竣工。”我认为这话可信。记得小时候，父亲第一次带我到上海时，我看到的高楼就是外白渡桥旁的那幢“上海大厦”。那楼只有22层，76.7米高，如今在上海，这样的楼根本不能算作“高楼大厦”，仅仅是普通楼房而已。

摩天大厦是大都市的门面与骨骼。而建造摩天大厦，除了技术，最关键的是需要大量的资金。老前辈陈丕显在“2000年版”的上海现代化蓝图中并未提及这一项。那时，在上海人的眼中，能够住进“工人新村”的房子就已经是共产主义了！至于摩天大厦，只能在摩登电影中看到。

没有想象就没有蓝图。想当年我们前辈们工作和生活的岁月里，没有多少所谓的“蓝图”，那是因为国家和被认为最有钱的上海其实也穷得叮当响，怎敢去想“豁边”的事！

弹指一挥间，天地闪金辉。当一个国家和一个民族真正发展起来之后，在中国改革开放，特别是进入新发展时期之后，黄浦江两岸所涌起的金融财富浪潮可谓惊涛拍岸、卷起千堆雪，其势其魄完全超出常人的想象——何曾想到：当年“畅想”的一个“2000年版现代化上海”需用大约100亿元的人民币，而在今天的上海，那些森林般竞相争艳的摩天大厦每天都能为上海、为国家创造超过百亿元的收入……

一栋楼一年创造百亿元收入，这是什么概念？这栋楼简直就是金山银山！

大上海有多少栋年收入达百亿元的大楼？上海的领导干部们听了都笑了，说：“这个恐怕数也数不清吧！”

他们接下去的第二句话更让人吃惊：“我们现在更感兴趣的是，一栋楼一年交税一百亿元呢！”

一栋楼一年交税一百亿元？！

是吗！这个才硬气！

证实这样的现实后，我的内心无法不被强烈地震撼，因为我知道100亿的收入与100亿的税收之间的差异，而能够实现年缴税百亿元的地区、单位，其实在全国也是可以数得清的。我只知道在全国“百强县”前五名的苏州和无锡那几个大名鼎鼎的县级市，确实是可以问鼎此等财富的高地，而在上海竟然现在已经涌现出一批年交税过百亿元的楼宇！

这应该是中国金融史和国家新发展史上的一个里程碑！

百亿！会是哪栋楼呢？我的好奇心被这巨大的数字深深地震撼了：心里自然想到了一家家银行……不过又一想：银行不能算在其中，它本来就是管钱嘛！

证券所？！对，上海证券交易所是第一个钱进出流应该是比较集中的地方吧，而且也在陆家嘴。

我想进去探一探这个“钱如洪流”的地方到底是什么样的……

这一天终于有了结果：上海证券交易所同意接受采访。

我如约而至，来到了那个名为“牛气冲天”的大楼门口。“上交所”门前确实有一尊高大的青铜牛像，名为“气贯长虹”。这雄壮的牛昂首挺胸，目视东方，仿佛在向世人宣告：中国股票将伴随着国家经济的强盛，如同不落的太阳，终将称雄天下！

中国股市到底如何，只能由经济学家和股民们来评说。我不炒股，也不清楚股票市场水的深浅。不过，有趣的是，我的采访是在2024年9月24日进行的。那天，陪同我的人在交易大厅里鼓励我去敲一下那面上市开盘锣。为了纪念，我决定试一下。于是，“哐——”的一声敲响，交易大厅内锣声回荡……

谁能想到，沉寂多时的股票市场，第二天竟然大幅上涨！

“何作家，你的手气太灵了！一敲锣，股票就大涨啊！”朋友们看到我在微信上发的敲锣照片，便纷纷发来“赞美”的信息。

于是，可能是持股的朋友发信息说：“你还得去多敲几次锣，因为这几年我们实在憋得难受，股票一直不涨只跌啊！”哈哈，我听后大笑，说：“你们真的找不出其他办法了吗？要不我就再去敲一下吧！”

这，都是彼此的玩笑话。后来紧接着是“国庆”长假。老实说，在这个长假期间，事实上大家都在等待节后股票市场的“惊天动地”的再涨潮……

10月8日，上交所开盘。果然出现了“惊天动地”的景象：短短几十分钟内，股市全线飘红。当日，成交额达到4.3万亿元，创下历史新高。

股民们一片欢腾，甚至有不少朋友来电“感谢”我节前敲的锣“再度显灵”。然而，第二天——10月9日，股票又呈现大跌之势……

这次倒是没有人来训斥我，当然也没有人来“感谢”我。

但我还是对去上交所感到欣慰，因为在那里我了解了中国股票市场的发展历程，以及上交所在陆家嘴这些年的成长与成熟过程。即使在国庆节期间的两天里，股票交易像“过山车”一样动荡起伏，但发生在交易所平台上的7万多亿元的交易额，无论如何都是一个天文数字！

虽然这仅是金融市场上的一个小现象，但足以说明金融对经济和社会的影响。

那天接待我的是上交所的廖先生，他还带来了六位上交所管理部门的年轻负责人。我们先一起观看了中国证券发展的展览，然后进行了座谈。

“上交所成立于1990年。1997年搬到了浦东陆家嘴，当时浦东为我们建造了一个非常漂亮且是当时全世界最大的交易大厅。现在科技进步了，买卖股票不再需要到交易大厅，但当年交易大厅人山人海、热闹非凡的场景依然令人难忘。可以用一句话来概括：上交所是中国改革开放的产物，也是浦东开发开放的产物。”廖先生的开场白清晰地指出了浦东和陆家嘴金融城的重要地位和作用。

另一位姓武的先生向我介绍了他所主管的“科创板”业务。这是中国金融市场近年来对中国经济与科技事业极为重要的一个板块。2018年，习近平总书记在参加上海进博会时宣布中国将在证券市场推出“科创板”[①]，这一举措极大地激发了全社会的科技创新。上交所正是这一举措的推动者和操盘手。目前，在上交所上市的科创板公司已达575家，其中高新技术企业有260多家，芯片产业公司有115家。正是这些科创企业的上市，使得近年来中国在集成电路、生物制药和人工智能等领域迎来快速发展。

“扶植国家‘重器’是我们承担的国家使命，而浦东和陆家嘴这片土地在政策上的支持与社会环境上的帮助，为我们完成这一使命提供了坚定的保障。”年轻的金融专家这样说道。王琳琳是我见到的上交所部门负责人中唯一的女性专家。她所在的部门负责基金市场开发。“基金是金融市场的衍生产品，我们在这一领域已经努力奋斗了15年，可以说是十年磨一剑。现在，上交所的基金业务在上交所和深交所的基金市场上占据了八成份额。也就是说，我们设计和运营的基金产品在全国金融市场中占据主导地位。

① 《习近平在首届中国国际进口博览会开幕式上的主旨演讲》，新华网，http://www.xinhuanet.com/politics/2018-11/05/c_1123664692.htm.

这同样得益于浦东、陆家嘴的金融政策与环境。没有金融城这样的金融环境与政策支持，基金的发展几乎是不可能的。”王琳琳说。

虽然我不懂证券业务，也并不太了解与此相关的那些深奥而广泛的经济理论问题，但从廖先生提供给我的数据来看，我为浦东和陆家嘴金融城的欣荣发展感到高兴！

这栋楼又为陆家嘴金融城增添了一个“金胖娃”。这样的“金胖娃”，谁抱了都是很舒心的。

在上海待久了，你会发现，上海的干部有一点与其他地方的干部不同，他们十分讲求“实惠”，而不太相信做表面文章。尤其是在对待经济工作上，他们的“赚钱”意识之强烈和专业程度令人惊叹。他们从不在乎表面的细枝末节，而关注实际与本质。可以说，他们将这座伟大城市的实力天际线建立在世界的巅峰之上。

何谓实力天际线？是整个城市的GDP？是统计数字上的人均收入？还是城市表面的宽阔马路或高耸入云的摩天大厦？这些固然不能缺少，但我知道，现在的上海干部更在乎的是，在林立的摩天大厦中，哪些是“百亿楼”，又有多少即将成为“百亿楼”！

是啊，一座每年向你上缴百亿元税收的大楼，谁会不喜欢呢？100亿元能够解决多少市民生活中的困难和愿望啊！能满足多少孩子美好的心愿！能为多少青年学子创造创业的机会……总之，一个大都市需要处理的事务千千万万，而每一项都需要资金支持，尤其是大笔资金。而100亿元能够解决相当多的问题，何况如果有十个八个这样的“100亿”，这座城市每年就可以在各个方面更上一层楼。这样的结果无疑会让这座伟大的城市更加光芒四射，魅力无限……

这就是为什么上海的干部渴望并将目光瞄准更多“百亿楼”的原因。为人民造福、建设富强国家，空话可以说一两次，甚至十次、二十次，或许还能让人半信半疑，但再多说就不会有人相信。建设和创造更多的“百亿楼”，就是为了让这座城市的执政者更有底气，为人民服务更有信心，使国家更强大。

这就是建设金融城的意义和本质。陆家嘴所有的美丽和光辉，其终极目标就在于此。

呵，原来“黄金天际线”真的有高度、有亮度，还有温暖人心的温度！

认识到此处，我忍不住再次来到外滩对岸的浦东滨江大道。转身仰头望向那一片摩天大楼——呵，那一刻，我感到自己的心比以往看到陆家嘴时多了几层更深的激动与思绪。这是因为我的情感中多了一份对这些默默耸立在我们面前的大楼的敬仰与敬佩之情。原来，它们个个如巨人般伫立在我们身边，每天、每时为我们、为浦东、为上海以及我们的国家和人民创造着如山似海的财富……

同时，我也似乎理解了“金融城”的一个现象：在世界上任何一个聚集巨量财富的发达金融城市，都有一个共同的默认“定律”：即那里的“天际线”不一定由建筑的高度或体量决定。然而，从另一个角度来看，这种高度也是不可或缺的。那些国际品牌和著名企业的“老总”们特别在意企业和品牌的形象。他们通常不愿意在相貌平平、毫无生机、不被注意的地方做大生意。他们天生喜欢那些“高大上”的地方，甚至越高、越大、越上档次，越符合他们的首选……

正是根据这个“定律”，当我再次回眸陆家嘴的楼宇世界时，开始对每一栋大楼产生兴趣，甚至想一一揭秘它们的真实面貌。从第一高楼“上海中心大厦”、第二高楼“环球国际金融中心”和第三高楼“金茂大厦”，到它们周围的一座座、一排排摩天大厦，以及其他大大小小的楼宇……面对它们，我努力想象这些“楼林”是如何在浦东江边这片热土上进行一场又一场、一年又一年的“金融战场”和“商业秘密”的竞争。

那是一个怎样的世界呢？是的，那一定是汇聚着世界上最豪华的经济冠军团队。他们可能是顶级银行家、顶级理财专家、某国的商业巨头、跨国公司的总裁，或是飞向太空的宇航事业的缔造者，或是主宰海洋的远洋老板……总之，他们每个人就是一座金山银山，或者其身后背着无数座金山银山；他们就是这个世界财富的拥有者，他们拥有着可以支配一个地区、一个行业甚至一个国家的财富和发展的机遇；他们可以动动手指就能让千万人吃上饭或饿上三个月肚子，他们在抽着雪茄或喝着咖啡间便能将几亿、几十亿甚至几百亿元的真金白银弄到自己的腰包里；他们甚至在梦里也在吞没着世界的明天和未来，并且正在影响和改变着人类所有人的命运……

他们是这个世界上许多人的“救世主”，也可能是许多人的“魔鬼”……

不管是“救世主”还是“魔鬼”，有一点无法改变——任何一个需要发展的国家，甚至根本就离不开资本。无论是什么样的制度和民族，不同的国家和民众，都是如此。马克思主义早就指出：资本不仅属于资本主义，也属于社会主义，是整个人类共同拥有的资源。

在财富的跑道上，“魔鬼”与“救世主”仅一步之遥，跨越一步便是另一种角色，后退一步又是一片新的天地。这就是财富的特性。在财富的道路上，因与果、罪与善，可能就是手的正反面，关键在于你如何摆正位置，以及对社会和历史发挥了怎样的作用。

现在，我的作品只关注它们是否为上海、为中国、为我国的百姓创造了什么，而不关心它们是谁、来自何方、将如何结束。

“其实在我们陆家嘴，你不需要刻意去深入探访，许多金融与财富上的‘巨无霸’可能就在你身边，或者常与你擦肩而过。”那天，接受我采访的陆家嘴管理局的一位同志这样说道。

“是吗？那能否介绍我去‘国金’看看，听说它是全上海第一个年上缴税收的‘百亿楼’……”我那天把早有预谋的想法说了出来。

“这个不难，我们联系一下。”隔日，我果然见到了“国金”的一位小伙子，他说他是“国金”业主——香港新鸿基地产集团派来接待我的工作人员。

香港、台湾在大陆的企业一般都很低调，他们不太接受外界的采访。我去“国金”可能算是一个先例。其实，我只是想证实一下经常光顾的这座商业中心是不是真的属于为浦东、为上海创造巨额税收的“百亿楼”。

“媒体上已经有过比较多的报道，可以提供给您……”小伙子客气地说道。

这就够了，因为我与“国金”相识，从某种意义上来说，好比是“邻居”。只是以往没有想到它有一天会成为我笔下的写作对象，因此从未如此认真地细细观察和了解它。

浦东的国金是上海人对浦东核心商业地带的由香港新鸿基地产开发的上海国金中心的简称，它是陆家嘴金融城最中心和繁盛的商业中心，地理位置他楼不可替代：一边是上海最著名，也是在中国和世界目前排位前列的上海中心大厦、上海环球金融中心、上海金贸大厦暖暖地“裹”着它，另一边是近临黄浦江的中国银行、平安保险、香格里拉、汤臣一品等最著名的银行、酒店和豪宅区簇拥着它……加上一条金腰带般的环廊，将陆家嘴最“优质”的富豪楼宇紧连在一起，形成了目前上海最大也最绚丽和热闹的商业、金融和旅游及时尚圈。国金便是这条金腰带上商务与购物及旅游的“明珠”，它既有商务楼，又有购物中心，同时还是浏览浦东的最佳观景地，尤其是到了晚上，站在国金的环廊上，仰望几栋梦幻般的摩天大厦和四周迷人的灯光，无人不欢。也许正是这份得天独厚，国金内外的商业与购物人流天天如潮涌动，即使到了深夜或清晨，其他地方都安静下来时，唯有国金四周依然人声鼎沸，车水马龙。

据说，新鸿基地产公司在对国金设计和建设之初，就把它定位为上海浦东陆家嘴国际金融区的商业地域世界级地标，由国际知名的美国佩利·克拉克·佩利建筑事务所（Pelli Clarke Pelli Architects）操刀，并由英国贝诺（Benoy Architects）负责室内设计。商场的整体设计与上海陆家嘴金融区的规划相匹配，整个外形的建筑灵感来自永恒璀璨的钻石，日夜绽放炫目的迷人光芒，与上海外滩和东方明珠的繁荣景象相互辉映。

“国金”的商业氛围自不必多言，最关键和根本的是业主秉承“以心建家”“天天出新”的商业原则，将优质商品与优质服务完美结合，这一直是其经营理念和标准。开业之时，正值全球期待的上海世博会召开。因此，“国金”一宣布中心商场正式营业，便立即成为上海滩上“一鸣惊人”的集休闲时尚、奢华与高端购物于一体的里程碑式新商业地标，并从此没有改变和动摇过自己在上海滩的地位。这一点，就像它的“国金”二字一样，至高无上。

我在浦东待了几年，发现人们喜欢“国金”商场是有充分理由的：整个商场内部以高贵浪漫的香槟色和淡米白色为主要色调，装潢设计突出时尚、高贵与精致等特点。商场典雅的欧陆式歌剧院风格的波浪形镂空设计，使室内空间感极为宽广，呈现出少见的空旷之美。尤其令我喜爱的是，在商场的星光大道（Star Avenue）入口处，设计了近180尺长的独特复式商铺，匠心独运。巨型鹅蛋形水晶吊灯绽放出夺目的光芒，彰显艺术气派和时尚魅力；10米高的特高楼层，结合世界级旗舰店的复式商铺设计，展现了当今上海独具一格的购物文化。商场的建筑设计处处流露出高雅非凡的气派，即使像我这样经常光顾的人，也会忍不住举起手机拍下几幅美景。

这就是“国金”的魅力。它的所有设计都是为你精心准备的，只等待每一位来者的检阅、欣赏与享受。

“国金”除了其自身的魅力吸引着所有向往它的人，还有一个原因是这里的交通极为便利，可谓四通八达。无论是地上还是地下，再加上“天上”的环廊，都极其方便，丝毫不会让你感觉有“绕道”和“冤枉”路。停车也十分方便，无数个地下空间早已等待着大上海市民和购物与旅游人们的涌入……

然而，即使如此，我仍然有个疑虑：“国金”既不像旁边几栋高入云霄的摩天大厦，也不像恒隆地处南京路商业核心圈的天然氛围，“国金”为何也能成为“百亿楼”？

“人不可貌相，楼不在于高大。‘百亿楼’的关键在于其经营者的理念，当然地理位置也是必不可少的。‘国金’就具备了这两点……”浦东新区的干部告诉我。

优越的地理位置和那么好的“风水”自然不用说了。购物环境的“以心为家”“天天出新”的理念也自然能够让所有来此旅游和购物者感受着“购物天堂”的舒心与满足。但年创缴税“百亿”的真金白银，也非一般购物中心所能的，它必须招揽相当多的全球著名企业、顶级跨国公司形成集聚效应。

“他们靠的还是‘以心为家’‘天天出新’的理念实现了变劣势为优势……办公楼出租率一直是百分百，租金也在浦东地区属于天花板级的。”有位浦东干部参与了当年“国金”的建设过程，他告诉了我一个“国金”在“以心为家”方面所做的成功实例——

在设计规划初期，“国金”业主就在全球范围内进行招商，他们定下的原则是只选择全球一流的企业。面对这些全球一流企业，他们总是主动进行招商，并征求对方的意见，让对方提出“你的愿望”。也就是说，如果你想在上海建立“总部”或租赁办公空间，就可以提出你所需的条件、环境以及内部所有的要求，然后他们会根据你的要求进行设计和建设。

“有这样建超级豪华大楼的吗？”我觉得这有些不可思议。

“有啊！就是这个‘国金’呀！”浦东人肯定地回答。

“如果按照这个概念把房子建好了，但对方不要了，那该怎么办呢？”我再次询问。

“不会的。”

“为什么？”

浦东人笑着说：“你想想，比如某个跨国公司想在上海设立总部，想租理想的办公楼。他们发现只有‘国金’最符合他们的心意，因为‘国金’是根据他们的需求建造的，而其他楼宇无法像‘国金’那样完全、恰当地满足租房者的要求。最后想来想去，还是觉得‘国金’最好……你现在在‘国金’看到的像‘花旗银行’等世界著名机构和跨国公司在这里办公，就是当时‘国金’‘以心为家’理念的结果。什么叫‘以心为家’？就是把你心中想要的，我给你建设和营造得十全十美，完全符合你心目中家园般实用与舒适，让你喜欢得不想离开，这就是‘国金’的招数！”

原来，“国金”的这种做法，绝对是“精商”——是精诚所至，才让众多巨商为之动容。

“百亿楼”原来是这样创造出来的。

“因此，上海建设国际金融中心是有远见的，这再次证明了当年邓小平的伟大决策是高瞻远瞩的。”浦东新区领导总结道。

其实我知道，在浦东，陆家嘴的金融城和风景仅是浦东大版图上的一抹云霞。这片充满生机与改革活力的大地上，还有许多这样的云霞……

有一天，我在浦东采访的路上，车子行驶到一个红绿灯处。我抬头一看，发现车窗左边的一片绿荫中有一块并不显眼的牌子，上面写着“上海数据交易所”。

数据也有交易所了？我不禁问浦东的同志。

“也算是千百种浦东事物中的一个吧！新鲜事，不算大，正在做起来……可能明天和未来会很大。”浦东人稀松平常地回答我。后来，我专门跑了一次“数据交易所”，想探一探数据背后到底是啥“货色”。

一去，就见这样一句话：“汇天下数据而通之，聚天下数据而用之”。呵，这气派！

“以前我们对数据的认识不足且过于单一，以为数据只是用来算账和计数。其实，在现代社会和未来世界中，几乎所有事情都与数据有关。从某种意义上讲，谁掌握了数据，谁就掌握了世界的主导权。”交易所负责人这样介绍。他举例说道：“你想想，今天有什么事情可以离得开数据？你一天的正常生活中，哪一项不是与数据有关？几点吃饭？几点上班？几点下班？几点睡觉？一个月花多少钱？你手头还有多少积蓄？等等。企业更是如此。科学技术、人工智能……哪一样不是依靠数据支撑？因此，正是因为今天和未来的社会发展和基本需求都离不开数据，我们浦东作为国家赋予的现代化建设引领区，在2021年浦东第五次党代会上，副区长吴强就介绍浦东将率先成立全国第一个数据交易所，即现在的上海数据交易所。”

5天后，这个交易所揭牌成立，并达成了首单交易。当日就实现了交易100多个，涉及金融、交通等八个类别。其中著名的上海品牌“光明乳业”在数据领域探索先行一步，他们建立了自己的数字资产发行平台。然而这次他们选择了与上海数据交易所合作，实现了数据资产发行平台与数字资产交易的互联互通。因为这样的合作，联合发行了首款可交易资产“龙耀追光 一键光明”，成为全国首个在上海数据交易所数字资产交易平台进行交易的数字资产。

这就是浦东。你可以看到无数难以想象的新鲜事物……说完陆家嘴，我们要去金桥了。

第二章

金桥：必达的使命早已注定

有人对我说过：在浦东，如果说陆家嘴是吐纳宝贝的“金嘴”，那么金桥就是浦东通向美好又富饶的“肉段”。啥叫“肉段”？我知道，上海话里的意思：最好的部位。假如一条鱼，鱼头是吃味道的；鱼的肉段才是真正好吃和有营养的地方。

金桥于浦东新区，就是这样的地位。

浦东建设规划之初，我们的决策者在选择四个开发区块时，首先在外滩对岸的陆家嘴画下第一笔，接着在“金桥”上标记了第二个点。

“金桥”这个名字很好。在此建设一个出口加工区，肯定前程似锦，黄金万两。金桥啊金桥，你若不创造出一个美丽富饶的新浦东样板来，怎么说也是说不过去的。

于是，从一开始，金桥就承担了浦东新区发展的神圣使命：成为一个开放、美丽、富强和富饶的地方。

然而，我知道当时的浦东金桥只是一片农田、一个农村和一群农民……最早得名仅是因为有一座名为“金桥”的小石桥而已。

传说在清朝中期，这里住着一位名叫金圃的郎中。为了方便出门和为四邻乡亲看病，他将马家浜上的一座竹桥改建为石桥。百姓为了感谢他，便将这座桥称为“金家桥”，后来慢慢就叫顺了“金桥”。

一个普通的桥名，在二十世纪九十年代后，竟然成为全球知名的上海金桥出口加工区。

“许多外国人并不知道浦东在哪里，但知道上海有个‘金桥’。有一次我在欧洲的比利时，大街上一位外国人拉住我，问我是不是从上海来的。我回答后，他兴奋地拥抱我，说他儿子一家现在就在你们金桥那里上班……”金桥的一家出口加工企业的一位朋友曾对我讲述过这样的奇遇。

“后来我一打听，这位比利时人的儿子在我们金桥的一家外资企业当副总，一家人在碧云社区买了房子，一直住在那里。”这位金桥的朋友补充道。

碧云社区是浦东第一个专供外国人居住的高档社区，很多外国人便把他们住的地方告诉了远在世界各地的家人，于是“上海金桥”的大名也跟着飞洋越海……当然，金桥也因为自己土地上生产出的无数产品远销海外而名扬四方。

在《浦东史诗》中，没有专门大篇幅描写过金桥板块的发展和现状，略有遗憾，这次必须补上。因为金桥板块曾经并且现在依然是浦东极其出彩的一面锦绣——这是一幅由金丝银线织成的时代锦绣……

5. 一片碧云　满地涅槃

金桥的昨天和今天，可以说是浦东发展的一个重要缩影。用一句简单的话来说：他们都是乘着中国改革开放的东风，一夜之间从农耕文明跃升到了工业文明和智能社会的顶端……这个历史跨度只有中国的浦东演绎得最生动和完美。

认识金桥是从这一刻开始的。

金桥开发区的第一任总经理朱晓明看上去更像是一位学者，或者说像一位大学校长——我认识他的时候，他正是浦东中欧国际工商学院的院长。

那天，他带我参观了由他亲自组织、设计和建造的这座独一无二的西洋式中国工商学院。那个时候，朱晓明先生已经担任院长十几年，并在浦东大地上创建了一所在国际上享有盛誉的工商学院。这是一项了不起的成就。

“我非常钟爱它，它是我的第二座‘金桥’……”那时他如此由衷地对我说。

朱晓明心中的第一个“金桥”，自然是他担任了5年总经理的浦东新区金桥开发区。这个金桥就是我将在本章中记述的对象。

我听到浦东人上上下下提起金桥时，总是流露出一种怀旧的情怀，并感叹道：“金桥当年可是浦东，甚至是上海的一块锃锃亮的金字招牌！”

现在呢？

现在仍然是非常了不起的，只是因为其他板块已经迎头赶上了。

浦东人这么说，我也会心地点点头：金桥依旧是金桥！

确实，金桥自从最初在浦东新区的版图上出现，作为四大开发公司之一的名称，就注定了它的不凡。

这得归功于浦东开发开放决策者们的英明和远见卓识：通过出口加工和产业带动经济发展，最终将这片“三农”之地建设成为世界工业和科技的高地。

起步时，浦东新区的领导沙麟和胡炜都曾向我提到过金桥的初步定位：上海是中国的第一大工业城市，过去一直以工业产业称雄。“由于长期的计划经济条件，上海落后了，尤其是七八十年代到九十年代初的一二十年里，上海的产业优势很多方面已丧失。怎么办？浦东新区的产业如何确定、往哪个方向前进，这是个大问题。陆家嘴已确定建立国际金融中心的金融城，那金桥干什么？我们在同市领导和市政府经济部门与专家们的反复讨论商议之后，认为应该走一条稳当而又能继续挖掘上海工业优势的产业之路。那么在当时什么才是上海依然残存的工业优势呢？于是，大家想到了汽车……”沙麟说道。

“尽管上海的汽车不如外国的先进，但我们毕竟也有自己的汽车制造产业。根据对现代化国家发展历程的分析可知，汽车产业一定是一个发展中国家的必经之路和重要组成部分。而且，那时上海市政府已经开始制定与外国合作开发和引进汽车的计划。如果金桥能够抓住这一机会，在汽车零部件产业上发力，不就成了一块‘出口加工区’的‘红烧肉’吗？”在采访沙麟时，他这样说道。这位南汇才子于1960年毕业于北京大学，所学专业是物理。改革开放后，作为公派美国访问的第一代专家，他学成归来，被调至上海市科学技术委员会工作。浦东新区成立时，他被朱镕基视为得力战将，成为新区开发办领导小组成员之一。金桥最初的“画圈”行动，他也参与其中。

金桥的“圈”画好后，朱晓明是第一个执笔的人。

曾经担任原上海市纺织工业局主要负责人的朱晓明，骨子里就想当个“教书匠”。他的性格、气质和学识决定了他的人生最终选择。

当年，朱晓明接受了“金桥一把手”的开发任务后，包括他在内一共六个人，临时住在浦建路的“由由饭店”的一间房间里，工作地点就在十几公里外的那片几平方公里的农田上。

“朱总，这个地方真的会有人来办厂吗？而且我们还要招聘外国人……”他手下是三名副总经理和两名助手，其中一位年轻的助手看着一片蛙声四起的稻田，满脸愁云地问朱晓明。

朱晓明眉头一皱，说：“我也说不准。”随后他又说，“有没有人来，关键看我们的规划做得好不好！这第一步做扎实了，或许，凤凰就会飞来了……”

想让凤凰飞来，朱晓明和金桥的建设者们清楚，必须先让眼前的“旧貌换新颜”——至少要有一张像样的蓝图。“那些日子，我白天工作，晚上抓紧时间进修，学习过去闻所未闻的建筑类知识。真知源于实践，很快我就确认了金桥开发区规划中的三大要点：首先，浦东是面向二十一世纪、面向国际的开发区，金桥的定位是工业区，但也必须按‘城市规划’来进行；其次，规划是一种战略智慧、一种谋略手笔、一种驾驭全局的领导力，它应当是一个智慧、一种意志，必须一以贯之；最后，在总体规划下，要认真研究开发区自身的三大规划，即基础设施规划、产业发展规划和社会发展规划……”别看朱晓明文质彬彬，他内心的意志非常坚定。

之后的一个月时间，朱晓明便开始“备课”，为未来的金桥准备“教案”。对此，朱晓明自己说：“基本上每天晚上都要干到九、十点钟。”

一本《论金桥出口加工区开发与规划的战略》（后来改为《浦东金桥迈向21世纪发展战略研究》）编写完成。“我们出去招商，不能送礼，但这本书，凡是见了客人都得送他们一本。”朱晓明给属下下达了第一道命令。

浦东人会发现：即使过了30多年，从现在的浦东区委、区政府的办公地或陆家嘴中央商业区往金桥、外高桥和临港走，一条杨高路，直通远方，道路相当通畅。“这得益于当年在金桥建了一座立交桥……它一下子缓解了金桥路段的拥堵。”那天乘车行驶在杨高路的高速快车道上，浦东人指着盘旋的立交桥说道。

我曾问过朱晓明这件事，他十分清楚地告诉我当时他们在规划设计每一个重大建设方案时，都要通过预测模型进行试验。比如，杨高路上的金桥路段建什么样的立交桥，就是通过运用预测模型，才为日后道路保持长久通畅进行了科学的预期安排。朱晓明说：“我们当时先是实测当时的车流量，然后预测五年后、十年后、二十年后的车流量，最后才确定建什么样的立交桥。”

对于金桥的往事，朱晓明如数家珍，每一栋楼、每一个落户在此的企业，尤其是每一条街，他都能背得下来。

“当时开发区缺钱，而落地的企业又接踵而至，于是我们几个负责代理商量：干脆，把路名卖出去，卖给企业，冠上他们自己的名字。这一卖共筹得了200万元，用这笔钱开通了三条公交线路。”朱晓明在谈起金桥的路时，又引出了另外的话题。“你注意看今天金桥中心区的那些路名，除了卖给企业的以外，都还比较雅致。比如红枫路、黄杨路、蓝天路、白桦路、黑松路……”他说。

“红、黄、蓝、白、黑……啥都有啊！”

“是的，就是根据这几种颜色命名的。”

脑子真灵光，令人佩服。

“要说到道路，还是杨高路上在我们金桥的那座立交桥最值得一提……”朱晓明解释说，“当年如果不在金桥段建立交桥，那些今天从上海市区出发前往外高桥的车辆，将陷入每天拥堵的绝望之中。金桥立交桥最初在二十世纪九十年代初建成使用了20多年，后来，市里决定重建金桥立交桥，并将其扩建为中环线。该工程全长7公里，投资约110亿元。当时我们建金桥立交桥仅花了2亿元。如果当时没有建金桥立交桥，这个中环线扩建工程，恐怕至少还要追加30亿元的投资。因为如果没有当年的立交桥，那一带肯定会出现许多高层或小高层建筑，扩建新立交桥工程就会遇到诸多拆迁赔偿等问题。”朱晓明他们重视规划、科学规划，为后人带来了诸多好处。

我知道，金桥的这座立交桥为当时的“浦东速度”创下了一个新纪录：当年立项，当年通车。据说，这件事连“深圳速度”的创造者——深圳的建筑专家们听说后都感到“不可思议”。

立交桥后来获得了上海建筑行业的最高奖项“白玉兰奖”。

金桥的发展历程，正是浦东发展的缩影。我们今天在浦东大地上看到的有序与规整，以及错落有致、疏密得当的布局，都是建设者们一直以来遵循科学、严谨、务实与创新的工作作风所留下的宝贵财富。他们在奋斗与实践中积累的经验与智慧，使浦东的每一个板块都朝着整体协调、各具特色的方向发展，共同托起现代化、国际化高水平发展的浦东新天地。

金桥人有比一般人更深刻的体会。

等规划图纸出来后，就开始招商。招揽什么样的客户落地，是非常有讲究的。在发展初期，每个开发区都竭尽全力把各种企业吸引到自己的地盘，力求“填补空白”。但金桥的做法有所不同，后来他们的做法也成为浦东招商和发展的一个模式。其实，这种模式也是在实践中被迫探索出来的。

一天，有人告知朱晓明，柯达公司的资深副总裁要来金桥商谈选址事宜。朱晓明一听，赶紧梳理头发，整理衣衫。如今，年轻人中似乎已经不太有多少人知道柯达公司了。然而在当年，柯达的影响力绝不亚于今天的华为。柯达胶卷在没有手机拍摄的时代，是全球使用的最佳胶卷之一。此外，柯达的照相机等系列产品，也是我们年轻时代特别羡慕的时尚消费品。

“快去准备！客户非常注重细节，我们要把各个方面都安排好！”朱晓明知道，如果能把柯达公司的投资项目落户在金桥，那对金桥和浦东开发区来说，将是一个重大的成果。

准备工作花费了整整一周时间。柯达公司的副总裁如约而至。

走了一圈后，回到谈判桌上，金桥公司的几位负责人向柯达副总裁特别介绍了浦东和金桥开发区招商的一系列政策，尤其是优惠政策。之后，包括朱晓明在内的所有金桥人都满怀期待地看着柯达的副总裁，希望他能提出意见。在金桥人的印象中，几乎所有被招商的企业，无论是中国的还是外国的，都会不停地打听还有哪些“优惠条件”。而且，对方企业的规模越大，要求优惠的力度往往也越大。

柯达公司呢？金桥人心里有所准备，尽管他们已经储备了一些特别的优惠条件信息，但对于世界500强的柯达，他们仍然不太确定其胃口到底有多大。

“我要问的第一个问题是：你们金桥的教育环境怎么样？”柯达副总裁终于开口了。他的问题竟然让金桥的人愣住了：他为什么这样问？

谈判交流的场面一下子静了下来，目光全都移到了朱晓明的脸上。“哦——这个呀！”显然朱晓明也没有料到柯达人会提出这样的问题。但毕竟是朱晓明，他在略微迟疑了几秒钟后，从容地回答道："金桥目前已有一所幼儿园、一所九年制的双语学校，还有一所即将落成的中欧国际工商学院。顺便给副总裁介绍一下：这些已经建成的学校仅仅是我们开发区前四五年建设的成果。在规划方案中，开发区内还将建多所小学和幼儿园，特别是要建多所中外合作的国际学校和高等教育机构。同时，我们已经与上海著名的华山医院合作，建立了浦东分院和浦东妇产科医院……"

"很好！我们可以就投资贵开发区的项目进行深入洽谈了！"柯达副总裁轻轻拍了拍桌子，微笑着表示，他们计划在浦东建立柯达中国总部基地。

金桥人对来得如此迅速、如此优质的投资项目感到惊讶！

这一招商情景在金桥的发展史上有记载，而且画面感也很强。

开发区要发展、要引进国际高新人才和世界500强高管，就必须为他们提供最佳的工作、生活和居住环境与条件。被激发出灵感的金桥人，在招商的同时，用笔在开发区的腹地，重重地画出了一块面积达4平方公里的优质土地。

"就在这里！"当决策者的笔落下时，这片土地的新名字也随之浮现在金桥大地上：碧云国际社区。

"我们就是要在这里建设一个拥有蓝天碧云、环境一流的居住、学习和日常生活环境，同时能够进行体育运动并亲近大自然的国际社区，这将是全上海、全中国，甚至全世界最好的国际社区……"这一决策很快被写进了《金桥开发区规划方案》，并与其他基础设施同步开始建设。

"金桥——碧云"这四个字，如同清晨的万丈彩霞和白天晴空万里的天气一样，深受上海人和来浦东投资者的喜爱。

在建设社区之前，金桥人派出多个访问团到欧洲学习调研，了解欧洲人的生活习惯及他们所喜爱的生活方式与生活环境。之后，他们回到浦东进行了精心规划，随后在全球范围内进行设计方案和工程施工的招标。在此过程中，多次反复征求来浦东落户的世界著名企业的CEO及年轻科学家的意见，最后才确定了建设方案。

之后的“碧云社区”每次亮相，都惊艳了上海，誉满海内外。这是因为它不仅拥有各种让欧洲人特别喜爱的低密度别墅和完全公园式的居住环境，还有周边几步之遥的高档商业购物中心、风情美食街、儿童游乐园、活动健身场馆、双语国际幼儿园、国际中小学、医院、剧院、影院，甚至教堂等设施，可谓应有尽有。

梧桐树栽好，凤凰自会飞来。社区最终吸引了来自60多个国家和地区的3000余户外籍家庭。在落户上海的世界500强企业中，有45%的CEO选择在碧云安家。5年、10年、20年……岁月流逝，“碧云”依旧焕发着青春与异国情调，始终展现着清新和开放的姿态。第一代“碧云”人尚未老去，而他们的下一代已经踏上了在浦东创业和工作的道路。

记得8年前写《浦东史诗》时，我曾专门去过“碧云社区”。由于留下了深刻印象，后来我还多次去探访那里的别墅。如果不是新冠疫情突然袭来，或许我现在已经是“碧云”的居民了！

“这里是我的故乡。”为了这本新书，我再次专程来到金桥，并特意走进碧云社区仔细观摩了一番……感觉依然如初：美丽、恬静且优雅，尤其是充满了洋气。上海人口中的“洋气”其实并不一定都是崇洋媚外的意思。他们看中那些高贵的东西也归为“洋气”。

碧云社区本来就是我们中国人建设的，只是它融入了较多的欧美建筑元素和欧洲文化，但依然可以感受到东方的自然与美学的气息。正是因为这种以欧美文化和欧洲建筑风格为主，同时融入了东方元素的氛围，特别吸引了世界各地的高端人才落户于此。

“我喜欢上海，喜欢金桥，我和家人会永远居住在这里！”美国人S.R.已经在碧云居住十多年了，全家四口中，超过90%的时间都是在这里生活，他们的孩子也能说一口流利的上海话。

像S.R.先生这样的外籍人士有很多。他们中有不少人是在与碧云社区一墙之隔的“通用汽车”工作。

“孩子在社区内的国际双语学校上学，我们夫妇不用开车到公司上班……每天省去了两三个小时的通勤时间，全家人可以有更多时间一起健身、品尝美食和娱乐。这样的生活与工作，用你们中国人的话说，就是天堂一样！我们希望能长久地留在金桥、留在上海！”法国人Leo的妻子是上海人，他们是在通用汽车工作时相识并结婚的。现在他们的孩子都已上中学了。从这对夫妇的脸上，可以看到他们对当前环境和生活的满意。

“我发现，碧云社区里住着的人，很多都在金桥开发区上班，其中不少是在通用汽车公司工作。”这次回到碧云社区，我自以为成功捕捉到了一个“新发现”。

Leo先生的妻子对我打趣道：“一点也不稀奇，你不知道当年通用汽车到金桥开厂，可是我们上海的‘一号工程’呀！”

是的。我后来询问了浦东的干部，他们都点头确认，确实如此。当年美国通用汽车与上汽集团合资，落户金桥，这在上海可谓是一件惊天动地的大事！

原来，这与金桥的产业有着密切关系的历史进程——

6. 吹响“集结号”

与其他诸多工业一样，上海是中国的第一大工业城市，包括汽车在内的许多工业产品，最早就是在上海出现的。据说，清朝时，袁世凯送给慈禧太后的第一辆汽车也是从上海运到天津，后来才被送到京城的紫禁城。而汽车真正出现在中国马路上的地方，就是在上海。

不用说，接下来的几十年里，汽车数量最多的中国城市，非上海莫属。

计划经济和特殊年代中，国家对包括汽车制造在内的重工业版图进行了调整，东北和西北逐渐占据汽车制造的优势。然而，那时期的汽车主要是工业运输车和军用车。改革开放后，公务用车和民用汽车开始供不应求。尤其在国家政策开放的影响下，上海成为汽车领域对外开放的“第一个吃螃蟹者”，与德国汽车公司合作成立了“上海大众”。邓小平亲自批准了这一中外合资项目。经过长达6年的缜密谈判，1984年，中德双方在北京人民大会堂正式签订了协议。

上海大众应运而生。

总部设在上海嘉定安亭的“上海大众汽车厂”后来发展得非常成功。在相当长的一段时间里，“大众”汽车成为中国公务员和中国家庭的抢手货。我至少坐过三辆不同的“大众”，直到后来能够配备“奥迪”车时，才告别了“大众”。

1985年，上海的“大众”已经热得有些过头：年销售量达到16万辆。

“家庭用车将成为中国经济和个人消费的灯塔……”当时的报纸上已经出现了很多类似的文章。甚至在中央召开的重要会议的公报中，也将发展中国汽车产业视为拉动经济的重要引擎，汽车产业的发展正在如火如荼地推进。

但中国自制汽车遇到一个难题：发动机和安全性能方面未能达到标准。

中外合资发展汽车制造业依然是一个方向。这次谈判和合作的对象是美国通用汽车。

美国通用汽车的名声非常响亮！它的前身是1903年由戴维·别克先生创办的别克汽车公司。五年后的1908年，美国最大的马车制造商威廉·C·杜兰特先生收购了别克汽车公司。经过一年多的汽车产业整合，杜兰特在1909年正式成立了“通用汽车公司”（英文简称：GM），并将别克、奥兹莫比尔、凯迪拉克等品牌纳入旗下。随后，通用汽车还陆续收购了雪佛兰等品牌。在过去的一百多年里，从这些汽车品牌的名称中，我们可以看出“通用汽车”在行业中的霸主地位，而这自然得益于它旗下的这些知名汽车品牌。可以说，通用汽车公司以其“吞并”的战略战术，几乎打败了它认为需要打败的所有同行竞争对手。这当然与它旗下那些世界知名豪华品牌如雪佛兰、欧宝和研发出世界上第一款跑车的沃克斯豪尔等密切相关。

成名于世界的通用汽车公司在汽车产业上取得了巨大的成就，尤其是在110多年前的1912年，通用汽车生产的凯迪拉克汽车上已经安装了先进的电子启动器。这一突破被认为是二十世纪最具影响力的汽车革新之一。

“不同的钱包、不同的目标、不同的车型。”这是通用汽车早期的创新思想和经营理念，曾被哈佛大学等视为“企业经营经典”，而闻名于世。

在第二次世界大战前，通用汽车公司已成为名副其实的全球性企业。而在接下来的30年中，即二十世纪中叶，通用汽车公司凭借其一贯的创新激情，开创了辉煌的业绩。尤其是在进入七十年代后的相当一段时间里，通用汽车公司在汽车安全性和环保方面加大力度，再次巩固了其在美国市场和全球市场无可争议的“巨无霸”地位。

1982年，向来在经营策略上较为保守的通用汽车公司首次在本土以外的西班牙设立新厂。随着萨博和悍马两个品牌加入通用大家庭，公司在覆盖面和销售的多样性上再度开创了双翼齐飞的局面。

中国的对外开放，尤其是浦东的开发开放，为通用这样一个强大的世界汽车巨头展现了东方的希望——12亿人的市场实在太具吸引力。而德国“大众”抢先进入中国经济最活跃的地区上海滩，这让通用汽车不甘落后，决心奋起直追。1997年1月，上海通用汽车在浦东金桥工地打下了第一根柱子，犹如一根导火索，引爆了中国汽车市场的黄金时代。这也使得在日、德两个汽车制造大国激烈竞争中一度艰难挣扎的通用汽车公司重新取得了全球市场份额的新纪录。

需要说明的是，自从上海通用汽车落地的那一天起，一向寂静的金桥仿佛一下子变得龙腾虎跃、活力四射……

经过23个月的建设，一座世界上顶尖的现代化汽车制造厂在金桥这片原本四周都是农田和工地的区域拔地而起。随之而来的是自动化生产流水线的投入使用。

随即，第一辆中美合资的新款汽车下线。

随即，第一个通用中国经销网络建立起来。

随即，第一艘载着上海通用制造车型的货轮驶出东海，开启了出口海外的征程。

……

而且，在其他任何国家需要几十年甚至半个世纪才能实现的第一个“百万”级年产量的纪录，仅用12年就在金桥诞生！

“金桥——中国汽车城。”这个响亮而充满自豪感的名字，早在二十一世纪初，就已在上海黄浦江的东岸——浦东被广泛传播。

“是的，那时我们每天都可以看到在高杨路上驶过的车队，装载着‘别克’‘雪佛兰’等汽车，开往四面八方。最令人骄傲的是，那些过去只听说过名字却很少见到的‘凯迪拉克’，也越来越频繁地在我们浦东和浦西的马路上奔跑起来。这些车可是我们金桥制造的！我们常常自豪地告诉身边的人，凯迪拉克汽车制造厂就在我们浦东，就在我们金桥！”我被金桥人的描述深深感染，因此情不自禁地提出了一个要求，想去“汽车城”转一圈，亲身感受一下。

从世纪大道到金桥的“汽车城”——上汽通用汽车制造厂，不到二十分钟便能到达。然而，绕着工厂周围转一圈，却需要二十分钟左右才能基本走完。

“最多的时候，这一片光上汽通用工厂就将近十万人，”金桥人说道，“如果再加上周边的汽车配套厂和后来落地的像沃尔沃、特斯拉、华为车BU等企业，最繁盛的时候，可能有二三十万人吧！”

“二三十万？汽车制造行业的员工？”我有些不敢相信。

“不错。就是这么多！”金桥人自信地点了点头。

“现在怎么样？”

“现在也差不多呀！”他一边开车，一边指着绿林中“藏”着的一片片“汽车园地”，向我介绍那些名头很大的企业……

“华为也搞汽车了？”我以为他介绍错了。

“有，我们这里其实有好几千人呢。他们正在从事智能汽车解决方案的工作……”

这很有意思。我立刻问道：“可以去采访吗？”

“得试试。我们请管委会领导出面……你这位大作家的到来会不一样。”金桥人对我说着好话。

经过一番电话联系，果然可以。“他们说你去调研可以，但采访就……”金桥人有些尴尬地表示歉意。

“哈哈，那就去调研吧！”我心想，只要进去了，你怎么知道我是采访还是调研呢？

完全不像深圳和东莞的“华为总部”那样气势恢宏，金桥的“华为”更像是一位神秘的勇士，隐藏在丛林深处，不为外人所知。

“我们这里是车 BU 的智能驾驶、智能座舱和智能车控等产品研发中心。”一位年轻漂亮的女士接待了我。她很客气地告诉我：“沈能董事长邀何先生来车 BU 调研，让我们蓬荜生辉。沈董一直非常支持我们，帮助我们解决了很多问题，今天他陪您来，我们一定服务好。”

那天去的时候，是浦东区委有关部门请时任金桥集团党委书记、董事长沈能先生帮助联系的“华为”，而且为了确保我能顺利进行“调研”，他用车送我并带我见到了这位“华为”的女士。

“我与任正非先生其实是老战友，他在基建工程兵时，我也在基建工程兵报社工作，曾编写过介绍他事业的报道……”我自我介绍后，“华为”的女士非常惊喜地说：“哎呀，您与我们任总是老战友，太欢迎您来指导了！”

之后的“调研”就轻松自然多了。但我知道，必须信守承诺，不对“华为”研发智能汽车的具体内容作文字表述。然而，我还是收获满满：连像“华为”这样的顶级科技公司也在金桥这里研发“未来智能汽车”的相关解决方案。他们的这个“汽车城”，用上海人的话说，那应该是“呱呱叫”的！

事实上，每一个聪明的写作者都有自己独到的见解。对于报告文学创作者来说，顺藤摸瓜对我而言，是再熟悉不过的了。但必须承认，如果没有金桥集团沈能董事长等朋友的倾力帮助和牵线，我觉得在“只干不说、多干少说”的浦东，特别是在金桥开发区进行采访，一定会遇到不少阻力。

金桥走过的三十多年间，朱晓明及其之后的一代代党委书记、董事长们都可以用“呱呱叫”来形容。特别是在开发区的战略定位和布局方面，他们真正践行了习近平总书记对浦东开发开放的期望，即“敢于为天下之先，善于集天下之大成”。他们找准关键，敢于突破，勇于创新，稳步推进，一张蓝图绘到底。金桥初期的战略定位是“出口加工区”，并且精准地抓住了汽车这一产业。当上海通用汽车落地后，金桥迅速扩大战略布局，从“一车”带动“多车”，到形成“车成行”“车成城”的格局。金桥这片毗邻陆家嘴金融城的区域，迅速成为浦东发展的闪闪发光的“金桥样本”。

记得十多年前参加全国“两会”时，听浦东的代表介绍他们的开发开放的成果。当时听到“金桥模式”这个词，我还以为“金桥”是他们特意造的一个名字。后来才知道，浦东的老地名中就有“金桥”。

“开发开放后的金桥，已经成为电子信息、家用电器、食品和生物医药等产业集聚的重镇。当然，金桥的汽车制造和汽车零部件加工产业的规模，以单位面积计算，可以进入世界前列。我们已经形成年产值达千亿元的汽车制造产业规模……”二十一世纪之初，千亿元可不是一个普通的概念。我记得当时许多“两会”代表和我一样，听得热血沸腾。

多年后的我站在金桥这片土地上，看到的“金桥样本”比传说中的“金桥样子”要丰富多彩得多。即使是我已经熟知的“上海通用汽车”，也已经改名“上汽通用汽车”，建成了金桥南厂、北厂和凯迪拉克豪华车工厂等多座现代化的工厂。这就是“金桥样本”的模式之一：它以“中心”为依托，辐射到周边，扩展到全国，乃至全球。

另一现象是依靠强大的中外合作效应，影响其他世界著名汽车制造企业来到金桥“集合”，这也是金桥人引以为豪的“金桥集结号”唤起效应。

“‘老大’通用汽车已经在此，还有谁敢来呢？”起初，我对这种“强强集结”有些怀疑。金桥人笑了，大概是在笑我外行。

后来我发现自己确实是外行。“工业发展的历史证明，产业越是聚集，效能就越高、越强大，因为其中存在一个产业链的问题。链条越紧密、距离越近，所有生产厂家和企业的成本就越低，人才也越容易找到……”金桥的人告诉我。

果真如此？我需要找一家车辆制造企业来证实一下。

“可以，要不去沃尔沃看看？”金桥管委会的同志请示我的意见。

“沃尔沃汽车在这里也有工厂吗？他们不是被浙江台州的李书福收购了吗？”带着疑问，我来到了金桥汽车城中心区的沃尔沃厂区。尽管见到了真实的场景，我仍然希望能揭开这个“谜底”。

沃尔沃建筑设备中国公司的董事詹旭先生前来接待，他介绍沃尔沃公司的业务范围其实非常广泛，李书福收购的仅是轿车这一部分业务。拥有近百年历史的沃尔沃公司，其创始人为瑞典的古斯塔夫·拉尔森先生和阿萨·格布里森。两人原本在另一家制造轴承的工厂工作，拉尔森是机械工程师，格布里森是销售员。当时，他们对汽车产业的前景非常看好，于是合伙辞职，借用了朋友的厂房，开始组装和研发轿车，并在1926年正式获得政府授权进行批量生产。这就是“沃尔沃”第一款轿车的诞生过程。次年，第一辆敞篷轿车上市。出乎意料的是，这款新车一经推出便深受消费者欢迎。从此，“沃尔沃公司”及其“沃尔沃”品牌名扬天下。此后，沃尔沃公司不仅在全球汽车制造业中占据了一席之地，还在车辆款式上向商用车、工程车、公共汽车及其他各种车辆制造领域进军，并发展至今。

“沃尔沃”如其创始人赋予的内涵一样，其英文名为“Volvo”，意为“滚滚向前”。

有人说，二十世纪是“汽车的世纪”，沃尔沃凭借着自己的追求与理念，始终在激烈的全球汽车产业竞争中保持着“滚滚向前”的态势。而且，由于其开发的车辆种类不仅局限于轿车领域，使得企业一直保持着强大的实力。

其实，沃尔沃一直是中国的老朋友，尤其是与上海的关系非同一般。早在二十世纪三十年代的抗日战争时期，特别是在与日本侵略军决一死战的淞沪战役中，沃尔沃公司就为中国军队的兵员和弹药运送作出了贡献。

中国改革开放的春风，沃尔沃同样最早沐浴其中。1992年正式进入中国市场，并在通用汽车进入浦东之后，沃尔沃可以说是紧随其后。

“而且你们这儿离上汽通用汽车厂很近呀！”在采访的房间窗外，就可以看到邻居的“上汽通用汽车厂”。詹旭对我的“发现”表示高兴。他饶有兴趣地说：“我们这块180亩的地，还有一个‘金桥故事’呢！”

“噢，说来听听。”这是我感兴趣的。

詹旭介绍：“当年公司曾四处寻找合适的地块，但都不理想。当时由浦东政府和金桥协调我们购地。在决策过程中，金桥建议我们与上汽通用沟通，以便了解更多周边情况。上汽通用给我们介绍了在金桥投资的益处，并提及产业聚集可带来高水平生产效率。正巧附近有一块预留地。我们公司老板一听对方的表态，立即拍板，决定拿下这块地。就是我们现在这个地方，你看——那是一条生产线。尽管厂区看上去不大，但效益确实非常好！”

“这是什么道理？”我感到不解。

“这里是金桥汽车城的核心地带！上汽通用汽车工厂就在此地，周边集中了大量的汽车制造业，包括零部件配件厂和制造人才，资源丰富，成本自然较低。企业的效益竞争就是成本竞争，谁的成本越低，效益自然就越好。我们在这里耕耘了二十多年，主要从事中国及东南亚地区的工程建设用车业务，例如矿山与水利开发、城市道路建设等工程车辆。业务量呈几何倍数增长。”詹旭表示，他在2011年加入沃尔沃金桥这家工程车辆制造厂，见证了沃尔沃在中国的发展，尤其是在上海的业务扩展。

“上海本身就是沃尔沃工程车辆使用的黄金地，包括浦东在内的城市建设一直在快速发展，所以沃尔沃工程车辆制造就是在顺应大趋势不断前进！”他介绍道，沃尔沃的工程车辆制造已有近百年的历史，但可以说自进入中国，尤其是来浦东金桥后，才实现了前所未有的飞跃。

“沃尔沃人对金桥和浦东充满了感激之情。”詹旭透露了一件事：随着沃尔沃工程车辆业务的成倍增长，公司在准备建立中国总部和亚洲总部时，国内外很多地方都曾来洽谈，并提出了许多优惠条件。然而，董事会在最终决定时，仍然选择在浦东金桥设立中国总部和亚洲总部，原因是这里的产业链完备、生产成本低。比如，拿金桥与其他几个开发区相比，这里具有很大的优势。高端车辆制造厂的特点是，技术工人用量大，也就是蓝领人多。平时到厂里上班的这些蓝领，他们骑小摩托就行了。但假如我们把厂搬到几十里外的地方，可能企业一时获得了些好处，但你的其他成本就会增大。比如工人上班远了，原来的那些熟练工人可能会离开，新招的工人需要培训，而技能又不如老技工，这样几年下来，企业效益肯定会严重下降。但留在金桥就不会有这些问题。从国际业务的角度来看也是如此。你会发现，我们从韩国购买的原材料运回上海，再把制造的产品运到北方的一些城市，结果发现反而比从韩国直航到天津的运输每吨物流费更便宜。你问，为什么？这是因为上海是国际航运中心，每天往返亚洲各地，尤其是东南亚各大城市的航运非常发达，航运班次很多。比如，天津到韩国并不是从天津直接运到韩国的港口，而是从天津运往上海的港口，再从上海飞运到韩国的港口。这样不反而增加了成本吗？在国内，物流成本也同样是这种情况。比如上海的货运到西北城市，你会发现比北京、天津运的成本反而低，按说北京、天津到西北的路程要比上海的近，但上海去一趟西北的车，它来回不会空车，可以在返程时带货回沪。在北方城市这样的事基本上没戏……这就是上海的独特优势。浦东和金桥更是如此，距离空港、海港和内陆高速公路与铁路运输都很近，各种成本自然会下降许多。对于车辆制造与销售企业来说，这一点至关重要！

原来如此！

终于，我似乎也明白了"Volvo"为什么是"滚滚向前"，以及为什么能够"滚滚向前"……当然，这离不开这家老牌企业创始人设定的企业理念，但同样重要的是，在新的世纪中它能够继续风靡全球。这一定要称赞一句，因为它选择了金桥。

"金桥样本"中最具价值的一条经验值得复制与推广：在这片土地上落户的每一个企业，尤其是外国企业，并不是孤立存在的。它们周围有着和谐共处的邻居，就像在明媚的阳光和顺风顺水的环境中，仿佛有一种无形的力量在不断推动和激励着你，使你在奋斗和创业过程中获得许多意想不到的惊喜和收获。

特斯拉汽车在上海，这已经是众所周知的事实。很多人都知道它的制造厂位于临港，并且占地面积很大。然而，金桥的人告诉我：特斯拉最早是在金桥落户，并且从未离开过金桥！

这是怎么回事？我不明白：明明特斯拉的汽车和新车源源不断地从临港的工厂运往世界各地啊！

不错，特斯拉的中国制造厂确实位于临港。但早在2014年，在临港制造车间建设之前，特斯拉就已将华东销售总部、旗舰体验店及保税维修中心设立在金桥开发区。

原来是这样。

“将汽车生产出来当然很重要，但对企业而言，更重要的是将生产出来的汽车销售出去，以及在销售过程中和售后提供的维修服务。再大的汽车厂，最关键的恰恰是销售及市场销售后的用户服务。特斯拉在临港制造厂尚未建成时，就已经扎根于中国市场，其新能源汽车在全球范围内遥遥领先于其他国家和汽车企业。因此，他们在到达上海、浦东后，首先选择了金桥这片已成熟的‘中国汽车城’的土地。”

全球率先制造出新能源智能车的马斯克，以其独特和精准的目光，把中国的“第一步”选择在浦东金桥，足见其经营方面的老到：借势金桥，可东风浩荡！

当时，担任中国区总裁的人在连续4次到访上海，特别是在实地考察了金桥之后，向马斯克汇报。马斯克打了个响指，说：“OK，这事就这么定了——金桥！我喜欢这个名字。”

2014年2月18日，正值元宵节，金桥管委会的团队便前往北京特斯拉中国区总部，就特斯拉在金桥投资及建立多个中心的规划和需求，主动向马斯克的团队洽谈合作。这些事项非常重要，例如电动汽车牌照准入、设立超级充电站和充电桩、保税维修中心资质认证等，虽然看似琐碎，但至关重要。当马斯克的团队看到金桥团队主动、热情地前来，并拿出几套方案征求意见时，感到非常高兴，几乎要手舞足蹈起来，因为他们感受到这是一个专业的招商团队，政府的支持和服务也到位。“在我们美国，建设一个充电站的审批流程就需要三个月，更别提何时能够建好、何时可以投入使用了……”马斯克的团队被金桥人的热情和专业精神所感动，发出了这样的感慨。

“中国，我喜欢！”难怪连马斯克的妈妈都喜欢上海，并且快乐地长时间生活在黄浦江边。“这里有活力，办事效率高，有一群能够成就大事的人，而且非常真诚、热情……”马斯克不止一次这样说。

金桥人在特斯拉投资项目的选址尚未完成的情况下，就已经开始帮助办理企业开工后所需的各种许可证以及新能源车所需的各种充电系统。此外，他们还顺利地处理了相关的管理和优惠政策事宜。协助办理的七个小组每天都会形成中英文的工作报告，一方面汇报给管委会，另一方面传送给特斯拉。

全球最大的新能源汽车跨国公司特斯拉，其要求也非同一般。为了争夺市场，在确定落户金桥后，他们立即提出于4月23日为华东区的首批车主举办交车仪式。

“听说这里的碧云国际社区有3000多个外籍家庭，所以我们希望特斯拉在上海浦东的首次亮相能够引起广泛关注。因此，我们要确保首次向车主交付钥匙的场地和仪式都特别出彩。”特斯拉方面表示。

“总共才42天，要建一个比北京芳草地的特斯拉展示中心大四倍的场地？ 他们来得及吗？”有人质疑金桥的人。

“只要是特斯拉要求的，我们一定会坚决做到！”金桥人毫不含糊地回答道。

“这可不是简单搭个临时大棚就能解决的事。除了有超大空间的展示场地，它还是集体验、维修、现场充电等功能于一体的新能源车必备设施。光是充电一项就足够复杂，它完全不像手机充电那么简单。必须新建一个超级充电站，能够同时满足六辆车同时充电的需求。当时，特斯拉提出上海浦东的这个充电站要充分体现其新能源车的绿色环保理念，因此要求建设一个使用太阳能装置的充电站。这样的超级且特殊的充电站，特斯拉在美国和北京等其他地方也未曾建过，因此它是特斯拉全球最大的新能源车充电站。然而，建成这个充电站的时间仅为12天，难度确实不小。当时，连市领导都出面询问我们能否完成。我们的回答很干脆：只要是特斯拉需要的，我们坚决做到，并保证质量！”金桥人告诉我，“‘金桥样本’中有一条特别重要的内容就叫‘金桥速度’。

“最终，我们仅用12天时间，不仅建成了当时全球最大的新能源超级充电站及充电桩等配套设施，还于4月23日同时开放了特斯拉在上海的第一家旗舰店，并举行了首批交车仪式和展示会。交车仪式和旗舰店开业的现场既隆重又精致，鲜花簇拥，热闹非凡。这不仅让特斯拉的创始人马斯克感慨万千，我们也沉浸在自豪之中。因为我们认为，特斯拉的到来为金桥增添了光彩，而金桥人的工作热情和精神也使特斯拉在上海大放异彩！”金桥人提起特斯拉在上海浦东的“开门红”时，满怀骄傲。

> 4月23日14时40分，当埃隆·马斯克先生走下自己的特斯拉座驾，踏上碧云国际社区的土地时，金桥开发区有史以来最特别的一次“牵手”正式宣告开花结果。
>
> 迎接马斯克的是无数镜头和掌声。然而，绝大部分人不知道的是，15天之前，特斯拉充电桩所在的蓝天路北侧还是一片空旷的停车场；而特斯拉服务中心所在的蓝天路南侧，则是一家废弃了近一年的汽车装饰店。
>
> 据特斯拉的一位外籍工程师表示，金桥在整个施工过程中展现出的速度和效率，甚至超过了特斯拉的标准。

这是《浦东时报》对当时现场的报道。

马斯克是个满世界奔波的“飞人”。他在浦东的交车仪式上只停留了30分钟，而正是在这次短暂的停留中，他感受到了什么是“上海”、什么是“浦东金桥”……从此，这位“世界首富”、新能源车大王对上海、对中国怀有了特殊的友好感情。

“我亲身感受到中国的许多优秀品质。当然，我特别喜欢上海和上海人的工作精神。”他常这样说。

马斯克和特斯拉在上海的故事，后来越来越多，一直到今天仍不断有新的故事。然而，这些故事的起源都要从金桥说起……

7．“贝尔”和它的金牌伙计们

说实话，在金桥这个浦东的板块上，如果有人轻视它，那只能说明他并不真正了解金桥的底蕴。

在采访沃尔沃时，他们的董事詹旭说的一件事，一直印在我脑海里。他提到，起初金桥给沃尔沃的那块地，除了有一面紧挨着上汽通用汽车厂外，其他的楼宇，比如惠普等公司，与他们制造工程车辆的沃尔沃“毫无关联”。“当时我们心里有些疑虑，但并没有说出口。实际上，我们觉得沃尔沃与这些从事通讯设备、IT产业的公司没有什么关系。然而几年过去后，现在我们真正尝到了甜头，而且这甜头越来越大、越来越多。因为随着智能技术的迅速发展，我们沃尔沃现在开发的智能车工艺和技术，竟然与周边的惠普等单位在业务上融为一体。也就是说，出门就是合作伙伴，进门都是产业链的同行……你说这为我们省去了多少成本、提高了多少效益啊！”

在金桥，像沃尔沃的“实惠”比比皆是，这可能就是金桥的“金字招牌”总在发光的原因吧！

产业链是金桥这块“金字招牌”的核心魅力。

比如不是说金桥是“汽车城”吗？到底有多少汽车相关的产业链在这里，甚至管委会的人都只能笑着说：“最繁忙的时候，每天都有新的公司注册和落地，就像来来往往的汽车一样多……”

“金桥的地块优越，因此国内外著名企业都想在这里占据一席之地，尤其是通用、沃尔沃等车辆制造企业在此设立工厂。其产业带动效应不仅仅是普通意义上的连锁反应，而是呈几何倍数的增长。因此，在相当长的一段时间内，‘金桥’本身就是一块金字招牌。”管委会副总经理举例说，“长沙有一家制造业大企业，在国外也颇具声誉。他们在与沙特谈判时，长沙企业介绍自己是在长沙，沙特人摇头，说不知道中国还有个长沙。谈判因此陷入僵局。第二次与沙特谈判时，长沙的企业告诉对方：‘我们现在在上海金桥。’沙特商人立刻高兴地表示：‘我们可以签约了！’长沙这家制造企业如今相当一部分的制造力量一直在金桥，而且发展得比过去好得多。”

“一个重要原因是产业链的带动。金桥在形成汽车城规模后，一直是中国制造业出口的桥头堡。”管委会副总经理。

从材料上看到一行数据：金桥的汽车制造业曾经实现年产汽车200万辆，税收超过300亿元。汽车制造的年产值占整个开发区总产值的60%。

“如果不是因为区域面积有限，金桥的汽车制造一定会是全国独一无二的。”管委会副总经理自豪地告诉我。

新能源汽车如今在中国大地上焕发着活力，涌现出大量的产业。即使在上海，尤其是浦东地区，新能源汽车制造业在多个地方蓬勃发展。管委会副总经理表示：“这些年来，我们一方面引导传统汽车制造厂家向智能汽车和新能源车方向转型；另一方面，由于本地区智能制造技术水平较高且产业链已形成，我们有意鼓励并推进工业上楼项目，以最小的空间实现最大的制造效益。其中，较为成功的‘园中园’项目，已经有相当一部分实现了每一块土地的最高产出效益。”对此，管委会副总经理充满信心。

坐在他对面的我，注意到管委会副总经理身后墙上的一句话：“虑事必勤、见事要快、做事要实、成事靠恒。”

“这是第一代金桥创业者、开拓者留下的做事信条，今天我们依然坚持这样的行为。”不用主人解释，其实动动脑筋理解这几句话后，就明白金桥人的工作作风了：这样的话，本身就是一种“实”的精神和品质的体现。

在金桥采访的日子里，真是惊喜不断，因为那里聚集了许多知名的大企业、领先企业和顶尖企业。

何止是汽车制造！“中国移动”也在此设有基地，央广集团的“云听”

大厦也耸立于此。他们在金桥落地的故事，都可以单独成篇。

“浦东金桥这块土地能够长出金子，所以我们就来了……”这是中国移动上海产业研究院副总经理陈豫蓉女士所说的。

这位看上去至少有40岁的知性女士，肯定曾在北京工作了不短的时间。她能来到上海浦东工作，一定有特别的原因吧，因为联系我进行采访的人悄悄告诉我：他们的陈副总经理是副厅级领导。

我暗自笑了。毕竟是央企，还是“中国移动”。但我真正感兴趣的是，他们为什么也选择了金桥？

干练的陈豫蓉女士开始侃侃而谈：“自2016年起，包括中国在内的通讯技术从4G向5G阶段发展，这一过程对中国社会和全球产生了极大的影响。中国移动根据国家战略，迅速作出了相应的调整，制定了赋能规划，并开始筹备组建产业研究院。这是因为5G技术发展到了一定的阶段：通讯技术不再只是让个体消费者生活更方便的问题，例如手机升级等；5G技术的广泛应用，是对社会的一次科技革命、人文革命以及人的行为革命，是人类生活中最大的一次根本性进程，对全社会的各个方面都会产生颠覆性的影响，从而催生出巨大的产业革命。我们中国移动因此规划成立自己的专业产业研究院。这对中国移动来说，既是一个新的发展思路，又是一大挑战，因为过去在这一领域涉及较少。显然，新技术带来的产业前景和意义非常广阔。如此重要的产业研究院选址何处，是中国移动决策层极其重视的一件事。

“原来我在中国移动总部工作，所以清楚对这一选择有过很多思考与方案，比如成都、雄安也都有考虑。但最后敲定在上海……”陈豫蓉女士说。

“为什么是上海和浦东的金桥呢？”

“问得好。”她这样回答我，“以前我们中国移动与金桥是有业务联系的，这里有华为和诺基亚等著名的通信技术公司，技术密集。平时金桥这边经常有一些培训会之类的活动，我们常常参加，而且只要参加，通常是直奔金桥，开完会又直接去机场。”

“这里技术密集、环境优美，最重要的是金桥开发区的服务水平很高。你来到这里，除了技术与业务之外的事情，不用多操心，会有人帮助你。”陈豫蓉说，他们刚从北京过来的时候，只有三个人，连办公室都没有。“金桥管委会的领导就说：‘你们先用我们的办公楼吧。’于是我们第一站就挤到了他们管委会的办公楼。到正式规划建设研究所时，金桥的好地几近已经没有空间了，他们毫不犹豫地把最后一块空地给了我们。在建设过程中，我们又遇到了问题：我们是央企，对房子的建设、装修等都有严格的价格要求，绝对不能超标。金桥就帮我们算啊算，有的实在算不过来，他们就直接出面帮助我们与相关的建筑商、材料供货单位协商、讨价还价，完全是‘店小二’式的服务！”

“我们真的很感动。因为管委会的工作人员也是公务员，集团也是国家的大企业，但为了一个新单位能够顺利入驻，他们全心全意为他人服务，这种精神确实可贵。”陈豫蓉女士感慨道，“在京城待久了，有的人对社会上的事、对基层的情况缺乏深入的了解。但在浦东、在金桥，我们感受到社会主义大家庭和同志间的温暖与关怀，也激发了我们为国家、为民族做好事的信心和干劲。这一点，我们研究院的同事们深有体会……”

中国移动上海产业研究院目前在金桥已有1500多人，全部是年轻的技术人员，平均年龄为35岁。“在三年多一点的时间里，我们所做的工作和研究，已经在金桥和浦东全面开花，这也得益于金桥和浦东的帮助与支持。”陈豫蓉女士表示。因为研究的对象是产业，并且涉及国家战略以及14亿中国人未来的重要事业，他们的研究院需要与大企业、大型技术企业和其他科研单位密切合作与配合。“浦东正是基于这一需求，成立了一个‘大企业创新中心’。通过这个平台，浦东的国内外大企业之间实现了直接的互通，不再需要我们自己绕来绕去地进行沟通和联系，由区委、区政府和各开发区定期组织，搭建起直通的渠道。现在我们已经与上海的著名大学、科研单位、在沪的央企以及在浦东的国内外著名企业、港口、交通等行业建立了合作研究与研发机制。这是我们来到金桥、来到浦东和上海最大的收获，也是超预期的收获，可以说这是其他地方不太容易实现的……”陈豫蓉女士指着身后的专利墙说道，“我们中国移动上研院在短短几年内，已获得800多项专利，并获得了国家级技术奖励。”

“研究院的业务现在忙得不可开交呢！”一直保持一本正经神情的副厅级的她，说到这里，仿佛回到了青春年少时，脸上绽放出美丽的笑容，“我们现在是‘一院联百业，连千家’；我们的研究方向是：通过打造未来5G社会的‘样板房’，全力推广‘商品房’，把‘栅景’变成风景……这是国家交给我们中国移动的任务。在浦东金桥这个地方，我们将出色地完成国家赋予的光荣而艰巨的使命。”

可以看出，这位“70后”的湘妹子已经深爱上了浦东金桥这片土地，同时对自己研究院的前景充满信心。

这应该就是我们今天所看到的“金桥现象”吧。

机器人制造是金桥目前的重要产业之一。这显然与汽车制造业有着重要的关联。只是以前并不知道，在金桥这片“中国制造”的沃土中，竟然也有我的老朋友——中国机器人制造者辽宁新松集团的一群致力于制造新一代机器人的精英。

大约是10年前，当时的中宣部领导亲自给我打电话，希望我去写一写“中国机器人”：在沈阳的中国科学院所属的新松集团，“他们打破了西方的技术封锁，使中国机器人从零开始直至超越日本，成为全球生产的‘巨无霸’……值得一写。”从领导的口中，我了解到又一个“中国威武”的故事。那时我实在太忙，于是指派了我的两位学生完成了《中国机器人》一书，此书获得了中宣部的“五个一工程奖”。因此，我也与新松集团的人结下了友谊。

巧的是，新松公司的人也在金桥。中科新松董事长杨跞接待了我。他是在2002年来到上海的。

“我们中科院沈阳所成立新松机器人后，就想到南方来扩展市场，首先就选中了浦东金桥……”杨跞说，“那时候正是浦东开发开放的迅猛发展阶段。对我们北方人来说，要到南方工作，还是有些顾虑的，主要是因为气候和生活习惯的不同。后来决定先派一位年轻一点的，于是就选中了我。当时我26岁……一晃就快50岁了啊！”

一眼看去，杨跞就是个典型的北方汉子。

“当时我并没有马上接受，主要是怕气候炎热。领导谈话后，我说给我一个星期考虑。最后，我决定来了。”杨跞说，他的岳父岳母是当年的知青，在东北农场，那里有很多上海知青，所以岳父岳母说上海人很好，做事认真积极，脑子又聪明，待人也好。这样我就同意到上海工作了。

杨跞来上海的时候，正是炎热的八月。

“那个时候，浦东到处是工地。我们新松上海公司也很小，设在一个破旧的临时房子里。我踩着泥巴询问新松上海公司所在的那栋房子在哪里，当地人指着一个像加油站的房子，告诉我那就是……这是我‘下海’——到上海的第一站。后来才知道，公司临时借用了一个售楼处的房子。公司所在的那栋楼也只有一个门卫。我们新松所谓的上海公司，其实只有几台电脑、一条狗和三两个人。但因为知道这里是浦东制造业的中心开发区——金桥，所以尽管创业艰苦，我们几个人仍然信心满满。每天早上七点上班，晚上十点左右才下班，除了工作忙以外，确实闲下来也没地方去……”杨跞笑着说，当时整个浦东基本就是这样。

然而，这群“新松”年轻人的心底有着强大的信念：世界制造业大企业在此，中国以“新松”为代表的机器人就能获得更强大的技术支持、生产支持和市场支持！

“我们在第二年就实现了盈利。2004年，我们正式搬迁到开发区，位于金桥的金闽路。而我们接到的第一个客户就是德尔福，这是一家生产汽车零部件的公司，他们的产品供应给上汽通用汽车……”杨跞回忆起第一次给德尔福送货的情景，仍然记忆犹新，“德尔福工厂位于外高桥，我们把货物送到那里时，客户就注意到了我们。由于德尔福的知名度很高，有些客户看到我们能够为这样知名的企业送货，便认可了我们新松上海公司的实力。结果，我们的客户一下子多了起来。这就是在浦东、在金桥的好处。”

杨跞的快乐是从心底溢出来的，因为他们在金桥的“新松”之后的成长和发展，犹如“变形金刚”一般。

初到浦东的杨跞他们依靠上汽通用汽车的合作伙伴赢得了上海的市场，从而辐射到华东地区。不到十年的时间，他带领团队通过不断的努力占据了新松集团在全国市场15%的份额。

2009年，“新松”成功在深交所完成了独立上市，股票名称“机器人”。此时的新松集团在杨跞等年轻创业者的努力下，提出了全集团业务和战略市场“入关”和“南下”的计划。在这个阶段，我的老朋友曲道奎是新松的掌舵人。他曾向我讲述过“南下”过程中的种种经历以及取得的显著成果。最初，他们在杭州成立了一家公司，并在萧山设立了“新松”的南方总部。但由于杨跞等人在浦东的出色表现，“新松”的南方总部不久后便迁至上海浦东。

2013年，“新松”集团正式与金桥签约，成立了“中科新松”。“我们最初在金桥是试水，而到了这个时候，就不仅仅是企业产量的增加。可到底怎么做、做什么，当时还是有些迷茫。在金桥管委会的帮助下，我们邀请了上海同行业的企业家和高校的专家教授共同为我们出谋划策。讨论的结果是：未来的机器人一定是智能化的，而非传统的工业机器人。我们集团公司也认为，未来的机器人应是一个‘物种’，比工业机器人多一轴——传统的机器人，包括当时欧美国家的机器人，也都是六轴机器人。我们设想的七轴机器人就很不一样，是向智能机器人进化的一个里程碑式的创新……”

2015年，浦东金桥的“新松”发布了第一代“七轴机器人”，引起了轰动，因为它代表了中国机器人向智能化发展的一个重要进军号角，其技术在世界上处于领先地位。如此轰动业界的“中国制造”，竟然用了个“复合”机器人的名字！我开玩笑地对杨跞说，你们“新松”的人也太缺乏浪漫了吧！他连声附和道：“是，是。”他说，不过“复合”机器人竟然一炮而红，在国际上也是独一无二的智能机器人。杨跞又提到另一件事：在2019年和2021年，他们的“复合”机器人申请了一系列专利，分别被工信部授予首批“专精特新”小巨人企业和首批国家重点支持的“专精特新”小巨人企业称号。然而，当时外资机器人和其他国家的机器人在国际上却拥有很大的话语权，因为这些一直以来占据世界制造顶峰的都是西方国家，他们骨子里瞧不起中国制造。实际上，他们制造的机器人大多仍停留在工业机器人的制造水平上，因此根本不相信中国机器人制造，起步虽晚，却能实现历史性的“弯道超车”，直抵智能机器人的先进制造领域。

杨跞讲述了一件令人颇为气愤的事：他们的新松“复合”机器人早期使用了一些美国的部件，美国方面却突然采取了断供措施，这种行为违背了国际贸易法则，实在是“下三滥”。“后来我们邀请了美国专家到我们公司，在按照世贸规则谈判供货问题时，他们竟然要求我们证明‘你是新松公司的’。我感到非常愤怒，这不就像让我自己证明‘我爸是我爸’吗？好吧，既然你们不想合作，那我们就自己来做！”杨跞说道。

这个时候，金桥给予了杨跞和他的新松公司各方面的支持。“为自己干！我们一起干！”金桥的人对杨跞说。

自己干和我们自己干，就是要把所有核心部件和所有核心技术全部使用中国自己的制造！

“我们很快实现了这一目标。这要感谢上海，感谢浦东金桥，这里拥有强大的自动化装备制造技术和人才。结合我们新松公司多年来积累的技术与制造能力，我们迅速摆脱了对一些进口技术和部件的依赖，实现了100%

的中国制造！”杨跻自豪地说道，“而且我们的产品没有‘后门’！”他的意思是，中国制造的产品不会在安全保障上给用户留下隐患。

先进且道德高尚，这才是真正值得敬重的“国际水平”。“中国制造”正是如此。

“‘多可’？ 这个名字起得真前卫啊！”当我得知杨跻他们现在的中国智能机器人产品已经代表了国内顶级水平，从原来土得掉渣的“复合”改名为“多可”时，不由得调侃了一番。

“‘多可’是英文的音译，意思是高贵而又有创造性的公爵。我们的‘多可’就是具有超凡能力的新一代智能机器人。”嘿，看看这杨跻，这次他还真是浪漫了一回。“我们的‘多可’现在越来越受人喜爱。关于它，我们可以自豪地告诉全世界：这是浦东制造、上海制造和中国制造！ 一点也不含糊！”

东北人的话语中，蕴含着一股气壮山河的天然豪气。

2019年是中华人民共和国成立七十周年，北京天安门广场和长安街上举行了盛大的国庆游行。各行各业和各个地区尽显风采，向祖国和全国人民汇报。在长长的游行队伍中，有一个部分是各省市自治区的彩车。代表东北老工业基地的辽宁省彩车格外引人注目：一个智能机器人在弹琴，那神奇新颖的动作和美妙的旋律，在通过天安门广场的那一刻，吸引了全世界的目光。

“多可！ 我们的多可惊艳啦——！”那一天，杨跻虽然人在浦东，心却飞到了北京，飞到了天安门上空……他仿佛与国庆观礼的人们一起纵情欢呼、跳跃，甚至流下了热泪。

他为在浦东金桥制造出的“多可”智能机器人而激动……“这种激动是发自内心的，也是对我们新松团队在浦东辛勤耕耘、奋斗近二十年的最好回报！”他说。

金桥的土地，让像“新松”这样的中国制造业企业有了坚实的基础。杨跻向我透露：目前，他们的机器人制造不仅在国内市场不断扩大，除了在金桥的大本营继续拓展之外，还与上海的“金投”和“城投”联手在临港打造新的智能自动化机械基地。

“今年上半年，仅国外著名企业的总部公司来到我们公司洽谈业务的就有三四十家。他们看了我们的产品，留下最多的两个字是：震撼！从2022年开始，我们就已经向欧洲国家出口生产线，为中国制造赢得了声誉。”杨跻用这样一句话总结了他们在浦东金桥的切身体会：“这片土地让我们的产业插上了金色的翅膀！”

是的，金桥是一个地名。然而，在浦东开发开放之后，金桥为所有在此创业和奋斗的企业家、科学家，连同他们的事业，插上了金色翅膀，让它们飞得更高，飞得更出彩。

这个蜕变的原因可能有很多，但从产业的专业角度而言，“链”无疑具有特别重要甚至是根本性的意义。所谓有道时，一地生金，遍地闪光。

金桥就是这样。

我必须提到这片土地上的两家特别著名的公司，它们的名字本身就代表了世界顶级的科技与制造水平：一家是上海贝尔，另一家是“科思创”公司。

我得先讲讲上海贝尔，因为“贝尔”对我们中国人来说实在是太熟悉了。从小我们就在课本上看到过“贝尔”这个名字，更知道那位发明了电话的贝尔先生如何影响了人类的科学发明。

自十九世纪末上海引进第一条电话线后，中国人便知道了“贝尔”这个名字。后来，我们的课本中也出现了“贝尔”和“贝尔实验室”这样的词语——它们如同神州和太阳一样，影响着中国一代又一代的莘莘学子和普通百姓。

现在大家都比较熟悉IBM。然而，在美国有一个有意思的事：贝尔在

1895年将自己旗下的长途电话业务分割出来，成立了一个独立的公司，名为美国电话电报公司。你知道这家美国电话电报公司曾经在美国有多么强大吗？不用说，它曾经在美国企业中排名第一，而IBM排名第二。但你可知道，美国电话电报公司后来被拆分为七家公司——这是因为美国有《反垄断法》：如果你的公司过于强大，就会被拆分。贝尔创建的美国电话电报公司最终不得不被拆分成七家公司。当美国公司再次排名时，IBM排到了第八名，而前七名都是由被拆分的美国电话电报公司所形成的公司！

贝尔创立了美国最大的电信公司，后来收购了西方电子公司的实验室，从而成立了一个享誉全球的"贝尔实验室"。

与以往的美国电话电报公司不同，贝尔实验室自成立以来一直致力于基础技术研究，可以说默默无闻地工作着。直到1927年，"克林顿·戴维森"和"雷斯特·革末"通过实验验证了电子的波动性，并因此一举获得诺贝尔奖，贝尔实验室才开始走上势不可当的伟大科学发明的征程。此后，贝尔实验室研究成果频出，先后培养出十位获得"诺贝尔奖"的大科学家。

总部仍然设在美国新泽西州默里山的贝尔实验室。自从1947年威廉·肖克利、约翰·巴丁和沃尔特·布拉顿制造出第一个晶体管后，人类便进入了当今几乎让每个人都无法离开的集成电路—芯片时代。这一发明让二十世纪中叶以后的世界仿佛进入了一个乌托邦社会，每天都在不断变化，甚至让人们感到对未来的不确定性。

也许正是这个原因，贝尔实验室自己也陷入了最终的困境："不可战胜的科学堡垒"这一贝尔实验室的神话，后来几度破灭，几乎断了传承……而现在维系这份传承的是诺基亚。

在金桥，曾经有许多路名是以著名科学家的名字命名的，这似乎并不稀奇，许多城市都有这样的情况，但金桥可能是较早采用这种方式命名街道的地方。然而，令人意外的是，"贝尔路"上竟然真的有一位名叫"贝尔"的人住在此，这激起了我的好奇心，使我产生了前去采访这位"贝尔"的愿望。

2024年8月13日，这一天的采访安排得特别紧凑，主要是因为金桥地区有太多著名的大企业。因此，只能采用“一小时、一个单位”的方式来安排采访。“不行，贝尔实验室除外，我想多感受一下……”我向金桥管委会的接待人员提出。

“只求你满意，我们一定会做到。”金桥的服务意识确实很好，对于我这点小要求完全满足。

到了上海的“贝尔路”，才了解到现在的上海贝尔——它的全称较为复杂：上海诺基亚贝尔股份有限公司。它是诺基亚集团和中国保利集团旗下华信邮电的中外合资企业。在中国改革开放之初，总设计师邓小平以其卓越的远见提出“要优先发展交通和通信”。在这样的背景下，中国开始到欧美国家寻找能够合作解决通讯设备与技术问题的单位。在此之前，中国大地上的电话，除了一些大城市外，一般单位都只有一两部电话机。为了解中国通信电信业的发展史，我曾在工信部大楼里，与时任部长的吴基传进行了长达6天的交流。他举的例子虽然我没亲身经历过，但也完全属实：一位部队的师长打长途电话给下属的团长，因为路途遥远，线路不好，两人打电话时不得不趴在地上，戏称这样的电话为“战场伏击战”。普通百姓打电话一般得到乡镇邮电所。我1981年到北京时，记得为了接一个香港朋友的电话，在邮电大楼的长途大厅里，要等上几个小时。因此，在那个时候，发电报还算是比较方便的。邓小平的决策十分英明，要发展，没有通信和交通几乎等于停留在零点。1982年，国务委员张劲夫率团访问欧洲，寻求合作伙伴。第一站是法国，希望从对方政府引进程控电话交换机设备。对此，法国政府立即同意。但当中方提出希望在引进设备的同时也能引进相关关键技术时，法方立即摇头拒绝，说：“不行。我们有一个‘巴黎统筹委员会’限制技术向中国等东方国家出口。”原来，以美国为首的西方国家为了对社会主义国家实施技术封锁，搞了一个“巴黎统筹委员会”，规定不准向中国输出高新科技。无奈之下，张劲夫等人找到与中国关系较好的比利时。对方同意“考虑”。果然，中国代表团回国不久，比利时正式向中方表示可以按中方要求出口程控设备和关键技术。随后，中国邮电部立即派出专家再次前往比利时，并且首次有机会与贝尔电话设备制造公司的代表和实验室专家们进行深入和面对面的交流。

“我们与比利时贝尔握手了！”这一历史性时刻，在中国邮电人的心目中是难忘而神圣的。

1983年，两国的这一合作签字仪式在北京人民大会堂举行。合作的具体实体是中比双方合资成立的“上海贝尔电话设备制造有限公司”。引进的设备包括S1240数字程控交换机技术和专用3微米大规模集成电路。

“上海贝尔”在中国的落地是具有历史意义的。其执照的编号为“008号”，这表明贝尔公司在中国的成立是东方大国改革开放中的先锋。然而，“上海贝尔”在中国的发展道路并不平坦。由于资金不足和技术受限，产品问世后的第一个试验通话局设在安徽的合肥，起初的效果并不理想，只能勉强实现通话。第二个试验局是青岛局，虽然计划安装6000部电话，但在实际安装了4000部后，实施割接，次日电话便出现严重阻塞。“上海贝尔”似乎有些水土不服。

关键还是钱和技术的问题。邮电部再次向国务院反映，最终在追加设备和技术资金的基础上，“上海贝尔”开始摆脱困境，情况逐渐好转。

中国的程控交换机最初面向一线城市，随后逐渐扩展至二线、三线城市，以及更广泛的厂矿、机关、学校、部队，甚至家庭……我印象非常深刻：为了给家里安装一部电话，我在北京西单的电信门市部排队，从早上排到中午，排队的人从门市部一直排到民族文化宫。当时安装一部电话的预装费好像是5000元。了不得呀！这相当于现在多少钱呢？

“上海贝尔”的电话在中国就像今天的“苹果”和“华为”新款手机一样抢手！

1992年2月10日，邓小平南行至上海，亲临“上海贝岭”。这位中国现代化的总设计师查看了引进的设备和生产的产品，意味深长地问身边的人：“你们说这台设备是姓‘社’还是姓‘资’？”所有人默然无语，因为当时社会上正掀起一场关于引进外资“姓‘社’还是姓‘资’”的思潮与争议。邓小平随即非常严肃地指出：“只要是为社会主义服务的，就是姓‘社’！”他的话掷地有声，从此神州大地上不再为姓“社”还是姓“资”争论。

“就在这个时候，贝尔抵达浦东……”中比合资公司“贝尔”在第四届九次董事会议上，讨论并签署了双方新的延长合营合同。1992年底，在浦东新区金桥举行了新厂奠基仪式。新的上海贝尔任命了新的总经理，其自主研发的七号信令版本通过邮电部全面验收测试，中国第一次能够在核心通信技术领域实施自己的技术标准，为我国偏远地区的通信发展作出了重要贡献。

至此，“上海贝尔”迎来了它的“浦东辉煌岁月”。

接待我的管景志先生是华信邮电副总经理。这位从大学毕业后就进入“上海贝尔”公司的少壮派，如今已在此工作30年，虽然头发已斑白，但干劲丝毫不减。他介绍说，作为中国的国有大企业，我们在与比利时贝尔合作的过程中，学习到了契约精神：在做事前将所有事情讲清楚，之后就不轻易变动，专注于一个奋斗目标。他还提到，贝尔的中方股东一直很稳定，是“铁打的中方”，而外方股东变动频繁，位于浦东金桥的“贝尔实验室”作为其全球三大实验室之一，在“流水的外方”这样的变化环境下坚强生长和发展壮大。

“然而，贝尔实验室的精神从未改变。”终于，我见到了贝尔实验室中国负责人蔡立羽先生。

“这么年轻啊！”我惊讶地上下打量了一遍站在我面前的蔡立羽，因为在我想象中的贝尔实验室中国负责人一定是一位戴着眼镜、白发苍苍的老科学家。然而，蔡先生并非如此，相反，他年纪轻轻，身材挺拔，一脸英气！

“哪里，五十来岁的人啦！”蔡立羽说。关键是后来我们加了微信后，他向我透露：“中学时代我就挚爱报告文学，它是我最喜欢的文学体裁。高中时，《报告文学》和《报告文学选刊》这两本杂志上的文章我几乎一篇不落。今天能见到报告文学的大师和领军人物，真的是太荣幸了！”你说这事：我敬仰的伟大科学家实验室的中国领军人物，竟然如此喜欢我所从事的文学创作，这真是让我意想不到的事。

蔡立羽是贝尔实验室（中国）的第二任主任。“开始是跟老外学、学着干，慢慢独立做。最初时我做3G，是学外国技术，后来到了4G，我们与国外的技术是在同一水平线上平行齐步走。到了5G后，我们完全走在老外前面了……”蔡立羽说他在贝尔实验室的这些年，最深的体会是，“过去一直听老外怎么说，现在是老外经常要听中国的声音。”这种颠覆性的变化，都是在金桥的岁月中发生的。

“全球5G看中国。”在浦东金桥的“贝尔实验室”，我听到和看到最多的就是这句话和这句话所产生的实景——蔡立羽对我的到来，敞开了实验室的全部“家底”。虽然他们的业务我根本不懂，但看得出丝毫没有任何对我保密和掩饰的内容，反而希望我多看看他们的6G“试验场景”。

在一个不太宽敞的开放式实验场地上，有几台机器设备。操作员指挥它们进行各种智能机器人的无障碍全自动“工作”，其状态令人叹为观止！

“5G似乎刚被大众了解，你们就已经开始进军6G了吗？”我忍不住探询其中的真相。

蔡立羽微笑着说，这没有什么保密的。我们中国在5G技术上已经可以说在世界上遥遥领先。作为研究开发机构的贝尔实验室，自然承担着更前沿的科技攻关。6G技术就是我们当前已经进入研究的领域和方向。用一句简单的话概括就是：贝尔实验室的任务是研究当今世界技术难度最高、必须走在全球前沿的项目。我们所做的实验方向，是要将现有的技术转化为生产力，并使其生产力提升到原有水平的十倍。

“能透露一下什么是6G吗？”作为一个纯粹的外行，我向蔡立羽博士提出了这个深奥的问题。

他回复道：“2G是解决人与人之间联系的技术；3G是用于数据业务的；4G可以理解为处理人与数据之间的技术问题；5G则是赋能物与物之间的连接；而6G则是智能与智能之间的连接，其根本目标是全面实现人工智能的社会化。”

“现在的人不需要过多操心费力吗？”我设想这样一个愿景。

他点了点头，说：“大概是这样的景象。”

呵，原来贝尔实验室的科学家所做的事，就是为了解决今天我们这些人还很烦恼和操劳的现实生活与工作状态……可真的到了啥都不用人操心和费力的时代，人就要寻思活着应该再做些什么更有意义的事呢？

蔡立羽思考了一下，说：“这应该是政治家和社会学家的事情。我们科学家关注的是技术层面的工作。科学技术的成果可以改变人们的生活和工作状态，但很难改变人的天性与本能。而人的天性与本能，又会促进并激励科学工作者向更深、更完美的技术方向进军。这就是‘未来G’，未来所有研究的目标。”

看来贝尔实验室的伟大发现源泉，还不会枯竭，而且永久保持活力。

“这一点可以肯定。”蔡立羽和管景志都这样认为。

“那么这些中国年轻科学家的自信来自哪里？”我问了一位名叫刘泽的公司开放创新中心负责人。这位1998年毕业的博士表示，他毕业时收到了三份工作录取通知书，后来毫不犹豫地选择了上海贝尔。

“我觉得贝尔路的名字金光闪闪，尤其是在金桥这片土地上，让我感到特别自豪。到贝尔实验室报到后，我发现单位周边全是世界级公司，当时我就想：在这里工作，一定能创造出世界一流的成果。所以，到现在我已经在这里工作了26年，见证了贝尔在金桥的发展全过程，也看到了金桥自身的变迁。刚到这里时，连买盒火柴都找不到地方，现在呢，你可以乘坐无人驾驶的智能车到处逛。”他说。

刘泽目前负责公司位于浦东金桥的大企业开放创新中心（GOI）。“产业链的终极目标并不仅仅是将大家简单捆绑在一起，把生意和事业做到尽头，而是通过合作与携手，把世界的科技推向未来的新巅峰！”刘泽表示，作为贝尔实验室的代表，他在金桥和浦东搭建的正是大企业之间协作发展、共同攀登科技高峰的平台。

那天走出贝尔实验室时，我的脑海里已经装满了许多我以往了解和熟悉的概念：研发共享、算力网络、光网络等等。这些都是中国贝尔实验室的年轻科学家们目前正在专注进行的关键工作、首要任务，以及他们每天可能会取得成果的领域。

“我们在金桥，现在就是：左手做标准，右手出产品……争取一直走在世界高科技的前沿！”临行时，管景志和蔡立羽两位科学家拉着我一起合影。我们身后的墙上，是贝尔实验室所有获得诺贝尔奖的大科学家的头像。

那一刻，我感觉全身温暖。因为，这里是“贝尔”，这里是浦东金桥的“贝尔”……

可以这么说：贝尔赋予了金桥蓬勃活力，金桥因贝尔而更加金光闪耀。改革开放成就了贝尔茁壮成长，贝尔也为中国的改革开放发展释放了独特光芒。

现在，我要介绍的是另一家在金桥蓬勃发展的世界著名制造企业——科思创。

关于这家德国企业的起源故事，用一部长篇来写也会非常精彩，因为科思创的前身是人们非常熟悉的德国拜耳集团的拜耳材料科技公司。

科思创（Covestro）全称为“科思创德国股份有限公司”，在2015年之前是拜耳公司的重要业务部门之一，是从拜耳集团中分离出来的。同年，科思创在法兰克福正式挂牌上市，成为独立的一家公司。如同贝尔的美国电话电报公司一样，“块头”巨大。科思创从拜耳公司独立出来后，精力集中在高科技聚合物材料的生产制造，以及用于诸多日常生活领域的创新性解决方案的研发。“科思创”顾名思义：科学思考的创造。

“我们科思创生产和销售的产品，都是自主研发的……”在金桥的众多现代化企业园区内，似乎公司规模越大，行事越低调。从外观上，你很难看出像“科思创”这样的单位是一家全球知名的大公司。接待我的是亚太区公共事务部副总裁陆伟国先生，他竟然与我有两个缘分：我们是老乡，而且他与我女儿是北京外国语大学的校友。

优秀的老乡在公司大厅里滔滔不绝地向我介绍了拜耳的历史和科思创的现状。多数文学家很少了解成功企业的历史，他们通常关注的是那些广为宣传的“历史”“人物”。其实，人类真正精彩和伟大的恰恰是那些创造智慧和先进生产力的经济活动和科学发明。拜耳和科思创的创始人及其企业的成长与成熟历史无比生动与精彩——我对此异常喜欢。

科思创目前专注于材料行业。什么是材料呢？这显然是一个非常专业的领域。当陆先生带我参观那面展示材料生成和应用的展墙时，我才明白，原来材料在当今世界和我们的日常生活中是无处不在的，几乎无法离开它们生存。例如，我们穿的衣服就是材料，多数是从石油中提炼出来的化学材料，而石油则是从地球的岩层中被人类抽取出来的。科思创更进一步，已将实现循环经济作为企业愿景，通过利用可替代性原材料摆脱化石资源依赖，追求全面循环。手机的每一个零件都是由不同性质和成分的高科技材料组成的，而科思创正是致力于研发和生产这些用于当今世界高新技术中的前沿独特材料。一个材料可能就是我们新生活的起点，或是一个时代的转折点。

科思创作为世界材料研发和制造的领军企业，也是中国改革开放和浦东开发开放的见证者、参与者和贡献者。2001年，科思创开始在上海建造一体化基地，同时在金桥成立了聚合物科研开发中心，这标志着公司开启在华的密集投资，中国也已成为公司最大单一市场。

“尽管我们在材料制造方面一直遥遥领先，但始终将研究与开发、创新与发展等持续发展放在首位，坚持不懈地探索材料的未知领域和未来。今天的世界，在科技引领下的产业正以空前的速度发展，材料的应用也达到了前所未有的庞大规模。然而，科思创坚持走循环经济的道路，并且一直是全球领先的企业。”老乡颇为自豪地介绍道。

科思创自迁至金桥后的业绩：

二十世纪八九十年代，中国家电中的电风扇等产品的涂料原材料来源于科思创。

国内组装出口的电脑外壳等材料，有好些是由科思创提供的。

新能源汽车的灯具和电池封装等硬材料，很多也是由科思创提供的。

现在风靡世界的中国风电车的涂料是科思创的。

“科思创目前在全球的员工约17000人，年营业收入约为150亿欧元。其中，20%的销售额来自中国。而中国市场实际上仍处于上升阶段，还有相当大的发展空间，这与中国庞大的消费市场密切相关。其中有一点特别重要：浦东，包括金桥管委会等政府机构，一直在帮助我们打造产业场景，这与科思创在中国以及亚太地区成为最活跃的发展区域具有极大关系。”陆先生动情地说道，“比如，近几年我们致力于一种墙体保温材料的研发，在我们成功后，浦东新区政府提议成立一个‘国企合作平台’，为我们与浦东九家国企开发公司建立了合作关系，进行互补与促进，直接将我们的科研成果应用于这些国有大企业正在建设的项目上，并进行全面推广。目前，已经确定在金桥建设第一座墙体保温建筑项目，一旦成功推广，将对中国建筑市场产生革命性影响，极大地造福于人民生活。

“我们在浦东金桥深耕二十余载，将亚太总部和中国总部都设在这里。德国两任总理曾到访我们的公司，最近我们公司又在浦东地区总部增资5.4亿人民币，支持公司在华业务发展，这些都证明我们在浦东金桥走上了一条金色大道……相信这条大道会越走越宽广！”

科思创人的话，听起来如此悦耳动听。

8.未来之城

金色的故事，总是那么动听。走过金桥，这里的故事似乎才刚刚开始……

我知道金桥在整个浦东区域范围内面积较小，但属于“肉段”那种，用上海人的话讲，就是“有内容的名堂”。从早期开发开放到现在的几十年间，金桥一直相当成功。即使在今天看来，金桥在所有浦东发展板块中，仍然属于早熟型和成熟型的区块。

然而，作为中国改革开放的前沿，浦东几乎总是最先感知当今世界风云变幻和国内发展所面临的问题。

当区域和地理空间的优势逐渐消失，各行各业的竞争愈发激烈，在全球化和国际动荡不断、市场变化不可预测的今天，“金桥”板块的发展朝向何方，是个大课题。三十年弹指一挥间，从农田到现代化城市所走过的路，朱晓明没有想到，接任他的历届金桥管委会领导们也没有想到。然而，奔驰在浦东和上海发展快速道上的金桥，不仅自身要求进行不断的蜕变，更是浦东、上海以及中国的发展的需要，它踩出一条既为实现金桥自身发展的不断有新内容的现代化“升级版”，而且还能闯出一条可供上海、中国城市化现代化发展的新路子……

金桥承担的正是这种责任和使命。

2012年，党的第十八次全国代表大会召开，以习近平同志为核心的党中央赋予浦东新的使命和要求。5年之后、10年之后，党的十九大、二十大等会议又多次对浦东发展提出了新的、更高的要求。在这样的背景下，浦东的发展以及浦东各个板块的发展，毫无疑问引起各方高度关注。浦东上下全力推进的现实和未来的发展。金桥不负使命，在2012年制定的《上海金桥开发区“十二五”发展规划》中，要求金桥在国家级开发区中继续保持领先地位并发挥示范引领作用，将金桥建设成为先进制造业核心功能区、生产性服务业聚集区、战略性新兴产业先行区、生态工业示范区及产城整合创新区。通过几年的努力，金桥已成功打造为一个高科技、复合型、生态化的国际一流水平的新型经济技术开发区。这正是我们在前面三个小节中用文学语言叙述的历史进程中的典型案例，充满了创业、创新、现代科技及生态革命的无限魅力。2016年，《浦东新区国民经济和社会发展第十三个五年规划纲要》要求金桥努力建成全国制造业升级示范引领区、生产服务业新兴业态培育区以及生态文明持续创新示范区；加快向新能源汽车、自动化和智能装备、新一代信息通讯技术等产业领域转型升级，聚焦核心领域和关键技术的创新突破，培育和发展一批产业孵化器平台和众创空间。

金桥人具有与生俱来的“转型”和“提升”的创造能力，就像这片土地上滋长并早已成熟的文化基因一样：只有“桥”建好，通向未来的路才会畅通无阻。金桥人具有“船到桥头自然直”的本领。他们依托华为、中国移动的“咪咕”、中国电信的“天翼”等头部企业，很快实现了向智能制造领域的拓展，聚焦基站、手机研发、网络传输管道、内容制作等环节，使整个区域的智能化发展走在了他人之前。当第四次工业革命的微风吹拂而来时，金桥又重点聚焦于打造5G+“未来车”“智能制造”“数字经济”“大健康”融合一体的升级版现代化新型产业区域，再次打造出一个“千亿级”的产业集群和高质量经济体，为金桥的光环增添了一层神秘而耀眼的色彩。

“请上车，体验一下我们的‘智能金桥’吧！”那天，沈能董事长为了让我感受一下今天的“金桥”，叫来了一辆无人驾驶的智能车，请我上车。“先到碧云社区转一圈，看看和前几年相比有没有什么新变化……”他说。

爽！传说中的无人驾驶“智能车”现在成了我的座驾。管理人员在我上车前已经提前设置了20分钟的车程，这是根据从金桥集团所在地到碧云社区的路线计算出的时间。

我们就出发了。尽管感觉像是要乘坐“飞船”，但不用太担心，因为我们是在地面上行驶，所以有些意气风发……

金桥的道路并没有变，碧云社区的环境依然一年四季如春，只是在智能车上开始时的感觉有些紧张，是因为马路上车来人往……后来发现我们的“智能车”在躲避别人的超车、在十字路口处理红绿灯和拐弯，以及与前面的车保持距离等行车的“技术”与把握度，完全比我亲自驾车要技高一筹。

“我们设置的驾驶能力相当于一位驾龄在十年左右的司机水平。”管理员后来告诉我。难怪，我心头顿时多了几分放心。

坐在智能车上“看金桥”的体验，就是“超时代”和“划时代”的……就是那种人进入了“不是人”“不用人”的感受，因为机器代替和胜过了我们人类几千年、上万年的进化。在那种光景里，除了心存一分微微的担忧之外，便是舒适、超然和无尽的愉悦。

一路平安无事，一路心境飞扬，一路仿佛来到了一个全新的天堂——不是那种传统的花花草草、五光十色的天堂，而是充满穿越与梦幻、离奇与神话般的……加之一路习习的清风中夹杂着几分草木与鲜花的香味，你还能在这个世界上享受比这更美妙的现实生活吗？

从智能车上下来，我握了握沈能的手，只说了一句：“无须修饰语言，金桥就是金桥，与众不同，无论是今天还是别人的未来，它都不一样，都超前！”

他笑了笑，说：“过‘金桥’之后，再看看我们高速发展的升级版吧。这是金桥正在做的事情。”

“过桥之后的升级版”？ 这个话题实在是太吸引人了！

“先请何先生参观一下，然后我们再聊……”沈能卖了个关子。随后，在他的引领下，我们来到了一片正在如火如荼建设中的工地，以及一片已经建成的楼宇旁。“这个工程叫‘金鼎’，是金桥根据中央和上海赋予的新定位而精心打造的另一个‘未来现代城’。我们先来看看沙盘上的‘金鼎’全貌，然后再看看已经初步建成的部分怎么样？”沈董事长见我被眼前这座壮丽无比的“新城”迷住了，征询地说道。

“听你的……”我有些心不在焉地回答他。

沙盘上的“金鼎”是金桥即将展现给世人的新金桥核心区块。它拥有一对漂亮的“双子塔”，不久后将成为金桥的标志性建筑。这座建筑也是金桥迈向科技高地、智能高地、社区高地和生态高地的象征，是“三座城”建设的第一个版本。所谓的“三座城”指的是在同一片土地上，实现“地上一座城”“地下一座城”和“云中一座城”。

天，上海人和浦东人真敢想！真会想！也真会“玩”啊！

沈能对我的惊叹与惊讶，似乎并不意外。“我们这个‘三座城’概念，从2017年就开始实施和建设了，这些年全国各地每个月都有好几批人来参观，来自欧美等国家的外国代表团也不少。这是基于我们金桥自成立以来三十多年积累的城市建设与管理能力，尤其是我们多年来拥有的世界一流制造能力，以及这些年产业结构实现了全面成功转型，高新科技和智能化技术的快速发展成果。此外，原来的区域面积已经无法承载未来所需的更多空间等因素，使得建设完全不同于传统的城市模式势在必行。”他说，2020年，浦东新区在中央和上海市提出的“先行”和“引领”要求下，发布了《浦东新区国土空间总体规划（2017—2035）》文件后，金桥反复学习和理解习近平总书记强调的“人工智能是引领这一轮科技革命和产业变革的战略性技术，具有溢出带动性很强的‘头雁’效应”的思想实质，聚集金桥以往和现有的资源与经验，从2017年起，开始规划、设计上、中、下三层的立体式生态智能新城区，也称为“超级片区”“未来社会”等，总之是立足于上海浦东，创造全球精品，确保二十一世纪整个时代不落后的“金鼎”级城市副中心。

原来“金鼎”是这样来的。“金”指金桥；金是物质中最为高贵的，“金木水火土”五行之首，是人类最为崇尚的物质。“鼎”曾是人类不可或缺的食具；鼎是最好的、最高级的，稳如泰山的祭天之具，鼎象征着国家和民族精神的品质。

金桥的“金鼎”，是金桥人用智慧和实力向世人展示的一个集聚当今世界最先进理念与技术的新城市，是未来社会的一种新形态，是在习近平新时代中国特色社会主义思想引领下“金桥追求”“金桥品质”和“金桥精神”的集中体现。

“春风谁主宰，客梦自清安。”呵，金桥人，昨天你是开发建设的王者，今天和未来你又是追赶潮流的弄潮儿！

“其实沙盘上的形象，没有实物来得直观和壮观。”沈能拉着我，站在他的集团大楼上，指向那片已经耸立在金桥大地上的“双子塔”建筑，说，“你看，就是这一片……已经有近一半的主体建筑完成了。再过三五年就可以呈现给世人了。到那个时候你再来，肯定会比体验‘无人智能车’更刺激、更享受！”

眼前这片被金桥誉为诸多“未来现代城”中最先绽放的一组现代化综合体建筑，是新规划的浦东“金色中环发展带”上的先行者和样板区。虽然面积只有2平方公里，却规划了275万平方米的建筑面积。区域内将新增三条快速交通线：从浦西通过的12号轨道线，以及崇明线和20号线，这些线路将与原有的交通网络形成一个全面的、地上地下全智能的交通系统。整个金鼎区域，东至金桥的金穗路，西至申江路，南至巨峰路，北至赵家沟，三面环水，一条西群河穿境而过，形成了一个舒适自然的生态环境。由于设有地下城和70万平方米的地下停车空间，这里能够容纳20万人在此工作、创业、生活和居住，其中包括高端科技研发人员、白领青年和充满活力的人群。当然，这里还是一个有潜力创造“千亿级”产业的经济实体。

这就是“金鼎”。金桥的人们已经基本建成了我们曾经想都不敢想的新浦东、新城市！

“为了把‘金鼎’建设好，我们首先安置了涉及当地4个镇的1028户居民的搬迁与安置工作。随后，我们修建了‘七纵五横’的12条道路及市政公共绿化设施。从2018年开始，集团启动了全球邀请设计招标，最终有14家世界顶级建筑设计事务所的19位大师参与，花费了4个月时间，对项目的9块商务地块进行建筑设计和创意策划。参与的事务所包括曾设计金茂大厦的SOM、上海中心大厦的Gensler和环球金融中心的Chapman Taylor等国际著名建筑事务所。这些大师们提出了197个方案，我们以优中选优的原则，筛选出几十个理想方案，再进行完善和优化，最终形成了现在图纸上的模型和正在建设中的实景……”

“能否让我们对整个‘金鼎’的未来有一个直观的感受，好让我们一睹为快？”我被沈董事长描绘的“未来智能城”的美景深深吸引，于是这样问道。

“可以。”他微微一笑，回到沙盘前，开始指点江山：“金鼎”的整体布局是按“九宫格”理念设计的。未来最热闹的街区，我们称之为“九宫格”，这是一种在UI设计中为了增强资源复用性并减少资源量的常用布局方法。它打破了地域限制，以垂直城市为理念，以开放式街区为载体，构建纵向立体发展的空间，采用二层天街、地面广场、地下通道等多种形式，打造三层立体互联互动的商业办公空间。同时结合轨道交通枢纽零距离换乘的特点，实现这一区域内所有地方的工作、生活、商业和休闲的有机融合，形成TOD未来发展形态。在这个有机融合体内，融合了多元零售、深度沉浸式体验中心，包括中国水体最大的潜水中心——金鼎E40潜水中心，以及可容纳约3500人同时观看的演艺中心等。

“就是这一块，最核心的，也是以后最激动人心的地方！”他指着标有地块16-01、17-02、19-01、20-01四块“九格宫”中的核心部位，说，“这里建成后，将实现24小时全天候营业，365天全年热闹非凡……”

“真的？每天不夜城、全年嘉年华？”沈董事长的介绍让我感到热血沸腾，同时也有些眩晕。

他淡然地笑着点点头，肯定地说："金桥人不说假话。"

"这是什么？看起来像一条瀑布穿过双子塔，既像飞流直下，又如同一条彩绸飞扬在几片楼盘和商业街之间……"我被双子塔中间一个呈球形、像彩虹般的滑道式建筑所吸引，问道。

"这是一条超级环廊，我们也称它为'九宫格'的'连接器'。它实现了整个金鼎区域在物理上的直接、便捷和流畅的连接。这也是未来金鼎除了双子城以外最具震撼力和魅力的景观之一。"沈能说道。

"'之一'？！那还有'之二''之三'吗？"我有些将信将疑地看着他。

他又笑了笑，满怀自信地说道："那当然。比如，金鼎区域将全面实行智能网联车进入中心城区，也就是说，这里将会出现第一个无人驾驶的商业运营模式……"

"你是说以后你们这里的无人驾驶汽车会满街跑？"我有些瞪大了眼睛，问沈能。

他点点头说："是的。"他进一步介绍：2023年2月1日，浦东开始施行全国第一份《上海市浦东新区促进无驾驶人智能网联汽车创新应用规定》，并正式实施。他透露，这份法律文件是在他们金桥的努力下推出的，因为金桥开发区在人工智能车制造技术方面走在行业前列，并且已经基本完成了测试、实施等运营的落地工作，制定了较为完备的闭环式运营模式。比如，九宫格地下车库率先加入了信息化和智能化设计，覆盖了无人驾驶的应用场景，这使得以后停泊在此的约10000辆车能够完全按照智能化调度安全、通畅地进出。而这套智能自动化系统延伸到整个金鼎区域的办公、学校、住宅、轨道交通站点等多个区域，实现了无人驾驶接驳流线的落地。我们希望通过金桥的模式，带动浦东乃至整个上海的金鼎停车场进行功能性调整与重建，发挥更大的城市服务作用。

"嗯，这个确实比单纯看到一条彩虹或一条超级长廊更为伟大而壮丽！”沈董事长的话让我对金鼎未来无人驾驶城市的景象产生了一种浪漫而科幻的畅想。结果除了感叹还是感慨：浦东、上海——中国的明天和未来太值得期待！

“城市实际上是一个活的生命体，与我们是一样的。智能化技术与管理可以激发它逐渐成为充满活力的生命体，这是完全可能的。我们将通过推出无人驾驶汽车和数字化‘云城市’，实现地上、地下和云端的三座城市的目标……”沈能对他的“智能金鼎”和“聪明金鼎”已经有了一种如同自己家中大女儿般的喜爱之情。我心中暗喜：如果企业家对自己的产业和事业都能有这样的情感，那么很多建设与工程一定会做得更好，因为中国家长们都有一个共同的优点：对于子女的事情，他们最愿意付出智慧和能力。

现在我又想到了另一个问题：“你们是如何让满街跑的无人驾驶汽车和整个‘金鼎’地区实现比人工管理更智能化的呢？”

在专业人员眼里，我的提问显得肤浅。沈董事长还是很认真地回答我：“为了让我们的‘金鼎’能够在日常中自生自长、自己决策用脑，真正成为我们所赋予的‘生命体’意义，金鼎在整个相关区域内部署了10万个‘神经元’节点，也就是说总共安装了10万双眼睛和感知的‘神经’。这样，通过与阿里巴巴公司合作运营的互联网平台就发挥了作用，对所有感知系统利用毫米波雷达采集各种数据，然后汇集到终端，再在强大的计算机计算中回发出各种信息，使所有区域内的人和智能车都能‘读写’自己所需的‘金鼎’天地……”

这个无形与有形之间呈现的世界，既简单又奇妙灿烂！它太生动了！我不禁连连点头，深感折服。

“你真的是在建设一座中国超级未来城！”我由衷地说道。

“这确实是我们奋斗的目标。智能化社会已经开始，我们浦东就是想比别人领先一步。金鼎项目是实现这一目标的先行者。”

老实说，到现在为止，我已经被金桥的“金鼎”深深陶醉和迷住了，同时也在思考自己是否应该将剩余的生命留在此地。不过，很快我想到另一个问题："沈董事长，您能回答吗？你们建设这样一个现代化的城市，恐怕不仅仅是为了让人们在这里过上比其他地方更好的生活吧！还有其他意图和目的吗？"

沈能会心一笑，说："你问的问题，正是我们建设'金鼎'这样的新城的首要使命，即提高区域生产力。换句话说，就是要在金桥这片有限的土地上，创造更高的经济效益、科技能力和社会综合效应……"

"从目前来看，效果如何？现在可是国内外竞争白热化的时刻啊！"

"是的，但我们的'金鼎'一亮相，就立刻引起了国内外业界的关注。比如，2018年，我们的项目刚刚启动，泛亚汽车技术中心就落户于此。它是我们'金鼎'的第一个合作伙伴，超过4000位研发人员已进驻，现在基本上全部到位。可以这么说，仅泛亚汽车中心一家，就可能使金桥一直以来的'汽车城'地位再次稳固。它所直接带来的效益以及对浦东、上海的辐射效应，不会低于一个千亿级的产业。"沈能说到这里，随手指了指四周，"你看，这些建成的楼宇，大部分都有著名企业和科研单位入驻，他们都是奔着'金鼎'而来的，都将在这里生根开花结果。"

"你有时间吗？走，去'金环'看一眼……不远。"沈能一招手，就上车了。"好啊！"我立即应道。我们的车迅速跟在他后面：看样子，今天他非要"整"疯我不可呵！

一路走，一路欣赏金桥蒸蒸日上的风景，其实也别有一番诗意。

"到了。"车停下后，我们也跟着下车。他指着眼前一片热火朝天的工地说道。

"这里紧邻中环，所以我们将其命名为'金环'新城……自2017年起，我们邀请了全球顶级设计大师进行规划设计。2018年6月，开展了国际方案征集。2021年1月，这一代表金桥城市副中心核心区的控制性详细规划调整获得批准。总用地面积为150公顷，建筑群总建筑面积约290万平

方米 ……”

“面积比‘金鼎’大不少啊！”“金鼎”已经让我眼花缭乱，那么这“金环”的出彩之处又在哪里呢？是面积大，还是其他什么？还没等我问，沈能就开始介绍了：区里和市里对金桥的最新定位，是将其建设为上海市的副城市中心。这是什么概念呢？就是说，我们要在金桥建造一个接近于上海人民广场、浦东陆家嘴金融城规模的新地标性现代化都市新区 ……

好家伙！你这“金环”一“甩”，是不是想让上海和浦东再向更高的层次提升一个世纪啊?！

他微微一笑，说：“正是朝这个方向努力。”

“金环”的核心意图是：通过规划建设，形成金桥城市副中心的“一心、三轴、三节点”空间结构，打造“公园核心、绿水绕城”的空间格局，将金桥的核心区域发展成一个完整的中央公园，实现城市副中心与碧云国际社区和另一个国际高端社区森兰两大楔形绿地的生态空间连接在一起。金桥的“中央公园”显然是朝着超越纽约中央公园的规模与水准发展，但它更秉承“人民城市为人民”的理念，旨在打造一个让人们聚集、交流、休憩的共享空间。公园内不仅有文化、艺术、休闲的视觉体验场所，还有许多别具特色的建筑，比如再生型滨水休憩空间的“滨水交流环”、中央步行空间的“创新交互环”，以及三层首层一体化的“立体交通环”。“环”上的设计是“金环”的最大特色。而“多环”的概念，旨在打造世界独一无二的、为广大人民服务的最佳城市公共服务设施。其所展示之处，皆是别出心裁，独具匠心。

“这座楼又是一个金桥的新地标吗？”我望向不远处的工地，看到一座正在搭建的楼架，便问道。

“这是‘金环’的标志性建筑，高达330米，是城市副中心的地标。”沈能说。

天哪，浦东又有一座摩天大厦诞生了！

“它在浦东是第四高……”我知道他所说的前三座高楼，就是上海人常说的“浦东三件套”——陆家嘴的上海中心大厦、环球金融中心和金茂大厦。“金环”的这座330米摩天大厦，一旦建好，将比浦东的“三件套”更显气派，因为它周边是非常空旷的区域，所以会更加显现其巍峨之势。大概金桥建它是为了显示其作为城市副中心的定位吧！

浦东建造摩天大厦已经不在话下，如果不是有关方面限高的话，我认为建造一千米高的大厦也不成问题。

这是大城的气派，自然也是中国的气派。

“金环”工程规划中有一个名为“金桥1851”的项目，它是整个“金环”的门户形象项目。项目占地面积达2.14公顷，总建筑面积约为14.4万平方米，其中地上部分为9.6万平方米，地下部分约为4.8万平方米，总投资为25亿元。这是一个仅次于中央公园的高级建筑群。由于设计上采用了建筑底层的镂空设计，未来人们可以看到这样一个建筑群的底部是独特的“无柱空间”，人们可以在楼宇之间随意穿梭，奇妙之处不言而喻。

“金环”同样可圈可点之处太多，似乎再用几千字也难以描述完整。所以决定省点笔墨，听听沈能讲讲后面的“五朵金花”。

“它们分别是‘上海金滩’‘上海金湾’‘上海金谷’‘上海金城’和‘上海金港’……”沈能像背口诀似的说了一串“金”字。

“名字都起得很好听！”我频频称赞道，“这些名字都让人充满无限的想象！”

沈能连连点头：“确实如此。这些都是经过市里、区里和我们金桥方面反复无数次征集专家和各方意见，汇聚而成的智慧结晶！我们现在正干着的这一串项目，都包含着大家对美好未来的无限畅想与志向，因此每个项目都有其独特的抒情点、艺术点、突破点和超越他人的高明之处，是真正意义上的未来之城……”

“你这个观点，把金桥和浦东的未来概括得特别精辟！”我不得不如此称赞。

沈能笑了，说："金桥是浦东的。金桥的理念和金桥的经验，也是整个浦东和整个上海的呀！我们金桥集团凭借其积累的三十多年建筑与管理能力，以及投资主体的实力等，按照上级要求和浦东发展需求，在其他开发区和相关区域的支持下，不仅要让'墙内'的花开得好看，还要在'墙外'开花，这叫'墙内墙外遍地开花，浦东大地上到处有我们金桥人的美好梦想'……"

说得好！

金桥，几年后我一定会再来看你的"超级未来城"——我们中国的现代化新城！

第三章

外高桥上的世界风景……

原本浦东就是一片海边滩地。从滩地变成农田的过程中，治理水系是一件重要的事。河道上有了桥，两岸的人才能相互往来、交流，并在此永久安居、耕作和繁衍后代。

桥，是人类在浦东扎根并繁衍、发展的重要载体。其实整个人类都没有离开过桥。只是现在的桥已经不只是用木头、石料和钢筋架构而成的物理意义上的桥。

桥，在现今人类活动中的新意义，变得更广泛、深层与深刻。它与“连”和“联”几乎成为同义词和同种功能。于是，人类所有的交流与活动，便都成了通过“桥”来实现的。在工业化社会里，产业链就是一座钢铁之桥；航天飞机飞向太空，无线电波也成为桥；现在的高科技“芯片”，则是现代人使用的“桥”。夫妻之间的情感交流、你我打个手机，也是“桥”在中间起作用或者是其中的一部分……

浦东的桥，过去是人们日常交流和出行的载体。开发开放之后的桥，一下子成为“名气”最大的象征：前面我们刚提到金光闪闪的“金桥”，现在又要说到在浦东发展史中占据特殊地位的重要板块，也是“桥”，它就是众所周知的外高桥。

外高桥镇现在与金桥齐名。然而，在浦东开发开放之后，它只能算一个外围区域。也就是说，它只是位于高桥之外的一片地域，仅仅是为了区别于高桥内部的区域。既然与“高桥”有关，因此有必要介绍一下高桥的来历：旧史书上早已记载，在唐代时就有了高桥。那个时候，它是一个非常繁华的港口。从现在的地图上看，仍能看到高桥独特的区域地位：长江入海口之一、大上海的门户之地。据说在宋代时，高桥更加繁荣昌盛，成为长江流域最重要的城市之一。因此，高桥人一直以自己是"上海原住民"和"大上海发源地"为豪。

"高桥，高桥，过去你能上我们这儿的桥，是件脸上有光的事。我们这儿的桥，背靠神州，面向世界，所以比别人家的桥都要高。因此，称之为高桥！"我不止一次在高桥镇上听一些老人这样说。

他们用骄傲的口吻讲述着祖辈传下来的高桥往事，令人听来津津有味。

高桥前面加了个"外"字，除了区别高桥"市"区的尊贵与尊严外，还与后来滩地不断增长有关。同时，靠近江海的地方更便于进行对外贸易和建立港口，"外高桥"这个名字就在这样的历史背景和水运的繁荣中，被越来越多地称为一个独立的地名。

在浦东开发开放之前，外高桥的港口作用和地理优势在浦东已经是首屈一指的。"浦东开放的目的就是让我们走向世界、走向未来，这是根本任务。外高桥的地理优势是其他地方无法替代的，其名字也非常契合。我们将对外经济活动最重要的功能区设在这里吧！"决策者们用如椽之笔在浦东的历史新篇章上写下了浓墨重彩的一笔。

外高桥保税区就这样"安居"于此。它的左右和前面皆是水——长江、吴淞江之口和大东海。它的后面是广阔的浦东大地。如果把浦东单独拿出来看，外高桥就像"鱼头"部分的昂起的"鱼唇"……天生就有一种仰望天下、唯我独尊的气势。

注定在外高桥下，看到波澜壮阔的时代奔涌潮流；而在外高桥上，我们也注定将看到浦东站在更高的台阶上，展望大国崛起的风起云涌。

9. 七次“封关”，众多跨国公司踏浪而至……

到外高桥采访的第一天，我就遇到了一位德国籍的外国友人，他的名字叫白瑞克。

“我于1980年出生在柏林。生活了17年后，随父母搬到英国。后来，我又回到了德国。1999年高中毕业后，我在军队服役。之后，我在西班牙读了四年的财务专业大学课程。我的父亲是德国人，母亲是西班牙人。”白瑞克的这番自我介绍让我感到，原来一位德国青年的经历似乎与我们中国青年的经历相差无几呢！

“你们的公司叫利勃海尔吗？跟中国青岛的海尔有什么关系？”我们似乎只知道青岛海尔，而不知道世界上竟然还有一个“利勃海尔”。我想很多中国人与我一样：如果不到浦东、不到外高桥，恐怕对许多世界著名企业知之甚少，以至于有时会闹出些笑话。

这不，我又出洋相了！

白瑞克笑着说：“我在中国也经常遇到何先生提出的同样问题。在中国人心目中，青岛海尔——张瑞敏先生做得非常出色，因此青岛海尔在中国无人不知……我们很高兴，因为青岛的海尔与我们是一家人！如果客观地说，没有中国的改革开放，就没有青岛的海尔。当时，我们利勃海尔可能也不会来到中国，中国朋友也不会认识我们这家德国公司。

“再说得调皮一点：青岛海尔是黑头发，利勃海尔是黄头发！”白瑞克说完，先笑了起来。我也觉得他这个比喻通俗易懂，一下子就让我心头的疑惑迎刃而解。

“白先生，您得给我补一课啊！”我意外中多了几分好奇。其中到底是怎样的“中德”，或者说中德两个“海尔”的关系呢？

白瑞克先生的介绍让我大开眼界，也让我明白了其中的关系。

德国利勃海尔公司其实比中国的青岛海尔早成立好几十年，成立于1949年，是一家著名的国际型制造公司，以德国人汉斯·利勃海尔的名字命名的家族企业。

汉斯·利勃海尔的故事，可以说是一个非常典型的德国人的故事。德国人称他为“合格的建筑大师”，同时还称他是孜孜不倦的修补匠、务实的商人和成功的创业者。精于技艺的德国人非常欣赏汉斯·利勃海尔先生，甚至称他为战后德国经济的伟大先驱之一。这一荣誉并非人人可享。这要归功于汉斯所开创性发明的移动塔式起重机和欧洲第一台液压挖掘机。这两种至今仍在世界机械建筑业中广泛应用的机械，正是德国人给予汉斯如此崇高荣誉的原因。战后的德国乃至整个欧洲，都在进行重建。近几十年来，世界虽然没有发生第三次大战，尽管一些地区仍然存在局部战争，但主要国家和主要经济体仍然在进行建设。从德国到欧洲，再从日本到整个东南亚，特别是到“建设狂魔”的中国，这几十年来，哪个地方不是在搞建设？而搞建设的地方，谁能离得开汉斯发明的移动塔式起重机和挖掘机呢？这不就说明了一切吗！如果汉斯和“利勃海尔”公司不出名、不伟大，还有谁能有此殊荣呢？

利勃海尔的创始人汉斯并非学者，而是一位实业家。在1964年被授予荣誉博士学位时，人们这样评价他：“他的商业成功得益于在关键时刻从众多想法中挑选出正确想法的能力。”汉斯在预测有前途的产品和未来市场方面具有非凡的天赋。他拥有持久的毅力、良好的修养和脚踏实地的干劲与精神，以及作为企业家的责任感。

这奠定了他的公司在世界级建筑工程机械制造领域的领军地位。利勃海尔在全球拥有100多家公司，业务遍及世界各地。

中国的青岛海尔，是在改革开放后利勃海尔进入中国的第一个成功的合作者。张瑞敏先生功不可没，而且将汉斯先生的“利勃海尔”中的“海尔”

二字，深植于中国人的心中。

听到白瑞克先生的介绍后，我内心只能自寻短处：不是搞经济和商务的，哪知天下还有那么大、那么多的伟大创业者。由此我想：今天的人还不能光记得像牛顿这样的科学家，其实人类日常所用的工具发明也是了不起的！

建筑工程机械公司“利勃海尔”进入中国市场显然是必然的。然而，白瑞克先生在来中国之前和之后都感到犹豫和忐忑不安。

“我在德国的家，地处东西柏林之郊。从小就知道美国很厉害，苏联不怎么厉害。当我接到让我来中国公司工作的通知时，心里有一点紧张，不太想来。公司的人对我说：‘你应该接受，去锻炼锻炼……’就这样，我有些勉强地来到了你们中国。”白瑞克说到这儿，笑着坦言，“可以说当时是为了自己的饭碗而来的。”

“后来情况完全出乎意料：我的动机也完全变了！”白瑞克说。

浦东让一位当代德国青年改变了对东方的看法，甚至转变以往固有的世界观。“我首先到达的是徐州，因为我们与‘徐工’有合作；随后去了大连，最后抵达的是上海……从上海的机场出来，再到浦东，出租车司机开得很快，一路上让我们目瞪口呆：原来中国的上海如此漂亮啊！”

白瑞克说，在他的想象中，中国比较落后，“用我们欧洲人的话来说，至少要落后半个世纪！谁知道到了上海一看，特别是陆家嘴那美丽、气派的景象……简直像到了另一个星球！尤其是我还乘坐了一段磁悬浮列车，感觉这里就是世界上最现代化的地方呀！”白瑞克说，这是他对上海的第一感觉，也是最具震撼力的印象。

“从那以后，我便爱上了这个城市，爱上了浦东……”白瑞克说。他是在2014年来到浦东的，当然，他们的公司比他早很多年就已经在这里了。

在白瑞克到达上海浦东之前，利勃海尔已经进入上海、进入中国市场很多年了。可以说，利勃海尔是伴随着中国改革开放的步伐来到这个东方大国，再次登顶世界建筑机械的巅峰。后来的事实也证明，白瑞克的德国老板对市场的判断确实高人一筹。自有人类文明以来，没有任何一个国家、民族、时代或世纪，能有像中国这样庞大的国家创造出如此不可思议的建筑体量。几乎每一栋楼、每一座桥、每一个码头、每一座矿山、每一条高铁…… 都离不开移动起重机和挖掘机的支持。

利勃海尔在1978年踏上这片东方大国的热土时，这家来自欧洲的德国公司上下无不激动与兴奋。他们拥抱的是怎样一个市场呢？ 是一个规模远超整个欧洲，甚至整个世界都无法与之相提并论的市场！

利勃海尔到中国、到浦东的前途，无须用更多笔墨去描述，因为庞大的建筑市场摆在全世界面前…… 白瑞克作为一名公司员工，他来浦东时，利勃海尔的主要业务是贸易业务，也就是说，中国需要什么建筑机械设备，他从德国或者其他地方的分公司、制造地调配过来卖给中国人。这叫贸易，也就是做生意。后来不是这种方式了：中国急需的建筑机械设备需求量成倍，成几十倍、上百倍地增长。这让白瑞克他们做贸易的人忙得不可开交，却仍然无法满足中国市场的需求。怎么办？ 干脆把机械设备的厂子搬到中国、搬到浦东来嘛！ 这就是白瑞克和他同僚们一步步推进实现的事……

利勃海尔制造机械设备的厂搬到了浦东，情况就大不一样了：你中国什么时候要，只要订货，到时我就准时把货送到你家门口。另一种情况是：你不是不断在进行各式各样、越来越伟大的建筑工程吗？ 你所需要的机械设备也大不一样了。那好，我跟你一起研发，专门制造和生产你所需要的，也就是中国市场所需、急需的机械设备；你需要什么，我就研发和制造什么；你要多少，我制造多少…… 如此这般，利勃海尔在中国的市场一天比一天扩大，一直赶上在全球市场的占比，火箭一般地往上蹿升！

在这个过程中，聪明勤奋并热爱中国、热爱浦东的白瑞克在公司的地位和作用与日俱增，最终升任为利勃海尔中国公司总部负责人。

可别小看了白瑞克只是个“中国总部”负责人，如果了解一下利勃海尔用在中国的精力，你就会“啧啧”直叹“了不得”“了不得”呵！

“我们利勃海尔现在在中国有6个子公司，浦东这里的公司是最大的一个。在浦东，我们的业务不仅仅包括建筑机械设备，C919、C929大飞机的不少设备也是我们制造供应的，比如飞机轮胎等。几乎所有中国正在开发的超大型机械工程项目里，都有我们利勃海尔的份。这是我现在最高兴的一件事，因为我看到蒸蒸日上的中国发展在快速道上，有我们利勃海尔的事可干，而且都是其他国家所不可能有的前景！”

说到这里，白瑞克耸了耸肩，满脸笑容。

“听说您已经搬到浦东居住了？”

“是的，‘阿拉’也是上海人了！”白瑞克用不太标准的上海话说了一句，然后大笑起来。他又说：“上海市长给了我一张证书：我现在享有上海市民待遇……”

市民？我有些不解。外高桥管委会的人忙解释道：“白瑞克先生获得了上海市政府颁发的‘白玉兰纪念奖’。这个奖相当于‘绿卡’。”原来是这样。

我知道，“白玉兰纪念奖”是上海市政府专门颁发给那些为上海作出特殊贡献的外籍人士的最高荣誉，获奖者享有上海市民的待遇。

“我很荣幸，也很幸福。在浦东，我一直感到很幸福……”在采访结束时，这位德国朋友紧握着我的手，激动地说道。

到外高桥，许多事情都特别令人好奇和有趣。比如，现在整个外高桥开发区统称为“自贸区”，而最初的外高桥被称为“保税区”。自由贸易区是指签订自由贸易协定的成员国相互彻底取消商品贸易中的关税和数量限制，使商品在各成员之间可以自由流动的一个区域。这在西方世界已经流行很长时间了。最早是英国殖民主义外贸政策的一种延伸。在第一次工业革命完成之后，强大的英国开始向海外扩展，其间侵占了许多新的疆域，也借机打开了许多国家的大门。为了实现帝国资本主义的掠夺目的，英国与相关国家签订了“自由贸易”协定。当时，英国出口的主要是其国内过剩的工业品，而进口的则是宝贵的矿物等原材料，且价格低廉。这个阶段的所谓“自由贸易”实际上是不平等的强弱关系。二战之后，世界经济发生了巨大变化，特别是欧美国家的经济体量巨大且流动性增强。尤其是在“世贸组织”成立后，自由贸易得到了更加普遍和系统化的推广和改进。国与国之间的商品交易变得更加活跃、广泛和深入，在很大程度上加快了全球化经济的进程。

我国过去实行计划经济，进出口商品由国家统一计划。改革开放之后，各企业和单位需要走出去，与世界经济市场融合。随着经济活动的广泛和深入，自由贸易必定有利于进出口。然而，在中国加入世贸组织之前，自由贸易是不可能实现的，因为我国并未签订自由贸易协议。此外，“自由贸易”这四个字在中国曾是一个敏感词。虽然大多数商品是消费品，但资本主义国家的一些商品未必适合中国消费者和中国社会。同样道理，我国的产品也未必都能出口到国外。然而，浦东新区成立之后，中央和上海希望这片土地上的经济活动能够迅速与世界经济融合，因此在浦东新区进行功能性开发时，外高桥被确定为“自由贸易区”的先行者。

“这里有港口。即将建设的浦东机场等设施，都是为与世界经济接轨而准备的必要条件。”胡炜兼任外高桥“保税区”负责人的浦东新区管委会领导，这也足以显示当时浦东对“保税区”的重视。

“就是这一块特别重要，所以我们按照中央和上海市的要求，把外高桥确定为最开放的前沿阵地来建设的。”胡炜说，“‘保税区’这个概念在其他国家是没有的，我们当时是考虑国内的政治环境，加上外部世界对我们社会主义市场经济也不是太了解，所以没有‘自由贸易区’，而是用了一个‘保税区’的名称，功能实际上是一样的。我们联合海关，围了一块地，凡是进入这个区域之内的商品，可以免税。故称‘保税区’……”

在如今的外高桥开发区“发展历程”陈列厅，我们还能看到一张当年所谓“封关”的照片：一块标有“外高桥保税区围墙工程开工”的标语插在一片草地上。据说，这正是浦东新区成立仅两个月后，国家便批准设立“外高桥保税区”的一声“春雷”！

所谓“春雷”，就是在劳动时燃放了几响鞭炮，敲了几声鼓，喊了几声口号……然而，其意义却是出乎所有人意料的：从此，中国的经济走向了世界，与国际在物理和内容上实现了真正意义上的接轨。

“第一块保税区很小，面积仅有0.7平方公里，我们当时称它为保税区启动地，位于新杨高地与老杨高地的交界处。”后来担任外高桥保税区管理委员会经贸处长、外高桥集团公司总经理及集团股份有限公司董事长的舒榕斌，当时是浦东开发办项目处的副处长，是具体负责“保税区”项目的负责人，他讲述了一个当时的“故事”：

按照“保税区”的要求，就必须把0.7平方公里的区域围起来。“当时不仅没有墙，也没有板，就是用铁丝网挡了一道围栏。大家连续干了四个多月，只等海关来验收。结果海关同志告诉我们，说围栏不合格，隔离设施低了30厘米。我们觉得奇怪：施工是按设计施工的，怎么就低了30厘米呢！后来一检查，毛病出在各自的高基准不对。外高桥开发公司是以老杨高路为标高，4.2米；海关则以新杨高路为标高，是4.5米，整整差了30厘米。这可怎么办？离国家海关部署最后验收只有三天时间了。‘这个必须返工！’市政府领导和管委会领导意见坚决，他们说，这是浦东第一个对外开放、走向世界的国际标准、国家规定，不能随便按我们自己想的办，它是‘保税区’的标志，弄不好就会破坏浦东新区形象。为此，我们具体干活的就立即行动起来，全开发区公司上上下下，群情振奋，提出决战三天，确保验收一举通过！”舒榕斌清楚记得，他和同事们实实在在挥汗了三天三夜，中间没休息几个小时，硬是把3.35公里长的隔离围栏全部返工，按照国家海关要求全部完成到位。

“‘30厘米精神’至今仍是我们外高桥开发区和自贸区企业文化中永恒的基因……”舒榕斌动情地说道。

我走过中国的许多地方，尤其是那些改革开放的前沿阵地。可以这样说：今天世人所见的每一个现代化城市和发展景象，背后都蕴含着中国人最初的创业精神和敢闯的劲头，以及劳动人民特有的艰苦奋斗、奋发图强的意志和信仰。这些都可歌可泣、感人至深，如金子般宝贵。

外高桥的“保税区”——现在称为“自贸区”的历史其实很短，然而在这片土地上所发生的历史巨变，或许在当今世界上难以找到第二个类似的地方。虽然它的开放是在渐进中进行的，但每一次迈步，对于中国社会和中国人民来说，都是一场深刻而严峻的革命和探索式的实践进程。

如果我们稍稍把历史的镜头拉回到三十多年前，也就是浦东开发开放的前后，当时的世界风云变幻，掌舵者稍一不慎就可能把一个国家带入死胡同。邻国苏联的解体与崩溃就是一个摆在中国人面前的活生生的事例。中国才改革开放几年，就出现了一场“政治风波”，差点同样葬送了我们的社会主义制度。在中国共产党的领导下，中国人民经过十余年的埋头奋斗，终于闯出了一片光明天地。然而在那个时候，西方世界已经看出了东方大国的崛起势头，于是他们惊慌之余开始设计所有可能阻止中华民族复兴的策略。先是用世界贸易组织（WTO）的规则来逼迫我们按照他们制定的规则进行经济贸易和经济发展活动。后来眼看并没有阻止中国发展的步伐，恰恰相反，我们的飞速发展让他们更加恐慌。于是以美国为代表的西方国家又想抛弃“WTO”，另起炉灶，玩起自己能够主导的新游戏——组成美欧日三大经济体的跨太平洋伙伴关系（TPP）和多边服务业协议（PSA），形成新一轮高规格的全球贸易和服务业规则，从而实现他们想替代WTO并围猎中国制造的企图，以便再设定更有利于他们的游戏规则。

“一句话简单来说，就是他们重新设定了一套对他们更有利的所谓‘规则’，让我们重新进行一次‘入世’！这只是一场用强盗制定的所谓‘规则’来实现强盗明抢的游戏罢了！”我曾听国家外贸部门的人这样愤怒地说。

这就是美国，一个披着“文明”和“民主”外衣的霸权国家。即使到了现在，他们在与中国进行高层谈判时，仍然经常使用“规则”一词，妄图让对手陷入其圈套，以最终实现符合其根本利益的目的。

智慧和聪明的中国人自然清楚对手的目的，然而毕竟美国等西方国家早已制定了许多所谓的“国际规则”。想要突破这些不利于发展中国家的规则，横冲直撞显然只会遍体鳞伤。怎么办？ 中国人开始动脑筋——

结果是：我们再次搬出老祖宗传下来的“看家本领”：以其人之道，还治其人之身。不错，你不是有你的招吗，那我就用你的招对付你的做法和想法……

美国等西方国家就是想用各种招数，让勤劳而智慧的又是廉价的劳动力和产品的便宜价格，永远“喂”他们从不满足的胃口。

“我们中国人不是不知情，也不是一定想较劲，但你贪得无厌之后再想倒打一耙，这就太过分了！”一位中国人说。

就在浦东开发开放之初，中国加入世贸组织不久后，美国为首发起的针对中国经济的新围栏基本设置接近完成，即当时参与 TPP 谈判的国家和地区已达12个，覆盖了全球 GDP 的50%。同时，有21个世贸组织成员启动了 PSA 谈判。这几个谈判的内容覆盖了金融、快递、传媒、电信、电子商务、运输、旅游、物联网、移动通信、互联网等几乎全部服务业领域。一旦这些协议成形，等于把中国这一经济体排斥在这些国际经济大活动的外围。也就是说，你想做大、做到国门之外去，基本的可能性全给封死了！

绝对不行！ 绝对不能让他们再一次封锁我们！ 北京中南海里传来了最高层的声音。

那么如何突破封锁，闯出一条可以让中国的发展有路可走的“国际通道”呢？ 世界经济规律告诉所有发展中国家，你想要强大和富裕起来，仅靠本国的实力和资源是不够的，吸引外国投资必不可少。尤其是中国这样一个人口庞大、经济底子薄弱、贫困人口占近十分之一的国家，要发展，自己奋斗与努力至关重要，外国资本的引入，特别是先进技术的引入，这条道路非走不可！

我们有句老话：摸着石头过河。大的全面开放的路暂时不能走，那么试着开一个“门缝”可以吗？决策层在这样议论的同时，我们也要主动出击，推进我们的多边对外贸易合作。

于是后来我们所知道的中欧贸易协商、东南亚与东北亚和中韩、中日贸易，以及后来的金砖国家联盟等等平行战线的谈判全面拉开……

我们也不排斥与TPP、RCEP在内的合作谈判！智慧的决策层又将“网”撒向另一角，目的是：只要有利于促进亚洲地区经济和世界共同繁荣的倡议，我们均持开放态度，并且积极参与，以不被边缘化和掌握一定的主动权为目的。你不是制定游戏规则吗！那我也进入你的游戏圈，咱们一起玩吧！

哈哈，中国已经掌握了“摸着石头过河”的本领：先按照你们的“规则”——不就是你们所说的“自由贸易”吗？那么我们也开一个“门缝”，与你们一起搞“自由贸易”吧！

浦东是试验田。这件事还是让浦东先试行吧！

在国家整体机制和体制尚未全面开放的情况下，通过一道开启的“门缝”对接外部的“国际规则”，然后在一定时间内逐步扩大“门缝”，直到达到我们所需的开放程度……这就是先行的外高桥保税区和后来的中国（上海）自由贸易试验区的建立思路。

“摸着石头过河”岂止是一句老话，它包含了多么深刻而智慧的哲学道理！

从这一点上认识我今天站着的外高桥时，有一种历史承载感：此“桥”非同一般，与其说它是国家现代化发展的“试验田”，倒不如说是“种子田”，因为那时我们国家的改革与开放，根本不可能考虑到它会失败——不是不考虑，而是没有时间与理由去考虑失败的事。事实上，国内形势和国际竞争态势，都必须要求浦东开发，整个国家只有往前走的一种可能。外高桥是吸引外资、争取浦东全局开发建设的“蓄水池”……

历史将外高桥推到了时代的“潮头”。

回望昔日往事，颇让人感慨。而今，从陆家嘴的“世纪大道”出发，一路向外高桥方向行驶。一路上，可以看到几座不同形式的“自贸区”大门耸立在大道中央，它们的形态代表着这片土地上不同时期的变迁。这正是不断完善和推进的“自贸区”建设的缩影。

“先后有七次不同的封关，每一次都是一次大的进步和提升，一直到现在。因此，有人形容外高桥是中国对外开放的第一试验田，原因在于这里的改革和探索始终在路上，从未停止过……”外高桥管委会负责人指着展厅玻璃内的七本淡蓝色的“封关”文件说道。

我问过胡炜等浦东的老领导，当时“保税区”是个什么概念，能否吸引外国企业到这个用钢丝围起来的地方，实际上当时大家心里都没底。但令人意想不到的是，巢还未筑，那远道而来的金丝鸟却真的来了！这件事让舒榕斌记忆犹新。

1992年初，外高桥的“保税区”铁丝围墙还没有扎紧，一家日本最大的综合性贸易公司就来到浦东外高桥，试探性地提交了一份项目建议书，申请在此开设一家独资贸易公司。

“这家日本公司叫伊藤忠商事株式会社。当时我们的政策是不允许外国企业在中国开设独资贸易公司的，所有外商投资都必须经过国家外贸部门的批准。因此，伊藤忠商事株式会社向我们提出申请后，我们立即向市政府报告。市政府又帮助我们联系北京的国家对外贸易经济合作部等部门进行商洽。按照当时的政策，这样的事情不仅需要外经贸部的批准，还需要外交部和公安部的批准。可以说，一个日本企业来华设立公司，动员了我们国家整个国务院系统。”胡炜先生回忆道，“特别是听说是日本企业，因为日本人在历史上与我们有过非常深的民族矛盾。现在他们的大公司要到中国来设立企业，是不是又用另一种方式来欺压或主导中国？当时各种议论都有。最关键和根本的是：政策上的突破并不容易。为此，我们与北京方面进行了长达半年多的沟通，直到最后，国家外经贸部经过审核，发放了标志性的'一号文件'，正式批准了伊藤忠商事公司的申请。"

我们来了解一下伊藤忠商事公司这家日本企业：它到浦东前，就已经是世界500强，企业创始于1858年。伊藤忠商事起家于日本，但最初的生意就是跑到中国的泉州，经销麻布生意，所以是个"中国通"的日企。在1972年中日邦交正常化后，是第一个被中国官方认定的"友好商社"，并允许在开放之初的中国大陆做贸易的日企。众所周知，中国和日本在历史问题上有着重要分歧，在当时的形势下，日本企业进驻中国做生意，这对中日两国都是巨大的考验。好在伊藤忠商事赶上了两个好的时间点：一是1992年春天，邓小平视察南方的重要讲话如强劲的春风，温暖了整个处在改革开放关键期的中国；二是浦东开发开放全面启动。因此，伊藤忠商事最终获得国家批准在外高桥保税区办独资企业。获批的伊藤忠商事很快于1993年9月8日在北京成立集团公司。

不过，关于批准设立公司的谈判和审核公司经营范围的协商仍然非常艰难。中方和日方围绕给伊藤忠商事公司的商业准入的"门"到底开多大的问题，展开了激烈的"讨价还价"。按照西方发达国家的"自由贸易"标准和观点，伊藤忠商事公司方面提出，中方应该允许对伊藤忠商事公司全面开放，但中国怎么可能同意"全面"呢？因此，当时的日本代表、伊藤忠商事公司的法人代表池添洋一亲自多次往返北京。最终，经过谈判，中国政府与伊藤忠商事公司商定的经营范围包括：（1）纺织、服装加工；（2）食品加工；（3）机电产品加工制造；（4）金属制品制造；（5）房地产经营；（6）其他经中国政府批准的行业……总共批准了11个方面，范围已经相当广泛。但实际上，每一项条款都有严格的细分与规定。可见，当时的中国政府对外资的开放仍持谨慎态度。当时，伊藤忠商事公司在北京的经营地点也相对简陋：朝阳区建国路77号9层901内01室，仅租用了一个不到三十平方米的办公室。这与其在纽约、巴黎的办公总部大厦相比，简直不可同日而语。

要知道，当时的伊藤忠商事公司不仅是世界500强企业，在日本它排名第六位。这个企业一年创造的财富甚至比我们一个省的经济产值还要高呢！它小心谨慎地进入中国市场，内心却是雄心勃勃的，因为它看到了改革开放后中国的前景。在这种情况下，当浦东外高桥“保税区”成立的消息一公布，伊藤忠商事公司上下倍受鼓舞，立即派代表到浦东与中方洽谈。

“当然可以，我们举双手欢迎你们！”浦东人的态度让伊藤忠的代表深受感动。

“伊藤忠商事公司入驻中国浦东自由贸易区”的消息迅速在日本新闻界和全球商业界传播开来。

“我们是‘保税区’，可不是和外国资本家搞‘自由经济贸易’啊！”外国人对中国浦东的“保税区”概念不熟悉，而中国人对外国推行的“自由贸易”的认识也不到位，因此当时对伊藤忠商事公司的宣传有些紧张。

“其实，我们的老市长、老书记朱镕基同志在浦东外高桥建设‘保税区’时，正值他到香港访问。他最早说的话是：上海将按照中央要求，建立一个‘自由港’。后来，外高桥‘保税区’成立了，他又到欧洲访问。有记者问他，你们这个‘保税区’到底是什么？朱镕基同志非常明确地告诉他们：就是中国的自由贸易区！不信你们去我们浦东看一看，那个大门口是不是写着‘Free Trade Area’。我们中国人自己称它为‘保税区’，因为我们的改革开放还没有进入更广泛而深入的阶段，大家对‘自由贸易’的认识还不够熟悉，缺乏全面理解，所以对内就叫‘保税区’，以便保护来华投资和经营的企业少交一些税，多赚一些钱。这不就是一回事吗！我们中国的汉字博大精深，你们要好好学习中文，才能知道它的魅力所在呀！”

后来，有外国记者和中国记者真的到外高桥“保税区”门口查看，果然，

“保税区”三个大字下面的英文是：Free Trade Area。[①]

哈，高人就是高人！

“对卖方有利、对买方有利、对社会有利。”这是伊藤忠商事公司兵卫先生为企业提出的一句著名格言。因此，伊藤忠商事公司的发展和定位，对浦东外高桥具有极大的吸引力。而浦东外高桥的“桥”，不仅“高”，而且在对“外”方面颇具大海般的胸怀，凡是真心诚意来参与浦东开发建设的外资企业，都会张开双臂拥抱。

外高桥在对外开放的第一步棋上走得非常成功，受到了中央的关注和肯定。就在伊藤忠商事公司注册保税区三个月后，中央作出了一项对外高桥和整个浦东来说如同“天上掉馅饼”的重大决策：外贸审批权，即外资来投资独立办企业的审核权，由你们上海自行处理即可！后来，上海市政府也果断表示：浦东新区，你们按照中央精神，自行把关就可以了。

浦东新区的人高兴得几乎想要跳进黄浦江洗个澡：好吧，我们来负责审核！

这就是改革开放的好处！需要说明的是，我这里的描述具有很强的“文学性”。实际上，中央当时对上海和浦东开放的政策是通过“国函〔1995〕61号文件《国务院关于‘九五’期间上海浦东新区开发开放有关政策的通知》”中的第二条“关于外贸管理和保税区管理问题”条款进行规定的：（1）经外贸部批准，年出口额在1亿美元以上的有进出口经营权的外贸企业和年出口额在2000万美元以上的自营生产企业可以在浦东新区设立子公司，授权上海市审批。（2）在浦东新区可选择有代表性的国家和地区，试办3—4家中外合资的外贸企业，上海市需提出具体方案，经外经贸部核定经营范围和贸易金额后报国务院审批。（3）海关要进一步完善外高桥保税区的监管办法，简化手续。外高桥保税区内可以开展除零售业务外的保

---

① 参见中共上海市浦东新区委员会党史办公室编：《口述浦东新区改革开放（1978—2018）》，学林出版社，2019年3月。

税性质的商业经营活动，并进一步扩大服务贸易……从国务院的文件内容来看，也基本上是放开的。因为在当时，1亿美元的额度和2000万美元的额度都不是一般企业的投资水平，不是世界500强的企业很难做到。听上海的同志说，后来外资企业蜂拥而至，1亿美元和2000万美元的概念实际上屡屡被突破。人民银行行长到上海时，曾经对上海的领导有些不满地说："你们对外资企业的审核有些已经超过中央授权额度了！"上海的同志自知理亏，连连向行长表示"一定改过"。

"算了吧！你们这样做也是为了国家和浦东的发展，要不就由我们来向中央报告，争取把审批权下放给你们上海算了！"大行长是个胸怀宽广的人，这件事让上海和浦东人民深表感谢。

外高桥的金字招牌从此越擦越亮，熠熠生辉。

从那时起，"外高桥"这三个字就变得非常值钱！尤其是对于那些想到中国做生意的外商来说，能够来到外高桥，就等于拿到了进入中国市场赚钱的"通行证"。

"我们喜欢'外高桥'这个名字，它有气韵、气度和气魄……是通向金光闪闪的'财富桥'！"即使是三十多年后的今天，我在采访中遇到几个东南亚和日本的朋友，他们依然这样认为。

在中国投资的外国人对中文的研究一般也很深入，他们认为"高桥"是一种境界，再加个"外"字，代表了中国政府站在时代与历史的高位上，热切地拥抱"外面的世界"。因此，要在这个地方投资，这是一块"风水宝地"。

我也认为这些外商朋友能够如此理解中国政府和浦东外高桥，确实对中国改革开放的真实意图有深刻的认识。

外高桥的"老开发者"给我介绍，当年他们第一次"封关"，是圈了一个铁丝网，也就像在浦东大地上画了一个"保税"地圈一样，意味着这块地方谁把东西放在里面，可以免税、少交税。

紧接着外高桥人发现：有地方让人家放东西，这个"保税"意义狭窄了，这跟“大仓库”没有多大差别!

上海人聪明啊，他们开始出新招:如果能让外企到这“保税区”里办厂、搞生产，这就不是简单的“大仓库”了，而是“大工厂”，才能搞活嘛!

这行，应该是这样，也必须这样。

是的，外国的自贸区内就是有工厂、有制造，这样生意才有了“源头活水”!

如此这般，问题被上报到中央政府。很快，北京方面允许外高桥的“保税区”内进驻投资企业，尤其是外资企业。

“这个大大的好!”最先抢先进去办工厂的又是日本企业JVC。

“JVC”这个英文缩写的企业名称，中国人可能不太熟悉。但一提到日本的音响和录音机产品，像我这个年龄的人几乎无人不晓。在改革开放之前，中国人所能接触到的最先进和常用的文化娱乐设备就是一台收音机，或者是有线广播，除此之外，几乎找不到其他的娱乐设备。

日本JVC公司是二十世纪六七十年代就已闻名国际的世界级音响器材公司。JVC这三个字母代表的是“胜利”的意思。

JVC在家用生活电器制造与市场销售方面，确实是一位“胜利者”。1927年，当上海刚刚被国民政府宣布为“特别市”时，JVC已经成为美国留声机及黑胶唱片领导者的子公司。到1930年，JVC独立生产出自己的留声机及黑胶唱片。两年后，它又开始生产收音机，并在1939年制造出日本的第一台电视。当时，老上海的一些上流社会和文艺界人士家中使用的留声机和黑胶唱片，基本上都是进口的JVC产品。

1953年，因日本的另一家电器公司——松下的崛起，JVC便成为松下所有。1960年，当中国百姓正处在饥饿的深渊之时，JVC已经向日本客户和欧美发达国家销售他们生产的彩色电视机……

至此，JVC在世界家电产品中的“巨无霸”地位，已经牢牢确立。

1976年10月，中国在这个月发生了一场历史性的时代变迁。而就在这个月，JVC 向世界消费者展示了他们研发成功的 VHS 系统，即一种家用录像与播放技术。当时 JVC 推出的一台播放器售价为25600日元，相当于人民币1200元。此时另一个日本同行——索尼早一年同样推出了同类的播放产品，因此这一广受发达国家消费者欢迎的家电娱乐产品在市场上发生了大战。经过十多年的交战，索尼败下阵来。

之后，JVC 不断在家电产品方面推出新产品。在中国改革开放初期，出国归来的人几乎都以带回一件日本生产的家用生活娱乐电器为荣。巨大的中国市场和狂热的中国青年消费者，让日本商人们热血沸腾！

赶紧行动吧！

何处下手呢？

北京，还是深圳？

上海，尤其是浦东，真是个好地方！

日商最后看中的就是浦东，浦东的外高桥"保税区"——人家日本商人太有经商头脑了：想赚大钱，就必须一看市场，二看税率。

中国浦东，这地方两个优势都具备！那就去"外高桥"！JVC 因此成为第一家进驻外高桥保税区的外资企业，他们在那里建立了世界上最先进的家电生产制造与加工厂……

"可以说，JVC 进驻保税区后，为中国第一个自贸区的建设开启了良好的开端。这是因为最初的保税区设计与建设功能非常简单，它不涉及物理和化学形态变化的简单商业加工。因此，JVC 进来后，我们意识到原有的保税区功能不够完善。此外，在10平方公里的面积上，如果没有制造业，就很难充分利用这块宝地。"到1994年，舒榕斌已经是外高桥保税区的领导成员之一。他在具体管理这片"特区"时发现了原有的问题，于是与其他同事共同推动将"大仓库"式的"保税区"功能转变为"大工厂"和"大制造"的保税区。

"再说，中央让我们搞保税区，可不仅仅是圈一块地让外商来体验一下上海的东南风，而是希望我们借助这个机制和这块宝地把经济搞起来。用直白的话讲，就是两个方面的道理：让外国人在中国市场上赚钱，同时我们也要赚钱……”外高桥人这样说。的确如此，“保税区”的牌子挂出来，铁丝网圈起之后的1994年，整个保税区的海关税收才0.45亿元人民币。这个数字与那么大一块地盘相比，外高桥人的脸面上有些挂不住。

“你们得让外商们像涨潮似的进来办厂，这才是根本的出路嘛……”浦东管委会领导赵启正、胡炜赞同舒榕斌他们寻到了新思路，并在整个浦东大开发、全面招商引资中，为“保税区”的金字招牌在国际上和外商中大力宣传。

这不，“外高桥”下的“水”迅速涨潮，奔涌流动起来……

JVC进驻“保税区”建厂后，开足马力地制造中国人特别是年轻人喜欢的收录机、播放机、录像机等先进而时尚的家电消费品。那个年代，我们印象中国内到处都是穿着喇叭裤，手提两喇叭，后来又改成四喇叭及更先进收录机、播放机的年轻人。甚至在电视上，也充斥着收录机、播放机等家电的广告。

显然，JVC在外高桥保税区掀起了制造业的热潮，并开创了创造高额利润的先河，这让欧美国家的同行羡慕不已。

“Hurry up and on the beach!”（快抢滩登陆去！）那些比JVC更早与中国政府谈判成功，甚至早已在北京建国门一带租下几栋办公楼的英特尔、惠普等美国IT巨头们，听说上海浦东发生的事后，互相传递着“商业情报”。于是，他们纷纷南下来到上海浦东，亲临外高桥“保税区”实地考察……“God,they got rich!”（上帝，他们发财了！）做梦都想在中国赚取更大财富的英特尔、惠普等公司，怎能甘心让日本人抢了市场风头呢？他们以迅雷不及掩耳之势，纷纷找到浦东新区，找到外高桥管委会，请求以同样的方式和更优的投资条件建厂，入驻中国的第一个“保税区”。

“我们还将会把新加坡的厂迁移到你们这儿……”惠普在与外高桥谈判

时，提出了更让浦东人心潮澎湃的愿望。

“好啊，只要你们来，有关条件我们都能够落实！”负责整个浦东招商引资工作的胡炜，以及外高桥的舒榕斌等人，那些日子脸上总是洋溢着温暖的笑容。

“这是真的。惠普进入保税区的第一条打印机生产正式上线后，一下带动了18家加工厂从新加坡迁移到了我们保税区。这个产业链的带动，就像一股旋风，把整个保税区内的电器用品制造业推到了山呼海啸、波澜壮阔的境地！”外高桥人最愿意回忆那一段“激情岁月”。

继惠普打印机生产线落户保税区后，1996年英特尔也将其手机封装测试工厂搬到这里。

1997年，欧洲电器跨国公司巨头飞利浦，凭借其在照明、家用电器和医疗系统产品生产方面的强大优势，携带他们的DVD、VCD制造生产线，将工厂设在英特尔、惠普和JVC工厂旁边。其投资规模和派出的技术团队都异常庞大，显然是想向美国、日本的同行表明：我们才是中国家电市场的“老朋友”，你们这些后来居上的“小弟弟”们可别想在中国独占市场，别想吃“独桌”。

“独桌？独桌是什么意思？”美国人对此感到困惑。

飞利浦的老员工告诉美国人：我们的老前辈告诉我们，这是上海话，意思是好生意不能一个人、一家企业霸占了！明白吗？我们荷兰人在四百多年前，就来到中国了，你们今天别那么得意啊，留点生意给老大哥嘛……

哈哈，放心，放心，都是自家人，生意一起做，有钱一起赚嘛！

英特尔、惠普和日本JVC的老员工用半生不熟的“上海话”与飞利浦的人打趣。

“那些年月，我们的保税区工作人员忙得不亦乐乎，开心得不得了！”上海人说话时总带有他们特有的腔调。我听得懂，也因此感到开心。

外高桥保税区的成立恰逢两个特殊的机遇。第一个机遇是全球产业的变革：从1994年、1995年开始，国际跨国公司进入了第二次战略转移（第一次发生在七八十年代，主要向东南亚地区转移），这促成了“亚洲四小龙”的崛起。而这一波战略转移，恰好与浦东的开发开放相契合。当时的中国，尤其是浦东的市场环境、法律环境、劳动力素质等各方面条件，已经达到了跨国大公司的要求，可谓“天作之合”。像JVC、英特尔、惠普、飞利浦这样的巨头公司纷纷入驻，使得原本在浦东相对偏僻和宁静的外高桥，仿佛在一夜之间变得热火朝天。

通常，一个跨国公司的出现就像一只“蜂王”到来，无数蜜蜂跟随其后，形成一个“千军万马”般的蜂场。外高桥保税区因英特尔、惠普、飞利浦及JVC等制造业巨头的到来，不仅原规划的10平方公里保税区被填满，而且迅速形成了世界高端产品的聚集区。

“那个时候，世界上的收录机、播放器、DVD、VCD等市场上的抢手货，至少有好几成是从我们保税区出去的！”一位资深保税区人士兴奋地告诉我一串增长的数据：1995年，保税区的海关税从前一年的0.45亿元，增长到3.40亿元。1996年则达到16.97亿元……短短三年时间，翻了5倍。

当然，与后来突破600亿元大关相比，这个数字就不算什么了。但在“保税区”成立之初，它给浦东和外高桥带来了极大的信心，也增强了上海以及中国政府后来创办“自贸区”的意愿。

如此美好的局面并未持续很久。1997年和1998年，一场意想不到的东南亚金融危机席卷了“亚洲四小龙”和中国邻近的泰国等东南亚国家，甚至波及亚洲其他地区和一些发达国家。令人意外的是，由于中国独特而强大的国体与金融制度，不仅受损程度较小，反而使像浦东这样的地方成为世界跨国公司和东南亚经济体躲避金融危机的“避风港”。

“我们外高桥真的是受益于国家政策和浦东改革开放的强劲东风，尤其是保税区的建立，不仅没有因亚洲金融危机造成很大冲击，反而由于我们当时的发展条件和远景，世界500强中的很多大企业从其他东南亚地区搬到了我们的保税区来，特别是他们的地区总部、制造基地来到这片土地后，让保税区迅速成为贸易流通中心、利润结算中心、技术研发中心和货物分拨中心。也正是这几个在贸易活动中最重要的功能性要素在我们的保税区形成了，所以也解决了跨国公司一时因为金融危机所造成的资金紧张、管理成本增长、销售困难等头疼的问题。强大的中国市场和金融‘避风港’优势，使得在浦东的这些跨国公司有了危机中‘稳如磐石’的结果…… 这应该是外高桥自贸区成立之初一个特别能够载入史册的辉煌篇章。”

是的，外高桥人有权这样骄傲。

当然，他们心里清楚：所有取得的这些“机遇”或“成就”，都归因于中央决策设立“保税区”和给予浦东新区特别开放政策。

我现在似乎有些明白了：外高桥“保税区”的七次封关，每一次新的封关，都是因为旧的模式需要被新的经济形态所替代。这种关口的扩张和内容的提升背后，离不开中央和上海市给予的政策支持。过去，我们对邓小平那句“摸着石头过河”的经典话语，仅仅是形象和概念上的理解。当你来到浦东，深入了解这里每一个今天看来充满创造和创新经验的发展模式时，就会发现，其实这样的“摸着石头过河”过程是非常复杂且艰难的，甚至有时需要付出沉重的代价。有时需要一步步小心谨慎地前行，以探明前方的目标；有时则是经济活动的实践证明改革势在必行。

外高桥“保税区”的物流，以及后来整个浦东迅速发展起来的物流，都是由这些原因促成和推动的。

“你看，港口与自贸区 —— 过去叫保税区的中间，不是有一大片堆满物品的区域吗？ 那就是我们外高桥自贸区内的物流园，过去叫保税区物流区。它的建立，使整个外高桥区域的各个板块甚至联动了浦东新区及大上海的物流。这是我们外高桥在建设保税区和后来自贸区发展中的重要一环。虽然它看上去不像港口和机场那样宏伟、壮观，但港口和机场的宏伟与壮观都离不开它，因为浦东机场和上海港的吞吐量很大程度上依赖这些物流的促成与推动。”外高桥物流园的负责人带着我，站在可以俯瞰整个外高桥港口与自贸区的港务大厦楼顶的瞭望台，如此骄傲地说道。

是的，不亲临物流现场，你只能感受到文字的表层。来到物流园的进出口，虽然只有几分钟时间，但当排成长队的车辆川流不息地从你身边和眼前奔流而过时，你就能理解习近平总书记对“物流”所形容的“经络”的意义了……经络不活，全盘皆瘫痪；经络通畅了，全盘皆充满朝气与活力。

既然到了物流园，自然很想了解一下那些让“经络”活起来的“物流人”——我这样称呼他们。

现在的外高桥“物流园”是国务院特批的全国首家保税物流园区，同时也是上海“十一五”期间重点规划的三大物流基地之一。2004年4月15日，该园区通过了海关的验收，国家赋予其国际中转、国际采购、国际配送、国际转口四大功能。这四个“国际”足以说明外高桥“物流园区”的特殊地位和所肩负的使命。

浦东人的远见和大胆创新意识体现在，当许多问题的相关政策和法律尚未出台时，他们便开始了“探水”实践。一旦实践结果证明“此路可通”“可行”，他们便全力以赴争取政策支持和完善。

外高桥的“国际物流”正是在这种精神和意志下的一次实践与活力的体现。

早在1993年，外高桥就率先成立了“上海外红国际物流公司”。之前我从未听说过这个公司的名称，一查之下才发现，“外红国际”在中国物流界可是大名鼎鼎，甚至已有“北京外红”“广东外红”等等外贸战线上的“一片红”……

据外高桥管委会负责人介绍，外红国际物流公司是我国首家专业从事第三方物流业务的中外合资企业。

有些遗憾没有找到“红外物流”，但遇上了一家比“红外”更红火的国际著名老牌物流公司，而且它是第一家进入物流园的外国物流公司。

它叫“世天威”。这个名字豪气十足，起初我以为是当代时尚企业家起的名字，没想到“世天威”的主人告诉我：我们“世天威”可是有一百七十余年历史的国际物流企业呢！

天，一百七十多年历史！那成立于什么年代？那是上海滩刚刚开埠，外滩还长满芦苇的年代啊！你看，人家早就知道成立物流公司了！

互联网的好处在于：可以迅速找到世界上那些著名企业和著名人士的相关资料。

“世天威”的名字在百度上的条目中有很多介绍：比如它成立于1847年，总部设在荷兰鹿特丹，是全球大宗商品物流服务的领先者。公司为全球大宗商品贸易商、生产商、金融服务商等客户提供以有色金属为代表的大宗商品的仓储物流以及各类衍生服务，并且是全球三大商品期货交易所的交割库。目前，世天威集团在全球超过50个国家和地区建立了物流网络、分公司和物流基地……

这些文字对普通读者来说可能显得乏味，但对于了解经济和商品的人而言，简直就像发现了一个商业界的大鳄。也就是说，如果你想涉足国际大宗商品市场，离开世天威，基本上就是“死路一条”，特别是在有色金属领域。什么是有色金属？那就是铜、铝、铅、锌等等。哪些货物在世界贸易中最具价值？最需要流通？这是显而易见的。尤其是在十九世纪、二十世纪以及当今的二十一世纪，有色金属和大宗商品无疑是“世天威”的强项。

这不就得了！“世天威”这个名字的含义很好理解，而且恰如其分。

但与“世天威”的人谈起他们的公司故事时，内容远不止是这些概念和专业术语。这是关于人的故事，是关于企业奋斗与精神的故事，是令人感动和赞叹的故事——

给我讲述“世天威”故事的是一位郑女士。她是地道的上海人，原本住在淮海路。上海人常说住在“淮海路”有两层意思：一是这里是最繁华的市中心地段，二是生活非常便利，同时这个地方的“上海高腔和味道”都非常地道。

“第一次到浦东外高桥上班，路上走了3个多小时……从淮海路的家里出来，感觉就是到了另一个世界。”她的这番感受，与当年“八百壮士过黄浦江”的开创者是一样的。

“世天威到浦东外高桥的时间比我到这儿要早，因为世天威在二十世纪八十年代就已经进军亚洲，亚洲总部一直设在新加坡。1994年，他们在上海成立办事处，最初在浦西。我毕业于上海外贸学院外贸运输专业，后来到荷兰鹿特丹工作。世天威在上海设立代表处时，我被聘为上海代表处的工作人员。最初我们只有5个人，其中只有1个是荷兰人。在最初的十年里，我们都在浦西的公司代表处上班。作为一家跨国大公司，我觉得很不错，专业对口，待遇也好。没想到干着干着，我成了世天威上海公司的总经理……”郑女士是个直爽的女经营者，干脆利落，带有北方人的气质和作风。

“我们世天威是这个物流园区入驻的第一家全外资企业，也是最早落户这里的公司，可以称为外高桥物流界的‘元老’了！”郑女士说道。当时有一个背景：2003年，上海与鹿特丹结为友好城市。韩正市长与鹿特丹的市长在交流时谈到了双方的合作事宜，世天威物流公司入驻外高桥保税区就是洽谈的项目之一。也正是在那一年，上海和鹿特丹达成了在外高桥保税区内建立物流园区的合作协议。

“这里离码头很近，现在我们公司的这块地就是当年确定的物流园区的第一块地。当时，我被公司派到外高桥来查看土地并洽谈购买事宜。”郑女士说，“那时候这里还是一片荒地，杂草长得比膝盖还高……转眼间，我在这里已经20年了！”

郑女士说到这里时，感慨地往会议室的窗外瞥了一眼。我看到那双美丽的眼眸中闪出一丝泪光：“时间过得真快，园区建起来了，我们都要老了……”她的兴奋中夹杂着一丝苦涩。

“根本看不出郑女士已经四十了嘛！青春依旧啊！”我说了一句并非恭维的话。她淡淡一笑，回应道：“不年轻了，但干劲还没有减……”

“其实也没法减少，你看看我这仓库和场地上的货物，满满当当、重重叠叠地压在这里！”她用手指向眼前可以清楚看到的公司货场。

“你这里的货场看上去，不像集装箱场那样高耸入云……”我看着她公司的货场，感觉那些物品堆得并不高，显得很沉重。

“它们都是重量特别大的金属，叠得太高不行。即使这样，我们的仓库和货场的要求比一般的要高，每平方米的承重必须达到10吨以上……”她说。

明白了，也领悟了另一个道理：凡是重量级的事物，都不太张扬，处世一般较为低调。难怪我们不熟悉“世天威”，人家运输一船金属，其价值可能远远超过几十船或几列火车所载货物的总和！

金属之所以贵重，其意义就在于此。

世天威进驻外高桥，给浦东和保税区带来了至少两大贡献：它是第一个入驻物流区的外资企业。“我们当时来到这片物流园区，总面积为1.03平方公里，位于黄浦江的出海口，地理条件非常优越，距离港口很近。我们世天威的总裁第一次来这里时就看中了这个地方。后来，世天威一来，就带动了许多国际物流企业的入驻。大大小小的物流企业一下子增加到一百多家……生意好的时候，整个物流园区的每家公司的仓库和货场都是满满的，而且进出货物非常频繁！”

好生意对企业和企业家来说，就是账面上的利润和脸上的笑容。

“世天威最初在上海仅是一个代表处，后来成立公司，最初只有几个人。到外高桥已经20年了，我们伴随着保税区和自贸区一起成长，现在已经拥有五家公司，我管理其中四家。主要负责上海港和洋山港两个码头的业务，除此之外，还有1个投资公司和1个供应链服务公司。”郑女士介绍说，她的团队现在有76个人，“他们基本上和我一样，都是随着公司和外高桥的发展而成长起来的……”

“世天威在外高桥和浦东的意义不仅仅是赚取自己的利润或为外高桥增加税收。我们现在的业务，除了原有的码头、港口和海运之外，还有一项特别重要的业务，那就是全球有色金属交易的定价权和话语权掌握在我们手中。”郑女士分享了一件既专业又令人振奋的事情：由于业务量巨大，上海的世天威超过了世界上任何一个自己的分公司和业务代表处。此外，它还直接与伦敦金属交易所和上海期货交易所、上海能源交易中心建立了交割机制。“同时，我们也开拓了陆上‘一带一路’业务，承接并拓展了中国企业在英国有色金属交易所的交割业务，从而获得了为中国定价、洋山港定价和上海港口定价的话语权和决定权，使得中国企业在国际交易中获得最大利益。”郑女士在专业介绍之后，长舒了一口气，说，“这才是我认为世天威来到上海、落户浦东外高桥的最大亮点……”

我看到此刻的她，脸上浮现出一种特别的美。

“来，我们一起在这尊雕塑前合个影……”郑女士站起身提议。这是我进入她公司那一瞬间就想要做的事，因为在世天威公司门口大厅的正中央，有一尊码头工人背着麻袋的雕塑。起初，我以为这是上海人按照当年上海港码头工人劳动的样子雕刻的。

“不是的呀！这是我们世天威公司的创始人当年根据自己劳动的样子，请人雕塑的一尊传家艺术品……”郑女士让我仔细观赏雕塑，我才发现确实如此：那些码头工人具有欧洲人的骨骼和面容。整个雕塑的比例与真人完全相等。

“世天威的创始人最早是兄弟俩，他们曾在码头上从事装卸工作，因此特别尊重劳动者和物流的一线工作者。即便世天威如今是全球的物流领导者，但每当集团在全球各地设立新公司时，总部都会送去一尊这样的雕塑，以示纪念。”郑女士抚摸着那尊雕塑，深情地说道。

一旁的我，内心立即对这尊塑像和“世天威”产生了一种由衷的敬意。难道不是吗？能够缔造“百年老店”的企业与伟大的经营者，他们都有一种可贵的精神，值得我们学习与品味。

人类的先进和不朽的事物，都是极为珍贵的。对世天威公司的短暂采访，让我在外高桥上看到了别样的风采……

10. 东风浩荡下的“大林肯”们

如果了解外高桥的地理位置，就会发现这里确实是上海浦东乃至整个长三角地区难得的一块宝地：它既背靠大上海，又直接接壤吴淞口和长江口，与大海近在咫尺。外高桥不仅拥有自己的港口，还与浦东机场、崇明岛等相邻，与洋山港的距离也不远……如此优越的靠江、靠海、靠大陆、靠空港的四通八达之地，即便在上海也是独一无二的。此外，外高桥接近上海市区，同时还有金桥、陆家嘴等同步崛起的开发区和金融中心，以及下面要提到的张江等区域，地理优势得天独厚。再加上“保税区”的特殊政策，这里可谓登高望远，风景独好。

随着保税区加工与制造业的蓬勃发展，众多跨国公司总部和各类外资机构的进入，物资的大量进出，犹如外高桥开发区和保税区的“江河之水”日日涌动奔流……

“物流！”一个原本中国人并不熟悉的名称，以超声速的强度进入外高桥管委会的思维之中。

何谓“物流”？从字面上解释，并不复杂：物资流动。从宏观经济的角度看，物流是促进和发展整个经济的关键环节。就像长江和黄浦江的水流一样，如果江中的水不流动，那么长江和黄浦江就会变成一江死水，不仅毫无意义，还可能危害沿途广大地区——上海或许因此就不存在。

浦东新区的发展，与物流息息相关。各个开发区同样面临物流问题。正如习近平总书记指出的那样，物流是实体经济的“经络”。发展经济，推进现代化建设，没有与之相应的现代化物流，绝对是空想与空谈。

浦东的发展、外高桥保税区以及后来的自贸区，如果没有物流建设与建立，显然是无法想象的。而外高桥的物流建设与发展历程，也基本代表了浦东物流事业的轨迹：从最初的“大仓库”，到陆港联通、区内联通、区内区外相通和海内外互通，再到达到国际水平的数字化、智能化。这是一个看似简单，实则错综复杂且需要高端管理与技术支撑的系统。

到外高桥实地走一走，就会明白“物流”对整个区域经济，乃至整个浦东、上海，甚至长三角及中国经济的影响。

第一次到外高桥港口，我才了解到上海著名的港务集团和上海外轮码头都在这里。“在洋山港建成之前，外高桥港口是上海水上货物的中转中心。绝大多数进出上海的国际物资基本上都在这里中转。即使现在有了洋山港和浦东机场这样的空港，外高桥的水上物资依然是上海走向世界、世界汇聚上海的重要中转平台。”在外高桥码头上，我听到这里的负责人这样说。

进入外高桥新老“保税区”，可以看到几个不同的标志。其中较早的那个横跨在马路中央的半圆形钢建筑上嵌着一个海鸥式的飞鸟图形，设计者按照当时外高桥保税区的功能定位，设计出一轮朝阳从大地上升起、海鸥展翅飞翔的姿势，以此象征中国第一个保税区（后称自贸区）的诞生和希望……除了当时的材料比较简易外，这一尊标志性“门廊”仍然富有简洁而浪漫的想象空间，而且“桥”味和“桥韵”十足。

难以想象，一群从未有过“外贸”经验的人，竟然为中国开辟了一片“自由贸易”的实验新区。

“当年我们不仅没有经验，钱也没有。负责管理我们的外高桥开发公司当时也是靠一张空头支票周转了一圈，开始了全区域的开发建设。我们保税区没钱时也学了同样的办法，先与中国远洋运输公司签订了一份25000

平方米的保税土地转让合同。对方给了这笔钱后，我们才开始启动面积达10平方公里的中国第一个保税区的建设与开发……”舒榕斌有些苦涩地回忆起这件事。

说起后来从事物流行业，舒榕斌则眉飞色舞，展现出完全不同的神采：“在现代经济活动中，有一句话叫‘第三利润源’，指的就是物流业。而在物流体系中，我们保税区内也有不同的物流形式，比如世天威属于外资企业。作为园区的开发商、服务商和运营商，当时我们看到外国物流公司进入保税区后，在物流方面的生意做得风生水起，就想：我们为什么不能做‘第三方物流’呢？其实当时听到有人在谈‘第三方物流’这个概念时，我们也不太明白它的具体含义。我清楚地记得，为了弄明白其意义，我利用双休日去上海图书馆四楼查阅外国原版的物流书籍。在对其有了一些初步理解后，我立刻回到单位，与班子成员一起商议，并统一意见，决定在B区（港区）拿出7000多平方米的一栋建筑，与上实集团合资成立一家内资物流公司。从此，我们在自己的地盘上开始了物流业的征程。”舒榕斌作为曾任外高桥保税区的董事长，对他们当时创办自己的物流业给予了高度评价。

2001年5月22日成立的“上实外联发国际物流公司”，注册资金1.4亿元人民币，后来成为外高桥保税区最大且功能最完善的第三方物流企业。不仅承接并出色完成了国家赋予保税区和海关的多项改革试点任务，企业实力也不断提升。2017年，公司成功上市，其业务范围从外高桥扩展到整个浦东及海外地区。

用外高桥人的话来说：保税区办得好不好，只需看这里的物流是否热闹，进出货物是否多就行！

在保税区内，有几位老员工喜形于色地告诉我，他们曾经经历过保税区的几次热闹场面——

“最早的一个时期是1993、1994年，那会儿保税区最热闹的就是进口汽车，而且以高档汽车居多。最火的时候，库存车辆上万辆，2万平方米的仓库和上万平方米的堆场，以及仓库旁边的绿化带上都停满了车子……那场景真是壮观、气派！”我在写《浦东史诗》时，采访过现在大家都知道的浦东“汤臣一品”楼盘的现任老板徐枫。徐女士是台湾人，她的先生汤君年当年投资浦东，委托外高桥进口了一辆奔驰600和一辆加长林肯牌高级轿车。“从吴淞码头提车开往保税区的路上，我们的车子被警察一路拦截。那个时候上海人没有见过这么豪华的大林肯，所以每逢一个路口，警察们就把我们的车子拦住，说是要看看。这横看竖看，开始以为出什么事了，后来警察们才说，实在是他们太羡慕这豪车了，所以非得借此机会好好看看这林肯到底有多‘豪华’！”徐枫女士说完，笑了。

这是外高桥特别辉煌的岁月。

近日，上海的马路上出现了从外高桥保税区提走的“大林肯”，而且是一辆接一辆。然而，上海人发现，这种长达十来米的“大林肯”并不适合在上海的道路上行驶，因此他们将车卖给了婚庆公司和北方人。

婚庆公司和北方人开着“大林肯”，可是发了不少财，享了不少威风啊！

“何止是‘大林肯’！那些年里，全国八成以上的豪车，都是从我们这儿提走的。那时候有人说外高桥上的风景就是‘世界顶流’……‘顶流’你懂吗？”外高桥人说道。

我微微一笑，心想：“我们”祖上是老上海人，自然懂这句话。

如果深入了解外高桥开发区和保税区，我们会发现：这里的经济形态和运营模式，实际上体现了“活力”和“自由”。这种“活力”依赖于人的创造性和主动性，而“自由”虽然听起来像是个人的事情，但在中国，它更多的是在政策允许的范围内，也就是法律法规的宽度与广度的限度内。有人把“保税区”比喻为“戴着镣铐跳舞”或“笼子里的奔放”。这种比喻在一定程度上低估了中央赋予浦东新区“示范”和“试验”的使命与责任。外高桥的一位资深开发人员曾对我说过这样一句话：其实，我们外高桥的发展，包括保税区的运营，都是在中央和上海给出的大方向的引领下，由我们自己在实践中摸索着前进的。一旦需要创新和突破时，我们参考和借鉴国外已有的做法，再通过实践来形成我们自己的开发模式和完善机制，最后向上提出政策性、法规性的建议，最终获得中央政府和上海市政府的批准与许可。

简大年曾任浦东新区副区长、中国（上海）自由贸易试验区管理委员会副主任，并在外高桥和保税区担任领导职务多年。在他回忆“外高桥工作岁月”时，总是不忘一件“印象深刻的故事”，这也是关于“物流”的——

外高桥保税区和开发区的“物流”概念，最初仅限于那“一亩三分地”里面和浦东地面上的那些业务，当然这一范围内的“物流”其实也相当大。但后来的外高桥人又把目光从地面投向“水面”，将“保税区”的政策优势外溢到东海、长江和黄浦江的广阔水域，开展集装箱物流业务。

不想这“闸门”一开，真可谓“黄金万两”！

简大年表示，管委会在此期间重点支持一家名为“中谷物流”的公司的成长与发展。

“中谷物流”究竟是什么来头？在“百度”上快速搜索后，出现了许多关于“中谷物流”的条目和新闻：原来，它在海运物流业早已声名显赫！

不久前，“中谷物流”在上海浦东举办了成立30周年的庆典。董事长周斌表示，作为中国最早专业经营内贸集装箱物流的企业之一，中谷海运（中谷物流的母公司）始终肩负着“用集装箱改变中国物流方式”的企业使命。通过践行“文化先行、创新驱动、使命引领、人才为重”的发展战略，公司得以稳步发展，不断壮大至今。

周斌既是“中谷物流”的董事长，又是中谷海运集团有限公司的总裁。他对外高桥“保税区”内诞生的“长子”——“中谷物流”给予了很高的评价：这是外高桥“保税区”的乳汁哺育成长的“中谷物流”。

从最初的95万标箱，到十年后的近千万标箱，中谷物流依靠外高桥和保税区充足的“奶水”，滋润了公司成立以来年均超过20％的增长率。其在内贸集装箱物流市场中占据全国总量的22％，运力在全国集装箱运输公司中排名第二，成为浦东和上海地区不可替代的水上集装箱运力大户。

“因为中谷物流，我们通过上海港的中转，与世界更近了……”我在苏州老家的张家港和常熟的港口观景时，当地人这样说。

家住在离长江很近的地方，小时候我就喜欢到江岸上去看江中来来往往的轮船。那时，长江上常见的是一队队的拖船——它们通常由一艘机械动力船带领着，或承载货物前行，或驶向远方装载货物，船上的货物大多是散装和小包装。而如今，长江上行驶的是标有“中谷海运”字样的巨轮，它们驮着高高叠起的集装箱。从岸上望去，就像一座座“箱山”，在奔流不息的江水中，乘风破浪地向前移动，欢唱着……

听苏州老乡说过一句话：大上海、新浦东是大动脉，大动脉通畅了，我们长江沿线和全国各地的脉络就会通畅，热血沸腾，国家就更有希望。

是的。当我们站在外高桥，眺望从这里延伸到远方的海、陆、空每一条通畅而繁忙的运输线路时，会发现物流的概念已不仅仅是路上的车辆、车上的货物、船上的物品和飞机舱内的载运，而是包括天上的云、海上的浪，以及电脑上的流量、网络上的数据，甚至涵盖买家和卖家的心理指标和未来趋势……

“来来，请进——”有一天，我路过外高桥的英伦路，真的被一家超大型的“全球汇”的女经理引了进去。

这家“全球汇”既是外国商品的展示地，也是一个直销点，其功能是商场与展厅的结合体。里面的商品都是生活日用品，也就是每个人、每个家庭都离不开的食品与生活必需品，可谓种类繁多、琳琅满目。有来自不同国家和地区的优质特产，如法国葡萄酒、西班牙巧克力、巴西烤肉、突尼斯的橄榄油等等。当然，还有来自格鲁吉亚、南非等以前不常见的中小国家和欠发达地区的优质商品。

“我们‘全球汇’，是保税区内第一家‘买全球’‘卖全球’的食用消费品方面的国际贸易机构。2008年就成立了……”这里的女经理叫李春曦，她是外高桥国际贸易运营中心有限公司的副总经理，“全球汇”是企业商品的上海展示中心。

“这里既可以洽谈商品买卖，也可以直接购买到想要的商品。而且，价格会比一般市场上的同类商品便宜一些，因为这是在‘关内’。”她介绍道。

我发现，所有货柜上的商品确实标有人民币的价格标签，这意味着可以用人民币支付，也可以使用手机支付。李春曦点点头：“完全可以。”

“这有点像我们年轻时去友谊商场……那个年代只有在友谊商场才能买到外国商品。”我所说的这些，现在的年轻人可能没见过。

“那时候，在友谊商场买东西是需要外汇券的。现在在这里买任何外国商品就和所有国内商场一样：只要支付人民币就可以了。”她说道。

“这太好了！”我忙问，“除了这个直销中心外，其他地方还能买到这些外国商品吗？”

“有啊，上海就有几家……‘全球汇’在全国最多时有50多家分店。但我们这里是最早的一家，而且是最大的直销店。”李春曦指着身后的各个富有特色的商品展区，说，“这里不仅面积大、商品多，关键是还有国家馆。每个国家独立成立一个商品展示‘国家馆’，这完全是对方国家特别授权的。”

“你看，那边的澳大利亚馆，是较早在我们外高桥设立的商品展示国家馆之一，他们的驻华大使亲自到这里为馆厅揭牌剪彩呢！去看一眼吧——”李春曦说着，就带我到那个颇具海洋风情的澳大利亚馆参观。在那里，与其说是观看陈列的该国特色商品，倒不如说像是在游览澳大利亚风情……

走访几个国家馆，不仅被世界各地的美味、丰富多彩的食品和生活用品所吸引，还深深地陶醉于别样的异国风情。在这些国家馆内，可以看到平时我们很难接触到的异国特产，比如蒙古的伏特加、叙利亚的玫瑰茶、亚美尼亚的金酒、匈牙利的托卡伊甜酒、东帝汶的咖啡豆、德国的蛋白粉等许多享有国际声誉的商品。

“经过并不长的时间，我们已经在此汇集了全球34个国家（地区）的商品交易平台，去年一年全球汇集成引进的贸易交易额达4亿多元……”边走边听李春曦介绍，令我频频点头称是。因为从一个普通消费者的角度看，我认为“全球汇”这样对百姓消费具有广泛吸引力的国际贸易市场，其实在中国市场的潜力大得很，而且这种交易不仅仅是商品买卖，还有更深的文化意义。所以在离开“全球汇”时，我向李春曦表达了自己的感受：“全球汇”汇的已不仅是商品，更多的是文化与情感。

“你说对了，这是我们这个平台最有意义的事情！”李春曦颇有成就感地说道。

在所有的商品交易中，中国对与文化相关的商品交易是极其谨慎的。如果我们深入观察西方国家，也会发现他们在精神与文化方面的商品交易同样十分小心翼翼。如果说西方世界愿意“放开”的文化产品或者精神产品，那一定是符合西方价值观的，并且有可能对我们的国家和人民造成危害。

这是我在采访外高桥的过程中，一直关注和思考的一个问题，或者说，我特别想了解和观察这里是否存在文化或文艺类的国际交易。

“有啊，我们这里有一家名为‘自贸文投’的公司，他们那里有专门负责这类事情的团队！”

“是不是胡环中董事长他们家的那个院子？”我突然想起了。

“正是。”哈，原来外高桥真是要啥有啥！

老熟人胡环中是外高桥集团股份公司的副总经理，同时还兼任上海自贸区国际文化投资发展有限公司的董事长。之前我们因多次在浦东共同参加一些文化活动而熟悉。胡环中董事长听说我要去采访外高桥国际文化贸易的情况，欣然邀请我：“欢迎来我们这儿指导。”

与其他“保税区”（自贸区）不同的是：上海国际文物艺术品保税服务中心的大院有点安静。当我向工作人员讨教为何此地没有像码头和其他园区那么“车水马龙”时，他们笑了，解释：这个院子赚钱靠的就是“安安静静”。

这是何等玄妙？

“你看到院子里的两栋楼了吗？一栋是我们公司的办公楼，另一栋是全上海乃至全国最大的国际文物艺术品保税仓储设施……宝贝都在里面呢！”环中先生指着院子里的两栋楼说道。

原来这样啊！办公楼显然可以进进出出，但静默耸立在那里的另一栋却颇有些神秘：两栋楼之间没有墙相隔，但有一道高而结实的围栏……以及好几位站得笔挺的安保人员。一看，便是“重要禁区”。

“跟我来——”接待人员在董事长胡环中的批准下，给了我一张“通行证”，便带我往那栋“藏有宝贝”的楼里走去。由于他本人工作繁忙，便让负责保税服务中心后勤保障的刘淼副总经理接待我。

这是一次开阔眼界的现场观摩。

“你们所说的‘宝贝’是不是指那些可以交易的文化艺术品和文物？”我请教刘淼。

“可以这么说。艺术品是肯定的，而且它们来自世界各地，目的就是达成交易。涉及文物的，我们国家肯定是要有关部门允许和批准才可以在这里交易……国外的也是同样道理。”她这样回答。

“里面最值钱的宝贝是什么？”出于好奇，我想多了解一些。

“那就多了！有些是无价之宝，有些则明码标价，几百万、几千万，甚至上亿元的都有……”

“那真是宝贝啊！”

说话间，我和刘淼等人乘坐特殊的电梯往楼上走，随后在安保人员的引领下，不断换乘两三次电梯。而且每换一部电梯、每走一段走廊，前后的门都要依次先关后开。那森严壁垒的程序告诉每一个来访者，在这栋楼里，想随便进出绝对是不可能的。这也证明这里藏的宝贝确实是价值连城。

在工作人员的示意下，刘淼和安保人员带我走进一间厢式仓储间。这个三四十平方米的库房里，陈列着几件“老古董”，是清代康熙皇帝用过的衣服和佩饰品。每件物品都明码标价，价格从几万元到几十万元不等。

“是卖家放在这儿的吗？”我好奇地问。

“对。一般有标价的物品，说明是可以进行买卖的。也有一些没有标价的，那是藏家或货主存放在这里的。”刘淼解释道。

“如果有人有意购买，你们会先让他们看货，然后再与货主洽谈吗？”

“对的。我们有一个平台，名为‘上海国际文物艺术品365保税服务平台’，它是一个全年全天候服务的平台，并且具有一般平台所没有的保税功能。在这个平台上，我们专门介绍如何进行国际文物和艺术品交易的知识、手续及各种信息，买家和卖家可以随时了解。如果买家和卖家有意进行交易，就会前来验看实物，并通过我们与货主商谈价格。我们公司通过运营这个服务平台，形成资源和信息的交流集聚，促进文物艺术品的交易和流通，并收取一定服务费用。”刘淼非常内行地为我介绍道。

有件事我很好奇：“楼里真的都装满了宝物吗？”我看着那庞大而坚固的建筑，问道。

“这两年受到整体经济环境和贸易冲突的影响，存储和交易量有所下降。但通过一些创新举措，目前正在逐步恢复……”工作人员说道。

“这是否意味着交易和你们的收入减少了？”我忍不住想要追根问底。

“从交易数量来看，确实有所减少。但这并不一定意味着我们的贸易收入会减少，有时候情况可能正好相反。”

这有什么道理？

“这就是365保税服务平台的魅力所在。”刘侃侃而谈道。艺术品的特殊属性，使得它既有价值，又通常没有明确的价格。有价与无价是相对的，具有某种特定性。比如，某一类艺术品，当它数量多时，价格就容易显现。而如果它是独一无二的，其价格有时就难以确定，因此人们通常称其为“无价之宝”。

“我们保税区自从开设文物艺术品保税服务平台以来，一方面使过去私下、不合规的国内与国际文物艺术品交易成为公开、合法合规的活动；另一方面，由于我国的信誉度和国际地位不断上升，一些国际艺术收藏家和玩家出于种种原因，将他们最宝贵的珍品寄存在我们这里。有些珍品根本不参与交易，只是存放在我们这里。你问这是为什么，原因肯定是多方面的，也可能是出于安全考虑。当然，还有许多原因是货主不愿公开的，比如他们的国家和地区存在战乱、社会不稳定等问题，所以他们将自己的宝贝放在我们这里，由我们妥善保管。而且这样的珍品，本身可能就是无价之宝。一两件可能抵得上其他十件、百件。”她的话中透露出许多文物艺术品交易的特性。

“所以有这样几件物品放在你们这里，即使它们不在平台上交易，你们与货主之间其实仍然存在租赁方面的交易，是这个意思吗？”我似乎有些明白胡环中他们的“生意经”了。

曾经在十多年前，北京电视台有一档由著名学者王刚和香港的大收藏家翟建民主持的《鉴宝》节目，轰动一时。后来，香港的翟先生请我为他写一本有关收藏界的书，名为《真假之间》。香港的收藏界有许多离奇的故事。我印象很深的是这样一件事：据说有一位大亨，从事海运生意，赚的钱可谓是天文数字。后来，他开始收藏艺术品，尤其是一些稀世珍品。但他从不将这些珍品放在家里，而是寄存在异地他国，不让家人知道。有人私下问他为何这样做，他坦言：如果放在家里，我的几个儿子就会不安心，整天琢磨如何弄到这些艺术珍品。因此，我宁愿花些钱将它们放在别人手里，这样我更放心。

“确实如此。”在外高桥自贸区的文物艺术品保税服务平台，我得到了类似的证实。

于是，我不再有什么值得怀疑的理由了：在艺术及其交易的世界中，其运营方式和轨迹与艺术本身一样奇妙。如果从盈利的角度来看，得出的结论是：稳赚不赔，潮涨潮落本属正常，最终呈螺旋式上升趋势；如果从艺术的属性来看，它如同美酒，储藏时间越长，醇香的味道越浓，香气能够陶醉人心。

这大概就是浦东外高桥为何率先开展国际文物艺术品交易的“生命力”所在。更何况，中国是一个历史悠久的文化大国，神州大地和民间所持有的合法文物艺术品，本身就是全人类可以共同欣赏和享用的财富。随着国家的发展和人民生活水平的提高，身边有钱人比比皆是，爱好文化和收藏艺术的人大有人在。而国际文物艺术品交易早已是世界经济活动的一部分，以其坚韧而独特的方式，在种种跌宕起伏的风云变幻中，始终保持着异常活跃的生命力，受到不同国家、不同民族的人们的认可与喜爱。作为东方文明大国，我们岂能避之、离之、弃之！

情至此处，我不由得感叹国家决策者的英明，也由衷敬佩浦东人，尤其是外高桥人的勇于创新精神。

“我们不仅仅是一个文物艺术品服务平台，还有许多其他内容……”原来“自贸文投”承担了多项国家和上海及浦东新区的国际文化贸易职能，其中包括全国第一个国家级对外文化贸易基地。

“这里可能是全国唯一一个具备全产业链和如此产业规模的国际性文化贸易场所。”工作人员非常自豪地告诉我，现在这个国家对外文化贸易基地内入驻的企业已增长至1400余家，年贸易规模超过350亿元。

真没想到，这里竟然有这么大的一个市场！在胡环中的“国际文物艺术品保税服务中心”大院门口，几乎看不到像外高桥港口物流园区大门前那种车水马龙的繁忙景象，偶尔有几辆车进出。这里的工作人员对我笑着说：“进我们院里的人，可能只带一个皮包，但它的价值可能比几卡车的芯片还要高！我们这里的某个交易物品，或许就能产生上亿元的交易额……”

这一点我完全相信，否则人们为什么说真正的艺术品是无价之宝呢？当一种文化和艺术产品被估价时，其实它可能就失去了真正意义上的艺术价值。而当一种新的艺术产生时，它往往并没有即时的市场价值。文化和艺术的价值是由人为的利用与认知所驱动的。而这种驱动本身就是社会活动的一种形式，是推动生产力和人类社会发展的重要因素。因此，文化交易与其他经济交易一样，没有这样的交易，许多客观存在的东西就可能被视为无价值。久而久之，伟大而精美的艺术品，包括文化精神产品，如果不被有效地交易、推广与输出，最终将消亡或被淘汰。所以，交易是文化艺术产生真正价值的一条不可缺少的通道。在全球化市场经济的条件下，谁掌握或占领了国际文物艺术品的交易市场，谁就可能成为引领世界文化与艺术发展的先锋。而一旦这种格局形成，可能不仅仅与一个国家、一个民族的意识形态相关，也与人们的生活水平密切相关。

外高桥的这个“国际文物艺术品保税服务中心”虽然看似规模不大，也远不如“保税区”（自贸区）的其他交易市场那般热闹纷繁，然而它就像矗立于高原上的一片湖泊，表面看似平静与安宁，实际上平日里稍有一缕白云在天上飘浮而过时，它都深深地映在湖面上。如果地球发生一次震动，它会掀起惊天巨浪，暗涛汹涌，甚至泛滥四周……说到这里，我的脑海里突然涌起了在访问希腊时，曾经我驻希大使跟我讲过的一件事：希腊雅典的艺术博物馆中陈列了许多古希腊的艺术品，其中有一部分是卫城的残墙雕塑艺术品，其珍贵程度是罕见的，更不用说它的经济价值。但由于几次战乱，特别是欧洲大陆上的强国欺凌弱国的历史中，许多卫城残墙艺术品却在大英博物馆和一些欧洲老牌收藏家手里，因此作为已经在世界市场上出现交易的这些卫城艺术品的归宿问题，一直是国与国之间政治与经济实力的较量。中国也曾遭受侵略者的多次强暴，许多珍贵的历史艺术品流失在外，成为国际文物和艺术品交易市场上的热门货……自然不用说，像文明古国的埃及、伊拉克等，都有数量众多的文物和艺术品散落在世界各地。这便是国际文物与艺术品交易活跃的源流之一。国家和朝代的更迭与消亡，更是这一国际市场形成滚滚潮流的“大江大河”。而这一市场到底有多大，曾经有个美国著名藏家说过：它绝对超过当下全球最热门的芯片交易市场的几倍、几十倍。

国际文化交易市场不仅仅局限于“文物”这一领域！你说它不是一股经济洪流，还能是什么呢？任何真正的强国，都不可能忽视它的存在或主动放弃它。中国也不例外，我们刚刚建立了一个符合国际机制的“文化对外交流平台”——外高桥无疑是我国第一个充满希望的窗口。

我们再来看胡环中他们的公司。实际上，这里承担了国家和上海对外文化贸易的六大中心功能，其中包括：国际文物艺术品保税服务中心、国际文物艺术品交易中心、自贸区国际艺术品交易中心、自贸区文创 IP 运营中心、自贸区艺术品评估鉴定中心和自贸试验区版权服务中心等。

原来一个“国际文物艺术品保税服务中心”有那么多“讲究”啊！

“那是。文化市场上的‘门道’，实际上并不逊色于纯粹的工业产品……”一位自信的工作人员如此说道。她举例说明：比如，一个国际文物艺术品的大买家想要将一件价值数亿元的珍品卖到中国市场，那么他就需要通过外高桥这个保税区（自贸区）文物艺术品交易平台。除了常规手续外，还需要进行“鉴定”吧！同样，国内的艺术品卖家想要将某位大师的作品卖给国外买家，也需要“鉴定”等必要的权威证明。“这一部分费用，我们会按照低于国际价格的标准收取。当然，更多的还是服务……比如举办书展、论坛等活动。”工作人员补充道。

作为在中国作家协会出版集团担任负责人十多年并且是一名独立作家的我，自然对“国际版权服务”这一领域的工作形态和成果充满兴趣。

大楼里有一层独立的区域，上面挂有“中国（上海）自由贸易试验区版权服务中心”的大标牌，看上去非常气派。这是我国面向全世界开放的一个版权服务中心。稍显遗憾的是，国内的作家和艺术家中了解它的人还不多，否则这里会非常热闹。据我在作协工作中所知，仅中国作家协会会员一年产生的版权数量就至少达到千万级！艺术类版权的数量绝对不亚于文学类版权。

“您说得对，您看，我们这里的版权登记中，仅美术类一项的数量，就是文字类的五倍以上。”工作人员指着电子屏上显示的数据，接着说道，“从2023年登记数量来看，结果是相当喜人的，占了浦东新区版权登记总量的70%、全上海的50%。”

客观地说，这个比例已经相当不错了。

除了版权之外，这里还有两项文化服务职能值得一提：由中宣部批复的首个以进口为主的艺术图书展会。据工作人员介绍，他们举办的首届艺术书展非常成功，共有35家知名出版社、博物馆等机构参展，现场共有7场特别发布和20场活动，形成了国家对外文化交流和贸易的一种新形态。

“上海作为中国开放度最高的城市之一，这里有许多对外文化贸易与交流的平台，如一年一度的‘进博会’。在‘进博会’上，我们设立了‘文物艺术品专区’。例如，近几年在第四、第五和第六届‘进博会’上，共成交了137件文物艺术品，交易额达到18亿元……这是一个令人振奋的数据！”

“我们还有不少你比较熟悉的活动，比如‘上海对话高峰论坛’‘上海国际艺术书展’‘自贸区艺术季’等活动，成效不错，也很热闹。”原来胡环中他们的“自贸口袋”里还真有些真货哟！

“这是我们与国家博物馆合作生产的文创产品……请参观指导。”刘副总经理把我带到一个琳琅满目的文创展厅。在这里，我们可以尽情饱览那些连我在北京都没见过的许多“国博好玩的”创意文化产品。

“老外很喜欢它们。”刘副总经理说这话时表情很灿烂，显然这一块的生意也在对自贸区的国际交易产生影响，为 GDP 的增长添力。

“哈，那是自然。”大家都笑得很灿烂。

走出幽静而庄重的“国际文物艺术品保税服务中心”，我的心中泛起的波澜丝毫不亚于参观外高桥保税区的港口、码头以及那些工业与科技园区的感受。也许因为我本身是文化人的缘故，更能体会到这个世界上有一项特别重要的经济活动，而中国作为发展中国家还未真正意义上对其开放大门，这便是浦东外高桥正在尝试并刚刚迈出步伐的“国际文化贸易”市场。这将是一个巨大且超越数字意义的人类重要活动，因为任何巨量的经济、巨额的存款和财产，都无法与一件艺术品、一首诗歌、一部文学艺术作品或一个伟大思想家的经典著作相提并论。它们不仅具有可观的经济价值，更拥有无价的政治和精神价值。尽管现在是信息化社会，但由于地球太大，各个国家和地区在制度及文化认知上存在差异，许多人类优秀的文化仍然处于局部甚至静止的状态。因此，交流与交易是促进全人类文化、思想和情感融合、吸收和相互影响的关键，其空间和意义远超可见的经济指标、黄金储量等有形的财富符号，能够掀起浩荡的东风，为普天下的人们带去温暖与福祉。

我确信，在这方面，外高桥的这股“浩荡东风”将比任何其他地方吹得更加强劲壮美。

这份期待已存于我心。巧得很，写至此处，正值我应邀参加第九届“上海对话”高峰论坛。听到浦东新区宣传部长黄玮女士致辞中的一段话，着实让我感受到一种理性的激动。她这样说——

> 我们以“先行先试”扩大高水平对外开放，构建促进海外文物回流的“主阵地”。制定了国内文化领域首个“浦东新区法规”——《上海市浦东新区文物艺术品交易若干规定》，创新实施自贸区文物临时进境“6个月 ×N”延期出境管理制度，确保交易便捷、安全、可控。

我们通过“制度创新”打造最优营商环境，努力将文物艺术市场发展成经营的“首选地”。创新保税区（自贸区）的文物进出境审核服务站。2023年，共办理了297批次、共计10219件的文物进出境审核。

我们通过“功能优化”提升要素资源配置能力，构建文物艺术品产业的规模化“集聚地”。依托市、区的共同推进，建设“上海国际文物艺术品交易中心”，全方位展现更开放的政策、更优质的服务和更活跃的市场，增强上海文物艺术品市场的全球配置能力。

确实，外高桥的国际文物艺术品交易是中国连接世界文化艺术类商品交易的“主阵地”“首选地”“聚集地”“金高地”等。

毋庸置疑。

11. 诞生中国“自贸区”

我的手机里一直保存着一张1993年时浦东的照片。那时，陆家嘴只有一座“东方明珠”耸立在那里，而且还未完全建成，看起来十分不起眼。它周围的土地刚刚开始进行拆迁和平整。用上海本地人的话说，那真的是“半点卖相都没有”。自然不用说，那时只需走到距“东方明珠”一公里之外的浦东，人们能见到的就是典型的中国乡村景象。因此，浦东新区第一任管委会主任赵启正先生曾经跟我讲过一件事，这样就很容易理解了：当年在中国政府宣布浦东开发开放时，有些外国人认为这只是中国政府的一个宣传口号或一种姿态。比如，货币学家、诺贝尔经济学奖获得者米尔顿·弗里德曼先生就说浦东开发可能是个“波将金村”。

诺贝尔奖获得者的经济学家提到的“波将金村”是一个典故。传说在沙俄女皇叶卡捷琳娜二世时期，有位大臣名叫波将金，他建造了一个只有外墙的村庄以欺骗女皇。从此，“波将金村”成为国际骗局的代名词。

在二十世纪九十年代初的国际形势下，西方世界的许多经济学家和政治家都认为中国在经历了一场史无前例的“政治风波”后，不太可能重振快速发展的雄风。因此，大多数人对浦东的开发开放持悲观和观望的消极态度，尽管他们也确实希望到中国来赚钱。然而，他们觉得在中国当时的体制和制度下很难推行像发达国家之间的那种自由经济市场。因此，当外高桥保税区建立后，他们仍然持怀疑和观望的态度。

但他们对中国的认识总是存在严重偏差——外高桥的保税区大门一打开，1993年一年时间，就进驻了近千家外资企业，其中有一二十家是世界500强。到了五年之后的1998年，外资企业入驻保税区的数量达上万家，仅关税一项收入就达17亿元！

“你们上海不简单！你们摸着石头过河，结果为国家摸到了金子啊！”北京方面对外高桥保税区试验田的成功实践给予了充分肯定和赞扬。随之而来，中国对外贸易的“门缝”被一次次打开、打开……

其实，每一次的“开放”，实际上是国家赋予了外高桥在具体实践中的一次次自我调整与探索。其核心和根本的调整与探索可以用一句简单的话概括：以最方便和简捷的办法和到位的服务，让所有投资中国的企业能够获得更大的发展与更多利益。比如，保税区开始是画出一个圈，让外企在此独资办企业、做生意；后来是允许其把生产厂房和车间搬到保税区内，省去了产品的生产成本和运输成本，使产品利润大幅度提高；再后来把相关的产业链引入，整个保税区不再是“免税”和“低税”的优惠，而是“幸福地在一个健康、快速、茁壮成长的园区”——深根在外高桥保税区的德尔福（上海）动力推进系统有限公司负责人这样说，他们的公司原先以出口业务为主，2000年后由于国际汽车市场的萎缩和国内汽车市场的发展，便转变为以内销为主，并从简单生产制造升级为研发中心和亚太总部在外高桥。

“这个过程，外高桥保税区管委会为解决我们公司在发展过程中遇到的政策瓶颈，一次次专门到波兰、墨西哥调研，了解其他国家对德尔福发展的相关做法。回来后，外高桥保税区管委会迅速调整和推出有利于我们公司发展的新举措。这就使利德尔福真正在浦东得了福……”德尔福的名字好，他们说在中国浦东的外高桥运气更好。

一个保税区，似乎看起来，也就是有人想做生意、想多赚点钱，我们的管委会就是帮其实现这一目标等等这些事，实际上真正操作起来，有的时候是非常艰难的。

“比如说‘自由贸易’这个概念和形式，在全世界其实并不一样，各个国家、各个地区、不同发展水平的地方，实行的‘自由’程度是很不一样的。那么我们中国的保税区和‘自贸’到底怎么搞、怎样才能满足投资者的心愿和符合我国发展的实际情况，这中间有巨大的差异和空间尺度……最后到底选择哪一种方法、推出何种政策，需要我们拿出符合中国国情又能最大化利于投资者的方案。这就是外高桥保税区的试验任务与内容。它有时很难，很艰巨，但同时具有极大的挑战性。一次试验成功，就是一次中国对外开放的巨大进步，就是我们离世界更近了一步……”简大年对此有深切体会。

也正是这种“自由贸易”的世界性“自由”，所以中国选择何种道路与国际接轨，其实并非那么简单和容易。有两个制约因素：起步晚、体制性问题。然而，同样有两个有利因素：市场大，“特区特办”政策已有成熟经验可参考。当然，还有中国人的聪明与勤劳作为强大的后盾，以及“摸着石头过河”的渐进式探索精神。

截至2010年，我们会发现：经过近20年的发展，外高桥保税区其实从最初的几平方公里，已经发展到此时包括物流园区在内的28平方公里。而就是这个时候，浦东大地上又一个与“世界接轨”的更具特殊意义的“巨无霸”诞生了——浦东国际机场经过十余年的一、二、三、四期的建设，运营能力完全达到了总体设计目标。经国务院批准，浦东机场综合保税区正式成立。

这对浦东建设通向世界的“自由贸易”之路，第一次从单一的外高桥地区，转向更广阔的地方，在物理空间上被合理地拓展了。别看浦东机场的综合保税区仅有3.59平方公里的面积，但由于它与浦东国际机场连在一起，其紧邻货邮吞吐量位居世界第三的机场优势和处在亚、欧、美三角航运线上，其辐射功能和空港的快速运输等优势，使原本浦东只有一个主要依托港口优势的外高桥保税区的“自由贸易”程度获得第一次量级的提升，好比一个人原先参与“搏击”只靠一只手，现在多了一只手，可以左右开弓，力挽乾坤……

也就在同一时期，浦东的另一个备受瞩目的地方，也在紧锣密鼓地拓展其独特的国际魅力。这个地方已经开始取代长期位居亚洲海上吞吐量前列的韩国釜山港，以其无可替代的全球市场优势脱颖而出，集装箱吞吐量连续多年位居全球港口运力之首。

洋山港位于大东海岸边，是上海通向世界最近的地方，又有背靠中国经济最发达的长三角和蒸蒸日上的神州大地，以及面向无穷辽阔的太平洋的优势。如此天然条件，若其加入外高桥的“保税区”圈，浦东模式的中国“自由贸易”区，自然而然地正式在东方大国的土地上诞生……

条件成熟了。

外高桥经过二十余年的发展，积累了成熟的“保税区”经验，并与机场和洋山港形成了“陆”（外高桥）、“海”（洋山港）、“空”（机场）三足鼎立之势的“自由港”格局，机不可失！

好，应该可以把中国的“自由贸易区”方案摆到桌面上了！

完全赞同。

2013年的整个春天，北京方面关于在浦东正式设立“自由贸易试验区”的酝酿和讨论，从处级到局级，再到部委的各个层面，热烈而紧张地进行着……

各方意见逐渐达成一致。

3月底，外高桥管委会接到上级通知：总理将前来调研“保税区”的情况。

总理真的来了。在考察“保税区”后，他明确表示鼓励和支持上海积极探索，在现有“保税区”的基础上，进一步扩大开放，推动完善开放型经济体制机制。

这意味着中央领导支持我们正式建立“自由贸易区”了！外高桥和浦东的同志们兴奋地讨论着。

北京再次对上海浦东设立“自由贸易区试验区”的方案进行修改和完善。

经过一段时间后，终于可以提交国务院常务会议讨论了！

中南海，总理、副总理、国务委员，以及国家发展和改革委员会、外交部、商务部等部门的领导，还有上海市的代表，与浦东新区的代表一起走向会议室。

国发〔2013〕38号文件——《国务院关于印发中国（上海）自由贸易试验区总体方案的通知》，请发放给每位参会者。

“现在请大家对这一《方案》提意见。”主持会议的总理说道。

讨论开始……

最后，总理提议：“现在对《方案》进行表决。”

“好，通过！”

“通过！”

这是2013年8月17日国务院常务会议的情景。第二天，国务院办公厅向各省、市、自治区、直辖市人民政府及国务院各部委、各直属机构印发了《国务院关于印发中国（上海）自由贸易试验区总体方案的通知》及《方案》全文。这是一份具有历史意义的文件。正如《通知》所言：“建立中国（上海）自由贸易试验区，是党中央、国务院作出的重大决策”和“推进改革开放的重大举措，对加快政府职能转变、探索各级管理模式创新、促进贸易和投资便利化，为全面深化改革和扩大开放探索新途径、积累新经验，具有重要意义。”同时,《通知》要求上海市政府重点放在“探索建立投资准入前国民待遇和负面清单管理模式，要扩大服务业开放、推进金融领域开放创新，建设具有国际水准的投资贸易便利、监管高效便捷、法治环境规范的自由贸易试验区，使之成为推进改革和提高开放型经济水平的‘试验田’，形成可复制、可推广的经验，发挥示范带动、服务全国的积极作用，促进各地区共同发展……”

“批准了！我们要成立‘自贸区’了！”消息传到浦东、传到外高桥时，新区的热土上一片欢腾。

2013年9月29日，位于外高桥基隆路9号的“保税区”综合服务大楼焕然一新。从这一天起，大楼门口那块“上海市外高桥保税区管理委员会”的牌子正式更换为“中国(上海)自由贸易试验区管委会”。“中国(上海)”这几个字一挂上，原本已经是金字招牌的“外高桥”立刻升级为“钻石级”招牌。当时担任上海市领导的韩正在现场难掩激动之情，对浦东和外高桥的同志们说:“同志们，一定不要辜负中央和全国人民对我们的期望，把国家的这块牌子擦得锃锃亮的！”

“坚决做到！”

“必须做到！”

外高桥的人毫不含糊地回答。

不知是有意为之，还是时机巧合。29日挂牌之后，就是一个“国庆”长假。“但即使如此，我们也没有想到自贸区的成立，就像长了翅膀的喜讯，一夜之间，传遍了全中国；又在几天之内，传遍了世界各地……所以，10月8日是国庆长假后的第一个工作日。至今我仍然记得那天的情形，综合服务大厅的大门还未开，外面等着前来申请登记注册的排队人群已经黑压压地望不见尾了，而那一天在下雨，下得特别大……”这是自贸试验区综合服务大楼的一名老员工的回忆。

我特意在网上找到了一则当时的“新闻报道”。记者是这样描述的:

暴雨如注，狂风肆虐。这样的恶劣天气依然没能阻挡企业参与自贸试验区改革的热情。10月8日，中国（上海）自由贸易试验区挂牌后，正式受理企业登记注册申请。大批企业冒雨前来咨询。短短一天时间，试验区服务大厅接待了2000多人次，其中办理企业注册申请577人次。相比自贸试验区成立前每日约20家的企业注册量，增加了20多倍。

10月8日9时许，记者赶到外高桥基隆路9号——自贸试验区综合服务大厅，此时已有20多家企业的人员在窗口办理业务，大厅门外等候的人更多。排在队伍最前面的浙江温州商人孙宝华告诉记者，自己早在自贸试验区9月29日挂牌当天，就开始在周边“蹲点”，一方面可以及时咨询各种政策，另一方面也为尽早完成企业注册做准备。“今天早上6点，我就从陆家嘴打车到这里，目的就是想拿到第一号办事单，作为纪念。”他说，他准备在自贸试验区设立一家金融服务公司，专为小微企业提供融资服务。他在区内租下了20平方米的仓库作为办公用地，新公司的名字也已想好。“就叫美储上海金融服务公司，名字美丽又大气，以后生意肯定好。”10时左右，孙宝华成功拿到了“企业名称预先核准申请收件凭据”，完成了企业注册的第一步。

……

11时30分，综合服务大厅办理量已达880人次。截至15时，当天只有7家企业的名称预先核准申请成功得到受理，其余申请人因未带齐材料只能择日再来办理相关业务。但他们也没有白跑一趟，管委会昨天连开了4场自贸试验区业务集中讲座，邀请工商、外贸、金融领域的职能部门负责人为企业答疑解惑，200人的会议室每一场都坐得满满当当……

毋庸置疑，这应该是外高桥保税区成立以来又一次高光时刻。然而，这一次的意义不同，它已不仅仅是“浦东新区”的意义。其“以点带面”的试验田溢出效应，很快在浦东及全国各地得到了验证。

先是经全国人大授权给国务院批准了中国（广东）自由贸易试验区、中国（天津）自由贸易试验区、中国（福建）自由贸易试验区，也相继成立。

这是从点到面的溢出过程。

中央对浦东的中国（上海）自贸试验区的推进也加快了步伐。一年半后的2015年4月8日，国务院再次印发了《进一步深化中国（上海）自由贸易试验区改革开放方案》。该方案要求上海、浦东方面在自贸试验区内“继续积极大胆闯、大胆试、自由改”，并“探索不停步、深耕试验区”。最重要且根本性的决策是：将中国（上海）自由贸易试验区的外高桥保税区、外高桥保税物流园区、洋山保税港区和上海浦东机场综合保税区这4个海关特殊监管区域，扩大到陆家嘴金融片区、金桥开发区和张江开发区。其总面积也从原来的28平方公里迅速扩展至120.72平方公里。

这意味着什么？意味着浦东每一个开发区都将成为“自由贸易”的国际开放区域，可以像外高桥保税区一样，成为“离世界最近的地方”！

“他们有的，我们也有了！大家都有了！浦东要全方位走向国际，与世界接轨了啊！”陆家嘴的人在说，金桥的人在说，张江的人也在说……浦东人都在这样说。

然而，这也仅仅是外高桥保税区“溢出效应”的第一波和第二波。

时不过两年。2017年3月30日，国务院再发《关于全面深化中国（上海）自由贸易试验区改革开放方案》，其要求上海（浦东）方面“认真落实党中央、国务院决策部署，统筹推进‘五位一体’总体布局和协调推进‘四个全面’战略布局，坚持稳中求进工作总基调，坚定践行新发展理念，坚持以制度创新为核心，继续解放思想、勇于突破、当好标杆，进一步对照国际最高标准、查找短板弱项，大胆试、大胆闯、自主改……”

这些话代表了什么意思和内容？笼统地说：就是中央要求我们把中国

的自由贸易试验区，办成世界最高水准，服务于全球，能够与上海国际金融中心、具有全球影响力的科技创新中心建设产生联动，不断放大自由贸易试验区的政策集成效应的试验区，同时还增加了服务于“一带一路”建设和长江经济带发展的两大新任务、新使命。而且给我们确定了到2020年率先建立同国际投资和贸易通行规则相衔接的制度体系，把中国的自由贸易试验区建设成为投资贸易自由、规则开放透明、监管公平高效、营商环境便利的国际高标准自由贸易园区，以及健全各类市场主体平等准入和有序竞争的投资管理体系、促进贸易转型升级和通关便利的贸易监管服务体系、深化金融开放创新和有效防控风险的金融服务体系、符合市场经济规则和治理能力现代化要求的政府管理体系，率先形成法治化、国际化、便利化的营商环境、公平、统一、高效的市场环境。注意，中央规定的任务中，特别强调了“体系”建立和环境构建。所有这里的试验与要求，都是为了在改革试点成功后，在浦东新区范围内甚至要在全上海扩大……这个意义就远远超出了一般我们过去认识的层面了，因为中央着意要把我们外高桥积累起来的试验自贸区的经验与做法，拿到全浦东甚至全上海去推广了呀！啥意思？就是整个浦东和上海，都将进一步全面地开放嘛！

我终于也有点明白中央当年在外高桥“画”出一个“圈”搞保税区试验的真实意图了：中国要大发展，我们的大门就不是仅仅开一条“门缝”，而是要在浦东和上海这样具有全面开放的地方，把对外开放的大门全部打开……

外高桥的“自贸”效应已超越浦东和上海的范围。2018年4月13日，党中央在充分肯定上海自贸试验区经验的基础上，作出了一项历史性的重大决策：将海南全岛设为自贸试验区，其力度超过以往所有上海的“自贸试验区”版图。海南作为一个岛屿，从地理位置上看，比浦东更具自由贸易港的优势。北京方面此时向上海和浦东传达了一个观点：你们浦东和上海是中国自贸区的母体或孵化器，而海南是推广系列自贸区的种子田。

是啊，没有母体，何来子孙后代、千秋伟业！浦东外高桥对此感到颇为兴奋和安慰。不是吗，如果没有外高桥一步步的试验与攀登，哪来“中国式自贸经验”推广至其他地区？

作为中国“自贸试验区”的发源地，上海浦东在看到海南全岛成为“自贸试验区”的国家重大战略决策开始实施时，2019年8月6日，国务院下发了《中国(上海)自由贸易试验区临港新片区总体方案》，宣布设立中国(上海)自由贸易试验区临港新片区。中央的这一决策让上海和浦东人民欣喜若狂，因为他们心中十分清楚：中央已经将上海自贸试验区保税区域创立的中国自贸经验和成果，结合临港的地理优势和世界第一大港的独特资源，在浦东临港新片区形成了真正意义上的中国自由港的“桥头堡”，发挥了领头羊作用。

至此，外高桥的“自贸”经验如同核反应堆一样，不断在中国大地上进行“裂变”。

先回顾一下上海自贸试验区保税区域经验所带来的“前期效应”：

第一个是广东自贸区，共有三个区域：广州南沙新片区、深圳前海蛇口片区和珠海横琴新片区，总面积为116.2平方公里。

同时期，福建自贸区包括平潭、厦门和福州三个片区，总面积为118.04平方公里。

以及天津自贸区的港区、机场和滨海新区商务片区，面积为119.9平方公里。

很有意思，第二批中央批准的三个省市的自贸新区面积基本上都接近120平方公里。

那时候，上海自贸试验区的总面积是120.72平方公里。“我们就是比其他地方的自贸区多一点点！”外高桥和浦东的人私下里开心地议论着。

120平方公里与119、118平方公里的差距虽小，但在外高桥和浦东人的心目中，他们认为这反映了中央对浦东和上海的看重。

这还用说吗？自贸区建设中，上海的浦东和外高桥就是“领头羊”“第一位”，这是无法否定的。我心想：北京方面的决策团队中肯定有“上海人”，要不然怎么会这么了解上海人的小脾气呢？

当我和浦东人、外高桥的人聊起这件事时，大家都笑了，甚至笑得快要流出眼泪，因为我把这点“小心思”揭露出来了。然而，我们很快收敛了笑容，变得非常认真而严肃地指出：外高桥和包括浦东其他几个自贸试验区所积累的经验，看似每一条都可能是简单的文字表述，但当你深入其中，细致了解其内容和奥妙时，就会发现，它实际上涉及世界经济贸易过程中异常复杂而纷繁的国际关系、国与国关系、不同民族之间的关系以及各种不同贸易组织之间的问题。事实上，“自由”二字听起来很爽、很美丽，似乎也很人性化，然而当真正推到具体操作层面时，人们就会发现它比一团乱麻还要难处理。

“以外高桥保税区为基础成立自贸区后，我们就在中国自己的土地上，一点一点地根据国际自贸规则，同时结合中国的法律和政策进行探索和推进。一个接一个的难关被突破，一项项规则被确立。例如，2013年9月，中国（上海）自由贸易试验区的牌子在我们这里正式挂起来的第一天，我们就发布了第一份外商投资准入负面清单。最初，这份‘负面清单’共有190条，十年过去，现在只剩下27条。这160多条的差距，实际上是我们上海自贸试验区保税区域为日后中国各地自贸区的成立进行的探索。简单来说，我们外高桥先行了160多‘步’，每一步如何迈出，正是我们存在和先行的意义，也是外高桥为国家自贸区建设作出的特殊贡献。对此，我们感到自豪和荣幸！”保税区管理局的领导说的这段话虽然从文字上看并不抒情，但实际上可以看出他内心非常动情。

我能真切感受到。想不到在采写外高桥这部分内容时，恰巧另有任务让我到了趟新疆。新疆之行，竟然让我对外高桥“溢出效应”有了更新鲜和强烈的印象。因为去新疆之前，我根本想不到在那遥远的地方，竟然也已建起了“自贸区”，而且是乌鲁木齐、喀什、霍尔果斯都有类似外高桥，但又是有些不同形态的我国西北边陲的自贸区！

“上海浦东有的，我们美丽的新疆也应该有呀！”一位在乌鲁木齐自贸区工作的维吾尔族姑娘清脆甜美地对我说，“我还去过外高桥学习呢！我们新疆物产丰富，又是古丝绸之路的重要驿站，如今与中亚几个国家相连，陆上优势甚至超过上海。不过，我们的自贸区经验不足，浦东外高桥派来的专家正在帮助我们建章立制呢！”

最让我感到不可思议的是在霍尔果斯，这里竟然也有“自贸区”，而且这里的“自贸区”全国独一无二，因为它与哈萨克斯坦接壤，并且他们把上海自贸试验区的概念直接扩充和延伸到了哈萨克斯坦境内——建立了一块5.6平方公里的完全自由贸易区，其中中方占3.43平方公里，哈方占2.17平方公里——中哈跨境经济合作区。在这个区域内，所有经济、商业与贸易活动都是完全自由的，人也是自由的，你可以一脚踏在两国领土之间。我去的时候，自贸区的同志带我进入哈方区域，参观了商场与其他贸易设施。看到这片两国共同拥有的自由贸易环境，简直像自由世界一样方便、简捷。在这里，不管你是中国人还是哈萨克斯坦人，只要在两国各自的出口处出示身份证，就能自由进出。在这里购买物品是完全自由的，花的是人民币。当然，哈方人员到中方商店买东西，也可以用自己国家的货币。

“我们还有一片面积达16.58平方公里的‘四重奏自由贸易区’……”霍尔果斯市委宣传部的女部长向我介绍。所谓“四重奏”，即“配套区＋开发区＋综保区＋自贸区”，这是中央给予霍尔果斯这个边境开放城市的特殊政策。在自贸区成立之前，他们一直沿着外高桥的发展道路前进，“随行而走”。最初是“一线放开、二线管住”的“境内关外”中哈共同管理的配套区，其主要功能包括贸易洽谈、商品展示和销售、仓储运输、宾馆饭店、商业服务设施、金融服务以及举办各类区域性国际经贸洽谈会等。之后是边境地区的经济开发区，紧接着进一步开放至“综合保税区”建设，直到2023

年10月21日经中央批准成立的新疆自贸试验区霍尔果斯片区。

至此，中国首个西北自贸区诞生。经过十年的发展，外高桥的“自贸之花”已在各地绽放。

“这几步基本的做法，跟上海自贸试验区保税区域的发展进程几乎是一个套路啊！”我听后说道。

“是吗？我们就是按照外高桥模式进行的啊！”宣传部长说，“为了学习建设自贸区的经验，霍尔果斯至少派出了五六批干部到外高桥学习。”

我笑着说：“下次去外高桥时，别忘了通知我一声。我和外高桥的俞勇、胡环中等领导都很熟。”

“太好了！”女部长顿时再次兴奋起来。

这是我未曾预料到的事：正当我写外高桥时，却在大西北的新疆边陲城市，却看到了从上海浦东外高桥这座“桥”上透出的中国通向世界的迷人风景。

它真的很美，也很流畅……

12. 世界500强的“浦东蜕变”

我在上海浦东的时间一长，当地有些经济“门道”和“蛮开心”的现象，也会慢慢地看清楚，结论是：上海浦东人在经商中的情商、智商非同一般。日常中人们常说的情商，是处理人与人之间的关系中所表现出的“人情世故”；经商本身是一种“有钱能使鬼推磨”的冷酷与无情，然而在上海人的生意经里，非常讲究“人情世故”。这有很多方面的细节，令我感到他们的“不一般”。

另一种情况是：人们一般认为做生意的人，多数凭运气和使着蛮劲、横劲逮住个把机会发大财，通常智商不会太高。错了，在上海浦东人那里，经营者也可以把管理者纳入进来共同商议——他们的智商同样超高。而经商中所谓的智商，就是看问题、作决定，能高人一等，具有大局眼光，会从长计议，等等。

其实我在浦东的这几年中，接触的外商不下百位，其中那些大名鼎鼎的“世界500强”也有不少。可以这么说，看一个地方的经济如何、开放程度到底怎么样，数一数“世界500强”有几个，看看他们的“总部”是不是建在那里，了解下他们已经在那里落地生根了多少年，基本上就把这一方土地上的昨天与明天的景象，看出个大概。

浦东如此，自贸区的外高桥亦是如此。

外高桥的世界著名企业的名单中，有个“蔡司”我听了觉得有些耳熟，但又不敢确定，因为它有点与日本的“寿司”相似，让我这个经济外行人差点出了洋相。

后来听外高桥人介绍，这“蔡司”绝非日本的“寿司”的近亲，并非日系公司，而是德国企业，且是以制造精密光学仪器闻名于世的拥有顶尖技术的制造企业。

“蔡司”的全称叫“卡尔·蔡司”。它是欧洲的诞生于第二次工业革命时期最优秀的技术型制造企业之一。甚至从某种意义上讲，“蔡司”身后没有与之实力并列的同等企业。

翻开蔡司集团的历史，确实够牛！这家于1846年诞生于德国耶拿的公司，在其创始人卡尔·蔡司先生独立执掌这个精密机械及光学仪器车间的时候，保持了近20年的繁荣期。后来另一位创始人恩斯特·阿贝先生的加入，使得蔡司真正走上了世界光学精密仪器的领军道路，而且一直冲在世界最前沿长达近180年……

阿贝先生是物理学家和数学家，他在1872年创立的“阿贝显微镜成像理论”为整个人类的光学科技带来了革命性的动力源泉和技术支撑。1888年卡尔·蔡司逝世后，阿贝先生颇有远见地作出一项保障公司长期专注科学和技术目标的决定：成立卡尔·蔡司基金会。这是蔡司公司能够走了180年长久不衰的秘诀，深度影响了自己公司，也影响了其他世界著名企业的发展。

科学家已经证明，光学是解决人类发展和自身生命奥秘的最伟大的科学技术，没有之一。蔡司人就是如此专注这件事。

随着光科学不断发展，其用途几乎涉及人类社会的所有领域，所以蔡司的产品开发也变得更为广泛。蔡司公司在近百年的研发产品方面主要集中于四大板块：工业测量与研究光学仪器；医疗显微镜；半导体包括光刻机的“心脏”镜头；消费性光学产品，如眼镜等。

“只生产为人类造福的产品”是蔡司从不动摇的企业准则，同时也让它在全世界拥有了广泛的市场。

2023年，蔡司的年收入为100亿欧元，而它坚持把销售收入的15%用于研发的原则也从未改变过。正是科学至上的坚持，使它从1890年以来造就了36位“诺贝尔奖”获得者，从而声名远播，威震全球。

“因为蔡司公司做的产品，多数跟人的身体或健康相关，所以他们一直关注全球人口最多的中国市场。当新中国成立不久，西方国家因为受意识形态的影响而很少进入中国时，蔡司公司却在1957年就到了中国……那个时候，公司主要是销售产品给中国人，主要是为一些大医院提供医疗器材，尽管数量不算多，但绝对给中国人留下了比较好的印象。”蔡司人告诉我。

美约路60号，是蔡司公司在外高桥大中华总部所在地。一栋四层高的白色大楼，并不那么耀眼，符合蔡司公司一向低调的品质。然而正是它的这种不可撼动的内在品质，让所有对它有所了解的人都会产生暖心的印象。

踏进蔡司公司敞亮的院子，我在想近180年间，全世界有多少人被蔡司惠及过？很多人每年都会做的眼底检查，以及医生手术中使用的显微镜等，当然更不用说每时每刻不离手的手机、电脑等，哪一样离得开蔡司人创造和生产的产品呢？

外高桥引进这样的企业，何止是生意！那是一种崇高责任与使命，当然更是一种晒到我们身上的温暖阳光，以及生命的希望……

蔡司的车间，都是高科技生产线，不能随便进入，我们只能去“听”蔡司人说。

大中华区首席运营官谢磊，有着优雅的绅士风度，他领着我走到会议室。于是，我看到了墙上的一幅不知用什么材料塑成的人像。

“这就是卡尔·蔡司？”

“正是。”谢磊说，“这是我们的山东销售团队用玻璃原材料制作而成的一幅蔡司塑像……”

“蔡司像”看上去很简单，但令人肃然起敬：如果不是这位额头高高的欧洲“大胡子”的发明创造，人类有多少人要吃尽疫病的痛苦！

蔡司活了72岁，他的事业却辉煌了170多年，而且依然在无尽地延续着……

我站在蔡司像面前，短暂停留了十几秒，但想了很多，自然也更想知道他的企业在中国的情况。

产品陈列室其实并不大，但每一样产品，可能是几个亿元、几十个亿元的市场。例如有一台连中国的总理都关注过的微创全飞秒手术的激光治疗仪器，惠及全世界数以亿计的近视儿童和患者。

谢磊先生似乎知道我的采访需要什么重点，于是开门见山地报出了蔡司在外高桥和中国的业绩：“2021年起，中国已经成为蔡司公司在全球最大的单一市场，也是最具创新活力、增长最快的市场。2022年、2023年蔡司在大中华的年度收入达到135亿元，同比增长率超过20%。目前蔡司在大中华区共有7000多名员工，主要集中在外高桥……可以说，扎根外高桥是蔡司在近三十年间能够继续保持强劲的增长的动力源。”

“我还想听听蔡司在中国的更多详细的故事，你可别一掠而过啊！”我忍不住对这位蔡司的高管说道。

“啊，你要我讲故事呀？”

“当然。”

谢磊开始说：“蔡司是1999年到的浦东外高桥，就是冲着这里有保税区。这对我们公司有很大好处，因为当时我们在中国市场主要是销售产品，所有东西都得依靠进口，保税区就很方便。蔡司虽然是全球著名企业，但刚到外高桥时，我们的公司却很小，十几个人，但每一个进到蔡司的人都很勤奋，对公司也特别忠诚。我们有位老傅工程师是搞维修的，干了三十多年，去年刚退休。在一家外企工作这么长时间的，并不多。但我们蔡司公司像老傅工程师这样的情况很多。我们这里对员工满5年、10年、15年、20年、30年 …… 都会有奖励资金的。”谢磊很骄傲地说。

全球著名企业、近180年“老店”，那经久不衰的铁律和暖心的传统，值得所有企业学习和思考。

蔡司到外高桥之初设立的是一个贸易公司，然而没几年便成了一个大公司。“到2004年时，简单地把货进来，销售出去已经不能满足我们在中国市场的需求了，于是总部就决定在外高桥建工厂，开始组装，只是基本的零部件仍然是进口 ……”用谢磊的话说，这个阶段的蔡司生意，仍然是“两头在外”，“材料和市场在外，即中国市场约占我们在外高桥组装生产出来的一半产品，其余一半是卖到其他国家。”

“很快，中国市场的销售迅速增长，到2009年时，已经达到20亿元人民币。2011年，我们总部的‘一把手’专程来到中国，然后把100多名高管拉到南京，连续开了三天的会。不久之后，集团便制定了‘赢在中国’战略，明确了对中国市场未来的期望，从此蔡司中国拥有了全新定位：成为集团全球业务的坚实支柱。此后连续数年，我们的销售增长都在20%以上。”

“进蔡司之前你在上海干什么工作？”我见机问。

“我以前在上海标准计量管理局，现在的质量技术监督局工作。因为计量系统需要很多精密光学仪器，所以就对蔡司有所了解 …… 蔡司到浦东后，就投向这里了。”曾经从事计量工作的谢磊，说话办事“十分计量”——很严谨。

对这样的采访对象，最好的方法是顺他自己的思路走……

他继续说：“又过了三四年，中国市场的销售额达到30亿元左右。恰巧在这个时候，外高桥成为自贸区。我们蔡司公司看到中国政府的开放政策和浦东外高桥的产业环境越来越好，所以马上决定成立中国总部。通过外高桥的总部，开始在大中华圈布局，先后在苏州、长春、北京、广州等地成立销售公司，像在苏州等地还建了厂。蔡司之所以选择在这个阶段迅速在中国市场扩张，就是因为自贸区的政策，给了我们建立跨境资金池的可能。这对像蔡司这样的全球公司来说，非常重要。”

从蔡司的这位COO知道了“资金池”这一概念，也明白了作为全球顶级企业的他们必须重视的一件事，即资金高效流动与集中调配机制对其运营的重要性。没错，所谓的资金池，英文名叫Cash Pooling，实际上是一种资金的管理模式，最早是由像蔡司这样的跨国公司的账务部门与国际银行联手开发的，以统一调拨集团的全球资金，最大限度地降低集团持有的净头寸。其运营内容为，包括通过成员单位账户余额上划、成员企业日间透支、主动拨付与收款 、成员企业之间委托借贷以及成员企业向集团总部的上存、下借分别计息等，说白了，就是像蔡司这样的全球跨国公司，因为有分布于全球数十个国家的分公司或地区总部，而其每个分公司和地区总部本身就是一个资金流动量巨大的经济实体。比如蔡司集团公司一年的销售收入多达100亿欧元，其运营成本和销售资金的每年流动量可能就是几百亿欧元，如果用人民币来算的话，就是几千亿元的资金量在流动与运营。有些分公司可能一时资金紧张，需要集团总部财务的帮助，而集团公司则可以利用内部管理机制，从另一个分公司或地区总部去调拨资金，那么这个时候他们相互之间就存在资金调配问题，由于都是跨国公司，所有的资金调动都得通过第三方的国际银行来完成，这整个流动过程所产生的利息其实并不是一个小数，所以作为自贸区的外高桥，可提供方便跨国企业的国际金融结算机制，即“资金池”的存在，对企业而言，会省去不少利息成本或赚到不菲收入。

任何企业，都追求最大限度地节省成本和挣到更多的钱。

外高桥保税区（包括浦东其他自贸片区）能够给蔡司这样的全球性跨国公司创造如此好的经营条件，当然让他们心存感激。

“开始的十多年，我们这个地区的销售在蔡司集团内部的全球区域公司里排名第八、九名，不过自2021年，我们一直排名第一，而且看形势，会与第二名、第三名的差距越拉越大……”谢磊说到这儿，脸上的表情也不再像数据板那样冰冷了——这是从心底里冒出的开心之情。

“为什么中国有这么好的市场呢？”我想知道。

“这个很简单。一是中国老百姓的生活水平越来越好，大家都注意身体健康和寿命问题，国家和政府对医疗方面的投入也不断在增长。再是中国长期持续加大对科研的投入，对我们这样的高科技公司来说也是一项利好，尤其是建设新质生产力，做高精尖产品，蔡司的三坐标测量仪往往是首选。”

全球企业的成长与发展，其实是有许多奥妙的，谢磊的介绍，让我学到不少东西，尤其是明晰了中国为什么进一步开放，还要搞自贸区……

“2023—2024财年，我们在中国市场的销售达到152亿元人民币，在上海的纳税额总额达6.3亿元，10年间增长4倍。这也算是蔡司对浦东这片土地的一份报恩和义务吧。”

本来嘛，自由贸易实现的就是双赢、多赢。

谢磊又接着补充道：“作为一个具有高度自主研发科研技术的跨国公司，始终把知识产权的保护放在特别重要的位置。我想说的是，蔡司能够在外高桥和浦东这片土地上深耕30年。除了中国拥有全世界独一无二的巨大市场的因素外，还有两个非常重要的原因，一是对外企知识产权的保护和尊重。我们的产品经常被其他人模仿和抄袭，不仅在中国，在其他国家和地区也出现很多次，但我们在浦东打了三场官司，每一场都是赢的。这很有说服力，浦东不仅有知识产权法庭，而且自贸区所制定的保护知识产权方面的法规非常全面，让包括蔡司在内的所有外企都不再担心产品专利受到侵犯。第二个原因也至关重要，蔡司的许多精密度很高的医疗器材都要进出口，原本海关部门有个年检制，即每年度需要对一些产品进行拆箱检查。要知道，蔡司的产品，一台就是几百万元，如果一拆箱，这台设备可能就卖不出去了。这对企业来说，是一件很头痛的事。我们把情况向外高桥管委会提出申请，蔡司是有百年信誉的全球公司，所以希望将一年一检改为三五年检一次。不想外高桥有关部门马上研究改进，很快取消了对蔡司产品的一年一检制。当时我们得知申请获得同意和批准后，简直乐开了怀！

"还是想重复一句话，蔡司能够在外高桥这块土地上从一家不起眼的贸易公司，发展到销售大公司，再成为蔡司集团在全球最大的分公司，就是这里提供的全方位的优质服务……无可替代！"

"真的，无可替代。"谢磊也重重地重复了这四个字。

世界的历史，随着不同时代的浪潮而更迭，大浪淘沙后，留下的只能是极致的精华与强者，经济领域更是如此。一个变故，一场疫情，一次金融危机，一场残酷战争……皆有可能让无数企业"香消玉殒"。然而，真正了不起的公司仍然继续存在，如蔡司在内的诸多"百年老店"。细细一想，这样的企业或品牌，能在风雨飘摇中挺立生长，真的极不容易，可贵可敬。同样道理，许多同时代、同品质、同方式运作的两家企业，其命运为什么有的完全相反，这也是十分耐人寻味的问题！

这是为什么？"经商的环境和你所遇的运气……"在又一个知名外资企业的 CEO 那里得到这样的结论。

这似乎并不难理解。就像一个人，其生活和成长环境的好坏对于成为一个怎样的人极为重要。

安捷伦是我在外高桥采访的另一家知名外资企业，不过它的名字并不为人们所熟悉。如果我们说“惠普公司”，估计全中国人都认识，因为惠普是全球最强大的电子产品制造商之一。没错，安捷伦原来就是于1999年从“惠普”脱胎出来的一家从事多元化产业的高科技跨国公司。它专注于生命科学领域内的研制开发、生产销售和技术服务，总部在美国加利福尼亚州。安捷伦在化学分析领域中的气相色谱等方面的高端设备，没有第二家与之争雄。在生命科学业务中，安捷伦的“液相色谱”“液相色谱质谱”等仪器引领全球。安捷伦另一个“拳头”，是它的基础研究实验室，无敌天下。这也是原来惠普的“拳头”，安捷伦从惠普中分离出的正是这部分核心业务。

最早的“安捷伦故事”，就是“惠普故事”，它的发生地在美国加州的帕罗奥多市艾迪逊大街367号后面的一间像卖报亭那么大小的小木屋。这就是后来影响全世界的比尔·休利特先生和戴维·帕卡德先生一起创业的生产车间。1930年至1934年间，这两位志同道合的电子工程学专家，在去科罗拉多山脉垂钓野营途中，决定成立自营公司。538美元是当时他们的注册公司的资金，那间小木屋，就是他俩创业之初的“公司”兼车间。谁也没想到，比尔·休利特先生利用负反馈研究的成果成功研发了“惠普”的首个产品——阻容声频振荡器，一种用于测试音响设备的电子仪器。二十世纪三四十年代，这类产品在日用电子产品兴起之时，十分被市场看好。两位原本小打小闹的家伙一下发了财，原因是华特迪士尼公司一次性订购了8台设备，用于制作经典电影《幻想曲》。这《幻想曲》在全球爆红，比尔他们的产品跟着爆红。

“来，我们通过掷硬币决定公司名字吧！”1939年，比尔与戴维用投掷硬币的方式为合伙公司取名，从此“惠普”二字成为全世界都熟悉的企业。

惠普是最先到达硅谷的高科技公司，甚至可以说：没有惠普，就没有硅谷。戴维先生在离世前说过一句至理名言：“回顾一生的辛劳，我最自豪的，很可能是协助创设一家以价值观、做事方法和成就，对世界各地企业管理方式产生影响的公司；而且我特别自豪的是，留下一个可以永续经营、可以在我百年之后恒久继续作为典范的组织。”

后来安捷伦团队之所以能够从惠普的核心研发部门中脱离出来，也是基于两位创始人的这种理念。否则绝无可能。

戴维去世于1996年，比尔先生活到2001年。这两位科学家对中国非常友好，对中国市场更是看好。在中国改革开放之初的1981年，就在中国北京开设办事处。两年后，中美两国就惠普与中国合资经营签署“备忘录”，这在当时绝对是件大事。

我记得那个时候北京的陶然亭公园刚刚修缮一新，北京人游一趟陶然亭公园，似乎是一件最开心的事。有一天，我跟几位战友休息时来到陶然亭公园，结果却没能进入院内。值守武警干部看我们也是武警着装，就悄悄告诉我里面有重要的外事活动，一家来自美国的公司在园内开会，所以公园停止对外开放。后来我在新闻上才得知中外合资的中国惠普公司董事会正式成立的会议在此召开。

惠普在中国开设中外合资公司，对中美两国而言都是历史性事件，那个时候很少有世界著名企业到中国来办公司，尤其是美国的著名企业，所以国家很重视。

1985年6月20日，是中国惠普公司的开业日。惠普进入中国踏出了重要一步。

二十世纪八十年代中后期，正值中国改革开放后的第一波快速发展期，以广东、深圳为代表的“来料加工”产业蓬勃而起，江浙一带的乡镇企业如雨后春笋般涌现……工业方面的化学分析和电子测量用户数量如洪流一般激烈增长。在北京的中国惠普总部工作的那批人，开始谋划在中国建一个工厂，以求满足中国逐渐利好的巨大市场的需求。

“工厂设在哪里呢？”

“还用说嘛，上海自然是首选地。”

“为什么？”

“嗨，没听中国人自己说的吗——讲政治，要在北京；做生意，得去上海。再说，我们研发的是制造仪器分析等电子产品，中国科学院上海的几个研究所是我们最好的合作伙伴。”

“同意。”

惠普上海分析仪器厂于1995年在上海挂牌成立。

不要小看了惠普的这一举动。虽然上海的第一个惠普厂当时在浦西的一条并不太出名的小街上，但这条街因有中国科学院上海光学所在此，所以形成了“仪器一条街”。

中国惠普公司搭船远航，目的和方向都很明确：他们其实看中的是黄浦江对岸正热火朝天的浦东大地……

1995年的上海浦东，正处于全面启动建设工程的热火朝天的时期，以“东方明珠”为代表的陆家嘴地区的大楼正向天际升起……其景豪迈而壮丽！

此时的惠普，看起来似乎风平浪静，尤其是中国惠普公司，生意一天比一天好，其呈报到硅谷总部的年度业绩单，让“老总”们喜出望外。

“是时候把我们的重组方案拿出来了！”董事会最高会议连续开了好几天，主题只有一个：根据可预期的全球市场趋势——尤其是中国市场的发展趋势，惠普将把核心部门——实验室那一块从集团公司分离出来，独立成立一个专业分析仪器公司。

了解惠普历史和业务的人都知道，惠普之所以强大和成功，依靠的就是创始人创立的那个无人替代的全球顶级的实验室，而惠普能够声名远播，靠的也是这个实验室里研发出的一个又一个世界巅峰水平的科研成果。现在要把这一块业务从惠普公司内部分离出去，显然是惠普的重要事件，它对整个世界同行也会产生巨大震荡。

分离出来的公司，就是现在我正要采访的“安捷伦”。与母公司完成切割的时间是1999年。

怎么办？与总公司分离了，上海的惠普分公司也面临分离。安捷伦上海公司必须从浦西“仪器一条街”搬到新地方，去哪儿呢？

“到浦东，我们外高桥欢迎你们！”这一天，外高桥集团的张浩听说后，来找刚刚成立的上海“安捷伦”公司负责人，说，只要你们愿意来，外高桥将满足你们所有条件！

“这个地方好！就它了！”安捷伦上海公司的第一任总经理，那天跟着张浩来到地处外高桥开发区英伦路412号院子，他看过那一栋面积达13000平方米的崭新建筑，当场把公司从浦西迁到浦东外高桥的合同给签了！

现在的安捷伦上海公司就在那：英伦路412号。接待我采访的是朱斌先生，他是安捷伦上海公司的第五任总经理，他前任的总经理也是中国人。

听说我想了解安捷伦在外高桥的发展情况和员工对安捷伦公司的亲身感受时，朱斌叫来一位叫陈炜的项目经理，介绍说陈炜是1999年安捷伦从惠普公司分离出来后，第一批在安捷伦上海公司工作的员工。

陈炜自我介绍道：“我18岁从技校毕业后，第一份工资每月300元。后来到了一家中外合资企业当操作工，每个月工资一下涨到1000多元。那个时候1000多元是蛮高的了，所以我在1998年就自己买了房子……”陈炜笑着自夸“很有远见”。

安捷伦从惠普分离出来，“但它的企业文化始终没有改变过，依然延续惠普的，即主张办企业，先要做好人、处理好人与人之间的交往和做人要诚实这些经典的企业文化。”陈炜说，1999年他被派到美国公司总部去工作，也是从操作工开始，一点一滴地学起、做起。后来回国进入安捷伦上海公司后，做到部门主管、项目经理。

“做到这样的职务，在安捷伦这样的跨国大公司里，在像我一样的同龄人中是很少的。”陈炜对自己在安捷伦很满意，说在安捷伦工作最大的感受是每天都有新鲜感，自己的生命一直充满活力，追求进步。“我已经干了28

年，没有当公司总裁的欲望，却愿意给自己定位做一个‘世界工程师’，这是安捷伦人普遍追求的方向。”

“曾师傅，你也来说说！”朱斌又让另一位老员工为我介绍。

“曾师傅”全名叫曾建平，上海人，安捷伦装配车间的老员工。他说自己是1995年惠普在上海跟中方办合资厂的第一批老职工。

“当时我刚满30岁。那个时候中外合资公司的中方员工都是中方老厂的骨干职工，是经组织挑选的。记得我们进新厂车间工作之初，很开心，因为以前车间没有条件装空调，合资厂就不一样，有空调，夏天特别爽，而且工资也高。我们在仪器一条街上班，是很骄傲的。”

1999年，曾建平被派到德国学习三个月，回来后正值安捷伦从惠普分离出来，他便留在了安捷伦。

“安捷伦的拳头产品，是它的色谱设备。公司卖出去的产品，是世界第一。而操作、维修这些仪器设备需要技术很强、服务意识同样很强的技术工，我们许多员工就是干这个的，我是其中一员。这工作在国内企业中被叫作技工，而在安捷伦则被尊称为技术专家……”曾建平说到这里，被一旁的总经理插了一句：“曾师傅是我们安捷伦元老级的技术专家，所以公司上上下下尊称他为‘曾师傅’！”

“公司有蛮多像我这样的人，我们都是跟着安捷伦成长而成长……安捷伦一年卖出去一万多台设备，一线技工特别重要。因为设备卖到哪，我们这些技工就要跟到哪，安装、保养、维修和升级，都是由技术人员来完成。公司对我们的技术要求、个人能力与素质要求非常高，所以我们每个技工都把自己成为‘世界工程师’作为在职的终身奋斗目标。我今年正好60岁，是看着安捷伦在外高桥这片土地上一步步成为全球大企业的，这是我一生最荣耀的事，在我快要退休的时候，能够听到公司的人都叫一声‘曾师傅’是最大的幸福和收获……”曾师傅略有感慨地说。

朱斌总经理这时又插上一句话：“在安捷伦，谁能被所有的人叫成‘师傅’，那可不是简单的事，甚至比我这‘经理’的地位更高呢！”

曾建平脸红了起来，连连摆手：“不敢！不敢！”

这时，另一位叫“金维灵”的员工证明道：“朱总讲的是真的。在安捷伦，你要被所有的人都叫为‘师傅’，那你在公司就等于是‘圣人’一样！”金维灵是在2005年入职安捷伦公司的，一直干到今天成为上海公司的测试设备开发和维护负责人，“但没有几个人叫我‘师傅’，因为我不像曾师傅的资格那么老、技术那么过硬！”

金维灵说他这不是谦虚，是安捷伦的企业文化决定的。“上海公司在外高桥已经二十多年，从这里成长起来的人也有到美国总部做事业部副总裁、总监的，但他们一旦不再担任这些职务后，没有人会叫他们‘师傅’，只有曾建平师傅这样能够把所有仪器设备的活儿掌握在手而且遇到任何问题都可以顺顺利利地处理好的人，大家才称其为‘师傅’。这既是曾师傅个人努力的成果，也是安捷伦自身长期铸造而成的文化，这一企业文化是从惠普那里传下来的。安捷伦上海公司与惠普不同的是，它的这一企业文化经过几十年的熔炼和发展，已经培育和传承到了一批又一批像曾师傅这样的中国本土技工身上去了。这是我认为安捷伦带给浦东和外高桥这片中国土地的一笔最宝贵的资产。同样，正是浦东、外高桥这片土地上几十年来不断发展和完善的一系列自由贸易政策与创新制度，让安捷伦获得了在其他任何国家与地区不可能的大发展的速度与可能。比如像我负责的测试设备这一块，原来一直是由美国人干的，原因是它都是技术层面的，老外过去一般不会让中国人或者其他外人所掌握。由于外高桥的服务和强劲的中国市场，给了安捷伦比其他国家和地区更多的发展机会，也就是说让安捷伦赚到了更多的钱，成为全球更强大的专业公司，所以在公司内部对我们这些中国籍员工放心大胆使用，而且最后发现中国人并不比他们美国人干得差，甚至更好。另一方面，我们通过自己的能力和技术，以及中国人特有的真诚、细腻和讲求精致的工作态度与经验，使安捷伦的产品和销售之后的设备，在用户那里获得更好的声誉。比如我来接受你采访之前，正在做一个设备，虽然是已经有着十几年‘高龄’的老设备。修理老设备、帮助老款仪器达到高质量测试和性能标准，也是我们的售后业务范围，我们安捷伦人获得的声誉可就比黄金还要宝贵。这就是安捷伦成功的奥秘，也是我们企业成长中引以为豪的地方：安捷伦总部信任我们上海，信任我们上海的员工。当然，浦东、外高桥这片热土也为安捷伦争得了利益和荣耀……彼此烘托，天地同辉。”金维灵的真情表述，让在场的人都点头称是。

“确实，安捷伦在中国、在浦东能够发展到今天的模样，成为其在全球范围贡献最大的板块之一，获得的收益占其全球总收入的20%，应该得益于像外高桥这样自贸区给予的政策和服务，以及良好的市场环境。我们管理层经常到美国总部去开会，在公司内部也赢得了好声誉。安捷伦传承了惠普的企业文化，其成功密码在于对自己产品的要求，追求的是极致。哪怕是一个螺丝、一根头发大小的仪器，它都会认真去做……经得起技术与时间、品质与服务方面的考验。”朱斌很年轻，属于安捷伦上海公司乃至其全球高管中最年轻的一代。

出生于1982年的朱斌补充说：“在惠普与安捷伦分离时，美国总部曾经为新公司的起名进行了认真讨论。安捷伦在英文里的意思是‘灵敏’。”朱斌说。

“安捷伦上海公司经历了两个‘十年’的分步跃升过程：第一个‘十年’是我们向国外公司学习的过程，把本土的工程师培养了起来。第二个‘十年’是进入了里程碑式的阶段，即由我们中国本土人才主导和掌握了企业的研发、制造与开发阶段，也就是说自己培养的新员工已经可以独立担起企业奋斗的目标。比如，以高层管理者来说，从第四任开始，到我这任，都是中国人了，而且公司的经营实践证明了我们这些经过学习锻炼起来的安捷伦中国面孔完全可以在世界各地为其争得荣誉和市场。另外，现在安捷伦全球战略制造中心之一在外高桥，由我们位于外高桥的上海公司来运营与管理，已经形成完整的研发、制造、物流配套能力。”朱斌说到这里，特别对我说，“还有一点请您一定要写上，那就是浦东和外高桥所给予安捷伦的温暖与阳光。”

“老实说，浦东、外高桥自贸区政策和服务水平，堪称全球之最。如果没有这里的保税区制造加工业的政策优惠与支持，安捷伦的利润肯定减少不少，现在安捷伦中国市场已成为全球第二大单一市场。还有一点是：安捷伦上海公司的团队战斗力技术实力，以及当地所提供的产业环境，都是一流的。比如在前几年疫情防控期间，我们在外高桥管委会的帮助支持下，在疫情最艰难的情况，仍毫不含糊地生产出了几十台产品，并及时运到了海外的客户那里。这事让安捷伦总部高管深受感动。这就是中国形象和中国精神在安捷伦上海公司得到的另一种呈现。我们作为外国全球公司的中国籍员工，也为自己的贡献和自己的祖国感到自豪……”

在安捷伦这样的公司采访，让我有了想象不到的巨大收获，不只看到了这里公司的成长与发展景象，更看到了中国与这些外国公司之间的企业文化、理念、精神方面的彼此交融与凝聚起来的光芒。

朱斌告诉我：“在近两年全球经济形势和世界格局出现明显变化的时候，他们安捷伦总部却依然坚持自己对国际和中国市场的正确判断，批准约1.2亿人民币的新投资用于在外高桥的上海公司全球战备制造中心升级建设。”

“Agilent Core Values”（安捷伦）——企业核心价值观：创新与奉献，信任、尊重与团队精神，毫不妥协的正直，以及勇于发声、专注、责任。

安捷伦在外高桥的存在，如同一片飘拂的美丽云朵，让人心旷神怡……

采访安捷伦的当天，我还到了创始者是以色列人的“科医人”公司。都说世界最强大的资本是以色列人掌控的，这话有一定道理。事实上，许多国际先进技术，也掌握在以色列人手里。

科医人的产品，主要是医用方面的，比如治疗眼科激光、美容激光、泌尿外科碎石技术等具有广泛医疗实用方面的技术与设备。1966年，科以人公司成立；1973年，“夏普兰激光”在以色列注册公司；2000年，夏普兰与科以人合并，宣布成立“科医人”公司。

从“科以人”到“科医人”，看起来一字之别，然而它的理念却有着明显的差别。“科以人”更强调的是创始人的个人背景，而“科医人”则更多阐明了公司是将科学技术运用到医疗实际中去，并且强调它是一家全球著名的相关医疗方面的“王者”。科医人公司的一款产品名称就叫“王者风范”。这并非自吹自擂，而是秉持了全智能软件、操作的金标准，其拥有的光子嫩肤仪是引领潮流的美容产品，广受高端消费者的喜爱。这样的器材在临床具有广泛的实用性，如在毛细管扩张、鲜红斑痣、血管瘤、红斑痤疮、皮肤老化治疗、皮肤祛斑、脱毛等康体美容方面，都属于他人难以超越的技术设备。所以科医人始终处于激光医疗领域的领先地位。

以色列人的经商其实是非常谨慎的。科医人实际上是1991年进入中国香港市场。1995年到1998年的四年时间里，以一年一家的速度，分别在北京、广州、上海、成都设立分公司。直到2022年，科医人在亚太地区已经把蛋糕做得巨大之时，才最终决定把生产基地搬到外高桥。

“2022年，我们的亚太总裁来到浦东外高桥，没想到与外高桥有关领导接触后，谈了一小时，总裁就决定把科医人原来的生产基地搬到外高桥。整个过程，直截了当，没有丝毫犹豫。这完全是因为看到外高桥的政策优势和到位的服务……”韩强是科医人（上海）公司总经理，负责公司在外高桥的落户并负责业务的全面开展。他说：“科医人可能是来到外高桥的世界知名公司中最晚的一家企业，但我们的感触却特别强烈。主要是有三点：这里办事效率高，超乎想象和预期。我在2022年来外高桥洽谈进驻的问题，偏偏遇到疫情封控，按理说完全可以推迟若干个月再进行洽谈，但外高桥集团没有因为疫情而耽搁，想尽办法地安排我们科医人进驻的相关手续。

后来上海在6月7日宣布解除封控后，我们科医人是疫情后第一家正式到外高桥签约的外企。第二个印象深刻的是进出口手续简捷。搞医疗仪器的企业都知道，全世界不管哪个国家，对这类器材的进口审批一般时间都很长，像科医人的仪器都属于三类医疗器材，中国原来通常办理进口审批时间是18个月。但我们在2023年办理许可证时，外高桥仅用了6个月时间，缩短了三分之二时间，而且科医人公司还荣幸地成为首个获得中国进口转国产三类医疗器材许可证的企业。因为这个审批时间的大幅缩短，器材设备运外高桥后，我们两个员工马上投入工作，仅用六七天时间，就帮客户组装与调试好了所需的设备。也就是说，我们的一笔生意在最短的时间内顺利完成了。这也就有了科医人入驻外高桥的第一年就有了千万元美金的保税业务。原先科医人在中国业务新布局是计划用三年左右时间，实现在中国大陆的500台激光医用设备的推广使用。现在看来这一目标只需要一半时间就能实现。这种增长率、覆盖率，全球独一无二。由此科医人对中国浦东的营商环境，赞叹不已。第三个深刻印象是制度创新不设限。在自贸区相关政策规范的前提下，自贸区努力为企业着想。比如我们一直想利用科医人的先进设备，在中国进行医病直营，简单说，就是用科医人自己的设备，由我们来聘请相关医生和专业人员，直接从事医病营业性业务。这种形式在中国没有过先例。但在外高桥这里，当我们提出这方面请求时，自贸区管委会马上邀请上海市卫健委专家和相关领导，专门到浦东来听取我们的意见和主张，亲自接受试验性讲解和演绎，最后专家和领导们得出结果，说科医人想做的就是‘前店后厂’嘛！于是马上形成一致意见，同意我们在上海开设科医人上海中心旗舰店。这个对我们科医人根植浦东、立足上海乃至中国带来不可估量的好处，科医人万分欣喜，仿佛天上掉馅饼……如此完美、周到的营商环境，加之上海、中国那么大的市场，你说哪一家全球跨国公司不看好浦东这片土地？

“科医人现在确定的中国市场目标，就是要利用外高桥和浦东所有的利好政策，实现公司发展的蜕变，争取用三五年时间，实现占全球总业务量和总收入的30%以上……这就是我们看好外高桥、看好浦东的原因所在。”

我知道，怀有如此愿望的“蜕变者”，绝非科医人、安捷伦和蔡司这几家企业，那些留在外高桥、留在浦东，以及正在朝着中国自贸区所搭建的那条连接世界的“桥”上走来的“世界500强”和诸多全球性跨国公司，还有很多。因为他们在这座中国自贸区“桥”上，看到的企业发展前景，超乎意料，格外迷人。

现在，他们越来越意识到这一点。所以外高桥也就变得更加充满魅力，因为在这里，可以：极目楚天，共襄星汉……

第四章

张江：科学城的奔腾浪涛

第一次踏上张江这片土地，我仿佛进入了一个科幻世界。更确切地说，是彻底被当今世界最前沿的科学和最纷繁的科技革命所震撼与吸引……

这里的每一条路的名称都会让你感到神圣：东西向的路有：“祖冲之路”“李时珍路”“华佗路”“蔡伦路”“张衡路”“沈括路”……

南北向的路有：“高斯路”“哈雷路”“居里路”“牛顿路”“爱迪生路”“哥白尼路”“达尔文路”……

每一条路，都宛如一尊科学之神耸立于此，令你心怀敬畏，举步如践圣境。

这里有多少“科技园区”？ 有多少“科技谷”？ 有多少“科技孵化器产业园”？ 又有多少与“科技”相关的企业？ 更有多少看得见或看不见的科技“硅谷”和科创“基地”？

“这还真没有统计过呢！”张江高科技园区管委会的领导回答道。

“反正啊，整个张江就是一座科学城。城里有多少‘当铺’、多少‘商店’，你去探寻后自有体验和感知。”他们又这样说道。

科学是什么？ 对于我这样的文人而言，科学如同梦幻般的世界。

科技又是什么？ 一般人可以粗浅地理解为：它是一种让我们的生活和生命变得省时省力，甚至无须多动脑的能力，比如手机、电子支付、智能汽车等。总而言之，它具备替代人的能力，并拥有超越人的本领。

尽管大多数人对科学和技术的理解与感受较为粗浅，但它们的发展确实在推动着人类的进步，改善着每个人的状态，甚至不断打破我们固有的文化和知识。这是不可否认的事实。

它太不可思议了！

是谁赋予了浦东大地上一块叫张江的腹地“科技”和“科学城”的使命？

这个人一定是个伟大的人。

追溯浦东张江的发展史，让我们有机会理解怎样才是“伟人”！

通常，人类历史评判某位具有划时代意义的伟人，往往并不只看他打赢了多少仗或建立了什么样的政权。这些自然都很重要。中国人民特别崇敬毛泽东并尊称他为“人民救星”“开国领袖”，因为在近代中国革命初期，毛泽东提出了影响中国进程的经典论述和方针决策，如“枪杆子里面出政权”“农村包围城市，武装夺取政权”“人民，只有人民才是创造历史的动力”等。美国人特别敬重开国总统乔治·华盛顿，是因为他领导了美国独立战争并发表了具有划时代意义的《独立宣言》。

而在浦东开发开放一事上，邓小平是主要决策者。他的英明伟大之处在于打出浦东这张“王牌”，使当时西方制裁中国的图谋未能得逞，从而掀起了中国式现代化更加汹涌奔腾、势不可当的浪潮……

纵观今日浦东的布局，人们会发现它的每一个板块都规划得非常到位：比如与外滩隔岸相望的陆家嘴，建的是国际金融城，无论从气势和气度上都堪称新上海的“经典之笔”；又如金桥开发区，其先进而强大的制造业可与世界传统制造强国同台竞争而无所畏惧；再如外高桥保税区，依托灵活且不断创新的机制与平台，甚至连一直以来标榜“自由经济”的西方发达国家都自愧不如；更有临港新片区等各具特色的板块。

浦东之布局，如此精巧、精准，形成中国式现代化鼎立天下、不惧他者的“四梁八柱”之态势。这应当感谢改革开放的总设计师邓小平，以及后来直接参与领导和实施浦东开发开放的江泽民、胡锦涛、朱镕基等一批中国共产党的领导人。从2007年出任上海市委书记，到党的十八大以来的十多年里，习近平总书记对浦东发展倾情倾心，一次次的现场视察和谆谆教导，令人暖心与感慨。

早在1990年浦东开发开放的政策公布之初，决策者们就对陆家嘴、金桥、外高桥和张江作了具体而明确的分工，分别对应的是金融、出口加工、保税贸易和科技。30年后，再看浦东大版图上所呈现的经济蓬勃之景和社会发展的耀眼成就，恰恰就是当年理想的现实呈现。那最初的理想，始终托举着浦东这片新时代的天地，让其流光溢彩、光芒万丈……

在浦东，无论是在领导干部的大会报告中，还是在普通人的日常交流中，经常会提到“五个中心”这一概念。这是党中央赋予上海的五项重要使命，即要将上海建设成为具有世界影响力的大都市，并在全国具有引领作用的国际经济中心、金融中心、贸易中心、航运中心和科技创新中心。无疑，浦东对这“五个中心”的定位和设置有着更深刻和独到的理解，他们领会国家开发开放浦东的伟大意义，同时通过努力实践清晰地给出了答案：在浦东开发开放的三十余年里，一批又一批浦东的领导干部和创业者，包括这片土地上的所有浦东人民，正是按照中央赋予的“五个中心”使命，将这片昔日的庄稼地和江海滩涂地，转变为中国现代化建设中最具风采、最具活力且最受全世界瞩目的荣耀之地。

星辰日月，寰宇浩瀚无边。我们智慧的祖先，总能在所立的大地上，仰望天穹时，寻到与自己呼应的那颗星——

是的，张江在中国的历史版图上早已有名。史书记载浦东这块地域属于“华亭县”“松江府”，后隶属于“上海县”管辖。而张江早已是与“华亭”“上海”共存的一个具有地理意义的闪亮地名。

张江是一个富有“上海味”的名字，但史书上曾记载“张江”原是一个人名，他是当时古桐里村上远近闻名的武举人。古桐里村原是吴氏家族的园地，因有一棵百年古桐树而得名。明嘉靖年间，倭寇大举侵犯江浙沿海，浦东的古桐里村落自然成为首当其冲的受侵扰之地。吴氏家庭被灭，拥有一身武功的张江不仅出资在古桐里四周建造栅栏，还组织当地百姓奋力抗击倭寇。人们为了纪念他，从此将古桐里改名为“张江栅”，后该地发展为集镇，便被叫作“张江镇”。

历史的车轮滚滚向前，“张江”从一个小小村庄逐渐成为浦东大地的心脏地带，历经数百年。而起初的它一直默默无闻，像一个待字闺中的少女，等待着一生中最骄傲的命运涅槃……

1992年7月，一声春雷响起，张江被决策者们列入浦东四个重点开发区域之一，并在其头顶冠上镶嵌了“科技”的璀璨明珠，披红挂彩。从此，这片平均海拔仅有3.76米的浦东腹地，成为世界瞩目的焦点，也让浦东的每一丝脉搏与之一起强劲跳动。晴朗的天空下，我们听到了回荡不息的声音：

“科技是第一生产力。”

“当今世界，科技创新已经成为提高综合国力的关键支撑，成为社会生产方式和生活方式变革进步的强大引领。谁牵住了科技创新这个牛鼻子，谁走好了科技创新这步先手棋，谁就能占领先机、赢得优势。”

13.一粒“药”，甩出一片星辰大海

从上海市中心或浦东陆家嘴的世纪大道往东南方向出发，行至杨高路立交桥东南方向的内环罗山路立交桥后，会在路边一眼看到一个名为“罗氏制药”的厂区，而其四周广阔区域内，遍布各类名目各异的药厂与药业公司……这就是大名鼎鼎的“张江药谷”。

能称“谷”的地方，都是不同寻常的产业园区。尤其是在浦东地区，普通的产业园，只能是“产业园”，或者充其量是个“城”之类。要称为“谷”的地方，起码应是国内顶级、国际上能排得上名的科技“高原”，甚至是“高

峰”之地。

“张江药谷”在中国可以称得上是当今中国制药和生物制药领域的“高峰之地”。

“中国上海和上海浦东的张江无疑已向全世界证明，这是一块拥有强大实力的世界级医药产业和研发创新高地。”说话者是国际药物信息协会（DIA）全球首席执行官马尔万·法萨拉先生。

“我同样相信，上海浦东的药谷，已被全世界同行所认识和仰望。它是人类生命科学的希望，也是正在冉冉升起的一轮新日……”这是诺贝尔生理学奖获得者爱德华－莫泽所说。

这两位顶级的国际医药界权威人士说这番话时，正值我撰写张江这一篇章。这一天是2024年11月16日，2024年中国医药工业发展大会和上海国际生物医药产业周开幕式在张江召开。

这样的大会，张江已经举办过若干次。每一次云集的都是国内外知名的药企和医药界的权威人士。自然不用说，作为药业大国的中国，其科研成就与市场的点点滴滴，都对世界药业产生影响。如中央政治局委员、上海市委书记陈吉宁所言：上海是中国现代医药产业的重要发源地。习近平总书记亲自部署上海发展生物医药等三大先导产业，要求不断提升产业基础能力和产业化水平。陈吉宁特别指出，中共二十届三中全会对健全支持创新药和医疗器械发展机制、完善生物医药等产业发展政策、推动医疗领域扩大开放做出了战略部署。上海将聚焦实施新一轮生物医药的“上海方案”，以进一步全面深化改革为强大动力，推动“基础研究、孵化转化、临床试验、申请审批、落地生产、推广应用”全过程加速和全链条赋能，全力打造世界级生物医药产业集群。

许多爱好文学的人，在看到这样一段文字时，会摇头私下说道：太没有“文学性”了。然而，他们哪里知道，当你真正了解当今世界药业风云，尤其是生物制药领域你追我赶的激烈竞争那惊心动魄的一幕幕现实时；再深入到“药谷”张江的那些制药企业、生物实验室，以及一架架装载中国新药飞向国际航班时，你就会与我一样感受到:陈吉宁书记的这些话，每一句、每一字，都是一首激情的抒情诗，都是好小说、好故事……

正是如此。

或许你知道：一个人突然患了癌症之后的绝望是多么恐怖与无奈；一个好端端的家庭，如果突然有其中的一位无药可医、即将与亲人告别时的那般痛楚；一场疫情来临之时，一座城市、一个国家甚至一个世界，是如此惊恐与纷乱？

其实这些可怕而恐怖的情形，每天都在我们身边发生……只不过可能并没有发生在你我身上和身边而已。否则，你一定会理解我为什么将一位官员说得很直白、很“新闻式”的文字看作是诗、是歌、是故事。

有时，一粒药就拯救了一个生命。

有时，一粒药就能把人类的寿命延长许多年。

有时，一粒药让整个世界安静，绽放出笑容，从恐惧与痛苦中走出来……

因为药物的重要意义，自古以来人们对医生和制药人深怀感恩，也因此始终铭记那些为人类作出贡献的“制药人”。

“兰叶春葳蕤，桂华秋皎洁。”这是中国古人对药物的赞美，比喻药物可使病体如春兰般恢复生机勃勃的朝气。然而，很少有人知道，自古以来，无论中国还是国外，总有一些人为他人的健康不惜冒着生命危险去制药研方。华佗是一个例子，他最终却被自己所医治的曹操残害致死。上海有位药理专家丁光生先生，101岁才去世。早年他为研发重金属解毒药二巯丁二酸，以身试药。后来，二巯丁二酸成为首个被美国仿制和使用的中国新药之先驱。为了研制心血管药和抗血吸虫病药，丁光生先生可谓九死一生。1946年，他自费购药回国，夜宿动物实验室，成为中国第一代临床麻醉专家。这位伟大的制药专家，一生始终骑着那辆28寸自行车、斜挎一个包，走完了他百岁的人生。我们还必须记住“汤飞凡”这个名字，他是“中国疫苗之父”。1955年，已成为世界著名医学专家的汤飞凡回到祖国，与助手成功分离出世界第一株沙眼病毒。为了研究沙眼病毒，他几乎弄瞎了自己的眼睛。第一批狂犬疫苗、第一批白喉疫苗……汤飞凡的疫苗挽救了亿万国人的生命，而他却与诺贝尔奖擦肩而过，仍丝毫没有悔意。由于种种原因，汤飞凡在世上仅活了61年，他的名字鲜为人知，但他的疫苗早已载入新中国医疗史册。屠呦呦毕生致力于创新型抗疟疾药青蒿素和双氢青蒿素的研究而获诺贝尔奖，有谁知晓这位中药女神背后的艰辛故事？

当然，更有像威尔逊这样的著名制药大师，因一次在实验室使用新药对志愿者进行试验性治疗时不幸发生意外，导致志愿者死亡，之后一度被整个医学界封杀，打入黑牢，断绝资金等遭遇接踵而至。然而对威尔逊来说，故事才刚刚开始：他重新调整自己的研发方向，将精力放在寻找更安全的病毒载体上，最终以非凡的毅力，成功发现并推广使用了一种新型腺相关病毒（AVVS）用于基因疗法，从而挽救了无数患有致命神经系统疾病的婴儿生命，被重新尊为“新生儿的护命神”。中国革命斗争史中有一位国民党军医的故事更是令人称奇：他叫陈善文，新中国成立前曾是土匪头目。新中国成立后，他被判死刑。但就是这位死刑犯，在狱中研制出一种专治伤寒的妙药。陈善文在狱中听说抗美援朝的志愿军饱受伤寒之苦后，立即动手研制出一剂传统中药妙方。果然，陈善文的妙药送到前线后，志愿军患者很快恢复健康，战斗力极大提高。此事令军方大为感激。陈善文立功赎罪的表现，获得政府的宽大处理，被特赦出狱。后来，国家又调陈善文到北京卫生系统继续从事新药研发工作。1975年，92岁的陈善文即将告别这个世界时，他不仅为国家立下汗马功劳，而且桃李满天下。临终前，他叮嘱学生们：“医学无止境，做人第一位。”如此一位原本的罪人，通过制药造福天下人，最终也成为仁者圣徒。

药，治疾。制药者，乃高尚的德者，社会之光明火炬。

张江亮起的第一束科技之光，应该是被当代科学界视为“照亮人类未来”的生物制药产业……

“是的，这一把火从点燃初始，到发光、发亮的过程，恰好也说明了张江的发展历程来之不易。”这是我在前往张江采访的路上，听一位浦东的朋友说的一句话。

嗯？我顿时陷入些许疑惑之中：难道还有“特别的故事”？

“你不是看到路边这一段都是‘罗氏制药’厂区吗？当年啊，很长一段时间，张江就是罗氏，罗氏就是张江……”朋友说。

啥意思？

“意思就是：张江的起步比陆家嘴、金桥和外高桥要晚几年。这既与当年客观上的招商原因有关，也与当时对科技产业的定位究竟是什么还不十分清晰有关。而罗氏制药在张江开发区刚刚起步时，为张江这片土地点燃了第一把火。这把火燃起之后，迅速形成了张江首个具有显著特色的产业，这也是一直以来支撑张江发展的三大支柱产业之一的生物制药。”

原来如此。

浦东大地上的创业故事多如天上的繁星，但能像罗氏那样在张江留下“罗氏就是张江，张江就是罗氏”这一句话的，怕是独一无二。到了“罗氏制药”，这个谜才终于揭开——

1994年的张江，用最直接的话来说，那就是：到处是稻田。这绝非夸张。

在有关浦东发展的许多“史志”陈列墙上，多次见过这样一张照片：在一条清晰可见积水的泥地旁边，是一垛约一人高的围墙。围墙旁是几棵手腕粗的树，树上顶着两条电线。一块白底黑字的牌子写着“上海罗氏制药有限公司”。

但罗氏作为世界顶级制药企业，就是这样踩着泥泞，成为第一个落户张江的外资企业的，而且第一笔投资高达4500万美元！

“我们当时听到罗氏制药这一决定，简直高兴得跳起来！想想看，那时的张江是什么样子：没有一条像样的路，大功率的高压线还没拉过来，更不用说像样的厂房……可罗氏制药是什么企业，全球生物制药的‘老大’，一年销售额超千亿人民币！而且他们带来的是世界上最先进和紧缺的抗癌药品，你说我们张江人能不开心死吗？！”赵启正和胡炜等浦东新区老一辈谈起罗氏制药落地张江的事，总能“扯”出一串串精彩的故事。

“当时张江开发区还在规划之中，许多道路、厂房门牌都没有。罗氏制药一落地，这里的具体事务就得马上落实呀！不能说世界著名企业的地址在浦东的稻田里吗！那取什么路名、什么门牌号呢？我们就请示新区领导。启正他们说：这还不好办吗！”张江开发区的老同志指着地图标志，这样说道。

张江人对罗氏制药的印象太深了，这个印象一直延续了三十多年。他们自己都说：“那个时候张江开发区还只是个概念。但罗氏制药的厂房建成后，特别是厂房立起来后，那‘罗氏制药’四个字就赫然印在所有到张江的人眼里。从一开始我们看到‘罗氏’一块牌子，到一栋‘罗氏’楼房，再到一片‘罗氏’厂房、一片‘罗氏’厂区……”

“罗氏”就是这样成为“张江”的，而张江也因为“罗氏”，一步步发展成为中国的“药谷”，让今天的浦东大地上有了一个全世界都能听懂且必须聆听的“上海方案”。

可以说，“罗氏制药”在张江的发展历程，堪称浦东生物产业最具代表性的乐章，它动听而优美，展现了“上海方案”的品质与远见。

走进张江的“罗氏制药”院子，一尊别具一格的雕塑会“牵”住所有来者的目光：它由两根弯曲向上的钢杆交叉组成。张江的人告诉我：象征生命不息和积极向上……

显然是欧式的浪漫设计。

“罗氏的诞生，就是一个浪漫故事……”无须费力，“百度”上可以找到很多“罗氏故事”的版本。

创始人有智慧的目光，仿佛要将人类与疾病之间的问题看透，并寻找到确凿无疑的方案。这就是弗里茨·霍夫曼－拉罗氏，一位长相标致且富有勇气的标准欧洲男士，整齐的小胡子使他显得格外帅气。然而，成就这位欧洲男子的契机是在1895年，27岁的他和19岁的姑娘结婚之后，才有了“罗氏”这个伟大的制药公司。当时27岁的弗里茨·霍夫曼（Fritz Hoffmann）与19岁的阿黛尔·拉·罗氏（Adèle La Roche）喜结连理。次年，这个瑞士年轻人在巴塞尔创办了一家药厂。根据瑞士的惯用习俗，Fritz Hoffmann婚后被称为Fritz Hoffmann-La Roche，即弗里茨·霍夫曼－拉罗氏。“罗氏”由此诞生。

妻子的姓氏成为公司标志，也使“罗氏”成为迄今为止全球范围内与大众、沃尔玛、马士基等并列的25个规模最大的著名家族企业之一。

1898年，该公司就发明了首款非处方橙味止咳糖浆产品。10年后，公司成为跨国企业。罗氏之所以成为药坛一霸，是因为它遇上了当时欧洲普遍面临的一件大事：许多依靠海洋运输的大财主手下的远航水手，因吃不到蔬菜而容易患上一种不治之症——坏血病。关键是这种病一直找不到病因。直到1912年，才有科学家提出“维生素”理论，人们才知晓这些海员是因为体内缺乏维生素C而患上坏血病。1928年，匈牙利化学家阿尔伯特·圣捷尔吉（Albert Szent-Györgyi）在实验室中提取出1克维生素C，消息震惊全球，尤其是欧洲。这位科学家因此于1937年获得诺贝尔医学奖。

1934年，罗氏制药公司购得这一发明专利及维生素制备方法。从此，这一“神药”风靡全球，罗氏也因此一跃成为全球制药巨鳄。

致力于世界新药研发的罗氏，在1957年推出了包括结肠癌、乳腺癌和胃癌在内的多种类型癌症的防治药物系列。这使罗氏在制药界的“霸主”地位获得了空前巩固。可以说，近半个多世纪以来，几乎所有全球最先进的生物新药研发中，罗氏制药从未缺席。

“罗氏最具全球权威的是其新药研发。而在研发新药方面所下的功夫与投入，很少有其他制药企业能与之相比。”老一代张江人告诉我，威廉·凯乐是罗氏制药的上海公司总经理，1994年他参加了公司标志的现场吊装施工，那时的他意气风发，豪情满怀地发出誓言：罗氏来到张江，就是要借着浦东发展的大潮，再度扬帆远航。

地球上只要有人，药就不死。药，常新常青，人类才会永生。这话是罗氏创始人说的。

我自然很想了解今天的罗氏经营情况。公开数据告诉我：2022年，罗氏全球的营业收入为632.81亿瑞士法郎，相当于5151亿元人民币。

绝对的大鳄！

而罗氏制药到上海浦东之后的发展，可以说又让这家著名制药公司获得了巨量的飞腾，原因并不复杂：中国本身就是个人口大国，少不了药！

“一种新药，10亿美元投入，10年时间研发，10年市场经验……”这样的话对医药行业人士而言，是非常熟悉的。我们这些外行在明白这些数据背后的故事时，内心会油然而生一种崇高的敬意——自然是对制药企业的敬意：一枚新药确实一本万利，然而研发一枚新药所需的投资、时间以及几乎注定要失败的概率，让并非所有企业或投资者都敢踏入并甘心冒这个风险。

“药，救人；制药，就是铸炼生命的过程。”这也是罗氏创始人总结出的经典语句。

据说，罗氏上海公司的第一任总经理威廉·凯乐先生那年参加公司标志吊装仪式时，穿着一条牛仔裤。后来他回到瑞士，同事们见到他的牛仔裤上沾了不少泥巴。他说这是上海张江的泥土。于是，罗氏总部的人嘲讽他：“你是去开厂还是去圈地？”

威廉·凯乐立即一本正经地告诉同事们：“中国的张江，绝对是罗氏的重生之地。不信我们用一枚药物的时间来打个赌。”

一枚药物的孕育期是10年。威廉·凯乐的意思是：10年后你们再看看张江的罗氏公司。

10年后，也就是2004年。这一年，罗氏集团在张江设立药物研究和早期开发中心——对外的正式名称叫“罗氏研发（中国）有限公司”。

一切尽在不言中：一家总部位于欧洲的世界顶级制药巨头，计划将药物研究和早期开发中心设在张江。所有曾经的疑虑早已烟消云散：中国市场和浦东政策让罗氏决心在这里建立一套完整的医药价值产业链，涵盖研究、开发、生产、营销等环节。2004年之前的10年，罗氏在张江主要从事生产与营销工作，而现在将研发中心一并迁至张江，意味着罗氏开始在欧美两大市场之外设立全球第三个战略中心。

从前面叙述的文字中可知：研发一枚新药需10亿美元、10年时间、10年市场考验，而这三个“10”，说白了就是“砸钱”。罗氏是世界制药巨头，岂会不知这代价？正因为他们太清楚这样的代价，所以当张江的第一个10年到来时，面对这个世界人口最多的发展中国家，且在对外开放与服务方面又做得近乎完美的地方，若不率先占领，还待何时？

据说，当时远在巴塞尔的罗氏总部董事会曾在张江研发中心成立之前进行过几场激烈的讨论，而这些讨论的焦点是究竟应该在中国建立怎样的“罗氏公司”。最终，多数董事一致认为：罗氏作为药界的“不死之神”，若想在二十一世纪重振百年雄风，唯一可能的路径和出路就是在东方建立比欧美两大战略中心更大的全新的第三个战略中心。

“罗氏不死，东方可待！”这是罗氏集团对上海张江10年耕耘得出的结论。这个结论来之不易，因为做药的都知道：制药就是玩命。弄不好，身败名裂。世上不知有多少商业巨头曾做过制药的美梦。然而，真正留在制药界的也只有罗氏这样的几大家。为什么？险，太险！

一枚药物的研发需要投入10亿美元，耗时十年。而一旦药物在市场上出现一次波动，一次灾难性的事故，就可能彻底翻船。而一次翻船，那些小资本和中等资本的企业如何扛得住？即使是罗氏这样的跨国大公司，一次事故或灾难或许还能承受。但如果遭遇的是一场战争，一个政权的分裂与破灭，同样会遍体鳞伤，惨不忍睹。

罗氏制药在二十世纪的百年里，经历这样的险境不止一次，覆舟的危险随时可能发生。

“欧洲在衰落，美国的霸权不得人心，罗氏要保持‘不死之身’，唯有依靠蓬勃发展的东方大国及其开放的姿态与优质的服务，才是我们避风的港湾…… 不去那里，难保‘不死之身’！”董事长们最终全体表决，一致通过：到东方去建立新的战略中心，张江将成为罗氏在二十一世纪保持百年“不死之身”的福地。

去吧！去东方大国——带着资金、研发专家和制药技术。

罗氏中国药品研发中心在上海张江高科技园区的落成，既是制药行业自身的一次历史性壮举，也为张江高科技园区的产业定位注入了方向性的引领和确认：生物制药从此成为上海和浦东科技发展的重要内容之一。

研发力量的“东进”，使上海的罗氏公司仿佛走上了制药的快车道。2005年10月，罗氏致敏生产基地在张江厂区落成，该基地用于生产罗氏的两大创新药物骁悉和希罗达。这两种药物都是治疗肾脏和肝脏疾病的生物药。中国有大量患者，也就是说，罗氏所研发的新药迎来了全球最大的市场。

最新款的新药＋全球最大的市场，罗氏在中国的张江发展如日中天。

2007年10月29日，罗氏药品开发中国中心开幕。这是中国乃至亚太地区（不包括日本）首个具备全功能的专业临床药品开发中心。位于张江的该中心具备进行世界上最先进的生物新药临床开发所需的全部功能和设备。

2008年，罗氏全球合作部在张江成立。

2009年，罗氏药品开发中国中心升级为“罗氏药品临床研发亚太中心”。

2012年，张江的罗氏制药开始向中国其他地区扩张，率先在成都成立西部运营中心。

2015年，瑞士总部决定增资8.63亿元，启动在张江的“罗氏创新中心”上海项目。

2020年至2022年的三年疫情防控期间，罗氏除了一直在建设创新中心之外，继续加投资金，建设罗氏中国加速器……

在全球市场都出现下降与疲软的形势下，罗氏对中国的投资不仅没有减少，反而一加再加，将公司全球研发与生产环节最重要的部分转移到了浦东张江。

“我们就是看好中国，看好张江！”2024年5月16日，张江的上海罗氏园区内张灯结彩，喜气洋洋。一场“华彩三十，聚氏未来”的纪念罗氏制药中国30周年主题庆典拉开帷幕。上海市浦东新区负责人和罗氏制药中国总裁等领导出席。在这个庆典上，罗氏制药国际部负责人帕特里克·沃德（Padraic Ward）先生在一番热情洋溢的讲话之后，宣布罗氏旗下的抗流感创新药速福达将在2024年度实现本地化生产，并同时宣布罗氏将继续加大在中国的投资和长期的研发项目。

从“一栋楼”到“一条路”，再到“一座城”——中国生物药城……这就是罗氏在张江的“不死之路”“永生之路”。浦东新区领导用这番话语，对罗氏中国30年作出了如此精彩的赞美。

张江30年，罗氏先后研发出18个产品，覆盖8个治疗领域，成为抗肿瘤、抗病毒、移植等关键领域的市场领先者。仅在中国就覆盖了300多个城市。我们从上面讲过的“1枚药”“10亿美元的投入”“10年时间+数百人的研发队伍”的故事中可以简单计算出，罗氏在张江30年间成功研发出18种新药所花的投入与成本。这样的投入与成本，彰显的是一个国际制药巨头对中国、对浦东张江的真情实意。

这份真情实感所获得的效益也是巨大而惊人的。2023年罗氏在中国市场的收入为230亿元。

这就是一家世界制药巨头在中国浦东张江所获得的回报。

从浦东居民那里了解到罗氏在张江发展的这30年里，也为浦东、为上海乃至中国做了许多公益事业。例如，与中国预防性病艾滋病基金会联合发起“儿童义走”公益项目，救助贵州和四川两地因艾滋病致孤的儿童，持续帮助这两地艾滋病致孤儿童超过1500人次。此外，罗氏还与中国器官移植发展基金会联合主办了针对器官捐献和移植的“阳光下生命的延续”宣传活动，并参与各类人道主义灾害救助和支持，累计捐助现金及药品达数千万元。

罗氏制药多次获得中国政府和上海市的各种荣誉，如“中华慈善突出贡献（单位）奖”“年度中国公益奖”“中国杰出雇主认证”“中国最佳公共关系案例大赛企业社会责任铜奖”“上海自贸试验区制度创新十大经典样本企业”等。

一个在全球遍布自己产业和市场的著名企业，毫无疑问，他们在众多比较中有着清晰的自我认识。对张江、浦东的评价，能用“无懈可击”四字概括，确实来之不易。

在与浦东的法律和商务人士交流中获悉，中国是一个发展中国家，现有的国际贸易规则和市场运营多由老牌资本主义国家或新兴发达国家制定，因此这些“国际规则”要与中国特色社会主义经济体制和贸易政策相衔接相当困难。

“‘证照分离’‘管放服’和《药品上市许可持有人制度改革》《自贸区医疗器械注册人制度改革试点》等政策的推出，为那些从事制药和医疗器械的中外企业搭建了绿色营商环境与通向国际市场的通道，而且成果是显著的。”浦东商务委的负责人举例说明。她特别指出，张江“药谷”的形成，根本原因是以习近平同志为核心的党中央对生物制药和科技创新的重视。“对于一个产业的发展，总书记多次作出具体指示和批示，这是很少见的。而张江获得了这份特殊荣幸。”

翻开张江“药谷”的发展史，几个时间点所形成的“谷峰”十分清晰而有趣——

1994年，罗氏落地张江。随后的一年里，中外几大药企纷纷追随而来……他们是生产维生素B_6世界第二的新亚药业公司、先锋药业以及奈科明制药公司等。

第一浪潮给张江一年带来40多亿的产值。

1999年8月，在上海市“聚集张江”战略吹响进军号后，张江的生物制药产业获得第一次真正意义的“东风吹、战鼓擂”的景象。此后不久，随着国家中药创新中心、国家新药筛选中心和国家新药安评中心等国家级药品研发机构的入驻，张江的生物药品研发和生产进入了“狼烟四起”“烽火连天”的激烈竞争、热火朝天之景象。

这一阶段，中外著名药企“复星医药”“创诺医药”“勃林格殷格翰”等抢滩张江，形成了第一波新药研发的浪潮。

此时的张江医药业产值接近100亿元。这仅仅是张江“药谷”尚在“筑基打夯”的阶段。

2011年国务院批准张江建设国家自主创新示范区；2014年上海自贸区扩区至张江；2015年、2016年张江先后被国家及上海市批准为“综合性国家科学中心”和“上海科创中心核心区”。在连续的利好政策下，张江的生物制药研发与产业进入国家层面的创新引领阶段。

于是在这一时期的张江大地上，国家药物制剂工程研究中心、国家化合物样品库、国家基因组南方研究中心、国家生物芯片工程研究中心，以及中国科学院上海药物研究所、复旦大学药学院、上海交通大学医学院、上海中医药大学等药物科研机构和著名高校的医学院，纷纷汇集于此……

“中国药谷”的峰尖开始显现。开发区医药业产值直逼700亿元，成为中国“第一药都”。

2018年，一份《张江科学城规划实施行动方案》宛若一声春雷，将张江这颗在浦东大地上熠熠生辉的科技之星，再度呈现到全世界面前——“科学城”也让这里的“生物制药”从“一条路”，到“一片厂”，再到“一座城”的“谷峰”迈进……

此时的张江医药不再仅仅从事药品的研发与生产，而是构建了以生物医药为核心的医疗器械、医疗服务相结合的“药＋医”现代人类生命保护与养护体系，推动全产业链发展。这一体系涵盖了疾病、健康、生命等各个方面，为所有相关产业赋能，这便是今日张江的“生物制药”新概念。而这一概念，使张江的“药谷”成为人们的暖心之地、生命希望之地！

张江的那些药味，也变得有香的味道了；那些带着血腥的实验室，也开始给人含情脉脉的感觉了；每一辆智能健身器械，都在向我们亲切地招手致意；每一个“药谷”的科学家和企业员工，都像“天使”在为我们的生命创造福祉、注入活力……

张江因此变得让我们不能不去爱它。

而整个张江现今的生物医药产业更是取得了惊人的成就：2023年年产值达到1630亿元，集聚生物医药创新企业2300余家，从业人员超过9万人，药物管线品种超过1300个，其中一类新药占比超过一半。一批“中国新”“全球新”药物在世界医药界广受关注与好评。

这就是浦东人引以为豪的张江“药谷”。

2024年11月17日，这个时间是我准备对这一章节进行收笔之时，一则刚刚从“2024年中国医药工业发展大会·张江协同聚力新质发展论坛”上传来的新闻震撼了我的心灵。

清华大学生物医学工程学院教授、落地在张江的博睿康医疗科技（上海）有限公司首席科学家洪波先生在论坛现场展示了一款硬币大小的脑机接口产品——NEO。他宣布，这一产品已经在张江研发成功，并在上海进入临床试验和产业化进程。目前，该产品已植入多位瘫痪患者的大脑，患者在植入NEO后，已能够下床、坐轮椅，并自主完成端水、喝水等动作。

天哪！“智能人”时代真的要来了！洪波教授现场示范的台下，此刻发出一片惊呼声。

“请大家安静，安静！我们继续听洪教授发言……”主持人不得不出面招呼有些激动的与会者。

洪波教授笑了笑，示意大家听完他的话：“我们研发脑机接口产品不是为了和马斯克竞争，而是希望解决临床中瘫痪、失语、神经性疾病患者的迫切需求，让千千万万瘫痪病人能够重新动起来，获得健康人应有的权利和幸福……我还想告诉大家，世界上并非只有我们拥有NEO，但我们的NEO尺寸更小、科技性能更稳定，并且绝对是拥有自主知识产权的产品，它还包含了300多个芯片及其他电子元件的自主知识产权！”

请问：这个产品现在是不是已经在张江实现批量生产了？

有人在台下问。

“不错，就是在这片土地上……”教授微笑着点点头，肯定地说道。

他接着介绍：“博睿康脑机接口研发中心和博睿康公司第一条微创工艺生产线就坐落于张江科学城，近5000平方米的中试基地也将在张江投入生产。”

这一生产线一旦建成，意味着中国的脑机接口“智能人”也将在张江诞生！

呵，张江，明天的世界，是否会因你而迎来又一个历史性的重大变革？

14. 星与光的天地

或许就是上海人也没几个人能够想得起来，60年前的上海最繁华的南京路上，突然“灯火通明”起来。因为在这之前，这条“中华第一路”其实一到傍晚虽有路灯，但在那灯光下，路人面对面都瞅不清对方是谁，更不用说整条大街灯光闪烁、宛若白昼的景象根本不太可能出现。为什么？因为新中国还没有一种叫“高压汞灯”的照明光源。直到1961年才有人发明此物，并于1964年正式将这种“高压汞灯”换下了以往灰暗的照明灯。

从60年前的南京路装上高压汞灯，到今天一束光将千米之外的景物照得如同白昼，这就是光的变化。

关于这“光”的60年变迁，也从另一个视角可以看出这个世间所发生的巨大变化。我们可以用最简单的方式进行对比，便会了然：随意选一个傍晚，只需站在黄浦江边，看看今日两岸梦幻般的灯火就足够了——

浦东岸边那632米高的“上海中心大厦”，通体明亮，时而变换光色与光泽，在光影中呈现各种文字与图形，甚至出现人的笑脸和奔腾着的动物。光影中的中国第一高楼，在夜幕下犹如一位盛装打扮的美女，扭动着妖娆的小蛮腰，妩媚地向观赏者展现其独特魅力。所有的动感，皆因这座“第一高楼”上的光影效果而生成。因此，此时此刻，光赋予了夜幕中“上海中心大厦”以活体生命。

其实整个城市，包括美不胜收的外滩和黄浦江西岸的老城，以及浦东新城，那万千栋大楼，高矮不等，起伏不均。白天你看到的就如一个庞大的森林般的“钢筋与水泥”丛林；但在晚上，因为不同的楼宇安装了不一样的灯光，那些原本沉默不语的“钢筋与水泥”体，一下变成了云影斑驳、浮光跃金、流光溢彩的童话世界，复活起来，生动起来，也有了情感与温暖。蜿蜒的黄浦江，也因光的雕琢，露出了曼妙的身姿，配合江中流动的船影，仿佛天龙下凡，灵性十足地向人世间舒展舞姿，满是爱意，诗篇流淌。

光在工业革命之后与电结合，构成了人类生活和工作的新状态。黑夜不再漆黑，白昼得以多彩——人们的生活变得便利而丰富。

光后来不再仅仅是照明所用。随着科技不断进步，光变得无所不能。这也是我到张江后一直念念不忘，想去看一下那里的一个叫“光源”的科学装置的原因。令我想不到的是，这样一个小小的愿望，竟让我等待了很久很久，而且时间越久，那股神秘感让我的内心愈发充满期待。

光，本来就如太阳。太阳是我们人类视觉所能接触到的最强光源。尽管宇宙中比太阳更亮的星体有很多，但它们都过于遥远，因此我们只能感受到太阳的炽烈与温暖，而阳光也就成为人类与地球上万物的生命之光。没有太阳光，相信地球上就不会有这么多生命存在。

人类喜爱光，始于对太阳的热爱与亲近。作为地球上的生命物种，人类理应感恩太阳。而对人类而言，太阳即是光的代名词和具体象征。

这些都是原因，一到张江，我与所有想要了解张江的人一样，几乎是第一眼就会被那里那个外形酷似鹦鹉螺的上海光源所吸引……是的，它奇特的造型充满了科幻的夸张，与上海这个东方大都市里那些直上云霄、挺拔巍峨的摩天大楼不一样；更不同于整齐划一的石库门建筑和传统的“井”字形庭院。实际上，单凭“上海光源”的造型，我认为它就胜过了迪士尼的那些童话式建筑。尽管孩子们喜欢迪士尼几乎到了疯狂的程度，但“上海光源”可以称之为“成人的迪士尼”，因为它更具科幻与未来感，仅凭建筑本身的观感，就可以让人浮想联翩、跃跃欲试。然而，当我们真的有机会亲近“光源”，到其“体内”走一走、看一看、听一听专家的介绍之后，所获得的不仅是“科幻与未来感”，而是充满了实实在在、激动人心的现实感。

首先是张江大地上的这个“光源”，在全世界第三代同步辐射光源装置中属于“之最”的方阵。它由国家、中国科学院和上海市人民政府共同投资。于2004年12月25日开建，至2009年“五一”前竣工，同年5月6日首批7条线站正式对用户开放。光源的用途广泛，可以支撑生命科学、材料科学、环境科学、信息科学等当今人类最前沿的科学领域新成果的研发。

通过光源，可以观察到微观世界中奇妙的结构和物质组成。

研制一枚新药，你需要观测其化学分子结构的合理性，光源可以为你“把脉”。

飞向宇宙的航天器材料是否稳定，光源可以告诉你答案。

有必要先进“光源之躯”看一看：那是一个大型的扁圆形“壳”内，我们所看到的是一派忙碌的景象——这其实是一个巨大的实验大厅。其内部的装置，用专业术语来说，叫作“光束线站”。这一天科研人员正在运行的生物大分子晶体学光束线站上收集蛋白质单晶体的衍射数据。

“这里的光束实验分辨率高，可以达到1.5—3埃（1埃等于0.1纳米），获取单张衍射图的时间只需0.1—1秒。近年来，我们利用上海光源研发了几百个小分子药物结构。”研究人员说。

用户负责人表示，以前他们生产的一款产品，由于国内缺乏大型光源装置，必须赴澳大利亚进行实验。由于携带的是液氮罐，仅路途费用就高达两三千美元。现在，他们可以很方便地在浦东张江的“上海光源”进行实验，不仅成本大幅降低，而且数据更为可靠，同时有助于更好地保护发明创造的知识产权。

“光源”相关负责人介绍，目前到这里来做新药测试实验的制药公司，均已成为“常客”。

“生物制药是张江的一大支柱产业，光源为制药企业提供的便利不言而喻。同样，正因为我们的光源在张江，吸引了世界上最先进的制药企业也青睐这片土地。”光源人说。

同步辐射光源的用途，远超出我们的想象。同步辐射，指的是在真空环境中以接近光速运动的带电粒子在改变运动方向时释放出的电磁波（光）。因此，也被称作“高品质的巨型X光机”或“超级显微镜”，成为支撑众多学科前沿基础研究与高新技术研发不可或缺的实验手段。

上海光源科学中心主任赵振堂院士介绍，自2009年5月6日正式对用户开放起，光源装置需要直面两个挑战：其一是“服务对象”。起初预估约有300位用户，结果现在累计已超5万位。“这个数字每年都在扩大”，平均年接待用户超过一万人次。其二是“科研成果”。上海光源现在每年开机时间约7000小时，其中实验供光约为5500小时，用户已发表期刊论文超1万篇，刊发于《科学》《自然》《细胞》三种国际顶级刊物的论文超过100篇。其中一项成果被美国《科学》评选为“十大科学突破”；一项成果入选欧洲《物理世界》十大突破；一项成果入选美国物理学会标志性进展；一项成果入选美国《物理评论》125周年49篇精选论文；六项成果入选年度中国十大科技进展新闻，9项入选年度中国科学十大进展。

据我所知，科学家颜宁女士，于2014年通过上海光源成功解析出葡萄糖转运蛋白 GLUT1 的晶体结构，这为通过“饿死癌细胞”攻克癌症治疗这一世界难题提供了可能性。

在物理学界，一个通过理论推导和公式计算得出的结论必须通过实验验证才能被承认。有关“幽灵粒子”外尔费米子的预言，在长达80多年的时间里一直没有得到实验验证。中国科学院物理研究所丁洪研究员借助上海光源，首次在 TaAs 晶体中发现了这类特殊的准粒子。这一发现对室温低能耗电子器件具有重要价值，也可能应用于量子计算机。

当新型冠状病毒疫情成为国际关注的突发公共卫生事件时，上海光源安排了“紧急预案”，使我国科学家得以在第一时间投入重大传染病研究。高福院士领导的研究团队从分子水平阐释了一种新的病毒膜融合触发机制，成为近年来国际病毒学领域的重大突破。

把光作为探针，科学家们已经通过光源解决了许多人类以往从未见过和面对过的难题，而这一切，也正是光的伟大意义和价值所在……

将光源作为一种科学研究与探秘未知世界的技术手段的历史，中国刚刚开始。然而，在十余年时间里，上海光源坚持不懈地进行关键技术研发和实验方法学发展，从最初的7线7站10种左右的实验方法，到今天的15线19站百余种实验方法，使装置的性能水平和实验能力得到了极大提升。例如，持续发展了相干衍射成像方法，将上海光源的空间分辨能力从30纳米提升到了8.5纳米；成功建立了动态显微 CT 实验方法，将显微结构演化的定量分析从二维推进到了三维。这些都是听起来特别专业和理性的术语，但在科学家群体和科技领域中，每一个小小的进步，便如文艺界推出一部轰动一时的时代交响乐，令无数人为之感动与倾情。

这就是那个形若鹦鹉螺的光源，它是由中国科学家和工程技术人员创造的，伴随着浦东的发展和“聚集张江”战略的实施而诞生与成长。在能够发挥功能的领域中，人类指挥它，它便如鹦鹉般毫不走样地完成人类所希望的任务，以此造福我们伟大的祖国和全人类。

光已发射，其界无垠。

光已发热，其能无穷。

光已发亮，其耀无比。

夜幕下，“光源”便如浦东大地上一颗闪动着光芒、与地脉一起跳动的心脏。而它每次光束的闪动，也振荡和带动着整个浦东的无数我们认识和不认识的科学装置，以及动力源、能量源、信息源，甚至生命源。

是的，赵振堂向外界宣布的消息证实了这一点。他骄傲地说：“在爱因斯坦提出光量子概念100多年后，位于浦东的上海光源不仅每个线站的平均成果产出居世界第一，更在张江引领构筑了一个光子大科学设施集聚地，成为上海建设具有全球影响力的科创中心版图上浓墨重彩的一笔！”

我知道，这浓墨重彩的“一笔”，如今在浦东张江已经基本建成。它们包括了上海举全市之力建设的两大光子科学设施：其一，上海软X射线自由电子激光装置，作为我国第一台X射线自由电子激光用户装置，已经建成并进入使用。其二，是作为中国迄今为止投资最大的国家级重大科技基础设施项目——硬X射线自由电子激光装置，也正在紧锣密鼓地建设之中……

“就在这个装置的附近，但它位于地下30米深处……整个装置长达3公里，全球第一，中国唯一，一旦建成投入使用，将使我国的科技水平跃升数个台阶！”我们的科学家骄傲地告诉我。

那天，我站在上海科技大学的门口，这两项“光”装置研制单位之一的学校负责人，指着不远处仍处于施工阶段的地方，对我说：“如果明年年底你来采访，说不定可以领你到地下看看中国最大的科研工程项目……”

他的话，让我心潮澎湃，欲罢不能。

站在梦幻般的光源前，俯视尚无法描述正在地心深处建设的大型科学装置……我在想：即便诗人和作家们拥有李白般的想象力，面对这些史无前例的伟大装置——这些与其说是装置，不如说是伟大科学的杰作，笔和语言也都会显得贫乏无力。

唯有敬畏与敬重。

唯有歌声与诗句在胸中涌动。

那一刻，我在想：大约45亿年前，地球摆脱漫长的黑暗期后，第一次感受到的温暖是太阳光带来的。当时的阳光是唯一的光源。

后来到了上古时期，一对猿人在捕猎途中成功地钻木取火，火从此成为人类进化过程中第一种自产的光源。

到了约40万年前，人类开始使用篝火取暖、照明和烧煮食物，人的体能与身体从此发生变化，逐渐向现代人演变。数万年前，人类在生活中逐渐使用灯火进行照明，对光明的向往愈发强烈。

直到1810年，英国化学家汉弗里·戴维利用两根碳棒之间的电弧照明，制成第一盏弧光灯。随后，波兰发明家伊格纳西·卢卡西维茨（Ignacy Lukasiewicz）发明了煤油灯，以煤油作为燃料，在电灯普及之前是主要的照明工具。再到1879年，美国发明家爱迪生发明了白炽灯，他通过试用1600多种耐热材料才试验成功，率先将电光源送入千家万户。1898年，被称为“惰性元素之父”的拉姆齐与助手试验出稀有气体氖气能够导电并发出红光，以这种气体通电发光的灯称为氖灯，音译为霓虹灯。二十世纪初，法国科学家乔治·克劳德（Georges Claude）进一步研制出更先进的霓虹灯，并将其推向公众视野，使其成为人们生活的日常用品和装饰品。之后的一百多年里，灯和光不再仅仅是简单的日常生活用品，而是伴随着科技、军事、社会的发展而发展……直到今天，光已在各个领域无所不在、无所不能，它已成为引领人类走向更光明、美好和幸福未来的新支撑点。

这个支撑点，让整个地球的旋转变得更加柔美、更加有力，按人的愿望驶向更远的地方……

创造光源的人的精神和上海光源装置，如今一同留在了张江。正是它们的存在，为张江科学城安装了一个动力系统，推动了整个科学体系的迅速建立和科技生产力的高速发展。

于是我们便看到了微软的研发中心在此落成；英伟达上海研发中心也在此建立；还有杜邦、阿斯利康、诺华、壳牌、德州仪器，以及中国科学院上海高等研究院、中国商飞研究院、上海微小卫星工程中心、中兴通讯、宝信软件、阿里云、达观数据、字节跳动、喜马拉雅……都相继落户！

当然还有上海科技大学、复旦大学张江校区、上海海关学院、上海电影艺术职业学院等高校。

当然更有声名显赫的张江国创中心、芯天地、科技港人工智能集聚区、细胞和基因产业园、金融数据港、在线新经济生态园……

它们如一颗颗珍珠般散落在张江每一寸宝贵的土地上，并各自焕发着蓬勃生机与惊人活力。

这就是张江的光与星的天地，它们与天同辉，与地共振，与人齐舞——舞出一个科学与生产力融合的时代高亢的旋律……

15. 魅力独具的“张江男”

在宇宙中，地球和人类都是偶然的存在。但是正是由于宇宙中有地球和人类，我们这个宇宙才变得如此美丽、如此有科学精神与人文情怀。

——李政道

这段话是我在张江的“李政道研究所”内看到的。它像一个强大的磁场，牢牢地吸住，甚至有时凝固了我的思维，大概这就是知识的力量吧。在上海，我分别参观过李政道图书馆和李政道研究所。李政道先生不愧是获得诺贝尔奖的大科学家，他的科学精神与人文情怀——儒雅、坦荡、敏捷、充满活力且富有艺术感，都给我们留下了深刻印象。李政道先生在浙江大学时，曾是另一位科学家王淦昌的学生。我曾写过《王淦昌传》，所以从王先生那里了解到一些李政道先生年轻时的故事。我发现，真正的科学家特别勤奋努力，精力充沛，灵魂和情操高尚，且多富有赤子情怀。可以说，李政道这样的华人科学家，堪称全球华人中的杰出精英，在各个方面为我们做出了榜样。

如果说，上海光源是张江的心脏，那么“李政道研究所”就像给张江装上了大脑。有了这两样，张江便具备了无敌于天下的气概。

那天我到李政道研究所，进入那个宛若天穹的球形建筑，便如同进入了知识的浩瀚宇宙。你往上仰望，头顶上方是一个宛如宇宙般浩瀚无比、神秘莫测的穹顶，令人不禁浮想联翩，神思也飞扬起来。再读环成圆形的“天问”长卷上那些宇宙演化进程中的重要节点和事件，你就会有一种被知识的力量牵引的飞旋感。

我遇见好几位学者，听到他们在讨论“暗物质”还有“中微子”。虽然听得不太明白，但相信未来在这些科研人员日日夜夜的努力下，更多的宇宙之谜可能会被一点一点地揭开神秘面纱。

“‘探索自然极限，拓展认知疆域’，我们要沿着李先生指引的方向，这是一个可预见的成功目标。”他们肯定得十分有力量。

于是让我对张江更有一种刮目相看的感觉：这里是科学之城。这里是“理工男”的天下——当然，也有相当多的“理工女”。

“大师云集的科技创新策源地，硬核主导的高端产业增长极，共治共享的创新生态共同体，活力四射的国际都市示范区……”这是张江对自己的定义。归结为一点，就是它要建成国际一流的科学城。

一个“城”字，是以“土”堆积而成的。故张江欲成国际科学城，那么它便是由千千万万个科学家汇集而成的地方。

从一片水稻田，到科学城之间，时间走过了30余年……这是40余万“张江理工男”（包括“理工女”）的成就，他们是这片土地上的“土壤”，是这座科学城的“基础”，所以张江才成为年轻创业者与科学家们的“梦想之地”。

造生态，赋能生长。

持一种态度，向前、向新。

汇聚顶尖创新资源，打造全球具有影响力的创新能量场。

新时代的张江科学城，活力迸发……

张江人有许多类似这样的“宣传语”，并在各个时期以不同的文字和词汇表达“科学城”的定位和发展方向。其实在我看来，所有这些修饰性文字，都不如我所看到的几十万“理工男”的背影和一张张看上去还有些稚嫩的脸庞上飘动的缕缕银发……那般令人敬佩和尊重。

这才是科学城的骨骼和奔涌的热血。

当然，在这几十万张江“理工男”队伍中，我们看到像从事芯片行业的张帆、梁孟松等，为了中国芯片事业而不惜个人一切，前赴后继地在张江大地上开拓出一片“芯”光灿烂；也看到像李政道、蔡祖泉这样的科学家，用他们的思想和精神在张江垒起的科学城堡；而我通过“扫荡”式采访，又接触并见到了一批虽然早已创造了巨大物质财富，却十分低调地隐身于茫茫人海之中、不被公众熟知的“理工男”。

我喜欢他们，是因为他们是未来的“李政道”、现实版的“蔡祖泉”，或者是可能什么都不是的普通科技工作者和创业者——他们中有些人或许一生都不会戴上光环，但他们在张江的日子却闪耀着光芒，哪怕是瞬间的光芒，对张江和浦东而言，当然对他们自己的人生而言也都是异常宝贵，值得铭记。

这是我想要记录并书写他们的理由。

第一个见到的是“紫光展锐”的年轻科学家们。俗话说，隔行如隔山。确实，第一次听到这样的企业名称，可能会有些疑惑……紫光？是清华的那个紫光吗？主人点头。那么“展锐”呢？似乎就没听说过。

主人只能笑笑，看样子他们能理解一个作家对科技领域的陌生。“紫光”规模较大，后来拥有了不少旗下的公司，展锐是其中的芯片旗舰。2018年，展讯通信和锐迪科完成合并，由于都是被紫光收购，因此称为紫光展锐。

呵，有点明白了。科技企业的“繁殖”与更名，远比文化品牌要频繁一百倍。我们文艺界的一家出版社或一本杂志，可能百年不变名字，追求的是“百年老店”和品牌。而科技创业型企业则不一样，为了强大繁殖的生命力，可能一年半载就经历一次“联姻”、一次重组，然后再繁殖、再重组……直至成为世界最强、全球跨国企业。

紫光展锐近似。

然而，读者不熟悉它，并不说明什么。紫光展锐就像它的名字一样，展现的是其在产业领域的强大实力和影响力。令人吃惊的是，它已是全球领先的平台型芯片设计企业，是全球少数全面掌握2G、3G、4G、5G、Wi-Fi、蓝牙、电视调频、卫星通信等全场景通信技术的企业之一，还是全球公开市场三大5G芯片厂商之一。听听，仅这些名头，就足以震撼一片人呢！

我知道，一般科技企业都很低调，包括紫光。但一旦他们能公开声称自己是“全球”什么、什么“第一”时，那一定是货真价实的绝对第一了！

紫光展锐就是这样一家企业。2023年，其销售收入达130亿元人民币。这并非最高，2022年比这一数据高出十几亿。年销售额达百亿元的企业，必定是科技领域的佼佼者。紫光展锐是张江一家较为“牛”的全方位科创企业。

“你们都很年轻啊！”进门后，我见到的“总经理”“部门经理”“总监”等，都看上去是三四十岁的“理工男”。而且其中有一个竟然还是我的粉丝——他早早地拿着我的几本书请我签名。

“我们好多人都看过你写的这本《我心飞扬》……”那位粉丝说。

“你们也了不起啊！这回你们就成为我新书的主人公了……”我告诉他们。

他们就更加欢欣起来。之后的采访变得自然且活跃，这让我对一些比较忌讳和敏感的问题有了提问的勇气：“看过你们紫光展锐的企业介绍，董事长或 CEO 频繁换人，这是为什么？”

他们笑了，然后相视一笑，于是推荐技术负责人开始向我介绍——

何先生刚才进公司大厅时，一定看了我们的产品展示吧！那里展示的第一个内容介绍的是芯片材料——硅。虽然现在几乎全世界都把硅视为高科技的必需品和紧缺材料，但它的“成材”过程非常平凡。也就是说，世界上的硅来自普通的沙子。在过去科技不发达时，谁也不会想到沙子的珍贵。然而，当人类的智慧与普通沙子发生碰撞而产生结晶时，沙子就变成了“金子”。集成电路的制造原料硅（Si）因此成为当下科技领域非常吃香的半导体材料。而且它在地壳中的含量十分丰富，占整个地壳的27%之多，仅次于氧。经过技术处理后的电子级硅是世界上最纯净的物质之一，其纯度高达99.999999999%。我说这些技术性较强的话，是想向作家何先生表达一个意思：在我们这个领域，每一个年轻的科学家创业时，都像普通的一粒沙子，经过不断的锻炼和实践磨砺，便有相当一批人成为科学前沿的骨干或创新带头人。当他们不断向前迈进时，便一次次推动这一领域的科学革命与进步。要知道，今天科技领域的每一点进步，仿佛就是一场裂变，可能给整个世界带来历史性的变革。为了适应这种变革，作为运营的企业或公司，有必要进行更迭与重组，甚至跳出已有的机制。这就是外人所看到的，为什么一些著名科技公司的董事长、CEO在不断更换或“跳槽”，其实多数时候是为了事业和市场做得更大，获得更多飞跃的机会与可能。如果何作家稍稍对全球跨国公司的那些科技类企业作些分析，就会得出类似上面的解释。

原来如此！

紫光和紫光展锐的发展轨迹基本印证了上述观点。尽管作为中国较大的芯片公司，也出现过几个“狂人”失败的案例，但整体上依然遵循上述发展逻辑。

我们现在看到的是位于张江科技城的紫光展锐。这个团队成立于2001年，经历二十余年的耕耘，展锐所展现的锐气令同行刮目相看——最耀眼的便是其团队成员皆是年轻的科技工作者，或者说是名副其实的创新型“理工男”。

“我好奇的是紫光展锐如今已经成为中国芯片设计领先的企业，还有什么可发现的呢？”在超大型科技企业和科研团队面前，即使像我这样走南闯北、见多识广的文人，提的一些问题可能还是显得傻气和幼稚。但为了读者，我仍然必须问。

年轻的“展锐人”笑了，说：“作为前沿领域的科技型企业，其实我们所有人都有一颗年轻的心。走出大学时，我们意气风发，敢闯敢干，甚至横冲直撞。经过十年、八年的闯荡与奋斗，不少人成功了，甚至冲到了行业的前端。当静下来反思时，我们发现自己仍然年轻，仍然意气风发，只不过不再横冲直撞，而是在心中设下了新的目标：赶上甚至超越同行中的顶级对手。为了这一目标，我们再度拿出青春的热血和激情，最终发现，竟然又成功了！那一瞬间，我们像孩提时那样，兴奋不已，激情荡漾，一腔青春。再往前，我们发现没有了多少对手，也没有了多少先例，只有未知的高峰和领域……面对这样的‘未知’，怎么办？我们意识到必须仍然保持一颗年轻的心、一颗永远求进的心。于是我们学会了自定奋斗目标，自定规则与语境，如同年少时自编自导自演的一曲爱情交响，开始新的奋斗征程，直到一次又一次面对成功或挫折、成功后再成功、挫折后再奋进，直至两鬓斑白……然而我们的心仍然年轻、仍然青春！”

呵，这就是当下的青年科学家！这就是张江的科技“理工男”！

在浦东大地上，其实每天都在发生新鲜事。即使是某个具体的企业和机构，也无时无刻不在发生新鲜事……2024年11月28日，是我回京处理事务的日子。办完事后，当我打开电脑，重新记录紫光展锐发展的篇章时，手机上无意间看到一则新闻：

紫光展锐近20亿元增资，陈大同归来大放豪言：“只能做好，不能做坏！”

11月26日，媒体报道，在浦东召开的2024年紫光展锐全球合作伙伴大会，吸引了全球产业链上下游500多家企业及近千名行业人士出席。紫光展锐（上海）科技有限公司在会上正式宣布，在已完成40亿元股权融资的基础上，公司近期将再完成近20亿元股权增资，增资方是知名集成电路产业投资人陈大同旗下的元禾璞华投资基金。

陈大同不就是你们展讯的创始人吗！怎么他离开若干年后又要回来了？我惊诧之余便电话询问“展锐”的人。

是的，这是“王者归来”啊！展锐人的口气中显然有一股掩饰不住的兴奋劲儿。

哈，王者归来！这比喻妙哉。

陈大同这个名字在集成电路（半导体）行业里，可谓大名鼎鼎。中国国籍，本科、研究生均在清华大学完成，后赴美国伊利诺伊大学和斯坦福大学攻读博士并从事博士后研究。他是华山资本、璞华资本的创始合伙人，后创办展锐通信公司，拥有自主知识产权的手机核心芯片。同时，他也是

CMOS图像传感器芯片的发明人，不过后来CCD替代了CMOS。创办展锐时，他成功开发出亚洲首颗2G手机核心芯片和全球首颗TD-SCDMA 3G手机核心芯片。这位拥有30多项专利的科学家，是一位典型的张江“理工男”。他的“芯片人生”轨迹，就像一只不安分的“猴子”，哪里风光好，便向哪里蹦跳，一直前行。

他在十年前展锐与紫光“联姻”时离开展锐，之后在投资市场所向披靡，光芒闪耀。十年后，紫光展锐同样一路高歌：5G挺进全球品牌客户摩托罗拉，智能手机芯片全球市场占有率达13%。作为中国最早从事手机通信芯片研发的企业之一，紫光展锐正处于跨越式发展的重要窗口期。

“在资本、产业生态和集成电路行业拥有强大管理能力的陈大同回归展锐，将使展锐的发展窗口期再度迈出一大步，登顶产业和市场巅峰，带来不可估量的影响。我们都在期待王者归来的‘展锐第二春’……”

听，这是张江发出的声音，它清脆而响亮，绝对青春，充满激情。

绝对的“理工男”声音。

走出紫光展锐，我内心深深被感染和感动，仿佛自己也年轻了几岁……

然而有一点我一直在想：什么时候有人把科学技术和“理工男”的本事运用到我们这些天天“玩”文字、“搬”文字的这个领域就好了！那将省去多少人工劳动和麻烦啊！

有吗？

有啊！你到“达观数据”去找那个“陈运文”聊聊，他的公司就是做这个的，叫“人工智能说文解字”。对，就是他，就在我们张江！

很快，陈运文和他的达观数据都找到了。

高个子、文静而帅气的小伙子。进门那一刻，公司工作人员带我参观达观数据的企业介绍栏，看到墙上写着“陈运文”，他曾获得多个全国和上海“向上向善好青年”荣誉。

但我真正看中的是，这位“玩”文字的年轻人获得了多个国家及上海市的科技奖项…… 这是具有很高含金量的。

“何老师，抱歉啊，因为有个项目正在谈，所以来晚了！ 对不起……”陈运文来了，没有一点儿“狂”劲的好青年。

顿时让我心生好感。

陈运文的青春成长之路并不复杂，但充满了“边缘理工男”的传奇。他从南京大学走到上海的复旦大学，毕业后进入百度担任核心研发工程师，负责搜索引擎数据挖掘工作。这是与文字和数据打交道的理工男——“这和何老师你们作家就有关系了！”陈运文说。

“您是创作文字的，使得文学艺术化与普及化，我做的是通过技术将文字转化为信息与数据，从而使其变得简捷、易归纳、易快速处理，以达到提高人类文字处理速度和内容整合的科学化目的，即俗称的人工智能。人类的全部活动，其实只涉及两件事：智慧产生文字或语言，再将文字或语言转化为生产力、思想与知识…… 在这过程中，文字的转化与处理是人类发展的核心环节。因此，2015年我在张江成立了达观数据，旨在实现一个浪漫理想：将文字转化为数据，再将数据应用于工程技术领域，从而提升个人与全社会的文字处理效率！”

“这就是你的‘达观’来意?！”

计算机专业出身的陈运文笑了，点头道：“是的。”

听起来似乎很简单的一件事，却是深奥无比的一门科学领域。这位“理工男”从2015年进入张江之后，全身心地带着自己的团队——完全的、清一色的30岁以下的年轻人“跳”进了文字的海洋和海洋的文字科技工作之中。

“文本挖掘工作，一半是技术，一半是艺术，且充满了挑战和激情……我是命中注定，玩转文字了！”陈运文说，他的名字就叫“运文”：运文运文，运用文字。

我笑了，说:“运文、运文，把人类的文字运来运去，运出一个崭新的世界。”哈哈……我们都笑了。

看来，“玩”文字必须跟作家打交道，陈运文说。

我回应:用笔写字的，同样必须与“运”文字的科学家联手，才能开辟一片新天地。

此计妙也! 陈运文大喜。

但我仍然想从技术层面了解“达观数据”的成果。

“太广、太多的这方面运用了……”陈运文说的完全超出了我原本想象中简单的AI技术的“文字革命”。他公司现在最忙的业务是——

比如，法院办案，档案数量庞大，若依靠人工处理，不知需要投入多少公务员到工作岗位，但仍忙得不可开交。

比如，科技档案和科学研究领域中，传统档案的亿万文字查阅起来费时费力，且不一定准确。

再如，企业、机关、学校、商务等，几乎所有涉及人与自然界的搜索、校对、阅读、查证、引用等与文字相关的事务……

“如果运用我们研发的软件和版本，就可以轻松、快捷且准确地完成搜索、抽取、查证、纠错、推荐，以及作家写作等与文字相关的具体工作。这就是我们达观已经做的并正在全面推广的业务……”陈运文一亮业务，我才恍然大悟:这家伙踏入了巨大的产业啊!

试问:哪个行业离得开文字处理? 哪个人离得开文字（语言）? 他和他的工作就是帮你完成你无法完成或未能准确完成的那些“文字工程”!

呵，张江“理工男”，干的都是国计民生的大事、实用的事、造福人类的事，同时又是赚大钱的事!

嘿，原以为我们“吃”文字饭的作家、艺术家很了不起，但与张江“理工男”们一比，差距还真是无限大啊!

张江的水真不浅。

那里的时代潮流与科学光芒，颇为炫目。

16. 那片为国跳动的“芯”……

两年前我就有过一次特别兴奋的经历：为了采访中国王牌芯片企业——华虹。多方确认后，我感到十分幸运，因为我是有幸参观当今世界最前沿的芯片生产现场的第一个中国作家……

老实说，我一生著书，走遍全国和世界多地，第一次近距离地探访芯片生产线时，置身在那样环境之中的感受，远非语言和文字所能形容。在我之前发表的《走进“芯”里……》一文里，有这样的现场描述——

芯片厂核心的制造车间通常是不允许任何外人进入的，即使是本厂员工和工程师，每一次进入，也必须记录与备案，并且从你从业的那天开始到离职后的若干年内，你都有承担保密义务的法律约束，否则将受到严厉制裁，包括人身自由的限制。

二十一世纪以来的芯片制造业，已经超现代化地在朝前发展，厂房内的核心制芯车间——它专业的叫法是“洁净室”——空气经过特殊过滤，除杂后十分干净，空气里的粉尘粒子是最低限度的，环境还必须十分安静。有专家这样比喻：“制芯之地”要比生婴儿的产房还要讲究十倍。

“所以嘛，我换穿好特制的防护服后，需要经过一道道程序，如风淋、静电过滤，之后才会被允许进入制芯的核心车间——洁净室。”“001 号”工程师这样讲述。

“001 号”工程师是整个制芯工厂的生产部长，他所在的部门归属芯片厂的生产工艺部门，是这个部门的制造部负责人，他们称他是“部长”。

我发现他穿的防护工作服与我穿的不一样。“我们这连体式的叫工作服，可以连续在洁净室内待24小时，但一般不超过8小时，而你穿的普通防护服最多只能在洁净室待2个小时……”他说。

“这有什么差别呢？”我好奇地问。

“材质一样但密封性能不一样。”001号说，“临时进洁净室的防护工作服一般为临时进入人员使用，如果超过了2个小时，那时就只能‘请’你出去。出于员工身体考虑，在里面工作的技术人员一次也不能待超过8小时，在洁净服管理方面，使用一周就要进行专业清洗，所以要求特别严……”

001号说这些都是基本工作要求，精密程度越高的制芯厂对环境的要求越高。“我们这个厂属于世界先进的芯片制造厂，跟同类厂的设置一样，实现了全自动化。也就是说，所有制芯的生产与技术环节都是不用人工的智能自动化，很少的人在里面，一般是负责管理及检查设备的技术人员，一个洁净室也就五十个人左右，不能再多了！”001号介绍道。

在此说明：先进的芯片制造厂里的一个“洁净室”，可不是我们概念中的一二十平方米，或者大一点的五六十平方米的房间，而是一个占地3万平方米的超大型厂子（仅是一个制造芯片车间）。3万平方米大约是45亩，一个足球场接近11亩地，那么一个现代化的制造芯片车间约有4个足球场大……闭上眼想一下它有多大吧！

单体3万平方米的洁净室，就是当今芯片制造车间标准样板。建这样一个洁净室生产12英寸的芯片，需要近400亿的人民币，而且你的厂尚在建设之中，世界的芯片技术，就已经翻跟斗似的跃上另一层更高的台阶，而你设计建造的生产线所能制造的产品可能已经落后几代而只能卖个白菜价。难怪有位很著名的国际经济学家说道：“想让一个世界级富翁破产，就鼓励他去搞芯片。”这意思是，那些疯狂扑向现代半导体制造业——芯片生产的企业和老板，最后的命运，不是落荒而逃，便是无法出头。

……

现在，我进的这个“芯”厂房，就是华虹集团数条生产线中的其中一条，一间与世界先进制芯厂具有同等水平的全自动设备的超级厂房（洁净室）。

其实走进“芯”里的目的，是想看看那个影响和搅动全世界每个人的芯到底“长”啥样？它是怎么被造出来的？还有另一个特别的奢望：认识一下那个被全世界捧到天上而且也是当代制造业技术上具有天花板意义的光刻机……顺便可以告诉你的是：若不是因为写这本书，作家绝无亲近高端光刻机的可能。

在一阵无比荣幸与感动的情绪之后，我突然脑子里闪出一个问题：“是不是因为我们是什么都看不懂的作家才被允许进来的呀？”

我开玩笑地问。

001号连忙笑着摇摇头，解释：“是因为它太高贵、太娇气……”在洗手、更衣、风淋除尘之后，我们与核心洁净室之间，仍有一段长长的密封通道。001号在前头走着，一边介绍。

“其实我们普通人说的芯片，在专业上是半导体元件产品的统称，它由半导体、集成电路和芯片三个载体组成。它的基础材料是从沙子里‘淘’出来的硅。美国的芯片产业发达，就是因为它有个‘硅谷’。简单地说，从硅到成品的芯片，整个工艺过程约有一千多道，每一道工艺就是科技上的一座珠穆朗玛峰。而这些核心工艺的尖端人才又基本在美国，虽然美国的硅谷有极多的中国留学毕业生，但他们努力攻克工艺的最终成果与专利，则是由美国人和美国公司牢牢控制着。”001号说到这儿，指指庞大而现代化的、花费了几百亿投资的制造芯片厂，说，“顺便介绍一下：我们这样的厂，是整个芯片制造工艺中的核心部分，即通过不断的技术工艺，按设计的集成电路要求完成硅片，最终通过光刻机等制造出市场上所要用的芯片产品。在行业中，我们这样的厂不叫芯片制造厂，而叫半导体晶圆代工厂，即芯片的最后工艺加工生产线……”

之前看过芯片制造的相关书籍。专家说，最先进的荷兰生产的一台单体光刻机，约有10万多个零部件、4万个螺栓、3000多条线路，软管加起来有2公里长。其整台光刻机设备重达180吨，所以如果到国外买一台光刻机，对方单次发货就需要运用40个货柜、20辆卡车以及3架货机才能完成。现在世界上最好的光刻机是荷兰阿斯麦尔（ASML）生产的。一台最先进的光刻机价格大约在人民币10亿元。而一条最先进的芯片生产线的造价，则需要三四百亿元人民币。

不进芯片制造洁净室，怎知几百亿元是怎么花的！去了之后，你才可能“叹为观止”！

“这个地面，还有上面的顶子……”001号指指上面的洁净室顶子，说，“仅它的装修费用，包括其他配套在内，每平方米就在20万元左右。”

装修费20万元！是宫殿还是黄金打造的呀？我不由得看了看脚底，又抬头仰望了一下，只见地面和房顶上的板面，尽是密密麻麻的小洞，这是啥“暗道机关”？

“与静电吸尘差不多功能吧！”001号用最直接的话一带而过。接着他说，“制造芯片需要比生孩子更高级的环境，所以洁净室的地面和房顶都必须用特殊材料，既保证整个空间达到百级洁净室（class 100）的洁净度，还要对所有工作着的设备起到保护作用。”现在，我踩在洁净室的地板上，像踩在黄金上，这种感觉既有点兴奋，又有点玄乎。

洁净室太大了，一眼望不到头。更了不得的是，眼前的种种机器设备之豪华程度前所未见，其复杂与神秘状，不可思议！前年我去成都双流机场参观大飞机的发动机修理厂时，就被飞机发动机的复杂性震撼过。然而看了芯片制造车间的机器设备，就觉得原来飞机上的发动机也就那么回事，跟制造芯片的机器比，简直就是小巫见大巫。可不嘛，世界上第一台大飞机的发动机制造至今也快有一百年了吧！一百年后世界最尖端机械制造就是芯片，二者之间差了一百年。这一百年间，全世界的科学家、工程师们攀登科学高峰的步伐从未停止……

走进“华虹”的那一刻，我看到的是中国人的自豪感。显然是在为自己祖国的科技发展而自豪。

洁净厂之大已经说过，其“内容”则更是一部浩瀚的史书——作为工科较弱的作家，所以我只能作一些现场的直观描述：

3万平方米的单体大洁净室里，除了人能行走的几条走廊外，摆满了密密麻麻的精密机器设备，有的看上去是统一格式的机械，但001号告诉我，其实在芯片制造车间里，每一台机器的角度都不一样，它们排列在一起才能完成1000多道工艺的“芯”制造任务。

它们也有可能执行着同一个技术指令，进行着无差别的技术工艺任务——001号指着另一条排列整齐得像阅兵式的钢铁队伍，步伐一致地每分每秒做着共同的、同一标准的、丝毫不差的动作，在纳米和微纳米的世界里找准定位，衔接线路、嵌入电极、启动闸门、转换基线……芸芸万千步骤。

它们又有一些像广袤的油田上那些单纯得不能再单纯的“磕头机”一样，全天候地、一年365天地、年复一年地做着同的一个动作——为的是让每一个微纳米状态下的“芯”与其他千万颗“芯”完完全全地一致……

它们甚至还有瞬间更换材料与本体的功能，因为打开一个“逻辑门”就需要封闭另一个“逻辑门”，而每一个“逻辑门”就像人类母亲的肚子，同一个母亲肚子里诞生出的孩子，他们基因相似，成人后的人生则完全不同——“芯”也同样，它们虽然在未来执行相同的任务，但它们的独立性、个体性的功能足以让整个人类世界为它疯狂。

这就是“芯”厂为什么神秘且投资巨大的原因之一。

除了它们，芯片的神秘世界……用肉眼只能看到一小部分外观形态下的自动化机械操作，而自动化本身就告诉我们：在机械内部的所有操作形态是封闭的，因为半导体芯片的许多核心制造技术本身就是光学高科技。高端的光技术是不能在我们眼睛所能看见的环境下制造与生成的，密封技术是芯制造的一个主要特征，故而即使站在被机械重重包围的世界里，我们也能看到错综复杂、眼花缭乱的现象，但在整个制芯环节里，这些可能只是微不足道的“表面现象”而已。

微观世界里的纳米技术，是很难被描述准确的。呵，穿梭在制芯世界里，我只能一次次地叹为观止，一次次地目瞪口呆，一次次地进入痴迷状态……

但我还是被头顶世界的宛若中国高铁式的空中“运输线”的工作状态所震撼：庞大洁净室，竟然还需要在“天”上构建另一条通道——我称之为制芯车间的“空中高铁”，其实是全自动制芯环节的重要组成部分，001号告诉我，由于庞大洁净室也无法满足整个生产线的要求，设备太多，所以只能开辟天花板上的空间来搭建空中运输线。什么叫自动化？你站在制芯车间昂首望去，所看到的在头顶上“嘶嘶”溜溜奔跑飞驰的那些载片盒，它们时而直线飞步，时而在某一机械处迅速稳升着（因为有时必须快速进入机械内进行加工，在完成加工程序后，又不能有丝毫的震荡等外部因素的破坏，所以速降稳升在这里非常必要，就像高铁在启动和到站时需要稳而慢些，一旦出站进入正常道路，便可马力开足）……我已经观得痴迷。

我无法不为如此强大而绝妙的科学技术世界所激动！

什么叫自动化，大概进入制芯车间就能真正感受到。什么叫现代化制造业，大概你到了制芯车间便能领略并深受震撼……

在这样的地方，偶尔见到一两个穿着与001号一样工作服的工作人员在一排排自动化机器中间若无其事地“逛溜”，显然是在检查某一设备和上面的数据——“一些设备还是需要人为指挥和操纵的，而有些数据与工艺也需要及时调整……”001号解释。

“它在哪儿？我主要想见见它……”我说的它就是光刻机。

“在最中间的地方！”001号踮起脚，往一片机器的“海洋”中间指指。

于是我们两人在几条通道间穿梭，向“海洋”的中央走去……

“这就是！”在一排厢盒式的机器走道的中间，001号突然指着两边的那一片像集装箱似的“盒子”——高出我们人头一米左右的庞然大物说道。

“它就是呀！”我既惊喜又有些失望，原来神乎其神的光刻机就是这“愣大个”呵！我甚至没觉得有一丝壮观与美观！

001号显然看出我的小心思，道：“它的里面可是一个神妙无比的精彩世界呵！可惜我们看不到……”

“微纳米状态下光学技术制造，绝对不允许外界有丝毫的干扰与影响，而且它的复杂性远比我们肉眼能看到的万千世界要奇妙而精致得多！我们只能看到它的一个巨型外壳……”这时，001号俯下身子，打开一扇小小的“观察窗”，让我凑近往光刻机的“心脏”一角瞅一眼：哇，那真是一个魔幻的世界，那斑斑星光下各种我们根本不认识的器具在高速而有序地运转着、奔腾着，仿佛都在争抢着万分之一秒的速度，并为了亿万分之一的精确度而竞相争辉。

“其实，我们在这扇小孔窗所看到的，只占整个光刻机工作状态的万分之一还不到，整台机器的运行和芯片工艺加工过程复杂无比，非肉眼和人脑所及……”反正001号说的，在我听起来就是一个神话般的世界，用简单的一句话就是：叹为观止，难以描述。

站在一个庞大的“盒子”（光刻机外形）面前，除了惊叹人类的智慧和科学先进的水平外，我的脑子里闪出的另一个概念是：原来这个家伙值10亿元！

10亿元换这一样东西，不知世界上是否还有比这更昂贵的——我指在机械设备上。而它现在就在我身边：一个看得见、摸得着的东西，它所生产与制造出的东西将能够“指挥”我们上天入地、探究星球上的任何秘密，主宰人类社会的未来。

这就是决定芯片等级与命运的光刻机。

机械物体本来是没有自然生命的。但光刻机似乎除外，001号告诉我：光刻机一旦安装到生产线上开始运行，每天24小时在工作，而且它从不停机……

“一直这样转下去？”我感觉有些不可思议。

“一直转下去！”001号十分肯定地回答我。

“那它就没有寿命？”

“自然也会有的，机械嘛，运行太久也会不行、会被淘汰的……”

“那像这样一台先进的顶级光刻机，一般会有多少年寿命呢？”我想了解。

“欧美是二十世纪八十年代末进入高端芯片制造业的，如果从那个时候算起，现在也有近30年了……我知道顶级芯片制造厂家的高端光刻机现在还在生产线上运行，那证明它至少应该可以不间断工作30年吧！”001号认为。

也就是说，一台先进的光刻机，它可以连续不间断地高速运行工作至少30年……仅这一点，我们就不得不对研发和制造这样的高端科技设备的发明人、工程师们表示崇高敬意。

在洁净室内，从头到尾，无论是我们能看到的一盒盒处在自动化的高速运行线上奔跑着的，还是在各种设备上正进行着测试与加工的硅片，我都分不出是候补产品还是正式产品，所以001号为了让我见到芯片的正式产品，将我领到一台机器前，指着正在自动流水生产线上有一定时间间隔的硅片传送盒，说要让我感受一下芯片的实际“分量”……

“你将双手伸进去，抓住两端的小把柄，然后慢慢往外移出……”001号这样教我。随即，我按他的指令将成为芯片的传送盒用双手移出，这个时候装有25片成品芯片的盒子就在我手中，我顿时觉得压力巨大，因为001号在旁边说了句：“小心呵，你现在手里是一台‘奔驰车’呵！”

我一下后背冒出了冷汗，因为“万一”失误就惨了……当然后来没有“万一”。

但就是这不到一小时的走进“芯”里的经历，让我心潮澎湃，感叹不已：“芯”路复杂异常，“芯”事何其重也！而中国追赶世界“芯”事的道路毫无疑问也是极其艰难的事，然而我们已经突破并取得灼人的进步。

……

我们现在都知道，世界强国之间的高科技竞争，集中体现在集成电路产品这个领域中，即大家通俗理解的芯片。

当今中国在高科技领域广泛且激烈地参与着全球竞争，比如能源开发、纳米科技、智能AI、航空航天等众多领域，但似乎还没有哪一项比芯片领域的竞争更白热化。其涉及的国家与地区，连普通老百姓都看得一清二楚：美国、荷兰、日本、韩国，还有不大不小的中国台湾地区……当然，另一极就是我们中国。芯片领域的竞争虽不像当年“八国联军”侵华那般野蛮和暴力，但竞争对手不惜通过各种手段意图阻止中国现代化进程，这种不允许中国人民享有平等发展的权利上的行径，同样是丑陋与无耻的。

一次次针对华为等中国企业的制裁，一次次无端残害中国科学家的卑劣，说明了一切。于是有人说，如今二十一世纪初的芯片之争堪比上一个世纪初的第一次世界大战…… 真枪实弹的战争剥夺的是人的生命，而芯片之战剥夺的是人类生存发展的平等权利。生命和生存，对一个人而言，本质其实是相同的。一个正常发展的国家中的人民，如果时时处处受到他人的欺凌与压迫，在饱受落后与贫困之苦中生存，无疑相当于生命失去尊严，从根本上丧失了生命的真实意义。

在芯片问题上，有些西方国家对我们所用的手段，可以用卑劣无耻、穷凶极恶这一对成语来形容。

在浦东开发开放之时，芯片——科技领域称它为“集成电路”，中国对它尚处在并不清晰甚至有些遥不可及的认识阶段。那时，中国现代化建设刚起步，国力尚且不足，党和国家的主要任务是让亿万人民能够有饭吃，争取吃得好一些。对于一掷几十亿、上百亿元的芯片研发与制造产业，尚未有太多的余力去投入。

但中国人知道“落后就会挨打”。国家清醒。中央清醒。曾经有一件事让我们国家的最高领导说了一句“狠话”：“砸锅卖铁都要把集成电路搞上去！”

这件事发生在1995年11月中旬，时任国家主席的江泽民同志访问韩国，在参观了三星等先进电子生产企业后，内心受到巨大震撼。曾任过电子工业部部长的江泽民，在回国后的政治局会议上，说了这句“狠话”，是因为他看到我国已经在集成电路等方面被世界先进国家远远地甩在后面。倘若再不有所改变，国家制订的宏伟计划都可能被世界先进科技革命潮流无情淹没……

“909工程”就是在这一背景下诞生的，而在此之前，还有一个重要的

“908工程”作为“探路先锋”为我国芯片之路积攒了宝贵经验。

可以说，在国家许多重大工程的思考与决策过程中，一般都会有一个调研与酝酿周期，这个周期可能是一两年、三五年，甚至更长时间。但在发展集成电路即芯片这事上，几乎没什么酝酿期，这是因为当时以江泽民为核心的中央领导集体中多数是了解相关专业的知识分子，他们深知在国际电子产业中有一条“摩尔定律”：集成电路上可以容纳的晶体管数目，大约每经过18个月便会增加一倍。也就是说芯片技术的发展速度是每18个月会上一个台阶。

“摩尔定律”告诉世人一个严肃且残酷的事实：在集成电路产业，谁走得越靠前，谁就越占先机，其发展也就越有优势——在集成电路（芯片）进入到一个新的发展周期——18个月内，不仅技术上会有一个台阶的提升，其成本和价格也会随之锐减。

“摩尔定律”的厉害之处也在这里，它所归纳的信息技术发展的规律，昭示人类进入了一个跨越式发展的时代。“摩尔定律”面世近60年来，它一次次被印证威力。人们也看到，原本披着神秘面纱且体形庞大的计算机，逐步演变成了所有人随身携带的工具，如手机、电脑等，而由此引出的信息、数字与智能社会的全部形态，甚至彻底地改变了人类社会。

至二十世纪八十年代末，这一场全新的科技革命给世界带来的巨变已经明晃晃地摆在中国人的眼前。“落后就要挨打”，昔日中国失去第一次、第二次工业革命机会后的一幕幕惨烈景象浮现在当任的中国领导人的心间，懂得电子专业的他们感到了前所未有的巨大压力和紧迫感，随即拿出“砸锅卖铁”的决心来发展芯片事业。

中央最初决定将“908工程”放在无锡的原因是：一、无锡有电子工业部的一个专业电子研究所和江南无线电器材厂，人才和专业基础较好；二、这里距日本、韩国和中国台湾地区比较近，这三个地方是世界最重要的芯片生产基地。

其实，新中国最早开始关注半导体工业体系建设的时间并不晚，它的缘由还跟抗美援朝的战争有关，为解决军队电子通信问题，国家成立了电信工业管理局，并在国家“一五计划”（1953—1957年）中，在苏联和东德协助下在北京建立了华北无线电联合器材厂。上海作为中国最大的工业城市，半导体产业的建立稍晚于北京。从1958年开始，上海元件五厂、上海电子管厂和上海无线电十四厂等先后成立。而说到上海半导体的工业史，不能不提到一位名叫“谢希德”的女士。

谢希德是新中国集成电路的奠基者之一，于1952年夏从美国史密斯学院学习完成后回国，便在复旦大学任教，后被调往北京大学任半导体教研室副主任。在北大的两年间，谢希德和其他回国的同仁一起，为新中国培养了第一批半导体人才。正是这批人才作为顶梁柱，担起了二十世纪九十年代国家重建半导体工业的重任，其中包括了中芯国际前董事长王阳元院士等。1958年，谢希德回到上海，在技术物理研究所担任副所长。同年，她在上海倡导和建立了技术物理中专班，培养技术人才，为国家的半导体行业搭起架子。

可以说，当时上海的半导体工业无论是在研发还是在量产方面，都处于全国前列。1968年，上海无线电十四厂首先制成PMOS电路；同年，上海无线电十九厂开始组建，与北京的东光电工厂（878厂）并驾齐驱，成为中国大陆IC产业中的南北“两霸”。

此时，中国大陆整体的芯片半导体技术水平，与后来芯片霸主的差距并不是太大，甚至在一些方面略有领先。英特尔在1970年研制出了1KB的DRAM，中国大陆则在1975年研制出了第一批1KB的DRAM，仅仅比英特尔晚了五年时间。而在这个时候，三星才刚刚进入半导体行业不足一年时间，中国台湾地区也才刚刚开始半导体工业的建设。除此之外，在改革开放初期，中国科学院上海冶金所开发的离子注入机（用于芯片制造环节），甚至出口到了日本。

但是，我国早期半导体产业的发展有一个最大问题，就是用来制造最先进芯片的生产线和装备怎么来？怎么样才能够搞到最先进的设备？要自己制造，还是引进？

改革开放初期，我国的电子工业考察团参观访问了日立、东芝、富士通等日本集成电路企业，随后我国从日本全套引进了7条半导体生产线。它们就放在浦东的金桥。所以真正意义上的中国造“芯”就是在这个时候从上海开始的。一下引进7条生产线，对于此时的中国不能不说是一项重大举措，甚至是“举国之力”。然而设备安装调试完毕后，这才发现一个无法绕开的大问题：技术、软件能力跟不上，效果不佳。就如现在大家都知道的，倘若你没有自主的光刻机等核心技术，就永远无法真正掌握高精密度的芯片制造技术。

遇到的另一个问题是：芯片产业，投入资金远超传统电子产业，是其几倍、几十倍，甚至数百倍，这对当时国力十分有限的中国来说，不能不说是一个巨大的压力。起步时就投入不充足，难免落后于他人，于是“摩尔定律”就显现了威力，发展到后面，我们与先进水平的差距就成了几个代级。因此，当时还涌现出一个观点：自己研发不划算，即使花了大钱也一直跟在别人的屁股后面，还不如干脆买人家的产品算了。

不过，芯片技术关系到的不仅是民用的日常产品，今后必定涉及军事、金融和国家安全等方面的用途，依赖他人的结果或许更惨。大国战略绝不能走这条路。决策者是清醒的，经过反复讨论，最后选择了“引进—吸收消化—自主创新”这一中国芯片业的发展主轴。

然而，令我们中国人意想不到的是，发达国家不仅拒绝把最先进的技术卖给我们，而且对芯片产业还提前设置了苛刻的死循环套路：从最初的“巴黎统筹委员会”，到后来的《瓦森纳协定》，都是几个掌握芯片前沿技术的国家，通过制定封锁他国技术的条款，来制约像中国这样追赶的发展中国家设计和生产芯片时所使用的软硬件和技术，还有限制芯片配套产品的进出口。近些年，我们遭遇光刻机等设备无法进口到我国的严酷现实，除了设备生产国自身的原因外，更多的就是以美国为首的《瓦森纳协定》制定国借用这一行业协议来实现霸权主义的丑恶行为的原因。

简而言之，他们就是通过限制中国大陆芯片事业的发展，从而实现阻碍我们国家的发展的目的。

芯片产业链一旦闭合，对后来者而言就相当于是一个“死循环”，其后果十分恶劣。早期韩国、日本以及中国台湾地区芯片产业的崛起，多少离不开美国技术转移的支持，荷兰最先进的芯片生产设备制造商ASML，也同时拥有来自美国、韩国和中国台湾地区的三方股东。这些国家和地区的芯片生产一旦形成“内循环”的结果是——像我们中国大陆这样的地区便一直被排除在圈外。我们想进口芯片制造的核心技术与材料，都会受到极大的限制。说白了，我们只能花大钱去买他们的产品而无法独立自主地完成研发，因为研发高端芯片的技术与材料所要付出的代价，就连我们具备相当实力的国家也是极难负担得起的。

二十世纪八九十年代，当西方世界在芯片领域快速发展的时候，中国大陆不是没有意识到其紧迫性，而是存在着困难：体制机制尚处在转变阶段，电子行业原来都是国家研究所在主导，其陈旧的机制，导致人才的流失，项目推动缓慢甚至停滞不前，而新的机制尚未形成。电子产业中的混乱现象，令人担忧。

有个例证，被称为“中国巴菲特”的段永平在1982年毕业后被分配到了北京电子管厂工作，但他后来觉得没啥盼头，又去中国人民大学读了一个计量经济学的硕士，最后南下广东做起了消费电子的生意。段永平将中山市的一家亏损小厂承包下来并当了厂长，开始做他的电子游戏机生意，这就是后来的“小霸王”的前身。两年后，他的小霸王电子工业公司成立，又过了三年，其产值达到了10亿元。随后段永平提出对小霸王公司进行股权改造，却没有获得通过，于是他来到东莞成立了步步高公司，产值达到近百亿元，他也因此成了“中国巴菲特”。

2001年，段永平手握强大的资本，开始并购其他国际优质资产，市场和公司越做越大，这是后话。段永平做的电子芯片产品属于低端民用产品，虽然市场很大，不过他的创业价值体现为走出一条独闯之路，其所涉及的行业并非真正的高端电子产业。这从一个侧面说明了在二十世纪八九十年代，技术与实力相当薄弱的中国外受西方发达国家的技术挤压、内受旧体制与机制的束缚，要想发展自己的芯片产业是何其困难。

为了整治当时电子行业上的“散、乱、差”问题，电子工业部在1986年于厦门举行的集成电路研讨会上，出台了集成电路“七五”行业规划，决定在上海和北京建设两个微电子基地。

上海所采取的是以合资模式建设微电子基地的路子。上海与外资公司合作，一来方便技术的引进，二来为刚刚起步的半导体业提供销路。1988年，上海市仪表局和上海贝尔公司合资成立“上海贝岭”，外资占股40%。“上海贝岭”在成立之初，主要业务是为上海贝尔公司提供专用于通信的集成电路。在业务模式上，“上海贝岭”采取了IDM的垂直一体化发展模式，也就是从芯片设计、芯片制造到封装测试统统自己来做。1998年，“上海贝岭”在上海证券交易所上市，成为中国集成电路行业的首家上市企业。资本市场为公司提供了运作空间，但老是傍着一条大腿，公司的持久增长成了问题：“贝岭”发展的前十年都抱着外资股东贝尔公司，业务模式比较单一。

2000年前后，华为、中兴在程控交换机市场迎头赶上，上海贝尔公司受到严重冲击，不得不转型非电信运营商市场，这直接导致“上海贝岭”的关联方收入逐年减少。之后，随着贝尔公司和“上海贝岭”渐行渐远，直至2010年，贝尔公司清空了其所持的股份。

祸不单行。2012年9月，突发的一场大火让“贝岭”的生产车间毁于一旦。公司当年直接停产，火灾造成的损害无法恢复。2017年，旗下子公司贝岭微电子破产清算。

“上海贝岭”的结局有些出人意料。从另一个方面也证明了附属式的、向单一外商要市场的发展模式，是不可持续的。

在芯片行业有句话：投资方向不到位，再多的钱也是打水漂。确实有道理，投资20多亿元的“908工程”落地无锡电子工业基地，成立了无锡华晶，足可见当时的雄心壮志。然而结果是，即使是“重中之重”的国家项目，仅审批环节就耗费了两年时间，从开始立项到真正投产历时七年之久，工程建设一拖再拖。就这样，导致了“908工程”一投产，其技术水平就已经落后于竞争对手四至五代…… 无锡华晶的教训是沉重的。

1999年，一个在世界芯片界叱咤风云的人——张汝京回到了中国大陆，他第一个任务就是到无锡帮华晶摆脱负债累累的困境。

张汝京的出现，不仅使无锡华晶脱离了濒临死亡的低谷，转亏为盈，而且对整个中国大陆的芯片事业产生了重大影响。

现在我们大家知道，中国的芯片制造，有两大企业支撑着：一是国家全资企业“华虹”，一是中芯国际。

我们来说“908工程”之后的“909工程”的发展史——

这个时间点是1996年元旦刚过的日子。此时的张江，相比于陆家嘴等开发区还尚显稚嫩，其地界上的高楼大厦还没有几栋，整体看上去仍然是个尚未全面动工的“小工地”而已。然而就在这个时间，上海西郊宾馆突然忙碌起来，因为时任国务院总理的李鹏同志带着一大群政府和部委领导住进此地，足足有几十人。当天，上海市委书记就去见总理李鹏和副总理吴邦国。李鹏见到上海同志后，开门见山道：我们把国务院半数的领导都带到上海来跟你们上海商量“909工程”这件大事，可见中央对这一项目的重视，也希望上海方面全力以赴地把这件大事抓紧抓好。①

我们都知道，凡是用代号的，都是国家重大秘密工程。“909工程”就

---

① 参见胡启立:《“芯”路历程：909超大规模集成电路工程纪实》，电子工业出版社，2006年版。

是国家紧急上马和将要实施的芯片工程。将项目称为“909”，是对应无锡的“908工程”。前面已经提到，“908工程”是中国芯片的启动工程，因遇到资金和机制上的问题，基本属于“烂尾”项目，所以，国家十分着急，赶紧另起炉灶。而国务院众多政要，在1996年元旦刚过，就冒着寒凉的雨雪来到上海，可一窥中央对在上海启动“909工程”的极端重视。

“会议非常务实，就涉及‘909工程’的具体问题一一进行了决策，主要有七个方面的具体决定：一是明确在浦东组建华浦（那时还没有将‘华浦’改为‘华虹’）电子有限责任公司，负责实施生产线项目。公司设立董事会，董事长由电子工业部派任，副董事长由上海市派任。二是公司注册资本为40亿元人民币，其中国家投入现汇折合人民币21亿元，上海市投入现金人民币19亿元。工程其余所需可吸引国内外公司投资解决。三是生产线所需资金，融资部分由国家安排外汇贷款解决。四是国务院已原则同意生产线立项。请国家计委根据本次会议精神将项目建议书修改后即报国务院正式审批。1996年6月底前完成项目开工前的各项准备工作，开工后确保在18—20个月内建成投产。五是生产线项目在建设期免征设备、仪器和试运行用材料的进口税和进口环节增值税。生产线投入正常运行后的备品、备件和原材料进口享受浦东新区的优惠政策，免税额度另议。项目建成后，华浦公司享受中外合资企业和高新技术企业在浦东的一切优惠政策。六是在生产线建成投产前明确除现有企业改扩建项目外，国家一般不再批准外商新建8英寸0.5微米集成电路芯片生产线。七是生产线建设地点放在浦东，具体位置由生产线项目建设领导研究决定。我参加过不少决策性的会议，但像总理和副总理一起参加的会上，能如此具体地对一个重大项目现场做出如此具体的决定，这是很少的，也可以从一个方面看出中央对‘909工程’的高度重视，同时对我们上海也是一个巨大的促进与推动。”后来参与“909工程”选址与基本建设的胡炜说，西郊会议之后，他们浦东新区管委会立即召开会议，研究落实上面七条中有关浦东要做的具体事。

“比如说公司注册批准、在哪个地方具体建厂，我们都是开着绿灯，特事特办的！”中央和上海决定把造芯工程放在浦东，当时赵启正和胡炜等浦东新区领导既激动，又感肩上的责任重大。故像胡炜所言，他们没有耽误过一天“909工程”的事，“通常当天送来的报告，当天就给出答复和批复了。”他说为了“909工程”在浦东落地，仅为一块厂地，他自己到现场就跑了不下十次。

“909”——一个重大而急促上马的造芯工程，一开始面临的问题就很复杂，除了总理出面解决的投资和审批资金，再有选址问题获得圆满解决外，国家对如何上马、如何紧跟世界芯片制造方面的经验，可以说一无所有。浦东更没有经验。

鉴于基本失败了的“908工程”的教训，放在浦东的“909工程”要怎么干，上海人包括浦东的领导们开始也是一筹莫展，甚至有些不知所措。但有意思的事也很多，比如“909工程”即华虹的首任董事长是胡启立。一个部长兼任一个企业的董事长，这本身就有很深的意味。

胡启立自己写的回忆录上有这样一件事，1997年元旦刚过，他与李鹏总理、吴邦国副总理一起乘坐专机前往上海时，在飞机上吴邦国紧挨在胡启立身边，并笑眯眯地问：“启立同志，‘909工程’这次是要定下操办了，你是否可以兼任这个项目的董事长？”

胡启立是党内老资格的领导，他对吴邦国副总理的问话，没有直接回答，只是同样笑眯眯地说了一句：“政府官员不可以兼任企业的董事长。”

吴邦国也似乎早料到对方会这样说，于是又回复了一句：“特事特办嘛！”

胡启立一听，心想：这是中央领导已经商量好了？他借机看了一眼坐在稍远一点的李鹏总理，从总理莞尔一笑的神情中，胡启立已经多少明白了自己的判断是对的。

17日，在西郊宾馆召开的关于“909工程”的最后一次会议上，关于

“909工程”董事长一事，李鹏直接宣布了：中央已经批准，我这里提名胡启立同志兼任“909工程”董事长一职。

一阵掌声之中，电子工业部部长胡启立同志起身鞠躬，对中央和大家的信任表示了感谢。

上海的黄菊书记和徐匡迪市长高兴了：启立同志兼任董事长，这个“909工程”才办得成。同时表示，上海一定全力以赴做好后勤保障和支援工作。并且他们推荐了常务副市长华建敏当胡启立的副手、“909工程”副董事长。

启立同志任董事长、华建敏任副董事长这一人事安排非常重要，因为“909工程”需要依靠电子工业部和上海市共同协作才能更好地建设起来。国务院主管这一条线工作的副总理吴邦国总结道。

大政方针在一片掌声中落定。

任命部长兼任一个项目的“董事长”，这在改革开放之后是罕见的，体现了国家对“909工程”的高度重视，而且不是一般的高度重视。胡启立本人对此有这样一段话：“我一生从政，从来没有经营企业的具体经验。当时有关心我的朋友得悉此事后说：‘启立是抢了一个地雷顶在自己的头上，搞不好会阴沟里翻船！’但是‘909工程’意义重大，情况特殊，作为电子工业部的部长，我责无旁贷。”

据参与当年“909工程”建设的上海浦东同志介绍，胡启立同志为了“909工程”的事，有半年时间一直在上海亲临工程现场指挥。“这是少有先例的，对我们参与浦东建设的同志都很鼓励。”浦东人这样说。

芯片市场是瞬息万变的，稍一眨眼，就可能是另一个世界！这不，在中国的“909工程”刚决策不久，浦东那边刚刚开始热火朝天地在建厂房时，就传来国际市场上的芯片价格大幅度下降的消息。“当时世界各大芯片制造厂判断世界芯片市场将迅速陷入不景气的境地，那些老厂开始限产，新厂的建设或放慢速度或干脆停工。这就给‘909工程’的建设带来了捉摸不定的因素。”参与“909工程”建设的浦东人说。

什么意思？就是说，当中国政府决策拿出几十亿的钱建一条芯片生产线时，人家世界制造芯片的企业正在纷纷下马，而且芯片价格一落千丈，意味着我们中国的“909工程”生产线刚刚花大钱建设起来，就将面临赔本的买卖。

那个时候的国家，包括上海和浦东在内，都严重缺钱。如果在这个时候，“909工程”再来一个大赔本，国务院如何向全国人民交代？上海、浦东发展也都受影响。

拉外资一起来干？！有人想到这个老办法。但，“因为当时对外寻找合作伙伴的工作遇到极大困难，也就是说，听说中国在搞一个没多大赚头的半导体生产线，谁也不愿，也不敢投入资金。这就意味着工程一旦动工，随时可能会塌下来，最后成为一个无底洞”。一位参与“909工程”建设的老同志这样描述。

“国家资金已经到位，军令状也已立下；为了显示我们的决心，在尚未确定合作伙伴的情况下，‘909工程’打桩的基建工程已经在浦东破土动工。一边箭在弦上，不得不发，一边是迟迟找不到满意的合作伙伴，高层决策很有可能无法落实。想到面临的种种风险，我常常夜不能寐……”胡启立这样说。

“真的，当年我们不知道明天这国际半导体行业会发生什么情况，而一旦有些风吹草动，作为我们国家的重中之重的‘909工程’面临的打击就是毁灭性的……”说这话的，是时任“909工程”办公室主任、后出任“华虹集团”总裁的夏钟瑞先生。

我见夏钟瑞先生时，他已经是位七十余岁的长者了，尽管他依然气宇轩昂、风度不减，可用他自己的话说，当年“下海”时，正乃“风华正茂”。这位“陪过”五任市长的上海市政府办公厅副主任，在那“909工程”上马之初，还在担任上海市信息化办公室主任，是被出任“909工程”副董事长的上海市常务副市长华建敏点名到“909”去的。

“想法找到一家可靠的，技术上又处在世界先进水平的外国芯片厂合作嘛！”有人提出这样的建议。而当时中国开发之初的成功办工业、搞建设的人几乎都是走了这条路。

这个结果，就是现在我们在浦东看到的“华虹一厂”……

2022年初，我去过一次华虹一厂。进大门见到一个喷得很高的喷泉及石塑。那石塑是一只巨型之手，握着一片晶圆……很有象征意义，它是想说明这里是做芯片的。二十多年过去了，当年的芯片拓荒者自然没有想到，辉煌的中国“芯”“源”头却在此。

在中国“芯源”，我知道了后来“909工程”找到的合作者是日本电气株式会社，简称：NEC。正因为它与中方的“华虹”合作，并在此建起了华虹第一条生产线，这座喷泉与石塑是当时中日企业合作的一个象征：呈现出蒸蒸日上、生机勃勃之气象。

在参观喷泉时，我发现旁边的小花园的草丛中有块石头，上面刻着中日双方的公司“班子”名字。

胡启立同志对NEC会长关本忠弘先生高度评价，称他是“中国人民的好朋友”“中国芯片业的坚定支持者”。后来，中国人民对外友好协会和上海市人民政府根据关本忠弘先生对中国半导体事业的贡献，将中国授予外国朋友最高荣誉的“人民友好使者”和“上海市荣誉市民”称号授予他。这当然是后话。

然而由于芯片产业本身的复杂性和国际市场的激烈动荡，与日本NEC的合作并非一帆风顺。

项目还在谈判过程中，中国浦东那边早已等不及：先开工建厂再说！

开工的仪式极为隆重：总理、副总理、国务院多个部委领导，上海市、浦东新区领导一大群人都来了……

但这一天的天气却格外寒冷。“今朝哪能嘎冷呀！”参加这一天在浦东金桥的华虹生产线厂开工仪式的人在现场窃窃私语，也不知因为咋的，尽管开工仪式上，礼仪小姐们个个穿得很单薄在放庆贺的鞭炮，但在场的人仍然感觉身子骨被袭来的寒风刮得有些明显不适：冷。

“这个芯片厂怕是不好干哩！”有人轻轻吐了一声，立即被其他人用锐利的目光“杀”住了：谁让你说不吉利的话？！

其实，此时的国际芯片业，如华虹开工的天气一样，真是很冷：亚洲金融危机的风在此刻已经吹起，作为科技最前沿的半导体制造业自然首当其冲，国际投资大鳄纷纷收紧投资，一些本在热火朝天干的造芯厂关的关、停的停，而且芯片价格也大幅下降……这种形势下，我们中国的华虹“巨头”竟然要出海，显然极有可能陷入汪洋大海之中而被巨浪吞没！

“为了提振我们搞芯片的士气，所以在没有找到合作伙伴之时，就提前打桩开工，仪式的级别也是最高的，新闻一夜之间传遍全世界……”身旁的工作人员说。

造芯厂的第一根桩打在依然还长着草的浦东大地上的那一刻。胡启立和上海领导、浦东新区人都仰头望天看了一眼，内心轻轻地呼喊了一声：现在万事俱备，只欠春风吹暖呵！

“春风”在何处？

“春风”在太平洋上转悠着……

对当时的形势，胡启立曾这样说：“由于国际半导体市场的不景气，加上美国的技术封锁，跨国公司围着‘909工程’打转转，就是不肯投资，难道我们真的无路可走了吗？”

路在何方？

路是人走出来的。走出来的路才能算得上是真正的路。中国人走的每一步强国之梦的路，都是靠艰辛探索和艰难踏步走出来的……

“只许成功，不许失败！”在许多场合，中央领导私下里、公开里对包括胡启立在内的“909工程”的建设者们这样叮嘱过。然而真正的工作难啊，一则本来就缺钱，又遇到金融危机，更有国际同行巨鳄们早已张着大嘴，等在彼岸想“吃”掉你中国呢！

中国造芯人不由长叹起来：这造芯，咋比搞原子弹还难啊！搞原子弹，别人不帮忙，我们可以关起门来干。搞芯片可不行，它的成功之路，只能是“借船出海”。

然而，中国又面临一个无法绕过去的问题：长期以来以美国为首的西方国家又一直对我国奉行高科技禁运的政策，虽然那个时候允许向中国出口一定的半导体设备，但有个条件是：起码要落后于世界先进水平两代以上（近些年连这个条件都不被允许了，美国对华新设的高科技禁令是只要他们认为有可能给美国带来不利的半导体设备都加以限制）。而我国制定的包括“909工程”在内的半导体发展战略，就是要通过“借船出海”实现我们与国际同行尽可能同步地发展，这样“一盘棋”，当“909工程”一出现，西方国家马上就敏感地意识到中国有行动了……

你有行动，他就更警觉。他警觉，你的路就更难走。国际较量历来如此。有的是暗斗，有的是明战，半导体产业实际上是明战，你想绕过它们划定的圈子另搞一套或抄近路程、走迂回战术几乎不可能，人家一点不傻，明明白白地等在那儿看着你撞枪口去。“909工程”开工之后所面临的就是如此严酷的明争暗战。

那么出路到底在哪里？

出路显然早已找到，而且这条路，人家西方世界、大财团、芯片大企业都明明白白：就等着中国来“谈”——“谈”的意思很大程度上就是按他们的“游戏”规则行事：或漫天要价，或永远当他们的“打工仔”，你干活，他赚钱。这是资本主义的本质特性，其实也没有什么不能放上台面的，问题的关键是有比资本主义更可怕的，就是帝国主义的强盗逻辑：我不让你发展，你就不能发展。假如你想发展，你就必须成为我的“小哥仔”和“附庸国”……怎么样，不答应？那就免谈。

“我们就经历了这样的痛苦和无奈的国际环境。”夏钟瑞说。他还提到他和浦东的领导们至少出面接待和关注过十多家国际造芯企业来谈“909工程”的合作事宜，最后都是听到“吓人的价钱”而不得不放弃合作选择。

“不管谈判有多艰难，还是要谈。这家不行，我们再另找一家，资本主义国家和资本家企业也不是铁板一块，所以我们要去多争取，多找些外企来谈！”北京方面发话道。

“我们上海在国际招商方面还是很有经验的，比如陆家嘴金融城建设，就是从全球招商的，请了国际上最著名的设计团队来参与设计，然后进行挑选，从中评选出最佳方案，最后综合专家们的意见，决定最终建设方案。在‘909工程’实施之后，上海‘909工程’的工作人员就开始了向世界顶级半导体企业发函，或通过其他关系邀请他们来浦东参加华虹生产线建设。这些公司中有日本的富士通、东芝、NEC、冲电气（OKI）公司，欧洲的西门子、飞利浦公司，美国的IBM、AMD、惠普等近二十家公司。国际上的事比较复杂，做大生意和小生意有的时候形态差不多，开始我们放风出去后，真正接单的公司并不多。后来我们摸了一下情况，有两个原因，一是不敢轻易染指中国的半导体项目，因为美国在后台举着对华高科技制裁和封锁的大棒，二是担心中国政府各种审批制度。当然还有一个更重要的原因是，当时亚洲金融危机风暴已起，国际半导体产业在走下坡路，大资本不敢轻易流通到一个刚刚起步的半导体产业的国家。但由于我们坚定不移、努力出击和耐心热忱的姿态，到了1997年上半年，国际上有的大公司慢慢地开始对我们的项目热络起来，这在很大程度上是因为看到我们浦东开发开放建设并没有因为金融危机而放慢脚步，外滩对岸的陆家嘴，一幢更比一幢高的摩天大厦真的像雨后春笋般地出现在世人面前，这种中国式的激情和火热的发展态势，确实太诱惑人，没有哪个国家可以同我们浦东热火朝天的景象可比，所以这为华虹对外招商带来了巨大的促进与推动……到了1997年下半年，整个华虹与外企合作的谈判就相对顺利得多，意向性也很明确了。”浦东老区长胡炜最有发言权，他对“华虹”生产线的那块工地比较熟悉，时不时有人通知他“出席”那里跟外商交流，而“谈判”的事也希望他能参加一下。

当时“909工程”在对外寻找合作伙伴时，国家层面和专家的意见都很明确，必须“以我为主，同时吸收外国的资金和技术并取得知识产权的保护”，具体选择合作伙伴也有三个基本条件：一是能够提供0.5—0.35微米制造技术及相应的知识产权保护；二是承诺给华虹公司生产能力三分之一的返销加工量；三是有一定比例的现金入股，并保证中方占大股。

一个新手，想去闯荡生意场，其结果肯定不会那么顺风顺水。华虹生产线合作项目的生意就是如此。那些外国公司对中国发去的邀约合作函，采取了三种态度：不理会；干脆直接回绝；有那么一点兴趣，但开出的价格令我方无法接受。比如有一家跨国公司给出的条件是：技术转让费及专利保护费高达4.4亿美元，而且不愿意入股，对未来生产线上马后不承诺帮助市场销售。等于实实地赚上中国一笔巨额“技术转让费”。除了钱外，就是明着想欺负没有相关技术的中方。

“这是不可接受的！”中方断然拒绝这种趾高气扬又想压人的公司。

“那你们就等着项目打转转吧！”外国公司如此讥讽中方。

“中国人有骨气，没有做不成的事儿，拭目以待！”浦东的项目招商人心里开着明灯似的，等待机会。

就在这个时候，总理李鹏、副总理邹家华和电子工业部部长胡启立几乎同时接到了日本NEC会长关本忠弘的传真，传真内容真诚地表达了NEC愿意成为“909工程”的“可靠合作伙伴”，而且开出的条件基本上是中方所想达到的目标。

“好啊，既然有日本公司来参与，而且条件跟我们所需要的十分接近，那么我们可以优先与NEC谈……”当电子工业部和上海把最近所获得的情况向邹家华、吴邦国两位副总理汇报后，这两位领导具体指示道：日本NEC公司的这位会长关本忠弘先生在中国已经“淘金”很长时间了，算是一位对中国很友好的日本人士。我们多数人并不知道关本忠弘，却对1984年就有的“中日NEC围棋直播赛”记忆一直很深。

二十世纪八十年代初，电视机在中国还没有全面普及，一般百姓买不起，但一些商场里已经有了电视机促销和热销的情况。因此每到夜晚，尤其是夏天的夜晚，像北京王府井大街的商场里，就是以开着电视机来引聚人气。

那个时候我对此印象很深，虽然我家住在北京的西城，但一家人也经常在傍晚跑到王府井百货商场逛热闹。每次去商场，最热闹的地方一定是家电柜台，那里有十几台电视机开着，播放着一些我们平时看不到的电视节目，如体育比赛或文艺演出节目，那个电视柜台前人山人海，大家看不要钱的热闹……北京人的这种生活状态，有一天被一个日本人看到了，他马上回去指令助手，说我们公司组织一场中日围棋比赛直播如何？我们赞助嘛！这个人就是关本忠弘，他的提议让NEC公司一下在中国有了广阔的市场和信誉。

可见，关本忠弘与他的NEC与中国的渊源不一般。现在他又要出手与中国做一个更大的买卖。而自1984年以来，关本忠弘先生已经同中国包括中国高层都建立了良好关系，这回他又将如何让中日两国都吃一惊呢？

任何生意上的“谈判”都是需要时机和艺术的，最终促成NEC迅速出手与中方成为合作伙伴的，是关本忠弘领导的NEC得知了当时有十亿多人口的中国马上要在全国推出第二代身份证IC卡等业务。这个IC卡市场太大了，仅此一个业务单子，就可以让一个芯片企业赚得眉开眼笑。

什么叫“水到渠成”？这大概就是。“909工程”——华虹工程寻找合作伙伴的事从此进入快速推进的时间表。

1997年3月25日，北京的天气仍然有些寒冷，但在北三环的香格里拉饭店，中方与日方NEC代表的谈判正热火朝天地轮番展开着……

谈判的第一天，中日双方都是客客气气。但到了第二天的实质性谈判时，就是刀光剑影、真金白银了——

NEC先开口，由羽田先生开门见山地向中方提出合作的三个条件：一是，NEC愿意以现金参与“909工程”，股份不超过30%；二是，NEC向“909工程”转让内容为8英寸、0.5微米、0.35微米的设计和制造技术；三是，关于委托加工量，如果中方同意将生产线的经营管理责任委托给NEC，NEC将保证生产线满负荷运转。

中方听到这三个“条件”，基本上都是中方所期待的。电子工业部的三位中方主要谈判者用目光不动声色地对视了一下，内心皆是一个字：爽！

然而“条件”是不是又来得太快了一点呀？于是中方代表小心翼翼地问日方：阁下刚才讲的股份不超过30%，是指现在不超过30%，还是将来永远不超过30%？

日方马上回答：永远不超过30%。而且我们NEC同意今后在合资企业中的股份比例保持在25%到30%之间，也就是不会要求超过30%的。

中方代表的脸上顿时露出笑颜。中方另外两人也会心一笑。

因为中方原来确定的“谈判条件”，NEC几乎全部接受并且略为对中方条件更友好了一步，这是难能可贵的。

然而，日方对中方表达的有些内容希望探明一个究竟：“先生昨天说的NEC可以参与更多的决策，是什么意思？”日方问中方。

中方回答：“噢，是这样：为了表达我们的诚意，中方认为，如果你们能够确保五年收回投资并累计盈利的话，我们可以考虑让日方当合资公司的总经理。”

“太感谢了！”NEC对此十分满意。

“那么我们是否可以签下合作意向书了？”中方问。

“可以！”日方回答得非常肯定，“我们关本忠弘先生交给我们的任务就是希望能够与你们签下意向合同……”

“太好了！”

香格里拉饭店三楼是新闻会议与发布场所，中方与日方关于“909工程”合作意向就在此郑重签下。在意向书中明确：NEC将以2亿美元现金入股，并承诺今后在华虹的股份比例限制在25%到30%之间。其中包括0.5微米、0.35微米以及存储器的技术转让。同时日方同意为中方培养一支成熟的经营管理和技术队伍。新的合资企业实行董事会领导下的总经理负责制，董事长由中方担任，第一届总经理由日方担任。工厂建成后，总经理的经营目标是在五年内实现盈利。

1997年4月11日，《中国上海华虹微电子有限公司与日本电气株式会社关于超大规模集成电路工程项目合资协议书》正式签约仪式在人民大会堂举行，总理李鹏参加签字仪式。中方由副总理邹家华签约，日方是关本忠弘先生。

“那天人民大会堂的签约气氛真是喜气洋洋……”参加仪式的夏钟瑞这样回忆。

当日下午，中国国家主席江泽民在中南海接见了关本忠弘，称他为中日世代友好做出了榜样，并赞赏他是日本企业家中具有战略眼光的杰出人士。据说关本忠弘当时几度“热泪盈眶”。

送走日本朋友后的中方“909工程”人员，聚集在北京奥林匹克饭店痛痛快快地庆贺了一番，他们高唱着“这一仗打得多漂亮”，将喜悦的心情传到了上海浦东工地，传到全国各地……

但，事情并非人们想象的那么简单。中国的造芯工程，一开始就陷入极端错综复杂的境地，有些复杂到上上下下根本想象不到的事情，不知何时就突然冒了出来。

已经由中日双方签订了合作协议，且中国领导人也接见了日方企业的老板，照例一切事宜都皆完成，哪想到合资企业到此时还只是个“大意向”，还得正式签署一个“华虹NEC”合资公司的协议！

“对的，前面所有的工作确定的是‘大东家’的双方愿意，但未来还得签订华虹公司与NEC之间新成立的公司的具体协议……”夏钟瑞向我解释。

原来如此。

“这个合资公司协议就定在5月28日，528——‘我要发’——上海同志讲究企业的吉祥兆头，我同意！”中央领导在接见中方谈判代表时这样说。于是在紧接着的一个多月里，上海方面和NEC就必须对合资企业的具体条款一一落实，并拿出协议文本。

“不行，你们之前签订的那个协议有诸多问题，审核通不过！”这个通知来自中国外经贸部。这个通知把电子工业部和上海市政府吓得不轻。

5月18日，颇有兴致的胡启立带着中国考察团正在日本NEC总部参观时，突然接到国内他部下打来的电话，报告了上述情况。

“他们提出了46个问题。核心问题是我们中方占有70%股份，却为何让NEC在董事会里拥有否决权，且日方还出任总经理一职？等等问题。报告部长：听外经贸部的口气，他们很难通过我们上报的审批件……”电子工业部的人报告说。

这算什么事！胡启立顿时着急起来：中央领导都说好了的事，现在却半路上杀出个程咬金来！

外经贸部不认可中日“909工程”项目的合作协议，是认为在中方占大股的合资企业中，中方应拥有决定权和经营权，这是当时我们中国所有合资企业的惯例，你们电子工业部和上海市政府不能因为“909工程”如何重要而违反这样的惯例。外经贸部执掌着国家赋予的审批重要合资企业资格的权力，这也是中央授权他们的。

胡启立和电子工业部、上海市政府一下发起愁来：华虹NEC公司如果得不到外经贸部批准，以后的进口设备等根本无法运营。这不等于辛辛苦苦办起来的一个合资公司成为一个非法工厂了嘛！

这还了得！怎么办？

“见鬼了！ 中央都批准的事，它外经贸部就不执行？”有人发起牢骚来了。

胡启立摆摆手：“各部门都是执行中央指令和赋予的职责，人家外经贸部针对国家整体情况所制定的规范，我们不能怨人家。”

那“5 · 28”签约还签不签了？

当然要签！

可按照外经贸部的要求，我们来不及也无法改动呀，人家日方咋会同意我们随便修改合同内容嘛！

走着瞧吧。

只能如此了。不过“909工程”的同志们心里想：都是一个中国政府领导下的事，大领导到时一句话不就解决了吗？ 部长你说是不是？

有人这样悄悄问胡启立。那不一定哟。胡启立笑笑，然后回到了他的办公室。

5月28日的华虹NEC成立大会暨签约仪式仍然在人民大会堂举行，此次仪式比上一次邹家华副总理与关本忠弘先生签约还要隆重得多，首先是李鹏总理出席，其次是现场有20多位部级领导出席。李鹏总理进人民大会堂会场时扫了一眼，然后对胡启立说：“你把半个国务院都搬来了！”

胡启立先是谦和地笑笑，连声说：“不敢不敢，是因为总理您要出席……”其实此时的胡启立部长还有一件特别急迫的事要向李鹏总理汇报。

这就是外经贸部不批准中方与NEC合资办企业的事。胡启立解释外经贸部的疑问：“关于华虹NEC董事会表决需五分之四通过一事，既然让日本人承担五年折旧完毕并累计盈利的责任，就要给他们相应的权利，责权利是统一的，这是‘909工程’效益的保证。”

经过胡启立的努力争取，那份在外经贸部放了一个多月一直没被批准的合资文件，此刻在人民大会堂开会之前的几分钟，以迅雷不及掩耳的速度被批准了。“后来证明，外经贸部接受意见打破惯例批准合同是正确的。”

胡启立这样评价此事。

1997年7月17日，上海华虹NEC电子有限公司正式注册成立。

可，接下来的事，马上让浦东建设者们怒火万丈，因为新成立的华虹NEC公司的高层管理者都是日本人，第一天他们来到工地现场，一看到中国建筑工人盖好才几天的房子，就板着脸，命令中国建筑工人们："扒！扒掉重新建！"

中国工人一听这，火了："凭什么刚建好的房子就要拆？"

日本人仍然铁青着脸，没有任何商量的余地道："你们建的厂房，那不是半导体厂房，完全不符合芯片生产要求。芯片厂房里都是先进的设备，必须有先进的厂房结构和要求。"

原先的厂房设计者，是中国电子工业部第十一研究院和上海电子工业研究院，正牌的电子工程专业单位，设计者是响当当的中国专家团队，他们站出来跟日本NEC团队论理。

"不行，统统的不行：厂房小了很多，办公行政楼却大了一倍……"日本专家把头摇得像拨浪鼓。

中国专家不说话了，因为他们对芯片厂如何建，确实没有经验。

"那就按他们的要求，重盖吧。"中国专家有气无力地说了一句。

拆吧！工人们无奈地开始拆起自己辛辛苦苦赶建出来的房子，表情非常难看。

不过，接下来的日子，他们发现，这造芯片的工厂确实不同以往的工厂厂房：上面的厂房还未盖，地面的各种管道和设备早已密密麻麻地埋下了无数"真金白银"……而且原先中方设计院设计规划的造芯厂房面积是5000平方米，这在中国工程师看来已经是超级大厂房了。日本专家一看，连声说"太小"。

应该多大？

至少加大一倍！

天哪，10000平方米的大车间，中国几乎没有听说过！就是长春汽车制造厂的厂房也没有单体10000平方米的呀!

10000平方米还是小了一点！最后日方设计师拿出的洁净室建筑面积达12888平方米。

“部长，这日本人个头不大，但一设计厂房竟然要这么大，比我们原先设计的大一倍还多，有没有猫腻在里面呀？”有人向胡启立部长报告。

胡启立部长不得不去直接问NEC专家了。人家告诉他：“在建设产能为2万片的生产厂房时，必须考虑到扩产3万片的可能性，否则无法达成规模效益。而半导体生产工艺更新换代速度之快，超乎我们想象，所以必须为将来的工艺技术留足设备空间。”

胡启立听后点点头，人家说得一点儿没有错。后来事实也证明，日方专家说得完全是正确的。今天我到华虹一厂采访时，厂长就告诉我：如果不是因为当时厂房为今天留有设备更新的余地，那么今天一厂的生产产能就不可能在原有厂房条件下实现月产4万片的高效水平。

这是后话，但当时日本专家的“大手笔”，在中国人看来，有点被“糊弄”或蒙骗似的。尽管不能不服从，可中方的建筑者内心却一直在怀疑和摇头。

合作需要一步步接触后才知道，错的恰恰是自己，人家日方就是对的。来看看人家的工作态度和认真劲吧——

“不行，你的这个不行！必须每一块水泥砖一个水平线，就是半毫米都不能差！”那个工程部部长像《地雷战》里专门找中国人麻烦的“鬼子”，说的一串日本话中夹着几个中文词汇，对工地现场要求特别严，一看有人在铺设地面水泥砖不够用心时，就会盯着你不放，直到你重新按要求做好才罢休。最让中国工人无话可说的是人家在做工时的认真劲，为了看一条砖线直不直，竟然能将整个身子伏在地上，甚至把脸庞贴在地面上看……听说人家是月薪拿百万元的高级工程师，可在干活时没有半点架子。

日本人的负责任态度和干活精神，着实让中国工人和工程师们大开眼界。“这工厂早晚是我们的，可他们干事太认真、太较劲！”工地现场的中国人最后不得不敬佩人家，后来也跟着人家一样干了。

不合格的就要返工，不能马虎。

不合规的必须纠正，不能对付。

不达标的一定重来，不能敷衍。

开始中方的建筑师和工人们对日本人的那一套很是反感，因为他们求全责备得太多，后来就在工厂机器还没有放进重建的厂房时，中国的电子工程建筑专家和中国工人进去一看，全都惊呆了：这才叫“现代化”呀！

是的，我们中国与最先进的现代化高科技确实差了一大截，这一大截以前是不清楚的，所以我们躺在自以为是的安逸床垫上沾沾自喜呢！

新厂房的建设过程，对中国工程师和工人而言，绝对是一次眼见为实的“现场课”。

后来等机器设备安装完毕，生产线开始投片（制造芯片），中国的工程师和工人们再进去看一眼车间——人家叫它“洁净室”时，造芯的自动化设备在飞旋转动着的情景，用眼花缭乱来形容是很恰如其分的，因为普通人第一次进这样的厂房，会像呆头呆脑的“戆大”（上海话，“傻子”意思）。

这也让我们明白一个道理：一个民族如果掌握了现代化的高科技，它必将会影响和改变一个民族、一个国家的素质。也因为我们引进了世界上最先进的高科技设备，或许也才明白了国家领导人为什么说“就是砸锅卖铁也要不惜一切力量发展半导体产业”的道理。代表高科技最前沿的芯片产业，每18个月飞跃一个台阶……这就是当今的科技革命风暴，我们不能再故步自封了！

在半导体行业，美国科学家戈登·摩尔创立的“摩尔定律”真是把芯片科技引入了一条“只有我进，你别想进”的独断之路。这是很无奈的，因为人家的设计和利用知识产权保护的能力超过所有人的能力，因此他才有这底气，加上一个超级霸权国家的保护，谁想超越和绕道而行，都几乎是“自取灭亡”的结果，所以大家最后选择了老老实实遵守“摩尔定律”。

中国自然不服，但又必须服气，并执行其“定律”的本质——18个月更换一代新技术设备，如果想赶超世界先进水平，就从建厂环节开始吧：18个月能把一条最现代化的生产线建设好，才算在起步上没有输。

华虹NEC成立之后的第一件事，就是能不能在18个月内完成生产厂的建设。

前面已经提到新的华虹NEC生产线厂房是在已经开工在建的基础上重新改建的，这是一个完全不同的设计、完全不同的建设要求下的现代化厂房，与其“改建”和“重建”，还不如在空地上“另建”要简单得多。

“时间是必须争取的，能早日投片就是一个标志性的胜利！”中方领导在这一点上与日方企业“资本家”完全一致。半导体产业的显著特点，就是时间和效益。

素有“建设魔王”之称的中国建筑，可以在其他任何场合横扫千军，鹤立鸡群。然而在高科技建厂问题上，还得谦虚地遵循应该遵循的要求。

毫无疑问，速度是必需的，但偏偏在浦东金桥原本的一片松软的稻田地上建设芯片厂，最先设计的厂房尽管也知道防震的重要性，但绝对没有想到深亚微米级的半导体生产线对防震的要求之高，绝对超出了所有中国建筑设计师和建筑工人们的理解……是的，原先的设计对防震已有足够的认识，于是在松软的原设计厂房5000平方米的车间下面打进2330多根桩子，然后再在这些桩子上面盖厂房，这总行了吧？

不行，这样做只解决了地质的松软问题，防震能力无法达到标准要求。日本专家摇头说。

那怎么办？

必须在这些桩子上面整体性地铺设一层一米厚的混凝土地坪。

中国工程师和建筑工人照此办了。

还不行。日本专家仍然摇头。

什么？一米的混凝土浇上了还不能防震？中国工程师和中国工人真的傻了。

是的，因为防震除了解决厂房底下的土质松软外，车间还会受周边的任何震动的影响，比如你们看：我们这个厂房与大马路之间也就只有二三十米，往后大马路上车水马龙，每时每刻都有隆隆车声，这种震动怎么可能造得出微米的芯片呢？你们说是不是？日本专家这样说。

对啊！我们怎么就没有想到嘛！中国工人暗自敬佩日方专家。

"那就必须在厂房四周挖一条隔离带……至少几米深的壕沟。"中国工程师说话了。

"呦西！呦西！"日本专家一听，立即朝中国工程师们竖起大拇指。

挖壕沟不是太难的事。但又要占用一些时间，中国工人一旦"疯"起来，什么人间奇迹都是可以创造的——24小时连轴转，壕沟很快成形。

打桩却比挖沟要复杂得多。原本5000平方米的厂房扩建成12800平方米，其打桩数量也随之多出1300多根。"当时浦东正值大建设阶段，尤其是陆家嘴金融城的几十栋摩天大厦正在决战之中，打桩机和水泥搅拌机是最缺的。但华虹工地是我们特保单位，所以我们集中帮助华虹调集了能够调集的所有在沪的打桩机……记得后来还从周边的江浙两省也调了不少。"浦东老区长胡炜先生回忆道。

看起来建一个厂似乎没有多少问题，哪知华虹NEC芯片厂一开始就像是"老天"有意找碴似的麻烦特别多。比如要打近4000根桩，刚下手，市政部门就来人说："你们不能这样干！我们的地下管道和线路要被你们全部整坏了呀！"人家拿出华虹方面打桩引发的震波和压力，说你们这块打下那么多桩，对三五十米外的马路下面的管道尤其是煤气管道将产生巨大压力，容易引起爆管，一旦煤气管爆开，危及整个社区。

这个难题，连日本专家都傻了眼：这咋办？

“不怕，我们有强大的同济大学的专家们处理这方面问题……”问题反映到新区管委会，胡炜立即指示有关市政建设的工作人员，迅速请同济大学的相关专家前来华虹NEC施工现场援助。

一番艰苦勘察，同济的专家们与施工现场的工程技术人员一起，很快找到了一种防止打桩造成对周边地下压力过大而可能出现的工程隐患的方法：先钻孔后打桩，同时在工地周边打沙井、挖防挤沟、敷设塑料排水板等措施，有效解决了市政部门提出的问题。

真乃好事多磨。你想抢时间，老天偏偏给你设下一个又一个连环难题：工厂建设最忙碌和紧张的1997年底和1998年初的上海，竟然遇到了百年不遇的连绵阴雨……

“那一年冬天和次年的春天，老天也不知咋的，反正我们工地上也没有哪天是断雨水的。没法，工期不能拖，所以我们几乎天天穿着雨衣上工地，自己穿雨衣不算，还得给建筑物穿‘雨衣’，在钢筋顶上架雨篷、打雨伞……什么招都使上了，就是不停工！”一位参与建设厂房的“老华虹”师傅回忆说。

然而问题又来了：屋架吊装好后，需要涂抹好几层防火漆，冬雨不断，天寒地冻，防火漆无法干透。

这又是个大麻烦！

“阿拉有办法！”一位上海籍老师傅拿出看家本事：看他先把钢屋架上的钢筋一一用帆布包裹起来，严严实实的，然后在外头架上焦炭炉，点上火，再用鼓风机将热气输送到帆布套子里，这样再把防火漆吹干！

质检专家过来一查验：OK！

在场的人无不欢呼。后来所有防火漆全部按规范要求上了钢架……

“哟西！哟西！”日本专家看到后，又竖起大拇指。原本不怎么瞧得起中国工人的他们开始对合作伙伴另眼看待。

然而建设中遇到的问题一个接一个。

上万平方米的混凝土地坪浇筑，必须一次性完成，这是确保整个洁净室地面的平洁度和防震度的至关重要的基础，数以千计的造芯设备全在这地坪上操作和运转，而且得确保二三十年连续不停地运转中不能出现任何因为地面不平而影响芯片制造的问题。要求：整个上万平方米的地坪平面不能有5分钱硬币厚度的误差，否则需要返工。

能行吗？有保证吗？另外有没有那么多混凝土浇灌机呀？胡启立部长为此亲赴施工现场，他一到现场就连问了一大串问题，担心的就是哪个地方会出丝毫的差错。

得到的回答是：没有问题。

还是“没有问题”。

果真，当他看着专家们用激光照准，检验地平的结果出来后，一块悬在胡启立部长心头的巨石落了下来。

不容易啊！他内心无限地感激在场的所有施工人员。

“超大跨度的钢屋架吊装也是了不得，严丝合缝，分毫不差，一次成功！这也都可称为奇迹！”部长感叹。

“不好啦！不好啦……”突然工地上又有人大喊起来。

又出什么问题了？

“外面的大雨漏进地下了……”1998年夏天长江流域的“抗洪”场面，中国人大多数会记得。长江下游的上海，这一年夏天的雨水也多得远超想象，一转眼的工夫，华虹NEC施工现场的动力厂房地下室的积水达到一人多深……

“立即派出全区消防中队支援华虹抢险！”浦东大道141号浦东新区管委会办公室，胡炜神情严肃地举着电话，命令区消防支队。随后他想了想，又重新拿起电话：“给我接市政府……”

如胡炜所料：浦东新区的消防队赶到华虹施工现场，几个中队全力用泥浆泵抽水，结果几小时下来，连泵都弄坏了，漏水仍在汹涌地从地面往动力地下室奔涌……最后还是被及时赶来的市消防与工程单位运来的数十台抽水泵给抽干了积水。

中国人以前有过很多伟大的建筑和伟大的发明创造，比如长城是我们千年前建的，长达万里；三峡大坝我们也修建了，可拦下滚滚东去的万顷波涛；火药也是我们制造的，能烧尽千座城、万个堡。但中国人真的很多时候干什么活、做什么事，总是“差不多”“估计”“大概”，但这样的工作标准，着实让我们中国吃了许多亏。因为在工程和科学甚至做人上，“估计”“大概”是绝对不行的，失之毫厘，谬以千里。

在芯片世界，或者说在半导体科技生产中，它有两个量度：一是它的微细微小性（Micro），是指它在技术追求上的超微极致，是朝着微米到深亚微米再到纳米。二是它的巨大性（Macro），完成其技术追求之后的产业又是需要巨大的投入与投资，同时还必须是有巨大的市场的，市场越大，产业发展和技术进步就会越先进、越超先进。

技术的微观纵深和市场的宏观无边，这是芯片产业的特征。在厂房建设上，需要这两个完全不同的宽度与精度要求同时完全、精确完成。这也就给中国工程人员施工提出了极大挑战。

华虹人主要遇到的是如何把庞大的厂房，建设成完全符合造芯要求的洁净室。

很有意思。许多“常规”在这里被打破，比如厂房的高度：20米高，其内部为3层，上层是高效空气过滤器和各种管线层，中间是地面安置生产设备的操作层，在这底下是通风管道层。这三层的目的是保证有效循环、空气畅通，保持车间内灰尘颗粒与废气被带到室外，使车间内永远处在符合造芯的技术要求之中。然而，消防部门前来验收时，坚持认为这个厂房是三层结构，必须每一层都放置防水隔断层，否则就不符合消防安全要求。

“而且，你们的房顶上都没有安装水淋喷头？”消防人员严肃提出这一问题。

“这、这…… 这是根本不可能的事！ 我们是半导体车间，多数设备属于高压设备，电压达到几万伏，一旦水淋其上，就立马断电，那个后果可怕！可怕得很！”日本专家听说车间里要安装水淋喷头，嗷嗷地叫嚷了起来。

“他们说什么呀？”消防人员奇怪地问。

“他们说装水淋喷头是绝对不可以的。”翻译给消防人员听。

“那这个车间也是绝对不可以通过我们消防验收的！”消防人员一听就上火了，扭转身就要走。

“哎—— 同志，同志别上火嘛！”华虹人一看不对劲，赶忙拉住消防人员，然后解释道，“日本专家的意思是：车间的设备有的本身就附带灭火器，这部分是不需要安装水淋喷头的，其他的设备嘛，我们想想办法，力争做到既符合消防要求，也同时考虑到造芯车间的特殊性…… 总之一句话：要符合消防要求，绝不能有任何消防隐患存在！”

“这还差不多！”消防人员终于消了气。

后来的解决办法是：将消防喷淋系统里的水换成空气，并加上压力感知器监测压力水平，一旦压力异常，将迅速报警，这样相关人员就可以马上赶到现场进行检测。此外，生产车间安装了许多烟敏器、热感报警器，这样确保一旦车间出现温度异常，立即通过系统报警后采取有效措施。

如此这般的一番革新和改造，后来消防部门再来验收时找不出什么毛病，也就给“通过”了！ 消防部门我有很多熟人，将当年的这一问题请教那里的消防专家，他们告诉我：其实像华虹 NEC 厂房的现代化科技设备的特殊性，事实上给我们中国的消防技术与理念上提供了一种新的提升思路。“我们之所以后来通过了像华虹厂房这样的消防装置，就是在接触前沿的高新技术过程中，其实也跟着学到不少新知识，从而促使我们对原有的消防验收标准做了改进，强调了对先进科技建筑和设备车间的消防新验收标准，使我国的消防技术管理标准与国际接轨。”公安部消防总局的专家说。

我第一次听“华虹人”讲的数字，真被惊吓了一下：每平方米造价达20

万元！你说昂贵吧？

就这么昂贵。那是因为半导体的设备每一个细节都需要绝对的“洁净”，洁，清洁；净，干净。又洁又净，说起来容易，做起来并非那么简单，造芯环境和设备并非我们一般意义上理解的清洁干净就行了，在制造微米芯片时，环境和设备需要对头发丝直径千分之一的颗粒进行控制，其难度可以想象。如此难度的技术处理，没有极其高端和精密的设备是不可能实现的，所以在建厂的过程中，其实也让中国人清楚明白了一件事：要想造出世界上最先进的东西，就一定需要花费同样巨大的代价。

芯片制造便是如此。

“最难忘和印象特别深的还有一个环节：就是安装光刻机等设备，先不说这些宝贝从日本运到上海的整个过程让我们看到了世界上什么才是真正的‘宝贝疙瘩’，我们是从机场把光刻机迎到工厂的，一路上那个小心翼翼的程度比迎新娘还要小心谨慎一百倍。在进车间安装时，日本专家专门请了他们有经验的日本搬运工，几十个人小心地把这些精密设备放置到机架上。为了看设备是否丝毫不差地安放到位，日本专家们竟然一个个身子伏在地上，脸贴在地面，几十双眼睛盯着看设备安装到位为止。那个场景我一直记在脑海之中……”曾经参加过现在称为华虹一厂的华虹NEC公司生产线安装建设的老华虹人不止一人这样对我说。

胡启立部长有过一段很深刻的话：“拙，是因为我们不懂，需要老老实实地学习；巧，才能够从经济上、技术上实现我们通过建设‘909工程’积累国际先进水平的半导体生产线建设经验的目的。”

中国曾经落后了，我们的科技能力也比不上发达国家。但中国人有一个传统的优点，就是虚心学习，善于通过学习来慢慢悟出一些知识与门道，从而通过自己的智慧和实践，不断追赶他人的先进技术，最终实现国家和民族的振兴与强大。

胡启立举了一个很有力的例子：半导体产业投资巨大，其中大部分用在生产设备的采购和车间建设上，而这些设备与材料通常又是国际采购，所以这里面学问很大。作为中外合资企业，中国在与NEC谈判时就提出了一个重要的合作采购流程，这个流程除了能让我们明白钱到底怎么花的，还能让我们学会以后独立采购的方法和渠道。胡启立介绍，“909工程”的设备采购开始也并非一下子开放给NEC来解决的，中国方面用了看似拙简但很管用的办法使原本单方面由NEC封闭式的采购流程，转变为中方参与的全过程。

其方法为：首先由NEC和设备厂去谈，并达成初步协议；随后NEC谈定的设备商到上海来与中方进行第二轮谈判，根据工厂建设情况，一项项设备谈，比较价格，比较技术服务；最后再由华虹NEC和设备厂商签订正式的设备采购合同。如此一来，中方不但和设备厂商有了接触与联系，还对NEC的工艺加深了了解。同时设备供应商为了适应“909工程”的技术服务要求，也纷纷在上海设立办事处及维修中心等，如此一来，上海很快就形成了集成电路产业环境的产业链，这是中方借一个合资企业合建芯片厂的发展过程，有力地促进了整个半导体产业链的建立，并随着一条又一条生产线的建设（加之华虹旁边如“中芯国际”等一批芯片企业的兴建）和生产线本身的技术向前迈进，今天的上海已经成为中国半导体产业的重要基地。这是“909工程”战略的显著体现，也是中央当初决策“砸锅卖铁”下决心要搞芯片的根本所在。

东风不具备时，我们从干一件事开始；等干成了一件又一件事时，东风自然来兮。东风来后，东方大国的气象就不再是旧样了！

“909工程”的生产线建设在与日本NEC公司合作后，于1998年10月底，完成动力设备和通用设备的安装与调试；4个月后，又完成月投5000片能力的设备安装与调试。至此，我国合资建设的第一条当时在国际上也属先进水平的芯片生产线正式建成，比预期提前了7个月，投片生产也比一般“摩尔定律”的18个月提前了1个月。别小看了这一个月，它可是中国人借助外国企业的力量，在自己的土地上向高端和先进的半导体迈出的最能证明自己形象和实力的重要一步。

这一步是华虹人用智慧与毅力、苦干与实干拼出来的，这一役，打得十分漂亮。

“建设者们的昂扬斗志、高超技术给我留下了深刻印象。”胡启立感慨万千道。

1999年2月23日，这个日子对“华虹人”来说，是难忘的。身为华虹董事长的胡启立在与上海市长徐匡迪、日本NEC会长关本忠弘等人按下生产线投片生产的电钮时，他用了“思绪万千，心潮起伏”八个字。

在华虹NEC生产线建设进入尾声时，江泽民总书记亲临厂区视察，激情地题词道：“建设好‘909工程’，推进信息产业发展。”

中国造芯的第一炮打得漂亮！

1999年初，正当华虹NEC生产线建成，并投产64MB的DRAM，准备“抓住半导体高潮的尾巴”大干一场，哪知虽然这一年华虹NEC实现了年度盈利，到2000年大赚一笔，可到了年尾，国际芯片业出现大萧条，DRAM价格被打掉了九成多，美国、韩国、日本三大芯片制造国混战一场，其间与中国华虹有紧密合作的日本芯片企业被打得溃不成军，华虹未能抓住市场化波动的冲击，在2001年亏了近14亿元。

一年亏14亿！这还了得！刚刚有点起色的中国造“芯”热潮，被如此无情的市场狠狠地投下一鞭——痛啊！

怎么办？退？肯定不行！缓？也不行！已经转动的生产线是不能停下的，一停下就意味着几百亿的设备“泡汤”……

唉——华虹啊华虹！那些日子，有关华虹的生产情况“报告”一份接一份地搁在上海市委书记、市长的办公桌上。

得找出个解决办法嘛！可办法又在哪儿呢？市领导跟着发愁了。

这一天，市委书记的电话铃响起。原来是刚从海南调到上海不久的市经济委员会副主任江上舟打来的电话。

“上舟啊，怎么？又有什么高见急着马上要谈呀？”书记问。

“好事呀，书记，关于芯片的事……我有个巧遇，也可以说是难得的机遇吧！需要马上向您汇报！”那边的江上舟说。

“那就来吧！正好现在有点空……”听到江上舟来谈“芯”，书记很是兴奋。

江上舟是福建人，其父亲江一真曾任福建省委负责人。他是改革开放后的第一代“海归”，曾任三亚市副市长，后主持海南省洋浦开发区建设项目。

江上舟就像他的名字一样，一旦驶在大江大海上，就如轻舟一般地勇往直前。

1997年江上舟调到上海，任市经委副主任。

此时的上海，可谓是处在一片生机勃勃的火红年代，虽然金融风暴席卷亚洲，但智慧和聪明的上海人并没有放松黄浦江两岸浦东、浦西热火朝天的干劲，尤其是“芯”事的沉浮，也一直在市领导的操心之列。当听到“能干”的江上舟有好消息要“送来”，自然赶紧“请”吧！

江上舟：“书记，前些日子我在浦东走了几次，又对全市的集成电路产业做了一番调研，我们需要做出战略和战术上的调整……”

书记：“说说，往具体上说。”

江上舟：“好吧。我们应该在浦东那边再开辟一个芯片制造车间……”

书记：“跟‘909’不会有冲撞？”

江上舟：“不会，相反，可以形成良性竞争。最近遇到了一个台湾朋友，他在帮无锡那边的华晶干事，非常爱国，在台湾已经有自己的厂子了，但一心希望回大陆来搞芯片……”

书记：“他叫什么？”

江上舟：“张汝京。1949年从我们上海这里跟着他父亲到的台湾。之前是美国德州仪器的高管，业界都知道此人，我们初步进行了交流，大致方向是规模要比华虹的大些，准备集100亿美元，建10条技术水平高于现在的华虹NEC‘909项目’的8英寸至12英寸集成电路生产线……对我们国内来说，100亿美元确实是个大数。但他说，全世界现在都看好中国市场，所以放着这么个大市场，100亿美元在芯片产业的投资者看来，不成问题。”

书记兴奋地一击掌，连声道：“蛮好蛮好，上舟，这件事就交给你了，力争促成。”

江上舟重重地点头：“明白。”

江上舟说的张汝京。上面已经提到。我在写《浦东史诗》时，就采访过他。当时张先生与我进行了长谈，把他为什么从美国芯片之乡的得克萨斯州回到中国的事和他后来在上海浦东办“中芯国际”，以及又如何离开“中芯国际”的事，谈了整半天。

关于张汝京的往事，我们先把镜头拉到1996年的某一天——

这一天，中国的国家电子代表团正在访问美国得克萨斯州著名的德州仪器。这家由塞瑟尔·H.格林、J.埃里克·约翰逊、尤金·迈克尔德莫特、帕特里克·E.哈格蒂于1947年创办的电子产品企业，一直以来是美国最重要的芯片等电子产品的生产厂商，它有部分民用的产品，更有军用的芯片产品，所以谈到当今芯片产业，美国的德州仪器是必不可少的。

张汝京当时就是德州仪器的高管，负责美国本土之外的海外投资建芯片厂的“大佬”级人物，其凭借诚实智慧和能干深受德州仪器总裁的重用。张汝京自己对我说过：德州仪器在海外的“造芯厂”任务，基本上都是他主持去建的，所以他在全世界的芯片领域，名气和威望相当大，人脉资源也丰厚。加上他性格与为人好，故可算得上“朋友遍天下”的一位专业权威。从世界集成电路产业分工角度看，德州仪器在本土干的是技术研发，海外的厂子则是市场开发与生产，这是芯片产业两大支柱体系。张汝京以其独当一面的能力在世界各地进行开拓与市场营销，使他在世界芯片业中具有他人不可替代的显赫地位。

偏偏如此巧合，1996年的一天，中国电子代表团到访张先生所在的德州仪器。

需要交代一句：张汝京出生在南京，在新中国成立前一年，技术员出身的父亲被国民党裹挟到了台湾，后来张汝京到了美国留学，学的是电子专业。

“那次正好老板让我接待大陆来的电子代表团。由于我也不知道大陆的电子生产水平是什么样，于是就先让他们看一些德州仪器这个厂所生产的民用产品。所谓的民用产品，当时也就是照相机、投影仪什么的。可是哪知让公司职员一打开投影仪，其光影的清晰度那么好、对比度那么强，一下子把我的大陆朋友给镇住了：他们一边参观一边嘴里不停地发出‘啧啧’声，说这些产品太好了！同时我又听到他们在不停地惋叹道，说五六十年代时，中国的电子技术不算差，与世界先进水平是平行的。但1976年之后就远远落后了，一直远远地被别人甩在后面。我听到代表团的议论后，就说，可能大陆现在一是没设备，被西方世界封锁；二是没技术；三是人才短缺。他们就说张先生你一针见血指出了我们大陆的问题所在。看得出，大陆同胞对自己的科技落后深深地感到忧心。他们认真的劲头和忧国的议论，令我内心震动，因为我也是黄皮肤的中国人呀！我自然而然地好像内心就涌出一股想帮帮自己家里一样的情绪来……”

“张先生，我们知道你是台湾同胞，也知道现在世界芯片界咱们台湾过来了相当一部分人，你愿不愿意回国去？”就在这时，代表团有人突然问他。

“我……”张汝京当时一下被代表团的人问住了。“我会认真考虑，回去跟家人商量商量。”他有些窘迫地回答道。

“我们在北京等你！”代表团临离开德州仪器时，已经跟张汝京很熟悉了，并且有种特别的期待。

“那天等中国电子代表团走了后，我的心情一下平静不下来，就想一件事：我该回到祖国大陆去！去帮助自己的国家把电子产品搞上去呀！否则就对不起生我的祖国嘛。”当天回到家，张汝京就跟母亲和太太讲了大陆来的代表团请求他回国的事。

“我是先问母亲的。没想到她老人家根本没多想，就立即告诉我：回去！我母亲真的特别爱国。年轻的时候大学刚毕业就跑到重庆，去投身到兵工厂搞炸药去。所以我说准备回国帮助搞芯片时，母亲积极支持。我太太也支持我，这让我特别兴奋。于是就开始做回国的准备。这是我一岁被父亲抱着从上海离开大陆后第一次有了回去看看的强烈愿望。就是这年底，中国电子部办了一个学习班，我被邀请为专家去讲学，有了跟大陆同行们直接交流的机会，这也更加坚定了我回国的决心……”他这样对我说。

后来张汝京在家人的鼓励和支持下，真的很快如愿以偿地回到祖国。站在天安门前的那一天，他激动不已，感觉他的事业与生命应该属于这块正在燃烧的土地。

短期的讲学与访问，让他想不到的是：祖国大陆一方面在电子技术方面非常落后，尤其是人才严重短缺；另一方面又让他热血沸腾：国家和电子专业部门高度重视电子技术，跃跃欲试，有朝世界先进、发达水平赶超的劲头。也是在这一次讲学过程中，他知道了中国正式启动了代号为“909”的项目——计算机存储器开发工程。

“虽然大陆与世界水平落后了一大截，但战略意图和工作思路很正确。这与我个人对芯片技术与世界发展的观点及做法极其一致。这一点对我是有吸引力的。”离开北京重回美国德州仪器之时的张汝京，心已经“飞”回了祖国。

“在我几乎做遍了全世界芯片产业用途最广、最发达的地方时，唯独拥有十多亿人口的中国大陆，好像还没有动静。这让我心里总有一丝说不出的味道……”他说。

天助有心人，张汝京所想要的机会真的来了。这也有了他后来很快决定向总裁提出辞职和退休后回到祖国的事……

辞别德州仪器后，张汝京便成了相对自由的人，而当时中国台湾地区的芯片企业大多也处于起步或成长的初级阶段。从德州仪器回来的他，自然成了台湾芯片界都想“拉一把”的人物。这种情况下，张汝京便也掏出自己腰包里的钱，创办了台湾世大芯片公司。

其实刚创办那三年，张汝京的心思并不真正在自己的“世大”厂子上，他时刻想的是回祖国大陆干芯片。不过，那时大陆的芯片产业正在缓慢而艰辛的探索与起步之中，每走一步都十分艰难……尤其是美国“9·11”事件发生后，作为芯片制造大国的美国受到影响，进而牵动了整个世界的经济与科技进程，全球经济进入了一个前所未有的动荡期。这对刚刚上马的中国造芯事业而言，如同从夏天一下跨到了冬天，日子相当难过。

张汝京就是在这个时间点前后出现在中国大陆的。这既是他个人重要的人生转折点，也成为中国的芯片事业的天赐良机——正是这位“大咖”的出现，中国的芯片事业进入了一个新的发展期。

浦东这片原本缺芯的大地，迅速被全球关注——“中芯国际”和“华虹NEC”并驾齐驱，其势头可谓席卷神州大地……

我们再来看看一心想为祖国发展集成电路的张汝京吧。

中国台湾地区其实就这么大，此时张忠谋的台积电处于快步发展阶段，意欲成为体量巨大的芯片制造商。不难理解，张汝京的“世大”自然离不开与张忠谋的合作，本来嘛，芯片制造就是一个链条式的产业，通常都需要相互帮忙与协作。但张汝京决心要回大陆开厂搞芯片，就得放下台湾的“世大”，包括要断开与张忠谋的合作。

“你去大陆我不反对，说心里话，如果没有老美，我可能比你还积极去大陆那边了……”在二位“张氏”芯片大佬商谈并购一事时，张忠谋向老弟坦言道。

最后他们达成了一项收购兼并协议：由张忠谋的台积电收购张汝京的世大公司。

“价格出得不错，是原来的8.5倍。”张汝京曾以为张忠谋是正人君子，其实他本人才是真正的正人君子。真正的正人君子是容易被假正人君子愚弄的。现在我们都知道了，听从于美国政府的张忠谋可谓老谋深算，后来给张汝京和中国芯片事业使了不少绊子，他的台积电更是同美国联手制裁华为等企业，甚至把主力生产厂也搬到了美国，其命运到底如何还需日后观察。

见过张汝京的人都对这位儒雅的“芯片人”有种自然而然的好感。总是笑眯眯的他，在急切回大陆张罗芯片事业之时，巧遇了江上舟。两个事业上的“痴人”，一拍即合：“好啊，我们在上海的浦东，把中国的芯片事业搞他个惊天动地！”

通常能干大事的人只需一个下午的会谈就能把“世界大事”敲定了。

当时的张汝京有个心愿：要在浦东建一座世界最先进的芯片厂。

“中国市场如此之大，加上世界市场的广阔，我们在浦东建起芯片厂，就可以在几年之内超过台积电等企业，制造世界一流芯片。”我采访张汝京时，他这样表达当时的心境。

“到这里一看，我就心里想：上海，特别是浦东是最理想的做芯片的地方……离港口和机场都近，又有那么多人才资源，背靠经济最活跃的长三角，做不大、做不过台积电才怪呢！”张汝京说。

“他提出要在浦东建个芯片大厂，我们听了当然非常高兴，市领导也十分关心。很快我们就帮他理顺了各方面的关系……”浦东新区首任区长胡炜说。

那么公司起什么名字呢？

“中芯国际。”这四个字，早在张汝京心里装着呢，“我是中国人，我的企业也是中国的，是一颗中国心，而这颗‘中国芯’，要做大，做成国际化的大企业。这就是‘中芯国际’的隐义。”

这也是他的目标和方向。

“浦东的地块，你随意选，只要你选中，我们马上审批……”100亿美元的投资，一个国际化的芯片厂，这对上海乃至中国是一件巨大的利好事情，所以那些日子，上海、浦东的上上下下都在关注张汝京的“中芯国际”。

“人好，企业名字好，做的事好！”一时间，张汝京成了上海的“三好先生”。

上海市市长徐匡迪见了他说：“你啥时候去浦东选址，我陪你去……”

市长后来真去了，亲自带着这位“三好先生”到浦东各个开发区选地。

站在一片生机盎然的浦东大地上，张汝京背靠大上海，面向大东海，心潮澎湃，他第一次感受到祖国的意义和伟大，感受着上海对他的深情厚谊。理工科出身的他，平时看上去是一个不善言辞之人，但此刻他的内心激情澎湃，他想：上海啊上海，我们该是怎样的一种缘分呐？微风中，他努力想象半个世纪前父亲抱着他离开码头的那一瞬间，然而画面中的一切都是模糊的，只有浦东那边正在蓬勃兴起的新城建设是清晰的……

片刻，他对徐市长说：“我们就在这里吧！”他脚踩的是张江高新区的土地。

徐市长笑笑：“蛮好，只要张先生你看中，张江就张江，何况你们都姓‘张’，本来就是一家人嘛！”

中芯国际和张江的相互选择，使得上海造“芯”史闪现出一个极其光亮的历史节点：1992年7月，上海市张江高科技园区成立之初，规划面积25平方公里。到了1999年8月，上海市委和市政府决定实施“聚焦张江”的战略，集成电路便成了张江重点聚焦的产业。中芯国际这样的巨无霸来到张江，无疑让这里的科技含量跃上了一个新台阶。

此刻的上海造“芯”火焰熊熊燃烧，气象万千。

张汝京的确有能耐。他在半年之内，不仅筹措了建厂的巨额资金，而且从世界各地征召到了400多位专业工程师。中芯国际从此开始了它中国大陆芯片“一哥”的征程……

2000年4月，中芯国际在张江高新区正式注册，注册资金达14亿美元。

一年多后的2001年9月25日，对中国集成电路产业来说是个里程碑式的日子。因为这一天，中国大陆投资最大、技术最先进的半导体制造企业——中芯国际（上海）有限公司在浦东张江正式投产。中国的“芯”技术，也由过去的0.8微米一跃上升到了0.25微米的国际水平。

“来来来，放鞭炮庆贺一下！”少有动情的张汝京自掏腰包买了几串鞭炮，在现场热闹了一番。

这一天，上海浦东阳光格外灿烂。而最灿烂的是张汝京那颗荡漾的祖国心……

从2000年8月1日，中芯国际在张江打下生产厂的第一桩基，到这一天企业开工投产，仅13个月时间，创下了世界同类生产厂的建造纪录，张汝京笑得灿烂的原因是：虽然过去这些建厂纪录也是由他创造的，而这次是在自己的祖国大陆、在祖国大陆最有希望的浦东大地上创造的纪录！

中芯国际旗帜一举，立即引起全世界同行的关注。随即，张汝京招来了一大批专业人才，仅从意大利就招来三四十人，还有日本的、新加坡的、中国台湾的。他们都是国际芯片界的技术尖子和工程师。他们的到来，给了“中国芯”强大的技术支持。

中芯国际在上海浦东的发展之迅猛，连张汝京本人都感到吃惊。身为董事长的他深深懂得，一个国际化的大企业，技术支持很重要，留住人才更重要，而留住人才，先得留住人心。于是，以往作为造厂能手的他，在浦东政府的帮助下，开始投入很大精力为他的那些高管们建“安乐窝”、建职员子弟学校，而且都是一流的公寓、一流的别墅、一流的国际学校……

“我得感谢浦东新区政府和张江管委会，他们对中芯国际要做的事，有求必应，我很感动。”张汝京在我面前如此表达。

因为“中芯国际”和张汝京在浦东的出手不凡和首战成功，世界各地的芯片专家、技术骨干纷纷向中芯国际靠拢，向张汝京靠拢。一时间，“中国芯”的“浦东效应”，犹如涨潮的黄浦江，迎来一波空前的发展热浪，全世界集成电路的巨头纷纷看好浦东及大陆其他地区，跟着张汝京的步伐，向浦东张江等地聚集和转移。

中芯国际的“一炮而红”，不仅震动了海外的芯片制造界，更对身边的“华虹”——“909工程”起了鞭策的作用。

华虹感到压力，摆出奔跑奋进之姿。这无疑是一件大好事：你追我赶，才是奋发图强之道。

这个时候，浦东和张江也都在关注华虹的发展情况：与日本公司的合作，在第一个阶段获得一定成功后，由于其芯片产品较为单一，并受“9·11”事件的后续经济影响，华虹连续出现两年亏损，而一个芯片厂一旦出现亏损，其额度必是相当巨大的，十几亿元说没就没！

怎么办？一是学习，尽快从别人手里学到芯片制造的技术与管理；二是另辟蹊径，不能一棵树上吊死！这道理，从上到下，华虹人都明白。

从国家层面到上海市级领导，包括浦东新区都在为华虹出点子、助力量。

“我们就是希望在张江土地上，有你们两家芯片企业比翼齐飞、双雄崛起！”张江管委会的领导见了华虹公司领导和胡启立后，毫不掩饰自己的目的。

“都是一家人嘛！我想华虹在张江园区这里也有好的发展，毕竟芯片产业讲究的是链，链块之间越紧密越强大，我们的中国‘芯’，跳动得越欢呀！”包括胡启立在内的各方面领导，都赞同浦东和张江对芯片产业的布局与愿望。

华虹也在这个时候，及时调整战略，一方面派骨干分头到日本和欧洲芯片厂学习技术与管理经验，另一方面开始选择新的合作对象……

“走，到日本去！”

“好，到NEC去！”

1998年的夏天，上海虹桥国际机场停机坪前，一队穿着漂亮衣服、朝气蓬勃的“华虹”年轻人举着一面面五星红旗，在登上飞机前合影留念。

“这个日子一定要记住，因为是我们第一次出国，因为是我们代表中国第一代造芯人去拥抱世界、学习技术的，因为我们是中国半导体事业的希望……”那时候手机还没有普及，这批华虹年轻工程师后来在写给他们的家人和厂里的同事的信中这样说。

“我们来了，我们有一颗火热的心，有一腔爱国的情，我们将努力肩负起‘909工程’的建设，为未来的中国半导体事业奉献我们的青春与智慧！”

“我们来了，我们会省下每一刻时间、攒下每一分钱、聚集每一个思绪，去学习，去钻研，去奋斗——为了我的国家和明天！”

“那个时候我们就是怀着这样的信心和决心，走出国门，飞越东海，到达NEC的几个基地和研发总部的。”我采访时担任如今的“华虹一厂”工程二部负责人的李部长，是华虹NEC合作的见证者，也是首批到日本学习的工程师。

“我们当时一手持一面五星红旗，一手拿着一本日语字典。基本上一句日语都不会说，但就这样去了，一去就是半年……”李部长说他半年后的日语几乎可以在日本“以假乱真”——说一口日语、冒充一个日本当地人。

“日语全部靠自学，然后在工作中接触日本人后又一点点学技术，虽然有师傅带教，但自己主动学习提问更有效。”李部长说他是学电子工程的，“我印象最深的是，日本人的品质意识非常强，这对从事半导体的人来说十分重要。另一方面我觉得对一个想在科技强国的道路上奋进的国家和民族来说，也是相当重要的。至少，半年东渡日本，在NEC公司学习，对我来说，改变了以往的许多做事方式，它对我之后在华虹的工作，有着太多的意义。”

华虹集团老员工姚亮和陈菊英夫妻俩是半导体专家。夫妻俩同在华虹工作的人，据说相当多。“我们华虹公司成立之初，每年从大学中招收不少应届毕业生，在这里生根结果的人也就不少了……”人事部门的干部介绍道。

令我意外的是女半导体专家陈菊英竟然是我的老乡，她的老家和我老家也就十几分钟的路程。在华虹见到这位芯片领域的才女让我很高兴。

“二十世纪九十年代初，世界半导体产业其实已经在东南亚特别是日本、新加坡和韩国等地很热门，所以记得我们从学校毕业不久后，新加坡就有人来招收电子专业方面的大学毕业生，我的同学中就有不少人在那个时候到了新加坡。”陈菊英说自己没有去是两个原因：一是她和姚亮已结婚，并有了“小宝宝”，二是他们已到无锡华晶微电子集团公司工作，该单位就是“909工程”之前的“908工程”，它也是引进日本东芝技术的一条生产线，但后来因为审批时间拖了近5年才上马，出师不利。“但还是留住了一批人。”陈菊英说她与丈夫就是在“华晶”认识并相爱。

“909工程”开始，“华晶”抽走一部分技术人员到上海“909工程”建设工程上。

“我就是在1996年被抽到了上海工作。”姚亮清晰地回忆起当时建设初期的“华虹”。

“创业之初是非常艰苦的。”姚亮和妻子陈菊英是第一批加入“909工程”团队的，也是在浦东艰苦创业的见证者，同时又是幸运的中国第一代高端芯片工艺技术方面的工程专家。

“我是第一批到日本学习的，她是第二批，我们都是六个月的学习期，学芯片设计的要两年……”姚亮说。

陈菊英是我的老乡，所以与我交流更活跃和开心些，她谈了几点在日本NEC厂学习的印象。“日本社会整体上以小搏大的意识和心理非常强，所以它的社会整体上有一种奋发图强、必须成功的意志。不管哪个岗位上的员工都很努力。作为女性学习者，我感觉日本对女性工程师不排斥，在我学习的过程中感受是平等的。再者是不管在什么工作岗位上的人，做事非常细致，比如买设备、做事或验收，就是一个不算太复杂的事，都要写下十几页甚至上百页的记录。同时创新意识也很强，即使对最先进的设备，他们的工程师也还会不断进行改造，融入一些属于自己的东西。自然不用说，我们第一次进 NEC 洁净室看到现代自动化设备和产线内心所产生的震撼，一方面让我们深深感到差距，另一方面也强烈地激发了我们学习本事、为国争光的决心……”

陈菊英和姚亮都是 NEC 学习和培训出来“909工程”的骨干。他们回到祖国自己的“华虹 NEC”后，立即担起了骨干之责任。

“我在华虹 NEC 生产线投片运营时就是工艺技术部副主任，华虹与 NEC 合资办厂的第一个五年中，所有正职岗位基本是日方人员，中方最高职务就是副职。即使如此，这个副职对我们华虹、对我们个人来说，都十分重要。它可以让我们每天跟着正职学到东西、学到经验、学到那些他们不太想一下子传授给我们的技术。”陈菊英和她丈夫姚亮都是现今“华虹”集团的厂长级半导体专家，这在行业里也属“珍稀动物”——同事们这样尊称他们。

中方当年在与 NEC 合作谈判时签订的合同有一项“45000人日的全员培训”内容合同。所谓的“45000人日”的概念，就是中国去 NEC 公司接受学习与培训的人员的总时间合计45000个工作日。而“从1998年7月，华虹 NEC 首批赴日培训人员回国，投入了设备安装调试工作。其后，培训人员陆续回国，在实现华虹 NEC 每月5000片投产任务的工作中发挥了巨大作用。从动力到生产、从设备立项到工艺转移，华虹 NEC 的中方员工在实践中逐渐成长起来。在5000片投产的时候，在建设和生产现场还有许多日方技术人员；到2万片之后，中方人员已逐步成为主力。现在，华虹 NEC 的产能已经扩展到4万片，这期间的工作，包括从设备采购、设备安装、工艺调试到产品评价、动力支援、技术开发等工作，完全由中方工程师完成。华虹 NEC 的中国员工，现在他们已锻炼出一支自己的队伍，这支队伍在内能打硬仗，拉出去也完全可以凭自己的能力建设新的8英寸生产线。闻听此言，我非常欣慰。这批人才，不但实现了技术和管理经验从无到有的飞跃，更成为中国半导体产业这片土壤上的种子，他们将茁壮成长、聚集成林……”胡启立后来总结这事时这样评价。

坐在我面前的陈菊英和姚亮夫妻俩的成长颇具代表性，中央广播电视总台纪录片《而立浦东》就记录了这对夫妇的故事。“副厂长跟正厂长的责任完全不一样。副厂长是生产线的条块负责人，正厂长是全厂的一把手，担子可比副厂长重得多了！”丈夫姚亮成为厂长后，陈菊英也迎头赶上，不久后从副厂长晋升为厂长，她不仅是业界第一位女厂长，夫妻俩更是业界少见的“厂长夫妇”。

二十多年前的中国，连什么是先进的微米芯片生产线都没有见过，更谈不上管理和运营一条这样的生产线。

姚亮向我坦诚道：“尽管我们夫妻俩，一个学电子专业，一个学材料专业，但世界半导体产业发展太快，迭代速度完全超乎了我们大学里传统的教学内容，所以实际上我们大学毕业时所掌握的电子专业知识极其有限，属于基础的基础，与先进的芯片制造产业差距巨大。更不用说中国与国际芯片制造的差距了，所以我们那次到日本去接受培训，完全可以用‘如饥似渴’来形容。正是因为太干渴了，所以学得有些拼命，到NEC后我们就是拼命地往脑子里灌……”姚亮在评价在日本学习的过程时说，“出国时我们懂得很少，但回来时，一下让我们站在国际最先进的起跑线上。”

姚亮给我介绍，他和他的那些奔赴NEC四个生产基地的中国青年工程师，每天清晨背读日语，上班的12小时都在厂里“跟师傅学”，夜间有三四个小时相互交流、彼此勉励，“即使在躺下的五六个小时里，我们的脑海里仍然在回忆和反复琢磨着白天的一道道功课和师傅所教的每一个细节……”姚亮说，日本人的努力和求进是世界上出了名的，但当我们出现在他们中间时，他们感叹了，说中国人才是最努力和最求进取的！

姚亮和一批又一批的中国学员一样，回到上海，便成了浦东华虹NEC

生产线上的骨干，他们在40多名日本专家与工程师的带领下，出色完成了整条生产线的建设，然后不断向月产投片的新纪录迈进。

五年后，当NEC与华虹的合作期结束后，一直站在他人身后的姚亮等中国年轻的工程师站到了前台，站到了中国半导体产业的最前沿，他们无畏地独立挑起建设国际先进的制芯产业生产线的重担，并且越做越稳健、越做越得心应手。从一厂到二厂，到三厂……五厂、六厂、七厂……

姚亮就是这样一步步走过来的中国独立自建的大型半导体芯片制造厂的厂长。在一厂（也就是华虹与NEC合资的"华虹NEC"）一干就是十几年。"这十几年，是我从普通技术员到专业制造芯片的工程师和高管人员的过程。"

2012年，他被调到二厂。2013年，他被提拔为该厂厂长。而华虹二厂是在张江，而且发现：姚亮的妻子陈菊英当时所在的华虹五厂，紧挨二厂，夫妻俩其实就在张江的同一片区工作，他们的对面就是"中芯国际"——这一大片，就是张江的芯片产业园区，更是中国"芯"的核心地……

华虹从一厂至二厂、三厂……这个过程，其实又是一个曲折而腾飞的过程——

那个时候，张汝京和"中芯国际"可谓风光无限。而华虹NEC的产品在市场上出现严重滑坡，且国际的芯片发展趋势也在发生巨大变化。

"启立同志啊，是不是考虑除NEC之外还得有新的发展方案吧！"领导开始提醒了！

"我们是有方案的。"其实电子工业部在胡启立部长的领导与主持下，从来就没有放弃过另一种与国际先进半导体企业的合作。只是现在形势所迫，必须加速提到议事日程上来。

当时在"909工程"进入与各大半导体跨国公司谈判时，曾经有几家看好中国市场的外国半导体公司有意同中国合作，其中包括比利时的IMEC公司。

关于IMEC，多数中国人对它不是很了解，我们只知道造芯的光刻机巨头、荷兰的ASML，却并不清楚IMEC，这实在是与我们一贯形成的思维模式和看世界的眼光有关系。但在英特尔CEO帕特·盖尔辛格的眼里却完全不一样，他曾这样说：欧洲有两颗宝石，一个是ASML，还有一个就是比利时的IMEC。前者生产最高端的光刻机，后者是先进集成电路技术研发的顶级机构。搞芯片的人都知道，光刻机是制造芯片的关键性技术设备，而芯片的工艺设计同样不可缺少。IMEC就是全球顶级的先进集成电路技术研发机构，与美国的IBM和Intel并称3I。IMEC的创新研发目标是研究和验证先进集成电路工艺的可行性方案，比量产工艺技术提前5到10年，它的优势被全世界的半导体企业高度重视，几乎所有一流的集成电路领域头部公司都与它有着紧密合作。这与IMEC的组织架构和合作机制有着特别关系。

1984年成立之初的IMEC，是由政府资助搭建起来的一个半导体研发单位，后来为了确保单位的非营利性和开放性，其组织结构变成了现在的没有股东的“中立性”研发单位，其最高决策层是理事会，成员由产业界、当地政府和大学及企业关系的代表组成，同时它聘请国际知名学者和企业高管组成科学顾问委员会，提供科技咨询建议。理事会任命总裁。成立快40年，总裁却只换过三四任。

IMEC从一开始就把自己设在半导体工艺设计的巅峰上，比如说它拥有一条设备先进的8英寸集成电路制造工艺研发线和一条12英寸的研发线，并且拥有1000多名专业技术人员。它的合作伙伴几乎涵盖了全世界顶级半导体公司及芯片制造商。IMEC在制定自身的研发目标上的前沿性和它的灵活机制，决定了它的研发成果与水平优越于其他芯片工艺研发机构，因此到1999年时，它已经在世界上包括美国、日本和中国在内的近100个国家建立了全球化的办事处，并在一些半导体发展基地和产业重镇派遣和成立研发中心，中国的上海和台湾，都是它的重要目标，所以它还是比较早进驻上海的。最耀眼的地方是，IMEC 不像其他国际先进研发机构和公司那么死板于知识产权保护的封闭性，它采用的合作方式是开放性的，即想跟我合作，可以，且十分欢迎，而且它以这种合作方式赚取相应比较可观的利润，这是它的盈利模式。道理并不复杂：我是你的老师，你来学艺，我教你，你学会了，成果可以算我们共同的，当然你得向我缴"学费"。

"不行，要缴1200万美元学费，我们去哪找这钱啊！"

"关键是，跟 NEC 合作才开始，现在就去欧洲找合作伙伴，是不是有点'脚踩两条船'呀？"

华虹内部有不同意见。前者说的是客观，后者提的是人情。一时间华虹对与 IMEC 合作一事有些迟疑。

"后来，启立同志指出'脚踩两条船'的理由站不住脚，我们为什么除了 NEC 就不能有第二个合作伙伴呢？更何况，在与 NEC 签约中也没有规定不能走第二条芯片工艺的路子嘛！其实当时主要是没有钱……为这事最后还是启立同志拉下脸皮去跟科技部'讨饭'才解决的。"华虹老员工都知道这事。

就在这时，时任国务院副总理吴邦国很快对此作出指示：一是要提高我国的电路设计能力，带动电子工业的发展；二是吸收消化引进技术，解决升级的问题。"否则几年就失去竞争力。"

"OK，我去上海！"IMEC 总裁 DeClark 先生得知中方想同他们合作，十分高兴，立即买了机票直飞上海浦东。

谈判也随即开始。

与 IMEC 的谈判，完全不同于与日本 NEC 的内容，这回是芯片制造的工艺合作，所以围绕如何联合开发0.18微米、0.13微米 CMOS 工艺技术。"并且我们一再强调了双方合作项目所产生的知识产权成果归属问题，也就是说我们与 IMEC 一起研发的工艺技术所产生的知识产权双方共同拥有。"参与谈判的华虹集团副总裁蒋守雷特别提到了在与 IMEC 谈判过程中，他们曾小心翼翼地将上述合作内容又朝前迈了“一步”，即中方在与IMEC共同研发过程中可以无偿使用IMEC在该合作项目中所拥有的知识产权，IMEC还承诺其提供给华虹的全套工艺技术细节不会对第三方造成侵权，如果产生这种侵权情况，在第三方起诉时，IMEC有义务为华虹解决知识产权纠纷。

“这一条被写入合作协议中的那一刻，我的心跳都加速了，因为过去与国外合作，从来没有这样好的结局，即使像日本NEC把生产线卖给了我们，但设备的核心技术他们只会让你‘知其然’却就是不告诉你‘所以然’，因此有了一大堆先进的生产线，你可以用，但出了毛病，人家还是拿回日本去处理，不让中国人学会其奥秘。同IMEC合作则既解决了‘知其然’，又获得了‘所以然’……”这让参加谈判的中方代表每每谈起此次与IMEC谈判所获得的突破性成果，总会激动一番。

因为最后形成的合作协议约定：与IMEC合作最重要也是最根本的内容，是中方每年派出十位工程师在IMEC与那里的工程师和专家们，在一年的时间里进行共同的研发计定的项目任务。

这个任务不是简单地完成项目开发，中方的工程师要了解和熟悉所研发的工艺为什么是这样设计而非通过其他途径，当然还要认真学习IMEC的其他经验。至于怎么学，学到什么水平，合作协议中有要求，但更多的还是中方对自己派出的人员的要求：认真、虚心、刻苦。学到本领，为国争光！

胡启立在华虹与IMEC正式签约之后表示：此次合作意义重大，达到了“一箭三雕”的目的，华虹可以合作研究并取得0.18微米以下的芯片工艺技术，做好技术基础的准备；在取得技术之后，可以作为说服NEC对我开放更窄线宽工艺技术的“敲门砖”；根据知识产权共享协议，华虹在IMEC取得技术又可以作为华虹NEC生产线知识产权的保护伞。与此同时还可以为中国建起一支属于自己的工艺研发队伍，这对加速我国半导体技术追赶世界领先水平具有特殊意义。

“1200万美元的‘学费’是贵了一点，但它绝对值！”包括科技部在内的国家几个部委领导在谈起此事时，都这样表示。

2000年9月29日——隔一天就是“国庆”。这一天对华虹的一批年轻工程师来说是个难忘的日子，因为不久他们将远赴欧洲，去比利时IMEC学习与研发，相较于前些年到日本NEC学习的工程师们，似乎大家感到责任与使命更重了。如果作一下比较，前面的赴日本的那数百位华虹人学的是技工，或者说是高级技工；这回到IMEC学习和参加研发，学的是工程师的技术研发专业，那就是真正意义上的半导体研发工程师的专业本领。为了这次派遣，华虹在国家有关部门的支持下，特意从上海贝岭公司、无锡华晶等国内芯片制造生产线上招聘了一批具有丰富生产经验的优秀工程师，又专门从清华、复旦、上海交大、东南大学、成都电子科技大学等全国各地的高校中招聘了一批相关专业的硕士与博士毕业生，组成了结构互补、专业知识过硬的青年技术骨干队伍。队伍人员的组成，直接得到了胡启立部长的关注，他内心有一种强烈的愿望：他们从IMEC回来，就应该成为中国半导体工艺研发的骨干，不仅要担起华虹的芯片工艺研发，还要挑起全国未来半导体发展的大梁。

“一定要有个好领队，要让IMEC瞧得起我们。”华虹集团的领导一开始就在选人方面定下了高标准。曾经在与IMEC谈判初期，对方就提出：“你们中国半导体方面人员专业吗？”意思是说IMEC可都是世界顶级专业人员，如果没有能够与IMEC相“搭手”的工程师，这样的合作研发是很难出成果的。

这个问题提出后，中方确实有压力。都知道中国人讲究面子，而此次与IMEC合作研发芯片制造工艺，中方派遣工程师过去，面子肯定十分重要——一旦成果出来，双方共同拥有知识产权，这个面子让中国在世界芯片制造工艺上一下填补“空白”，意义非凡。但中方不仅需要这个“光荣的面子”，更需要实实在在的管用的“里子”。而且相比之下，这回赴 IMEC 的中国工程师都清楚，他们要学到本事，学到世界一流的芯片设计工艺，这才是根本目的。

现在中国人常在嘴上挂一句话，叫作：责任重大，使命必达。其实当年赴比利时的年轻工程师们就是心怀此种使命和责任。

在中方与 IMEC 欢天喜地地签订完合作协议后，高兴之余有一个特别大的压力就是：华虹很难找几个能够可以同 IMEC 工程师们一起参与研发的中国芯片专业设计人员。在与 NEC 合作过程中，工艺研发技术日方是不给也不传中方的，所以华虹实际上并没有工艺研发人员。当时的中国科学院微电子中心有几个专家，不可能将这些老专家“搬”到华虹集团公司来。因此最后所采取的“挑人”，便是从华虹自己的生产线上找出几个“脑子比较灵光”的人，再从全国各地的高校等招聘一批有潜力的年轻学子。然而大家都知道一个事实：当时中国高校电子专业毕业的学生所能掌握的一点点半导体专业知识，其实远远落伍于正在大踏步前进的世界半导体产业发展水平。

“有一个年轻人不错，能把他挖过来我们就能组成一支比较理想的学习团队了！”正在酝酿赴 IMEC 人选时，有人向华虹集团的领导推荐归国的陈寿面博士。

“今天请你来，是想邀你到我们华虹来工作。”

“你们可是‘国有’公司呀？能满足我的待遇吗？”

“好商量。我们对你这样的顶级人才也是有相应政策关照的。你能提提你理想的待遇吗？开诚布公，实话实说。”

……

陈博士看上去很文静，但两片眼镜片后面有一双特别睿智与刚毅的眼睛，那双睿智和刚毅的眼睛里其实有一道光，一道可以穿透万千事物的光，那光是信仰和特殊元素组成的。它凝集在一位具有不屈不挠的精神和爱国之心的人身上，会萌发出巨大的能量。

“理工男”陈博士到华虹“面试”前，已经有过十年的半导体相关海外学习工作经历，在国际先进的集成电路研究单位和芯片制造厂工作，可以说是见过世面的人。当然他还是一名中国籍年轻工程师，所以当面试官直面让他谈谈待遇需求时，陈博士笑了笑说“希望月工资上万元”，这虽只是他在海外工资的几分之一，但已经远高于华虹集团总裁的工资了，“考官”的脸有些涨红了。

陈博士还未到任，“高薪传闻”却已传开。有人忍不住私下里开始议论，“这个神秘的陈博士到底有什么路数”。

“喂喂，大家安静。董事会会议开始了。”主持会议的董事长听了上面的议论，笑道，“大家的意见我听到了，也很尖锐啊！不过你们有没有想过：我们这些人中谁有像陈博士的工艺研发经历和成果呀？”

“有没有啊？”董事长再次发问。

会场一片寂静。

好像是没有吧？尽管我们中间也有几个博士，但都没有先进芯片研发经验，也没有过在国际先进半导体公司工作过的经历吧？

会场更静了。

“是，在传统的印象中，我们这些企业的高管待遇应该比一般的技术人员要高，因为我们肩上的责任不一样。但大家想过没有，在国际半导体行业，最值钱的东西是什么？是发明创造！是那些具有发明创造能力的技术人员！因为没有他们的发明创造、工艺技术，我们哪来企业可办？哪来市场效益？哪来我们这些高管和高管的调薪呢？大家想想是不是这个理？”

“我看可以。”

“我同意。”

“我也同意。”

“同意！”

陈博士入职后被任命为首批赴 IMEC 共同研发团队的领队。

“一定不辜负公司和领导的信任，全力以赴干好工作！”陈博士代表队员们表决心。

那天算是送行的座谈会，胡启立部长专程从北京赶到上海，跟陈博士等年轻工程师们见面。

“大家都很年轻，这让我特别高兴。”胡启立跟各路会聚到华虹的年轻工程师们一一握手和询问他们的基本情况后，又问，“你们为到 IMEC 工作和学习做了哪些准备啊？”

“喏，我准备了好几本笔记本……”有大学毕业不久的小伙子掏出一沓崭新的笔记本，报告道。

胡启立一下惊讶地愣在那里。然后询问身边的华虹负责人：“没给他们每人准备一台手提笔记本？”——他指的是便携式电脑。

“没有。”华虹集团负责人有些尴尬地红了脸。

“这个一定要的！到 IMEC 学习和工作没有一台便携式笔记本哪成嘛！这不仅有失我们中国工程师的脸面，而且主要是会影响我们这些同志的工作与研究呀！马上配备，每人一台！”

顿时，年轻的工程师们一片欢呼。

现在中国年轻人手中有一台便携式笔记本已经不是什么新鲜事儿，但在二十多年前，谁拥有一台这样的电脑确实挺牛的，公家单位是不会配备这样的电脑的，有一台台式电脑就已经很不错了。那个时候一台便携式电脑价格也不便宜，所以一般单位除了个别“总设计师”和“总裁”一类重要人物之外，享有便携式电脑者寥寥无几，难怪将赴比利时的年轻中国工程师们要特别感谢胡启立部长。“别小看一台笔记本，它后来对我们在比利时 IMEC 的学习和工作太重要了，等于每人有了一个随身‘秘书’，工作效率提高很多。”一位赴 IMEC 的工程师对我说。

2001 年 2 月 11 日，第一批华虹赴 IMEC 工作的年轻工程师从上海出发，乘坐飞机抵达欧洲西部的比利时。因为这批赴 IMEC 的工程师中多数是第一次出国，更是第一次到欧洲腹地，所以他们都很兴奋……

啊，我就想成为一只青鸟
飞啊飞，飞越阿尔卑斯山脉
飞经维也纳，
再去感受塞纳河畔的
浪漫与风情，
以及路易十六王宫的精美与壮观
啊，我就想成为一只青鸟
……

一位成都电子科技大学毕业的硕士在飞越欧洲的空中，诗兴大发，这不由引得另一些“理工男”的羡慕与嫉妒。有人便站起来问成都来的“理工男”：“我有些怀疑你是文学系毕业的，竟然作出如此美的诗歌啊！”

“成都理工男”满不在乎，笑言：“本人学的电子专业，但爱好文学，偶尔作些小诗自娱自乐也。”

哈哈，诗兴大发了呀！东南大学出来的“理工男”请教道：“阁下口中的‘青鸟’与中国的‘青鸟’有何差异？我记得李商隐有首《无题》诗这样说：‘蓬山此去无多路，青鸟殷勤为探看’，写出了这种信使鸟的传神……”

看来先生也是文学功底深深。“成都理工男”一听，便曰：“本人此处所言的‘青鸟’，是比利时著名作家、诺贝尔文学奖获得者梅特林克先生的代表作《青鸟》的延伸寓意，希望我们此行 IMEC，也能像青鸟一样，通过努力，终将在微电子世界发现科学工艺真谛，为国，也为自己争份荣光！”

“好！这个立意很好，至于你的诗作如何我们先不评价，但‘青鸟’精神是要认真学习的。我也希望自己成为这样的一只‘青鸟’，成为中国半导体行业中的一只‘青鸟’……”北京清华来的“理工男”站起来表示赞同并响应“成都理工男”的“青鸟行动”。

“我也加入！”

“还有我……”

这是飞机上的浪漫一幕。其实后来这个“青鸟行动”一直作为赴 IMEC 工作的中国工程师中的一种精神与态度被延续了下来。

中国人对地处欧洲西部的比利时不是太了解，是因为这个国家比较小，其实古代的比利时在欧洲地位非常高，它是日耳曼民族的重要组成部分。罗马帝国时期的恺撒大帝曾经统治过这块欧洲腹地，因此它也是欧洲古文明的重地之一。

你被敌人战胜
却不是奴隶
你没披甲胄
却昂然屹立
你的圣地已经被玷污
你的灵魂却洁白如璧
可怕的魔王把宴席摆下
战火的宴席闪着血花
由于他利剑无情的一击
粉碎了你们勇敢的国家
但是那自由的
强大的精神
却没有消失它巨大的力量
像雄鹰展翅
翱翔在云端

在无数忠勇的坟丘顶上
真理的预言必将实现
敌人会倒在你的脚边
他会满腹哀伤地祈祷
祈祷在你那被摧毁的神坛

历史上的比利时和现在的比利时，从国疆角度看，都不大，然而它在欧洲有着很高的美誉度，就是因为这个国家和民族具有不屈的精神：小，但不惧强者；弱，但被敌人战胜后也不当奴隶。这是一份了不起的骨气。从个人不屈的骨气，变成一个民族的骨气，这便是比利时。

尽管比起德、法、英等欧洲列强，比利时一直被侵略者战胜，但它从不被奴役，也从没被灭亡，这也是比利时的历史根脉和民族精神所决定的。罗马帝国和恺撒给予了比利时曾经的辉煌。没有了罗马帝国和恺撒之后的比利时，不再以强权和武力支撑自己的存在，这个并不显眼的欧洲小国开始走科技强国之路。一个总人口不足上海人口一半的小国（据比利时统计局网站，2024年1月比利时人口为1176.4万），竟然出了十多个诺贝尔奖自然科学奖获得者。当然，布鲁塞尔及塞纳河畔出的哲学家、文学家就更如天穹众星一般璀璨。革命导师马克思如果不是因为布鲁塞尔城的岁月庇护，他的《共产党宣言》或许会晚好几年才能孕育出来。

如果要看欧洲人的性格特征，那么比利时则是比较典型的一个国家。比利时人虽然性格中具有不屈不挠的反抗精神，但平时又很浪漫与幽默，人与人之间见面交往时喜欢比手势。“OK”和“Y”是他们常用的两个表示高兴、胜利与成功的手势。

既严谨又浪漫的人群，通常具有卓越的创造能力，他们容易在自然科学方面和文学艺术方面创造奇迹。比利时属于这样典型的国家。二战结束后，欧洲进入和平与发展阶段，作为小国的比利时，选择了科技强国之路，而且它的科技强国与西方其他大国如美、英、法、德等国都不太一样。比利时的科技强国是开放性的，即：办科研机构、搞半导体、搞生物制药，只以平台为主，对谁都是开放的，合作成果共享，钱一起赚。当然比利时是“庄家”，赚的钱肯定会比前来合作共享的企业与国家要多一点。

“多一点就足够了！”比利时人经常这样自我满足。

他们还有一句话也很流行：拥抱你，其实也温暖了我。大概这是比较早的“双赢”理念。

比利时在战后走的这条发展道路使它在强国争夺资源和市场中获得了自己发展的可能，渐有欧洲“科技小巨人”之称，也成为全球进出口第十大国。

——开啊，人们，请开门
我在打着门槛和披檐，
——开啊，人们，
我是风，披着落叶的风。

请进来，先生，进来吧，
风，这里供给你壁炉
和粉刷过的墙角，
到我们家里来吧，
风先生。
……

中国年轻的工程师们到 IMEC 后，当地的工程师专门组织安排了一顿热情洋溢的晚宴，在欢迎晚宴上那些风趣的 IMEC“理工男”（还有不少漂亮的“理工女”）高声诵读比利时诗人写的著名的《主客行》。

这让中国的“成都理工男”好不激动，跟着用蹩脚的英语朗读了《论语》:“子曰:学而时习之，不亦说乎？有朋自远方来，不亦乐乎？人不知而不愠，不亦君子乎？”

“请问先生，方才你朗诵的孔子的警句是何意？”比利时的半导体工程师还是第一次听得中国古人的哲思之语，便很好奇地请求解释。

“成都理工男”兴致大增，说:“先圣说的意思是:学习需要温习，那不是很快乐吗？今天有朋友从远方而来，大家不是也特别高兴吗？如果这个世界上人人都和和美美，你我不都成君子了吗？……”

“好！好——中国伟大的圣贤。你们今天就是远方来的客人，我们特别高兴！特别欢快啊！”比利时工程师听后，大喜，纷纷伸出大拇指，夸中国先哲了不起。

IMEC总部在比利时的鲁汶。这个并不大的城市距首都布鲁塞尔只有25公里。鲁汶虽然城市不大，但历史悠久，且在世界上有名，是因为这里有座名校——鲁汶大学。就像伦敦与牛津、剑桥一样，布鲁塞尔与鲁汶的关系就是因为那里有座名大学。也因为鲁汶大学的存在，所以布鲁塞尔的城市影响力在欧洲具有独特的地位。比利时的大学城就设在鲁汶，这使得鲁汶成为比利时甚至欧洲的一个重要的教育、科研与文化的高地便很自然了。比利时有一半的诺贝尔奖获得者是在鲁汶的大学与科研单位里。

比利时在欧洲是“科技小巨人”。鲁汶在比利时可是属于“科技巨人”之城。鲁汶大学是全世界现存最古老的天主教大学(成立于1425年)，但鲁汶这座城市并不因为有一所古老的大学而显得老朽，相反鲁汶城市里永远充满着朝气和年轻，每年10月学生们从世界各地来到这里，第一件事就是去大教堂看一看，再就是沿街猛喝一通啤酒。

与其说鲁汶是座城市，还不如说鲁汶本身就是座大学，因为大学占据了整个城市全部，所有城市的角落、广场，还是其他什么建筑，你稍稍注意一下，它可能旁边就是一个教室、实验室和学生学习的地方。大学置身于城市，城市为大学服务。这就是鲁汶。

古老的建筑文化和大学城的特殊风情，以及喝啤酒的浪漫，构成了鲁汶无与伦比的文化。

科学在这里是严谨和浪漫的。科学家在这里同样是严谨与浪漫的。科学的制度与机构也是严谨与浪漫的。正是这样严谨和浪漫的科学，才使得中国工程师们有机会走到鲁汶来，走到世界半导体设计工艺的顶级圣地——IMEC。

这是一个在1984年由政府投资6400万元建起的半导体工艺研究开发平台，以其与众不同的运营模式吸引了全世界有志从事半导体工艺研发的顶级科学家，这里的“与众不同”是IMEC本身，既不是政府办的科研机构，也不是某老板办的公司企业，它的决策机构就是一个技术委员会，由技术委员会任命的总裁负责。它不以营利为目的，所实行的开放式研发让它有机会与所有世界上最先进和强大的半导体企业、机构有合作关系，并共同分享成果与利益——注意，IMEC的利益不是参加某某公司的股份，而是在共同开发产品后分享所得利益。

我们派遣队伍到他们那里从事先进工艺技术研发需要花1200万美元的“学费”。这就是IMEC赚的钱，当然还会分享共同研发出的技术成果所产生的利益。

IMEC拥有强大的科研队伍，而且方向十分明确：先进于所有正在生产的半导体公司5—10年的先进工艺技术成果。但这里的“师傅”又完全不像日本的NEC那样，中国去几个徒弟，他们NEC就派几个师傅来带，并且是按照生产线工程岗位需要配备多少名操作工程师，然后由师傅一一传教于众徒弟。

“我们花了钱到这儿，可人家怎么连师傅都不来跟我们交代一、二、三呀？”

“是啊，都一个星期了，全是让我们自己到处在瞎摸！这、这么下去非交白卷不可嘛！”

中国工程师们来IMEC后发现自己要坏华虹的事了……为什么？因为这里的“老师”根本不教他们，甚至谁是老师都摸不清！于是年轻的中国工程师们万分着急起来。

这天正是到鲁汶的第一个周末。领队陈博士一挥手，说：“今晚我请大家喝啤酒去！”

不喝还不要紧，一喝酒后大家的情绪就更大了：“我看这老欧比日本人还瞧不起咱……有什么了不起的，全国加起来也才不到上海一半人。凭着几个先进科技拿捏着我们，就这么冷漠还要收我们国家那么多钱呀？”

听了你一言、我一语的牢骚话，陈博士笑了说：“大家其实还是不了解鲁汶、不了解比利时，或者说更不了解IMEC。”

“我们当然不了解他们。可他们也并不了解我们呀！”有人愤愤不平地插话。

“对呀。首先是他们并不了解我们，因为IMEC以前与其他国家和公司合作一个项目，对方往往派出的工程师是与彼方相等的，或者说是比较接近的。通常在这基础上进行共同研发，一起投入紧张的工作之中。但我们中国不一样，一派就派出十几人、几十人，而且分到各个板块……这样一来，彼方工程师们有些愣了。心想：到底怎么与中国工程师同行一起搞研发呀？到底哪些技术是可以对中方开放的、哪些又是不能开放的？他们有些糊涂了，一糊涂就不敢随便接触我们诸位了！”

陈博士又说：“我们呢，对他们更是不了解了。首先是语言不通，这里的多数人讲荷兰语与法语，英语讲得也不错，但我们中大多数人讲英语还不太习惯，荷兰语和法语大家又都基本不会说，语言不通，怎么请教问题？老师又怎么与你交流呢？所以说，以我之前出国学习和工作的经验看：比利时特别是鲁汶这个地方，比起其他欧洲国家，这里是最不会瞧不起我们中国人的，这一点大家需要认识到。第二点，你想求得老师的帮助，那么先得把语言关攻破，这很关键，语言不通，啥事不灵。第三点也是最重要的，在鲁汶，在 IMEC 更是如此：上学、搞实验、做科学研究，一般情况下，都是靠自己钻研和琢磨。所谓的‘老师’，就是与你合作的伙伴。他们怎么教你，全看你如何在与他们共同合作中发挥你的才智与研究能力。智者怎可能与愚者有太多的共同语言？‘合作’研发的关键是‘合作’，也就是一起使力。一个项目就像一个拔河，你在使劲，大家都在使劲时，有能力和技巧的人，这个时候才会帮助你、教导你如何更有效地去把劲使在合理点和刀刃上——IMEC 的老师就是这样的教学法……”

原来如此！

中国年轻工程师们终于明白了为什么在第一周人家根本就“不理”自己的缘故——问题竟然主要出在“我”这边。

既然问题出在“我们”自己身上，那就赶紧改！

虚心好学是中国人的传统美德，而且一旦开“学”，那股忘我精神全世界人都会敬佩与害怕——不是说语言不行吗？那我们捧起词典就“啃”。晚上不睡觉、清早背单词，这种功夫对念过中国大学的人来说都是再熟悉不过的事儿，于是有人重操旧活，感觉回到了“考试”年代……

“你？在看书？”

“嗯。看书。”

“看词典？”

“对。词典。”

一天早上，从生产线上抽出的一名华虹公司的“理工男”正在鲁汶的一处绿荫边手拿《荷兰语词典》，边散步边背单词时，被路过的一位鲁汶大学的女学生看到了。中国的华虹“理工男”的读音生硬而又有趣，所以吸引了这位鲁汶女大学生。

“真想学我们的荷兰语？”她问。

“是。”华虹“理工男”诚恳地点点头。他和她现在用的是简单的英语。

她笑了。然后将他手里的词典一把夺了过来，往近处的树丛里一扔…… 再留下一串脆响的笑声“咯咯”……

“哎哎，我的词典！你？！”华虹“理工男”脸都有些涨红了。

“今天是周末，我有时间。你有时间吗？”她问。

他仍处在不平静之中，说：“我本来安排学习语言的……”

“那么既然这样，跟我走！”她落落大方地一把拉过他的手，说。

“干什么去？”他有些紧张。

“你不是说学语言吗？我带你去学……”说完，她拉起他就走。

后来，他跟着她到了鲁汶城的一个啤酒店。那里的热闹场面是他在上海从没见过的，看上去是个喝酒的俱乐部，而鲁汶城内的这种啤酒俱乐部似乎到处都是。“现在，我们开始用荷兰语说话，你也可以听旁边的人说，我可以随时给你当翻译，而你也可以与这里的所有人打招呼，说上几句你想表达的话……”她对他说。

他笑了，终于明白这位热心的女学生的一片真诚。

那一天，他学到了一大串当地语言，而且记得特别牢，因为这些语言是当地人之间交流时必须和常用的语言，比如：你好，你是从哪儿来的？到 IMEC 学技术的？中国的 SEMI 发展到什么水平？为什么选中了 IMEC 而不是 Intel（英特尔）等这样的话题。

通过女大学生的翻译，华虹“理工男”在这一天除了获得语言上的交流机会，而且还发现在这间啤酒俱乐部里竟然有那么多“IMEC”工程师。而在这里喝酒聊天竟然能聊出许多半导体专业和欧洲古典文学哲学来。尽管现场无法让华虹“理工男”全明白比利时朋友们在谈论的全部东西，但他能感觉到这里的喝酒聊天里其实充满着学术火花的撞击……

这难道不就是我们中国工程师所要学习和了解的吗？回到宿舍，华虹“理工男”将当天的“奇遇”给中国工程师们一讲，大家一边调侃是不是那个女大学生“有点意思”，一边都认为这种学习语言的方法要比自己“啃”词典效果好多了！

当然，陈博士所说的“喝啤酒学语言”实际上只是一种方法而已。包括后来去的中国年轻工程师们，有的就是一边工作一边通过当地夜校，很快用一两个月时间克服了语言上的阻碍，开始独立参与操作设备工作。

语言是入门的“第一关”。这一关过后，中国工程师发现IMEC研究人员与中国研究人员很不一样的现象，就是他们的工艺研究人员之间以相互交流、互通为主，所有研究的课题，都是在共同的交流与实验中完成的，不像中国科研团队是在一个导师或师傅的带领下，铆着劲儿朝纵深闯，一直闯到阳光灿烂或天昏地暗。

交流，讨论，碰撞，争执；再交流，再讨论，再碰撞，再争执……直到所有人的智慧和才华被发挥到极致，把所有的可能和所有的不能统统放在讨论与争执过程中进行选择和筛滤，然后再通过生产线上的实验，最终确立方向和结果。

“他们的这种开放型交流，常常让人茅塞顿开，思想火花迸发，感觉就像智慧在碰撞，收获特别大……”我问陈菊英这位老乡有没有去过IMEC时，她说她是2019年到那儿当访问学者去的，这是她最大的感受。

“我们中国人喜欢在理论上一套又一套的，或者在做论文上功夫下得特别深，相比之下，比利时科学家们更注意交流与相互激发，然后再把所有问题放到生产线上去实验，通过实际的结果，来做出最终的选择，这就是他们的工艺设计水平为什么能够走在国际最前面的根本原因。半导体工艺设计，其实有些像文学家的思维，它需要畅想和幻想，需要靠灵感的迸发与燃烧，它有时还需要科学家发点不太正常的‘神经病’——像诗人和作家那种看似疯疯癫癫，其实可能好诗句、好文章就在那一刻出来了！科学也需要这种燃烧的智慧与想象的疯狂……”我们说过的那位“成都理工男”这样总结他在IMEC的工作体会。

4年4批，每批10人……其实后来中方又多次派遣人员以访问学者等形式，到IMEC学习、培训，其收获非金钱所能折算。胡启立对这种共同研发和学到带、带中学的做法十分肯定，而学成回来的中国年轻工程师们后来为中国芯片工艺研发所作的贡献对中国半导体事业而言，都是具有奠基意义的。

“对于中国的工程师来说，IMEC确实是一个全新的天地。国际主流技术、先进的设备、讲座、图书馆、网络，各种各样的知识来源，有些知识是他们在国内根本接触不到的。在这个营养丰富的研发和学习环境里，我们的工程师们潜心立志，虚心学习。许多工程师积极利用晚上、周末的时间，利用IMEC研发线的空闲进行研究工作，中国人在IMEC成为众人皆知的‘工作狂’。”胡启立部长平时很少用形容词，可在描述到IMEC学习的中国工程师时，他如此说。令他更欣喜的是：“随着华虹工程师的能力得到认同，IMEC对我们开放的技术门槛越来越低，而许多工作，从单项工艺开发到器件的调整，从工艺的生产化改进到新工艺条件的开发，IMEC都交由我们的工程师独立完成。”

在IMEC共同研发和培训学习，超出了华虹和中国方面的预期。一年后，中国工程师带回了IMEC的0.18微米技术的整套工艺资料及0.25微米技术后道5层铝布线工艺资料。这对华虹来说意味着第一次掌握了0.18—0.25微米工艺技术的独立的知识产权。

“我们之间可以进行更深入的合作与研发……”IMEC对华虹提出的新想法举双手赞成。于是2001年10月，一项新的共同研发的“战略备忘录”在华虹与IMEC之间再度签约。

这回共同研发的目标是0.13微米及更高级的先进工艺技术。华虹随后根据新协议，陆续又派出三批赴IMEC参加共同研发和培训的年轻工程师。

有了第一批赴IMEC“师兄”们的榜样，后面派去的工程师们更加努力发奋，同时也更加赢得IMEC方的认同与开放技术，所以在0.13微米和0.09微米工艺技术研发中，中国工程师成为“半边天”而深受IMEC方的赞赏。“华虹工程师们作为一个团队在IMEC做出了很出色的工作……他们无论在知识的深度学习还是具体工艺的内在开发上，都取得了很好的成绩，并帮助我们进一步扩展了工艺能力，优化了工艺性能。”IMEC给出的这一评价令中国工程师团队倍受鼓舞。

对华虹和中国半导体产业来说，除了工艺技术方面的人才储备有了一次历史性的积聚外，“现成”的收获也是巨大的。据说这些赴比利时学习培训的工程师们从IMEC回来时，光带回的共享专利就有34项，后来他们回国后又在国内申请了102项专利，内容涵盖了相关芯片工艺流程中的许多方面。而华虹方面在获得这些人才和专利的自主权之后，很快形成了自己所拥有的200来项独立专利。

自然，更重要的是中国芯片研发的人才已经站在了自己国土上——他们才是无价之宝！

华虹此次选择与IMEC合作共享工艺，从战略与战术上看，都给当时陷入困境的生产储存器的华虹NEC生产线，带来震撼和扭转乾坤的推动作用。

“我们华虹抓住这个机会，也在这个时候引进了美国的JAZZ公司，一起开发0.18微米的技术，而美国政府对此似乎也很‘痛快’地批准了。原因只有一个：他们知道我们本来也即将拥有这一技术的自主知识产权开发能力。”华虹人告诉我。

科技领域的国际斗争，如同军事斗争一样：“一招出奇，招招得胜。”华虹NEC在市场面临断崖式下滑的时刻，由于华虹从IMEC合作中获得了自主工艺技术专利和一批优秀工程师人才，迅速抓住机会，及时进行了从单一生产存储器到标准CMOS代工的转型。

“华虹二厂”就此诞生。这回的“华虹”出现在张江地盘上，而且与“中芯国际”就隔一条马路。

张江管委会意思很清楚：你们两个中国造芯的“宝贝疙瘩”在一起，寒冷时可一起相拥取暖，平时相互竞争，把张江这块科技高地托得高高的嘛！

哈……谁都有小算盘。

可上海和北京方面对这两个造芯企业，更有诸多期待：中国高科技发展，独立自主，中外合资，这两条路都得走，哪条道都不能放弃。

到了张江的华虹，可真是气贯长虹！

此时的华虹，获得了好机会：原先也在搞芯片的上海贝岭公司正在扩建一条新的生产线，但因为诸多原因，工程迟迟得不到落地，希望华虹伸手救一把。“OK，我们愿意！”最后在政府牵线搭桥下，贝岭新生产线以华虹作为大股东介入，成为华虹二厂。厂址就在张江——中芯国际的对面。

这时的华虹一方面开辟新的制芯途径，迅速扩大新产品的生产，同时引入美国的一家JAZZ公司，发挥从日本、比利时学习回来的中国技术人员的能力，并在管理方法和工艺设计改变两个方面发力，效果出奇的好。

“我记得第一天以部门长身份进入生产车间时，那种自豪感油然而生，特别骄傲！”我的老乡陈菊英说，“以前造芯厂的管理都是日本人，这回由我们自己人来负责，主人翁的自豪感和责任感完全不同。”

另一方面，“换人”更多的是换思路与模式，尤其是生产线上的工艺也从单一的存储器发展到了特色工艺、全面开花。由于产品的定位发生了根本变化，华虹NEC由此也建立了一批战略客户。到2003年底，NEC之外的客户的流片量超过了总产量的三分之二。此时的华虹NEC因为成功转型，它在RF（射频）、智能卡芯片、功率器件等领域形成了自己的特色工艺，建立了属于自己的70多家专门从事集成电路代工服务的公司，使得国内和世界各地的客户纷纷向华虹NEC订购产品。转型后的华虹NEC很快稳住了市场，同时生产成本不断下降，利润则月月上升。到2004年第二季度开始实现盈利。以前的NEC高管们得知这一消息后，大为惊叹，说：“即使在日本、韩国、新加坡的半导体先进企业在建厂后7至8年的亏损期中，很少有实现盈利的。中国华虹NEC业绩可嘉！”

与日本的NEC五年合同期到了！华虹NEC真正成为中国芯厂。到

2004年底，华虹一厂完全依靠自己的积累，使生产规模扩大了一倍。2005年底实现了月投片5万片的水平，这水平与国际上最大的生产线平起平坐。工艺技术从0.5微米升级至0.18微米。其设计业务规模与技术稳居全国前列。我是2022年去华虹一厂采访的，接受我采访的是时任一厂厂长的华厂长，他告诉我："在我当厂长之前和当厂长的近11年中，该生产线一直稳步增产，效益年年上升，利润不断涨高，客户布满全球。关键是，现在业务量和业务面一直在扩大，这是我们的希望所在。"这位"浦东新市民"，对前途充满信心。

我所知道的是：华虹自进入张江之后，可谓一路高歌，业绩不断攀升。可贵的是，作为"国家队"，华虹一直以低姿态出现在集成电路的同行面前，即使在它的业绩相当不错时，仍然从上到下埋头苦干，就像一头头只管拉犁干活的黄牛一般，一步一个脚印地往前行。也许正是这种风格和实干精神，成就了华虹在国内造芯领域的主力军地位。

成功扩建二厂、三厂后，又在张江建立了自己的华虹科技产业园，随后，具有相当规模的五厂又安然落地……

2017年，华虹迎来了历史上一个重大的飞跃——几乎同时打响了扩建两条生产线的战役：一是在浦东的六厂，二是在无锡的七厂。内行人知道，芯片厂的一条生产线就是三四百亿元的投资！两条生产线同时上马，意味着什么？除了投资，还有市场，以及管理。能同时新投入两条芯片生产线的企业，即使放眼全球，也屈指可数。华虹就这么以势不可当的劲头向前冲刺，令同行惊叹不已。

在无锡战场，华虹创造的"无锡速度"，威震四方，被国际同行传为美谈。

而在浦东建设的华虹六厂，不仅创造了新的"浦东速度"，而且在这期间，华虹人创造了至今仍在全国国有企业中广为传扬的"华虹520精神"。我起初并没有弄明白，以为华虹人口中的"520"是类似时尚的上海青年在每年5月20日这一天，向爱人表白的一种浪漫而已，因为“520”谐音“我爱你”。

时任华虹集团党委书记董事长张素心听后一边笑，一边帮我纠正道：“不是的，不是的，2017年5月20日这一天，正好是我们六厂主厂房钢屋架吊装的日子。”

当时，25名负责基建的团队队员在参加完第一根钢架吊装仪式之后，面对未来十个月的建厂最繁重和紧张的任务，眼看华虹又一个现代化大型生产线即将在自己手上建起时，每个人都是心潮澎湃，于是有人就提议说：“今天是5月20日，我们都是放弃了与家人在一起的宝贵时间，来到厂里为中国的芯片制造事业作贡献，下一步的任务将更加艰巨，我们一定要按照上海市委市政府的要求，全力以赴、赤胆忠心地干好工作。为了纪念和表达我们对华虹的热爱，我们一起照个相，立一个目标做一个承诺，争取在明年的这一天将设备搬入再相约……”

“好，这个提议好——520，我和工地有个约会！”

“哈哈……好，520，我和工地有个约会……”

这时，25个基建团队队员就兴高采烈、欢欣鼓舞地站在一起……

“咔嚓！”眼前的相机声响起，25张青春的脸庞被编织在一张相片上、凝聚在一个时间点上，这个时间点就是具有暖心和爱意的“520”。

“说实话，我们当时并没有想得那么远、那么高尚，只是想为自己做的事留点念想而已……”当年在现场带领华虹驻工地的基建团队负责人张悦如是说。

“可以说是当时参与建厂的基建团队同事们的一个共同心声与心愿。我们作为六厂基建团队，是从桩基工程基本结束后，于2017年3月8日正式进驻到康桥工地办公的，整个基建团队包括动力、安环、消保、物流等部门，一个生产线建设约十七八个月，意味着我们从2017年3月份一直需要干到2018年底左右。这个工程时间很长、工程量很大，前后近两年，投入资金五十多亿元。这对我们负责基地这一块的华虹基建团队来说任务相当艰巨，因为我们这些人实际上是作为业主方，在工地现场主要负责组织和管理全体参建单位，监督整个工程的所有安全、质量、进度情况，以及设备、材料是否符合设计和运行要求等，需要参与工程建设的全过程和协调，技术工作既具体又很紧急，稍有延误就会影响工期，所以工作比较辛苦，张悦称我们既是开路先锋，又是后勤兵，既是一批最早进入康桥这块地方的华虹人，又是整个工地最后一批撤的人 —— 其实等厂子建好，参建队伍撤了后，我们又重新进入，成为日常的工厂管理者 ……”张副总裁让我知道了华虹“开路先锋”和“后勤兵”的许多动人故事。

这里有一个重要的背景需要交代：上面我们已经说过无锡所建的12英寸生产线，其开工时间是2018年3月2日。六厂基建团队进入康桥这个厂的工地工作的时间是2017年3月8日，不到一年，又上马了两大生产厂，共投资超过500亿元，气派之大，大过任何时候的中国半导体企业建设的规模，也大过国际同行的速度。如此速度，较过去的华虹也是前所未有的。那么需要什么样的精神力量激励和鼓舞自己的队伍，其实这是一件关乎华虹能不能实现新的战略布局与快速发展的轮子能不能真正转动起来的事情。

“搞芯片事业，就是要有一种为国争光、为国心跳的精神。”华虹人经常不由自主地说出这句话。

参与六厂基建的队员们回忆起他们曾经的光荣时刻，他们感到自己十分荣幸和骄傲：“确实在举行大梁吊装仪式的那天，至少有三四个新同志他们本来同女朋友、同爱人相约，但为了厂里的事，他们都放弃了，来到厂里连续战斗在工地。也正是这种奉献精神，时任集团党委书记董事长张素心在设备搬入厂房当天的仪式上也表扬了我们，而我们团队自己也通过集体照一张相，一次工地相约，形成了一种团队的友谊和相互激励的精神。把‘520’这一天的时间巧合，化作了同事之间相互激励，化成了全体基建团队队员们对公司和企业、对国家现代化建设的一种高尚精神行为 ……”

2019年春天，经过对华虹六厂建设过程中涌现出的人物和精神表述的梳理和提炼，华虹人讲出了“华虹520精神”的硬核内涵——“家国情怀、一诺千金、敬业奉献、使命必达”。

正是这种精神和价值观，使得中国芯片制造业尽管在西方世界的一次次制裁下，依然不屈向前，硕果累累。

正在我采访浦东之时，新闻传来华虹今年市场销售大增的消息：2024年三季度华虹半导体（A股代码688347.SH、港股代码01347.HK）披露：营业收入达5.263亿美元，环比增长10%。时任华虹宏力总裁唐均君称，华虹在面对复杂市场环境下，具有良好的抗风险能力与经营韧性。公司在8英寸和12英寸工艺创新上持续发力。2024年前三季度研发投入为人民币11.4亿元，同比增长4.93%。

华虹如此。那么中芯国际呢？

也许正是由于创办人张汝京的特殊身份和他在全球集成电路产业界的名声与资源太过于强大的缘故，中芯国际宛若一艘超级豪华的邮轮，一驶离岸头，便屡遭狂风恶雨的袭击，受尽忌妒者的蛮横发难——

上面已说到，在上海市和浦东新区的全力支持下，张汝京掌舵的中芯国际，没用几年时间，各类经济指标和生产规模，直逼中国台湾地区的台积电等世界芯片制造企业，跃居第三位。而就在这时，台湾那边的黑手开始向张汝京伸了过来。

“给你两个选择：要么你回台，要么取消你的台籍！”此时的台湾地区，正是陈水扁“当政”。他要求审核张汝京财产和身份，最后竟然发出威胁。

如此恶招，也只有台湾民进党“政权”才能干出来。当然，其背后还有两只黑手：一是台湾当地的芯片同行，他们是彻头彻尾的资本家，利益是他们的命根子，谁动了他们的蛋糕，就跟谁玩命；二是美国政府在玩花样，他们以种种名目恐吓“台湾当局”，事实上也最怕中国大陆的芯片科技业迅速发展。这两只黑手加在一起，陈水扁“当局”就来劲了。

当时的张汝京义无反顾地选择了对“台湾当局”不予理睬，但他不会想到的是，“台湾当局”不仅卑鄙，而且果真凶相毕露，他们核销了张汝京在台的户籍，还向他发出通缉，企图“断”了他在台湾地区的一切关联的业务。

“那个时候，他们很疯狂。2003年我们在天津收购了一家厂，他们又运用所谓的国际法庭告我。2004年我们在北京盖了一家大厂，他们又起诉我……”张汝京解释说，“因为我们中芯国际注册的是国际公司，他们可以到香港等地告我们。”

事情并没有完。在“台湾当局”审核撤销张汝京户籍后，他本人向“台湾当局”的法务部门提出申诉。结果他们狗急跳墙，使得法务部门荒唐地作出了十年不让张汝京回台的所谓“判决”。

“一直到马英九上台后才解除我回台的禁令。”

然而，张汝京遇到来自台湾方面的“追杀”还仅仅是开始。

另一方面，浦东张江的中芯国际越办越好，业务迅速扩张。大陆和国际两个市场齐头并进。2004年，中芯国际在中国香港成功上市，两年后又在美国上市成功。

就在从张江飞起来的“中国芯”开始在国际芯片业扶摇直上时，突然有一位张汝京手下的“副总”请辞。问其理由，人家支支吾吾不说。

心地善良的张汝京开始并没有在意。可他哪知一股汹涌的暗流此时已经逼近他身边……

不久，又有一批人要走，最后到了一大批人要求离开中芯国际的地步，而他们绝大多数是具有海外背景的技术骨干。

这是怎么回事？你们到底怎么了？我做错了什么还是哪个地方对不起你们了？张汝京开始着急了，急得不行了！但又一时又找不出问题的缘由。

“我们收购中芯国际，你可以保留总经理的身份。如何？”终于尾巴露出来了！

张汝京一听，强压怒火，严正回答："不可能！"

"那么就只有第二条路，因为第三条路我是知道的，你张先生绝对不会让一手搞起来的中芯国际因为一场不光彩的官司而身败名裂的。对方露出险恶真容。"

"说第二条吧！我等着呢。"张汝京眼睛望着天。

"那就是你张先生从今以后不得从事芯片和电子行业了……"

"你——无耻！"张汝京悲愤至极，甩袖而别。

"敬酒不吃，非要吃罚酒啊？"他身后，那个巨大的"黑影"这么说。

"宁吃罚酒，也绝不低头！"别看张汝京平时平易憨厚，但在大是大非问题上，他从不妥协，也不会轻易被人左右。

"从2008年北京奥运会那时起，一直到2009年春天，他们跟我一直在谈判，目的就是想把中芯国际吃掉，为他们所占有。我就是不同意，一直到最后他们出很高的价了，但我仍然坚持宁可自己离开芯片和电子行业，也不会把已经在不断为祖国贡献力量的中芯国际，给那些别有用心的利益集团。"张汝京说，"最后的结果是：我答应自己退出电子行业，不再与芯片技术沾边，时间为10年！"

"为什么是10年呢？"

"他们知道，终身禁止我不与电子和芯片沾边是没有理由的，国际上也没有这样的法律。但有10年就够了，他们知道芯片技术正在快速发展，我离开10年，中国大陆的芯片技术就无法与国际竞争，就会落后于他人一两代，这是他们的阴谋计划之一。"张汝京解释道。

"没什么。只要能把'中国芯'保住了，我就觉得对得起祖国。假如为了自己的一点利益，我把已经搞起来的一片中国高科技事业丢了，那才是最大的不安。"张汝京的胸怀犹如东海。

"这是我略感安慰的。因为虽然我离开了中芯国际，但政府接管后工作仍然有序，也引进了一批本地技术骨干，他们干得还算不错。遗憾的是，外部条件对中芯国际十分不利，行业对手多次制造问题，蓄意打压，所以在市场占有和技术进步方面相对落后了。这也是当年那帮千方百计把我挤出电子和芯片行业的阴谋者梦想达到的目的。”张汝京不无感慨，“确实，近十年里，中国的芯片技术没有跟上去……但中国人是了不得的，尽管有人想压死我们，可他们想不到的是：只要有一口气，中国人就会继续活下去！轻舟已过万重山，我们慢慢地把身子挺立了起来。现在不就是这个景象吗？”

难以想象，一位造芯巨人，经历了万千磨难，甚至踏入过与“家破人亡”近在咫尺的境地后，竟依然如此乐观和信仰坚定。

“要为祖国造出芯片，造出处于世界先进水平的‘中国芯’，是我离开得克萨斯州、离开台湾时，就许下的承诺。目标没实现之前，我是不会罢休的！”我采访张汝京时，虽然只有面对面的我们两个人，但气氛时常极其凝重，甚至有些悲壮。

张汝京是一个值得尊敬的人，是我在浦东所接触的数以千计的科学家中最令我敬佩的人物之一。早在1997年前，他已下决心要辞掉德州仪器的高管职务时，父亲就问他啥时候回国建厂，当他明白清楚地告诉父亲“快了”之后，老人家欣慰不已。2003年，在“台湾当局”和商人一起开始起诉中芯国际，并且开口就要10亿美元的“赔偿费”时，他把已经93岁高龄的母亲接到了上海，让老人家安心地在祖国又生活了7年……

没有了张汝京的中芯国际，确实一度陷入困境，大有风雨飘摇之感。

“上舟，中芯国际的掌舵人恐怕还非你莫属呀！”上海市委书记虽在那几年换了好几任，但中芯国际一直是上海每个“一把手”特别关心的事。这一天市委书记又把江上舟叫到办公室，向他传达了市委的决定：调他到已经重新划定股权的中芯国际，出任董事长。

张汝京辞职的时候是61岁。江上舟上任时是62岁。

知道中芯国际分量的江上舟，面对摇摇欲坠的企业，迅速邀来王宁国、杨士宁等业内顶尖人才加盟，并剥离非核心业务，使中芯国际在2010年度扭亏为盈。

万分可惜的是江上舟于2011年6月被癌症无情地夺去了生命。

中芯国际再度飘摇一番。上海市委、市政府再次出面调整中芯国际高管人员搭配。

张汝京和江上舟——当年在黄浦江边联手造“芯”的两位元老，在他们选定的浦东张江，留下了辉煌一时的中芯国际。20余年过去，历经沧桑与磨难，中芯国际已经在上海市委、市政府的关心与帮助下，渡过了一次次难关。尤其是浦东新区一直将中芯国际作为自己科技大家庭中的“造芯长子”给予更多的关心与支持，同时也不断地从多个方面给予帮助、协调，甚至开绿灯。如今的中芯国际，其领导层实现了年轻化、本土化和专业化的时代标准，发展方向也变得更加清晰和明确，生产和市场的布局也愈加合理。

2022年1月，中芯国际宣布，他们在上海临港的基地正式启动建设，该项目占地近600亩，投资88.7亿美元，规划建设产能为每月10万片的12英寸芯片代工生产线，聚焦于提供28纳米及以上技术节点的集成电路芯片代工与技术服务。作为中国芯的龙头企业，它四射的光芒，无人可敌……

令人更欣慰的是，如今的张江科学城版图上，除了华虹、中芯国际这两个“龙头”造芯企业外，还有一大批名扬天下的芯片设计单位，比如全球芯片设计10强中有7家在张江落户，汇聚了700家集成电路企业和400家芯片专业设计单位。2023年，张江开发区的集成电路产业规模达2192亿元，占上海全市的67%、占全国产业比重为18%。这几个指标，足以说明了张江的“芯”业强大和“芯”跳的强劲！

世界风云，除了战争，几乎无不与芯相关。中国芯的制造水平到底怎么样？大家关心，我也关心。如今的张江和浦东，已是中国芯研发的中心与核心，代表了中国芯设计的最高水准。

无论以美国为代表的西方国家如何制裁我们，以中国的芯片制造能力，我国已经可以实现芯片的自主生产与供应！

太妙！ 太好！ 太令人鼓舞！

为这，我们要向浦东、张江致敬！ 向张汝京、江上舟、尹志尧等等一大批“中国芯”制造者致敬！

当然，我们更是要牢记党和国家的英明决策和正确领导。

第五章

前滩与世博：人民城市的新样板

朝着工业化的方向发展和建设，这是过去城市的共同目标。因此，在此之前的城市，基本上也一直遵循着一个共同的规律：城市越建越大，住进来的人也越来越多……然而后来人们发现：住久了，会觉得这样的城市空气不那么好，交通更为拥堵，生活也十分不便，更不用说找到一块可以呼吸清新空气的地方，以及让孩子在几分钟、十几分钟内到达学校，让老人看病很方便的医院等便利。

相比之下，讲究生活质量的上海其实比其他城市在城市建设上投入的精力要多得多。然而，问题同样堆积如山，多得让一届届市长愁得甚至无从下手。

建设城市到底为了什么？一直以来似乎都没有弄明白，因此最终的结果是：城市越大，问题越多……

也许正是到了需要对现代城市概念作出新定位的时刻，因此2019年11月2日这一天，对上海和浦东都具有特殊意义。

这一天，与浦东隔岸相望的杨浦区滨江大道上，阳光格外明媚，绿荫带中不时传来朗朗笑声……这一天，习近平总书记在这里首次提出了“人民城市人民建，人民城市为人民”的理念。[①] 他深情地指出，这里曾经是上海的老工业区，见证了上海百年工业发展的历程，如今，“工业锈带”变成

---

① 《人民城市人民建，人民城市为人民》，光明网，http://m.gmw.cn/baija/ 2019-11/ 03/ 33288485.html.

了“生活秀带”，人民群众有了更多幸福感和获得感。在城市建设中，一定要坚持以人民为中心的发展思想，合理安排生产、生活、生态空间，努力扩大公共空间，让百姓有休闲、健身、娱乐的场所，让城市成为百姓宜业宜居的乐园。

城，所以盛民也；民，乃城之本也。现代化城市，需要有高度，更需要温度。这是浦东发展史上首次清晰而明确地在理念上实现统一，并在认识上达成升华。

其实我知道，浦东人在建设自己新家园时，十几年前就开始认识和探索与以往不一样的城市建设理念，这个机遇是在提出“后世博”时形成的——

2010年，上海举办的世博会惊艳全球，举世瞩目。那么在盛会结束之后，到底如何继续发挥世博效应，其实上海和浦东此前是没有先例的。因此，在“沉寂”一段时间后，浦东的发展迫切需要为“世博园”进行新的定位。于是“后世博”概念被提出。

办“世博”时，浦东的那片原上钢三厂和破旧不堪的南码头获得了新生……然而盛会之后，如何让这片土地再度获得涅槃，又是一件大事和难事。而此时，一块与世博园毗邻的“三不管”地块，也摆在了决策者的案头——这就是如今的前滩。

前滩和世博，共计不足六平方公里。然而，它们是浦东位于黄浦江这条“金城脉”上最后的瑰宝之地，其滨江长度相当于老上海的徐汇滨江和黄浦世博滨江之和，也超过了任何其他靠近黄浦江的滨江区块。“得黄浦江者拥天下”，这是上海干部中的一句经典语，它说明了上海百年发展的脉络始终没有远离过这一“城脉”。过去如此，当下和未来或许仍然如此。

上海不缺高楼大厦，我们需要建设让人拥有幸福感、获得感的新上海。2007年，习近平在担任上海市委书记时，提出了建设城市的新要求。2019年11月，他在杨浦区考察时首次提出“人民城市人民建，人民城市为人民”

的理念。2022年10月，这一理念被写入党的二十大报告。

正是在习近平总书记关于城市建设思想的引领下，上海和浦东的建设者们在定位浦东发展和建设上海时，有了更清晰和正确的方向，即将人民城市的“设计图”切实变成人民城市的“实景图”。而就在这一时期，浦东的前滩与世博两块宝地开始开发建设，于是，“人民城市人民建，人民城市为人民”的实景图便徐徐展开。

17. 黄浦江边的那只“金靴子”

第一次听浦东人说“金靴子”，我还没反应过来。后来一看地图，忍不住应声道：嗯，真像！

前滩的地形，犹如黄浦江畔的“靴子”。然而在被称作“前滩”之前，我敢肯定，包括上海在内，基本上没有人知道上海还有个叫“前滩”的地方。我到浦东已有七八年，此前除了从新闻中获悉“前滩”这一概念外，同样毫无印象。

前滩“长”在卢浦大桥到徐浦大桥之间，沿黄浦江的临江长度达2.5公里。我们知道，著名外滩的“滩”之长，仅为1.5公里。黄浦江岸的寸土即寸金，多出一公里长的前滩，从“身材”上就比外滩“贵”出一公里的长度！现在已经名扬四海的浦东陆家嘴黄金江岸的全长也是2.5公里。而陆家嘴旁的那条滨江大道，有一片纵深数米的绿化带，然而比起前滩来说，那只能算是一张绿色彩绸而已。前滩临江长度恰好与陆家嘴的临江长度一样，但前滩是后开发的，比陆家嘴晚了近二十年。这二十多年间，浦东的变化有目共睹，完全是两个时代和两个世界似的。浦东最早开发的是陆家嘴，全世界人都知道，浦东开发时，上海十分艰难，只有一张“空头支票”。陆家嘴就是在当时连国家都缺钱的条件下建设起来的。

前滩呢？前滩的建设恰巧又是由负责陆家嘴开发的“陆家嘴集团”承担。我在采访中了解到，前滩开发投入了1200亿元。

同样的长度，差不多的面积，一个是几千万元起家的“穷开发”，一栋楼、一块地地推车式慢开发；另一个是1200亿元资金放在那里，整个规划区域2.83平方公里面积上的350万平方米开发体量，几乎是同时进行。350万平方米的前滩开发总面积中，办公面积147万平方米、商业面积66万平方米、住宅面积90万平方米、城市配套面积47万平方米，“一起干”！

前滩的设计人，同样是请了世界级设计大师。但20年前的浦东和20年后的浦东起点，完全不在一个水准上。那些即使是世界顶级设计者所拿出的方案，如果不能超越以往，上海和浦东人肯定不会喜欢。

前滩已经建成，所以回头再看设计，我们不得不深深赞叹：大师毕竟是大师！

前滩的定位是建设“第二个陆家嘴”，即上海新的世界级中央商务区。这一定位从一开始就被确定。不同的是，陆家嘴作为浦东开发的最早区域，其主要功能被定位为国际金融中心。而前滩则是“3.0版的城市模板，适合工作，更适合生活的新型人民城市”——这是上海市领导在“前滩”名字刚刚诞生时就反复强调的表述。

陆家嘴让浦东和上海沾足了改革开放的“好风水”，建设第二个陆家嘴，是浦东开发三十年后的上海人心中又一个追求与梦想。

最根本的是，上海人想做的事，他们基本都能做成。何况在九十年代初的浦东，连一个亿的开发经费都很难凑齐！而今天的浦东，投入一千亿，再建一个新“陆家嘴”，绝不是钱的问题！

前滩就是在这一时刻诞生的。

“前滩”这个名字是怎么来的？它原来就有吗？

没有，历史上根本就没有“前滩”这个地名。

我问过几位浦东的“老开发”，他们告诉我：这里原来有个比较著名的滩，叫“钱家滩”。也就是说，这一块地过去曾有个姓钱的人在此开设了码头，故称“钱家滩”。它与如今众人熟知的“外滩”和较少人知的“内滩”，以及“陆家嘴”等地名一样，都是早期上海地名的特色，并无二致。

“但我们在定名时遇到了一点小问题：如果把这个‘钱家滩’名字确定下来，是不是听起来有点那个…… 外人会不会说我们浦东人、上海人就钻在钱眼里？想来想去，还是不用这个‘钱’字为好。于是，后来有人提出用‘钱’的谐音，叫前滩。另一方面，那块地相较于上海黄浦江东岸的老城区地理位置，它也是在黄浦江的前方，故最终确定叫前滩。这么一确定，就把‘钱家滩’改为了现在的‘前滩’……”

原来是这样。

“前滩”这个名字不错。但我发现，在前滩的另一侧的一块地，即现在的银联大厦那里，被称为“后滩”。这似乎有点过于“机械化”。仅仅因为位于前滩的后面，便被叫成“后滩”。那次我到银联采访时，谈及“后滩”这个名字，觉得还不如叫“银滩”更好。金滩、银滩多么吉利，况且你们“银联”在此贡献很大，叫“银滩”不也恰如其分！如今黄浦江上以“滩”为名的地方已有好几个，唯独没有“金滩”“银滩”。这又是为什么呢？

大家笑了起来，都说这个点子好，只是可惜晚了。

现在的前滩地面上，有一条从前滩中心、香格里拉酒店往黄浦江方向的主道，保留了“钱家滩”名字，称为“钱家滩大道”，也算是一个历史印记。它在横贯了这片拥有新地名的土地，起着扛鼎的主轴作用。在它的横断面，有五条平行于黄浦江的大动脉，它们分别是：济阳路、东育路、杨思路、耀龙路和沿江的前滩大道，它们是前滩的主动脉，上顶川杨河，下至徐浦大桥。边缘的东南两向，是中环和南北高架，所以使得前滩这片面积不大，却交通十分便利。设计者对前滩可谓花足了功夫。仅交通线的设计，使这只“金靴子”不仅四通八达，而且用时极短：到市中心的人民广场，只需十三四分钟；到陆家嘴和外滩，同样只需十五分钟左右；至于到虹桥机场和浦东机场，也比从市中心要快捷得多……

都说前滩是只“金靴子”，但在它被开发之前，此处充其量只是只“烂靴子”，甚至在上海人眼里，根本不知道眼皮底下有这么个“烂泥地”。

上海人称乡下那些不能种稻、种菜，连脚都懒得踩的地方叫“烂泥地”。在没有自己名字之前的前滩，就是这个样子。

我第一次“打的”到前滩，竟然在前滩的地图上发现了一个熟悉的地名——“何氏码头”！

哎哟哟，这不是我们“老何家”码头嘛！ 真是“踏破铁鞋无觅处，得来全不费功夫”！

如果阅读过《浦东史诗》的读者，一定会注意到我在《浦东史诗》的序言中讲过，我爷爷之上的三代“何氏家族”在上海做生意、开码头的往事。小时候常听爷爷说，他的爷爷有三兄弟，大约是在十九世纪三四十年代，即1830年至1840年前后，最初做贩树生意。那时，上海作为近海的渔港，造船业特别兴旺。而那时的船都是木船。我的高祖凭借着力气大，便做起造船的上游生意——贩树。时间一长，看到造船的发了财，便有了自己建码头、造船和装运货物的想法。建码头可不是一般人能干得起的事。因此，我何家的男人第一站选在如今浦东三林（以前叫杨思）一带的江岸边。那里到外滩有一段路。旧时的三林比较偏，且一百五六十年前的三林本就属于江苏地盘，我高祖他们到这里置地建码头，其实没花多少银子。

“帮当地人盖了几间房子，建了个码头……”爷爷说。

“何氏码头”就这样建了起来，前后历时三四十年，算是三林一带烙上名的一处历史印迹。直到我曾祖那一代，因码头生意兴隆，他和苏州的一位富商后来又在如今陆家嘴凯宾斯基酒店与文华东方酒店一带，重建了一个“和氏码头”（我何氏家族与姓贺的富商共同商议接受的码头命名：既含‘何’的含义，又兼‘贺’的音义）。

想不到，近二百年后，何氏后代的我，竟然因为撰写浦东新史而踏上了祖辈曾经生活和创业的这片热土 ——“何氏码头”在现时和旧时的地图上都赫然醒目地标注着，而且在手机上搜索浦东“何氏码头”时，即刻显现！

这令我万分欣喜！然而，此番探古之路远比我想象的要复杂得多：前滩本身就是个新地名，因此再寻找“何氏码头”这个老地名，就显得有些困难。

地图上标的是在徐浦大桥旁。真走到那里，已经找不到一间旧房子……“几年前就被拆迁了。原来这里叫杨思镇，后来与三林合并了，叫三林镇。沿江几百米的村庄全都拆掉了。现在留在这里的老居民已经很少了。我算一个。可我也不知道老祖上的事，五十来岁，都是新中国后出生的，以前的事都不清楚……你到镇上都不会找到历史了。可能县里的档案有记载。”好不容易见到一位光着上身整理沿江草木的农民，他很实在地说了这些话。

在一再追问下，他说小时候听大人说过，这江边有不少码头，其中有个叫何氏码头的比较大。“但这里也没有姓何的，至少我上学的时候没听说有姓何的同学……”他说。

我向他解释：这应该对了，因为我们何家人后来都搬到陆家嘴去了。何家除了在这里留下一个老码头，其他啥都没留嘛！

“这个我们也不清楚。”老乡朝我笑着说道。

“谢谢！真的谢谢您……”我依然非常感激这位“何氏码头”上为数不多的老乡亲。他至少让我知道了“何氏码头”在这里并没有断过香火。他带我看了江边的老码头 —— 那残留的码头是用水泥浇筑的，显然并非我所熟悉的“何氏码头”时期的产物。

“听老人说过，这个码头以前是用石头垒的。我家老房子的宅基地就是用从老码头上拆下的石头砌成的……这个我见过。”老乡的话让我很感动。虽然没见过原物，但我宁愿相信他家用的宅基地石头是我“何氏码头”的石头。

“那我们就算有点缘分了！”我与这位杨思老乡这样握手告别。

“何氏码头”在前滩之南，靠近徐浦大桥。那里现在是前滩文化公园，非常美，自然环境堪称“黄浦江之最”。除了滨江绿地公园外，没有任何工业设施，唯有天然的黄浦江和精心打造的滨江绿荫地。

所以自从那天朝圣了自己祖先工作过的“何氏码头”之后，我就深深地喜欢上了前滩这块上海少有的绿色宜居之地。于是我用这些话描述了这片新浦东——

假如你是一个从未来过前滩的人，或者即便你是一个老上海人，恐怕很多人都无法相信，在上海这座美丽、时尚的大都市，竟然还有一处地方，其美、其景甚至超越外滩和陆家嘴！

前滩之美，是现代之美、设计之美，超越上海之美，是我们想象中的未来世界之美。它是各种阶层都向往的宜居、宜乐之地，拥抱自然，出门即是超级商城，举目便见层次分明、错落有致的楼、馆、场、廊、道，以及江景、绿地、公园。每一条街、每一个区域都独具特色，没有重复的景致。一座“太古里”宛如整个前滩的心脏，以其完美和流畅的造型，汇聚了当代购物与逛街的时尚元素和休闲品质。吃喝玩乐与穿戴方面的世界顶级品牌、中国传统风味和百年老店，在此应有尽有。最中央的“茑屋书店”宛若心脏中的脉搏，以知识和精神能量跳动着，仿佛在告诉所有来到太古里的消费者：世界上最珍贵、最需要的，是书籍和知识。你可以不买其他奢侈品，但不能不从这里带走几本书。

这里的学校，同样是名牌：小孩子们有惠灵顿学校和华东师范大学附属学校可上；大孩子们可以就读上海纽约大学；技术工人和白领，有更多的国际学校与专业培训机构在此等候……只要你有钱、有想法、有志向，就能在这里获得理想的选择。

“东方体育中心”是前滩最亮眼的标志性建筑和艺术造型，也是大上海近十年来的标志性建筑之一。它由四座大型建筑组成：宏伟的“海上王冠”综合性体育馆、优雅的“玉兰桥”室内游泳馆、梦幻般的“月亮湾”室外跳水池，以及东方体育大厦。连接这四座场馆与楼宇的是一片清澈如镜的流动人工湖。整个体育中心面积达34.75公顷。场馆内设有足球场、羽毛球馆、网球场、篮球场等多个对公众开放的场馆，而且交通十分便利，直达市区中心的轨道交通6号线、8号线、11号线等线路仅需十几分钟到半小时即可到达这里。

写前滩时，我决意彻底换一种写法：住上一段时间，把所有地方都转上几遍，看个彻底，玩个尽兴，然后再诉诸文字……那样才能对得起前滩！

后来发现，这真是一个好办法。由此我反省自己：以往所有作品所下的功夫都不如写前滩！

走马观花，怎可入情入理呢！

前滩，绝对是个让人入情、入景、入味又入神的地方！

动笔之前，我向老区长胡炜先生汇报了一下，没想到这让我对前滩的“今生前世”有了更全面的了解。

原来这么一块宝地，在浦东开发早期，是规划引进世界著名的美国环球影城项目的。“当时我们规划浦东文化娱乐建设项目时，瞄准了美国的迪士尼和环球影城，并明确将这两个不同形态的大型娱乐旅游文化项目分别布局在黄浦江下游靠近出海口的东部，以及黄浦江上游，即现在的前滩。迪士尼就是目前的所在地……”胡炜是这两个项目的中方“主谈判代表”，代表上海和浦东政府。

“其实环球影城是先谈成的，原因是迪士尼一方面因为香港已经有了一个迪士尼，中国内地是否还要再建，迪士尼总部有不同意见，而且对方开出的价格也非常高。当时我们浦东资金不足，拿不出那么多钱。相对而言，环球影城的出价要低得多，最初是8亿元，最后经过我与对方一轮又一轮的谈判，以7亿元谈成，并且签署了协议。”胡炜这样说。

那么为什么这个项目没有建成，反而迪士尼却落户在浦东呢？

两个项目的共同亲历者和经手人胡炜告诉我："我们浦东方面正在前滩这边为环球影城项目拆迁整地、修路通车的时候，突然有一天市领导找我，说中央还是希望引进迪士尼，而且明确把迪士尼放在上海，而环球影城放在北京。这时我知道，北京方面对环球影城项目非常看好，且有国家广电总局支持，所以提出了动员我们浦东放弃该项目的意见。我们一听就明白，环球影城项目从上海移至北京，显然有中央的决策在其中。当时我对市领导说：'这下可就难了，我们已经跟环球主题公园度假区集团签订了协议，如果现在不干了，得赔偿违约金，而且肯定不是一笔小数目，我们浦东恐怕承受不了，我作为区长得承担这个责任……'市领导告诉我：'这个责任你不用负。是否需要向环球影城的资产管理者赔偿一事，由中方和北京方面去谈。'后来我了解到，环球主题公园度假区集团与北京市政府谈判的结果是：双方各承担一半违约金，算是和平解决了问题。而我们浦东的前滩因为没有建环球影城，才有了今天不一样的美丽前滩！"

前滩这么美，如果十几年前让它被环球影城占据，未必是好事。更不用说，今天的上海也不会有一处让人惊叹、迷恋的胜地——胜过外滩又超越外滩，胜过陆家嘴又在很多方面超越陆家嘴的人间仙境。

前滩看起来美丽，令人入迷。但到底美到什么程度，让人迷得入骨入心，这恐怕仅靠粗浅的一两次观赏是远远不够的。只有那些长期生活在此的人才能最深刻地感受到它的真实一面……于是我决定在前滩"住"下去，来一次真正的"沉浸式"体验！

这是我当记者、当作家几十年来，头一回下功夫——

首先，我选择了最高的前滩中心大厦入住，因为那座270米高的大厦顶层有一家咖啡厅。坐在咖啡厅内，可以观赏日落，并且能够在大厦的四面走动，这意味着可以尽览整个前滩及周边的所有景致。

"这儿一到晚上就满座。您是远道而来的作家，这个位置今天留给您了……”周姓服务员十分好客，见我带着电脑在敲字，便认定我是位“作家”。“来这儿的人都是有想法的。他们对前滩有感情，喜欢它，所以我通常能猜到七八成。一看先生是位有学问的人，想必就是作家。”她很友好而温暖，也十分体贴。

“谢谢，谢谢您的关照。”我忙着回谢。

因为就算我在前滩住下，毕竟也是暂时的。真正“懂”前滩的人还应当是长期在此工作和生活的人。

“这里看夜景是最美的，日落也很好看……”周姓服务员竟然是新疆人。她说，正是因为2022年听说上海的前滩建设得很美，就来了一次，“再也不想走了！”她是个性格开朗的人。

“你原来是做什么的？”我问。

“也是做文旅的。但我们家乡那里虽然地大物博，但作为个体而言，我总是站在地面上看事情、看世界。没想到站在这么高的大楼上，望向上海、俯瞰天下时，我第一次到前滩就感动得哭了……原来世界还有这么美的地方呀！那一刻，我决定辞掉原来的工作，来前滩发展，而且就认准这个‘前滩中心’！”她说着说着，自己竟然先激动起来。

“现在还有当初的感觉吗？”听说她已经在这里工作半年了，我特意问她。

“不仅还有，而且更强烈了！等一会儿太阳落下时，你就会知道了……”周小姐指着蜿蜒的黄浦江，激动地说道，“你是南方人，应该比我更清楚，这水的变化就像梦境似的，稀奇古怪，样样都有。你看看，这条黄浦江，在每一天、每个时辰，都是不一样的。尤其是在夜晚，灯光一照，那个美呀，如同仙境一般。更何况我们是站在前滩的最高处，无论哪个方向看，都是一览无余的，瞧瞧，浦东‘三件套’和东方明珠，样样清清楚楚！这是夜晚的大上海。早晨呢，一般人都没我的眼福，那会儿的前滩，是白雾蒙蒙的，特别是黄浦江上，水蒸气很浓，看上去像条白龙环绕在地面上……因为前滩这边绿地多，沿江都是公园，所以要到八九点钟白雾才会慢慢散去。白天的前滩，你可以在这里看到四周的车水马龙，看到还在建设之中的塔吊在晨风中穿梭‘扫荡’，但我最喜欢看公园里那些悠闲的中老年人在那里打拳、散步、玩秋千……这种生活只有上海人才有，吸着江边的清新空气，走在整洁宽阔的滨江大道上，享受着人间天堂的美好生活。我就是羡慕和喜欢上海人这样的生活，所以留在了这里！”

周小姐完全沉浸在她的“前滩情结”之中，一说起来滔滔不绝。好在我坐在咖啡雅座时客人还不多，要不然真会影响她的生意。

剩下的美景还是由我自己来欣赏吧：确实，前滩中心以其270米的高度让人放眼整个前滩及周边三五公里之外的景物，可谓一览无遗。向西北望去，是大上海主城区的核心地带，成片的楼宇如群山起伏，巍峨壮观；向西南看，是黄浦江西岸的徐汇区滨江文化走廊；向北和向东眺望，是徐浦大桥和待开发的浦江大地……当然，最醒目的是毗邻的世博园区，那里的每一座建筑几乎都尽收眼底。

但，最美的还是落日下的黄浦江和黄浦江两岸的风景……大平原上的落日与山区和高原地带的落日不一样，这里的落日与晚霞不会有太多的层次感。若有晚霞，也如纱幔般飘荡在天地之间，任血红的落日照射出一片片金黄色的光芒，令你怦然心动，热泪盈眶。因为只有在那一刻，南方平原上的落日才最显绚丽与壮美……这是我从小的体验。而现在与我小时候在平地上观落日有很大不同的是，我可以更“居高临下”地看到落日进入地平线前的那一刻，究竟是怎样一番景象！

是什么样？是地平线如刀切一般“拦”在太阳面前，而太阳后面是巨大的空洞（宇宙）。平地上的落日与海上落日、大漠落日都不一样，不一样之处在于，落日下的大地似锦、如缎，这是因为此刻大地上的所有景物成为落日最后的映照物，所以它们显得特别有轮廓与色泽，这是与海上、大漠落日的不同之处。我喜欢江南大地的落日，它让我从另一个角度理解大地上各种景物存在的意义。人在落日时，基本不构成景致，即使有亿万人排列在一起，仍然可能只是一缕很狭窄的光影而已……

站在前滩看落日之后的夜景，是老上海不曾有过的特别之处——它可以顺着弯曲的黄浦江，从徐浦大桥一直向东北方向的主城区看去，似半个地球一样的灯海……这时的黄浦江是灵动的，因为各式各样的游轮在水中流动，使得河流仿佛随之而动。这种动感为上海增添了其他城市所没有的灵性，于是也显得格外美丽。前滩与远处的外滩、陆家嘴在晚上并不构成一体，恰恰与对岸的徐汇滨江形成相互呼应的“金三角”，这是大上海决策者的精彩之笔：徐汇滨江与前滩、世博所形成的“金三角”，对应于外滩、陆家嘴、北外滩的“金三角”。两个“金三角”联动了整个黄浦江经济带和商务圈的活力。

值得一提的是，前滩的“前”面，还是一望无际的广阔地域空间，这也许更是大上海决策者预留的另一个“金三角”。或许“下一个十年的浦东”将迎来曙光初现。

我的第二个体验是“太古里”一日游。

前滩太古里是继北京三里屯、成都太古里之后的第三个太古里商业区。在采访中，我们见到了负责经营前滩太古里的女总经理。年轻漂亮的女总经理向我介绍，这是中国大陆的第三座太古里，其建筑及景观设计分别由美国知名设计顾问公司5+ Design和新加坡Tierra事务所操刀。该项目建筑设计赢得了2019年MIPIM AR未来项目大奖，总建筑面积为12万平方米。街区式的购物中心采用了与三里屯和成都太古里不一样的风格，前滩太古里更趋向于开放式和里巷交错的布局，首次以“双层开放空间”在屋顶打造街区形态，由80米长的“悦目桥”横贯上方，将黄浦江景致尽收眼底。项目由分布于南区、北区的建筑及占地8000平方米的中央公园组成。“自然主义”设计是这座新太古里的整体理念，它以木、石、水等自然元素为灵感，通过线条明快流畅、充满自然气息的建筑形态，将南区定位为“石区”，建筑外立面采用天然石材；北区为“木区”，建筑外立面用木材铺砌；竖向垂直绿化和多层次的露台穿插其中，让室内的餐饮区与户外的开放空间融合。不同空间内汇聚了国际时装品牌、健康生活及餐饮娱乐服务空间，使前滩太古里成为城市生活的网红打卡地。

三里屯太古里和成都太古里我都去过。前滩太古里给我的第一印象是空间大、智能科技特色明显，尤其是屋顶设有上海首创的商场AI智能跑道——“天空环道”，十分抢眼。各楼层庭间配备的人脸识别技术、智能更衣室、数码显示屏及标识、广告展示和商场指南等，均呈现时尚与高科技元素。据介绍，太古里还有智能停车设施，如VIP网上预订停车位、虚拟现实（VR）寻车服务以及无感停车支付功能。

但我仍然更喜欢从一个消费者的角度去看前滩太古里。我发现周六、周日两天，前滩太古里可以用熙熙攘攘、热闹非凡来形容。周一至周五，人相对少一些，但中午时分，各家餐厅、咖啡店及其他商店则是人来人往，人流不息。观察了几天后，我终于明白：这周围写字楼里的年轻人一到饭点时，就跑到太古里吃饭、逛街。这几千、几万人涌进太古里，基本就把所有店铺“占”满了。

这不，周六、周日由“城里人”来打卡，平时由在前滩工作的几千、几万人消费，这太古里的生意能不兴隆吗？

“是这样的，所以我们的出租率是99%以上……总共入驻了283家店铺，去年总营业额达到50多亿元。”太古里的女总经理这样说道。

东方体育中心是我在前滩的第三个体验地点。

用“城市最美体育场馆”来赞誉前滩的三座体育场馆是十分恰当的。因为这里距黄浦江最近，大上海还未有一处体育场能与黄浦江如此紧邻，这是前滩体育中心的最大优势。中国有句老话，叫作“近水楼台先得月，向阳花木易为春”，大概就是这个意思。然而，前滩的设计者更有一处神来之笔，就是在三座主体体育场馆之间挖凿了一条横“S”形的湖流，而三座体育场馆则巧妙地分布在湖岸边…… 平地观之，每一座场馆皆如漂浮在水面上的纯白色建筑，其镂空的墙面宛如一片片迎风飘扬的帆。如果站在前滩中心的顶层眺望，三座白色体育场馆呈现出不同形状的几何建筑，展现出异形的美感。但我还是喜欢在清晨或晚霞映照在湖面时观赏这三座体育场馆，倒映在水中的它们，各显独特的风采，令人心旷神怡。这可能是目前上海和浦东最为集中且造型新颖的体育场馆。配以绿荫广场和900米黄浦江景的滨江风情，此地不愧为“滩之灵”的诗意诠释。

前滩人是幸福的，我测试了一下，几乎每一个方位的居民和在此工作的前滩人，基本上只需步行十分钟，皆可到达体育中心。这恐怕是全上海最令人心动之处。所以在周六、周日的体育场馆内外，我看到家长们带着孩子，在此玩得不亦乐乎。

我要讲的第四个体验地，是那条站在太古里或前滩香格里拉酒店之上一眼望得到尽头的“前滩汇”……

这是一条长约不到500米的商业中心街，但人气很旺。原因是各种吃喝玩乐一应俱全，特别适合年轻人和孩子。街道两旁的门店大多是名品和特色店，因此广受欢迎。我曾遇到过几场有组织的街景活动，可谓热闹非凡。除了吃喝，还有街头演唱，卡通元素与时尚氛围让整个前滩沉浸在前卫的生活状态中。用上海人的话说，叫“很上海”。

其实，很多外地人并不知道真正的上海人是一种什么样的心态。我略知一二：真正的上海人，是那些过着悠闲潇洒而又富贵、高寿的生活。他们追求的是环境好、空气好、“心头舒舒服服地开心”的日子…… 这样的生活方式哪里最好？ 当然是临江枕河的地方！

老上海人喜欢水，是出了名的。喜欢水的人长寿、心悦，所以高寿。在全国城市中，上海的老人最为长寿。什么是幸福生活？ 吃喝不愁，活到百岁，才是真正的幸福。

前滩的环境在整个上海无处可比，这是我的体会。这与其临江绿荫带的宽阔面积有关。陆家嘴的滨江绿化带从江岸向内纵深延展数百米，这在二三十年前的上海滩可谓无与伦比。但如今与前滩的滨江绿地公园相比，似乎显得有些“土气”了。

从卢浦大桥到徐浦大桥之间的滨江地段，就是整个前滩的临江区域，全长2.5公里。我先后全程走过两次，每次都是一次享受的过程。因为这片临水的绿地，实际上全是公园，只是前滩将其分段命名为不同的功能性公园而已，适合儿童的、定名为文化和体育公园的等等。各公园之间完全相衔接，尤其是滨江大道和靠近黄浦江的栈桥，宽阔而美丽，人文气息异常丰厚，各种草木、庭园、栈道等应有尽有，且各具风格，尽显上海和江南的气度。

走在前滩大道和滨江大道之间的绿地公园内，吸吮着清新空气，看着江中飞来飞去的鸥鸟和鸣着汽笛的船只，你就是大上海画中的人物……那种悠然之感、自由之感、天地浑然一体之感所聚集的幸福感，油然而生。你会从内心长长地叹一声：还有比这更惬意的生活吗？

前滩人是幸福的。我的另一个体验是日常生活——

如果一个普通人在前滩生活，方便吗？首先是出行：地铁线、公交线有好几条，到人民广场、两个机场、陆家嘴……大多都在十几分钟到半个小时左右。非常方便。

上海纽约大学与香格里拉酒店和前滩中心仅相距数百米。校内设计将所有功能和学科垂直堆叠、穿插，并通过水平互联实现互动。同时，中式庭院与西式园林的双重结构特质，使人产生“想进去看看”的欲望。大名鼎鼎的惠灵顿学校距离太古里和前滩中心大厦约三百米，与前滩汇街仅一路之隔。每天早晨，可以看到穿着“小贵族”式校服的孩子们在家长的带领下涌入校区。据说学费较高，但在前滩工作的有钱人不少。该区域公寓楼价与陆家嘴的公寓相当，可见前滩的学区房颇为抢手。不过，普通百姓的子女也有不错的学校可上。惠立学校是一所涵盖小学、初中和高中全日制的学校，创建于2018年。如今，华东师范大学第二附属中学前滩学校也已建成并开始招生。这些学校的共同特点是国际性和开放性。这些学校均建在钱家滩大道与高青西路之间的公寓楼群附近，从公寓出发，几分钟或十多分钟即可到达。

我还没体验过前滩的医院，但陆家嘴集团负责人告诉我，这里有医疗条件一流的“莱佛士医院”，还有前滩世贸门诊部和东方医院（南部）等知名医院。“看病绝对不成问题。”陆家嘴集团领导说。

我想体验的基本都试过了。在这12天里，我住在前滩，边看边写边感受。最后的结论是：如果有一天让我选择在上海定居，我会毫不犹豫地落户前滩，理由如下：第一，环境好，水景多；第二，设施齐全，生活便利；第三，时尚前卫，永不落伍。

哈，加上我自己的先祖在此开创过“何氏码头”。故土有情，后辈承恩。前滩这只“金靴子”，我穿定了！

18. 艺心织锦绣

“人民城市为人民”，这并不是一句空话。就像我们学习毛主席“为人民服务”这句话一辈子，但仍没有做好一样，它具有不可逾越的境界和高度。

前滩能有今天与众不同的城市观感与体验，是因为建设和规划这片“金色滩地”的参与者与决策者心中怀着一颗赤诚的人民之心。

浦东干部和上海干部在这一方面所表现出的精到、精致和细腻，是全国其他地方干部值得好好学习的地方。我这样认为，是因为在上海近八年的时间里，内心有了对比。

刘玲娣是陆家嘴集团的“老人”了。其实她也才刚到退休年龄。如果从外貌看，也就是个五十来岁的中年“职场女性”。

“1990年入职陆家嘴公司，已经整整33年 ……”刘玲娣说，当时到陆家嘴集团公司报到时，她的工号是007号。“前六位工号都是市里任命的，我是第七号，唯一的普通工作人员。”她说。

陆家嘴开发公司的第一任总经理王安德与我挺熟，接受过几次采访。“他是首任领导，而我经历了五任领导 …… 我自己也没想到，当年从浦西一脚踏到浦东，一干就是33年，而且一直在陆家嘴集团公司。”

刘玲娣对公司充满感情。“是深的呀，它连着我大半生，而且是我黄金岁月的大半生！”她笑起来很好看，作为女同志中的“老开发”，她确实难得！

“我到浦东工作的第一天起，就听到这样的话，说我们陆家嘴公司是浦东开发的‘第一方面军’。浦东能不能按照中央开发开放的要求干出名堂、干出成绩，陆家嘴集团要当先锋模范。三十多年过去了，回头看，陆家嘴公司就是这么一步一步脚踏实地走过来的。用两句话概括，叫作：‘汗水中耕耘，希望中收获。’我们是一个想干事、能干事、干实事的团队。”刘玲娣说。她到浦东已经33年，经历了两个标志性工作：陆家嘴和前滩开发建设。

“它们都是浦东乃至上海的标志性工程，为世人所瞩目。我全程参与了它们的建设过程，所以也给自己定义为‘浦东开发参与和见证者’。”刘玲娣有些骄傲地说道。

“我们集团公司企业的文化称为‘陆家嘴精神’。它是什么呢？就是‘争创第一’的理念和追求。也就是说，只要是陆家嘴集团公司承担的建设项目，一定要做到一流标准、达到最高的效益，并让所有相关方都满意 ……”

话很实在，却包含了犹如黄浦江浩荡江水般丰富的内容。

陆家嘴集团的“第一”在浦东开发史和现实的陆家嘴图景中处处可见，这已经是不争的事实。当年的陆家嘴是在非常艰苦和不可测的多种“风波”中耸立起来的。它让今天的世人站在外滩向对岸望一眼便怦然心动，其背后是包括刘玲娣在内的千万建设者的汗水凝结而成的智慧与心血。

当年陆家嘴建设，定位在“金融城”和国际商务中心区，也就是现在人们所看到的以“三件套”为代表的建筑群，以及顺着世纪大道向东延伸的那只“金嘴”——吸金纳银的“嘴”。

三十余年过去了，方寸之地的陆家嘴为上海、为国家创造了多少财富？我看到的2023年陆家嘴金融贸易区的GDP是6600亿元。如果乘以30年，共计近20万亿元。陆家嘴集团的“掌门人”们没有给出这方面的数据，不过他们提供了另一组“成绩单”：陆家嘴集团的账本上，最初是借来的3000多万元，到现在拥有2900亿元资产；职工人数从最初的不到10人，到现在的7000多人。

这个我在《浦东史诗》中就知道，当年陆家嘴集团成立时，总经理王安德拿到的一笔“开办费”，是一张3000万元的支票……

“陆家嘴的开发建设，体现的是国家意志。我们是拼出来的。前滩是建设人民城市的标杆，我们确实是像绣花一样，一块地、一块地进行细致规划、深度设计、精工建造，以最高的质量、最符合人性需求来安排每栋楼的功能和用途，或进行招商，直到把这‘金靴子’绣得满意为止！”刘玲娣的这个比喻很贴切，且在近半个月的实地考察中，我也深刻感受到了这一点。

比如，与太古里临近的一片商务楼宇，其设计堪称“上海之最”——它并非“最高”或“最大”，而是以造型独特取胜：皆为晶体形建筑，白天望去，银光闪烁；夜晚华灯映照下，七彩辉映，宛如置身梦幻之境……可谓晶耀前滩。

“你说得对：这一片商务区，我们命名的就是‘晶耀前滩’！”

“真的啊！”

刘玲娣这么一说，让人击掌叫好。

从太古里顶上的“鸟屋书店”，向香格里拉和前滩中心望过去，白天你看到的是起伏有致的一片耸入云霄的高楼，很是气魄。晚上，再去观景，宛若天地之间被连通的精气神儿——因为闪烁的七彩灯光不停地扫射着，令人有种热血升腾之感，如同坐在天梯上的神妙和激奋……

紧贴黄浦江与川杨河交汇处的前滩源，是陆家嘴集团倾情倾力打造的“黄金滩地”。目前即将建成的华尔道夫酒店群，总投资达40亿元，因两侧临水，地势独特，整体设计由国际著名的KPF建筑事务所操刀。酒店整体外形沿黄浦江水平舒展，最大化利用了周边景观资源。那天，我站在江边仰望外墙全部竣工的巨轮式酒店，内心萌生了想进去住一晚的念头——它太迷人、太浪漫。这大概也是只有上海人才能构想出的“味道”。看那建筑的外立面，是在一个精致比例的横向网格基础上，通过金属、玻璃等材料和弧线、圆角等细节处理，使酒店显得异常高贵、精致和奢华，与国际品牌华尔道夫酒店及“晶耀前滩”的品质融为一体，交相辉映。椭圆形外观的文化演艺中心呈现出向黄浦江伸展的姿态，犹如一艘将要扬帆、驶向江面的游艇。立面整体以通透的玻璃为主，外表面设置了参差错落、疏密有致的金色格栅，在阳光下熠熠生辉，宛如大洋银浪。整个前滩源在前滩发挥着引领作用。

这条长2.5公里的滨江绿林，设计者充分考虑了各个区域江面的特点以及紧邻这些滨江的沿线功能性区块，进行了不同的“园林”布局。每个公园之间并没有明显的分隔痕迹，但“内容”却各具特色。比如“滨江文脉园”，一进“园门”，就充满了“文气”。那些醒目和不经意的地方，用各种色块标注着无数经典名言，游人会在漫步间吟咏一些入心入情的警句和明世之道。又如“鳗鲡嘴滨江绿地”内，一座造型优美的露天音乐广场特别抢眼，各种几何形状编织成的台座本身就具有节奏感。旁边有座星光驿站，它是这一绿地的主入口，正对中环华夏路，背靠黄浦江边的开阔草地。这里的设计与热爱音乐和自然的市民相呼应，主人会定期在此举行草地音乐会。入口处的广场顺接公共空间，正是这个“星光驿站”。其实，这个如今特色鲜明的驿站，在整体改造之前曾是个水泥厂。“星光驿站”是这座被拆除的水泥厂唯一保留下来的旧仓库。改造后的驿站主体建筑采用了遮阳构架，其材料为太阳能光伏屋面。阳光下的淡蓝光影，使得“星光驿站”充满了点点星光般的耀眼光感，浪漫而灵动……

前滩的美，其实在于自然与艺术创造的融合。这是决策者、设计者和建设者共同用心用情的成果。若从生活和工作的角度审视它，你很难挑出毛病，而你却能在这些自然景观与建筑之间获得尽情的享受、乐趣，以及知识和情操的提升。

滨江建设一直是浦东建设者高度重视和精心打造的“形象工程”——这里所指的“形象”是上海人一贯注重的所谓“面子”。

“面子”在滨江上，是上海人和浦东人倾情倾力打造的建筑，也就是宁愿不惜代价，也要把它“弄”得彻彻底底、完美无瑕。而在这方面，陆家嘴集团是最早的“滨江绣花匠”……

早在外滩对岸的陆家嘴一带酒店居住时，我就特别欣赏并喜爱那里的滨江绿带，尤其是绿带之上嵌着的一座座别致的驿站。它们宛若佩戴在美女身上的饰品，将黄浦江边的绿地装扮得异常贵气。而作为文化人，我似乎更看重滨江道上的文化设施，比如是否有博物馆、艺术馆，以及它们的状况如何。这些关注是对“艺术品”实际价值的衡量尺度。

陆家嘴的绣花功夫堪称无敌，是从前几年我一直不看好的浦东美术馆开始的——

我在那几年常常在美术馆前晨走晚跑时，完全没有看好这座“区级”美术馆，这并非没有原因。

“那你真的应该到我们馆里看看……”说这话的是陆家嘴集团副总经理兼浦东美术馆董事长李旻坤女士。

“好，一定！”一次很随意的相约，其实中间隔了近两个月。11月底的一天，我从北京回到上海后，就联系了李旻坤。

进了美术馆，才发现以往一直感觉“不起眼”的它，竟然如此之大：仅投资就达13亿元!

“所有建筑材料和内部设计，都是按照世界顶级艺术馆的水平来设计和建造的，所以贵呀！”李旻坤边走边介绍。从一楼到四楼，皆是琳琅满目的各类艺术展品……用八个字可以概括：丰富多彩，雅俗共赏。

“我通过各种元素来描述这个世界，它不是一个由单一文化构成的世界，而是由我们所有人共同塑造的世界。”——艾尔·阿纳祖的《红月》。之后，作品占据了从一层到顶层的中央大厅。他那幅宏伟的装置作品，由数以万计的酒瓶盖和金属碎片构成，独特而新颖。寻常的再利用材料经过揉捏和碾压，再由铜线串接成大块金属片。这些跨越重洋抵达浦东美术馆的组件，呼应着阿纳祖在其艺术实践中对连接和迁徙历史的探讨，形成了具有强大震撼力的现场艺术展，让懂行和不懂行的中国参观者都大开眼界：艺术原来可以这样!

“破碎并非毁灭，而是重塑的必要条件。”阿纳祖的这句话及其作品呈现的这种思想与造型，给了浦东观众和上海市民强大的情感共鸣。浦东开发开放的前后对比，也有着一定的契合，因此格外吸引参观者。我注意到，缓缓步入的参观者中，有的是艺术家，有的是学生，也有普通市民，他们站在阿纳祖的作品前，或沉思凝望，或瞪圆眼睛，或张大了嘴，共同的情绪皆是出乎意料的震撼。

正在美术馆三楼主展的伟大艺术家约瑟夫·马洛德·威廉·透纳（Joseph Mallord Willian Turner）的“崇高的回响”展，具有不可替代的强大艺术沉浸感。透纳是十九世纪以来国际上最杰出的艺术家之一，他以海岸线启发所形成的水彩实验画风，使他的作品独具一格。尤其是他的海岸“速描”画，不仅具象，又很抽象，是透纳时代艺术家对伦敦城市生活节奏反叛精神的集中体现。

——这是高雅的艺术，需要静心欣赏。

“透纳的作品，尤其这些水彩作品十年内难得远渡重洋展出一两次……

而我们浦东美术馆追求的就是世界一流的艺术品展览，这是我们的首要目标。”李旻坤颇为自豪地介绍道。

“浦东美术馆地处陆家嘴的‘嘴’上，可以说是最佳的地段。最佳的地段上就该有最好的艺术品……”她补充道。

透纳生于1775年。26岁时，被英国皇家美术学院破格接纳为最年轻会员。1851年12月去世，终年76岁。遗体葬于圣保罗大教堂的地下墓室。

本次展览的作品大多数首次来到中国。正是由于浦东美术馆的努力，才让中国艺术爱好者和广大观众有幸一睹其真迹。

在透纳画展上方，我们看到的却是另一种艺术——曹斐的“潮汐宙合”展。这是年轻人非常喜欢的现代派风格，她以“时间”“身体”和“技术”等主题进行创作，实现艺术家对现实生活的艺术表达，具有鲜活的时代感。年轻人显然十分喜爱。

“这是大众艺术，满足各个阶层的观众。”李旻坤说。说着，我们转身之间，看到了顶层的前后大平台。站在这里，前望黄浦江，一览无遗，美景尽收。后面就是“东方明珠”中间的那颗硕大的“珠子”。“哇，好大呀！”第一次见到它的人，都会由衷地惊呼。

这里是留影和观景的绝佳之地。

“大平台很能带动每天的流量！”李旻坤说。

我心想：美术馆的美妙之处，其实内外都很重要。上海人真是很用心。

用心者，方可收获天下。

“我们这个美术馆，就遵循一个理念：为人民服务。”李旻坤的话让我不由转身认真看了看她，内心问道：这话是真的吗？

她似乎看出我的疑虑，又重复了一遍：“这是真的，我们从一开始就是本着为人民服务的宗旨开办这家美术馆的……”李旻坤解释道，“这块地原是商业用地，可以用来做盈利性项目。但在滨江绿地建设时，征求市民意见的过程中，有不少人提出希望‘还江于民’，也就是说让老百姓能够在日常生活中有机会‘亲近黄浦江’，并且把滨江打造得不仅好玩，还要有‘文化韵味’。集团正是基于百姓的需求和愿望，后来将浦东美术馆定位为‘为人民服务’的具体项目。三年来，美术馆始终秉持这一理念，除春节休息三天外，全年开放，并且每天一直开放到晚上九点……市民们因此称我们为‘人民美术馆’。这让我们感到非常开心和满足。”

“一年大约有多少人来参观？”

“70万左右，3年来已经200万人了。”

“这么多啊！”

“是的，开馆3年来，我们一直是全国参观人数最多的美术馆之一。”

“我知道一般美术馆都是需要大量公家补贴的。你们呢？”

“我们主要靠自身经营收入，财政适当补贴，收支基本持平。”

“呀，这是不得了的事啊！”让我意想不到。

李旻坤笑道：“我们靠软实力——高品位艺术展与大众相融，加之更加暖心的服务，两手抓。”

其实，在我看来，陆家嘴集团在前滩的成功运营和精心打造，就是一种艺术——心中装着人民的城市建设艺术。

这样的艺术，就是习近平总书记多次提到的“绣花功夫”。

19. 变“世博”为传世之作

都说当下的人都很浮躁，但真正对自己的事业和工作负责的人永远不会有时间去浮躁。另一种情况是：当代人一般不太容易去创造和研究那些可以传世的东西，而传世之作通常是在时间与历史的长河中经过人为的技术和大自然的熏陶或推崇之后才能实现的。比如诗歌、庙宇、建筑或某些工艺品等。

城市能否成为传世或经典，其实并不容易。正因为如此，当我站在原上海世博园的土地上，重新审视“后世博”时代浦东的一草一木时，脑海中竟冒出了“传世”二字……

可不，今天的上海“世博人”，他们不正在打造上海的一块乃至一片传世之作吗！

上海世博会的一幕惊艳，始终印刻在我脑海之中——那是2010年的事情。我曾将世博会的开幕式的印象写入《浦东史诗》的“序”中，甚至将浦东开发开放与世博会连接在一起，讲述了一个我心目中的传奇：浦西（老上海）如一位通体金光闪耀的“王子”，在改革开放的伟大时代召唤下，“他”终于与流落在民间千年的“公主”（浦东）重新相聚，结成姻缘，而世博会的开幕式，便是“他们”的成婚良宵。这是我的漫游书写，其实也是对美好的上海和浦东未来的一种夙愿。

“后世博”是上海人提出的概念。关于世博园的选址，上海曾进行过认真且长期的考虑，最终选定位于今上海南浦大桥和卢浦大桥之间的黄浦江两岸，共规划用地5.28平方公里。核心区在浦东的中国馆——“东方之冠”，即如今永久保留在浦东黄浦江畔的那座惊世红顶建筑。此外，大部分世博园的用地在浦东，特别是各国颇具特色的展览馆。这些场馆如何处置，以及其他用地究竟保留什么、重建什么，成为留给浦东的一项重要任务。“后世博”概念便由此而生。

最初的设想是建立一个中国民营企业大本营，即中国民企总部，以吸引全国民营企业落户浦东、落户上海，呼应并填补如陆家嘴、外高桥、张江、金桥等全球性强势外向型企业和国企总部经济的空白，弥补上海在吸引民营企业方面的不足。毫无疑问，利用世博园这样的宝地打造一个中国“民企总部经济城”，其前景、经济效益和政治效应毫无疑问会成为一张亮丽的名片。

“这下，上海、浦东真的要把全中国的肥肉、好肉都收入囊中了……”

多少省区如此羡慕上海和浦东。

但不久后，从上海、从浦东传出消息：原世博园用地，除小部分用于央企商务开发外，将建设一个面向百姓的大型公园，而且是全上海唯一位于黄浦江边的大公园。

上海人就是“牛”：出手大方，建设“人民城市”从来不只是停留在口头上，而是投入真金白银。

可不，1000亿元的地价产值他们不稀罕，却宁愿花巨资去建一个公园！

顿时，全国再次掀起一阵热议。

现在我知道：2017年春节刚过，一位时任中央政治局常委的上海市老领导来到浦东的世博园区视察调研。他深情地察看了一遍这片他非常熟悉的土地，感慨道：“在实际工作中，我们付诸行动时，要真正舍得花代价去为人民。”因此，他提出：黄浦江是上海的血脉，市民与它唇齿相依，但至今黄浦江边仍没有一座真正的公园。所以他建议，是否可以利用世博园这块宝地建一座向百姓开放的大公园？

消息传出，浦东及上海的干部，特别是广大市民，纷纷欢呼，热烈拥护。在征求建设什么样的公园的活动中，数以万计的市民向有关部门表达了自己的真切心愿。

归结为一句话：黄浦江边需要有一片绿心的公园，这座公园应具有文化内涵，且应是符合“上海精神”的文化公园……于是，在世博园区建设一座有“上海味道”的文化公园的提议，就这样被确定下来。

“市政府批准建设世博文化公园之后的两个月内，迅速展开了全球性的建设方案征集。最终，一家法国著名设计事务所中标，多家中国公司也参与其中。2017年9月22日，我的印象尤为深刻。那一天，我们借着市领导出席的机会，正式拉开了建设世博文化公园的帷幕。翌年，市政府副秘书长兼任的建设指挥部总指挥一职正式确立。随后，开始了新一轮的设计工作，同时协调9个建设主体和16个参建单位一起进场施工……直到2022

年元旦开园，前后仅用了5年时间。这5年，我们在黄浦江畔为市民奉献了一颗上海最美的‘绿心’，也期望它能够成为传世经典！”李玮，世博文化公园建设管理有限公司总经理，作为全程参与公园建设的具体负责人之一，对那“激情五年”怀有深厚的感情，记忆也特别深刻。

“那可是饱含上海市和浦东新区两级领导的真心关怀，全市百姓关注的一项民心工程。”李玮说，2017年市政府批准在世博园建设公园后，我们规划建设部门就向全市市民征集建设的“金点子”，一下子收到上万条好建议、好意见，大家的共同期待是希望建一个“有山有水”、具有世博记忆文化内涵的公园。后来我们在正式设计时，把百姓的这些“金点子”融入了方案之中。

“走，好不好，还是眼见为实吧！”李玮一挥手，带我从公司的展厅往外引——其实我们已经置身于公园。

现在的世博文化公园位于南浦大桥和卢浦大桥之间，占地约2平方公里，形如一把打开的扇子。如果加上2.5平方公里的黄浦江水域面积，那么它的总面积比纽约中央公园大1平方公里。因此，用李玮的话说：“最初有专家提出这样的设想：要把上海世博文化公园建成超越纽约中央公园的水平。”

“现在看来，我们认为确实毫不逊色，而且是具有上海特色的文化公园！”李玮自豪地说道。

这片土地，原来叫“耀华嘴”，是黄浦江上极少数好听的地名之一。据说二百多年前，耀华嘴也是一片水乡滩地，后来成为上海第三钢铁厂的厂址。二十世纪六七十年代，这片土地曾经让许多上海人十分羡慕。但到了八九十年代，上海的钢铁业被周边蓬勃发展的乡镇企业冲击得遍体鳞伤，一直到二十一世纪初。耀华滩几乎成了“烂泥滩”。随着世博会的举办，这片土地再次焕发生机。“后世博”时代来临，耀华滩再次有了光耀的机会。

建设者为了给市民们绣好这一精巧的“扇面”，经过多次论证，最后在功能上确定了三个组团：世博环区、人文艺术区和自然生态区。在世博环区又分为三片各具特色的区块，分别是：世博花园、舞动广场和静谧林。世博花园区曾是世博会的欧洲馆区，保留了俄罗斯国家馆、法国国家馆、意大利国家馆和卢森堡国家馆。遵循林、水、山系理念的建设者，在世博花园内，采用外围翠绿围合，与四个欧洲馆搭配出疏林空间，并巧妙利用粉红色和白色的春季乔木为主体，在中心地带打造一个完整的粉花烂漫的春景。如此衬托下的欧洲馆更加浪漫高雅，别具异国风情。倘若春天到此，必定情意盎然，心如飞燕。舞动广场的花木以秋季植物为主，打造树冠广场、活动疏林以及夏季的东湖荷花盛宴。毋庸置疑，静谧林是以深绿为基色的“山林”景致。

果不其然，李玮指着原世博园那片颇显突起的绿地作了专门介绍：突起的图形，如今称作“双子山”。这是根据市民建议特意垒起的一座“上海山”。

林与山搭配，山才美，林才茂。加之“双子山”占地面积较大，又是整个公园的制高点，因此这里的树木选择，建设者格外用心。“这里的绿地花木，以红色和黄色秋季叶林状混交林为主，绿地延伸至整个双子山，使其有种郁郁葱葱、层林尽染之感。”李玮像个诗人。不过，我想无论谁在这人间仙境里工作，最终都可能成为诗人。

关于世博文化公园内的“双子山”，我知道它在上海市民中间具有很大的名气，且褒贬不一。说它“妙不可言”的人认为，“双子山”终于可以一扫“上海无山”的长期遗憾。而对它摇头的人则认为它太低了，并不是大家所期待的那般巍峨。“然而不管怎么说，上海总算有了‘山’！”这话是李玮和我异口同声说出的。

“哈哈……”我们一起笑了一声后，李玮一挥手，说：“登山去看看再说！”

确实是一次非常轻松和愉快的攀登：五十来米高，这恐怕是天下“山”

中最容易攀登的一座了！

“双子山”分别为53米和39米高。其山体的控制高度为8米至24米。“以上海的实力，建造一座高山，我们完全能够做到。但这并不符合大上海的实际需要。在建设之初征集市民意见时，我们获得的信息是：山有多高并不重要，有没有山才是大家所关心的。所以最后选定五十米左右的高度，这是经过专家们反复论证之后的决定。它既可以让人站在山头观赏黄浦江两岸的风景，也不影响南浦大桥、卢浦大桥的壮观。同时也不会遮挡周边其他建筑和景致。这是一个根本原则。因此现在的高度没有满足部分市民的期待，理由就在这里。还有一个一般人并不清楚的重点——就是在这个黄浦江边的大公园内，有一个园中湖，它是人工开挖出来的。有了这湖，整个公园就有了灵气……”李玮带我站在山的最佳位置，指着“山”脚下的那片波光粼粼、碧水蓝天的湖面，继续说道，“这湖可以说是整个世博文化公园的点睛之笔……”

“是啊，它真的太美了！像嵌在绿色原野上的碧玉，与奔涌的黄浦江水形成一静一动的画面，叫人心旷神怡！”我忍不住屏住呼吸，凝望起来。

李玮在一边介绍：“湖的水体面积有11公顷，我们利用其弯曲的湖形，将公园巧妙地分为两大区域：一是原世博园区，保留了包括几个欧洲馆的原建筑。而在湖的另一侧，则是时尚而现代化的文化设施。最点睛的是：因为有了水，这个文化公园的江南味道和上海本色得以充分展现。你看这水，它是活水，与黄浦江相通，但又是独立的高清水生态水。完全依靠湖中水体的物理净化和水生植物的生态作用，实现对水体生态的自我净化。湖中有挺水、浮水、沉水等丰富的水岸线，由此形成多层次的精致滨水空间。一会儿我们下去到湖边感受，那水比我们小时候家门前的小河水要干净得多……”听得出，这个叫“中心湖”的公园湖，在李玮心中，定是个“长子”的地位。

“‘双子山’是靠挖这湖的土垒起的，这是综合配套利用，一举两得。”

他说。

其实在参观“双子山”的山体内部景观后，我更加明白了聪明的上海人是如何把“综合配套利用”做得尽善尽美的——

走进“双子山”体内，你会顿感进入了另一个天地：这里面藏着一个巨大的空间。可以存放上万辆车，还有展览中心、通向“山顶”的露天观景平台和用于整个公园用电的变电站等设施。仅展览中心面积就达3472平方米……

“值了！不说山景有多美，单说这山体里的公共设施，没有几个亿是拿不下来的……”我不由感叹起来。

李玮随之点头道：“目前正在建设中的马术场和已经建好的艺术大剧院，一旦正式开放和有大型活动时，上万人乃至几万人来到公园，解决停车是个基本问题。按照通常的设计，需要有个广阔的停车场，但在寸土寸金的黄浦江边，不仅找不到这样一块地方，即使有，也是无价之宝！而我们利用‘双子山’地下空间就很好地解决了这个问题。另一个是变电站，这么大体量的变电站放在一个大公园地面上，不仅难看，而且不安全。而几万平方米的一个地下掩体，一旦遇上自然灾害甚至战争，又可保护市民，起到预想不到的作用。所以说，‘双子山’的意义，其实更多在于为百姓服务。”

无须李玮一一点明，我已经能够领会决策者和设计者在落实“人民城市为人民”这一实际行动上，确实做得足够周到和尽心。

从“山”里走出来，再登抵“山”崖的瀑布旁，一股雾森系统迎面袭来，亲近它的人马上感觉眼前云雾缭绕，清新湿润……整座山其实很适合中老年人休闲、散步、观景、觅趣。对大城市的上海人而言，家门口的“山”虽然小，但这是自己的山。抬腿，可练筋骨；举目，可瞭望江流两岸的景色，寄托乡愁；数景，享受江南情趣……如果傍晚来此，更可在黄浦江边“指点江山”，定别有一番豪情。

别小看了“双子山”，这可能是上海和浦东最有可能成为人们双足轻易抵达的一个实际高度。

“申园”应该是这座江边“文化公园”中最具江南文化韵味的地方。据说，这是许多老上海人向市政府和浦东领导提出的一大夙愿，他们甚至说：上海如果没有一座像样的园林，就等于没有“江南文化”。我听后一笑，因为我很能理解：一百多年前，上海是属于苏南的一块宝地，但城市化的飞速发展，加上海外文化对它的影响，城内极少有“老祖宗”苏州的园林文化。这一直是老上海人的心头之痛。尽管在世博文化公园之前，上海城里也有一些园林建筑，但根本无法与近邻的苏杭园林相比。

“要建一座真正的江南园林，这份乡愁应当还给广大市民。”这话是一位时任上海市委领导说的。

“申园”的名字，也几乎在同时跃入建设者的心间。

绕过碧波如画的中心湖，来到“申园”大门前，李玮说，2021年最后一天，是申园开园之日，“那真的是人山人海……当日，市委书记和市长也出席了开园仪式，市民们留下最多的两个字，就是‘惊艳’！”

确实“惊艳”。在李玮的引领下，我步入“申园”，从玉兰馆向内移步，感觉眼睛有点不够用：那亭、那阁、那石、那木、那桥、那道、那院、那楼、那廊……尤其是庭院之间那一片片清澈见底的溪水和小湖面，看得我忍不住立即在心底寻找曾经有过的形容词，但最后还是放弃了，因为眼前的水色、湖草和游荡在上的白色仙鹤，到底是画中物还是活生生的鸟，令我一时有些分不太清楚！

反正，那十几分钟里，我完全被水面和水面上的灵性之物深深地吸引……它的悠然自由感、它洁白如雪的身子，以及毫不畏惧来者的神情，似乎要占据人间所有美的极致。是的，因为它们的存在，因为它们比凡人更纯净，所以它们也能够满足人们对所有美的渴望，而无须再去朝思暮想。那时，我的内心确实腾起过这个念头。

“这里是映云霞，如果早晚前来，景致会更为出色……”

“这边是半段泾，狭长如一条绿色藤蔓，环绕半个园区……”

“丹枫湖是整座园林的中心，站在烟雨楼向南眺望，四季皆有美景……”

李玮一边介绍，一边带我顺着映红桥、越过会心亭，再踏上涉趣桥，从南门进入后，又走过临流桥，穿过玉兰馆，左转沿着一条长长的廊道，来到露香亭，之后直上隐秀桥。从北门下来，到达烟雨楼后，他带着我绕楼走了一圈，然后一前一后地指着周围景物说：“后面隔墙就是黄浦江，如果站在堤上，可以看见江流和船舶，上海的动感韵味十足。但如果你转身往南看，紧贴这片丹枫湖面，可以从早到晚，一直沉浸在如《红楼梦》般的缠绵情意和人间仙境中……当然，春天来此最为美妙，柳叶飘扬，细雨蒙蒙，能够切实体会到‘春水碧于天，画船听雨眠’的景象！”

“正乃‘江南烟雨岸，何处不堪留’？”我忍不住口吐陆游的诗句。

李玮马上附和道：“何老师，什么时候带一些著名诗人来游申园，我们好好接待，请大家为申园各景赋诗几首。”

“行，这是求之不得的好事！”我立即应道。

申园的豪华与细腻，体现在工匠的匠心之上；它既新又“旧”，新在材料，“旧”在文化；是用现代人的智慧和现代化技术，创造出古人无法企及的物质力量；又用古人的思想和理念，向传统和历史博大精深之处延伸……这是它成功的根本，将“乡”的意义和“愁”的文化，凝练在每个细节和景致之中，让人举目之处尽显情，脚踏之地皆是景，完全置身于文化和艺术之间。

可以肯定，几百年后，如果上海还能留下几件有形的建筑，申园必定是其中之一。那时的它，将与苏州的留园、拙政园、沧浪亭、狮子林等名园齐名，甚至更加著名。

申园与中心湖的西侧，是世博文化公园最具观赏性的几个标志性艺术场馆和建筑，它们分别是大歌剧院、露天音乐广场、国际马术中心等。除了马术中心外，其他几个建筑已基本全部建成。虽然还无法进入场馆内部，但仅从外部观赏，就已令人惊叹。我不禁思考：上海为何要建造如此多的演艺场地，而且一个比一个恢宏和现代？

“你可别小看了这一块。去年上海全市的演唱会和音乐节收入达178亿元，再加上各类剧场演出门票收入86亿元，合计就是260多亿元的盘子啊！”李玮说到这里，脸上泛起了激动的红光，好像明天他这儿的几个演艺场馆马上就要火爆似的。

“这是可以肯定的！”他自信地说，“你可以在外围看看我们正在建的这座全上海，甚至是全世界数一数二的大歌剧院……就会坚信这又将是一个票房超火爆的演艺场所！”

是啊，已经建设得初具规模的大歌剧院太漂亮、太独特、太艺术了！我真心为上海的艺术家们高兴，因为也只有上海、浦东才会投入如此之多，建造如此漂亮的大歌剧院：无需多言，仅远远地看一眼那30米悬挑的主体建筑，就立刻感到震撼！整座剧院如果从空中俯瞰，就像一把徐徐展开的白色折扇。呈螺旋形的阶梯向天际延伸，可谓气势磅礴。据说那上面是游人登顶观赏黄浦江的绝佳位置。从室外走进剧院内，一扇顶天立地的门厅墙由橡木板组成，十分立体和壮观。剧院顶面则是根据“扇面”排列，切成一条条放射状，线条感十足的造型。剧院内部极尽豪华和现代，李玮还介绍说里面有展览空间、教育空间以及图书馆、影院和餐饮等功能设施。

呵，还是上海人太会高级“玩”了！

在大歌剧院东南侧，远远看去仿佛是个透明的“水立方”。它就是全上海，也是全亚洲目前科技含量最高、面积最大的温室花园，占地面积约2.2万平方米，另有近2万平方米的地下层。整个温室包含“海市沙洲”“云上森林”和“云雾峡谷”三大主题。李老师告诉我，温室花园特别受孩子和老人喜爱，那里确实让人赏心悦目、四季如春。

绕过国际马术中心的另一片非常宽阔的室外花园，被命名为“世界花艺园”。“这片地是留白，留给今后定期举办国际花卉博览会。它与马术馆一样，商业潜力很大……”李玮说。

把“边边角角”皆绣成花一样美，既让市民感受到生活的美好与幸福，又为城市带来了丰厚的财富，这就是上海人最“牛”的地方。

世博文化公园除了实现上述“双赢”外，还赢得了未来。它今天的存在愈发充分证明，它正在向未来可能的经典靠近。

它的品质、它的美感，在人们不断的赞誉和欣赏中获得了上述认可，我自然由衷地相信。

公园的大门入园处，有一条400米长的“时光印记大道”，记载着这片土地经历的工业历史、世博会到文博公园的岁月年轮。那些艺术化的钢板和耸立的铁树，以及翠绿的树林，仿佛在告诉所有来此的游人一件事：时间在这里不会停止，精彩的明天正在等待大家。你若想获得幸福与满足，就得努力奋斗每一天，用绣花一样的心去做好每一件事。

是的，努力奋斗每一天，用绣花一样的细心去精心做好每一件事，这是世博文化公园建设者们的工作定位，也正是这块浦东独一无二的文化高地迈向经典的经验之道。

第六章

临港、海港：大上海的真谛

上海人很少有人这样想过：假如有一天让你重新选择在上海的一个新的创业和奋斗地，你会去哪儿呢？我大概知道，会有70%以上的人，将选择老上海的城区，也就是现在的浦西；还会有20%多的人去浦东——指的是陆家嘴地区；当然也有一些人愿意去张江、外高桥、金桥等地；而最不愿去的地方，就是临港……因为临港太远。

临港离现在的上海市区中心确实远了些，约一个小时的车程。若是住在市区，人们每天上下班确实很累人、很费钱。

所以，上述选择和考虑，是符合现实情况的。因为人活在当下现实中。任何人没有权力或以何种特别的理由要求谁必须选择什么样的工作和生活方式。

然而我考虑的则是另一个问题：那就是上海的明天和未来。上海的哪个地方最有可能成为新的希望之地、哪里更具真正的“上海”意义……

理解和认识这一问题，需要把我们的思维拉得远一些、更远一些——

有一个道理，也许有人已经研究和认识到：

人类在进入农耕社会文明时，会渴望自己的生存区域离田地近一点，生活区域距离田地的远近是当时人们衡量幸福程度的重要标准之一。我们东方人是这样，地球另一边的欧美国家的人也是这样……

当人类从农耕文明迈向海洋文明、工业文明之后，人们对生活根基的幸福期待是其生存区域位于距离江河之岸近一些的地方。在黄浦江畔、太湖之滨、莱茵河畔、泰晤士河沿岸、哈得孙河两侧等，诞生了如上海、苏州、阿姆斯特丹、斯特拉斯堡、法兰克福、伦敦、纽约等当今世界最富有且最具魅力的大城市，这些城市都在江河岸边，又与大海较近……

而今，全球人类的人类文明的发展方向又出现了新的变化，人们渴望和喜欢的地方，也从江河岸头，向大海与天空的“港区”——海港和空港靠近，因为这样的“港”，便于让自己的理想更快捷地驶向远方、飞往天空……

随着科学技术的飞速发展，“港”的概念也在发生着质变——从有形的岸线，向心目中的理想地转变……

作为中国式现代化进程“课代表”的上海和浦东，正拥抱着可以随心所欲地选择和规划“再出发”的理想之地的机遇。浦东·临港——那个紧挨大海的地方在向今天和未来的上海人招手——

上海也终于要上——海了！

20.滴在心坎和情眼上的湖

打开今天浦东的地图，只需注意观察一下，就会发现，整个浦东乃至整个上海，就像昂起的巨鱼之首，而这条鱼正向大海奋力游动……

是的，向远方的大海挺进，是中华民族几千年来永不熄灭的梦想。今日的中华民族，正朝着伟大复兴的目标不断奋勇前进着。

现在的上海人已经都知道，在“鱼头”上，有一只亮晶晶的眼睛，它的美越来越吸睛，甚至连生活在主城区的上海人都有些后悔：为什么当时没有将这“亮眼”放在陆家嘴？

这“亮眼”就是现在临港新片区的“滴水湖”。

地图上的滴水湖看上去并不大，但若是你站到它的身边，就会发现，它是超乎想象的大——其面积相当于杭州西湖之大，共5.56平方公里，湖的直径为2.66公里，如果靠双脚沿湖走一圈，至少数小时。

“滴水湖”，是浪漫的上海人赋予的一个美名。人们说，早在浦东开发开放之初，浦东人规划外滩对岸的陆家嘴国际金融中心的阶段，在对一位外国规划设计师的方案进行讨论时，有人曾提出在陆家嘴的“小鱼嘴”上开凿一个人工湖，后来考虑到陆家嘴地块的面积比较小，于是挖湖的设计便被否定了，留下一个面积比较小的中心绿地公园。

浦东开发开放自1992年正式扬帆启航之后，风起云涌，波澜壮阔。从外滩对岸的陆家嘴，一直向东开发、扩张，直至拥抱大东海……

至2001年，洋山港开建，一项国家战略的诞生，让上海浦东同另一张“嘴”不再安分，蠢蠢欲动——这就是靠近出海口具有古老历史的南汇嘴。

南汇这地方，因为近海，古时“骇浪暴洒，惊波飞薄”，是曾经的茫茫沧海之地。沧海桑田，于上海的南汇竟然真的是历史的短瞬。据《旧唐书》记载，当年“扬子江水出海后受海潮顶托，折旋而南，与钱塘江水在此交汇”，故成之陆地后曰为“南汇”。岁月更迭，大陆不断延展，渐渐形成了“南汇嘴”。

二十世纪初，南汇人为出海方便，从潮滩芦丛中踏出一条下海之路，后来潮水把它冲成一条水道，再后来便成了渔港，名称“芦潮港”。

这“南汇嘴”上的小渔港，在当地颇有名气，可以说它是今天的临港新城的“老祖”……

“我就是那里的人。在浦东开发开放时，我们都知道早晚会开发到海边的港口。所以在南汇县还没有合并到浦东新区时，我们南汇人就忙着在芦潮港上动起脑筋了……”奚志忠，现任港城集团党委书记，是土生土长的南汇人。从小在海边长大，从事教育出身的他，对家乡的每一寸土地、每一条临海江河，如数家珍，可以滔滔不绝地讲上三五十分钟，

“我们老南汇县，在二十世纪八十年代是全国出名的十大‘财神县’之

一。通海口的芦潮港最旺的时候有400多条渔船。浦东开发开放动起来后，我们南汇那边跟着骚动起来，第一件事就是想扩大芦潮港。但因为是县里的动作，所以最后雷声大、雨点小……”奚志忠回忆道。

“2001年，洋山港开始建设，东海大桥更是如火如荼地在海里打着桩。这个时候我们南汇也由县变成区，随之那块临近洋山港、连接东海大桥的临港地块，被上上下下看好……那时我在区教育局当副局长，三天两头都要被拉去接待方方面面的宾客，向他们介绍南汇沿海的一些史地知识。正是这个经历，让我慢慢地明白了从南汇到浦东，到上海，甚至后来国家层面的关于洋山港和临港建设的战略。这个时期，正是我的认知不断完善的阶段……”

奚志忠说得没有错，包括他对临港和洋山港之间的定位也十分准确。据我所知，建一个靠海大港，这是上海人的百年梦想。虽说上海作为中国第一大城市，西太平洋的大东海就在自己身边，这座城市的名字里也有个“海”字，但其实大家都知道，早先的上海只是一个内河之城，是一座黄浦江边的小城而已。从城市核心的外滩到东海岸，还有一段相当长的距离。而最初的浦东的南汇、川沙等靠近大海的地面都隶属江苏省。也就是说，原先上海与海港相连的概念并不存在。或许正是这一“痛点”，所以改革开放之后的九十年代，特别是浦东开发开放后，上海市领导对寻找海港的迫切感已经到了“一天都不能再等”的地步，紧接着上海市领导黄菊等人坐上小汽艇，横穿于长江入海口和杭州湾，最终定下了现在的洋山港一带的海域作为深海港的选址。这块海面属于浙江省管辖，最后上海不得不找浙江省领导协商，“买地求建港”的故事虽然曲折，但上海人幸运地遇到了时任浙江省委书记的习近平，在多方的共同努力下，终把洋山港的事落定。

当时的上海人包括国家决策层面的人，对港口建设还缺少经验，尤其对建设洋山港这样的世界级大海港，完全没有经验。大家只知道国家经济体量大，海港未来的前景必定不可限量，因此有人提出：既然未来的洋山港是世界级大港，那么就会有成千上万的海员及其家属，还有来自世界各地的大企业、大公司老板要来到我们这里，他们住在哪里呢？到市区太远了，不方便，住在港口又不太可能，怎么办？大家思前想后，最后的结论是：应该在港口附近的地方建一座港口新城……

临港新城的提议，被放到了浦东新区领导的办公会议上。随后，“建设临港新城”的方案，又被放到上海市领导办公桌上。

“这是件大事，事关洋山港的国家战略。我们确实得考虑建设一座滨海城市。”

“好啊，我们上海梦想了一百年，今天有了洋山港，滨海城市的规划太应该上马了！”

“我赞成！”

“双手赞成！”

方案交到人民代表大会上，并迅速获得“一致通过”！

“临港”，就这样诞生了！

这是2002年的事。一次动议，一个方案，一个海港，一座新城……就这样在浦东、在上海、在东方的中国，又冉冉升起，如一轮新的太阳——

对此最激动的自然是作为“地主”的南汇人。历史上的南汇曾有太多的辉煌，但在浦东开发开放之初的10来年，南汇人却感到一种无法诉说的压抑感：“邻居”——包括川沙在内的浦东，蒸蒸日上、改天换地，可唯独南汇不知所措，不知路在何方……

“这回我们有事干了！有大事干了！”

“哈哈，我们也要建新城、建现代化海港新城了！”

“可不，这回我们才是建‘上海新城’呢！”

当洋山港旁、东海大桥桥头要建一座现代化的“临港”城的消息传到南汇时，整个南汇沸腾了。百姓和干部们纷纷议论，更是摩拳擦掌，跃跃欲试。

但是建一座什么样的城市，又是摆在大家面前的一个问题。许多人或许受到某些西方文学作品或电影的影响，通常认为海港边建起的城市一定会热火朝天——海港城嘛，就是海员生活的地方，那必是一个热闹非凡的新洋场，一定是消费极为兴旺之地，因为远道而来的海员们经过漫长而枯燥压抑的海上生活后，生命里的那种潜藏的能量经过发酵而需要挥洒，满足海员们登岸后取乐与消费，便是以往港口城市的一大特色，这也带动城市的繁荣与发达。

百年之前，最初期待上海建设海港的人们，正是如此心思。曾经的上海虽也称之为“海上之城”，其实并非一个真正意义上的海港城市，充其量只能算是黄浦江、苏州河的“内江内河之城”。

洋山港的出现，“海上之城”才真正开始孕育其生命——临港因此而生。

如何建城，建什么样的“海上之城”？进入二十一世纪的上海人和中国人与十七世纪、十八世纪建设鹿特丹、汉堡等港口城市的欧洲人的想法完全不同。

“我们自然要建有中国特色、上海风情的海港之城嘛！”上海人一向有自己的思考，具有先进超凡的主张、国际一流的眼光。

“我们的第一个任务，就是挖一个湖，这湖当时就定名为‘滴水湖’……”教师出身的奚志忠一听到这名字，再看图纸，他就兴奋了：好家伙，这回南汇人真的要做个名副其实的“上海人”了！

“在过去很长的一段时间里，我们南汇虽然从江苏划到了上海，且我们都知道自己是上海人，但实际上一到城里，那些‘阿拉’还是称我们是‘乡下人’，而我们南汇人平时也不称自己是‘阿拉’的，还是说南汇本地话……”奚志忠倾诉，说完自己也笑了，“上海人其实也一直分三六九等的。”

临港的开建和滴水湖的开挖，让南汇人与“阿拉上海人”之间的心理壕沟，从此填平。

“应该说，作为从小在海边长大的一个南汇人，当我亲身参加滴水湖的建设时，感到特别的自豪和兴奋，因为我知道自己的家乡从此真正融入大上海，并且我们会在有生之年欣喜地看到自己的家乡蜕变成一个现代化的海港城，这份欣喜是难以用语言表达的。当时每个南汇人都在这样想……”奚志忠说。

挖湖的战斗快速而紧张。但这样的活儿，对上海人、江南人而言，简直就是“小菜一碟”！

在毛泽东时代，我们就有了“战天斗地”的干劲和办法。挖河凿渠，几乎年年在搞。改革开放之后，伴随海洋建设的启动，中国人吹沙造田、造岛的能力，世界第一，无人可比。

“开挖滴水湖，用的就是吹沙筑岛的方法……先在海滩上建了条大堤，形成一片滩涂。然后再吹沙挖湖。技术本身并不太复杂：吸取中间的沙土往四周喷射，从而在周围形成陆地，低洼的地就成了一个湖区，然后再引入黄浦江水……”奚志忠介绍，临港城建设拉开帷幕后，上海市属的、浦东新区的和南汇的三大建设公司，奉命开赴原芦潮港地区，按照规划和设计完成了第一项任务，即开挖滴水湖的工程。与此同时，还有两项任务：筑堤和城运（城市运营的开始）。

“一滴来自天上之水，滴下后落入大东海，泛起层层涟漪，水滴潜入处，形成美丽的一片湖面。以此湖为核心，形成环状与放射状的河流，这就是临港新城的城意图、城景图和人文意识的理想图景。它涵盖这座海滨城市的生态环境、游览观光、文化传播、运动健身、休闲娱乐及科技、卫生、教育、海洋、国际航行中心等等功能性城市条件……”这是建设方案的文字阐述。它寄托着南汇人和浦东新区人的一片“海港情”：浪漫而现实、博大而精深、细腻而恢宏。

滴水湖的开挖时间是2002年6月，与此同时关于《海港新城总体规划》的方案仍在市政府和市人大之间传送。9月获得正式批准。这个时候的滴水湖地区的筑堤、吹沙现场，正热火朝天。“尤其是晚上，你到施工现场看的话，太壮观！太伟大了！已经几十年没有见过这么了不起的场面啦！”南汇的老人和孩子们，每天都愿意在吃过晚饭后到挖湖的施工现场看上一会儿，因为那挑灯夜战的场面，令人震撼和激动。许多人看到如此热情飞扬的劳动现场，甚至主动跳到水里去义务参加挖湖劳动……

也许南汇人太渴望自己的家乡能像浦东陆家嘴那样迅速奔向人见人慕的国际现代化生活了！当然，这也是浦东新区的愿望和期待。

15个月，滴水湖完工。如此之快，甚至让人觉得造湖很容易，其实施工过程中的困难远非文字可简单描述。在如此短的时间内挖一个能容纳1620余万立方米水的湖，而且要对湖底、湖堤、湖基、湖水等各方面进行科学且长远的考虑与安排，因此整个挖湖过程壮丽而艰巨，是临港建城史诗值得记载的第一笔。

“其实我们在开挖滴水湖时，非常讲究。主要是对水的保护，所以在吹沙完工的湖区形成之后，重点做了三件事：一是按照科学几何原理，对湖底进行了地形落差处理，这有助于湖水的自我循环与沙层自我生态调剂；二是种水草，滴水湖的湖底，从一开始就具备了良好的生态环境；三是放入各种鱼类……三管齐下，滴水湖的水质很快达到了三类水的水平。”奚志忠对此十分感慨。他当过芦潮镇镇长，非常清楚的一点是近海的江湖要保持三类水质是极其不容易的。但滴水湖一“出世”，就与众不同。

滴水湖存在的那天起，它便对这座新城有着特殊的使命。已知滴水湖的平均水深3.7米，最深有6.2米。正常水位在2.7米时，湖水容量为1620万立方米。滴水湖引入的是黄浦江的淡水。当洪涝发生，滴水湖的水位掠过预设的警戒线时，便可开启水闸，洪水可排入大海。

“由于我们在建设中已经充分考虑到生态，所以在湖底、水堤和水源保护方面采取了一系列措施，可以说现在的滴水湖的生态环境，是上海内河湖水中最好的。”奚志忠介绍，湖中的鱼类、微生物和湖上的鸟群，已经相当的丰富与多样。

“你有机会沿湖走一圈，会发现我们的湖堤上和湖堤外的生态保护地，都建设得非常稳固与丰富。这在一般的湖区是不易实现的。这得益于我们在开挖滴水湖时设计了科学、实用且具有前瞻性、未来性的措施。”奚志忠特别邀请我一定要绕湖亲身体验一下。

其实就在我采访临港前，就来过滴水湖。第一次站在它身边，是在一个夕阳西斜的傍晚……“太美了！上海竟然还有一个这么美丽的湖啊！”这是我的感叹。

见了很多湖的我，在与大东海毗邻、与大港口——洋山港相连的地方，看到滴水湖这样形状规则却分外美丽的人工湖，不得不惊叹上海人干得漂亮。我走遍了全国各地，自以为见多识广，但美不胜收的滴水湖让我心旌荡漾，冲击着我的感官与思想。

那天的风并不小，那拍打堤岸的浪潮声似乎给了我一种错觉——滴水湖真不是“一滴水”，而是如汪洋那般大……

那时我就想着，为什么上海人将汪洋一般的水称之为“滴水”，思忖再三，只能想作这是人们比喻它是天上掉下来的“一滴水”吧！

滴水湖成了上海和浦东地图上一颗闪亮“鱼眼”，扑闪扑闪地向远方张望……充满了动感，也让上海和浦东灵动了许多。

倘若设计者把“滴水湖”比作是天上落下的一滴水，那它一定是某位对大地怀有特殊感情的仙女的欣喜之泪——她看到了大上海和新浦东的发展如此之美丽、之快速，因而感动，感动得流下了这么一滴晶莹……

我当时这样想。

也许正是这样的奇思妙想，所以一开始就对“滴水湖”抱有好感。

由于滴水湖近邻大海，又特别的清澈明亮，天晴时，它把白云和飞鸟映在湖水中，如镜子一般，与天同为一体；夜晚，月光和繁星布满的天空，滴水湖如温存地睡在梦中的妙龄少女，你最好不要去惊醒她……如果微风吹荡湖面，卷起的层层微波，则像页页诗书，什么吟读，都充满了清爽和趣味。

几乎可以料定，凡是到过滴水湖的人，都会自觉不自觉地被湖景所迷醉，继而忍不住“啊”几声，以抒内心泛起的情愫波澜……

随便打开手机搜索，点击一下“滴水湖”，就可以看到网民们赞美它的诗句和美文。这是我随意挑的一位网民所写的游“滴水湖”随想：

滴水湖，那是我的月牙泉！

秋风年年如旧，适时地将点点秋意洒落在滴水湖，轻轻褶褶的湖水霎时涟漪颤颤，整个夏天的热情，就被湖水折叠，准备藏在亮蓝的湖水晶莹中，这是上海的独有的，热闹中的一片宁静！

滴水湖也是我的沉迷，多年的积习，我总渴望在秋天莅临时，踩着秋的影子，徜徉于湖边。早上是最好的时辰，踱步于湖边，看晨霞颜如秋叶印在湖色中，且如轻纱曼舞。傍晚去湖边游荡，是我的迷醉，湖边看夕阳红透，听落霞映海，海声喧嚣，鸟起鱼沉。似乎月牙泉边风沙响鼓，一时入耳！

若有秋风兴秋雨，我总会心急匆匆。滴水湖的温馨不容我带雨伞。装正了，迈着潇雅脚步，去赴会那属于我自己的约定，也许是追寻爽约的恋人，急切而又心怯。让淅淅沥沥的秋雨把我的柔情蜜意凝固！

喧嚣闹市中这一方宁静，适宜我品味自己的梦漪，娴静的湖水轻飘飘抚按着我的眼，我看不见湖水！

我虽去不了甘肃敦煌的月牙泉了，那一汪泉水镶嵌在鸣沙中，明静得让人流泪，但那到底比不上我的滴水湖，那边黄色的沙粒是把这里的海撕过去一片？可为什么到了那里竟变得一片苍茫？

滴水湖把我留在了这一滴水中，滴水湖宛如从蓝天和碧海挹来的一片，我的心融入其中，便是赏悦月牙泉的那滴水了。

这位叫“摇曳黑豹”的网民，把“滴水湖”比喻成他梦想中的“月牙泉”。看得出，他对“月牙泉”特别向往，所以现在他看到了上海浦东的滴水湖，有种似见“月牙泉”的情愫释放。

其实，在我看来，滴水湖之美，远超于月牙泉——这并不是说沙漠里的月牙泉不美，而是滴水湖尽管在大海边、在上海的远郊，但它的那种由科学和智慧的人所创造出的理想性的艺术品价值，足以让它成为一件当代世界和人类文明进程中不可多得的“现产”——百年、千年后，它将与长城、运河等同样的珍贵。我相信这一点。

杭州西湖够美吧！它的美，其实远不如滴水湖，因为滴水湖一诞生就惊艳世界，而古代未曾“梳妆打扮”的杭州西湖其实并不美，最初的面貌可以说是原始与粗陋。西湖之美，全在于万千文人们的笔下生花之美。

孤山寺北贾亭西，水面初平云脚低。
几处早莺争暖树，谁家新燕啄春泥。
乱花渐欲迷人眼，浅草才能没马蹄。
最爱湖东行不足，绿杨阴里白沙堤。（白居易）

水光潋滟晴方好，山色空蒙雨亦奇。
欲把西湖比西子，淡妆浓抹总相宜。（苏轼）

毕竟西湖六月中，风光不与四时同。
接天莲叶无穷碧，映日荷花别样红。（杨万里）
……

写西湖的诗，至少有几千首。而我们只需要有人反反复复、千年百载地吟读白居易、苏轼、杨万里的这几首，就足够把西湖唱出一个“美丽世界”。更不用说一出《白蛇传》，让亿万中国百姓泪洒白堤的断桥。西湖就是这么出名的。

滴水湖现在缺的就是这样的好诗。我在与临港的朋友交流时，大家都意识到这一点。所以说，文化的力量和加持，往往比投入大量金钱更强大，这道理也在于此。

滴水湖的价值，从未来意义来看，它不会输给外滩的“万国博物馆”或陆家嘴的“三件套”。滩，已无拓展空间；楼，再高也会有一天不再崭新和雄伟。而滴水湖随着时间的久远，它会融入自然，并成为美的经典之物。

最主要是，因为滴水湖的存在，临港新城就此崛起，由此实现美的延伸——有位“高人”悄悄跟我说过：滴水湖的设计，是超高级的“风水”，而且整个临港城因“滴水湖”而“龙脉”振威，洪福齐天！是真是假，其实今天您若去看一下临港的城图，便知真谛——

现在的临港城，是以圆弧形向外延展而建。整座城按照“一中心”（滴水湖）、“三环”（环湖一路、环城二路、环湖三路）、“四涟”（春涟河、夏涟河、秋涟河、冬涟河）和“七射”（七条射状河道，从“赤橙黄绿青蓝紫”“风和日丽祥云飞”中各取一字来组成的如“赤风港”“橙和港”等河道名）。可谓一个圆心，随后层层环抱汇聚在一起，泛显光耀。这些设计看似平平，实则奥妙无穷，它昭示着这座滨海城市是一座有情有义之城，处处圆润有暖意。滴水湖的水是有情之水，它赋予这座新城无限的秀气和灵光，增强全城的向心力、吸引力，可纳天下之气，能汇八方之财！

一滴水，激活了一座城、一个地区，乃至一个国家的万千祥瑞之气。虽然“滴水湖”的“风水”奥妙没有人给我介绍更多，但从“七射河”的巧妙取名不难看出，其充分吸纳了中华民族传统文化的精髓部分。如果你们有机会去临港走一走，宏观地观察其城市布局，那就会更加清晰地了解其中的奥秘了：几乎所有重要建筑和区域性功能的设置，可以一一对应八卦图上的“风水妙语”……

“滴水湖”的妙不可言，也在于此。

风与水，是大海和港口最为重要的两大自然条件，我想无论东方、西方有多少不同的文化或理念，但双方在尊重自然法则这一点上不会有太大的分歧。而今天的临港建设有一大特色，便是它的“东方大港”和“国际上海”的双色呈现，即太平洋西海岸的第一大港的风采，还有大上海世界顶级的国际化水平。正是鉴于如此定位，加上天然和人工海港的刻意营造，临港城市的美感和功能性被规划者有序“安排”，而且它还背负起国家“试制度、测压力、探新路”等独特任务。从“滴水湖”的第一次灌水成湖的那天起，临港的规划“蓝图”和现实版的城市风貌就印在了上海人、浦东人、南汇人的脑海中，最美好的梦想开始激情勃发……

最先吸引人们眼球的是那个景致欲与外滩、陆家嘴媲美的“滴水湖金融湾”——

“湾”的美，已明耀天下几个世纪。伦敦湾、纽约湾、悉尼湾、东京湾……在自然的水色映照下，人们在“湾”里用金子垒筑起财富“游泳池”。选择在“湾”里建起金融之城，也是人类经济社会发展顺应势头的一个选择，可谓“一湾斜照水，三版顺风船”。

古今中外，港湾兴，财富兴，而财富兴，文化兴，随之是国与民共富强。这是人类自进入海洋文明后一直遵循的规律，几百年的历史足以说明。

上海人的海洋意识的觉醒比其他中国大部分城市都早些，但即使如此，上海打造“海港城市”也是从滴水湖开挖后真正开始的。

在开挖滴水湖时，有一个临港人众人皆知的传奇故事。这个故事的“主角”的形象也因一座永久海滩巨型建筑而固定下来，它就是如今位于南汇嘴的那设计奇妙的“司南鱼”。那天，当地人特意带我到南汇嘴参观，见到这座宏伟的雕塑——它的造型就像一条从海上跃起的鱼……石碑上这样记载：

公元2002年，上海洋山深水港、东海大桥和临港新城开始起步建设，此乃为构筑上海国际航运中心重大举措。时值建设热潮之际，翌年仲夏一日，一尾丈余幼鲸乘潮游入南汇嘴不慎搁浅。建设者见之救助于滴水湖保护。而后护送至东海放生。鲸重返大海，鱼水交融，摇头摆尾，欢畅不已。腾挪海中，频频回首，若解人意，以示盛谢。为纪念此事，特在搁浅处建造了此巨鲸形的大型不锈钢雕塑，又中国古代四大发明之一“指南针”，古称“司南”，故此雕塑被命名为“司南鱼”，以寓意改革、开放、交流和中华民族为人类航海事业发展所作的伟大贡献。

临港的城市建设绝不能再落后，更不能被湮没于世界文明的大潮之中。迎头赶上，就是希望。所以，第一个被提出的概念，便是滴水湖金融湾。

我几次踏访临港，每一次都想看一看这最亲近滴水湖并占据城市最佳位置的金融湾——最开始见到的是一个连着岸的人工小岛。当时有人告诉我，那里将建起临港城的几座标志性建筑，他们拿出设计规划图，我瞧了一眼图上之景，便已经心潮澎湃！

后来再去，“图上景”便成了“地上景”。最近再去，已经能站在实景前仰望和欣赏了……

一个是“荣耀之环”——如上天赐赏于临港城的一顶硕大的金冠，它华丽堂皇，大有力压海湾之势！此冠可俯瞰整个滴水湖，同时又与圆形湖面相互映衬，形成真正意义上的环环相扣之“湾”势，生动形象地体现了开放、圆融的海湾精神。

整个“荣耀之环”的建筑形体，独特新颖，很少见得如此妙不可言的巨型钢结构圆环体建筑。它实际上是由4栋十分壮硕的塔楼，共同托起了一个直径为153米的巨型圆环，视觉上呈现出一种在高空悬浮的震撼效果。

工程师告诉我，整个“荣耀之环”重达8000多吨，4栋塔楼之间的支座距离120米。“荣耀之环”的长度也是120米。“那环是用特殊的钢材和涂料制成的。建成之后的‘荣耀之环’，不仅是临港城的标志性建筑，更是人们打卡的绝好之处。如果在晚上，‘荣耀之环’，借助各种变幻的灯光，可以将半夜临港城照个透亮，而且它还能上射天空，左右映照湖河……可以说，奇美无比，天下无双！”临港人值得如此骄傲，因为这样的奇妙设计和新材料构架起来的一座艺术建筑，是其他地方从未有过的。整个环形建筑是透明的新材料，不仅光耀效果奇特，而且与东西南北4栋塔楼相通，环本身就是一个别具一格的公共商务和观光空间。我想上海人在美好的节假日可以到临港一饱眼福，同时登环观景，尽享滴水湖风情！

与“荣耀之环”近在咫尺的湖中岛上的“文化中心”和毗邻的洲际酒店等，是那批最早建成的标志性建筑。其实在我看来，它们都是在等待临港的另一座最具标志性的建筑——“中银金融中心双子塔”。

“中银双子塔”，也叫“世纪之门”。前几次到临港，听人说“中银双子塔”就建在滴水湖中，所以特别好奇，那个时候的“中银双子塔”，还仅是刚刚露出湖面三四层楼高的模样。最近一次采访，终于见到了已经基本建成的双子塔楼——它们确实高于所有临港的楼房，两栋等高的楼宇高200米。这两座耸立在滴水湖西岛上的建筑，奇妙之处是它们的锥体形在最高处彼此相连，各自呈现一个“1”字造型，相向而立，寓意它是“两个一百年”交汇的“世纪之门、璀璨之珠”。此设计是贝聿铭先生尘封30多年的作品，此时，他把这一杰作，献给上海浦东的临港，意味深长。

贝先生的这份设计艺术上的“意味深长”，其实隐喻着一段伟大历史的开启：临港的“世纪之门”一旦建成，大上海从此将在太平洋西岸开始新一轮崛起，那个时候我中华民族将在第二个“一百年”（2049—2149年）实现真正的民族复兴，也如旭日朝阳，就在我们的面前普照而来……

那个时候的临港，如一叶驶在最前面的风帆，怀揣中国人民的伟大梦想，乘着时代之风破浪向前，朝向景象万千的前方驶去……

这，也许就是滴水湖的意义。它存在的第一天起，便注定在这个世界上留下一页他人无法相提并论的炽热诗篇。这诗篇，自然是关于这片海港之城和新兴之地，中国将在大国崛起的过程中发出那声最能拨动她子民心弦的历史强音。

我们就往下听吧——

21. 拍岸的惊涛，是最美的激越与绽放

往往，我们每个人都有这样的感觉：回望时，会发现时间过得真快，一眨眼工夫，就可能是十年、二十年！

张继志现在是临港投控集团的董事长。他是临港建设的三大开发主体之一的领头人，是代表国有资本的实干家，一年需要干完一百五六十亿元的投资额，也就是说要完成这么多资金投入的工程量。如果把三个公司合起来，那就是五六百亿元的工程量。倘若再把那些小企业的投资算进去，整个临港每年将有近千亿元的投入。这就是当今临港建设进程与发展图景。张继志带领的团队，是临港“三驾马车”之一。

2002年的一天，张继志作为市属国企的一名业务员，怀抱着一大沓资料，搭乘在一辆公司业务车子上，费了半天时间，总算到达了“芦潮港”——那时“临港”的概念还没有被“城里人”叫出来，所以上海人习惯称它“南汇芦潮港”。

“我就是这样一脚高、一脚低，糊里糊涂地来到了芦潮港……这次是代表集团参加一个隧道工程的招标会。我是作为公司业务部门的投标人来的，结果标没有投中，我人却被留在了临港！”张继志说。

“那里要大干了，我们集团得抢先占领工程市场，我看你就留下吧。我

们要在临港创建一个公司……”集团公司领导找张继志谈话说。

“临港将来肯定是不错的，你看看现在的浦东，我们公司的许多同志因为当年没有摆渡过去参与浦东开发建设，现在后悔得不得了！”领导又加了一句话，说得张继志连反驳一声的底气都不足了。

他就这样成了“港一代”。

“那年我28岁，热血青年一个。领导这么一说，我就没有任何顾虑了，于是留在了临港……”张继志说，现在他所在的临港投控集团是当年2月4日成立的，他是5月24日报到的。

“当时公司加起来一共不到10人……”张继志站在集团的展览大厅里，指着一张已经褪了色的老照片，指着站在后排的自己说。

照片上的张继志，脸上幼稚未退，一副憨厚相。“所以我是‘港一代’……”这是我第一次听说的一个名词。

张继志说的“港一代”就是参与建设临港的第一代人。“当年我来临港时，我属于年龄最小的男员工中之一。还有一位女同志年龄更小一点。当年我28岁，现在我48岁，中间这20年，就是临港建设和发展的20年。可以说，我们这些人枕着滴水湖、伴着临港的成长而白了一头青丝……”

我注意到，张继志说这话时虽然有些苦涩，但更多的是骄傲。因为那一瞬间，我们眼前正在播放一个“临港控投集团”在临港20余年参与建设的短片——

> 我们推出了上海市第一个配套商品房、双定双限房项目；
> 建设了临港第一条跨区域市政道路；
> 环湖第一幢5A甲级智能化大厦；
> 成为临港第一个获得区域市政类国家鲁班奖项目的企业；
> ……

“我们所做的几乎都是临港的‘第一’，所以也骄傲，责任也重大！”张继志举例道，比如从洋山港到浦东机场的“两港大道”，全长约54公里，投资67亿元。“我们仅用18个月就保质保量完工了，使海港和空港之间大幅缩短了时间，现在20分钟内就能抵达。这是一条商务运输的大动脉，每一天都为国家、为浦东和上海产生着巨大的经济效益。我们能为自己公司承担这样的任务而自豪。”张继志说，“2018年习近平总书记在进博会上宣布要增设中国（上海）自贸区临港新片区，随之2019年临港正式成为临港新片区，至此，临港迎来了真正的快速发展期。”

“近五年，我们集团的固定投资与税收，合计超过前15年的总量……仅此一点，就可以看出临港这几年的发展之景象。这也再次证明临港新片区的发展，是习近平总书记亲自谋划、亲自部署、亲自推动的重大国家战略。总书记曾先后6次对临港的发展与建设，作出重要指示。也正是在总书记的亲自关心、推动下，临港近几年的发展速度，完全可以用日新月异、蒸蒸日上来形容。我们做实际工作的人体会最真切。比如2019年前，我们集团每年完成的工程投资量约为15亿元，而近几年基本上都在一百五六十亿元。这个投资资金量的差异，就体现了发展速度的巨变！现在的临港人，都知道一个理念——今天再晚也是早，明天再早也是晚。意思是：你若在今天能把眼前的事做好、做完美，那就千万别等到明天、后天再去做。就是只争朝夕，抢时间、抢速度，把能做的事提前做、做扎实，然后再进入下一个项目……”这就是已经成长为临港主力军的“港一代”的工作状态和所思所想。

他们如同拍岸的浪涛，伴着激情和理想，每天在为这座新城添砖加瓦、编织锦绣……

当我第一次听到“港一代”这一个很有年代感的名称，不由得惊讶了一下，再到后来明白其意时，心头忍不住产生一种敬仰之情。其实“港一代”，很像当年浦东开发开放之初，浦西“八百壮士过黄浦江”的情景，他们的事迹既有悲壮色彩，更闪着参与伟大时代建设的荣耀光环。我自然知道，如今碧波荡漾的滴水湖早已将每一位参与临港建设者的身影，悄悄地印在了“湖心”，并随时以不同方式和色彩，呈现给所有想知道临港“昨天的故事”的人们……

“当初来临港上班前，我才刚结婚，家在浦西，单位是国有大企业，很体面。自己也没想到，一脚踏到临港后，从此与这座新城结下终生缘分。”张继志深情地向我讲述他的“临港人生”。

“第一天在临港干的活，是挖泥。那时，大家都去挖湖了，我作为年轻人，必须去……这一干就是20年，我们的公司，从最初的单一建设平台公司发展壮大成为集城市建设、住房保障、金融投资、招商服务、文化科技、公共交通、数字经济、能源投资等多种职能于一体的多元化投资控股集团，而我自己也是从工班长，到分公司负责人，到总公司负责人，去年被任命为集团公司董事长……20年啊，很长，又好像一转眼工夫！可以说，我们是做了别人不想干的事，做了不少人怀疑做不成的事。20年的过程中，也出现一些特殊情况，例如由于一些客观原因，曾有一段时间，公司干完一个工程后，就等着，新项目下不来的时候，一时不知干什么去。当时也有些纠结，但我们坚持了。坚持了，就胜利了，就成功了。因为临港的发展，是在中央的统一部署下，一步一步地从无到有、从低处向高处发展的。一直到确定为临港新片区之后，一下进入了全新的历史性阶段，整个新城一下进入了完全不一样的状态。这个状态就是：我们自己想干事，大家团结一起想干事，上上下下合心干事，而且每一件事都干成了、越干越好……一直干到今天，还在拼命向前干！”

张继志说到此处，胸膛起伏不止，显得异常激动。他拉我站在公司所在大楼临湖的那一面，指着窗外，说：“你看看今天的滴水湖，看看环滴水湖这一条条向外延伸的道路，还有这些道路两边一栋又一栋的楼宇，它们正在向四周铺开……作为这座新城建设的参与者、建设者，我们时常会内心涌起万般激情和感恩之情！确实就是感恩之情，就像20年前的我，只是在工地上跑跑腿，做最简单的工作。我到临港后，从跑跑腿，变成自己带一个团队去做工程，再从做小工程变成做大工程，几个亿、几十个亿元的大工程啊，这是什么状态呀！就等于是从士兵到将军的过程！完全不一样的、每天有一种强大的力量在推着自己向前走。最令人惊喜的是，你做的每一个工程、做的每一件事，都留在这座城市里，都是自己每天能见得到的，它们像自己的孩子一样，伴着你一起在这片土地生活、学习、成长，成为你生命的一部分……这还不足以自豪吗？”

这一刻，张继志成了诗人：“我现在领导的集团，规模超2000人。如果再算上集团所承担的工程上的‘战斗人员’，那就是几万人，真的是千军万马呀！我们要实现一个又一个新的奋斗目标、新的城市标志性工程，那是临港的明天啊……我一方面深感责任重大，另一方面又时时心潮澎湃！所以，我们每天工作的状态昂扬，内心的激情的回荡，就如惊涛拍岸的声响，一波接着一波，也许也是这座城市最激昂的旋律、最精彩的生命绽放！”

呵，讲得多好！

大海壮美，辽阔无边，惊涛拍岸，卷起千堆雪……

城市是有生命的。它的生命是另一种生命给予的，那是智慧的、赤诚的和对新城生命负有责任的生命——他们当然就是临港新片区的建设者。毫无疑问，像张继志他们这些建设者，就是这座新城成长过程中最激昂的旋律，也是这座日新月异的城市最精彩的生命绽放。

临港的快速发展，正是缘于一批志向远大、赤诚爱国、心怀希望的人，与大海拥在一起，勃发出的强大力量形成了一个新世界……有人这样说过：一滴热泪，就能造就一片最小的海洋。而因为这片海洋有温度，所以它便生长出一个美丽的世界。

临港，从滴水湖开挖的第一天起，那赤诚的热泪如雨点般倾洒，所以注定了这座新城激越式的成长和磅礴式的崛起。

那天，我们来到滴水湖“一号码头”，放眼展望晴空下的湖面的一瞬间，伴着清风和和，每个人的心旌似乎都如湖水轻漾，心中一片清澈蔚蓝。等转身观新城临港时，顿感心脏怦然急跳——这非夸张，而是真切的心境：因为你无法不被眼前一圈又一圈崭新的建筑所惊喜、所迷恋、所感叹！

与大海毗邻的新城，并非以摩天之感来展现其惊艳，而是在平淡中见奇妙，在差异间显起伏，在排列里呈节奏，更在有序中扬张力……每一片楼宇，都是精心编织成的画景；每一条街道的走向，都在告诉人们，在你前面一定是更有内容的城景；近湖的每一叶窗口，都是屋主心灵和理想风帆的驻扎地，环湖而建的层层高楼，必定有张望到前方的空间……

如果你再用温暖且略带细腻的目光去扫描、巡视一遍临港的左右前后，东南西北……你就会领略到一些意味，或许可以用临港人常挂在嘴边的九个字概括：年轻的城，年轻人的城。

不错。它就是一块很年轻的土地。临港确实是在中国，甚至可能在全世界，最年轻的区域之一。另一个指标更是有力的说明：生活在这座城里的60万人，平均年龄还不到30岁，真是无可比拟——世界上还能找出另一个更年轻的区域吗？

这就是上海浦东的临港新片区的年轻群体——

10万在临港各大学读书的学子；

10万在临港各工地的建设者；

10万在临港各企业工作的科学家、创业者；

10万在临港每天奔忙的各类从商人员。

和这些人一起生活着的他们的孩子和家属……

他们就是年轻。那朝气蓬勃的青春脸庞和脚步匆匆的身影，与这座城市一样充满了精气神。这是临港的底色，与众不同，别具一格，如海一般纯色，与浪一样高亢地奔涌……每一滴浪花都可能溅出闪亮的火花与光芒。

朱罗江，一个与我年龄相仿的转业老军人。海军团职干部转业到临港的“笔杆子”，当年被分配到管委会办公室，这一干就是18年，直到退休。其间给好几任领导“写材料”，在临港属于“老资格”。

“临港这座城和参与建设它的这些人，都一样年轻，我是看着它和他们一天天长大…… 这个过程，我也似乎跟着年轻了起来！ 这个很奇怪。”朱罗江自嘲地笑起来，笑得很开心，“跟年轻人在一起，你不会老朽，这是我转业后最大的收获。”

“你要了解临港，就要去找那些与这座城市一同成长起来的年轻人，他们体会最深。”他还特意指出，“随便找，不要找领导指定的‘典型’，更有说服力。在临港现在可能缺这缺那，但不缺年轻人！”

说完这，朱罗江笑得更爽朗。

“好，按照老战友的意思去找……”我回应道。他的意思，就是不用刻意找“安排好的”采访对象。临港满街上都是年轻人，都是年轻的创业者和科学工作者。

我找到了这样一位：她叫李兰，人与她名字一样的美而纯。

李兰是理纯（上海）洁净技术有限公司董事长。她到浦东开始自己的事业至今，也就十多年时间。绝对是城里的年轻人。

“前面十来年，我在市区做生意，属于孤军奋战，企业发展很慢。2019年来到临港，一下就完全不一样了，企业产值和利润增量，一年一个台阶。你看，这栋楼，6000多平方米，是我刚买下的。这也只有在临港发展才会有这样的收获……”站在她企业的新楼前，李兰颇为自豪地让我看她的楼宇。

“怎么样？”

“当然漂亮！”

她笑了，转身的那一瞬，美丽动人，少女一般。

“其实在临港的二三十万创业者中，我只能算是沧海一粟，不足挂齿。

比我厉害的多得很，而且多数还比我年轻，干得也更漂亮！”李兰谦虚道。

其实这位美丽的女子并不简单。她的公司叫“理纯洁净”，开始我一直没弄明白是干什么的，听她介绍后才知道，是集成电路生产厂的一个配套技术装置。也就是说，芯片厂的生产车间中，有一个物理环境和设备的洁净处理环节，是需要她企业生产的装置，这就是她的“理纯”产品。

我笑言她的公司名字像她人一样“干净、利索、美丽”。事实上也是如此，正是她所拥有的技术专利和生产经营上的“理纯”，因此生意做得不错。“尤其临港这五年多，业务处在突飞猛进状态……”李兰说，在到临港之前，企业只有二三十人，现在已经300多人了。每年盈利三四千万元，今年应该在五六千万元！

小女子不简单！她说现在公司正朝着上市的目标发展。“第一轮融资已完成，企业现在发展比较良性，2023年被上海市评为‘科技小巨人’。目前正准备第二轮融资……”李兰十分看好自己企业在临港的发展前景，而且对浦东这片热土充满着特殊感情。

“虽然我出生在汉中，但我的舅姥爷是新中国成立前的浦东地下党的负责人之一，他老人家把热血洒在这里，而我今天有机会来到临港，为的是亲自参与舅姥爷为之梦想的新浦东建设，做一份贡献，何况临港新片区的投资环境和创业条件都非常好，所以我们的企业在这里发展，一定会有非同一般的美好前程！对此我深信不疑。”原来李兰还怀揣这样一份从血脉里流淌出的情感。

李兰这样的年轻创业者，能够投身临港，也是因为他们在这片海滨新城的奋斗历程中，能够让自己的青春与生命获得更美的绽放。

与李兰的“理纯”相比，陈建新的臻格生物在临港的名声可能要大得多，这与陈建新作为生物制药的领军人物有关。

陈建新是有着留美经历的年轻一代生物制药专家。十余年前，陈建新在清华大学毕业后出国留学，学成归国后，一直活跃在生物制药领域。

2012年，他回国便加入了复宏汉霖，为该企业开发出第一个在中国上市的“汉利康”作出重要贡献。之后他领导君实生物高产率细胞培养技术平台的开发，又在该平台上产出了中国第一个针对PD－1靶点的创新型抗体药物——拓益。

2017年，陈建新来到临港，开始了属于他的臻格生物制药研发与生产事业。“我的企业刚刚在临港站稳脚跟。2019年迎来了临港新片区正式成立的利好时间点，从此以后，我和我的团队在临港这片迎着朝阳的临港新城大地，开启了我们一直想甩开膀子大干的生物制药大产业……”

“陈总的臻格生物，是我们临港生物制药产业园的明星。在第一轮融资尚未开始之前，企业的订单就达到3亿多元。近两年连续两次顺利完成融资，成为CDMO（合同订制研发生产机构）行业新起之秀。他的企业方向是大分子生物药CDMO服务及哺乳动物细胞培养基开发和生产，而且已经在世界同行中处于领先地位。由于临港新片区的特殊政策支持和政府的全力支持，陈建新的臻格生物从2019年以来，每年一个台阶，而且已经有两款新药上市。最近又购置土地80亩，生产基地再次扩大。”临港生物产业园负责人曲霞特意向我推荐陈建新。而我有些遗憾的是连续三次约陈建新采访，但都因“飞来飞去”的他太忙，我们没能进行面对面的交流。不过，我从他的微信和不断报出的“臻格生物”新闻看到喜人的消息，就知道他和他的事业在临港必定飞得越来越高。

这就足够了。我再去打扰，有些于心不忍。

现代化城市的发展模式，遵循着同一个原则：经济和产业先导。浦东的发展模式有一个前提，即先把城市建得比任何一个老牌名城都漂亮，更要充满现代化色彩与时尚，同时提供给所有企业家和创业者难以拒绝的条件与环境，然后招商引资，开足马力发展经济，最终实现超越所有世界上最前沿、最发达的城市……临港亦是如此。它比浦东陆家嘴等新区区块建设更具特色的是：更“上海”化，即具有海滨特色与海滨风情。

与外滩和陆家嘴等核心城区有一段距离，在一定程度上并非坏事，尤其对产业的成长和发展，所获得的空间显然比拥挤不堪的城市中心要大得多。

“到临港去。到真正的‘上海’去！”这是2019年之后，临港成为中国自贸区（上海）临港新区之后，许多企业家和科学家共同的一句口头语。它宛若生活在海边的人听到“台风要来了”一样，所有的人会行动起来。

临港让浦东和上海的产业再一次颠覆性地行动起来，比即将来临的台风要猛烈得多——理由只有一个：那里是上海乃至中国的又一个不可多得的经济与社会发展的前沿阵地，谁失去了它，谁将在新一轮的发展中落伍。反之，谁抢先登滩，谁就将是民族复兴第二个“百年”中成为世界瞩目的中国现代化“领头雁”……

无疑，临港被历史推到了船头的最前端。一切拥有远见和胆识的科学家、实业家与创业者，都明白和看到了这一点。于是一场临港现代化产业“抢滩大战”便这样拉开了帷幕——

它，如海涛汹涌；

它，如巨浪拍岸；

它，激动人心；

它，悠扬动听……

我们——或者说，全世界都看到的第一个拍岸的巨浪，是当今世界首富马斯克的行动：

在中国土地上，第一个外商独资的整车制造厂——特斯拉新能源汽车厂落地临港。一次性占地面积达1297.2亩，规划图上的“Q01-05”地块，这是临港装备产业区中最大的工业制造用地。

“来了！来了！马斯克来啦！”他现在就是世界投资界的一个神一样的人物，走到哪里，哪里就刮起一阵“马斯克风”，“高大上”，什么都被占了！上海人对这位美国富商的好奇和羡慕挂在脸上。领导们也同样把信任和喜悦的表情挂在脸上。

马斯克的情商与他的财富一样高不可攀。他笑盈盈地与中方领导和浦东新区负责人一一握手，然后潇洒地签署了纯电动车项目投资协议。

这份协议签订日期为2018年7月10日。

这年11月5日，中国国家主席习近平在上海进博会现场宣布：在上海增设中国（上海）自贸区临港新片区。其实这个新片区就是临港地区。

2019年1月7日，特斯拉上海超级工厂举行奠基仪式，破土动工……

特斯拉！马斯克！中国临港！

从此，这三个“名字”，在中国、在世界，经常被人激动地喊出声响……

因为，特斯拉每天都在中国浦东的临港创造奇迹！

马斯克的笑容，自从到了中国浦东的临港之后，变得如此灿烂。还有他亲爱的母亲，甚至竟然公开说：“我爱上海，它太可爱、太让人迷恋！”

在临港马斯克的特斯拉制造厂不断地刷新纪录：

5000余名员工进驻一个厂区。

不到一年时间，第一辆整车下线。

2022年8月，特斯拉第一个100辆下线。

2023年9月中旬，一辆珍珠白色的特斯拉电动车缓缓驶出生产线，鸣笛两声，顿时临港海岸线上的装备产业园区，响起一片欢呼——特斯拉在浦东临港实现全球第500万辆整车下线！

2024年10月29日，在临港生产线上制造出的特斯拉第300万辆整车下线……

陶琳，中国籍的特斯拉对外事务副总裁在这一天骄傲地用中文向全世界宣布：特斯拉整车从0辆到100万辆，用时32个月；从200万辆到300万辆，用时13个月……这就是“中国制造”的效率，这就是特斯拉在中国浦东的临港新片区的制造实力。

那一刻，提起“中国制造”四个字，全世界同行们犹如耳闻蓝色港湾的巨浪拍岸声，它清脆而响亮，豪迈而动听……

“临港”“临港”，这是海鸥的啼鸣声。

“临港”“临港”，这是巨浪拍岸的乐章……

临港的特斯拉给上海、给浦东，甚至给中国带来的不仅仅是“中国制造”的强大概念，还有我们已经感受到的马斯克的“软实力”——他与上海、浦东临港的生意，让他对中国多了一份情谊，或许将展开一段富有深长意味的“中美关系”。

这或许是“临港效应”的延伸——我们正在拭目以待。

可以这样认为，特斯拉在临港刮起的中国装备制造的飓风，带动和影响了整个大上海甚至中国装备制造业向这座新城靠拢、列队看齐的潮流——

是的，我们很快看到实力可与天比高的大央企们，迈着铿锵有力的步伐，向临港走来——

中国长江三峡集团有限公司；

中国石油天然气集团有限公司；

中国航空工业集团有限公司；

中国船舶集团有限公司；

……

他们虽在公司的前面有个限制词“有限”，然而他们的业务却是无限的……临港，乃至临港前面的大海与天空，皆是他们舒展能量的舞台，也是未来获取新收获的原野！

他们是大海里的航母。不动则已，一动海随动！

呵，你能不羡慕临港？！

当然，那些本土的上海企业，尤其是上海的海洋和船舶企业，更是坐不住了，他们怎甘落后于别人！

再出发了！他们行动起来了，熟门熟路，如同巨鲸出海，一动就翻江倒海——

你看：中船重工临港基地，一扩再扩！而另一个“中船动力”则在远洋巨轮的“心脏”制造业上，连连发力，大有席卷全球之势！中船还有许多公司从四面八方汇集临港，更有泰山压顶、非我莫属的“霸主”风采……

你当然会看到和听到更激动人心的风起云涌——

芯片制造界的巨鳄——中芯国际临港厂开建了！跟着，华虹投资发展公司来了！

嘿，让全中国人骄傲的“华为技术公司”也来了！

奇人尹志尧的“中微”也来了，这位看上去文质彬彬的“大工程师”如同一位书生——他喜欢这样自称，一出手就让注册资金10亿元、占地18万平方米的中微公司临港产业化基地脱颖而出！

“老大们都去了临港，我们还等什么？”

于是，我们又看到了更多的集成电路制造企业浩浩荡荡地来到海风拂面的临港……

就在我最近一次的“临港行”中，听说又有一个叫“达亚汽车零部件智能化制造基地”的项目在临港奉贤园区开工，设计有3500T/2500T高速多工位冲压线2条，年生产能力为1100万件，更重要的是其提高效率的同时，兼顾环保与可持续发展，这意味着中国汽车供应链数字化、智能化改革的深化，标志着中国汽车零部件行业向智能制造迈出了重要一步。

“应该说，这样的项目在当下的临港，我们几乎天天能遇到……所以我们新片区管委会的几位负责同志，每天工作中最常做的就是被邀请去参加各个条线上的企业签约或开工剪彩仪式……”赵义怀是管委会专职副主任，那天原本与我约好下午见面的，但一直到晚饭点才匆匆赶到，他抱歉地解释说。

但我很开心，因为这正是我到临港采访的目的——希望看到蒸蒸日上的临港成长和繁荣的景象。还有比这更重要的吗？

“用一句概括的话说：临港的发展，自从总书记宣布在这里设立自贸新片区那天开始，我们这里才真正进入历史性的腾飞阶段。这最主要的是得益于中央和上海给予的政策，在我们这叫‘临港的事，临港办’，也就是说，国家和上海市给予了这片土地上的许多突破性的政策。在上海市政府支持下，临港除了拥有较好的投资环境外，还得益于政府专门设立的一个临港发展基金，5年共1000亿元，也就是说每年有250亿元的资金直接用于城市建设和经济发展。有习近平总书记亲自布局与推动，有中央和上海市、浦东新区的全力支持，几年间，临港的几大产业已经形成，智能制造、生物医药、集成电路、数字经济……几朵金花，簇拥共辉，竞相绽放，呈现势不可当的局面。”赵义怀副主任一坐下，便如数家珍地给我扳起手指头。

“最后智能 AI 很火热。我们的滴水湖100万平方米的 AI 创新港刚刚开张没多少时间，已经有400家企业入港，员工达5000多人，都是年轻人！真的体现了‘年轻的城、年轻人的城’的临港风采！”赵义怀有些激动地涨红了脸，对我说，“你一定要去看看。一到那个地方，马上就能带给你‘中流击水，浪遏飞舟’的激情澎湃……”

他说动了我的心。心，又推动了我的双脚。

AI 创新港，与滴水湖相伴，涌动的是青春潮、智能浪……

是的，我看到宁德时代来了，后面是成千上万的似乎还有些稚嫩的脸，他们说着南腔北调，却迈着相同的意气风发的步伐。

滴水智行，名字起得妙哉。滴水是底色，是赤诚，是临港；智行者，行天下，天下便是智者的天下！

商汤绝影，这名字更绝了，一看便知是 AI 时代的独领风骚者！哈哈，错了，可能都错了，因为行外的人并不熟悉“商汤”这家全球领先的人工智能软件公司是干什么的。商汤是一家科技公司，它的产品是自动驾驶的城市小巴。他们给这样的小巴起了个颇为科幻的名字：“绝影”。

“绝影”出场了！在临港生活的男男女女、老老少少，都站在街头去观看这没有驾驶员的“聪明车”平平稳稳地从自己的眼前驶过……

“我们可以上车吗？”那些看得喜上眉梢的人喊了起来。

商汤人笑着回应道：“可以呀，本来就是为大家服务的嘛！”

“啊哈！快上！上——”临港的市民争先恐后上了“聪明车”。

于是，从此临港人中多了一个口头语：绝影！

你咋不开车了？

嘿，不用自己开车了。有“绝影”还愁到不了单位、回不了家？！

临港人太幸福，太赶潮，太前卫！

这就是临港——海边上那个上海的新城。

我知道，单凭几天的“走马观花”，无论如何都无法把滴水湖及其身边这座新城的出彩的事儿、欣欣向荣的景象一一记录清楚。但有一件事，却时常从我脑海里涌出，就像大海无法让海浪平静一样，那就是我在临港看到了全国独一无二的——“国际数据港”。

呵，临港是港，而它又有多少五彩缤纷的神奇之“港”呢？

数据港的概念，不知是在什么时候出现的，世界上有这样的“港”吗？反正，中国有了，而且就在临港。

听到“数据港”这样的名字，似乎就有些浪漫式的“心血来潮”。然而我又错了——

已经有几年了。习近平总书记在视察上海时，就对“数据港”的建设有过一段非常重要的话：上海自贸试验区临港新片区要进行更深层次、更宽领域、更大力度的全方位高水平开放，努力成为集聚海内外人才开展国际创新协同的重要基地、统筹发展在岸业务和离岸业务的重要枢纽、企业走出去发展壮大的重要跳板、更好利用两个市场两种资源的重要通道、参与国际经济治理的重要试验田，有针对性地进行体制机制创新，强化制度建设，提高经济质量。[①]

何谓“突破”，就是干别人没有干过的事，做国家或地区政策上没有说过的事…… 这才算是“突破”。

于是，临港在2019年启动“国际数据港”工程。

我们人类在地球上成为主宰群体之后，曾建立过许多“港”，或者“港”在以前的概念里类似于“驿站”，直到社会发展进步后，人们称其为“港”，当然像上海从诞生的那天起，就被定位为“渔港”，以打鱼为主的海边大驿站。叫法不同，但本质并没有多少改变。再后来就成为“大港”，是停泊着各种大大小小的船只的港湾。再往后，就成为四通八达于江河与大海的海港城市或货物的中转地……“港”的概念，越来越定向：比如陆港、海港、空港，现在又出来个“数据港”，开始我觉得上海人、临港人真能玩新鲜事物。结果真到了他们的“国际数据港”后发现：他们不仅会“玩”，而且把一件处在启蒙阶段的事，做成了一个巨大的产业——数字产业！

“数字能成为产业？”我踏进数据港便抛出这个问题，以半信半疑的口吻请教负责人李晶先生。

“不仅能够成为，其实现在已经是一大块产业了，全球每年数据所产生的直接价值估计在万亿元以上……”李晶说。

“万亿元？ 这么了不得啊！”我惊诧万分。

李晶笑笑，点头表示没错。“所以我们的总理不久前到上海视察，对我们这块非常重视和看好。”

万亿元产业！ 假如在这么几栋楼里就能产生的话，这个临港、浦东或者说上海，就是太厉害了！

上海和浦东的厉害，外人不知，而我在上海和浦东八年多时间，可以

---

① 《习近平在上海考察时强调 深入学习贯彻党的十九届四中全会精神 提高社会主义现代化国际大都市治理能力和水平》，中国政府网，https://www.gov.cn/xinwen/ 2019-11/03/content_5448158.htm.

说对此多少有所了解了：人家上海、浦东一栋楼可以创造一年百亿元的税收，你能想象吗？一栋楼，竖在那里，几十个世界著名的公司搬进去，各做各的业务，然后每年向上海、浦东交租金、交税收，它一栋楼就这么为国家赚到百亿元的收入。就这么简单，就这么神奇，就这么厉害！

一百亿元的净收入，对于我国的中西部，可能是一个地区，全体干部和群众努力奋斗、拼命干活都实现不了的经济指标，在上海、在浦东，就这么“简单”地收入囊中。

现在，上海的临港，又要“弄”万亿元的新产业——数据港！能不让人惊呆吗？我的好奇或许来自我不怎么懂经济的外行视角。但也许外行视角也有好处，这才让我发现如此有趣的“临港新现象”。

数字经济，事实上已经成为全球瞩目的新质生产力的重要部分。因此它也成了我们的国家战略之一。

上海和浦东的临港，这回走在了所有地区的前面，目前是国家唯一的“数据港”，也是全世界唯一的新型产业港。

这一发现令我格外兴奋，甚至超出原本对临港的期待——未来的临港不仅是地理上的临近大海的新型港口，还是全球最新的智能智慧经济的产业港！它所涉及的业务范围，几乎超越和介入了现有所有经济形态，因为当下的任何一个国家、一个地区、一个企业、一种产品、一种交易，甚至消费者与供应者之间的交流和目的，都离不开数字：货币、通讯、信息、运输、反馈意见等等，人类生活和工作的活动中，有哪样不是数字在作中介和起作用？

呵，数字万能，数字世界，数字可以是我们生活与工作甚至是情感的一种呈现和表达的形式，因此数字便轻而易举地变成金钱，变成经济，变成当下和未来的一项特别广泛和重要的产业……

临港人太厉害了！太有前景了！那一刻，我向李晶表达了这层意思：你干的这事，比谁都厉害！啥芯片不芯片，啥新能源旧能源，啥马斯克、李斯克，未来，谁掌握和控制了数字经济，谁就是真正的“老大”！

李晶笑了，谦虚地说：“我们的业务还刚刚开始。不过，数字经济这一块，确实不可限量。”

在临港“国际数据港”内，我知道了中国战略的具体方向：比如早在2021年，就发布了《智能网联汽车数据跨境操作指引》，完成了首家外资车企数据跨境流动安全评估，探索增值电信开放试点等。2022年，完成了数据便捷流通公共平台建设等；2023年，发布了《临港新片区国际数据产业专项规划（2023—2025）》，成立临港新片区数据跨境服务中心、国际数据合作交流站；最近的2024年动作更大，连续推出《中国（上海）自由贸易试验区及临港新片区数据跨境流动分类分组管理办法（试行）》，数据跨境负面清单一般数据清单操作指引，对接DEPA先行示范区，智利、巴西、法国、西班牙、新加坡、阿联酋、澳大利亚、墨西哥等国家的国际合作工作站的建立，及国际数据功能平台的开通等等，这些建立数据港必需的要素，全面进入建设、建立和运用阶段……

站在“国际数据港”的大屏前，李晶在一边介绍，我则双目不敢眨一眼地紧盯这陌生而又充满奇妙的世界——听完和看完以后，也总算明白了“数据港”的那么一点儿的真面貌。

其实这个神秘的新港，有四大支撑点：基础架构、功能平台、产业支撑和国际规则对接。数据的汇集和交流、交易过程，主要是通过互联网和它的平台。然而数据要成为“生意”，它就得有些复杂而规范的国际标准。几百年来，所有的国际规则和国际标准，都是由西方发达国家制定的。而今天我们的“国际数据港”建立后，其规则，是中国来制定。这是一个根本性的转变，老实说，这也让我看到临港建设“国际数据港”的另一层历史性的意义——中国人开始在国际舞台上建立“我们说了算”的话语体系和游戏规则了！

临港的许多新鲜事，奇妙之处，我们慢慢地认识到……这令我格外激动与兴奋，它与站在海岸前观潮一样地刺激：还有什么比看到自己的国家强大和民族复兴的伟业更激动和幸福的呢？

我知道，决定“国际数据港”能够站在世界舞台上宣布“中国规则”的背后，有五大体系坚定有力地支撑着——它们分别是：全面与进步太平洋伙伴关系协定（CPTPP）、数字经济伙伴关系协定（DEPA）、区域全面经济伙伴关系（RCEP）、“一带一路”（丝路电商）和亚太经合组织（APEC）与金砖国家（BRICS）。

这叫什么？这叫“强大实力”！

今天的中国。今天的太平洋西海岸……

22. 这里是“上海——”

“上海”在哪里？我想，对于这个问题大部分人的回答一定是：不就是外滩那地方嘛！或者说，它在黄浦江边……

不错，上海就是外滩边的那个城市。黄浦江岸最大的城市就是上海。它也是中国最大的城市。

但在上海待长了，或者说你久居在上海和浦东之后会发现，因海而兴的这座城市，其实它并不挨着海，或者说它只是挨着黄浦江——今天的上海市区的地理位置。从行政地理看，如果当年中央不把浦东等几个县区划归为上海的话，上海完全是一个内陆城市，与海仍有一段距离。

然而，上海是“上海”，这是个事实，也是个史实。

上海是“上海”，听起来很拗口，逻辑上似乎也有问题。其实这才是“上海”的真谛，而这一个真谛，至今许多上海学者仍没有重视和厘清，更不用说普通的上海人。

现有的史书，我们查阅后发现，所谓正史上的“上海”二字，最早起源于宋真宗大中祥符元年（1008年）前后的“上海务”，因这里有大量以“踏曲爨蒸”之技来酿酒的作坊而渐成集市，加之这个旁边有条通往大海的河流被人们称为“上海浦”，后来这个集市也变成了“上海镇”。从“上海镇”到“上海县”，又经历了数百年时间。再从“县”再到“市”，又是几百年。而真正使用“上海市”的名称，实际上还不到一百年。1927年，民国政府在南京宣布成立“上海特别行政市”。

这就是现在我们在史书上看到的“上海”的演变过程。上海史学家们一直捧着这个“教科书”式的版本。

我只能说它有对的一面，因为从文字所记载的史料看，“上海”是这样走过来的。但同时我认为这个解释等于没有回答“上海”二字到底是怎么来的，它的真谛也根本没有说清楚。

理由并不复杂。第一，我想问这里的地名在“上海务”或“上海浦”之前又叫什么？查阅资料还能追溯到另一个地名，叫作“青龙”。

“青龙镇”就是上海最早的“港口”——青龙港。

显然，无论是“青龙镇”还是“青龙港”，都没有说明那条被叫“上海浦”的河流是谁叫出来的？为什么叫“上海”而不是其他呢？

我在《浦东史诗》创作时遇到的就是这样一个关于“上海”到底是如何来、“上海”二字的真谛又到底是什么的问题。

最后在史书上和所有专家那里都没有得到正确和明确的结果。无奈，只能去询问我的老祖宗和生活在这片土地上的原住民……

人类学家和毛泽东其实早就这样告诉我们：人类的文明和历史，是人类通过自己的劳动创造出来的，包括一个地方的地名等。“上海”，就是源自那些生活在这片海域之边的我的先祖们，由于长期生活在东海边的这块土地上，既畏惧大海，又对大海充满好奇，于是一次次、一回回不断地“上——海的地方去看看”“上海的地方”“上——海”“上海……”以如此这般的方式，将一项具体而又有些冒险的行动，叫成了一个地名——上海。

这是我的“上海”成名的观点：劳动创造了一个地名。而“上海”最初和核心的内容，是一动作，是一动词，久而久之，便成了公认的一个地名……它的变迁的过程应该是这样：或许在一千五百年前，或许在更远的两千、三千年前，我的那些赤着脚、划着小船，去海边寻觅鱼儿与土地的先祖，慢慢地将自己无数次的行动与冒险，简约成了习惯性的口头语——“上海”二字。

这或许就是“上海”的真正来源，至少是一种有意义的探究。我的另一个理由也多少能说明一些道理：我小时候在老家时，奶奶和邻居的那些老人，他们从不把到街上买东西、干什么事说成“走街”，而恰恰说的是“上街”；在炒菜、做饭也从不说“炒菜做饭”，而是说“上灶”……自然，还有很多这方面的土语：上菜（端菜）、上茶（给你倒茶）等等。再如睡觉，我老家苏州、常熟、昆山、嘉定一带的土话叫“上床”。现在的上海话中“睡觉”叫“困觉”，显然根本就不是原住民的土话。

“上”是包括松江在内的老苏州地区一带几百年、几千年来一直沿用的一个土话，它的本质与内涵皆有“动”的意思，所以最初原住民口中的“上海”二字，就是明明白白的动词。

日复一日，同一个词语，昔日的动词也就变成了名字——“上海”由此而得、由此而来。

你现在是不是有点明白，几百年、几千年前就在大东海旁生活着的我的老祖宗是不是将“上——海的地方去看看”的行为，简而言之为“上海”的意思？

这个逻辑符合人类文明的发展本质。更何况，在一千年前、一万年前，现在的上海这边海滩上很少有人，更不用说有给人、给土地起名字的知识分子。有的只是那些想去海上看看的我的那些祖先……他们用劳动的号子和劳动的汗水在创造和开拓着这片疆土。

"上海"的真谛，就是与海拥抱，与海亲近，与海共荣的理想、信仰和行动！

从历史和本源的角度去考察和思索问题，我们就会对现实的今天，有许多新的认识和理解。这个理解或许让我们打开了一扇更宽阔的大门、看到一片更美的风景……

上海港是现实的上海市的重要门户，是上海经济的重要引擎。而真正的上海港就在浦东，它有两个核心的港口，即一个外高桥港，再者就是二十一世纪初建起来的如今世界第一大集装箱码头——洋山港。

外高桥港与洋山港开建的时间其实相差无几。建设外高桥港的原因是浦东开发之初需要将原来在黄浦江内河里的上海码头和造船厂搬迁到更宽的水域，使其方便万吨巨轮的进进出出。现在许多外地人对洋山港似乎更熟悉一些，而外高桥港口相对比较陌生。我也一样。但后来到外高桥港口与码头实地跑了两次后，才明白原来外高桥港不仅是仅次于洋山港的上海大港，而且这里还是个名不虚传的"中国第一船厂"。

与浦东开发开放几乎同步的外高桥港，实际是由高桥嘴和五号沟两个港组成。俗称外高桥顺岸式码头，一期工程在1994年完工，此处与上游的吴淞口距6公里，岸线长达990米，是长江口的第一港。它是浦东新区成立后新建的第一个综合性码头。2011年，外高桥集装箱深水码头建成。之后，又连续不断扩建相应的不同泊位码头。2021年，外高桥码头全年吞吐量达1986标箱，这一纪录使其跻身中国集装箱码头十强之列。外高桥码头如今显现的优势，是它与长江口岸建立起了牢固的内江绿色运输线，这是其他任何码头无法相比的效益优势。这种"龙头优势"，让浦东新区赢得与长三角地区物资互动与交易的不可替代性。

文字的感觉是平淡和乏味的。现场和实景则完全不同，尤其是站在长江口的外高桥码头，那种与海、与天同宽的江面和激流；那种巨轮如箭一般排列整齐地在你面前驶过，鸥鸟低飞高鸣的乐章……以及忙碌的码头景象，你会入迷，你会陶醉，甚至忘了你来码头和港口的本意——这里的一切都会令你吃惊、震撼！

什么叫大码头、什么叫现代运输、什么叫国际化贸易……在这里，你尽可领略和体味。

先人好聪明呵：外高桥就是“高”！这里才似乎应该叫“上海”……

其实，外高桥的另一个了不起的地方是，它的“中国第一船厂”的名分。就像所有上海的那些“第一”的名分一样，每一个“第一”的后面便是顶呱呱的实力。

外高桥的“中国第一船厂”，为浦东成为“世界级大港”增添了浓浓一笔。隶属于中船集团公司下属的外高桥造船有限公司成立于1999年，它的年造船能力在700万载重吨以上，二十余年来，其造船总量和经济效益始终稳居国内造船企业“头把交椅”，故而被誉为“中国第一船厂”。

不用去寻找“中国第一船厂”的过去，就是这两三年里所发生的事，便可让人惊掉下巴——当然我是幸运的，可以眼见为实，看到外高桥船厂造的第一艘大型邮轮。

那天我在江边晨跑，突然望见对岸的码头上耸立着一座“山”一样大小的巨物：一层层如楼层和台阶般的梯次，整个体面呈乳白色，尽显高贵……这是什么？！我突然明白过来：这不是传说中的超豪华邮轮嘛！是的，就是邮轮。问题是那巨型的邮轮船身上醒目地烙着几个中文字——爱达·魔都号。

哈，我们的邮轮！中国自己造的第一艘大邮轮呵！此事新闻上已报道过，所以也让我回过神来，跟眼前的“实物”对上号了……

爱达·魔都号（英文名：Adora Magic City）是完全的“中国制造”，尤其是发动机，皆为“国货”。该轮船全长323.6米，总吨位13.55万吨，有24层楼高，所以当它停在码头时给人感觉如山一般耸立在你眼前。邮轮上共设2125间客房，能载客5246人。如果不是亲眼所见，想象不出中国的造船水平竟如此称雄：一是吨位之高，全球无人可比；二是生产能力全球第一；三是设计的艺术水平超越国际水平。当然，船的安全性、稳定性、适航性、舒适性，皆在国际顶级段位。

2024年元旦，风度翩翩、气质高贵的中国魔都第一艘国际邮轮从吴淞口驶出，承载着上海人、浦东人的骄傲，开启如同它名字“爱达”一样的浪漫首航……

半年之后，我从有关部门获悉一组数据：爱达·魔都邮轮已成功运营近50个航次，为20万名中外宾客提供了服务。现在这个数字应该至少翻一番。

欣喜的是，外高桥造船厂传出他们已在开建第二艘国产大型邮轮……名字都起好了，叫“爱达·花城号”，而且吨位和舱房还要增加，达2130间。

“造船如下饺子”，这话是老外对中国造船的评价，其实也有夸外高桥船厂的成分。

丝毫不是夸张，惊呆的其实何止是老外，我们中国人自己同样惊喜连连、目瞪口呆——

你见过大海里如一堵巨墙在稳稳地行驶的油轮吗？就是装石油和天然气的那种超级巨轮。可以告诉你：它们就是中国造的、外高桥船厂造的，比如希腊的“卡瓦菲斯号”……

告诉你，这还不是最大的海上“巨无霸”。真正“大如天”的是，外高桥船厂在2024年11月14日交付的那座可载230万桶通用型海上浮式生产储油轮！油轮驶出的那一刻，意味着“中国造船第一厂”的又一纪录载入史册。

然而这，还不是我在2024年年末接到的最后一个喜讯。12月17日上午，外高桥船厂的同志又发来捷报：日本邮轮株式会社（NYK）订购的一艘载重为18万吨液化天然气（LNG）双燃料动力好望角型散装船正式交付。他们万分自豪地告诉我：当这艘名曰“海蓝宝石”的巨轮驶出码头，奔向远方的大海时，长江口南岸挤满了观赏的人群，他们中有当地百姓，更多的是参与这艘“巨无霸”生产的设计者和制造者。

“全是我们中国人、浦东确定的人！”外高桥船厂的人特意补了句。

这话格外悦耳与响亮。

然而，看完外高桥的船厂，看完那么多超级的“中国制造”，我内心仍然有些不甘，因为外高桥和外滩、陆家嘴一样，它们都还不是真正意义的“上海”……

“上海”应该是与海最近的地方。那些码头和港口才应该是“真上海”！

没错，地域上的“真上海”是从外滩和黄浦江、苏州河，再朝吴淞口而转向大海之后才开始呈现其本来面貌……那里，“上下天光”“雄浑一体”，背依平川百里的长江三角洲，前展无垠的连天海域……

“上海，不仅仅是上海人的上海，还是全中国人民的上海，它承载了中国经济社会发展的重要功能，甚至对全球经济产生重要影响。”这话，在日常的上海各种会场上经常能听到，并颇具鼓动性。

许多人其实并没有认识到“真上海”的意思。在并不太漫长的发展过程中，上海因水而兴市，那都是借着大海的力量和海风的吹拂将一个小县城变成了举世瞩目的现代大都市。然而历史还在延伸，尤其是随着中国的不断崛起，坚持以中国式现代化全面推进中华民族伟大复兴的过程，而在这之后的百年、千年中，上海将扮演什么样的角色、占据怎样的地位，依然是这个城市的“拓城”篇章。而这，也正显现了上海的城市特性。世界上几乎所有的大都市，都在海岸线上。纽约和伦敦，就依傍在海的怀抱；东京在东京湾，巴黎虽然离海远一些，但一条塞纳河让它与大海实现无缝衔接……世界强国几乎都拥有一个或者多个与大海相拥的港口城市。

从浦东开发开放第一天起，决策者和建设者们就异常清楚这一点。因此他们也非常明白如何在寻找“真上海”的概念上做文章。

欧洲的工业革命催生了海洋文明所带来的全球化经济形态。它在特殊的历史条件下，也以另一种推力，影响和改变了“上海”的许多本质性东西，包括文化和经济。

二十一世纪后的上海，不再满足“中国第一大城市”的概念，它需要迈开步子，重新启程，向更远的大海驶去…… 也就是在这个时候，“上海”的意义和内涵再一次被激发出来。

它与“中国梦”，与中华民族复兴大业紧密地连在一起。因为它是中国贴近大海而又是条件最好的第一城市，特殊的责任和使命，使它成为其他城市无法替代的角色。海，就是前面。那么如何“上”，时代需要它来回答。

这一回，回答这一问题的主要责任落在了浦东人身上。

海，辽阔无际。“上”如何为之？

浦东人在一边挥汗建起陆家嘴、张江、金桥和外高桥这样的摩天大楼和金光璀璨、四通八达的现代化新城的同时，也在一遍又一遍地思考和品味“上海”的意义——

是呀，“上海”中的“上”，应该是对大海的一种不舍的钟情、忠诚和永恒的厮守。

这“上海”里的“上”，还应该是我们对自己的国家、民族的一份态度、一份使命和一份必须！

什么是“态度”？ 当然是永不言弃的进取精神。上海的“上”，就是这座城市的活力所在、命运所在、根本所在。

什么是“使命”？ 当然必须是“上”，顺水而行要上，逆流汹涌依然要上，这是考验一座城市的本性与本质，“上”就是这座城市为民族和国家承担的责任和担当。

何谓“必须”？ 因为不“上”，就会退，“上”了斜道，就不是真正的上，而“上”海，就只有一条路：踏着惊涛骇浪、顶风冒雨地前行，才能抵达彼岸——“上”海的彼岸，才是一个伟大城市的前途与光明。这对上海来说，就是它的必须，否则城市就不再，就沦陷，就消失…… 那不该是这个城市的命运。

它当然更应该是这座城市的本质、基因和根脉。真正的上海就应该包含如此丰富与深刻的内涵，如此多的与海相融的行为和品质。

理解了本质的“上海”，我们才会明白海对上海是何等的重要。而在过去数百年的历史长河中，上海的“海”与海的概念并没有获得真正意义上的释放和价值利用。

是的。伟大的时代总是开创性的。伟大的城市也从来不重复他人。

但一直很“牛”的上海，在与大海拥抱时也曾有过不少屈辱的事儿——

就在二十世纪六七十年代，西方的发达国家已经把先进生产力和生产方式尽情地在大海上挥洒自如时，自以为是以“码头”起家的上海，这个时候却连什么是“集装箱”都不知道。后来一艘名叫“东海”号的日本货船开到黄浦江，它装载的是200个集装箱。在靠近当时的上海码头后，中国人竟然不知如何搬运那些方方正正的“大铁箱”。日本人笑了，他们开动装在船上的吊桥，轻轻松松地将200只国际标准箱搬到了岸头，后来又把上海岸头要运走的货物装入“大铁箱”里，又轻轻松松地将其吊上了“东海”号，然后趾高气扬地与上海码头人“拜拜”了！

这一幕让日后跨过黄浦江、建设浦东新区的“八百壮士”中的许多人发誓：也要建一座与世界强国平起平坐的集装箱深水码头……

后来的洋山港，就是始于这样的梦想。

写《浦东史诗》时，我就去过洋山港，后来又先后去过三次。记得第一次去时有位参与洋山港建设的干部叫“归墨”，他说他清楚地记得在1986年的一个雨天，当时他刚刚回到张华浜工地，时任上海市长的江泽民就到了码头现场，向他询问工程进展及世界银行贷款情况，随后嘱咐他：一定要把上海的第一批集装箱码头建好。

“要不上海就不是大码头了！”江泽民的话伴着雨声久久回荡在上海码头人的耳边。

现代港口城市如果没有集装箱码头，就像是一个城市没有马路一样将成为笑话。可是在二十世纪七十年代之前的中国确实没有一个可以搬动集装箱的码头，而此时的西方发达国家的港口，基本上已经以集装箱为主要航运形态了。难怪在开启浦东开发开放之后，朱镕基跑到外高桥集装箱码头工地命令港务局领导："给你们28个月时间，完成外高桥一期工程，如果到时拿不下来，唯你们是问！"

上面已述作为浦东开发开放一大亮点的外高桥港口建设与发展。它便用了"28个月"不到的时间，实现了中国人也有集装箱码头的梦想。

然而上海人的目标更远。外高桥码头还没有真正"上海"……后来我们知道，洋山港码头横空出世。

这个篇章我已写在《浦东史诗》一书中，此处不再赘述。但我想仍然要把今天的洋山港告诉读者们，因为它从初建到开始运营、到今天，总共也就二十来年。但你一定想象不到，如今的它，集装箱吞吐量已经连续15年位居全世界第一！

15年啊，全世界第一大港！

这是真正的、上海人做梦都想的"上——海……"

是啊，来上海你却没有到真正的海上，那是何等的遗憾！

走吧，我们一起去"上海——"

那里，是另一个天地，一个全新的"上海"……

"日月之行，若出其中。星汉灿烂，若出其里。幸甚至哉，歌以咏志。"未见大海之前，我的认知来自曹孟德《观沧海》中大海吞吐日月、含孕群星的气魄，来自海明威《老人与海》中大海仁慈博大而激情神秘的魅力。当有一天真正站在海的面前，突然会自觉渺小得失语。

在北京工作和生活时，朋友们知道我这些年都在上海，他们便会问起有关上海的各种问题。最后我发现，许多外地人其实对真正的上海并不了解，而上海人自己也没有宣传到位，比如对浦东的认识，也很不到位。

"上海，还有浦东，你说说，它们到底是啥样？"深入之后，朋友们问得最多的有关上海与浦东的问题，就是这个。

那我也通常这样回答他们：上海，它是所有中国人都向往的城市。它在中国的影响力超过了大部分城市，尤其是在经济与文化方面，当然还有它的人文品质。中国共产党在这里诞生，从此影响了整个中国，甚至是整个世界。新中国成立之后，上海依然是中国的领航者、先锋队和样板地。特别是新时期以来，上海的地位日益增强，是中国经济与人们生活质量的中心地、榜样地。

浦东，是上海今天发展的引擎。没有浦东的存在和发展，上海可能今天就是妥妥的“二线城市”。浦东的发展和发力，都在高位上，都在国际化和全球性上。浦东的今天，就是中国的明天。

朋友们不满道：“你说得过于笼统了……”

我就只能笑笑，说：“那你们就跟我走一趟去看看吧……”

确实，上海和浦东到底是个什么样的地方，你必须去亲自感受、作一番较长的考察和体味，或许你才能了解到一二。因为“上海”的本质就是一个不断向大海看齐和拥抱大海的城市，它的潜力、它的魅力、它的强盛之力，其实皆在“上海”的意义上——“上——海的地方”舒展魅力、拥抱世界，呈现中华民族的伟大力量与精神。

不错，“上海”就是一个动词。朋友们对我的这一观点，感到非常好奇和新鲜。而我则继而更深入地告诉他们：“上海”，就是一个专门为中华民族展示其精神和品质的动词；一个专门呈现中国人勤劳、勤奋、勤业的时代风貌；一个托起东方大国的理想与信仰的家园！

近些年，各地的经济形势呈现很不同以往的态势，尤其是疫情三年加国际形势的变化。上海作为中国经济的风向标，现在的它、现在的浦东到底是个什么样，外地的朋友们都很关心。关于整个上海全局的情况，我无法作出更多的判断，大概每年年终出台的政府经济报表数字应该是个比较准确的回应。我这里所说的只能是上海经济中的“方向标”——浦东形势中最鲜明的一个。

三年了，中国经历的三年大疫情中，上海饱受风雨，成为聚焦之点。然而我们的上海经济并没有垮下去，相反依然充分展现了它的强大韧劲。外人并不清楚是哪个点让上海如此强盛与强大？

我要告诉你：它就是上海港。

上海港连续15年创造了世界第一。这样的“海景好风光”，世界其他国家从未有过，然而上海人创造了。

近靠上海的那片大海，你去过后所看到的那般碧波上涌动的春潮和春光，是会让你的心飞翔与激荡，是会让你瞬间产生无限的想象与诗意，是会让你升腾起对祖国美好今天和未来的赤诚之情，是会让你流下热泪与想跪下双膝，去感恩这片大海与大地的欲念……

这就是我看到的和时常想念的“上海”——那个被誉为“世界第一港”的洋山港。

又一个春天。又是一次“上——海”去。

那一天，我从黄浦江边的外滩乘车出发，一路向东，在高速路上行驶近一小时后，再次越过数十里长的跨海大桥——东海大桥……那一瞬间，当我举目远眺前方时，内心不禁感叹道：这才是“上海”！

它连天接地，波涛汹涌，一望无边……在这里，你才会感受到什么是真正的海：你的脚下是发着响声的波涛，你的脸颊上是风挟溅上来的海水，你的胸鼓荡的是海风，你张开双臂呐喊，得到的也是大海的回声……此时，你才会感受海之大、海之威和海之妩媚与剽悍。

过东海大桥，便是我国最大的集装箱码头洋山港。这个四面环海的港口，如果不是东海大桥连接海岸，它便是宛若一叶漂荡在海上的孤岛，既不闻其名，也不见其雄姿。有一天上海人将一条彩虹般的“东海大桥”衔接通了岸头与岛屿之间的几十里海面，洋山港便成为世界最忙碌的集装箱码头和中国最重要的进出口货物的港口，为上海港连续15年创下世界集装箱码头吞吐量第一的纪录作出了主要贡献…… 令全球刮目相看。

那天去洋山港是初春的二月。北方还是冰天雪地，江南大港已是暖风吹拂、海鸥拍岸…… 在这里，我看到海岸上和海岸边是两道截然不同的风景线：岸头是连绵起伏、整齐划一的彩色方阵，那是待发和刚刚从巨轮上卸下的各色各样的集装箱；岸与海之间是一艘艘高耸云霄、装卸待发的远洋巨轮…… 在这些靠岸的巨轮后面，是大海上忽隐忽现、忽远忽近的进出货船，它们正顺着暖风，在海面上呈现千舟竞发、百舸争流之势，其景壮观，其势磅礴。

上海是中国的第一大城市，闻名世界的"东方巴黎"。然而我们多数人对上海的认识仅限于那块以外滩为中心的城区。这是狭隘的上海概念。

在今天，只要你搭船顺着黄浦江一直往吴淞口行驶，在长江口再向东南北方向展望，或者驾车进入浦东新区向奉贤方向至东海大桥继续前行…… 那个时候，你才真正感受到什么是"上海"。

在新发展理念引领下的中国共产党人，清醒地意识到上海既然是因海而生、因水而兴的城市，它的发展必须发挥好临海的特殊功能性作用，尤其是在大中华版图上可以清晰看得见的上海所处位置，也就清楚了应该赋予它与大海相融的真正机遇——这就是发挥其"东方大港"的特殊功能性作用。

一百多年前的孙中山先生早以高瞻远瞩的目光，一眼定情于上海可以建一个世界级的"东方大港"，为的是既让这座伟大城市立于世界的不败之地，又通过这里带动和强大长三角乃至整个中国的中西部地区……

大上海，其实从确立海洋战略和港口战略之后，才又一次展现它的真实面貌。

"真上海"也就是从外滩和黄浦江、苏州河的小视野，转向大海之后才开始呈现的其本来面貌…… 那里，真可谓"上下天光""雄浑一体"，背依平川百里的长江三角洲，前展无垠的连天海域。

上海对全球经济同样起着不可低估的影响。这，已经用了13年的时间证明：2022年的世界港口经济指数告诉了我们一个不可动摇与更改的事实：“2022年，上海港集装箱吞吐量突破4730万标箱，连续13年位居全球第一。”

然而在没有洋山港时，他们也受过屈辱。当年一批上海人到邻国的釜山港参观时，骄傲的韩国人对上海人说：我们的这个港口，是“二十一世纪环太平洋中心港”，所有你们中国的港口都将是我们釜山港的“后码头”。韩国人哪里知道，中国人把这话牢牢地记在心上，回国后就埋头做一件事：冲你釜山港的目标，比你做更大的港口。这就是上海洋山港诞生时的前奏曲。不足10年，釜山港被远远地甩在一边！

我第一次到洋山港采访，陪同的是浦东新区副区长万大宁。这位说话特别谦和的老“区长”，有相当一段时间是负责洋山港建设的上海同盛集团总裁，而洋山港及现在的上海临港区大部分又是原南汇地盘。“1958年南汇才从江苏那边划过来的。我父亲就是在那个时候任南汇县委书记。我这一辈子多数时间在南汇地面上工作，是有血缘关系的。”万大宁这么说。

“可南汇了不得啊！ 小时候我就知道南汇在农业方面很厉害的。”童年的记忆，让我对老“南汇”颇有一份感情。

“其实，现在的南汇才是真正值得自豪。”那天我坐在万大宁的车上，他指着绵延几十里的海上高速路——通向洋山港口的30多公里的大桥，意气风发地对我说。

习习海风掠过车窗，吹拂在脸面并透过肌肤，透进脑海，感觉别样惬意。那近处和远处飞翔的鹭鸟在一路追随，仿佛格外欣喜地在迎接来岛的每一位宾客，而在它们的翅膀底下，近桥边的海水里，成群的鱼儿也在奋力与我们的车子比赛，其情其境，令人陶醉。更为壮丽的是，在大桥两边无数高大而代表着现代文明的风车在转动，它们像仪仗队的战士站在大桥两边，每时每刻都在注目着来来往往的所有行者和飞物以及大海的动静。

这种自然与人类共同建筑的壮美，让人格外心旷神怡。

其实，领略上海大港——洋山港，最先看到的具有冲击力的一定是气势磅礴的“东海大桥”。

“这座跨海大桥是整个洋山港口的三大关键工程之一。没有它，洋山港就不能存在。有了它，才叫上海洋山港。”万大宁说得没错，乘车飞驰在跨海大桥的那一瞬间，你才会胸中涌出“祖国真伟大”的感慨呵！

约32公里的跨海大桥，在无垠的大海中，尽管它有几十米宽阔的往返多车道，但在海的面前，简直就如一根发丝那样细。透过车窗，向前遥望，你看到的大桥，就是海与天之间一条细细的银线而已。我知道，为了这条投资105亿元的“东海大桥”我们付出了巨大的艰辛。

有了桥，才有了世界东方的海中大码头。

洋山港与众不同，它是在四周皆为无边无际的大海之中由几个岛屿连接而成的一座形如超大型“航空母舰”式的深水码头，其前后与海比肩，后面的海岸空间尚处于未来继续开发的状态，前方是码头和通往世界各地的通航运输海域。当我们站在面向前方海域的时候，你所看到的就像一双张开的巨大臂膀：“右臂”是长达32公里的东海大桥；“左臂”是连绵于海水之中那时隐时现的大小洋山群岛，它们像钢铁长城般护佑着进进出出的来自五湖四海的各种货船，犹如一条在海洋中翻腾不息的巨龙，每天都在为自己身边忙碌的东方大港呐喊“加油！”“加油！”

从海的远方收回视线之后，自然我们的目光便落在了眼前的大码头，就是让世界羡慕不已的上海港码头！

大！ 大到你不得不由衷地叹为观止。

在我的眼前，红一片、绿一片的码头上，耸立着如巨人般整齐排列着的大型机械/吊桥，它们如变形金刚似的在岸头左右抓举着红色或绿色的集装箱，并不停地装卸着；在这些红臂大吊车的下面是一艘艘飘扬着各种国旗和船舶标记的远洋巨轮，在它们与海相反方向的是五彩斑斓的集装箱堆场。这是码头的主体，纵深700余米，洋山港一、二、三号码头是在同一海岸线上排列的，所以即使我们站在中间的二号码头向左右展望，看两头的边际，也需要用眺望的目光去预测其长度。在如此宽广、浩瀚的集装箱场地上，你所感受到的那些排列整齐的一箱箱货物，宛若整装待发的千军万马，威武雄壮，气吞山河……

在春风吹拂之中的中国也是世界最大的集装箱大码头，它气贯长虹，顶天立地，震海压涛！

从这里，你能感受到大国崛起昂首阔步的铿锵步履。

"嗨，那边的码头为什么看不见一个人呢？"当我远眺与东海大桥相连的另一块看上去更新的码头时，好奇地问道。

站在一旁的港口负责人向我介绍："这个洋山四期码头，是现在全球单体规模最大、综合自动化程度最高的自动化集装箱码头之一/全球单体规模最大的码头，它是全自动数控码头。"

"就是说码头上的调度不需要太多人参与？"

"是这样。"这位负责人说，"我们的这个码头上的整个箱区的集装箱进出，以及从岸头到船舶之间的货物装卸，全部依靠智能化系统和自动化设备进行高效有序的管理与调度，从而实现其效率远超过传统的人工机载码头，人员成本也大大降低。最高台时量，即最高桥吊单小时作业效率达：58.28自然箱/时；最高船时量，即最高船舶单小时作业效率达：288.26自然箱/时；桥吊最高单机效率63.88自然箱/时。"

太了不起了！我忍不住欢呼道。转而，我又问这位负责人：一个"标准箱"有多大、多重？他告诉我：内尺寸为12032mm（长）×2352mm（宽）×2698mm（高）；最大载重量为28吨。

那么，像2022年上海港全港共完成4730万箱，将它乘以28吨，是多少？整整13多亿吨！

也就是说，上海港一年向内向外共运送了全中国每人一吨的货物，按照全世界70亿人算，也等于从这里给全球所有人每人运送了约200斤的货物！

这是个什么概念？200斤的货物，不管是食品，还是其他物品，这对每个人来说，都可能是至关重要的。尤其是在全球疫情大流行之时，200斤的货物可能就是一个人、一个家庭的所有寄托，这就是上海的力量和上海港的影响力。它可以让全球的人或冷或暖数日。

这时，港口负责人把一位码头一线的师傅叫到我跟前，说："张彦师傅可是我们港口唯一的一位党的全国代表大会的代表呢！5次创造过世界纪录！"

张师傅是码头的"老把式"，负责装卸集装箱。他工作的码头不在全自动的四期码头，属于操作桥吊车的装卸操作手。在现代化的集装箱码头，已经没有人拉肩扛的苦力工人了，所以张彦干的便是码头上最基本的工作——桥吊车操作手，所载货物全靠他们操作桥吊车来完成装卸，因此他们的工作熟练程度与速度，决定了码头一年的吞吐量增与减。

"你的纪录就是一天吊装吊卸多少箱货物？"我问。

"是。但这样的世界纪录不是按天计算的，是按连续5小时内所完成的平均值决定成绩……这是世界港口行业的比赛规则。"张师傅说。

"还有这样的世界比赛规则？"我感到好奇和惊诧。

"是。集装箱桥吊比赛规则已经有很多年了，西方发达国家比我们更早开展集装箱海运业务，所以我是有了洋山港才开始参加这项比赛的。"张师傅骄傲地告诉我，他的5次破世界纪录是在2007年至2011年的5年间连续保持的世界纪录。

"我的最高纪录是每小时装卸196.78只标准箱……"他说，有小数点是因为按照5小时内的平均值算出来的。

很有意思。当我心算一下后，不由惊奇道："平均每分钟完成三四只标准箱的吊装或吊卸？这真是奇迹了！"想一想，不管是装还是卸，它都是或从岸边的船上往岸头搬，或是从岸头将集装箱吊到船舱，这中间至少平均有几十米甚至几百米的距离，而且桥吊的操作等程序也包含其中。张师傅点头认同，他说他现在主要是带领团队争取多破世界纪录。

“我们的平均班次可以达到600箱的水平，最高纪录创造过每小时800多箱的世界纪录。”张师傅自豪地说道。

“我们的洋山四期码头上的‘世界第一’就更多了！”一旁的港口负责人又给我抛出更多的“彩球”，随后又带我到那个全自动化码头——“洋山四期码头”现场。

黄华是洋山四期全自动码头的首席远程操作员，他说他们的“世界第一”的最核心标准是：整个集装箱码头的装卸操作是“无人”。

“无人是全自动码头最重要的核心标准，也就是说在码头货物现场你只能看到桥吊在滑来滑去，而见不到人在货物现场。这是最硬气的。”黄华说。

“这方面我们四期码头是全球第一？”我问。

“除了我们国家、我们上海的洋山港，没有第二家集合自动化程度这么高的集装箱码头。”黄华肯定地说道。

“那一般不是全自动的传统集装箱码头一个班次大约需要多少人上班？”

“500多人。”

“你们现在呢？”

“60多人，其中28个是桥吊远程操作员，就是坐在总控台电脑前的那些人……”

“那么你们又如何与自己已经创造的‘世界第一’进行比赛和继续创造新的世界第一呢？”

“这就需要不断去突破码头的设备自动化，业务智能化的水平了。”黄华说，他是市级劳模，所以有一个“劳模工作室”，他们不断研究和改进桥吊现场的操作能力和提高工效。

“过去一箱用一百多秒，现在五十几秒就能完成，这就是新的‘世界第一’。我们还在不断创造新的纪录……”他说。

那个担任四期码头党支部书记的金师傅则给了我一个更令人兴奋的“世界第一”：“尽管我们天天在全自动化码头的控制台上走来走去，但看着港口一天比一天繁忙的景象，依然无比激动。比如说我们的洋山四期，岸线全长有2350多米，共294台自动化装卸装备。特殊工况下最大的可以吊起115吨。2024年，我们洋山四期全年集装箱吞吐量再创新高，完成700.09万标准箱，打破全球自动化码头单月吞吐量纪录，达72.29万标准箱。”

呵，这就是上海港。

2023、2024两年，全球经济面临少有的困难，搞经济的人似乎都气喘吁吁。也许正是在这种形势下，人们伸长脖子，在看上海、看浦东——浦东的洋山港……

是的，今年以来随着集装箱吞吐量的增长，上海港在近年间又推出与长三角腹地的多个港口实行“联运接”，即外地港口相关进口货物可以在洋山港办理放行手续，经专用驳船转运至外地港口后直接提离；出口货物与之采取同样的直接提离手续，从而一举解决省与省之间货物离岸、到岸的速度，使长三角外贸企业的货运大大简便了手续、节省了时间，每个集装箱的货运成本下降400元左右。如此联运，让上海港的今天，再度出现“井喷式”的繁忙而有序的景象……

呵，看着港口区里无人驾驶大型机械忙碌情景和海面上汽笛声声的景象，瞬间我明白了一个道理：大国的经济，如同海上行驶的一艘巨轮，任凭你风如何大、浪如何高，它总能平衡地向前、无阻……这就是实力！这就是活力！

实力和活力，在今天，它叫人心旷神怡、春风拂面、热血澎湃！

“对于上海”的意义或许你现在有了更深刻的理解。是的，关于“上海”

的本质和真谛，只有我们去体验了“上海”，才会真正体味到“上海”的深意。

“走，我们看海去吧！”又听谁在身后喊了一声。于是，我迈开双脚，张开双臂，向小洋山与海面贴得最近的那个山丘奔去……

在那里，又见到那块矗立在海水与陆地间的巨石。“福如东海”——上面的四个大字，血红如日，闪闪发光！

看到它，再看海：瀚波叠楼，遥接天际。白云飞闪间，是鸥鸟在啼鸣……那一刻，我的双眼突然有些湿润，是海水拂面？还是泪水横流？

总之，我有些情不自禁。

呵，浦东，上海。

真实和充满活力与动感的你、你们——我渐渐有了新的认识、新的感悟。

第七章

大浦东：燃“新”的土地……

一个很大的地方，其名简单地冠以一个“新”字，似乎有些随意，然而它却蕴含着无限的“新”意……

浦东新区，这名字怎么产生的，没有人告诉我。问浦东人，他们大体有这种解释：原先没有“浦东”这地名，这里起初是一片大海，长江泥沙的沉积形成了陆地，这个时间也比较晚，大约距今两千年，老上海人将黄浦江东岸的土地，俗称为“浦东”，由此得名。在浦东新区成立之前，现在浦东的地域范围，囊括了原本属于上海市的川沙县全区域，以及南汇县、上海县、黄浦区、南市区、杨浦区等地的部分管辖区。

“其实在小平同志决策浦东开发开放时，曾经有人提出建议起名为‘浦东特区’或‘浦东开发区’，但最后领导们还是认为浦东的开发开放，与一般的省、自治区、直辖市搞的‘开发区’不同，故没有套用这名。然后，上海的人们对‘浦东特区’的名字仍抱有非常大的期待，认为南有深圳特区，我们上海也搞个‘特区’，尤其是当时上海经济建设和改革开放的闯劲相较于周边地区或南方的广东等地有些不足，开辟一块‘特区’很有意义。”新区首任区长胡炜这样回忆。那会儿全国有不少城市都要求成立特区，如果特区太多那就不特了，最后商定叫“浦东新区”。后来朱镕基对“新区”这个概念作了诠释：不特而特，特中有特，比特区还特。

“这个‘新区’在地理上处在黄浦江之东，除了上海市行政版图上新增一个区的设定之外，更重要的意义是：小平同志和党中央希望上海能够利用浦东这片广阔的土地，并依靠自身相对发达的工业、地处长三角龙头和对外开放的传统优势，为中国现代化闯出一片新天地…… 所以这个新区的‘新’意，远超于字面上的一般含义。”

浦东新区原来如此“新”！

一个“新”字，定下了浦东在发展和开放中命里注定的“新”命运、“新”格局、“新”道路、“新”模式和所要实现的绝对与众不同的“新”天地、“新”面貌……

这就是浦东“新”区的“新”。它饱含党和国家及全国人民对它的期待，饱含着中国共产党诞生之地的新希望，当然也饱含了全上海人民对自己城市的发展和改变自身命运的真切夙愿。

这“新”是一种责任，一种使命。

这“新”吹响了一部中国式现代化的强劲进行曲的前奏，它为国家、上海承担了诸多未来的任务，引领着未来的方向。

倘若在三四十年前，我们对设立“浦东新区”的认识，或许还是模糊的，只知道是中央的英明决策，却并不知道它会对上海、对全国甚至当今的世界产生多大的影响。而如今，当年“英明决策”的一切成果已经不言而喻地显现在我们面前——

上海人都记得、许多去过外滩的人也会记得：曾经的浦东是一片农田…… 尽管当时的川沙和南汇也能拿出一两样在全国农业方面的“拳头”产品，然而它们毕竟只是一两个小小的“拳头”，没有更大的力量鼓动神州大地的神经，因为在传统的中国农业社会里，类似的替代者比比皆是。一两种蔬果，不用扯到远一点的广东、海南，只说附近江浙一带的富饶农田里出产的瓜果，随手挑出几样，也不会比川沙和南汇的差。更何况，在进入二十世纪末和二十一世纪初之后的中国，已逐渐转变为以强大的工业和先进的科技生产力为主导，尽管农业依然是“命根子”，但依靠工业和科技转化生产的先进产品，以换取国外大量进口农副产品，这早已不足为奇。

换句话说，当年在浦东大地的那些曾经让百姓和干部们引以为豪的农业“品牌”，其实已经丧失其原有的优势。

二十世纪八九十年代，别说以农业生产为主的浦东渐失昔日雄风，就是一向以工业为傲的“大上海”，都被四周激荡的改革飓风吹得摇摇晃晃，甚至以往的许多“第一”都丢失得差不多了……

大上海需要再展雄风。路在何方？最后还是中国改革开放的总设计师邓小平给出了方向：浦东开发开放。

“浦东是我们的王牌！”王牌一出，万水千山起惊涛，神州大地尽开颜！

转眼间，那片曾经的农田上高楼平地而起，摩天大厦竞相争辉，金融城、科技城、智造城、自由贸易试验区等不同功能的“城”在崛起。

瞬时间，那些泥泞的道路和农田改头换面，成了世纪大道、城际快速路、磁悬浮列车轨道和连通天南海北的大机场……

1210.41平方公里的土地上，每一天都在发生着新的变化、跃动着新的火苗、席卷着新的改革风暴、铺洒着新的黄金前程……

呵，三十年，弹指一挥。曾经的破烂泥泞的它，如今已是人见人慕的国际化大都市，2023年创下1.6万亿元的GDP，经济实力超过中国大陆31个省市自治区的倒数第8名总量，接近直辖市天津市的经济总量……

这就是浦东——那片冠着“新区”字号的大地，正如习近平总书记在浦东开发开放30周年庆祝大会上深情指出：“浦东以全国1/8000的面积创造了全国1/80的国内生产总值、1/15的货物进出口总额。改革开放走在全国前列，诞生了第一个金融贸易区、第一个保税区、第一个自由贸易试验区及临港新片区、第一家外商独资贸易公司等一系列‘全国第一’。核心竞争力大幅度增强，基本形成以现代服务业为主体、战略性新兴产业为引领、先进制造业为支撑的现代产业体系，承载了上海国际经济中心、金融中心、贸易中心、航运中心、科技创新中心建设的重要功能。人民生活水平整体性跃升……浦东已经从过去以农业为主的区域，发展成了一座功能集聚、要素齐全、设施先进的现代化新城，可谓是沧桑巨变。”

“装点此关山，今朝更好看。”那片“新”的土地，三十多年来，“走的是一条解放思想、深化改革之路，是一条面向世界、扩大开放之路，是一条打破常规、创新突破之路。”中央和上海市赋予浦东的使命和责任，集中体现在“五个中心”的建设之中，以及遍及各个层面、各个领域的政策、制度上的试验与探索。可以这样说，它是中国式现代化的试验地、风景岗、成果库……

可以这样说，未来中国式社会主义现代化道路上可能会遇到的问题，在这片土地上，早已或者正在不断实践与探索着，并时时呈现着可贵的经验与丰富的硕果。

这就是浦东的“新”——“新”出社会主义中国的未来与方向，“新”出中国共产党和全国人民所希望的美好心愿……所以它是史，更是诗。

这史诗，是用“新”作为基本燃料而怒放出的烈焰，它是以发展和创新为主色，以美与爱为底色的。

从第一章到第六章的长篇叙事中，我讲述了浦东发展和创新的主色，那些主色就是今天浦东大地上每一个板块的发展景象与创新风景，它是激昂的旋律，是前进的步伐，是浦东奔涌的热血和创业与创造者额上流淌的汗光和已经挂在历史天空上的智慧硕果……然而这并不是浦东的全部，

浦东大地上，还有流动的水，欢畅的人，盛开的花与茂盛的草木，以及七彩的云与月、闪亮的星与辰——

23. 老外的表情

无意间看到一组抓拍身处外滩、眺望浦东的“老外”脸上表情的照片，我很吃惊，因为那些来自欧美国家的老老少少、男男女女，他们的表情是那样惊诧、不可思议、苦涩与复杂……像吃错了药、像进入了一个颠覆思

想的地方，总而言之，那样的表情，似被骗一般，又如被愚弄之后的顿悟，等等，含义极其丰富哟！

后来发现，手机上几乎每天传送出许许多多类似的照片。有一天，我的一位日本朋友回到上海——他是中国人，到日本留学后加入了日本国籍，现在是日本某大学教授，也在外滩和浦东拍了一组照片，随后手机联系我说“多年不见，老朋友想见见面。”我就答应了。

见面之后，这位仁兄足足用了半个小时赞扬我住在浦东“太聪明”“太会生活了”。我不得不笑着问：“阁下为何有这种感觉？”

“你还不知道啊？”他睁大眼，有些激动地说，“在日本、在欧美，这两年到上海来的人，可没有少发他们在上海、在外滩那里拍的浦东的照片，而且几乎都是一片惊叹、惊奇和惊愕的声音与表情……”随后，他在手机里翻出一大堆日本人和欧美人拍的陆家嘴等浦东形象的照片。许多照片下面还有一段段各式各样的文字。

“基本是赞美浦东的感叹话。”朋友说。

我一笑，说：“这些浦东照片上的楼与景，其实已经有二三十年了，老外们咋像刚刚听说，难不成是第一次见吗？”

“你可不知道，这么多年来，国外的媒体基本上对中国、对上海、对浦东极少有正面的宣传。近两年，中国这边越来越开放，推出了多项‘免签’措施后，来中国、到上海的‘老外’一下多了起来。他们到中国的首选地就是上海，到上海后第一站就是外滩，而到了外滩后第一眼见的就是对岸的浦东。一看浦东，这些人就蒙了，他们的表情在问：这是中国吗？怎么跟以前他们所认知的中国完全不一样啊！这浦东咋比纽约、伦敦、巴黎还要美啊？”

“来来，你看他们的这些表情，有看呆的，有看惊的，还有看傻了的……哈哈哈，你知道我看到这些照片心里有多高兴！为中国高兴，为大上海高兴，更为浦东的发展高兴！”朋友越说越激动，仿佛在讲演。

我频频点头，然后对他说：“其实在外滩看浦东，只是看到了浦东的一角，当然这一角也是最能代表浦东的‘高大尚’。但真正要想了解浦东，应该跨过黄浦江、到浦东更多的地方走一走，比如前滩、世博园、临港……其实即使是张江、金桥、外高桥这样的开发区里面，现在也是非常美。以我的感受，浦东的整体水平，并不亚于全世界游客们常去的一些欧美国家。”

“好的，我一定多逗留几天，好好深入一下浦东，看个全面……”日本朋友是带着全家回到国内的，他有这样的打算我很高兴，因为也希望从他那里了解一些真实的“老外”们对浦东的观感和印象。

作为作家的我，突然脑海里冒出个奇思妙想：“你带着家人深入浦东看看，而我到外滩看‘老外’如何看浦东……怎么样？”

“哈哈……你何先生骨子里就是个作家。”我朋友大笑，爽朗道，“行。一言为定。三天后见面再聚谈观感！”

太好了。就这样我们“分头行动”。

我的活儿比较简单，就是从浦东摆渡到对岸的外滩，然后看来来往往的外国旅客，用手机拍些他们的表情和悄悄听些他们在议论什么……有点像搞情报似的。为了做好这“功课”，“小初”外语水平的我，只能雇一位临时“助理”在现场为我翻译，这在上海都不算难事。

傍晚，是黄浦江两岸最美的时间。有人把陆家嘴称作是中国的CBD（中央商务区）。全世界最现代和时尚的城市建筑通常会在各国的CBD，因此旅客们会聚集到各式各样的CBD去观景，而这种比对也很直接。站在外滩看对岸的陆家嘴，也就基本看到了最能代表中国城市现代化建设的最高水平的景象了。毫无疑问，由俗称“浦东四件套”的摩天建筑和环绕其四周的宛若群山的其他各异的建筑所组成的“浦东”，在夜幕之下灯光秀中所呈现的那般美丽、妩媚、耀目、交相辉映、富丽堂皇、五光十色、变幻无穷……恰似梦，宛若仙，会让你迷失，会让你喊出声音，也会让你久久不敢相信这是现实的上海、真实的浦东。

因为 —— 那楼是在云里，若隐若现。

因为 —— 那墙在闪动，每一次闪动，就是另一个世界。

因为 —— 那一座座楼时而像舞台上各自表演的演员，时而又跳出整齐划一优美舞姿，随着江流与微风翩翩韵动 ……

因为 —— 那一面面墙可以在瞬间用光影或色彩，唱出你心中的歌、绘出你灵魂里的情与思 ……

呵，夜晚的浦东，就是一台奔放、多情和灵动的舞剧，它在诉说上海和浦东的今天，它在欢迎你和天下的宾客，它更是在诉说昨天的自己和未来的中国 ……

此时的黄浦江水是安静的，江上行走的船也轻手轻脚的，唯有天上的若隐若现的云团像顽皮的孩子在楼宇间穿梭、跳跃着。偶尔有几群飞鸟，有模有样地跳入这“舞台”上，想给游人们留一份优雅和诗意。

“太美了！ 简直是在做梦！ ”这是在外滩听到最多的一句话。

“美死我了！ 我要留在上海！ 嗨，过江去看看吧 ——”这又几乎都是游人们倾诉的后一句话。

“想不到！ 真的想不到 …… 这是中国！ ”这是“老外”们感叹最多的一句话。

另一句感叹最多的是：“They actually surpassed us!”（他们竟然超过我们了！）

当然，还有其他许多我听不懂但能明白三分的夸张语言。

然而我更多地注意到，那些“老外”在说“They actually surpassed us!”的时候，表情中有太多复杂、太多无奈和太多的不可思议。尤其是那些长者，不管是男的还是女的，他们在交头接耳之间流露出的神色异常凝重与困惑，甚至是一种略微尴尬的状态。我在猜想：他们或许在过去的漫长岁月里一直有种天然优越于东方大国的情结，而眼前的一切，瞬间粉碎了他们以往所有的那种“天然优越感”。年轻的“老外”相比之下，则显得活跃得多，他们马上会成群结队地投入兴奋与欢快之中，或相互拍照留影，或赶着去乘坐下一趟摆渡游轮……

在外滩的有意识的观感间，我想起了二三十年前自己第一次来到纽约曼哈顿的情景，那种惊愕、那种羡慕，在当时确实无法言表。当时看到纽约的繁华，内心仿佛只有一个念头：“老美”享受的是啥光景，我们过的是啥日子！除了感叹，就是不由自主地内心升腾起无尽的自卑。

现在，当我们站在自己的上海外滩看对岸的浦东时，再看身边那么多“老外”脸上的表情时，作为中国人的我们，内心除了骄傲外，其实还有一句重要的话：怎么样，我们中国一点儿也不比你们差！而且我们还有更多比这更好的东西呢！

在看完“老外”的表情后，其实我想给那些一直愣在原地的他们说一声：过江去看看吧，浦东那边有更多惊奇与惊艳等着你们呢！

但这话我没有说，因为心头有着一股特别的满足感：我已经有几年时间一直在享受或许是全国最美、最长的一条滨江大道——其实可能在全世界也找不出第二条与之相提并论的滨江大道了。首先是它的长度，全程22公里。其次是它的纵深，平均百米，数个滨江绿地公园的纵深则有二三百米。最后，它不是简单的滨江，而是中国城市最亮丽、最壮观、最现代化的景致，皆在这沿途之中：隔岸是上海的外滩、虹口的北外滩世界会客厅、最繁华的黄浦区滨江世博园、徐汇滨江文化广场等，诸多美景尽收眼底。而且，可以近身触摸陆家嘴、前滩、后滩等浦东最耀眼的建筑与景观。这是因为，整个浦东滨江大道，从杨浦大桥逆上黄浦江，到三林那一头的徐浦大桥，全程早已贯通。这在世界大都市的黄金地段，如此大手笔，恐无第二。故而，浦东滨江大道宛若嵌在黄浦江东岸的一条通向天边的翡翠长锦，它温润、光艳，完美无瑕，将浦东的高贵、大度、奢华和精美，一览无余地呈现给世界。

尽管我特别贪恋这条浦江的被称为“上海城市的自由空间”的地方，但也没有能够一次性地将其尽收眼底。我曾问过上海和浦东的朋友，是否有人跑完过全程？ 他们明确告诉我：有，不少人走完全程的。

于是我试着用手机输入关键词进行搜索，果然看到相关信息，并且远不是一两个人走过滨江大道的全程，浦东早已开展过类似“团队滨江全程跑”的主题活动。

“3小时左右，每月我走一次……美景陪伴、江水簇拥、清风相送，一点也不觉累，唯有享受！”一位独行侠如此说。

“我们是滨江徒步团，每周一次活动，分段选择挑战。开始是一桥与二桥之间的徒步与观景，后来挑战三桥、四桥之间的距离，再后来就是10—15公里的挑战，最后完成滨江大道的全程徒步……从早晨出发，中间含热身、早点；徒步，逛公园、驿站小憩；午餐后，江边咖啡厅小歇；然后继续徒步，一直冲刺到最后目标；晚餐会选择在江边的酒店或游艇上，那样可以观赏黄浦江最美的夜景……”这是一群快乐的浦东本地“中老年徒步团队”的留言。

> 没有什么比一场徒步滨江更适合的团队活动啦！
> 滨江如此美，更待何时？
> 伸开双臂，一起去解锁浦东最美的七彩翠带，
> 让每一步都踏在快乐的节拍上！
> 来吧，我们已经为你设计好了完美的攻略——

这是某单位的“滨江团建”组织者发出的“动员令”，而且附有详尽的攻略方案：

比如“浦东前后滩滨江行”。

> 全程：前滩休闲公园——耀华滨江绿地——后滩湿地公园。全程

约5公里，悠闲步伐，美景相伴，1.5小时轻松漫步。河边栈道、跑道、自行车道，想怎么走就怎么走。江风轻拂，尽情飞扬。涂鸦墙、大草坪、卢浦大桥，每一处都是朋友圈C位出圈的好背景……

哈，看了这般如此浪漫而轻松的“动员令”，谁都想跟着起步奔跑，心飞滨江！

“我们单位组织过几次‘滨江徒步主题活动’哩！每一次报名参加的都有几十人、上百人……”有一天我在滨江散步，迎面走来一群着装统一的徒步队伍，便与其中的一位聊了几句，才明白原来已经有不少单位把“徒步滨江”作为企业文化活动和党团建设活动的内容。

哈，你说“阿拉”上海人会玩哦！

“老外！”“老外来了——”正在我跟那群徒步团队说话时，几个“老外”走到了眼前。

“他们是长跑哩！比阿拉厉害交关！”我懂上海话，说的是那几个“老外”比他们强呢！

拦住“老外”似乎有些不太好意思。谁知其中一位“老外”主动停下来与我交谈。太妙了！

“先生说中文没问题？”我只能用本国语言。

“老外”随口而出：“没问题。讲上海话我也没问题……”

我惊喜了，伸出拇指夸他：“OK，厉害！”

随后是我的问题。没想到“老外”回答得让我由衷感叹。这位“老外”是英国某金融机构驻沪代表，原来在香港银行工作，浦东开发开放之后的第五年他来到浦东。“我的工作单位在‘环球大厦’……”他指指身后的环球国际金融大厦说，“我喜欢晨跑，那个时候就开始在滨江大道跑步了。但刚开始只有陆家嘴的滨江绿化道。过了几年，就能走到南浦大桥了；又过几年，可以走到世博园那边的卢浦大桥；再过几年，往右走可到杨浦大桥，往左走一直能够跑到徐浦大桥…… 全程跑一趟，太过瘾了。你们上海语说这是‘呱呱叫’吗？”

“对对，你是呱呱叫！”我忍不住再次夸奖这位叫“詹姆斯”的英国“老浦东”。

“我喜欢这里……”詹姆斯指指滨江大道，又指指黄浦江两岸，说，“世界没有哪条滨江大道比这儿现代和人性，也没有哪里比这里有更多的美：城市、绿荫、鲜花、江流、轮船和飞鸟…… 你想要的，这里都有，所以我爱它！”

“爱它十几年啦——！”飞奔的詹姆斯渐渐消失在我的视野里，留下的一句话，久久回荡在我耳边。

为了这位“老外”所说的话，我特意用手机搜索好几遍“全世界最美的滨江大道”，结果真没有找到比浦东滨江大道更长、更美、景致更多的其他滨江道路。

其实，浦东在推进城市现代化进程中，有一件他们一直引以为豪的事，就是极其重视城市的生态建设，甚至可以用“不惜代价”来推进这项惠民、惠城的历史性工程。首先是理念上超前，早在建设陆家嘴金融城时，浦东建设者以“宁可不要千亿元的卖地收入，也要留块绿地给市民”的气魄，在中央商务区最核心的地方，建了一块10万平方米的“中心绿地”。如今，它成为陆家嘴金融城的“绿地心脏”，每一天都在向这里的人们，输送着清新、温润和活力……

“世纪公园更大，占地140公顷。就像浦东和大上海的肺叶…… 这里有大面积的草坪、城市森林、湖泊，还有鸟类区、乡土田园区、异国风情区。有优美的水系，有起伏的人造原野，有数百种花卉与植物的生态园。现在每年、每季在公园里，都有活动。建成以来的二十多年里，全国性和国际性的大型活动，就举办了十几届。每天有数以万计的市民自由进园享受其美、其乐、其趣！”生态环境部门的负责人一说起浦东新区的生态环境建设，便滔滔不绝地向我扳起手指——

就说公园吧，早先的不说了。“十四五”中，新区新增的大型区域特色公园和郊野公园就有2座，新增的城市公园有72座，新增的“口袋公园”50座，新增乡村公园24座。按照上海市里关于建设“环城生态公园带”的要求，即建设以外环绿带为骨架，向内连接楔形绿地、向外沟通生态间隔带的工程，全市共50座“环上公园”，浦东则要建22座。

“我们的目标是将浦东建成‘生态之城’……”生态环境部门的负责人解释，生态之城的出发点是让每一个生活在浦东的创业者、老百姓有可享受、有乐趣、高质量的生活与工作环境；其基本任务是，将整个城市置于绿色与自然之中，用高标准的设计与建设，提供优良的绿色公共产品，以满足人民群众日益增长的优美生态环境需要，“让浦东更有诗意、更有味道、更能沉浸于自然和身心自由之中……简而言之：让所有浦东人活得开心、活得幸福、活得长寿！”

我听后十分欣然。世上还有什么比“活得开心、活得幸福、活得长寿”更符合现代人的心愿？

“何先生，你知道我现在在哪儿吗？”瞧，是那位老朋友来电了。

“还在浦东？”

“是，是。离你下榻的酒店并不远。你有空过来吗？舍点写作时间，来吸吸这里的浦东空气吧！”那边的他这样说。

“浦东空气”？哈，这我还是第一次听人说这词儿，而且还是一位日籍华人说的。

“没错。真正的是‘浦东空气’，跟陆家嘴滨江那儿的空气不一样，与张江、金桥园区的空气也不一样……这些地方的空气，除了清新芳菲的鲜花草木香味外，还夹着浓浓的人情味！”朋友的话让我有些糊涂，而他的亢奋情绪又似乎叫人不得不相信。

鲜花草木香味里夹着浓浓的人情味？浦东有这样的空气？我边笑边

问："你说的到底是浦东啥地方嘛？"

"就是摩天大厦之间的居民社区、小街、小胡同内的空气……"

"哈哈……"我乐坏了，乐得有些不知如何回应这位多年不见的老朋友。

"你、你傍晚回我这儿聊聊观感吧！我现在正在外面采访。"

"那好。见面聊……"

这个晚上，我请朋友在黄浦江边的一间近水的餐厅小叙，随后听他讲述"失踪三天"的浦东故事——

"你可不知道，这几天我租了一辆车子，把浦东的几个出名的地方都走了一圈，可谓大饱眼福！"朋友的表情有些夸张，镜片后面的双眸发着亮光。我意识到，他的这种表情与在外滩看到的"老外"们的那些表情是有明显差别：他是惊奇中带着一份骄傲感。

毕竟他是由中国国籍变成日本国籍的学者嘛！我这么想，朋友非常承认这一点。

"浦东的高楼大厦，自然不用说，滨江大道一带也美出圈，比东京要壮观和精致。但你知道我最觉得浦东了不起的地方是啥吗？"

"啥？"我笑问，想知道他的真实观感，因为他的表情超乎了我的想象。

"是百姓居住的社区。是那些小街小弄……"他说这话时，脸上充满了羡慕和敬仰之情。

我感到十分意外，笑问他："那里有啥名堂值得你这位日本大教授大惊小怪的呀？"

"错，错……"朋友的脑袋顿时像摇拨浪鼓似的晃起来，"这是我见过的最有品位、最讲美学，也最讲人文性情的地方……要整洁有整洁，要绿地有绿地，要健身活动场地就有场地！走出家门，就能闻到鲜花香味，拐弯过弄堂、走马路，经过旮旯角落，都有令人惊奇的'口袋公园'？！"

我点头。

“可别小看这些街头口袋公园，也别小看街边弄堂的几排整整齐齐的花卉街景，它可是一种文明、一种修养、一种品质、一种味道——浓浓的上海浦东味……”

“这个早有所闻，也有所见识。浦东和上海确实做得比其他城市要好得多，也讲究。”我完全表示赞同。

“可不要小看这些边边角角的事。你肯定也到过欧美的那些发达国家，他们的城市建筑和交通方面确实不错，生态环境也十分惬意。但回头看看浦东，再一比较，你就会发现，这里要比西方的发达国家讲究和精致……”

“这一点与上海人讲究精致和细腻有关。”我说。

“是的。所以我觉得浦东了不起。才几年，既建起那么多高楼大厦，又把一条条街道、一条条城市快速路边的那些空间，都装扮得漂漂亮亮！最可贵的是能把百姓的那些小区环境搞成田园式、公园式，这是很不容易的。所以下午我兴奋地告诉你，我闻到了夹着人情味的浦东空气……”

“哈哈……”我和朋友忍不住都笑了。

“虽然我并不认为浦东在建设生态城市中已经做得十全十美，尤其是正在开发和待开发的地方还有不少，那些地方的环境仍需要花较大力度改善。但我观察已经成熟的金融城、各大开发区的城区和广阔的乡镇居民区的生态环境，充分感觉到政府近些年付出了空前的努力，取得的成效相当可喜可贺！”

“赞同何先生的观点。”朋友马上回应。但他仍然没有收起那副亢奋的表情，说：“世界各地的那些著名大都市，人们喜欢去旅游，一是那里的建筑了不得，二是环境好。但那些城市至少也有百年甚至更长历史才形成的，浦东才几年！才几年就变得这么令人流连忘返，不舍离别，这是极不简单的。尤其是上海人，在建设现代化大城市的过程中，十分注意这座城市中的个体居民的生活环境和生活质量，这是浦东优胜其他世界大都市的可贵之处。用上海人的话说，这里的城市有味道。这个味道其实就是人情味、人性味…… 我喜欢。其他老外也喜欢！”

朋友说到这里，其表情呈定格：温馨的、满足的和留恋的。

在《浦东史诗》中，我没有或者说还来不及涉及城市建设的诸如生态环境方面的问题，因为那时初创时的浦东，是激情燃烧的浦东和需要成为国际级大都市的浦东。现在的浦东很不一样了，浦东新区区委和区政府将城市的生态环境，作为工作的重要内容，每年制订攻克计划，并向人民兑现“成绩单”，而且把市民的满意度与 GDP 指标并列为考核指标。

“GDP 指标从某种意义上讲，是给官员和上级看的，生态环境则关乎每个市民日常生活，这种感受如同人们呼吸每一口空气、关注每天的天气，稍有马虎都不行！”新区的一位干部告诉我，现在的市民们关注的，除了饭碗，就是环境，“环境影响心情。心情不好，万事完结；心情一好，万事大吉。”这位干部说。

话虽略糙，却掏出了一个真理。

其实我知道，浦东在建设滨江大道、大小公园、生态湿地、景观环道和街景绿地改造等方面投入巨大。现在的百姓常言：地更绿了、天更蓝了，河更清了…… 他们脸上的表情也变得欢快、幸福、丰富和自豪。

这，其实与“老外”们看浦东所出现的表情具有类似的内涵，只是在不同频道上的共振：“老外”的表情，更多地包含了“不可思议”的复杂内容；市民们呈现的表情，是从心底透出的喜悦与自豪。

三年前，我写过一本《上海表情》的书，出版后被很快翻译到多个国家。书的最后一个章节用的是这样一个标题：有爱的城市才幸福。

我坚信是这样的。那些在外滩上看浦东的“老外”和我的日本朋友对浦东的表情，都从不同的角度证明了新浦东是一个充满爱的城市，执政者、建设者、创业者和市民们都怀有对这座城市共同的爱，所以才会下心思、下功夫、下力气去做好城市的每一个细微的建设与养护——城市不仅需要建设，更需要养护，就像人一样，“天生丽质”，仍需精心呵护！

浦东正是朝着这一“百姓心愿”在建设自己的“人民城市”。

是的，只有城市有了现代化的丰富色彩和充满温暖的爱，生活在此的人才会有幸福、满意和自豪的表情……

人因城而产生表情。而城本身也是有表情的。它的表情代表了这座城的骨骼与气度，自然也是它无言的光荣与梦想、进步与发展。

浦东的表情，属于这。所以它生动，让“老外”惊叹不已，更让自己的百姓绽放了笑颜……

24.心“新”在此相映生辉

“城市其实也是一个生命体。”当年我写重庆直辖十周年的《国色重庆》一书中如是说。难道不是吗?

一个城市如同一个人一样，它的诞生过程，就是婴儿出生与啼哭，这是生命最重要的时刻。之后他就要成长，吃食是他的重要内容，之后就要学步、说话和独立行动等等，一直到他的青春期，再到年富力强的中壮年，最后是渐入老年岁月，直到生命消失。然而人的生命，一般来说百岁就是极致了。城市的生命过程与人的生命周期形态差不多，从诞生（建成）开始，进入“填”内容，再装扮和美丽，强大和扩张，一直到衰退和消失……当然城市的寿命一般都有几百年，甚至千年以上。

这就是生命的周期。地球上的每一个生物或物质，都有其生命周期。从广义而言，都是生命体。

大上海的生命体形成，历经了上千年。它最旺盛的青春发育期是在近百年……所以我们可以说，大上海仍然处在“青春期”。

浦东则更年轻、更少年。“三十余岁”，在一个城市的生命周期之中，只是极其短暂的时光，属于“银鞍白马度春风”的风华正茂时，因此现在的浦东充满了凌云志。

在《浦东史诗》俄文版首发式时，浦东第一代创业者和领导者赵启正、胡炜等都在场，当年意气风发的这一代人，如今都已是七八十岁的高龄长者。在谈论如今的浦东时，赵启正、胡炜等感慨万千，然后最多的一句就是：我们在变老，变得很快，但浦东越来越年少青春，处处呈现的是生机勃勃、蒸蒸日上的景象。

"一天一个样，天天都在变新……"几个浦东开发史上的大功臣如此感慨。

不在历史的长河里"游泳"的人，很难确切了解岁月的沧桑和生命的珍贵。所以在浦东的日子里，我特别喜欢倾听赵启正、胡炜等第一代浦东创业者和领导们的讲述，就是因为觉得他们对浦东的感情，如同对待自己的生命一样珍惜、敬重，继而无私地为它奉献智慧和情感。

人作为一个生命体，应该算是地球生物进化的一种现象。而城市生命体，则是人类通过自身的生存与发展过程中赋予了它的诞生与长久的存在。故而城市生命体完全受人类的支配，同时按人的想法与需求，才一步步向新的更高目标发展与成长，甚至抵达消亡。

浦东新区的这个生命体诞生，是改革开放的产物，它是在小平同志和党中央英明决策下诞生的，因而它长成的模样，必定具有鲜明的"中国特色"——这个特色，就是它的创新性。

创造中求新，在求新中创造与发展……便是浦东整个发展史中的主旋律、主色调。

"新区""新区"，新是必然，新是唯一的生存价值和必须的活力。

赵启正、胡炜等时代的建城及"喂""填"产业，而他们之后的几届领导带领下的浦东依然是继续建城和"喂大""喂饱"这个庞大的生命体，向更加"身强体壮""发育成熟"的方向与目标努力……现在的浦东，人类所有看得到、摸得着的"生命景象"，就是通过十年、二十年、三十余年的奋斗所实现的。它美貌如画，它挺拔强壮，它活力四射！

然而我知道，浦东以最短的时间创造了中国乃至世界的现代化城市建设史上的奇迹，有许多可歌可泣、堪称经典与法宝的经验和精神，其中一个特别重要的就是它在实践中不断向前闯，闯中求进，进中再闯。而所有的闯与进，获得的结果就是“新”——新的形态、新的面貌、新的经验、新的出路……

至此，我们才会深刻理解和精准贯彻中央要求浦东的“先行先试”四个字的实质。

行了，方可知当下是暖是寒；试了，才知前路是风景或陷阱。

浦东政府发改委的负责人向我介绍：从浦东开发开放的第一天起，中央就明确赋予浦东新区各种“先行先试”的任务与使命。每一个试点方案包含了大量国家层面赋权新区的改革举措。新区在上海市领导下，便一如既往地按照中央要求大胆闯、大胆试、自主改。

“每一次试，获得的结果是浦东的相关方面便出现新景象、新趋势。这就是我们为什么总能出‘新’和它所走的途径。”这位负责人说。

无论你是一位史学家，抑或是一位政策研究专家，还是一位经济学家，只需稍下些功夫，翻一翻浦东的《年鉴》，那里的“成绩单”，会让你很容易梳理出这些“新”的详尽途径与脉络。然而我是作家，我的作品对象是普通读者，他们通过阅读作品了解浦东，是感官的直接感受，比如浦东为什么变化如此之快、如此之美、如此之令人惊叹！或者有些连我都百思不解的许多最根本性的问题：浦东三十余年，无论是城市面貌，还是产业、GDP 实力、快速增长的人口和社会全面进步的态势，史无前例，并让世界为之惊，其决定因素是什么？

当然是人，是人创造了浦东的一切，而非那些大楼、港口、机场和实验室。但倘若你再细想一下，又有许多神奇和奇妙的事：那么多森林般的摩天大厦，人是靠什么把它们“一夜之间”建了起来？那些一座座挤满和涌动着几百、几千人的大厦，是如何能协调管理得井井有条，并产生巨大的经济效益的？起伏重叠的工厂也是如此，那望不到边际的车间和滚动着货物与零件的加工流水线……又是如何组装出这个世界上人们所需的各式各样的物品呢？更不用说，也不敢去想，一个错综复杂、万千气象的浦东，是如何让它在飓风狂暴中安然挺立，在阳光和细雨下飘洒芬芳与清新的，并且在夜幕下依然韵味十足！这，是如何做的？为什么浦东做得就比其他地方更好和更美呢？

想着这些问题，我常常独自在黄浦东岸的绿荫道上边走、边观、边寻找答案……

那一刻，脑海里的问题如潮水般涌动，而同时转眼看着陆家嘴沿江的那些密如森林的摩天大厦后的瞬间，仿佛有千万个答案在回应我的那些问题……

这是十分奇妙的现象。时而感觉自己是一个清醒者，像在南京路上看形形色色的过客，似乎一下就能认出他们是来自四面八方的游客；时而又非常迷茫，因为我其实完全不认识个体的他们，因为每个人、每个生命体，其实是完全不一样的。即使有时连自己身边最亲近的人，我们也未必了解其生命的真实情况：健康的或有病的，青春的还是假象的年少……

浦东的发展，浦东的今天，我们可以总结出一百条经验，而每一条经验都能成书、成史。但它们真的就是这个城市、这片土地产生巨变和充满活力的根本因素？显然不能确定。那么，浦东为什么能“新”、能出“新”、能“新”到恰是这个历史和时代中生活和创业在这片土地上的人们所希望与期待的？

在寻觅和细筛浦东那些如林的楼宇和如丝网的马路之时，我突然一眼便看到了那栋并不起眼的楼和那栋楼的主人——

那楼是“由由大酒店”，其实并不大，就十层高，普普通通的旧了的小楼；那人叫“山佳明”，由由集团的董事长、党委书记。

关于“由由大酒店”，在今天的浦东人已经很少有人知道它了，何况它基本湮没在森林般的摩天大厦中，绝对不会引起谁的注意。但我却对它异常熟悉和亲切。看过《浦东史诗》的人，一定对这栋楼有些印象，是因为我在那部作品中，把它并列于“上海中心大厦”“环球国际金融大厦”和“金茂大厦”这些摩天大厦之列…… 这种写法有些出奇。但后来看完这部分内容的读者特别是一些参与当年浦东开发开放之初的那些“元老”，纷纷称道“由由”那栋楼“写得好”。不起眼的一栋楼，如此叫人称道，原因就是这栋楼——是当年浦东严桥镇的党委书记山佳明带领当时的农民们为支援浦东开发开放所建的，后来成为浦东新区开发开放之初的“前线指挥部”——陆家嘴、金桥、张江等几大开发公司皆在这栋楼里上班。现在浦东有一个纪念地在“浦东大道141号”，已经被列为“浦东开发开放”的纪念地。如果把这“浦东大道141号”比作浦东新区发展初期的“司令部”，那么把“由由大酒店”称为“前线指挥部”一点不为过。

如此而言，“由由大酒店”的楼宇本身和“由由大酒店”那几个由老市长汪道涵题写的字，都可以成为浦东的珍贵历史文物。

旧物从不言，一言惊四方。

当年的严桥镇党委书记，现在的由由集团董事长山佳明，绝对是浦东新区建设的见证人之一。1990年初春的一天，他从严桥镇到市里去听中央关于浦东开发开放的文件传达后，便火速摆渡回镇里动员干部群众“立即行动起来、以实际行动参与和支持浦东建设”，再到看着自己和乡亲们的家园被推土机推平，所有农田变成工地、变成马路和盖满高楼大厦…… 转眼三十余年，他始终如一地带领着一批“最后的浦东农民”组成由由集团，每一天都与浦东新区同呼吸、共命运，也由此将“由由集团”打造成远近闻名的经济实体。

“三十余年，我们是一天都不落、一事都不少地看着身边的浦东从单一、纯粹的农村，变成今天车水马龙、高楼林立，全世界都仰慕的国际大都市……这过程里，我体会最深的是：我们的党和政府，确实太了不得。这个了不得源于其管理能力、执行能力：建城时，一声令下三军随，眼睛一眨全是高楼和马路；楼房和马路建好后，经济、科技、教育、文化、社会各个方面的建设，就像涨潮一样，挡都挡不住，满眼皆是变化，日新月异……”这是有一天我与山佳明等聊天时听他所言。

其实，山佳明和他的由由集团发展轨迹，本身就是一个精彩的“浦东故事”。当了半个多世纪的基层党委书记的他，如今仍然是由由集团党委书记，虽年届七旬，但因为企业股东们都是当年他从稻田地里带出来的农民兄弟姐妹们，用他自己的话说，至今仍然“一天也没有停止过追赶浦东发展的步子”。他近年做的两件事，深得上海市领导和广大市民们的称道：一是投资数十亿元，引进全套世界最先进的自动化设备，在崇明建立了一个两千余亩的高端生态蔬菜基地——“由由中荷农业创新园”；二是在浦东开办了一家占地31亩、总建筑面积7万平方米、达1251张床位的高端养老院——由由信福养老院。

读者也许已经注意到，山佳明带领的由由集团所打造的两项工程，皆冠以“高端”二字，自然引起了我的格外好奇。

“是这样的。种蔬菜、建房子，这在上海和其他地方都不是什么新鲜事，但在浦东做事绝不能故步自封。国际化和现代化的超前水准，一直是新区最突出的‘新’字招牌。我们集团的发展和所做的事，都不会偏离这个‘新’字，因为只有出新，在浦东的发展才有更多机会和市场；浦东本身也是这样，因为不断出新，才能赢得天下……”山佳明说。

好奇心驱使下，我首先去了崇明，去看山佳明他们的高端生态蔬菜基地——没想到，一次去后，便差点也“拔”不出脚……

你真的想象不出什么叫现代化、全自动化和高端的创新农业：整个蔬菜“大棚”——那可不是传统意义上的大棚，实际上它是钢架结构支撑出来的全透明的新材料组成的“阳光房”，不挡阳光，却挡风雨和自然空气。“蔬菜生长在无尘房”，这是我第一个没有想到的。另一件事是没想到一粒西红柿种子就要十多元钱！而就是这样一粒西红柿、黄瓜的种子带来的单位产量，要比普通土地里或一般暖棚内种植的品种高出三四倍！

“一年四季，瓜果蔬菜不停产，人们什么时候下单，我们都能快速地送上门！”山佳明麾下的管理人员骄傲地告诉我。三年新冠疫情期间，这里成为上海市蔬菜紧急调配点，可谓立下汗马之功！难怪李强、陈吉宁两任市委书记多次来此视察。

这里的黄瓜，个个“标致”且“精神”，一口咬下，满是水分和脆嫩之感，你甚至会发出“这是黄瓜吗”的怀疑。但它就是黄瓜，现在许多上海人已经离不开它。

“来，尝尝这菜……”管理员随手拔出一颗绿色青翠的生菜就往自己嘴里塞，同时也给我递过一颗，示意我吃。

“洗都不用洗？”我惊愕地问他。

“不用，干净，且无菌，绝对安全！”管理员的脸上是100%的自信，“这里的蔬菜，用的水全是雨水过滤之后的纯自然水，无任何有害物质；种子、土壤、肥料，也都是进口和特制的，不含任何对蔬菜有害的元素。车间的空气经过净化，光照、温度、浇灌等所有种植环节实现全自动化……所以在这里，所有的蔬菜，都可以直接生吃，放心好了！”

“哈，我知道，在上海话里，能生吃的东西，一定是‘笃定’和放心的东西。”

“对对，就是这个意思。”现场管理员是位新浦东人，马上笑着会意道。

“难怪我第一眼看到你的气色这么好，原来因为你平时在这儿就可以生吃到好东西呀！”我忍不住夸奖对方。

“最先说我这个变化的是家里人……”管理员开心道，“其实能生吃的东西，基本是好东西，自然生态。我们的中荷农业创新园所生产的蔬菜、水果，还有大米等，就是朝着生活水平不断提高的上海市民所需要的方向去努力。”

“你们这个努力方向太值得倡导和推广。现在生活条件下，各种疾病越来越多，其中饮食是关乎健康的重要因素。今天，谁能吃上好东西，就是人生一大幸事。仅看这一点，你们山佳明董事长就功德无量！”我说完上述话，又情不自禁地加了一句话，“如果我是上海人，就想把家搬你们这儿……”

那管理员一愣，双目瞪大看着我，是在问：“这为啥？”

“在这里吃得放心啊！吃得好，就长寿，这难道不是现代人的最高境界之一吗？”

哈哈……

我说去过一次中荷农业创新园而双脚“拔”不动，指的就是这。大都市见多了，看惯了，甚至有些呆板的感觉。现在的人们也都吃过山珍海味，但内心却泛起一种寻找原生态的生活方式与生活内容的愿望，山佳明他们的由由集团选择的正是这样一条新路。

听浦东农业口的干部说，这些年浦东农业上的“新”事也非常多，生态种植、名品战略和乡村旅游、特色农家乐等层出不穷，花样繁多，而且在不断提升质量。尤其是在探索“以企业为龙头、家庭农场为基础、农民合作社为纽带”的发展模式，诞生了一批农业实业联合体，形成一系列“浦东新农业”的品牌。比如“浦东大米”，品质愈佳，源源不断地给大上海市民带去来自田野的那般清香与美味。

有一天从北方来的一位朋友，欣喜地告诉我，他带着家人和孩子到了东海边的南汇玫瑰园，回来跟我聊了好大一会儿。说浦东这个玫瑰园全世界最大，而且一切管理也全是智能自动化。“一脚踏进去，我的女儿就‘疯’了……我们跟着也‘疯’起来，因为以往脑海中的‘玫瑰园’，都是从书上和电影上看到。这回是实地置身于真正的玫瑰海洋里，那感觉太好太美，无法形容！”

“你一定要去看看。”朋友对我说。尽管至今我仍然没去那个南汇玫瑰园，但从可以查阅的资料上看到，这是一个“农转非”的新项目，建在原来的“东海农场”，占地1万平方米，种植玫瑰7万余株，品种达28种，堪称世界上单体面积最大的玫瑰园。建园以来，一年四季吸引四方游客。

“浦东现在已经有好几个玫瑰园了，但这只是浦东乡村中的众多特色之一而已！”那天从浦东农委同志的口中得知的信息，让我感觉自己对浦东农业这一块的特色有些“少见多怪”。据农委同志介绍，浦东新区现有的355个行政村中，其中184个村列入待开发的村子，也就是这些村庄的发展将同城市同步，另有171个村是属于保护和保留村，他们将在近十年、二十年间仍然属于“三农”范畴。新区在对待这一部分村庄的发展理念上，依然有诸多出新之处，比如通过“百村示范”“和美乡村”“特色精品”等举措，实现全覆盖的“百村美丽”目标，从而依据各自不同条件，把这些村庄建设成农民们的“美丽家园”、城市的“绿色医院”、大上海的“幸福乐园”，使其各展风采、美美与共。

“浦东新区是从‘农’字上建设起来的，即使它已经成为国际化大都市，但这里的‘农’始终连着大地，连着人民，连着未来！它也确确实实连着党的政策，连着执政者的心思，自然也连着浦东在‘新’上到底能走多远、飞多高的百年大计，甚至千年大计……”农委同志的这话，久久地在我心头震荡。

是的，浦东“生”于“农”字之上，它的前景如何，依然连着“农”的血脉。这也是浦东新区成立以来，历届执政者心系的一件大事。

三十余年城市进程，风起云涌，浦东的农业依然走在全国“三农”建设的前列，恰恰说明了他们在处理城市发展中的“城中村”建设方面，具有独到的创新经验和符合“区情”的好做法。

“在浦东新区发展的三十余年间，农民的收入和农民的尊严，从未受过影响。这是我们从事农业工作同志最宽慰的地方。”农委负责人说这话时，眼眶里闪着晶莹。

我被感染了，因为世界上任何一个现代化大都市的辉煌建城史背后，都留下一个个庞大的贫民窟，唯独中国没有，浦东更不可能有。

浦东有的是在最现代化的大都市身边，最美的中国乡村。

说到山佳明和他的“由由集团”，似乎还有另一件事没说完——那就是他们办的高端养老院。

这座距黄浦江才几百米的养老院，去年一开张，就在上海市民之中引起不小轰动。原因是除了其周到的服务、配套设施齐全和医护水平一流之外，还为75岁以上的高龄长者，提供“从自理到护理、到养生”的全方位新型服务内容，让每一位入住的长者能有比家更温馨、能有比医院更方便的疗护、能有与公园一样丰富多彩的自然环境和超大型居住与生活的私密空间。

“嚯——这里只有一个人住呀？”那天我去由由信福养老院讲课、赠书的时候，应山佳明先生之邀，顺便参观了一个长者的居室，我真是惊讶了好一会儿：不说那明亮、透光的环境，不说那样样齐全的老人日常生活用具，只是里外房子的面积就是“宽大无比”啊！

多大？

这间大的是85平方米，而最小的也有55平方米。一室一厅、两室一厅，一人独居室、两人合居室……都有，任入住者自选。

听完工作人员介绍，我频频点头。心想：这么好的地方，吾等高龄后，此地便是好去处也！

“欢迎！欢迎！真到那个时候，我们这里的条件恐怕还会有很多方面的提升。”

人，最怕的不就是告别这个世界的最后时刻嘛！能有符合心意的最后归宿去处，这当然是一件欣慰的大事。上海平均寿命现在已是全国第一，浦东人山佳明他们着手开始创办高端的服务高龄者的养老院，这本身也是一个创新。新在让那些有条件能够改善自己生命最后旅程的那些长者，有安身之处。

是的，浦东之新，处处有。浦东之新，更多的珍贵在于创造性地去开拓和发现、挖掘“新”的天地——

每一次仰望那些摩天大厦，每一次看着潮水一般的在浦东奋斗的人们，我总在想：是谁能把如此复杂和多元的社会管理得井井有条、活力四射、朝气蓬勃的呢？是啊，会是谁有那么大能耐把这样全新形态的大都市管理得那么好、那么出“生产力”？又是用什么办法做到这一点的呢？

这是浦东这样的现代化国际大都市所面临的最大问题，而且是前所未有的——新中国成立之后，中国共产党带领中国人民翻身做主，曾经党和政府的工作重点主要在农村，后来城市才逐渐成为工作重点。而承担城市管理责任的，一直以来除了党政机关之外，就是一个个具体的企事业单位，再就是一个个居民区。我们的方法现在看来并不复杂：单位的大大小小的事，由各单位解决；居民的事由居委会解决。如此一级又一级，几十年来一直如此。

但浦东发展起来后，社会形态发生了变化：原有的“画地为牢”的单位，已经不再是一个独立的厂区、独立的院子，而是在一栋大楼里，甚至几栋大楼内。另一种情况是：一栋摩天大厦里，有几个、几十个、几百个单位在一起……还有的则是在一大间公共办公地内有若干个小单位合在一起经营，等等。而这其中不同的企业和单位的所有制也很不一样：有的是国资，有的是民营，有的是中外合资，还有的是独立的外资。他们的员工有中国人，也有外国人，其政治身份也各有不同，有共产党员，有民主党派，有普通群众，有想入党、入团追求政治进步的，也有就是一心想当科学家、经营者或在外资企业中争取个职位的人，等等。如此复杂的情况，浦东管理者如何让生活和工作在浦东大地上的这些人，保持最佳的精神状态，在实现个人的理想和企业的发展的同时，更能聚力为国家和浦东发展作贡献……这实际上是远比引进数个世界500强企业、建造几栋摩天大厦要艰难和复杂得多的“人”的工程。

这是我特别想知道的“浦东”——其实就是想知道浦东几十年来在楼宇管理、社区管理等方面的“新”情况。

“有啊！走，我们到最高的‘上海中心大厦’去。那里有你想得到的答案……”对接我采访的区委党史办公室同志一听，立即带我到了浦东最高的上海中心大厦。

“中国第一楼”的上海中心大厦，也是浦东最显著的标志性建筑，在写《浦东史诗》时我已熟悉它了。当时有感而发写出了“与天对话，我是中心”的感叹，现在常被浦东人引用。最能代表“魔都”形象的这座632米高的摩天大厦，平时有外地朋友来上海见我，或者我自己的新书首发，我会首选到“中心大厦”。但数年后，我这次再来到这栋摩天大厦里，却获得了以前从未有过的收获。那就是——我在这里找到了浦东不断有“新”、出“新”和始终能“新”的根本……

摩天大厦里每天都是人潮涌动。我们要去的是22层的陆家嘴金融城党群服务中心。一踏出22层的电梯口，我们就见一队又一队的参观队伍，以及正在举行活动的党员团队。这种现象，似乎让我感觉既新鲜又有些遥远……

我们去的这一天是2024年7月16日。电子屏幕上醒目地印着几行大字：

“党建引领聚合力　携手共建促发展”
党建共建签约仪式暨党纪学习教育联组学习会
单位：上海煤气第一管线工程有限公司第二党支部
上海市燃气北销售有限公司物资保障党支部

“刚才是有两个支部在这里一起举行党建签约和教育活动……从习近平

总书记到这里视察后，我们这里成了浦东和全上海党建活动的场所，甚至还有些外地的城市党建团队到这里来。”

“难怪这么热闹哇！”

“是，现在每天大约有六七场类似的党建活动……”

这是我进党建服务中心与接待我的一位女工作人员的对话。

“总书记也来过这里？”这事我还是第一次知道。

“是的。习近平总书记是2018年11月6日上午，在出席进博会期间来浦东视察时到了我们这里……见到总书记是我一生中最荣耀的事。”这位女工作人员顿时兴奋起来，她介绍道，“这一天我们这里正在举行一场‘我与金融城共成长’的主题党日活动。当时看到这里正在举行党日活动，习近平总书记饶有兴致地听完主持人介绍后，与参加党日活动的党员亲切交谈。当总书记听说党日活动中有大厦内的三家企业的党支部联合一堂课，他更是满脸笑容地跟在场的党员互动起来，他指出，浦东的楼宇党建工作很有创意，也很重要。随即，他当场向党组织的干部和党员同志提出了四个问题：我们党还有没有吸引力？还有没有人愿意加入？年轻人还愿不愿意入党？‘两新’组织的人愿不愿意入党？在听完陆家嘴金融城党务干部的回答后，习近平总书记十分满意，并强调，基层党建既要发扬优良传统，又要与时俱进，不断适应新形势，拓宽基层党建的领域，做到党员工作生活在哪里、党组织就覆盖到哪里，让党员无论在哪里都能找到组织找到家。”①

“楼宇党建”这个概念，过去从没有听说过，而且听完陆家嘴金融城负责党建的领导介绍后，我的内心升腾起一种神圣：想不到一百年前在上海阁楼里诞生的中国共产党，用28年时间推翻了旧中国的“三座大山”，建设起了伟大的社会主义国家。百年后的今天，她又在上海，在领导中国人民建设社会主义现代化强国的征程上，竟然又在“楼”里创新一种新的管理模

---

① 参见《当好改革开放的排头兵：习近平上海足迹》，上海人民出版社，2022年版。

式，这是真正的领导艺术！ 这就是浦东的“楼宇党建”。

“楼宇党建”的意义，当我深入细致调研之后，才发现它实在是可以用“伟大”来形容的浦东“新事”。因为，由于这“新”，才让浦东开发开放以来的三十余年里，始终保持着昂扬、快速、激情和稳健的强劲发展态势；因为由于这“新”，才让浦东大地上复杂多样的社会组织和社会形态，始终朝着党所指引的一个目标、一个方向前进；因为由于这“新”，才让浦东在向国际化、现代化前进，并在“人民城市、美好家园”的建设中总有创新。浦东日新月异，万象更新而又从不停止前行的脚步……

“楼宇党建具有划时代意义，它很像当年毛主席在井冈山第一次提出‘支部建在连队’的做法。”我突然想到中国共产党早期革命的一大法宝。

中国共产党在和平建设时期，经历了很多阶段。然而像浦东这样从农田上快速成为世界级大都市的城市组织形态、经济和人口巨量增加、各种社会组织交叉叠加一起的状态，过去是没有的。然而现在却相当多，如国家级经济特区、开发区和发达地区的省会、地级城市，甚至像昆山这样的县级市，都有与浦东的生产组织形式、经济结构、社会形态相似之处。那么，在这样的状态下，人的思想、精神和文化等由谁来引导和引领呢？

“楼宇党建”所承担的最终任务，正是这个。

“党领导下的人民，才可能真正释放出最活跃、最积极、最强大的生产力……”陆家嘴的党务干部向我透露，他们的“楼宇党建”经验，其实也并非凭空冒出来的，而是在浦东的发展过程中由基层组织摸索总结并慢慢形成的。

在高楼叠起、景象万千的浦东陆家嘴潍坊街道，还有一片如今看起来已经有些旧、矮的楼宇，它们虽建于二十世纪九十年代末，但这一片楼宇曾经非常出名，周边的人称它是“省部楼宇”。

何谓“省部楼宇”？ 就是上海之外的其他省市在浦东建的“浦东楼”。

我问过胡炜老区长。他向我详细介绍：浦东开发初期，特别是二十世纪九十年代中、后期，当时我们的经济实力不雄厚，又加上全球金融风暴的袭击，浦东开发建设面临巨大的资金压力。怎么办？“一方有难，八方支援！”在党中央的一声号令下，全国各地纷纷加入了浦东开发建设行列。其中一项非常耀眼的工程就是中央和上海周边的省市来浦东投资建楼。“我们专门在陆家嘴潍坊街道区域内划了一块地方给相关省市建楼，作为他们驻浦东的办事处和商务投资办公地……这些楼被我们称为‘省部楼宇’。”胡炜说。

那天我在新区有关同志带领下，专门来到这片“省部楼宇”地。看到的第一栋楼是“嘉兴大厦”。

很普通，也显旧了。“但它可是‘楼宇党建’的发源地哟！”潍坊街道的干部骄傲地向我介绍：这栋楼始建于1996年，1998年竣工。当时负责招商的，是嘉兴房地产开发公司留在浦东的一些人。经过一年多招商，嘉兴大厦的出租率达到80%以上，其中入驻企业中有三个“三分之一”：三分之一是嘉兴为主的浙江企业；三分之一是上海的企业；三分之一是全国其他地区的企业；另有少量的外资企业和社会组织。

“这么个楼里，怎么管理？当时大家都是第一次遇到这个问题……工作人员们来自五湖四海，但其中不少是党员。由于各个入驻楼里的单位大大小小，不同的所有制都有，而且又以小微企业为主。有的企业有1—2名党员，有的企业有个别大学生党员，也有的企业就没有党员，那么楼里的党员如何管理、如何过组织生活，大家都不知如何是好！回原来单位过组织生活又不太可能，因为他们在浦东的工作十分繁重，且待在浦东的时间又很长，怎么办？因为除了党员不能过正常的组织生活外，实际上还有一件根本的事是：一栋里经常遇到各式各样的事，弄不好，就引起矛盾。而我们街道又不能直接去管理和处理，尤其是出现很多鸡毛蒜皮的事，事虽小但很烦人、扰人。我们心里都知道，再难的事，也要靠党组织呀！可这楼里又没有党的组织，各个单位的党员又不能独立建支部。说实话，当时我们街道也不知怎么管理类似的一栋又一栋楼。而且随着浦东的飞速开发，楼越建越多、越建越高，住进去的人、入驻的公司也越来越多，多到有的一栋楼几千人、上万人……如此体量的楼宇，一旦在日常运营中相互之间产生一些大的纠纷或矛盾，后果不可设想！怎么办？到底如何管理楼宇、如何通过党的建设来促进和加强楼宇管理，越来越成为浦东发展过程中面临的紧迫任务。”听得出，当时这事确实够浦东执政者和管理者操心和紧张的。

“有一天，我们街道来了一位女同志，她是嘉兴市秀洲区驻沪办的汪敏君主任。她说她已经通过调研，并征得相关楼里不同单位里的党员同志意见，准备建立一个联合党支部，特意来向街道党委申请。我们一听，马上觉得这是好事，天大的好事嘛！后来特意向上级党委出了专题报告，随即又根据《中国共产党章程》的相关规定和组织建设相关条例，正式批准了汪敏君她们提出的申请。就这样，1999年6月14日，就在这栋嘉兴大厦内，诞生了全国第一个跨地域、跨行业、跨所有制的联合党支部。‘支部建在楼里’随之在全浦东新区迅速推开，于是也就有了后来的‘楼宇党建’这一说法……”

原来如此。

浦东干部介绍，嘉兴大厦“支部建在楼里”的这一创新，宛若春风沐浴大地。整个浦东的万千新建楼宇，无论是几个人、几十个人、几百个人、几千个人甚至几万人的单位、企业和不同形态的所有制形式里，都纷纷效仿建起了党的组织。

“搞经济和科研的人都知道‘孵化器’‘黏合剂’‘发动机’等生产技术的推力作用。我们的‘楼宇党建’，一经推出，它所起的作用，也如‘孵化器’‘黏合剂’‘发动机’一样，在每一栋里发生着作用……许多过去我们头痛、楼里的物业更头痛的事，通过楼宇党建，一切都迎刃而解了！你说这个创新可贵不可贵？”

“太可贵！难怪习近平总书记那么肯定你们的经验。”我连连向潍坊街道的同志点头表示。

嘉兴大厦的“支部建在楼里”首创者汪敏君后来被评为“上海市劳动模范”“浦东好人”。他们的党建经验很快“一花引来百花开”。在浦东的各行各业传播开来，于是乎——“支部建在项目上”“支部建在园区”“支部建在合作社”“支部建在一条街”“支部建在网上”等党建形式在浦东各条战线如百花争艳、万花盛开，呈现奇特而丰富多彩的景象。

“党建工作，做细了，是凝聚力；做强了，是竞争力；做实了，是生产力。”这句话在浦东党务工作者中间非常流行。开始我有些半信半疑，后来走进一栋又一栋摩天大厦之后，才真的被折服了——

比如“第一楼”的上海中心大厦，楼内上班的人数达1万多，他们各自在57.8万平方米的巨大建筑之中的近百家企业工作，整座大厦的规模相当于竖起来的外滩。整个陆家嘴300余幢商务楼宇，每一栋楼就是一个超大体量的垂直社区。这里楼宇是典型的新经济组织和新社会组织的“两新”集聚地。在此工作的年轻人，学历高、见识广。基层党组织如何吸引他们、满足他们的多元需求？陆家嘴金融城的“楼宇党建”对此早已有了答案，因而他们的工作也就硕果累累，闻名遐迩。

有一位新闻记者来到陆家嘴软件园，帮助我探访了我所想深入探究的“楼宇党建”的奥妙所在：

早高峰，开车一个半小时，刘海刚从松江赶到浦东。只差拐个弯，车子就能进软件园。边上有车试图加塞，前面的车纹丝不动，刘海刚焦急地望向不远处，公司大楼就在那边。但过这一个弯，他就用了30多分钟。

刘海刚工作的地方，就在陆家嘴软件园，上海中心大厦往东南4.5公里，陆家嘴金融城的一部分。软件园没有围墙，堵起来就像停车场。

3年前，每个早晚高峰时间，工作在软件园的人们都是这样度过的。

为啥这么堵？

园区3万多名人员日常通勤，行人车辆共享5个主要出入口。

进园区，道路狭窄，车行道和人行道混杂。7条内部路将园区10余幢大楼分隔开来。路边共享单车垒出几层高，根本找不着停车的缝隙，于是有人直接抡起车，扔上“单车山”。

出园区，峨山路出入口直通城区快速路，是大部分车主的选择。而园区内部路连接峨山路的是丁字路口，快速路在峨山路左侧，车辆出软件园，得排着长队左转，一个绿灯走不了几辆车。

园区保安王宗德负责交通疏导。每天黄昏站在峨山路出入口，眼看着行人拥堵，软件园的车一辆也出不去，王宗德急得跺脚。

早晚拥堵，成了软件园区的一个突出难题。

难题谁来管——

大事小事烦心事，事事可找“楼事会”。

抓着厚厚一沓意见表，美银宝网络信息服务（上海）有限公司设施管理经理常波一趟趟往园区物业跑。常波负责处理公司员工交通与停车需求，他一遍遍给物业提意见，希望园区能解决。

但园区有园区的难处。

软件园里有200多家企业，约九成是小微企业、民营企业。理论上物业只服务外围，连企业的门都进不去，如何找人共商难题？园区外，周边市政道路规划属政府部门管辖，共享单车管理要与各投放公司协商，只靠物业出面难以协调，总是“摁下葫芦浮起瓢”。

直到2020年，陆家嘴软件园有了“楼事会”，事情终于有了转机。

“楼事会”，全称楼宇事务治理委员会，以楼宇为单位，在楼宇党委领导下、经民主推选产生的楼宇共建、共治、共享的平台。2020年4月，在浦东新区区委组织部的指导下，陆家嘴金融城推出“楼事会”制度，依托党建横向贯通，将楼宇联合党组织书记、楼宇业主、运营方负责人、党群服务站负责人、入驻企业党组织书记和企业行政负责人等纳入“楼事会”。“楼事会”在成员当中推选政治意识强、综合素质好、熟悉楼宇业主情况、有较强组织协调能力和志愿精神的党员担任楼长。楼长负责什么？简单地说，就是在楼内发生的大事、小事、烦心事，有事都可以找楼长。“楼事会”也被称为垂直社区里的“居委会”。

赵云峰是陆家嘴软件园管理中心总经理，被推选为软件园楼长。

在担任楼长之前，作为物业方负责人的赵云峰，权责不会超出物业范畴。如今，依托“楼事会”制度，赵云峰承担起更大的责任，也开始有了统筹各方、解决问题的可能。“‘楼事会’不是仅仅开开会、记记台账，而是要实打实为企业解决难题。”赵云峰说。

软件园的交通痼疾，第一时间提上议事日程。

难题怎么管——

楼长身后有制度，啃硬骨头有底气。

软件园1号楼顶层的会议室，现场气氛热烈。

这是一次筹备数月的会议。2020年7月，楼事会出面，组织30余家单位开会。“40来人坐在回字形会议桌边，有陆家嘴综合党委的代表、交警等相关部门代表、各家企业的代表等。”赵云峰回忆。

各方都颇为感慨，有一致的看法：“现在我们都属于楼事会，大家目标一致，软件园不能再这么拥堵下去了。”楼事会拿出来的讨论方案，是在不影响各方利益的前提下寻求最优解。政府相关职能部门代表就坐在会场，这样内部协调更顺畅，外部沟通也更有效。

楼长不是“光杆司令”，背后是解决问题的制度支撑——浦东新区区委组织部牵头陆家嘴金融城楼事工作联席会议，整合市场监管、公安、消防等多部门力量，构建“大党建＋大服务”工作闭环。各政府职能部门服务窗口前移，提供组团式下沉服务。每个楼事会都配有组团式下沉服务专员，即楼事工作联席会议成员单位为楼宇选派的楼宇党建督导员、经济包干员、消防辅导员、公安联络员、市场监管员等。楼事会工作会议定期召开，相关下沉专员都会参加，大家协力解决问题。

“楼事会就是要打破壁垒，在党组织领导下，将楼宇物业、企业、公共管理部门等聚集在一个协商共治平台上，共同负责与楼宇建设、管理、发展、服务相关的各种事项。”浦东新区区委组织部两新党建处负责人介绍。

在“楼事会”的沟通协调下，交警部门来到软件园现场勘查，为园区设计车辆疏导动线。

软件园内部道路交会点多，交警部门把横向小路改成单行道。园区内共享单车乱停放，“楼事会”与交通部门、楼宇物业、共享单车管理单位等多方协调，由车辆管理方承诺每日5次安排专车至园区清运单车。物业也划定了单车专用停放区域，并加强日常巡视。针对出口左拐车辆较多的问题，交警部门指导软件园将园区出入口左拐车道拓成了双车道……

软件园交通状况有所改善。不过，还有一个瓶颈——软件园峨山路、丁字路的出入口。这个路口要想通畅，需要配套调整市政道路上的红绿灯时间与人行横道线的设置。“道路设置的优化调整牵一发而动全身，需要请陆家嘴交警二大队现场勘查、比选方案，制定最终方案后报给上一级审批通过后才能调整。”陆家嘴金融贸易区综合党委副书记、总工会主席朱德兵介绍。

站在丁字路出入口，赵云峰反复思量。有关部门能不能为软件园优化道路方案？这在过去总觉得无从下手。但如今在“楼事会”的平台上他有底气去啃硬骨头。

“需求、资源、项目”3张清单，是“楼事会”凝聚合力、解决问题的重要手段。企业或个人遇到的问题汇聚到“楼事会”，形成“需求清单”；“楼事会”整理出区域内的行政资源、经济发展资源、社会治理资源等形成一张现有“资源清单”，二者匹配就形成了“项目清单”。“楼事会”的3张清单依据需求可实时报送至陆家嘴金融贸易区综合党委。

软件园“楼事会”将园区诉求借由清单详细汇报，希望由综合党委出面，与浦东新区交警部门协调，为软件园调整市政道路相关设置。能成吗？

2020年将近年底，赵云峰手机响起，电话那头是同事们激动的声音，“变了，变了！路不一样了！”这天，路面人行横道线做了调整，交警部门还将出入口处红绿灯左转灯从20秒延长到30秒——这是赵云峰和同事们掐着秒表算出来的。那天早上，王宗德迎着朝阳站在路口，心情很轻松。

效果怎么样——

变化实实在在，感召真真切切。

经过一周的适应期之后，园区交通迎来了从未有过的丝滑体验。“软件园1200辆车，以往出园区时间平均都在20多分钟。如今，车流量最大的时候，5分钟左右也能出园。”赵云峰说。

软件园交通难题的解决，只是陆家嘴楼宇党建发挥“善治理”效能的一个缩影。

几年来，外卖保温柜、亲子暑托班、妈咪小屋、职工书屋、健康驿站……一系列年轻人的需求得到悉心满足。日前，走进陆家嘴金融城党群服务中心，屏幕上的3个数字惹人注意，截至2025年2月：“总需求2141，已完成1964，正在推进177。”“需求清单”的解决进度，一目了然。

在“楼事会”的努力下，软件园旧貌换新颜。现在，常波吃完饭都要在软件园里转一转。黄昏时的软件园，内部路上安安静静，只有树上的景观灯在闪耀，这让她心境平和。“楼事会给我们软件园带来了实实在在的变化。”她说。

好处实实在在，基层党组织的感召力也在润物无声中真真切切地增长。

“80后”青年刘坤元留学回国工作多年后，2021年申请入党。今年春节后上班第一周，他就向组织递交了一份新的思想汇报：“我亲历了软件园的变化，看到了身边的党员是怎么为软件园的发展努力的，我希望加入他们的行列。”

刘海刚现在的上班路顺畅多了，他所在的公司内部设置了“党员先锋岗”。作为党支部书记，刘海刚天天把党徽挂在胸口处……

2018年至今，陆家嘴金融城有2500余名青年递交入党申请书，400余人成为入党积极分子，182人成长为党员。而从2020年4月首批6家试点“楼事会”成立到现在，“楼事会”已覆盖陆家嘴区域147幢商务楼宇，其中亿元楼基本实现全覆盖。目前，党组织已在金融城所有商务楼宇实现全覆盖。

实际上，陆家嘴是楼宇党建的发轫地。从最开始“支部建在楼上”，到如今在“垂直社区”里建立“居委会”，陆家嘴楼宇党建由“支部建在楼上”的1.0阶段，经过“送服务”“强功能”的2.0、3.0阶段，已迈入“善治理”的4.0阶段。公共服务的对象，从“平面社区”延伸到了楼宇“立体社区”；城市治理的方式，从政府主导逐步走向自治共治协同。30多年来，楼宇党建的点滴历程，深深镌刻在陆家嘴这片热土。2018至2025年2月，陆家嘴金融城党组织从252个发展到457个，党员由9244名增长到11090名……

457个组织，10000余名党员，如此一个强大的队伍，带着一片赤诚之心和高昂的工作干劲，能不让陆家嘴300余座楼宇每天处在激情与燃烧的“大干快上”之中?！

这就是浦东。这就是浦东新区与众不同的“新”。这就是浦东最有分量的“新”现象:通过“楼宇党建”的建立，在每栋楼宇里，建立了“楼事会”，这“楼事会”就是广大人民群众的代表，他们在党组织领导下，党员骨干和群众骨干在其中担当着主要角色，所以成了楼宇能办事、办实事、办好事、办大事的主力军。由此让党的声音和力量在楼宇经济中发挥顶天立地的磐石作用。

我感叹和致敬浦东这“新”……然而我知道，在浦东还有许许多多、层出不穷的“新”，比如人民民主实践、比如城乡融合统筹、人才管理等等方面的新鲜事儿、新型做法，每一个“新”都足可以独立成书、成史。正是这样的一个又一个“新”，它们烘托出的热量如旭日东升，映红和燃烧着这片土地，所以才让全世界看到了中国浦东今天的现代化锦绣之象……

25. 奋斗者的哲学原子：爱！

我们知道，世界许多物质是由原子组成的。原子一旦产生裂变，其能量之大，似乎可以摧毁我们人类所目及的任何物质，包括人类自身……

然而人类也是地球物质的一部分。因此人类本身也存在一种“原子”，不过它是一种抓不到、摸不着的但实实在在存在的“原子”，即精神世界里的一种特别的能量——“爱”，我们这样统称它。

爱，是支配人类情感世界的原子，是人类能量产生裂变的主因。没有爱，人类就不可能繁衍；就不可能从事生产活动，自然也不可能创造奇迹。反之，当人类把自己的爱奉献出来，并投至合适的工作和事业上，其能量如同物质世界中的原子裂变……

浦东之所以发展如此迅猛与坚韧、强劲而稳健，就是有一大批致力于科技与经济前沿的人，将自己的那份对国家和民族的赤诚之爱，奉献在浦东大地上。

以此理论，我们可以得出一个结论：浦东开发开放能有今天，最根本的原因，就是在这片土地上的那些创业者、奋斗者的“爱”在发生作用。

不错。如果不是因为对国家、对民族、对浦东之爱，浦东怎可能吸引来自全球各地的经济、技术和管理等方面的精英来此？怎可能有那么多来自全国各地的青年男女怀抱理想来此？

在浦东的日子，我见了太多全身心献给科学事业和为这片土地发展、繁荣而付出赤诚之情的科学家、企业家和管理者，以及无数普普通通的人。

文学是写人和人的故事。有了人的活动和情感的“裂变”，才会有一个地方的GDP，才会让一片农田变成国际大都市，才会让世界瞩目、中国骄傲！

《浦东史诗》之所以能够受到浦东人乃至全国读者的喜欢，就是因为书中讲到了包括浦东开发开放的决策者邓小平、江泽民、朱镕基、汪道涵、赵启正、胡炜等一大批浦东建设奉献者。相比于今天的浦东，我给自己的《浦东史诗》一个定位：写的是浦东开发开放初期的创业史、奋斗史，是激情燃烧的岁月。而之后的浦东，属于科学家、企业经营者和那些怀揣梦想到这里的年轻人。这是浦东发展的支柱与主力，他们像我们站在外滩所看到的陆家嘴金融城的那些高楼大厦一样，各自放射着光彩，是浦东荣耀的所在，也让浦东风景充满了诗情画意……

人们通常因为浦东的摩天大厦太多、太美，故而只能不得不以最简单的办法来图解它们——“三件套”便因此成了点睛的“浦东传说”。那么现在我想全景式描述奔腾的万马形象，显然同样只能借用一下“三件套”的方式，来向读者讲述“浦东之爱”中几个代表性人物的故事。

与《浦东史诗》重点写决策者和艰苦创业中的“大将”们不同。“造城”之后的浦东，是科学家、创业者与经营者的天下，而这才是浦东最精彩的历史画卷。他们是让浦东现代化历史画卷出彩的人，也是我所说的那些拥有催化“原子”裂变的赤诚之爱者——

尹志尧是我第一个想到和想写的人。

他是一位与被人称为“中国芯片之父”的张汝京相像的人，是一位在当下中美围绕集成电路拼得你死我活的大搏杀中冲在前列的科学家。有意思的是，写《浦东史诗》时我采访张汝京，称他为科学家时，他谦逊地说：“我只能算是集成电路产业中的芯片加工领域的工程师而已，离科学家的称号还有距离。”

见尹志尧后，他也直接告诉我：“我充其量是一个不错的工程师，算不上科学家。”非常有缘，他与张汝京也很熟。

“回国前讨教过张博士，问他如果我回国搞半导体设备，你会支持在中芯国际试运吗？张博士非常坚定地告诉我：一定会试运，我会支持你！”采访中尹先生对我说：“这使我下决心回国创办中微”。

芯片产业如今是世界科技最前沿的领域。两位在集成电路——芯片制造中赫赫有名的大人物，在与我的交流中，两人竟然都说自己只是个“工程师”，这让我无限感慨。因为在实际生活中，有些徒有其表、虚有其名的人，却一直在吹嘘、标榜自己的“伟大”和“杰出”。相比之下，在接触老一代科学家和当今的像张汝京、尹志尧等人物之后，我内心无数次产生强大的震撼：他们的低调和谦逊、务实与谦卑，如果用现在的一些观点看，似乎有些不可思议！

我熟悉的钱学森和王淦昌这两位“两弹一星”巨匠，人们已经知道了很多他们的故事。但我们在一般性的宣传材料上获得的科学家形象，与我实际与他们面对面交流接触后的印象相比，感觉差异极大。当年我与钱学森先生单独对话时，他跟我讲“零”的趣事，更谈到如何解决“想不出问题时”的办法，而王淦昌与我谈“老乡见老乡”的那份情谊，这两次与大科学家的近距离对话让我顿悟了几十年。我心里常常浮现出为中国芯片事业作出了那么大贡献却身处逆境的张汝京始终有着的笑眯眯的那副神态……最后我只能一次次感叹：这就是大师。

真正的大师是谦和的。谦和的大师才是伟大的大师。

尹志尧是属于这样的人——至少在我印象中他是这样。

那天我到他在浦东的“中微”公司赴约，心头还是格外欣喜。因为采访的事总算落定，尹先生真的太累、太忙了，我提早了两个月约他。

我知道，对驰骋在高科技风口浪尖上的他，时间太宝贵，宝贵到需要用分秒来计算，这绝对不是恭维。所以我那天比约定的时间提前10钟到了“中微”。

“尹总正在开一个会，马上结束。请稍等一下……”接待我们的“中微”人解释。

趁着这个时间，我观察了一下“中微”，看到了与众不同的公司内厅和外门外的两样东西：

正门前是一块巨大的暗红色花岗岩石如屏风般地竖在眼前。上面用金色刻着《中微创业记》。一看是尹志尧先生亲笔签的名，所以用手机将全文拍了下来：

二零二四年秋，中微喜迎二十年庆。科创上市，高速发展，首破千亿，乃修筑旌旗石尊于堂前，面向太阳升起的东方，刻中微创业历史于其上，属予作文以记之。

敬回首中微创立，于二零零四年八月初，在上海浦东新区。十五人，自硅谷回国，从零开始，踏上征程，胸怀壮志，瞄准前沿，立誓开发国际领先之高端半导体设备，数码产业之基石矣。然纳米加工，难如登月，又国际垄断，竞争激烈，尚有三十年时差，焉能成行乎？

若夫需资百亿，人才稀缺，专利林立，西方严控，供应商缺，客户难信，纳米精准，重复可靠，经济实用，挑战诸多。登高望远，唯有坚定信念，不畏艰险，攻坚克难，坚韧而不拔矣。

春夏秋冬廿载，上下一心，勇于创新，专利保护，产品超群，刻蚀薄膜，横贯欧亚，国际认可，客户垂青。进而高速成长，二零一九，科创新板，领衔上市，首达千亿，此果何及！回首往事，则有心旷神怡，惊险偕忘，把酒临风，其喜洋洋者矣。

然则！硬科技竞争无穷尽，领先不进则退，何哉？不以胜喜，不以败悲，居群雄之首则思其危，处后进之位则奋发图强。发扬四个十大，不断升华。有机生长，外延扩展。自强不息，厚德载物。攀登勇者，志在巅峰！确保中微高速、稳定、健康、安全发展，立志成为国际一流微观加工设备公司，数码智能时代之基石。为民得益，为社会造福矣。

尽管是站在石墙前默读，然而读完之后的我心潮澎湃：其一，看其文字和文风，显然是尹志尧先生的亲笔撰稿。尹总和我开玩笑说：“范仲淹会到法庭上告我侵权抄袭了。因为我是按《岳阳楼记》词的模板写出的《中微创业记》。”可以想象，一位曾在美国硅谷前沿科技领域三个大公司工作了20年，在美国应用材料公司做到了总公司副总裁、最大的等离子体刻蚀事业部总经理的他，为了祖国的半导体事业，毅然脱离一切优越条件和相当于千万人民币年收入的待遇，带着15位志同道合者，一起回到祖国，从零做起，其情其景，回首动容。那份苦与难、险与峻，唯有当事人清。其二，高科技领域风险重重，国际同仁间竞争得你死我活，加之西方世界一道道制裁和围攻，如此情况下，创业与崛起之路何等艰辛！然而尹志尧他们成功了！这份成功是用了整20年时间……

20年，是个什么概念？是一个人从青年到中年的时间，是一代人的概念，是人生差不多四分之一的旅程……好在他成功了！如果没有成功呢？那今天的他将会怎样呢？

何况，尹志尧先生回国那年，已经是60岁的年龄！60岁，是全世界多数国家法定的退休年龄。然而他却在这个年龄，奋然"从头越"呵！

谁能想到、谁能做得到在60岁以后，重新创业，并且是在国际最尖端的科技领域去搏杀！连续20年，每天要工作14个小时，这般艰难与艰辛，他人不知；他人若知，或许早已退却。但尹志尧和他的团队不仅没有胆怯，相反立誓前行，朝着世界芯片制造设备的巅峰攀登……20年的血泪与喜泣并行！

是什么力量支撑着他？他是一个什么样的人？这是我最想了解的，除此，技术方面的事我用不着去打听，因为我根本不懂。之前看过许多芯片产业方面的文章和视频，他尹志尧与张汝京一样，早已被人们称之为英雄了！

西方国家对中国芯片产业的疯狂围堵，让中国人对所有在这一领域为国争光的人格外敬重，这份情感犹如战争年代，人们对战神的崇拜。能不崇拜吗？一个任正非、一个华为，它给中国人民所带来的底气，宛若原子弹成功！尹志尧和他的团队，研发的是制造芯片中除了光刻机以外，最关键的、最大宗的、不可或缺的设备——等离子体刻蚀机和薄膜沉积设备。

平时我们经常听说制造芯片中的光刻机如何重要。其实除了光刻机，制造芯片工艺中，还需要很多重要设备，其中刻蚀机是重中之重。

“什么叫刻蚀机？ 它的原理是什么？”我特别想弄清楚。尹志尧后来向我“科普”道：就是相当于在一个人的头发的几千分之一的尺度上，建造十几层的立交结构……

这，又是什么概念？ 我听后脑子里一片糊涂和迷茫。尹先生进而比喻说：我们做的事，就是在人头发丝直径千分之一到万分之一的尺度上，盖五六十层楼房和高速立交的微观结构。每一层就像是木刻工匠做木雕。先要有一个硬木板，然后用毛笔在上面画上画，再用刻刀按画的花纹刻下去，除掉不要的木料，做成木雕。薄膜设备铺上的各种导体、绝缘体和半导体材料如同硬木板，光刻机如同毛笔画出线路花纹，刻蚀机如同刻刀，按光刻机画出的图形，刻出三维结构。在二十世纪五十年代，也就是70年前，在没有集成电路，没有光刻机和等离子体刻蚀机的情况下，两栋五层大楼才能容下一个128K的电子管计算机。而70年后，由于光刻机、刻蚀机、薄膜沉积等微观加工设备的不断进步，微观器件越做越小。需要200万栋五层大楼才能容纳的一个256G电子管计算机，缩小了10亿倍，缩到一个巴掌大的手机那么大。从这个例子，我们可以体会到微观加工设备的威力和重要性。中国有句老话“工欲善其事，必先利其器”，就是这个道理。

这是什么样的技术？ 这就是尖端科学！

这就是科学家的伟大之处，他们在做常人无法想象的事——向无穷边际的微观世界与宏观世界探秘。我知道，尹先生领导下的团队不仅做成功了，且比世界同类先进的刻蚀机做得还要优秀得多。“从20纳米到5纳米逻辑器件加工，我们的产品，其总步骤是原来的两倍，刻蚀步骤是原来的三倍！”他说。

太专业和高深的问题，我听不懂。但他说的有些话我能明白个大概：中微的刻蚀机，已经可以做到7纳米到5纳米的加工工艺了，甚至现在能做3纳米和3纳米以下。7纳米的概念是什么？ 是等于人的头发丝直径的一万分之一，3纳米就是人头发丝直径的 二万三千分之一！

头发的二万三千分之一 是什么样的“微观”呵？ 只能靠脑力强大的人去穷尽努力地想象了！ 所以我想，那么多专业人士、那么多浦东人向我推荐他是有足够道理的。

正当我为尹志尧先生亲撰的《中微创业记》而浮想联翩之时，中微公司负责接待的人过来告诉我说：“尹总”已开完会，请我到会议室。

准时。我看了下手机上的时间，心想：人家搞微观科技的人就是守时，可以说分秒不差。

由此，我认定我要见的可是个异常严谨和讲求实效的人呵！

然而令我意想不到的事还是出现了 —— 差点让我热泪而奔：这一位日理万机，时而埋头在办公室里，时而又需要与工程技术团队论证科研方向与产品性能，时而又要同来自世界各地的客户谈生意的他，竟然是个异常热情好客的长者 —— 但无论如何我都看不出眼前的他是八十岁高龄之人。

“哈哈 …… 我是大猴，你是小猴，今天是两只猴见面。太荣幸和有意思了！”这是我没有想到的：尹先生恰巧比我大一旬，而且大猴见小猴，有种分外亲的感觉。

“不瞒猴哥，今天是我生日 ……”我忍不住把自己的“秘密”说了出来。

“哎哟哟，太好了！ 来来，快去准备一个蛋糕！”尹先生乐开了花似的，吩咐秘书去准备。

“您别客气，我只是一说 …… 你们那么忙，我来采访就已经很不好意思了，别让他们弄了！”我真的觉得有些过意不去。

“没关系！ 我们这里谁过生日，都有公司帮着张罗一下，这叫企业文化的音符 —— 虽然‘弹’那么一小下，但是很有意义的。”这个时候我已经发现，已经拥有亿万财富的中微董事长、世界芯片制造设备“大咖”人物的尹先生，原来是个既活泼又充满“猴性”的人。

“猴性”者，善良也，好动也，才华横溢也。

在我一生中，采访过万人之上，自然也有许多当代杰出的人物，但自己的生日当天采访一位大名鼎鼎的科学领域的大忙人，并获得了一次让人惊喜的生日仪式，是我有生以来头一次，所以在看到尹先生带着身边的人为我唱“祝你生日快乐”时，我的眼眶有些湿润……

在许愿环节，我暗暗地许了两个愿：祝尹先生和中微在世界半导体设备领域永远立于巅峰；祝中国的科技发展不再被他人所阻挡！

“我们先来看一看短视频《中微之歌》怎么样？是今年8月2日在纪念公司成立20周年时的一个合唱现场……”吃完生日蛋糕后，尹先生向我提议。

“好。”因为这正是我所需要的，一切关于他和中微的能说的故事。

视频打开：场面很嗨……原来这是中微的一个纪念庆祝会现场的音乐演奏环节。整个乐队阵营庞大，完全是一流水平。最关键的是这首《中微之歌》是由尹总提出的以威武雄壮的进行曲为曲调，是他和上海音乐学院音乐剧系副主任、我国著名的作曲家安栋教授，著名的作词家甘世佳先生，花了六个月时间，合作创作的。有80多人的专业的上海爱乐乐团演奏，指挥竟是中微的创始人、董事长尹志尧先生。而台上的公司高管和中微合唱团成员与台下2000多中微员工一起合唱，是前所未见的。

屹立在世界的东方，迎着初升的太阳。
攀登勇者的梦想，志在巅峰的殿堂。
走在时代的前方，掀起创新的巨浪。
心中充满着希望，用智慧和勤劳开创。
我们向未来寻光，人类智慧之光。
它源于微观的世界，指引着未来的方向。
我们向心中寻光，那是同舟共济的光。
自强不息，厚德载物。
凝聚着，中微拼搏的力量。

芯片越做越小，我们越战越强……

老实说，虽然仅仅是一个短视频，却令人热血沸腾！因为尹先生指挥的动作潇洒激昂，看上去就是一个专业乐队的大指挥家的模样。然而最让我入迷的是一个80岁的人怎能如此年轻、潇洒，如果镜头不是拉得很近，看上去绝对也就是50来岁，即使镜头拉到特写，尹先生依然是神采奕奕、朝气蓬勃，恰似少年俊男……

“我简单讲八个秘诀：一是水的循环，要适当地多喝水；二是呼吸，多吸新鲜空气；三是食物，要吃健康食物，但不要吃得太饱；四是不要过分运动；五是睡眠不要太长或太短，六个半小时为宜；六有好的心态，就会健康长寿；七是积极工作，始终保持正能量；八是，年岁大的人一定要多与年轻人在一起……”与尹先生近距离接触和交流时，我更感觉他就是一个充满活力和阳光的“快乐猴子”——瞧他在指挥乐队和现场合唱时那般劲儿，不可能有人相信这是位80岁的长者。

我不由得当面夸赞尹先生的秘诀，而他自信而又幽默地随口而出：“我60岁回国创业，现在干了二十年，没甚么大的变化。再干二十年，正好100岁。如果我还是像现在这样，我就去申请成为吉尼斯最年轻的百岁老人……”

瞧，这就是尹志尧——一位豁达乐观的年轻长者！目标清晰，唯有埋头朝前干事业，留下的是永不老的历史岁月痕迹！

这样的人你无法不敬佩。而且已经有灼热的成就放在面前：在硅谷20年，帮助了泛林公司、应用材料公司和日本东京电子开发了一系列刻蚀设备产品，成为世界刻蚀设备三强。60岁回国，又在浦东创办中微。20年，缔造出一个全球半导体设备的后起之秀，第一批登上科创板，公司市值达到1300多亿元。中微公司在国际半导体设备《客户满意度》评比中，多年连续获得总评分第三，薄膜设备三次被评为第一！

不可想象的奇迹。现在创造这个奇迹的人就在我面前——我一边在笑着说“今天是大猴与小猴的对话”，一边认真地听着这位半导体行业的“大咖”讲述我所想知道的许多为什么，当然最根本的一个是：为什么能在浦东这块土地上仅用20年时间实现了自己的梦想……

“不少人说我是爱国者，我不知道算不算。我在美国加州和硅谷生活和工作了20年后，在退休年龄，当我想到祖国的芯片制造和设备行业非常落后，我的心里就想着如何回国帮助国家把这一块事情做好、做强，做到别再受人欺压、制裁了。从开始到现在，一直铆着这股劲，虽然现在已经是80岁的人了，但在回国后的20年里，没有时间去想其他事，就一心想把刻蚀和薄膜设备做好、做强、赶超国际先进水平。其他不去想，想了就是浪费时间和精力。这不，反而感觉没有老下去！”他笑了，笑得憨态，一副调皮的猴样。一个80岁的男人，能有这么个猴样，本身就是超年轻态。

他没有正面说自己是“爱国主义者”，但他的血管里流淌和沸腾着天然的爱国主义者的热血。

“我祖上的三代都是从国外回国报效的。”尹志尧说。他的爷爷的确是一个爱国者，早年在日本留学，1911年回国后，在东北做外交官和地方行政长官。当日本对我国的经济进行侵略和渗透时，力主开发四平铁东民族工商业开发区，和日本势力斗争了20年。九一八事变后，又和马占山将军一起，与日本的军事侵略战斗了十年。现在的四平市中心，还有他的铜像和“尹功德碑”，600字的碑文，记载了对日本的经济侵略的抗争，开发四平市铁东区的历史。父亲也是一个在日本留学，从日本回国的，爱国的老科学家。尹先生上北京四中时，他的同学中很多是“红二代”。尹先生初中曾担任过少先队大队主席，高中曾担任共青团委委员。曾经想搞政治经济学和哲学。80岁时的他，对这一段难忘的经历，依然充满着骄傲感。尹先生前后曾经17次参加天安门的国庆大典。他风趣地说：“我们这一代叫作，生在旧社会，长在红旗下。而我家就在天安门南边的北长街。我可以说是生在旧社会，长在天安门的红旗下。”高中受“两弹一星”的影响，一心一意考中科大，立志攀登科学技术的高峰。所以后来大学上了在北京的中科大化学物理系，经历了十年的“文革”，在兰州工作了十年，“文革”后回到北京，进入北大读物理化学……

在北大读研时，尹志尧学的是物理化学专业。而当时美国的硅谷已声名鹊起，但内部也相当混乱。有一篇文章这样描述：由“叛出”肖克利师门的八人——罗伯特·诺伊斯、戈登·摩尔、朱利亚斯·布兰克、尤金·克莱尔、金赫尔尼、杰·拉斯特、谢尔顿·罗伯茨和维克多·格里尼克，在大股东罗斯柴尔德家族的支持下，创立了深刻影响硅谷和美国的仙童半导体，并取得了预想的成功。但由于公司管理及股权的缘故，其光环很快随着开创者的离开逐渐消失。尤金·克莱尔后来成为一名投资人，他创立的KP（即凯鹏华盈）成为硅谷最顶尖的创投基金。诺伊斯和摩尔于1968年辞职，并顺手挖走了研发副主管安迪·格鲁夫，三人一起创建了英特尔。1969年，销售主管杰里·桑德斯又带着7位同事离职创办的AMD成为英特尔的宿敌……1984年，尹先生从加州大学UCLA得到物理化学博士后，有幸加入到硅谷英特尔中心研发部，他是第一个参加英特尔的这个关键部门的中国留学生。当时，摩尔是董事长，诺伊斯是CEO，尹志尧入职不久，还有幸和摩尔及夫人吃过晚饭，接待从祖国来的考察组。

科学需要百花齐放、百家争鸣。如此争鸣和齐放的结果是：群英四起，科技突飞猛进。然而相应的人才奇缺，尤其是独立能干又勤奋苦干型的人才！

改革开放后的第一代北大、清华等高校的优秀毕业生，成为硅谷的这种骨干——他们的加入，让硅谷顿时有了活力和生机。尹志尧就是这支新加入硅谷的中国留学生队伍中的一员。

这位本来想搞哲学和政治经济学，后来又想搞两弹一星的年轻人，很快成为半导体设备领域的杰出人才。在接受一个财经类杂志采访时，尹先生被问到“为何喜欢上了半导体设备”时，他这样坦露：1985年，到了硅谷的英特尔中心研究开发部。“这个研发部是研发芯片的，而当时英特尔已经把128K的容量做到一枚指甲盖大小的芯片上了。可我当时意识到，在制造芯片这个领域里，设备太重要了！有了好的尖端设备，才可能把微观工艺做到极致，所以当美国泛林公司（Lam Research）做不出在芯片生产线能用的刻蚀机，而邀请我加盟时，我就当机立断，从英特尔公司转到这个即将倒闭的泛林公司。经过五年的努力，帮助泛林开发出CCP高能等离子体刻蚀机和ICP低能等离子体刻蚀机，使泛林成为国际最强的刻蚀设备公司。”

尹志尧的理想开始确定。他对自己的想法有这样的认识：人类发展到今天，有过数次生产和工业革命。比如用农耕和畜牧取代狩猎和采摘，又用机器代替人。如今的工业革命是用电脑代替人脑。如果说，机器代替人的核心是宏观加工，如宏观材料（钢铁、水泥、塑料、纤维等）、宏观加工的母机（车床、铣床、钻床、磨床等）和驱动机器的能源（蒸汽机、内燃机、发电机、电动机等），那么，用电脑代替人脑的核心则是微观加工。如果我们今天把工业革命进行一个分层，那么最上层是网络、电商、传媒、大数据和云计算等，全球有十几万亿美元的年产值。第二层是数码电子系统，小到电子玩具、手机、电脑，大到超高速计算机、全球互联的网络系统，这一层的年产值有3万亿美元左右。而支撑数码电子系统的是半导体芯片设计和制造产业，即第三层，年产值约一万亿。芯片产业又建在第四层半导体设备的基础上，年产值约一千亿美元。

这个数码产业（或叫智能数码产业）的四个层次，可以用一个倒置的三角形来表示。而半导体设备是整个数码产业的基石。“工欲善其事，必先利其器。”没有能加工头发丝的几千分之一到上万分之一尺度的微观加工设备，就造不出芯片，也就不会诞生那么多伟大的公司。而制造芯片最昂贵且重要的则是四类设备：光刻机、刻蚀机、薄膜沉积设备和量检测设备。

这三类设备中，薄膜沉积设备更陌生一点。我们来说光刻机和刻蚀机。

倘若将芯片的制造过程比作雕刻，那么，光刻机就是将雕刻线稿（电路图）描绘在材料（晶圆表面）上的画笔，它能让人们想实现的理想更加完美。刻蚀机便如一把雕刻刀，负责剔除线稿的多余部分，逐渐呈现“作品”完整的模样，让人们的理想更加充满诗情画意。

某种意义上，光刻机的精度要求相当于用一束激光去平整一块相当于德国面积的土地，误差在正负1毫米以内；刻蚀机的要求相当于用一根头发丝细的钻头打出一口水井，并且这根细钻头不能变形也不能有超过0.7纳米的损耗，一年要打100万万亿个孔，99.99%以上的孔必须合格……

如此高难度技术，极度制约了芯片产业的发展，绝大多数国家有心无力。唯拥有“先发优势”的美国有此实力。除英特尔外，应用材料（AMAT）在1967年成立。为此，AMAT在1993年就实现全年营业收入达到10亿美元，成为全球第一个营业收入破10亿美元的半导体设备供应商。1980年，全球第四大半导体设备提供商、第一大刻蚀设备提供商的泛林半导体（Lam Research，又称泛林科技）成立。一方面，它依靠自身巨大的研发投入和强大的研发团队，自主研发核心技术，走在半导体设备的技术前沿，开创多个行业标准；另一方面，它通过并购和整合攫取产业链外围先进技术、扩充研发团队、拓展产品链条，持续助力新技术的研发。在很长时间内，AMAT和Lam Research占全球设备市场份额超过60%，并在刻蚀、PVD/CVD镀膜、热处理、离子注入、CMP等多环节市场占有率领先。

1984年，英特尔团队中，出现了一位个头不高，但利索精干的年轻的中国工程师。他就是负责测试泛林的介质刻蚀机的尹志尧。当时正值芯片从1.5微米到1.2微米期间的转折，设备从简单的湿法加工，到在真空中干法加工的转折。在等离子体刻蚀方面，应用材料的半手动、半自动的多片批量生产的刻蚀机占市场主导地位，虽然加工的重复性较好，可以在生产线上用，但加工的均质量，特别是均匀性很差。而泛林公司采用的是全自动的单片加工反应腔，在好的情况下，均匀性比多片机好。但在尹先生一年多的测试中，发现这个泛林的单片机有很多问题。最大的问题是刻蚀结果不重复。今天可以刻蚀每分钟7000埃，明天变成4000埃，后天刻蚀速度是零！无法在生产线上使用。英特尔决定不采用泛林的刻蚀机，回到应材的老式半自动的批量机。其他公司也不可能采用这个介质刻蚀机。已经在纳斯达克上了市的泛林，面临破产的危机。由于尹先生给泛林提出了很多的意见和建议，在这种危机下，泛林的领导找到尹先生，邀请他参加泛林，帮助开发介质刻蚀机。从一个全球芯片制造第一的英特尔，转到濒临破产的泛林，这是一个巨大的赌注。尹先生认为半导体设备是微观加工的关键，自己学的是物理化学，搞了多年的反应器，有可能解决问题，开发出好的单片机，就在1986年毅然冒险加盟了泛林。刚加入泛林三个月，泛林就裁员三分之一，到只剩200多人。公司研发团队工作一年后，开发不出好的刻蚀机，成员也一个个离开了公司。在这种危机下，尹志尧被董事长邀请担任了研发主管，负责开发“彩虹号”CCP电容性等离子体介质刻蚀机。只用了四个月，他用完全新的技术路线，开发出可靠、稳定、好用的设备，进入了市场，在一年左右的时间，美国和日本的主要芯片制造公司，都一个又一个核准了“彩虹号”刻蚀机，实现了大批量销售。泛林公司发展迅速。在那时，日本东京电子只是一个帮美国设备公司在日本销售产品和提供服务的公司，和泛林公司有合资公司。尹先生教会了东京电子制造介质刻蚀机。东电在日本制造“彩虹号”，但挂东电的牌子，在日本销售，业务也发展起来。之后尹志尧又和射频工程专家合作，开发了ICP电感性等离子体刻蚀技术。到1989年，泛林公司成为全球第一的刻蚀设备公司，刻蚀机占全球的40%以上的市场。

在泛林进一步发展，向化学薄膜设备扩张时，收购了错误的公司，重用了没有经验的美国人做公司领导。应用材料公司，在1986年到1991年的五年，失去了刻蚀设备的领先地位，产生了新的危机。公司领导就邀请尹先生加盟应材。尹决定离开泛林，加盟应材。“后来我离开泛林，是因为一方面无法适应泛林公司在战略、管理和用人上出现的问题。”尹志尧说，“另一方面我看到了应用材料是可以容纳不同文化背景的国际化公司。而且是一个不但有刻蚀，有各种物理和化学薄膜，还有多种其他设备的大公司。”

在应用材料公司一干就是13年，从刻蚀技术和工程主任，一路晋升为总公司副总裁，等离子体刻蚀总部总经理。尹志尧花了9年，推动了应材刻蚀技术和产品的发展，开发出的多种刻蚀机占了国际40%以上的市场，成为应材最大的产品事业部，在公司达到年销售100亿美元时，占到公司20%的销量。这就是尹志尧。此时的他，用自己的实力证明了华人在最前沿的高科技领域具有掷地有声的“我能”之自信。

他确实能。让同行甚至“师傅”们敬佩与尊重。

然而，“我能”的他，此时心头无限纠结，因为他听说了自己的祖国在芯片领域不仅“不能”，甚至有些门槛都迈不进去……

这怎么行！数码时代的发展速度一日千里，我泱泱十几亿人口的大国，假如在这方面落后，可就不是一般的落后啊！中国会彻底地被世界潮流甩出太平洋的呀！

可以说，在泛林与应用材料的那些年，尹志尧成就了自己的名声，也证明了华人在科技领域中“我能”。与此同时，他也感受到了芯片产业凶猛的发展浪潮。尽管做芯片的步骤越来越复杂、设备越来越贵，但随着电子表、PC及手机等终端应用的爆发让芯片进入寻常百姓家，相应地，大家对芯片的要求也越来越高。由于政策和技术壁垒的存在，芯片产业呈现一定的“封闭性”，这体现在芯片工艺设备上，能做纳米技术的也就十几家，能做先进光刻机的就ASML一家，做刻蚀机的除了泛林和应材之外，只有东京电子了。

为国创业，六十再启程。

不行，我要回国！已在国际半导体“四大巨头”的公司干了十几年、干到公司高管地位的尹志尧，毅然带十五个在硅谷长期工作的设备专家一起回国。这件事立即上了美国大报，成为业界关注的动向。

他？ 他要回中国去？！ 这不又要重演当年钱学森的事件了吗？ 美国产业界，尤其是美国政府有关部门高度重视。尹志尧意识到回国的风险，和回国人员认真讨论，制定了非常严格的约定。不能带任何文件，更不能带图纸、工艺配方，不能带电脑。回国后一切从零开始。

由于回国创业团队严格执行承诺，不触犯任何美国法规。加上尹志尧服务的美国公司不认为十几个人回国，就能开发出好的刻蚀机，和百亿美元的巨无霸竞争，所以美国政府和美国公司没有动手制裁。

尹志尧回国时间是2004年初。在这前后的中国半导体兴起创业的第一波浪潮，无数芯片设计、制造和封测企业如雨后春笋拔地而起。1998年，我国华晶公司的芯片生产线开始承接上华公司来料加工业务，标志着国内自主的Foundry时代正式开启。然而整体的芯片产业不仅非常落后，也基本上是“0”点起步。尽管社会上也有些企业如华为等开始投入该领域，但仍处在技术萌芽期和资金严重短缺的状态，所有的“中国造芯”阵势，仿佛像小牛拉车，费半天劲却没什么起色。

“我们在硅谷都知道，二十一世纪谁能主宰芯片产业，等于谁就可以左右这个世界呀！ 中国作为一个发展中的大国，如果在半导体芯片领域跟在别人后面走的结果是：你可能无法避免任人宰割的局面。我非常清楚这一点，这也就是我为什么一定要回国的主要原因。”尹先生又说了第二个原因，“在硅谷，其实真正开发出先进半导体器件的人，多数是华人，而开发出先进半导体设备的领军，多数是中国留学生。但在美国公司大多存在“玻璃天花板”的现象，华人和中国留学生绝大多数，只能是为公司做嫁衣裳，不会被重用。回到祖国，才能甩开膀子干，为自己和我们的企业干。2000年之后的浦东，已经具备了这种干大事的条件和土壤，所以我和一群志同道合的朋友，决定义无反顾地离开硅谷，回到祖国干一番事，争取在数码技术设备领域赶上或超越世界最先进水平……”

这就是一位赤子的赤诚之心。这就是一位真正爱国主义者的伟大胸怀。这是尹先生能够在之后的20年里在浦东干成大事的根本动力源。

在采访的中间，他讲了回国的一个小故事，着实令人感动：

“2011年夏天的一个傍晚，我和两位同事从上海虹桥飞到北京，第二天一早要拜会行业协会的领导。但是到了虹桥机场，来了台风，所有航班和所有的高铁都停摆了。为了不影响第二天早上的会议，我们决定自己驾车，冒着狂风暴雨，连夜从上海开往北京。当时没有GPS，也没有地图，全凭着感觉，我们三个人轮换着一路往北开，虽然路上多次遇到风险，但我们整整开了13个小时。终于在第二天早晨七点半准时来到了约定的地点。那位协会理事长领导听说我们是从上海连夜，冒着狂风暴雨，开了13个小时赶到北京的，十分感动道：你这样的公司，以后有什么困难、有什么事，尽管来找我，我保证全力支持你！”尹先生讲述道。后来国家大基金领导邀请尹志尧等两人到北京开会，又碰上同样的狂风暴雨，飞机高铁停摆的夜晚，第二次连夜赶到北京开会，尹志尧和司机，每个人连续开了7个小时，准时赶到了会场。

我们把镜头继续拉回20年前尹先生回国时的惊心一幕——

“到浦东，我要感谢邀请我和团队回国创业的江上舟先生。他是我在北京四中的校友，比我低两年级……”

“江上舟”这个名字再次出现。这位“红二代”为了中国芯片事业和其他科技事业呕心沥血、多年受癌症疾苦，最后在中芯国际董事长的岗位上故去。

说到“老同学”，尹先生心情颇为沉重：“如果他还活着，看到今天中国的半导体产业的发展态势，会多高兴！”

从尹先生那里我才知道，其实回国创业还有一个非常艰难的事儿，实际上远方的“超级大国”与世界“技术霸权”，仍然在时刻盯着你……

“现在大家都知道。半导体产业之所以复杂，是因为它的整个技术系统和产业链上的专利有成千上万个。不小心，违反了一个专利，就会吃官司、被制裁。”尹志尧进而说，“我在国外已经是二百多个专利的发明人。但这些专利权，都归所在公司所有。回国后也不能用。必须重新绕开原有的技术思路，创造新的技术，申请新的专利，才算不违规，否则就会很惨。”

想不到科学技术战场上，也充满着刀光剑影、生死搏杀。

“到浦东后，我们就是这样从零做起、另辟蹊径地开始在技术领域的一次‘万里长征’……”此刻，我注意到平时一向活泼的“老猴”尹先生神色严峻。

一个芯片设备研发与生产的成功企业，需要100亿元以上的投入。中微在20年里已经融资150亿元！这个数字听着就很吓人，但对尹先生他们来说，就是军人出征赴战场时必须准备好的武器与粮草一样，否则一定是未战先亡。

他们在对待尹志尧和创业团队上，犯了一个“失算”的错误：尹志尧和团队将启动的公司名字取为“中微”。显然这是具有强烈的“中国”味道和专业特点——“中国微观加工设备公司”，或者说他尹志尧一开始就要打造中国的芯片技术设备的巅峰之作。

成功了：仅仅三年，第一代“中微”CCP介质刻蚀机产品Primo D-RIE横空出世。而中微首先开创的“甚高频去耦合反应离子刻蚀技术”，后来成为美日三大工艺设备巨头泛林公司、应材公司和东京电子都采用的技术。中微创新的“双反应台，但单台可以独立操作”的反应器设计，大大提高了设备的输出量，大大节约了设备成本。而20年后，三大巨头都没有勇气开发这种先进机型。不但国内领先的中芯国际立刻采用了中微的刻蚀机，而且很快国际芯片制造第一的台积电也评价核准了中微的刻蚀机，准备大量订货。

“不可能！除非他们偷了我们的商业机密！要不不可能在这么短的时间，开发出这么好的刻蚀机！”尹志尧所服务的美国一个大设备公司的第一反应就是这个。

“起诉他们！一定要阻止他们的发展！”流氓手段又使了出来，而且他们依据所谓的“国际规则”和早已设定的“游戏规则”，几乎是只要一起诉，输的基本上就是被起诉的对象。别说中国企业，与“老美”关系铁到分不开的日本在芯片制造领域也常吃美国人这方面的亏，类似事例比比皆是。曾经发生过这样的事：在利益面前，美国人逮捕了日立和三菱公司涉嫌窃取商业机密的两名工程师，并以此为由派人入驻两家企业进行监管。后来又裁定日本DRAM储存芯片存在倾销的行为，对日本征收100%反倾销税，日本政府和企业多次联合与美方交涉与应诉，但毫无理想的结果。最后日方不得不与美方签订了苛刻的《日美半导体协定》。再加上二十世纪八十年代初的《广场协议》，一下子将市场让给了美国的公司。发生在中国企业身上的这类事，近年来已经听说很多了，美国对中兴、华为等中国公司的打压，完全是往死里打。也直接证明了这一点。

“苟利国家生死以，岂因祸福避趋之！”中国芯片人的奋斗与奋争，极其悲壮。然而为了国家的崛起，为了彻底摆脱技术霸权的束缚，中国芯片人前赴后继，浴血奋战。尹志尧就是其中一位勇士，一员大将。

“为了打赢官司，按美国的法律，我们请了美国一流的律师事务所，花了两年半的时间，对中微启动以来内部网的600多万件文件和32个回国的人员的电脑和办公室里所有的文件，进行彻底的清查，看看到底有没有对方的图纸、工艺配方，即对方所说的商业机密。结果是：没有。我们干得清清爽爽，干干净净！”尹先生说。

“请美国的律师，查我们的文件，光律师费就整整花了2500万美金！”尹先生说，“那个时候的中微公司处于初始与起步阶段。这么一大笔钱，占了公司所有钱的大部分。”

“但我知道，这钱必须花。官司不赢，我和十几位同仁回国的理想就会彻底泡汤……”尹先生说这话时，我在想：这个决定中微生死命运的国际官司开打时，他尹先生可已经是六十几岁的人了呀！

人生能有几回搏，六十几岁的人假如输了一个如此大的官司，损失的可不是2500万美元的律师费，会对整个公司和整个中国芯片产业产生毁灭性打击！

按美国的法律，对方的律师也要对他们公司的几亿的文件进行彻底的清查。结果查出了几个违章的文件。"最后，在有利的情况下，和对方和解了。"

在第一个秘密的商业诉讼还在进行时，中微的刻蚀机马上要进入台湾另一家大的芯片制造公司，尹志尧曾经服务过的另一个大设备公司在台湾智慧产权法院，又起诉了尹志尧和中微公司。告诉的理由是中微的等离子体刻蚀设备侵犯了该公司两个专利。中微对他们的专利早已做了充分的研究。有大量的证据证明，他们的专利有好几个前置专利，根本就不成立，而且中微有不同的设计和自己的专利保护。台湾公司很快就输掉了官司。

在十五年的时间里，美国三大设备公司三次起诉中微。中微也起诉过美国的设备公司。四次官司，中微胜了两场，和解了两场，从来没有输过。

在前两场官司正打得如火如荼时，美国商业部工业安全局和FBI决定对尹志尧和中微立案调查。在2009年尹志尧主动要求到华盛顿，面对他们的制裁，进行面对面的听证。4月18日，尹志尧单刀赴会，参加了五个部门领导的内部听证会：商业部、外交部、国防部、能源部和FBI对外出口控制的官员，尽数到会。尹志尧用了两个半小时，沉着地、直率地、有说服力地讲清了三点：（1）由于美国的文化和教育是异想天开的创新性教育，而亚洲的文化和教育是偏重数理化和工程技术的、有纪律的教育，在过去的三四十年，集成电路产业一直向亚洲移动，中心已经转到亚洲，特别是华人的地区。这是不可逆转的。（2）设备工业一直是跟着芯片制造，从美国，走向日本、韩国、中国大陆。这也是不可逆转的。（3）中微不是一批中国留学生偷了美国公司的技术机密，拿到中国违章开发设备产品的，中微回国创业的骨干，就是创造美国很多成功设备的功臣。我们在中国受到了很好的教育，给美国的芯片产业发展做出了很多贡献。但我们也有权利回国为自己的国家的发展，做出贡献。尹志尧强调，我们是职业专家和管理人员，完全了解美国的法律法规，知道能做什么，不能做什么。我们不会把任何美国公司的商业机密带回国，我们开发的产品，也绝不会侵犯美国公司的专利。而且，我们会保持和商业部工业安全局的沟通。由于尹志尧自信的陈述和据理力争，美商业部和FBI撤销了对尹志尧和中微的立案调查！

这是2009年的事。官司也让尹志尧再度在同行中威望激增。生根在浦东的中微公司，从此开始一路凯歌，刻蚀新产品不仅一个又一个研制出来，且技术水平迅速地走在了全球同行的前面，并在越来越多的方面开始超过美日的公司，发展成为“攀登勇者，志在巅峰”的百亿产值、千亿市值的大公司。最重要的一点是：因为中微产品的成功，从此中国造芯领域的又一个原来被人“卡脖子”的重要设备从此由我们自己说了算，为中国半导体产业快速、健康发展提供了极大帮助。

中微的成功，靠什么？ 在我看来，就是尹志尧和他的专家团队怀有的对祖国的那份深沉而炽烈的爱！ 而浦东这片燃烧激情的土地，又让他们有宽松和自由创造的环境。如此全力之下，20年后的尹先生和他的中微，如今在半导体领域，闪耀着独特和傲人的异彩。

尹先生告诉我：他的团队在刻蚀和另一个数码薄膜材料领域里，已经与泛林、应用材料、东京电子、日立这4家世界顶级企业平起平坐，成为全球最先进芯片生产线设备供应企业。

“在网上看到，你们公司是首批科创板上市公司中第一个实现市值1000亿元的公司啊！”我忍不住说道。

尹先生微笑着点点头，说：2004年到浦东时，我们共15条汉子，现在全公司有2500多个员工，93%都是中国人。在美国、日本、韩国和东南亚等地区有6个子公司。到2024年11月8日，公司市值已经达到1351亿元。

“应该说，这是我们中微公司的青春成长期，后面的发展空间还非常大……”

“大到什么程度？”我欣喜而急切地问。

“大到全国人民所期待的那样……”哈哈！我们好一阵开心地大笑。

采访尹先生的成功秘诀和企业发展的经验时，他特别讲到了他们中微的十大企业文化精神内容。

当然，这是我很期待的内容，值得认真研究。“我给你发篇我写的文章，可以看得详细一点……”临别时，尹先生对我说。

“这太好了！”我说。

当天晚上，我便收到了尹先生从手机上发来的一篇四万字文章，并附言道：给您送去我近年为《中微“四个十大”》一书写的总结篇《企业管理和发展的哲学》一文，请批评指教。

在采访现场，我看过中微宣传墙上有“四个十大”的内容，包括了“产品开发十大原则”“战略销售十大准则”“营运管理十大章法”和“精神文化十大作风”。虽然我看到的都是条目性的内容，但就已经觉得尹先生和中微是个极其讲求精细和格局的人与单位。不承想，“大工程师”的他，竟然还是个哲学思想家：那缜密的逻辑、宏阔的视野和实事求是的精神；“人的本性，群的竞争和社会的发展”，“强群就是总能量最大和净能量最大，而内耗最小的群”的哲学解读；“自强不息，厚德载物”是中微的精神文化核心的论述……境界之博识与见解，叫人有种另见“一片天地”之感。

与此同时，他告诉我一个喜讯：在经历6个月和美国国防部沟通无果的情况下，8月14日在华盛顿地方法院起诉美国国防部，12月13日法院裁决国防部败诉，美国国防部宣布将中微从被制裁的“中国军事公司清单”中移除。也就是说，美国军方对中微的制裁再次宣告“结束”。这已经是美国国防部第二次把中微无理地拉入“中国军队企业”，在没有任何证据的情况下，又两次把中微从黑名单上去除！

这是什么意思？ 尹志尧先生简单地回应道："中微又一次赢了！"赢在堂堂中国人，不做亏心事，更不做偷鸡摸狗的事，看你"老美"还有什么招！

当今世界国与国之间的高科技领域的激战，如军事战场一样，"赢了"就无须多说什么。那就是胜者的再一次扬眉吐气！

了不起的尹志尧先生和中微公司，我深深地感叹了一声。

尹志尧的故事讲得比较长了，尽管如此，我仍然是尽量把笔收得快些，实际上关于他在浦东的"中微"的传奇故事还有很多很多。而之所以花了相对长一点的文字来讲，就是因为浦东能有今天的成就，像尹志尧这样的爱国科学家、工程师是出力最多的主力军，而他就是这一群体的代表。

需要特别补充一点，尹志尧先生告诉我：尽管他创办的中微公司如今资产已经超过千亿元，但他与普通员工的股份是一样的，而且中微的所有员工都有股份。这是尹志尧先生另一个了不起的地方：对员工的真挚之爱……

关于尹先生的故事收笔之时，正巧看到他荣膺"2024年度中国经济新闻人物"。这个荣誉是给对中国经济领域作出重大贡献者的一份褒奖。尹先生在致辞时这样说："集成电路和半导体设备是千百万人集成的努力，不是依靠几个领军人物可以成功的。我们一定会继续努力，把中国的集成电路和数码产业发展好。"活动现场，他还亲自指挥来自其母校北京四中的合唱团演唱了《中微之歌》。其歌声热烈激昂、铿锵有力，承载着中微人的理想和追求，表达了中微人的精神和志向，给现场留下深刻印象。

科学是伟大的。科学家的精神更伟大。对国家和人民有无私与赤诚之爱的科学家，历史永远不会忘却他们。

写完科学家，我就想找一个普普通通的创业者，并且就是深扎浦东这片"耕地"的代表。

"有呀，我们去清美公司………"区委的同志马上给我指点道。"清美是干什么的？"我问。

“做蔬菜和食品的，我们浦东人、上海人都知道它，而且每天几乎都离不开清美……”

“这么厉害呀！ 跟北京的‘四季青’似的？”我刚到北京时就知道京西郊区有个四季青公社，他们供应京城百姓的蔬菜，很出名。

“清美的食品与蔬菜是民营企业中做得最大的，大商场的超市里都有他们的产品，尤其是豆制品，相当出名。这个老板是浙江绍兴上虞人，跟大导演谢晋是老乡。清美老板起家在上海，发家在浦东……”

“那正是我所需要的采访对象。走！”我欣然登上为我准备的临时采访车。

区委办的同志不仅熟悉清美产品，对公司的老板也非常清楚。“他的生意做得很大，又是区里多年的优秀民营企业家，我们多次整理过他的先进事迹材料。”

难怪。

清美公司在南汇的宣桥，后来南汇并入浦东新区，现在那里叫“三灶工业园”。“整个工业园区的一条主道，就叫‘清美大街’。那个工业园其实就是因清美而成为工业园区的，那条千米大街两边，基本上也都是清美的厂房、办公楼和与清美相关的产业链……”一路上，区委办的同志已经给我讲了不少清美的故事——

2006年，南汇宣桥还是一个很落后、偏僻的小镇。或者正是浦东开发开放汹涌的潮流开始“漫”到南汇这边。这一年，一群从上海市中心浦西过来的卡车队伍，颇有些浩荡地驶向宣桥，然后驻扎下来。

当时的当地老百姓，只知道是一个做豆腐的老板要在这里办厂，但谁也想不到后来这个“做豆腐”的人竟然成了全上海甚至是全国最大的豆制品“第一人”，而且他公司的蔬菜及其他食品，誉满上海全市……

江南地区的百姓家几乎都会做些豆腐之类的豆制品。像我们这些从小在江南长大的人，小时候没有不喜欢吃豆腐的，尤其是豆腐脑、豆皮、百叶等等豆制品。豆腐等制作工艺并不复杂，几个村或小镇上都有一两家豆腐作坊，能满足周边百姓豆腐产品的供应。还有一件事更是让豆腐普及大江南，在我们苏南地区某某人去世了，亲戚乡邻都去参加告别仪式，就叫“吃豆腐”，也等于是要去死者家出“份子”。“吃豆腐”一般要两三天时间，那些天里，逝者家要招待各路客人，吃的东西以素为主，但豆腐绝对是主菜。这也成就了江南人日常吃豆腐的习性。

我们来说浦东的这个“做豆腐”的吧！

三灶一带的百姓都还记得：2006年这一年春节过后的第二天，也就是农历大年初二，一队大大小小达上百辆车子的车队，从杨浦共青路往南汇的宣桥镇开来，真的是浩浩荡荡。那个时候的宣桥一带，用上海话讲，就是“乡下”。

“啥？他是来这儿‘做豆腐’？做豆腐要这么个稀奇的阵势呀？”当地老百姓从没见过这么大的“做豆腐”人马，所以纷纷从自己家里赶出来站在路头看热闹。

“清美——嗯，名字倒是蛮好听的，清清爽爽，又好看又美丽……是这个意思吧！”百姓们一边看着长长的车队，一边嘀咕着、议论着。

其实在这个时候的“清美”，上海市区的老百姓已经都知道它了，颇有名气。但浦东的南汇乡下百姓才不晓得“清美”是干啥的。

一看“清美”后来在他们的家门口，划了一块二百多亩的地盖厂房、筑道路，就惊奇万分：真的让“阿拉”们变了呀，做豆腐的都这么大阵势！尤其是宣桥镇三灶的百姓，更是“啧啧”不止。

“是的。我们这回是第三次大搬家，而且从浦西闹市，一下搬到了较偏僻的南汇这儿。为啥？大家都看到了：这里地大、厂少，发展空间大！这里是我们建设世界最大的豆制品基地的理想之地！你们说是吧？”新基地尚未动工，在第一次公司董事会上，董事长沈建华异常兴奋地对董事们这样说。

“而且，这个地方跟我们老家差不多，看得到绿油油的地、绿油油的树，离海也近……”一位董事更是站起来往四周看去，用绍兴话大声说道。

“是啊是啊，我也喜欢这儿！”

“这个地方才跟我们‘清美’的名字一样，清爽、美丽！”

这个董事会开得如沐浴春风，好不爽气！自然，心情最难平的是“清美”掌舵人沈建华和他的妻子傅尧娟。

这对夫妻是出生在绍兴上虞的青梅竹马，从小家挨着家，朝夕相伴。小夫妻结婚后，怀揣“到城里做生意发财”的梦想，便来到上海。其实是在杨浦区白长路上租了一个小门面做五金生意。凭借着农村人勤劳、厚道的品质，做生意待人和气、价格公道，小两口的生意还算蛮不错，先后有了女儿和儿子，过着幸福滋润的小日子……

但出乎沈建华和妻子的意料，他们的五金生意慢慢地变得不景气了，原因很多，多到让这对乡下来的小夫妻摸不着头脑。

拖儿带女再回上虞老家农村种地？！“不用你开口，我也不干的！”妻子朝丈夫白了一眼说，“我看还是弄点哪家都离不开的吃的生意做做吧！”

“吃的？！上海人喜欢吃，但上海人吃的好东西，我们哪做得出来嘛！他们喜欢吃大白兔奶糖和高级糕点，我们不会做嘛！”

“我们老家人做的豆腐很好吃，但是上海根本买不到。”妻子进而说，“我到菜市场买东西，就看上海人喜欢买点豆腐当菜吃的……做豆腐总比做五金要有市场呀！”

沈建华被妻子这么一提醒，心想：是啊，如果能把豆腐和豆腐其他衍生产品做好了，是不是生意就很大了呢？

他开始观察和探路，发现上海人确实喜欢吃豆腐、吃豆制品！

“喂喂，你们几个快点到上海来吧！我们一起做生意吧！”几个电话打到老家几个熟人那里，沈建华说他现在急需五六个帮手。

老家又来了六个人，加沈建华夫妻俩，共八人。这是“清美”的创业

“元老”。

做豆腐，可不能仅凭一间门面就行，得有作坊！加上几个人住的地方，怎么着也要租一处百十来平方米的地方嘛！

找到了！在杨浦五角场花鸟市场对面的公交车站边上闲着一座三百多平方米的旧仓库。“就它。我要了！”沈建华像模像样地用老板口气敲定下来，现在回想起来也颇为豪气。

“做豆腐？光做豆腐不行吧！人家上海菜市场和超市里的豆腐是工业化机器上做的，又嫩又好看，口感也好，跟这样的豆腐去争生意等于自寻死路。”

“我们就做百叶，市面上用机器做的豆制品的百叶比较少，我们就做它试试……”

“试试！”大家觉得沈建华的想法有道理。

既然试试，沈建华提出：“我们要做就得拿出高质量的好百叶、跟其他人卖的百叶不一样，质量上要胜过他们。”

“黄豆要好，顶好的！”对此，农民出身的沈建华他们是蛮有把握。好黄豆买来，立即开始浸泡，一共20斤，泡后的黄豆粒粒浑圆饱满，做出的百叶又香又有卖相。卖豆腐的方法显然与固定门面的五金生意不一样，小五金生意是人家上门你服务，而豆制品生意属于食品类的，得有专卖店才行，所以沈建华这个时候做的豆腐只能靠别人帮助做“货代销”。

“可以。只要质量和卖相好……”代销商这样说。

第二天一大早，沈建华亲自骑着一辆黄鱼车去送货，一路上哼着小曲，很快把20斤黄豆做的百叶全部送了出去。晚上，妻子傅尧娟负责去那些“货代销”那里收款，结果回到“厂”里的她，一边哭一边说：“一分铜钱也没收到……”

好端端的百叶，咋没卖出去？沈建华和其他六位老乡傻了：“这……这……”

豆制品可不比其他东西，你一两天不吃，连喂猪都不行。

接下去的两天，沈建华夫妇和六位伙计甭提多难受：吃的尽是百叶，心里难受不说，实在也吃不下去！ 任凭变着花样炒着吃、煮着吃……越吃越反胃。

怎么办？ 下一步咋走？ 八个人一边吃百叶，一边寻思着一个根本问题。

“我就不信我们的豆腐做得不如人家！”沈建华突然站了起来，说。这一晚，他独自站在黄浦江边很久很久，后来是妻子叫他回去的。

就在这个晚上，沈建华和妻子长谈了一夜，话题内容并不复杂：要熬下去，一定要把豆腐卖出去！

这一“熬”就是几个月！

这一“熬”终于“熬”出了头，三百多平方米的豆腐作坊里透进了阳光……

一直“熬”到沈建华被浦西的食品商店和市民们誉为“豆腐大王”。

第一次听别人称他是“豆腐大王”时，沈建华的眼泪“哗哗”地流了出来。流完后，他对妻子说：“我们得搬地方了！ 不能继续窝在螺蛳壳里做道场了！”

新地方在共青路。面积3000平方米，比原来一下大了30倍。每天的加工量从以公斤计量猛地跃升至30吨！ 再看设备：全套引进的机械化流水线。员工嘛，当然不会再是8位了，现在是有500多员工规模的工厂了。

“豆腐大王沈建华”名声大振，已经常在新闻和报纸上出现。当然，沈建华和“清美”的名声，仅限于黄浦江西的那些市场上——浦东人仍然并不太知道。

“到浦东去！ 我们的清美，以后就要做全中国、全世界名气最大、质量最好的豆制品生产企业！ 为了这，我们就得有更大的工厂、更方便的交通条件、更广阔的市场，而且我们不仅要做豆腐，还要卖蔬菜、搞旅游……”

此时的沈建华，已经在豆制品行业可以指点江山了。他给公司的几位管理人员这么说，并且明确道：以后公司也不能仍是我们“夫妻草台班子”了，得成立董事会。

“太好了！跟着建华，清美天下！”

“跟着建华，清美天下——”

也不知谁喊了这么一句，员工们竟然兴奋得高呼起来。

“清美”到了浦东，完全是另一番景象：厂房成片，像一座城一样……三灶的百姓，看呆了！

仅排在那里的送货车，多达600余辆！

“阿拉乡下人，头一回在家门口看到这么大的厂、这么多的车呀！”三灶工业园区诞生，寻求就业的本地人和全国各地来此找工作的人，首选是到“清美”。

因为“清美”牛——牛气冲天。

显然，此时的“清美”赶上了最好时机。因为浦东大地到处是豪气和广阔、生机与火热的改革开放景象，现代化的城市已形成巨大规模，发展速度更是如日中天——2006年时的南汇，也正处于合并到“大浦东”的蓝图的酝酿期。

沈建华富有远见的目光，让“清美”有了一个可贵的“借东风远航”的天赐良机。

然而做豆腐起家的沈建华夫妇，依然保持着农民的勤劳、朴实和厚道的品质，工厂办得气魄宏大，管理上依然亲力亲为、一丝不苟。“所有商品中，啥最关乎性命？吃的嘛！吃不好，就要害人甚至出人命，我们这生意绝对不能有一点马虎！哪怕是一次马虎，清美以前所有的名气、名声，都会全部消失，说不准我们这些人还会去坐牢！”沈建华在董事会、员工上岗会上，没有一次不说这样的狠话。

为了确保清美的质量，所有清美的产品，他都亲自吃，一直吃到认为最好才罢休。

“我们‘清美’的每一样出厂的产品，都是董事长吃出来的；还有那些没有出厂的，后来被取消的产品，也是被董事长吃掉的！”工人这样说。

“董事长至今仍然保留着一个不变的传统习惯：每周专门要抽出一个时间进行‘吃’任务，专门吃近期生产或新研制的产品，而且每吃一次，都会提出一大堆新要求，然后过几天再把新的改进的产品，送到他的办公室，他会再吃……直吃到满意为止。”厂办的人这样介绍。

“如果我自己吃得感觉都不好，消费者能满意吗？”沈建华还特意聘请一些不同年龄、不同性别、不同地方的人，跟他一起吃。目的是让“清美”产品能够更精准、更好地提高消费者的满意度。

来到浦东的“清美”，其发展速度和市场远景，不同以往：设备现代化不说，就说它在全国多地专设“清美农场”“清美庄园”“清美专属”等原料产地就让人啧啧称赞……而且在本部的智能视屏上就可以通过自动化远程设备，看到农田上、农场里、暖棚内、田野里或大山里的蔬菜和庄稼等原料的生产全程，还能看到原料在仓库里、火车上、飞机上保管、运输等过程。

站在这个智能大屏幕前，我看到清美“张家桥基地”的蔬菜棚，绿油油的蔬菜正茁壮成长着。大棚内的农作物名称、种植日期、预期亩产值、采收日期的数据显示清晰，一目了然。当然还可以看到其土壤、施肥、温度等等细目指标……

今日之“清美”的产品，更不能用当年“豆腐大王”的称号一概而论了。“其中大类就有乳制品、肉、百货、蔬菜、水果、水产、粮油、蛋品……细分品种达数千种之多！”生产部门负责人说。

“清美”供货的店遍及全上海的916家菜市场、食品商场，而且还有长三角的南京6家、苏州11家、无锡2家、泰州4家、杭州11家、嘉兴4家、宁波4家、湖州3家、绍兴10家、金华6家……

“因为是食品，我们的销售范围基本在上海的200公里圈左右，为的是保鲜。媒体对此称我们是长三角‘领鲜’企业。”原来如此。

清美还有一大串长长的数据也令我惊叹——

两个研究院两个中心：农产业研究院和食品设计研究院，创新设计中心和上海市企业技术中心。5家上海市高新技术企业，4家上海市专特新企业，8家鲜食加工工厂，长三角60个城市的生鲜日配，15000种全球优质商品，500000亩种养基地，50000家企业的选择和8000亩水产养殖基地……

这就是在浦东土地上成长起来的中国一流的食品生产和供应商——“清美集团”。我看到金额智能显示屏上实时的销售数据的两行数字：昨日，17163968元；今日，17678887元……

看到这里，我脑子里不时闪现出当年他们8个人在一条狭窄灰暗的弄堂内的小豆腐坊里的最初的“清美”……才几年嘛，天翻地覆，如若登天！

十八年浦东，“清美”实现了拔地而起，成长为巨人，完成了规模、产品、质量、效益、品牌等方面的整体崛起。

“苏州给我们做包装盒的企业，现在都上市了！”清美人骄傲之处太多。

“我们在云南等偏远地区，帮助了好几万当地农民脱贫！”

“我们这些年捐助社会的爱心款也有一千多万元！”

“董事长说我们富了不能忘本，要让周边的乡亲们也能尝到清美的味道，所以最近在三灶工业园旁的村上开了一家早餐店，叫‘清美味道’……现在成了网红打卡点。周六周日，有人开着车来吃，便宜好吃呀！”

在清美和清美街上，到处都可以听到清美那些有味道的故事——

现在清美企业里，已经出现“清美二代”，类似这样一家两代人在清美工作的家庭有200多户，甚至还有不少三代人皆在清美工作的情况……

河南商丘的女大学生侯召帝对我说，她爸爸是1998年到"清美"工作的，而她是1999年出生在上海。"从小我就听爸爸说沈董事长的20斤黄豆起家的故事。大学毕业后我就选择了清美……现在，我、我爸、我爷爷三代人都在这儿上班！"姑娘的故事，令我惊奇不已。

这说明什么？说明"清美"魅力无限，与众不同，超级招人爱！

是的，一个企业能让员工们如此之爱，能让几代员工如此之爱，它还能不好、不强吗？

我在清美的采访有些遗憾，因为沈建华董事长和他夫人都在外出差，没能见到他俩。我完全可以理解一个大企业管理者的工作之繁忙与复杂，然而就在三灶工业园区的"清美大街"上，我已经被"清美"的气氛和香味，深深地、浓浓地、美美地吸引并陶醉了……

这就足够了！

另一个关于"扁豆姑娘"的故事，一直在浦东大地上流传。开始我并不在意，但讲的人一多，也就拨动了一下神经：那就见见她吧！

"她是复旦大学毕业的，回乡接过父亲种扁豆的产业，现在越做越大、越做越好，成为浦东农业条线的一个品牌……"浦东新区机关的干部颇为骄傲地说。

本来我并不太在意一个"浦东农民"的事，因为在我"预设"的采访计划中，写浦东，主要是写工业和科技领域，农业似乎可写可不写。然而一个"复旦大学"毕业生回乡当农民这事，却渐渐引起了我的兴致。平时在上海的私下交流中，我强烈地感受到机关干部中，毕业于两所上海本地高校的特别自豪，那就是复旦大学和华东师范大学。在上海，毕业于这两所大学的干部不少，工作能力大多很突出，他们往往被视作真正的"牛人"也！

故而一个复旦大学的毕业生不在城里待着，回到浦东很边角的南汇乡下，这是不是有点"戆度"？

于是我决意采访“扁豆姑娘”。

她的名字叫王黎娜，“扁豆姑娘”是上海人对她的昵称，因为她带领村民们种的扁豆在上海市场几乎无人不知，除了销售量大之外，关键是她那里种出来的扁豆，一上菜桌，色香味就是比一般的扁豆要强，口感和营养成分都比别家的扁豆要好。

浦东人和其他上海人，一提起“扁豆姑娘”的扁豆时，有种格外新奇和自豪之感。这也令我心生好奇，非要见见她不可！

南方人爱吃扁豆如同爱吃豆腐一样，无论是普通家庭还是有钱人家，无论是办酒席还是日常饮食，扁豆离不开饭桌。一是扁豆属于家常菜，二是富有营养，因此扁豆成了始终如一的农家菜。扁豆好种易活，人人都会种植；扁豆不挑地方，地里可生长，宅基地边的树藤与河岸边也都有它繁茂的身影；扁豆的品种甚多，口味也有所不同。

但这样一个普普通通的菜种，能被一位复旦大学高才生选为事业，这本身就很有“味道”——上海人讲究的“味道”，其实就是一种包含深意的文化与心理现象，或者说也是一种区域文化的内涵。浦东人普遍的心理是：趁着城市化、大都市化的进程，彻底改变本人甚至整个家庭的“土”命运，即原来的农民身份，迅速加入“上海市民”行列。但竟然有人丢下“市民”不当，却回乡种扁豆。

“王黎娜复旦大学毕业后，开始先被银行招聘引进，而正是她在金融系统干得相当不错时，毅然回到家乡接下了父亲种植扁豆一大摊的事……”区委干部特意说了这事。

我对王黎娜的采访兴趣越来越浓。

“我现在是区妇联挂职副主席！”那天见王黎娜是在区政府，因为她要参加妇联的一个会议，所以我们的采访有点“赶时间”。

我想象中的“王黎娜”和现实中的王黎娜相差无几：朴实而又精干，现代式的新型农民和农业企业管理者。

我们各自坐下后，在正式采访之前，王黎娜从手机上找出一堆扁豆花盛开的照片：您看，它们多漂亮，一点不输其他的花儿……

还真是……虽然我们南方人都熟悉扁豆花，但还真没见过成片成片的扁豆花连在一起，让人忍不住惊呼好看：在同一枝上的扁豆花竟然有紫色、淡白色、粉红色等多种颜色，而每片扁豆花又形如蝴蝶，成片的扁豆花看上去就像万千蝴蝶采蜜一样停落在一条条扁豆枝上，呈现出一片异常生动的景象。扁豆枝上的一张张叶片远看如一个个绿色手掌似的，烘托着扁豆花丛，更显花儿耐看……

扁豆花，既不像牡丹花或玫瑰花那么鲜艳，也没有茉莉花或桂花那么飘香，它的花、它的枝叶都清清淡淡，但如果你细细地观察和欣赏，会发现它内蓄着一种让人不浮不躁、悠然淡泊、心生坦荡的状态，正可谓有种“豆花似解通邻好，引蔓殷勤远过墙”之感。宋代高翥的这首诗写出了扁豆花的境界。汪曾祺先生曾说过一句这样的话：“扁豆花是最具平民色彩的花。”而我想说的是：喜欢扁豆花的人，则是最具平民情怀之人。

当然，我以为一个能够让扁豆花成片盛开的人，更是一位在平民之中了不起的人物。

王黎娜就是浦东大地上一朵“平民之花”。

“2007年夏日的一天，正值我大三的暑假，市领导来到我父亲种植的扁豆地里，他看到盛开的扁豆花，特别高兴，对我爸爸说：‘扁豆很好看，南汇农作物种植历史上就有其名，在种植好扁豆产业的同时，如果把扁豆花作为一个观光农作物，可能也很有潜力。’那天我正好帮爸爸在地里干活，所以现场聆听了市领导的这番话。市领导还对我们的扁豆种植合作社的产业形式给予了充分肯定。那个时候，尽管我还没有决定把自己的未来献给扁豆产业，但领导的话，对我后来的人生选择有很大的激励作用……”王黎娜说。

一个浦东本土的农村姑娘，好不容易“跳”出农门，又自觉自愿“跳”

回农村，从事一份并不起眼的事业，如今却成就了一番在浦东人人皆赞的事业，难怪浦东人提起王黎娜这人，都十分骄傲。

成片盛开的扁豆花之美，对于农村人而言，或许司空见惯，而那位善于发现美的领导的一席话却让王黎娜对自己的“家庭农场”种植有了更多的畅想…… 我们交流时，谈到了她“钟爱扁豆”情结的缘由——

“水寒荷叶老，虫响豆花秋。”扁豆和扁豆花，可以说一直伴随着王黎娜的童年和少年。“其实我们家也不是天生就是种扁豆的。父母都是地道的农民，没有离开过土地。浦东开发开放之后，村里的多数男劳力打工挣钱，我父亲就是其中之一。后来，父亲开始专业从事种植扁豆，也是他在打工时看到市里的菜场上卖的扁豆价格很高，而我们农民种的扁豆又没有什么销路，这时他就萌生了自家种、自家卖扁豆的想法。这么一想，就把打工的事扔了，回家开始种扁豆…… 开始在自己家的承包地里种，后来越种越多，卖得也越来越好。实际上就是卖个差价——我们南汇离市区有一段距离，而市区的蔬菜价格比较高，这样扁豆生意就不错。”王黎娜的父亲王红刚的“第一桶金”或者说他们家的“扁豆史”就是这样开始的。

“豆花红白满秋天，开傍金扉色倍妍。”谁也没有想到，他们家的扁豆生意竟然越做越红火！

“红刚啊，你自己吃肉了，也让我们吃点汤吧！”乡亲们看着种扁豆的王红刚的扁豆生意越做越好，就很羡慕，便把自己家的扁豆托他一起去卖。

“你们只要信得过我，那我肯定没二话。有钱大家一起赚，赚了大家一起致富嘛！”王黎娜的父亲善良诚实，脑子又灵活。热心的他给乡里乡亲搭把手。这一“搭”手，扁豆生意就做得更大了。

“起初我父母把自己家的扁豆收了后，用小车子运到城里去卖给菜市场的人，后来四邻的乡亲们都纷纷把自己家种的扁豆来托我父母卖，父亲又买了辆后挂车厢的车子，可以装更多一点的扁豆。我那时十一二岁，能帮大人干点活了。早晨五六点钟起床，在路头拿着一杆秤，哪家乡邻把扁豆拿过来，我就给他们称好并记上账，然后再跟着父母驱车到城里去卖扁豆。他俩坐在驾驶室开车，我就一个人坐在后面的车厢里，身边全是扁豆……慢慢地，我跟收扁豆的人熟了，他们一见我就叫我‘扁豆姑娘’，我这个名出得还比较早。”王黎娜笑道。

父亲王红刚就这样很快成为远近闻名的“扁豆大王”。

2004年，浦东建设正处于热火朝天之际，王黎娜的家乡在乡亲们的努力下，成立了第一个“青扁豆合作社有限公司”。

2007年，国家新公布了农业合作社的相关政策文件，以王黎娜父亲王红刚名字命名的“上海红刚青扁豆生产专业合作社”宣告成立。这个新型的农村专业合作社，由于王红刚经营有道，迅速成为浦东农业战线的一面旗帜。扁豆种植和扁豆生意，在南汇独树风采。

“爸爸，我马上要毕业了，想听听你的意见：我是回乡接你的扁豆产业，还是独闯一条路？”在复旦大学读市场营销专业的女儿王黎娜问父亲。

父亲这样回答她：“虽然我们的家庭式经营企业现在也需要高级人才，但对女儿你，我没有特别要求，不一定非要干跟我一样的事，你可以自由选择。”

“当时我爸爸的话，让我内心很感动。毕竟我也好不容易跳出农门，这对一个农村孩子来说，是件大事，而且我又是复旦大学毕业的。所以后来我就开始自己在毕业前给相关单位投简历，结果有两家银行要我。最后我选了其中一家，成为一名金融从业者。爸爸知道后，很高兴，说你既然选择了到银行工作，那你就朝着以后当行长的方向努力……”王黎娜说从此她真正“跳”出了农门。

“银行工作的待遇可是不错的，怎么你后来又回去当‘扁豆姑娘’了？”这时我特别提出这个刨根问底的问题。

“市场变化引起的……”王黎娜说这话时，神情略显凝重，“有些年份，扁豆市场价格非常不稳定，价格卖不出来。我爸心地又善良，不愿把压力转到农民兄弟身上，但时间一长，他吃不消的呀！这样长期下去，一二十年辛辛苦苦打下的‘扁豆天下’，必定要破灭。我知道后，回来看着40多岁就已经有很多白头发的爸爸，问他：既然做生意不挣钱，为啥不愿放弃呢？我甚至对他和妈妈说：我在银行待遇不错，我养活得了你们。爸爸听后摇摇头，然后很深沉地对我说：‘我们家不会有问题的，但我舍不得那群跟随咱们家一起多年种扁豆的农户和合作社员工，也舍不得自己一手开创的扁豆产业。’就是这一天，我下了决心要回乡帮爸爸重振扁豆产业，这一干就一直干到今天……”

这是2010年的事。这一年，复旦大学毕业的南汇农村进城的女大学生，又重新回到她的家乡，与父母和乡亲们一起开始重振扁豆产业，一时也成为四邻五乡的一大新闻。

果不其然，受过高等教育又在金融系统工作了几年的王黎娜，一接父亲的“扁豆”摊子，很快显现了她经营和管理上的才能：成立合作社党支部，为原来父亲的青扁豆打造品牌，设立农产品结算中心……这一桩桩、一件件清清爽爽的事，干得通透而利索。接班两年，她就把“红刚青扁豆”先后申请了上海市名牌产品和上海市著名商标。“红刚青扁豆”成为著名品牌后，销售价格一下获得了很大的提高，市场随之而来，合作社的农民再次有了种植积极性。农产品结算中心是王黎娜受银行工作经历的启发而想出的一个金融点子——这等于类似银行的一个付款业务窗口，农户们把青扁豆交给合作社后，只需要凭收购点开出的单据，再到结算中心就可以领到现金。“这个做法，我们一直沿用至今，就是种青扁豆的农户们，只要把扁豆交到合作社，他就可以当天拿到现金，这对农户来说最直接和方便。”王黎娜的这一招，让所有跟随她种植青扁豆的农户们大为欢畅和放心，也极大增强了她的合作社与其他同行的竞争信誉。

“妹妹啊，你心眼好、心眼实，我们就愿意跟着你种青扁豆！”农民们数着钞票，开心地跟王黎娜这样说。

有知识、有想法和有干劲的王黎娜在管理上进行一系列改进后，开始在科技种植方面发力。为此，她专门攻读了农学硕士学位，让自己成为一名真正的“职业农民”。根据合作社需要，她亲自组建了一支由硕士、本科生、大专生组成的高学历青扁豆种植队伍。2011年，这支队伍对19个青扁豆品种进行了杂交、试种后，培育出了“红刚三代”青扁豆新品种，其抗病性、商品性和营养含量都比一般的青扁豆要高，所以在市场上越来越受消费者欢迎，经济效益大幅提高，由此“红刚青扁豆”在上海蔬菜市场及消费者中的口碑不断飙升……

“王黎娜接手后的‘红刚青扁豆’，早在2011年时，就在上海市场上的占有率达97%，华东市场占有率在70%以上……”浦东新区农委口的干部这样介绍。

王黎娜自己介绍：她的合作社最多时的种植农户大约有4000多户，参与青扁豆生产和种植的农民在1万多人，种植面积达25000多亩，一年交易量达3亿多元。

“一亩青扁豆的收入在20000多元。比种植传统蔬菜作物的收入要高……”令王黎娜最开心的是，跟她一起种青扁豆的农民们，多数住上了“青扁豆楼”，开上了“青扁豆轿车”，甚至还把自己的后一代交给了王黎娜，让他们向她学习，做新一茬的“青扁豆后生”，共同把已经获得农业部门认定的国家地理标志保护农产品——浦东泥城镇的“青扁豆”种植好，并一代代传下去！

“江天雁字归声急，满树风牵扁豆花。”采访结束之后，王黎娜身影匆匆地融入新区办公大楼前的那条车水马龙的大街上……远远看上去，就是一个平平常常、普普通通的浦东女性，然而她却如一朵特别醒目的花朵，在茫茫的人流和林立的高楼大厦之间，又显得那样色彩清新、光芒四射。

26. 这片大地上，有我们的笑容与期待

“中国式现代化的新征程上，每一个人都是主角，每一份付出都弥足珍贵，每一束光芒都熠熠生辉。”这是习近平总书记在2025年新年贺词中的一句话。

2025年，是浦东开发开放35周年。对比35年前后的浦东，上海本地人感受是：仿佛跨越了几个世纪……

外人的印象是：浦东是我们所期待的未来模样……

浦东变了，彻底地变了。用任何最美好、最华丽的文字与诗句来形容它也不为过。

赞美浦东不需要有任何顾忌。它就是美，它就是超前，它就是让那些一向认为自己品质超群的都市都感到无比压力。它赶上了当今世界的先锋潮头——尽管还可以看到一些边边角角的有待进步之处，甚至整块地仍处于开发开放前的原生状态，但必须说明的是那大多是预留发展的土地，这是浦东可以按照未来规划和人的未来需求更完美的宝贵空间……

而眼前的浦东——

35年以来的浦东——

和580多万居住在此的人们每天所感受的浦东——

是一座充满活力与朝气、每天都在发生着你能意想得到的或无法想象到的新鲜事的城市；

是一方全球的高科技企业、著名企业、顶级研究机构和全球大名鼎鼎的科学家、一线工程师、名牌大学的毕业生筑巢、畅想与生活的天地；

是一片创业、创新者畅快呼吸清新空气，怀揣理想与激情去大展拳脚并总能圆梦的沃土；

是一个居住在这里的老市民、新居民，以及仍然守护着田野和鱼塘、海港与芦苇荡的那些乡亲们可以享受年年俱增、日日有盼的民生权利与幸福未来的美丽家园。

它，还应该是我、我们——全国人民通过它日新月异、不断出新、勇立潮头、乘风破浪地走在中国式现代化最前面并永不迷失的方向与实验地……中央赋予它的使命在很大程度上落于此。

八年时间，三十二次季节更替，使我或许比绝大多数浦东人都更关注它的每一缕新的变化、每一刻温度的变化，以及每一风云变幻的色彩。有人问为什么，其实不复杂，当一个人把自己的生命与一座城市、一片土地的命运连在一起的时候，他会这样做，即使傻傻地这样做了，也不会后悔。

浦东是值得深度关注的。中央赋予它改革与试验的使命，浦东成长的任何一个过程，它经历和正在经历的事，它得到的好的或不好的经验，皆异常可贵——我也看到了浦东发展过快的过程之中存在的某些不足，但这些不足恰恰说明浦东的未来仍大有可为，这些不足与大浦东为整个国家和民族伟大复兴的未来所积累的经验相比，又算得了什么！

邓小平有句名言：摸着石头过河。中国的整个改革开放就是在"摸着石头过河"。此时进行中的乃至未来的中国式现代化仍然需要"摸着石头过河"。但为了让更多的人、更多的地方，少走些弯路、少付出些代价，中央赋予了浦东无数现代化建设的试验。人们现在看到的浦东似乎皆是一片绚丽与辉煌，怎知浦东人为了一座摩天大厦，为了一个港口，为了一项试行的政策，甚至是为了引进一个特殊的项目，到底付出了多少！想起过程之难，当事的浦东人忍不住仰天长叹：太不容易啊！

什么叫太不容易？比如，现在家长和孩子们最喜欢去的迪士尼乐园……有谁知道，上海和浦东为什么要引进这个项目？没错，在现在的人们看来，这无疑是独一无二的旅游好项目，可在二十几年前的项目引进谈判时却挫折重重。当时的我们内心确实非常希望能引进迪士尼乐园，但又非常慎重，因为它关乎中国加入 WTO 的条件之一：对外允许和开放娱乐项目。

对外开放，尤其是在上海这样的开放城市，本身并不是问题，然而在谈判过程中涉及许多我们从未遇到或闻所未闻的情况。比如：迪士尼公司的宣传推介，他们有独立的电视台频道，你允许它进来吗？显然我们是不可能允许的。一种原来的“商业与营销模式”需要改变或取消，其谈判的难度是几度“翻脸”“掀桌子”等等。一个迪士尼乐园，有一百个内容，就有一万项专利，而每一个专利，我们都不能“碰”——所谓的“不能碰”，就是你得用我的而不能用你的，即使你的比我好十倍，但仍然必须用我的。价格嘛，不论“中国货”多便宜，也要用准迪士尼的美国货。你摆十条“用中国货的好处”，迪士尼不仅摇头拒绝，甚至斩钉截铁地拒绝：“没得谈，我说这价就是这价，这事不可更改。”

曾经听中方代表举过一个例子：乐园中设置的一只狮子模型，中方在实地考察后，聘请了国内外顶级专家来论证我们中国人自己做的狮子模型，这个模型设计符合要求，品质达到标准，而且价格比迪士尼提供的狮子模型便宜很多。

“不行，不能用你们的！”对方丝毫没有回旋的余地。

“这可是为你们自己省成本呀！”中方不解地问。

“那也不行。”

“你们……不可理喻！”中方在谈判中气得快吐血，但对方就是不让步。

于是，第一期迪士尼工程，从开始谈判，到施工，再到开园，整整耗时19年！

谁能熬得住19年？19年几乎是一代人啊，请问：哪个城市能用19年磨出一个项目？

浦东做到了！现在中美合作双方都是皆大欢喜，因为每年彼此都能在这个项目上获得百亿元收入！

百亿元哟，可不是一个小数目。

那天去迪士尼公园管理部门采访，中方管理人员告诉我：“美方在这个项目上尝到了甜头，现在正跟我们对接第二期工程建设呢！”

我们中方自然更得利：待第二期和第三期建成，浦东的“迪士尼城”，就是又一个千亿级的生财板块！

千亿级的经济概念，我想象不出它会对浦东、对上海有多大的影响。然而我关心的是：一个迪士尼，让全中国的亿万家长和孩子们喜笑颜开，带来那么多快乐……这难道还不够吗？还有其他比这更能说明浦东做对、做好了吗？

写此书时，曾有人建议补充一些迪士尼乐园的新内容，而我认为关于它的谈判与建设过程，《浦东史诗》中已讲过，再写无非平添些字数。更重要的是，当我获知这个项目的年收入惊人之后，再回想我数次游览迪士尼时看到洪流般的游客们的脸上不停歇的欢笑时，我决意不再浪费笔墨了。

一句话：这就足够了！

国人特别关注又非常期待的大飞机，也在浦东。每个中国人都知道，大飞机的研制、试飞直到商用的过程极其复杂，中国商飞人的艰辛与艰难不知其数，所花的心血可同黄浦江水相比……照理我与中国商飞的首任和继任领导熟识，也有幸去采访了三次，完全可以写上一二十万字的“大飞机”故事，但在最近一次去那里采访后，却让我突然放弃了“洋洋万字”的原计划……读者一定要问为什么。

不为什么。因为在听完“商飞”人介绍后，我觉得此事无须赘述：中国的大飞机——C919，现在不仅飞起来了，而且已经有了一批又一批的订单。这些订单不光是国内航空公司，由于国际线路也正一条又一条被开通，某几个不怀好意的国家企图利用“适航证”来阻止我国的大飞机发展，其阴谋注定失败！

有两件事对我触动很大，其一是我有次从成都到上海，乘坐的飞机恰巧就是C919。作为常在天上“飞”的我，在乘坐完这趟C919航班的全程后，我在微信朋友圈情不自禁地发了一组照片，并附了这样一句话：我们的大飞机，比起常坐的国外制造厂的大飞机，更舒适、安全！坐飞机还有比这两条更重要的吗？

还有一件事是：在这次采访“商飞”时，工作人员领我去参观了更大一个型号的大飞机——C929……站在印有鲜艳五星红旗的C929大飞机跟前，我的全身热血沸腾了！我的心跳加快了！我……就想马上拿起笔写一首歌、一首歌颂自己祖国的歌！

同样一句话：亲眼看到的和亲身感受到的，已经足够了！

大飞机实际上体现的是一个国家的科技与经济综合实力、体现了大国崛起的真正意义——它飞起来了，拥有它的国家和人民，在这个世界上就扬眉吐气了！

大飞机起飞时，大地是震动的。大飞机在浦东起飞时，浦东这块曾经涌动波涛的海滩之地，那一刻是欢腾的、跳跃的和洒着热泪的……

我先后去过三次“商飞”，每一次那些“总师”“副总师”，都会给我放他们在试飞现场的录像……那镜头里没有背景音乐，只有飞机起飞时的引擎轰鸣声，然后是大地的颤动，江湖水面的浪卷，再后来是“总师”“副总师”们抱在一起分享、欢跳啊，最后是都哭了的情形！

我知道，在浦东有许多特别的地方，通常那些一般人进不去、远远看上去又特别“清静”的地方，一定是浦东乃至上海和全国最硬核的大单位。在那里面，必定在干着惊天动地的“国家大事”，或者是震惊世界的前沿阵地。仅在浦东，我就去过从属“商飞”的三个不同单位：总部、研究设计院、机场附近的制造组装基地……

今天的大飞机，在浦东不仅仅已经实现了C919的起飞与步步见高的市场销售。2024年年底，在哈尔滨举行的国际航空枢纽建设发展大会上，“商飞”披露C919的订单已经累计增加到了330架，已交付近50架，并宣布了C929已在详细设计阶段和C939正进行预研。

你相信吗？当然值得相信，因为上述消息是“商飞”副总经理宣布的。

从2017年5月5日，C919首飞成功至今，才六七年时间，而中国大飞机在不断研发、制造、创新……一架架大飞机整装待飞，发动机的轰鸣声似昂扬的凯歌，“向前！向前——”

这就是现在的浦东。

地上行走着的人们，用笑容在告诉这个世界：现代化的大都市，必定是人民自由、幸福的乐园。

天上呼啸而过的大飞机，则在预示着这片土地从此不再是泥滩与洼地，它已经可与地球上的任何高地比肩、比美。

不，浦东还有许多人看不到的强大实力正在不断地囤积、凝聚，它们一旦问世，便是惊天动地、举国欢欣——

一踏进上海交通大学李政道研究所的大门，专家就将我领进左侧的一间很大的实验室，然后指着一个我从未见过的东西——自然也没有在电视报纸等媒体上出现过的“怪物”：它整个体形有三米多高，上面安装了好几个长着“眼睛”的圆球，而每只“眼球”上的“眼睛”都有三只。据说世界上但凡拥有“三只眼”的“神秘怪物”，必定具有特别的功能，远比人类厉害，可以眼观六路。

“它叫‘海铃’。整个设备叫‘海铃探路者’，是用于2800m以下的海洋深水的中微子望远镜探测单元机。通俗说，它是一台海洋深水望远镜。它由两个舱组成：探测舱和发光舱。这几个‘眼球’多的海铃，是整个仪器的技术核心部位，它通过光学技术，在深海环境下探测和捕捉深海水域的中微子信号。通过蓝、绿、紫三种波段光波所发出的信号，再通过仪器舱电子学系统调控，并进行亚纳秒级别的时钟同步，最终能实现信号的实时传输和系统的实时控制。也就是说，有了这台‘海铃探路者’，我们就可以在深海组织‘探路’实验了。”虽然我不能完全转述专家的话，但读者可以去充分想象。

未来的人类，无非还有两个地方需要去探秘：一是宇宙，一是海洋深处。有位科学家说过这样一句话：二十一世纪，是人类探秘宇宙和深海的世纪，谁在这两个领域走在前头，谁就是真正的人类主宰者。

我们已经为自己祖国越来越多的“飞天”行动与成就而骄傲无比，那么还有一个领域——深海的科学事业，其实同样有值得傲人的成就。而这些成就，有不少是在浦东，因为浦东就在海边，并且聚集的海洋科研机构与高校，有其他地方所不可比拟的优势。

“参与‘海铃’工程的都是年轻科学家！”向我介绍的专家说的这句话让我格外悦耳。

最强大的事，不用多说。最短的文字，一定包含了最大的信息。浦东大地上，正热火朝天地干着大事的那些单位的管理者和科学家们，总是笑眯眯地跟我说这样一句话：过些日子来，我们就会告诉你新的喜人成果。

我好奇是什么样的成果，他们又会神秘而骄傲地加一句：肯定是会让全国人民喜出望外的大好事呀！

我已无需多言了。

在明天的浦东，一定有更多的让全国人民骄傲的事出现。

在未来的浦东，一定是有让全世界震惊的崭新的壮丽诗篇……

（第一稿：2025年春节于上海—北京）

后 记

2025年，是浦东开发开放35周年的年份。这是一个值得纪念的历史性事件，因为我们看到的浦东确实令人振奋与鼓舞：它所呈现的就是中国式城市现代化的景象……无比地诱人，无比有魅力。

才35年呵，世界上哪个城市可以与之相比？这就是人间奇迹！

2018年中国改革开放40周年之际，我应邀完成了《浦东史诗》的创作。之后便与浦东结下了不解之缘——其实是一次重新“回乡之旅”。写《浦东史诗》时，我是被浦东创业者和领导者们的激情所感染而为，同时也有机会寻找到了我爷爷、曾祖、高祖等“何氏”家族的前辈在上海及浦东的史迹。双重欣喜，让我在之后的这几年中，基本上都留在了浦东。可以说，浦东是我一生中第三个重要的故乡：出生地，苏州；家和工作地，北京；现在的主要生活地和创作地，上海浦东……所以，用一句“回浦东，就是回故乡”的话，比较贴切地说明了现在我与浦东的特殊情缘。

《浦东史诗》出版后，获得了不少赞誉，成为包括哈佛大学等国际学界研究中国问题的一本似乎不可缺少的著作，甚至有一些欧美社会学研究机构称之为“研究中国发展的范本”。其实，《浦东史诗》所写的内容基本上是浦东开发开放前十年的历史，当然那是一段极其难忘的“激情岁月”。于是有人建议我写第二本“浦东”的书。这就有了现在的这本《浦东新史》……

老实说，写当代史，特别是写正在进行的现实史，非常难写。然而，浦东新区在党的十八大以来的发展和进步，以及所取得的成就，是有目共睹的，这一点全中国乃至全世界都公认，尤其是中央所赋予浦东新区在改革实践方面所取得的成果，十分可贵。尤其是近一二十年来，浦东所走过的历程，充满了光辉与收获，值得载入中国现代化史册。它是“史诗”的延续，更是“精神”的丰裕，自然也是未来的基石。尽管写这样的“新史”很难完美，我依然满怀信心地用了相当多时间进行采访与调研，在浦东区委、区政府和各相关单位同志们的帮助下，共走访了80个单位，面对面地采访了204位当事人，这种城市街景内的“田野调查”，艰难而有趣……在这过程中，不止一次受到赵启正、胡炜等浦东新区第一代领导们的帮助，他们甚至亲自带着我“观新景、忆往事、赞今朝”；更难忘新区区委、区政府相关领导和部门为我提供周到的采访线索、创作方向；浦东发展板块的各单位更是倾情帮助和提供“发展史实”。特别是安排了区委办公室、宣传部、党史办、档案局等部门的同志，多方位为我采访、调研提供方便。上海自贸文投所给予的其他保障，同样令人感怀。没有上面这些部门和同志们的帮助、支持，很难想象这本“新史”如何完成。对浦东各方的帮助和朋友们的真情付出，深表感谢。

浦东仍在快速发展。浦东的前景必定越来越好。这是我和全中国人民所期待的。之后的日子，我还会写更多的“浦东诗篇”，因为浦东已经连着我生命的脉搏每天都在一起跳动……

我们一起期待吧！

2025年春于浦东